中国当代文学经典必读

中国当代文学经典必读

2018短篇小说卷

吴义勤 ◎主编

张元珂 ◎点评

ZHONGGUO
DANGDAI
WENXUE
JINGDIAN
BIDU

百花洲文艺出版社

图书在版编目（CIP）数据

中国当代文学经典必读. 2018短篇小说卷 / 吴义勤主编. –– 南昌：百花洲文艺出版社, 2022.12
ISBN 978-7-5500-4218-6

Ⅰ. ①中… Ⅱ. ①吴… Ⅲ. ①中国文学 – 当代文学 – 作品综合集 ②短篇小说 – 小说集 – 中国 – 当代 Ⅳ. ①I217.1

中国版本图书馆CIP数据核字(2021)第053750号

中国当代文学经典必读·2018短篇小说卷

吴义勤　主编

出 版 人	章华荣	
责任编辑	胡青松	
书籍设计	方　方	
制　　作	何　丹	
出版发行	百花洲文艺出版社	
社　　址	南昌市红谷滩区世贸路898号博能中心一期A座20楼	
邮　　编	330038	
经　　销	全国新华书店	
印　　刷	江西千叶彩印有限公司	
开　　本	850mm×1168mm 1/16　印张 27	
版　　次	2022年12月第1版第1次印刷	
字　　数	340千字	
书　　号	ISBN 978-7-5500-4218-6	
定　　价	55.00元	

赣版权登字　05-2022-40
邮购联系　0791-86895108
网　　址　http://www.bhzwy.com
图书若有印装错误，影响阅读，可向承印厂联系调换。

我们该为"经典"做点什么?

吴义勤

当今时代,对经典的追怀和崇拜正在演变为一种象征性的精神行为,人们幻想着通过对经典的回忆与抚摸来抵抗日益世俗和商业化的物质潮流。在这一过程中,一方面,经典作为人类文学史和文明史的基石与本源,其价值得到了充分的认同与阐扬;另一方面,经典的神圣化与神秘化又构成了对于当下文学不自觉的遮蔽和否定。可以说,如何面对和正确理解"经典",正是当代中国文学必须正视的一个问题。

什么是经典呢? 就人类的文学史而言,"经典"似乎是一个约定俗成的概念,它是人类历史上那些杰出、伟大、震撼人心的文学作品的指称。但是,经典又是无法科学检验的主观性、相对性概念。经典并不是十全十美、所有人都认同的作品的代名词。人类文学史上其实根本就不存在十全十美、所有人都喜欢、没有缺点的所谓"经典"。那些把"经典"神圣化、神秘化、绝对化、乌托邦化的做法,其实只是拒绝当下文学的一种借口。通常意义上,经典常常是后代"追认"的,它意味着后人对前代文学作品的一种评价。经典的标准也不是僵化、固定的,政治、思想、文化、历史、艺术、美学等因素都可能在某种特殊的历史条件下成为命名"经典"的原因或标准。但是,"经典"的这种产生方式又极容易让人形成一种错觉,即"经典"仿佛总是过去时、历时态的,它好像与当代没有什么关系,当代人不能代替后人命名当代"经典",当代人所能做的就是对过去"经典"的缅怀和回忆。这种错觉的一个直接后果就是在"经典"问题上的厚古薄今,似乎没有人敢于理直气壮地对当代文学作品进行"经典"的命名,甚至还有人认为当代人连写当代史的权利都没有。

然而,后人的命名就比同代人更可信吗? 我当然相信时间的力量,相信时间会把许多污垢和灰尘荡涤干净,相信时间会让我们更清楚地看清模糊的、被掩盖的真相，但我怀疑，时间同时也会使文学的现场感和鲜活性受到磨损与侵蚀，甚至时间本身也难逃意识形态的污染。我不相信后人对我们身处时代"考古"式的阐释会比我们亲历的"经验"更可靠，也不相信，后人对我们身处时代文学的理解会比我们亲历者更准确。我觉得，一部被后代命名为"经典"的作品，在它所处的时代也一定会是被认可为"经典"的作品，我不相信，在当代默默无闻的作品在后代会被"考古"挖掘为"经典"。也许有人会举张爱玲、钱锺书、沈从文的例子，但我要说的是，他们的文学价值在他们生活的时代就早已被认可了，只不过新中国成立后很长时间由于意识形态的原因我们的文学史不允许谈及他们罢了。

这里其实就涉及了我们编选这套书的目的。我认为，文学的经典化过程，既是一个历史化的过程，又更是一个当代化的过程。文学的经典化时时刻刻都在进行着，它需要当代人的积极参与和实践。文学的经典不是由某一个"权威"命名的，而是由一个时代所有的阅读者共同命名的，可以说，每一个阅读者都是一个命名者，他都有命名的"权力"。而作为一个文学研究者或一个文学出版者，参与当代文学的进程，参与当代文学经典的筛选、淘洗和确立过程，正是一种义不容辞的责任和使命。事实上，正是出于这种对"经典"的认识，我才决定策划和出版这套书的，我希望通过我们的努力，真实同步地再现21世纪中国文学"经典化"的进程，充分展现21世纪中国文学的业绩，并真正把"经典"由"过去时"还原为"现在进行时"，切实地为21世纪中国文学的"经典化"作出自己的贡献。与时下各种版本的"小说选"或"小说排行榜"不同，我们不羞羞答答地使用"最佳小说"之类的字眼，而是直截了当、理直气壮地使用了"经典"这个范畴。我觉得，我们每一个作家都首先应该有追求"经典"、成为"经典"的勇气。我承认，我们的选择标准难免个人化、主观化的局限，也不认为我们所选择的"经典"就是十全十美的，更不幻想我们的审美判断和"经典"命名会得到所有人的认同，而由于阅读视野和版面等方面的原因，"遗珠之憾"更是不可避免，但我们至少可以无愧地说，我们对美和艺术是虔诚的，我们是忠实于我们对艺术和美的感觉与判断的，我们对"经典"的择取是把审美和艺术放在第一位的。说到底，"经典"是主观的，"经典"的确立是一个持续不断的"过程"，"经典"的价值是逐步呈现的，对于一部经典作品来说，它的当代认可、当代评价是不可或缺的。尽管这种认可和评价也许有偏颇，但是没有这种认可和评价，它就无法从浩如烟海的文本世界中突围而出，它就会永久地被埋没。从这个意义上说，在当代任何一部能够被阅读、谈论的文本都是幸运的，这是它变成"经典"的必要洗礼和必然路径，本套书所提供的同样是这种路径，我们所选的作品就是我们所认可的"经典"，它们完全可以毫无愧色地进入"经典"的殿堂，接受当代人或者后来者的批评或朝拜。

感谢百花洲文艺出版社对我的经典观的认同以及对于这套书的大力支持，感谢让这个文学工程可以在百花洲文艺出版社这个平台美丽绽放。我们的编选仍将坚持个人的纯文学标准，而为了更好地阐析我们的"经典观"，我们每本书将由青年学者对每一篇入选小说进行精短点评，希望此举能有助于读者朋友对本丛书的阅读。

目　录

等待摩西 /

/ 莫　言

一

　　柳彼得是我们东北乡资格最老的基督教徒，他孙子柳卫东是我小学同学。我们俩不但同班，而且同桌，虽然也打过几次架，但总体上关系还不错。

　　柳卫东原名柳摩西，"文革"初起时改成了现名。当时，他不但自己改了名，还建议他爷爷改名为柳爱东。他的建议，换来了他爷爷两个大耳刮子。学校里的红卫兵头头也反对，因为他爷爷是批斗的对象，批斗假洋鬼子柳彼得，感觉上很对路，但如果批斗一个名叫柳爱东的人，就觉得不对劲儿。

　　批斗柳彼得时，柳卫东特别卖力。他带头喊口号："打倒洋奴柳彼得！打倒帝国主义走狗柳彼得！"他还跳上土台子，扇柳彼得的耳光，揪柳彼得的头发，往柳彼得脸上吐唾沫。柳卫东扇柳彼得耳光时，柳彼得并没有遵循上帝的教导把另一边腮帮子送上去，而是张嘴咬断了他一根手指。柳彼得为此差点被红卫兵揍死，柳卫东也因此赢得了信任，成了大义灭亲的英雄。

　　1975年，我当兵离开家乡，临行之前，见过柳卫东一面。他很羡慕我，因为对当时的农村青年来说，当兵是一条光明的出路。他也报过名，但最终还是因为他爷爷柳彼得的基督教徒身份受了牵连。我记得他当时悲愤地说：我这辈子，就毁在柳彼得这个老王八蛋手里了。我很虚伪地劝他，说了一些诸如"农村是一个广阔的天地，在那里也可以大有作为"之类的话。他苦笑着说：是啊，是够广阔的，出了村就是白茫茫的盐碱地，一眼望不到边儿。

　　我到部队不久，柳卫东就给我写了一封信，说他马上要跟马德宝的闺女马秀美结婚，希望我能送他一顶军帽，结婚时戴上神气一下。我回信告诉他，新兵只有一顶军帽，确实不能送他。他没回信，从此我们就没联系了。

得到他将与马秀美结婚的消息时，我感到很意外。因为马秀美比柳卫东大五岁，马秀美的爷爷的妹妹是柳卫东的父亲的爷爷的弟弟的妻子，论辈分柳卫东该叫她姑姑。所以这场恋爱多多少少还有点儿乱伦的意思。早就听说马秀美跟一个东北的林业工人订了婚。她竟然解除婚约嫁给柳卫东，这背后的故事令我浮想联翩。

二

我当兵第二年，得到了一次出差顺路回家探亲的机会。不用专门打听，柳卫东和马秀美的恋爱故事扑面而来。大家都说，柳卫东其貌不扬，家境也一般，但他勾引女人确有高招。详细问下去，也没有精彩情节，但事实就是，本来已经连去东北与那林业工人结婚的车票都买好了的马秀美，突然反悔了，任那保媒的于大嘴威胁利诱，任她的父母寻死觅活，她是铁了心不回头。那林业工人见煮熟的鸭子竟然飞了，恼怒至极，便开列了详细的账单，向马家索赔，连某年某月某日为马秀美买过一根冰棍的钱都算上。这一算，让马家几乎倾家荡产。马秀美的三个哥，都是出了名的混账角色。老大娶了媳妇，还稍微安分一点。老二老三两个光棍子，本来就是提着拳头找架打的主儿，这下可算逮着个理直气壮的打人机会。他们把柳卫东弄到村东老墓田里，拳打脚踢，逼他与妹妹断绝关系。柳卫东宁死不屈，表现得很像条汉子。据说二马毒打柳卫东时，村里很多人围着看热闹。刚开始人们都认为柳卫东该打，不少人添油加醋、煽风点火，二马俨然成了正义的化身、为民除害的英雄。但看到柳卫东被打得头破血流瘫倒在地时，人们的同情心被激发出来。有人谴责二马下手太狠；有人说柳卫东谈恋爱不犯法，但打死人要偿命。尤其是当马秀美大哭着跑来，将奄奄一息的柳卫东抱在怀里时，许多眼窝浅的人，竟然流下了同情抑或是感动的泪水。

我本来是想去柳卫东家看看的，但父亲劝我不要去。父亲说柳卫东结婚后就被他父母撵了出来，两口子在村头搭了个棚子暂住，日子过得很凄惨。我回部队那天，在村后公路边等公共汽车的时候，遇到了他们夫妇。

两年没见，柳卫东头上竟然有了很多白发。他的左腿瘸了，背也驼了，嘴里还缺了两颗门牙。他穿一件掉光纽扣的破褂子，腰上捆着一根红色的胶皮电线。马秀美原本是我们村里最漂亮的姑娘，现在已经不像样子。她已经怀了孕，看样子快生了。她穿着一件油脂麻花的男式夹克衫，肚子挺着，脸上有一道道的灰和一片片蝴蝶斑，眼角夹着眵，目光悲凉，头发蓬乱，身上散发着烂菜叶子的气味。看样子，为了这场恋爱，两个人都付出了沉重的代价。

三

等我再次回家探亲时，已是80年代初期，改革开放了，农村发生了翻天覆地的变化，农民的生活也有了巨大的改善。这时候，柳卫东已经成了我们东北乡的首富，成了一位据说经常与县里领导在一起喝酒的头面人物。

王超是村里开小卖部的，消息灵通人士，我听说过的有关柳卫东夫妇的传闻，多半都出自他之口。

我去小卖部打酱油时他告诉我：柳总昨天去深圳了——我感到他把柳卫东称为"柳总"带着明显的讽刺意味——猜猜看，柳总如何去深圳？坐飞机！——80年代初，农民坐飞机还是一件新鲜事儿——柳总坐飞机可不是第一次了，听说过些天柳总还要去日本呢！也是坐飞机去。

我去小卖部买烟时他对我说：别看你是小军官，但你抽的这种烂烟，柳总连看都不看！柳总抽英国的"555"，美国的"良友"。柳总抽烟，那派头，不亚于电影明星——王超用右手的食指和中指夹着一支粉笔，模仿着柳总抽烟的姿势。

我去小卖部买酒时，主动问他：柳总肯定不会喝这种烂酒，柳总喝什么酒呢？——他愣了一下，哈哈大笑起来。然后神秘地对我说：听说柳总要跟他老婆离婚呢！我说：这不可能吧，他们可是真正的自由恋爱，真正的患难夫妻啊！他说：此一时彼一时也，柳总现在身份变了，马秀美带不出门嘛！

四

我去乡政府东边那条街上的理发铺里理发时，遇到了柳卫东。我进去时，理发的姑娘正在给他吹头。只有一张椅子，理发姑娘让我坐在墙边的凳子上等候。我看到镜子里柳卫东容光焕发的脸。他的头发乌黑茂盛。我进去时他大概睡着了，等我坐下时他才睁开眼。我说：

"柳总！"

他猛地站起来，接着又坐下，大声说：

"你这家伙！"

"柳总！"

"呸！"他说，"骂我？你这家伙，太不够意思了吧？！回来也不来看我。"

"你是大忙人，一会儿深圳一会儿海南的，"我说，"我到哪儿去找你？"

"少找借口，"他说，"我如果欠你一万元，躲到耗子窝里你也能找到我。说说吧，回来干什么？噢，对，听说弟妹生孩子啦，你是回来伺候月子的吧？请了多少日子假？"

"是。"我说，"一个月。"

"官差不自由。"

"我索性转业回来跟你干吧。"

"讽刺我吧？"他说，"你是军官，现在是排长，过两年是连长，再过些年是营长、团长、师长，一级一级升上去，荣华富贵一辈子。我算什么？倒腾点物资，赚点小钱，现在高兴说你是企业家，过几天一翻脸就是投机倒把分子。"

"应该不会再折腾了，"我说，"你就放开手脚干吧。"

"但愿如此。"

理发姑娘放下电吹风，搬起一面镜子，照着他的后脑勺，问："满意吗？柳总？"

他抬起手轻轻按按蓬松的头发，说："还行吧。"

"满头秀发。"我说。

"又骂我，"他说，"染的嘛！在外边混，不拾掇得体面点还真不行。没听人说过？我一出村头就满口普通话。"

"这个没听说，"我笑着道，"但听说你要跟嫂子离婚。"

"谁说的？"他站起来，抖抖衣襟，说，"一定是王超那张臭嘴胡咧咧！这小子，捕风捉影，他的小卖部就是一个谣言散布中心。"

"不是他说的。"我说，"你千万别去找他。"

"其实，"他说，"背后糟蹋我的也不是王超一个。你只要混得比他们好一点，他们就巴不得你倒霉。红眼病嘛！老子是赚了钱，但老子也没捆着你们的手不让你们赚啊！"

"也不光他们这样，"我说，"天下人皆如此吧。"

"就是，可以理解，所以，随他们说什么，不嫌累他们就说去吧，老子就这样，越说坏话我干劲越大，"他指了指供销社门前空场上那一堆绿油油的竹竿，说，"那就是我刚从江西弄来的，正宗的井冈翠竹，盖房子当檩，一百年不烂！这批货出了手……"他举起左手食指对我晃了晃——我马上想到了他那根被咬掉的右手食指。

"一千？"我问。

他没回答我，从衣兜里摸出厚厚一叠钱，抽出一张，放在镜子前，对理发姑娘说："甭找了，连他的。"

"这怎么能行？"我说。

"你跟我客气什么？"他说，"改天我请你吃饭。"

他的门牙补上了，银光闪闪，看着提神。

五

两天之后，有一个小丫头出现在我家院子里。

"你找谁呀，小姑娘？"我洗着尿布问。

"是柳卫东的女儿，叫柳眉。"我老婆把脸贴到窗棂上说，"柳眉，来啊，婶婶问你话。"

"俺爸爸让你快去。"柳眉不理睬我老婆，大眼睛盯着我说。

"好吧，你先回去吧，叔叔待会儿就去。"

"俺爸爸说让我领你去。"她执拗地说。她的眼睛像马秀美，嘴巴像柳卫东。

我跟随着柳眉，翻过河堤，到了柳卫东家的新居。

这是五间新盖的大瓦房，东西两厢，圈了一个很大的院子，黑漆大铁门上用红漆写着对联："忠厚传家久，诗书继世长。"进门是一道用瓷砖镶了边的影壁，影壁正中是一个斗大的红"福"。院子里拴着一只狼狗，对着我凶猛地叫唤。

马秀美迎出来，手上沾着面粉，喜笑颜开地说："快来快来，贵客登门，卫东这几天老念叨你呢！"

我看着她挺出来的肚子，问："什么时候生？"

她忧心忡忡地说："主保佑，这一次但愿是个带把儿的。"

我看着他们家墙壁上挂着的耶稣基督像，知道她已经成了他的信徒。

"快来！你这家伙！"柳卫东叼着烟卷，从里屋出来，说，"咱俩先喝几杯，待会儿公社孙书记也来。"

我们坐在沙发上，欣赏着他的十四英寸彩色电视机，四喇叭立体声收录机，这是当时乡村富豪家的标配。他按了一下录音机按钮，喇叭里放出了他粗哑的歌声。他说："听听，著名男高音歌唱家柳卫东！"

马秀美进来给我倒茶，撇着嘴说："还好意思放给别人听？驴叫似的。"

"你懂什么？"他说，"这叫美声唱法，从肚子里发音！"

"从肚子里发出的音是屁！"马秀美说。

"你这臭娘们儿怎么这么烦人呢？"柳卫东挥着手说，"滚滚滚，别破坏我们的雅兴。"

"柳总，"我说，"能不能换盘磁带？"

"想听谁的？"他说，"邓丽君的，费翔的，我这里都有。"

"不听靡靡之音，"我说，"有茂腔吗？"

"有啊，"他说，"《罗衫记》行吗？"

"行。"

六

回家后我对老婆说："王超说柳卫东要与马秀美离婚，瞎说嘛，我看他们两口子关系很好嘛。"

"可我听别人说他在温州还有一个家，那个女的，比马秀美年轻多了。"老婆说，"男人有了钱，必定会变坏。"

"可男人没有钱，老婆就嫌他没本事。"我说。

七

1983年春天，我回乡探亲，听很多人跟我讲柳卫东失踪的事。正月里，我带着孩子去供销社买东西，看到那堆竹竿还放在那儿。数年的风吹日晒，竹竿上的绿色消失殆尽。我在集市上遇到了马秀美，她扌弇着一个竹篮，里边盛着十几个鸡蛋。从她灰白的头发和破烂的衣服上，我知道她的日子又过得很艰难了。

她眼里噙着泪花问我："兄弟，你说，这个王八羔子怎么这么狠呢？难道就因为我第二胎又生了个女儿，他就撇下我们不管了吗？"

我说："大嫂，卫东不是那样的人。"

"那你说他能跑到哪里去了呢？是死是活总要给我们个信儿吧？"

"也许，他在外边做上了大买卖……也许，他很快就会回来……"

八

现在是2012年，柳卫东失踪，已经整整三十年了。如果他还活着，已经是六十岁的老人了。三十年来，他的老婆一直等待着他。刚开始那几年，村里人多数认为柳卫东在外边又找了女人成了家，但随着时间的推移，大家都认为这个人早已不在人世。有人认为，他其实就是在县城里被人害死的。早已进城开超市的王超，偶然与我在县城洗浴中心相遇时，在桑拿房里汗流浃背的他对汗流浃背的我神秘地说："三哥，你那个老同学，三十年前就被县城的四大公子合伙谋害了……"但马秀美一直坚信他还活着。据说柳卫东失踪之前，已经欠下了巨额的债务，柳失踪后，讨债的人把他家值钱的东西都给拿走了，只给这娘儿三个留下了一口烧饭的锅。马秀美靠捡破烂收废品把两个女儿抚养成人。大女儿柳眉初中毕业后到帆布厂做工，在那里与一个黄岛来的青工谈恋爱，后来结婚，随丈夫去了黄岛，现在已经是两个孩子的母亲。小女儿柳叶，学习很好，考上了山东师范大学，毕业后留在济南工作。这两个女儿都要将母亲接去养老，但她坚决不去。她守着那个曾经很气派，现在已经破败不堪的房子等待着丈夫的归来。在她家前边，十年前就建了一座加油站，来往的汽车都在这儿加油。马秀美每天都会夹上一摞寻人启事，提上一小桶糨糊，往那些大货车上贴寻人启事。说是寻人启事，其实是她请人写给丈夫的一封信：卫东，孩子他爹，你在哪里？见到这封信，你就回来吧，一转眼你走了快三十年了，咱的外孙盼盼都上小学三年级了，可他连姥爷的面还没见过呢。卫东，回来吧，即便你真的在外边又成了家我也不恨你，这个家永远是你的……我把家里的电话和女儿的手机都写在这里，你不愿理我，就跟女儿联系吧……

很多司机都听说过这个女人的故事，所以，他们都不制止她往自己的车上贴寻人启事。

九

现在是2017年8月1日，我在蓬莱八仙宾馆801房间。刚从酒宴上归来，匆匆打开电脑，找出2012年5月写于陕西户县的这篇一直没有发表的小说（说是小说，其实基本上是纪实）。我之所以一直没有发表这篇作品，是因为我总感觉这个故事没有结束。一个大活人，怎么能说没有了就没有了？生不见人，死不见尸，这不合常理。我总觉得白发苍苍的马秀美这样苦苦坚持着往货车上贴寻人启事，总有一天会有个结果。中国戏曲的大团圆结局模式符合我们的心理需求。当然从理论上说，柳卫东被人害死的可能性是存在的，他跑到一个人迹罕至的地方自杀了的可能性也是存在的，他失足掉进河里被鱼吃了的可能性也是存在的，他掉进山涧粉身碎骨的可能性也是存在的，他的失踪成为一个死谜的可能性也是存在的，但我和马秀美一样期待着奇迹的发生。也许，当马秀美提着一棵大白菜、挂着拐棍从集市上回到家门时，会看到门槛上坐着一个人，他双手捂着脸双肘支在膝盖上，只能看到他满头的白发。当他听到马秀美的问询抬起低垂的头时，马秀美一下子就猜到了而不是认出了他是谁。马秀美手中提着的大白菜会掉在地上吗？不会的，对一个过惯了苦日子的女人来说，即便她跌倒在地，她也不会放开手中提着的东西的。马秀美会晕倒在地吗？不会的，如果晕倒就不是马秀美了。那她会怎么样呢？我回忆着读过的文学作品里的类似情节，回忆着那些当事人的表现，似乎都安不到马秀美身上。但我必须解决这个问题，必须给出一连串的描写，来展示这个苦难深重、苦苦期盼的女人突然看到失踪三十多年的男人坐在自家门槛上时内心的感受和外部的表现，似乎怎么写都不过分，似乎怎么写都不能令人满意，似乎怎么写都会落入俗套。

如果不是在酒宴上遇到了柳卫东的弟弟，我不会打开电脑来续写这部作品。我早就知道柳卫东的弟弟柳向阳生意做得很大，我们村集资修建村后那座大桥时，出资最多的就是他。东北乡的基督教徒修建教堂时，捐款最多的还是他。他的爷爷柳彼得是我们东北乡最早的基督教徒，活了一百多岁无疾而终。教徒们常以柳彼得的健康长寿为榜样，劝说群众信教。有人皈依，也有人反唇相讥，说柳彼得在集市上吃炉包喝酒，他的孙媳妇马秀美带着孩子在集市上捡菜叶子，那孩子看他吃炉包，馋得流口水，他却视而不见，只管自个儿吃。旁边的人看不过去，说：老柳，看看你那重孙女馋成什么样子了，你少吃一个，给她一个吃嘛。柳彼得却说：我不能够，她们正在承受该她们承受的苦难，然后才能享平安。

一个人，只要能对自己违背常理的行为，给出一个冠冕堂皇的理由，别人还真不好说什么，何况是借着上帝的名义。由此我也想到：马秀美之所以能够忍受着巨大的痛苦坚持到最后，是不是也是因为她的信仰？尽管她的文化水平很低，无法自己阅读《圣经》，但对教义的理解有时候并不需要借助文字，有很多心灵感应的东西，是很难用常理解释的。我听我的一个信仰基督教的外甥说，东北乡所有的教徒中，没有比马秀美更虔诚的了。每次做礼拜，她都热泪横流，失声痛哭。她跪在耶稣基督画像前，往胸口画着十字，嘴唇翕动着，嘴里念叨着：主啊，保佑他吧，保佑这个迷途的羔羊吧……而我这个外甥每次对我说起马秀美的虔诚时，也是眼含着热泪。

1975年我应征入伍，成了原内长山要塞区蓬莱守备区三十四团新兵连的一个新兵。四十二年后旧地重游，与几位老战友见面，设宴叙旧，宴席摆在八仙酒楼，喝的是"醉八仙"酒。最亲不过战友情，四十多年不见，当初血气方刚的小伙子，如今都成了齿摇眼花的老人，抚今忆昔，感慨万千，"何以解忧，唯有杜康"。酒酣耳热之际，一服务小姐对我说：先生，有您一个老乡想见您。我说：让他进来。一会儿，只见一个彪形大汉，挺着肚子，摇摇摆摆地进来，对我说：三哥，你一定不认识我了。我上下打量着他，说：看着面熟，但的确想不起来你是谁了。他说：我是柳卫东的弟弟柳向阳，小名叫马太。我娘说，我没出生时就挨了你一砖头。我不由自主地跳了起来，往事历历如到眼前。我说：马太！怎么会是你呀！我当兵时你才是个小瘦孩呀！柳向阳说：三哥，你也不想想你当兵走了多少年了！是啊，当兵离家四十二年，柳向阳也是五十多岁的人了。我很感慨，忙对我的战友们介绍他。在座的战友们，竟然多半都认识他，不认识的，也知道他。他是本地最大的房地产开发商，我的好几个战友就住在他开发的楼盘里，当面夸他的楼盘质量不错。几个有意买房的战友赶紧着跟他扫微信。我说向阳这都是我的亲战友，一个新兵连训出来的，你可要给他们优惠。他说，三哥你就放心吧，我老丈人就是原守备区的副政委，我对军人有感情。我说太好了，快坐下，喝两杯。我说你怎么知道我在这里喝酒？他说三哥您这张脸，太有个性了，您一进酒店我就知道了。我说你就直接说我丑不就得了，还文绉绉地跩啥呀。他说，三哥，您不丑，您是咱高密东北乡的美男子，我们单位有几个小伙子想整成您这模样呢。我说马太，你这是跟谁学的呀，骂人不带脏字儿。他说，三哥，我说的句句都是真话。好了，我说，坐下，罚你三杯。我还有话问你。我的一个战友问，柳总，没出生就挨一砖头是咋回事儿？他说，你问我三哥。我说：好汉不提当年勇啦。

我小时淘气在我们东北乡是有名的。看了《水浒传》系列连环画中没羽箭张清那本后，不禁心迷手痒，幻想着练出飞石神功横行天下，于是见物即投掷，竟然练出了一点准头。一日，放学回家，见一乌鸦蹲在路边槐树上叫唤，即从书包里摸出一块石子，扬手飞石，乌鸦应声坠地。正逢村里人散工回家，有目共睹，众人齐声喝彩，令我膨胀不已。又一日，放学窜出校门，大街上正嘻嘻哈哈走着一群下工的妇女，其中就有挺着大肚子的"摩西他娘"。那大肚子里孕着的，就是这个柳总。摩西他娘口大舌长，爱说爱笑，大老远儿就听到她的笑声。我与摩西他娘无仇无恨，怎会无端飞砖打她？事情的原委是：摩西他娘从东而来时，正好有一条与我有仇的黑狗从西而来，它对着我龇牙狂叫，我书包里没有现成的石子，只好弯腰从地下捡起一块碎砖头，对着那黑狗撇了过去。因砖头较大，形状又不规则，所以就偏离了我预设的轨道，斜着飞到摩西他娘肚子上。这也实在是太巧了，为什么数十个妇女走在一起，偏偏击中摩西他娘？而摩西他娘身高马大，为什么偏偏击中她的肚子？这就叫是福不是祸，是祸躲不过。与其说是摩西他娘命中该当有这一劫，不如说她肚子里的孩子该当有这一劫，与其说这腹中婴儿该当有这一劫，不如说我命中该当有这一劫。

当时摩西他娘惨叫了一声就捂着肚子坐在了地上。众妇女愣了一下，紧接着就围了上去。立即有人飞跑着去摩西家报信，那时摩西的父亲在村子里担任着大队长的职务，是头面人物。立即有人飞跑着到我家去报信，说我闯下了滔天大祸。立即有人飞跑着去卫生所叫医生。很快，摩西的父亲气势汹汹地跑来了。很快，我的父亲脸色蜡黄地跑来了。很快，卫生所的医生背着药箱子跑来了。我眼前一阵黑一阵白，一阵红一阵黄，我没有害怕，只是感到有一股冰冷的气体，在身体内钻来钻去。我后来听人说，我父亲一脚将我踢出了三米多远。摩西的父亲严肃地对我父亲说：老管，我想不会是你指使的吧？我父亲说：兄弟，如果摩西他娘有个三长两短，我让这小兔崽子偿命。正在我最危急的关头，仿佛是从地下冒出来的柳卫东（那时他还没改名字），站在我的面前，像个大人一样对我父亲说：大伯，我跟你儿子是结拜兄弟，我们虽不是同年同月同日生，但我们发誓要同年同月同日死！众人都被柳卫东这番话给镇住了。后来我父亲说：这个摩西，人小口气大，长大了必定是个大人物。摩西他娘站起来，摸摸肚子，说：我试着没有什么事，管大哥，不许你打孩子了，这是碰巧了的事儿。好了，没事儿了。摩西他娘临走时还拍了一下我的头，说：今后别手贱，嘴贱讨人嫌，手贱惹祸端。世界上很多金玉良言我都忘记了，但摩西他娘这两句话，我刻在脑海里。不久后，摩西他娘顺利产下一个大胖小子，这个大胖小子就是眼前的柳总。我没对我的战友们详说往事，我只是说：柳总啊，听到你顺利出生、身体健康的消息，这个世界上，最高兴的人，是我。

从回忆的噩梦中解脱出来，心有余悸，我端起一杯酒，说："战友们，弟兄们，我们能坐在这里喝酒，就说明我们都是有福的人。来，为了过去的一切，为了现在的一切，为了未来的一切，干杯！"

柳向阳说："大哥，你出来一下，我有几句话对你说。"

"在座的都是兄弟，有什么话你就说吧，搞那么神秘干什么？"话是这么说，但我还是站起来，跟他到了门外，听他说，"我哥回来了。"

我愣了一下，兴奋地说："我就知道他没死！这家伙，三十多年了，跑到哪里去了？"

"问他，他支支吾吾，云山雾罩的，一会儿说在黑龙江，一会儿说在海南，一会儿说在一个荒无人烟的小岛上，一会儿说在深山老林里，总之，没有一句话可信，"柳向阳无奈地说，"连手机也不会用，信用卡也没见过，思维还停留在80

年代。"

我问："他现在在哪里？我要见他。"

"前天还在我这里，要我投资他的'讨还民族财富'计划，我没搭理他，昨天气哄哄地走了，说是要到黄岛他女儿家。"

"什么叫'讨还民族财富'计划？"我问。

"换汤不换药的骗局呗！什么末代皇帝在美国花旗银行存有三亿美元的巨款，加上利息超过三百亿，但需要一笔资金启动啦，国家出面不方便，委托民间办理……老一套，连傻瓜都不信，但他信。"

"我要见见他，你把柳眉的手机号给我，这几天我正好要到黄岛去。"

"你见他干什么？我觉得他的脑子出了问题。"柳向阳说着，从手机里翻出了他侄女的手机号码，报给了我。

"我就是想知道，他这三十五年到底躲在什么地方？"

"你自己问去吧，问明白后别忘了告诉我一声，"柳向阳略带嘲讽地说，"但是我要提醒你，三哥，你可千万别让他给忽悠了，我已经给柳眉和柳叶打了电话，让她们提高警惕。他手里那些文件，制作精美，凹凸纹，水印，嵌着金属线，简直比真的还像真的。而且，你不知道他的口才有多么好。"

十

黄岛还叫胶南、胶南还归昌潍地区管辖时，我曾经来过一次。那时我与柳卫东都刚学会骑自行车，我们跟着村子里的能人方明涛去赶王台集买红薯干。王台镇北有一道土岭，一条公路翻岭而过，坡很陡。如果从岭顶上骑车下来，即便脚闸手闸一起制动，车速也快得惊人。那天我的自行车前后闸都坏了，又不愿意推着自行车下大坡，于是斗胆骑车下岭。车速起初还不太快，几分钟后便如风驰电掣。耳边只听到呼呼风响，路边的树木齐刷刷地往后倒去，路上的行人、车辆都被我甩到了后边。为了不发生碰撞事故，我杀猪般地吆喝着：让开啊让开啊——我的车闸坏了——那些马车、牛车、自行车、行人，都大老远给我让路。我目不斜视，紧紧地攥着车把，一冲到底。最快时，我感到车子载着我腾空而起，风穿透我的身体，发出尖厉的啸声。等巨大的惯性消耗殆尽，我连人带车，倒在路边。过了一会儿，柳卫东和方明涛也到了。他们跳下车子，把我扶起来。柳卫东对我伸出大拇指，说：好样的！我一向瞧不起你，把你看成一个懦夫，想不到你还有这样的胆略！方明涛也说：真是蔫人出豹子，想不到你还有这胆量。柳卫东说：下次再来赶集，我也要撒开闸过把瘾。方明涛说：那你就回不去了。

柳眉和丈夫在自己开的"渔人码头"酒店的最豪华包间接待我。包间装修得金碧辉煌，土豪气十足。虽然我不喜欢这样的房间，但对他们夫妇在能容十几个人的大包间里招待我一个人，还是十分感动。我说柳眉啊，耽误你们做生意了，其实有一个安静的小房间我们说说话就行了。她说：叔，您是稀客，如果不是我娘的面子，我们用八人大轿去抬，您也不会来的。柳眉的丈夫剃着光头，下巴上蓄着一撮山羊胡子，胳膊上刺着一条青龙，脖子上挂着一条金链子，很像影视剧里的黑社会人物。柳眉对我解释道：叔，知道您看着不顺眼，其实他是个大老实人，开饭店，混码头，不容易，留胡子刺青龙，是自我保护。我说我明白。尽管我说我只要一碗海鲜面就行了，但他们还是上了螃蟹、大虾、海参、鲍鱼、海胆……满桌子海鲜，二十个人也吃不完。我说太浪费了，太浪费了。柳眉说，叔，你好不容易来一次，般般样样的都尝尝，吃不了也浪费不了，待会儿给服务员吃。听说浪费不了，我心里稍微安宁了点。我与他们夫妇碰了一下杯，说：柳眉，不说你也知道，我来这里，主要是想见见你父亲。柳眉说：他根本就没到这里来。他怎么有脸到我这里来？他来了我也不会认他。他把我们娘儿仨扔下，三十多年，我们吃了多少苦？受了多少委屈？我记得我妹妹三岁那年，发高烧，我娘也发高烧，没钱去医院，在家里等死。我去求我老爷爷给我钱，老爷爷就说：主啊，饶恕他们吧。我去求我爷爷奶奶，爷爷奶奶关着大门不见我。我在大街上哭喊：好心的大爷大娘们，大叔大婶们，我娘病了，我妹妹也病了，可怜可怜我们吧，借给我几个钱，让我去买点药给我娘和我妹妹治病，我娘和我妹妹要是死了，我也就没有活路了……柳眉抹着眼泪说，村子里的人怕得罪我爷爷——我爷爷一直认为是俺娘勾结人把俺爹害了——只有您家俺婶婶，把我领回家，给我喝了一碗白糖水，送给我五块钱，让我赶紧给俺娘和俺妹妹买药。那年我才六岁，我六岁就担起了重担，我去了乡医院，在那儿哭晕了，医生护士都哭了，院长也被感动了，派人将我娘和我妹妹接到医院，治好了她们的病……

柳眉的丈夫拍了一下桌子，红着眼圈说：行了，叔好不容易来一趟，你唠叨这些陈谷子烂芝麻干什么？叔，我敬您一杯，今后您要是来黄岛，无论如何要进来坐坐。我说，好，一定。我说，柳眉，看到你们生活得很好，我感到很欣慰。我跟你父亲是好朋友，听到他还活着，我发自内心地高兴。当年他悄然蒸发，定有难言之隐，所以，我希望你和你妹妹还是要接受他。

柳眉说，叔，走着看吧，感情的事勉强不得。让我叫一个我恨之入骨的人为"爹"，我做不到。我说但他的确是你的爹呀。她说，叔，您的好意我明白，我会把您的意思跟我妹妹说说。不过，我妹妹比我的态度更坚决，她说只要这个男人到她家，她会立即报警。

那你母亲是什么态度呢？我小心翼翼地问。

柳眉叹一口气，道：叔，还用我说吗？您自己想想吧。

十一

我能想象出马秀美对抛弃了她和孩子三十五年后又突然出现的柳卫东的态度吗？我想象不出来。想象不出来，又很想知道，那怎么办？很简单，去问。

马秀美家的，不，应该是柳卫东家的房子和院落，并没有我想象得那样破败。我看到房顶上的太阳能感光板和墙壁上悬挂着的空调机，知道马秀美在柳卫东回来之前，在两个日子过得很好的女儿帮助下，生活水平是与村子里最富裕的人家同等的。这让我多少感到了欣慰。

我一进大门，马秀美就摇摇摆摆地迎了出来。我想象中她应该腰背佝偻，骨瘦如柴，像祥林嫂那样木讷，但眼前的这个人，身体发福，面色红润，新染过的头发黑得有点妖气，眼睛里闪烁着的是幸福女人的光芒。我知道我什么都不要问了。

"主啊，您又显灵了……"她往胸口画了一个十字，嘴里嘟哝着，又说，"大兄弟啊，还真被摩西说中了，他说这两天必有贵客上门，果不其然，你就来了……"

我问她："卫东呢？"

她悄声说："他已经不叫卫东了，他叫摩西。"

我问："那么，摩西呢？在家吗？"

"在，正在跟几个教友谈话，你稍微等会儿，我给你通报一下。"

我站在她家院子里，看着这个虔诚的教徒、忠诚的女人，掀开门口悬挂的花花绿绿的塑料挡蝇绳，闪身进了屋。

我看到院子里影壁墙后那一丛翠竹枝繁叶茂，我看到压水井旁那棵石榴树上硕果累累，我看到房檐下燕子窝里有燕子飞进飞出，我看到湛蓝的天上有白云飘过……一切都很正常，只有我不正常。于是，我转身走出了摩西的家门。

原载《十月》2018年第1期

点评

　　接续二〇一七年在《人民文学》发表《锦衣》和《七星曜我》，在《收获》发表《故乡人事》（由三个短篇组成）后，莫言今年又发表了《等待摩西》这篇在结构、立意和风格方面都值得反复说道和深入探讨的短篇小说。

　　小说在结构上采用"离乡——回乡"模式。这是以鲁迅为代表的新文学作家在创作乡土小说时所最常用的、成绩卓著的、对后世影响深远的结构方式。《等待摩西》以"我"的三次回乡，以"我"为视点，并以截取生活横断面方式，讲述了曾经的故乡同伴柳卫东在不同历史时期的人生遭际和精神风貌。两相比较，可以清晰地看出，莫言对鲁迅式小说叙事传统的继承与再造。所不同在于："我"的离乡（一九七五年当兵离开家乡）是以奔着也必然能够获得光明的目的出走的，与鲁迅笔下那些离乡者无路可走的绝望境地有着天壤之别；"我"的回乡（当兵第二年、一九八三年春天回乡探亲、二〇一七年）虽最终也以无乡可回作结，但"我"不再是鲁迅笔下那个熟悉的启蒙者，而几乎成为被启蒙者。改革开放以来乡村的变化早已超出"我"的认知视野，不仅乡村世界发生翻天覆地的变化（彩色电视机、四喇叭收录机、邓丽君、费翔）让"我"倍感不适，而且身份与认识上也来个大换位（比如："我"称柳卫东为"柳总"，而不是鲁迅笔下闰土一声"老爷"那样，让我感到悲哀；"我"无法解答柳卫东媳妇的疑问，而只能用"也许，他在外边做上了大买卖……也许，他很快就回来……"做模棱两可的回应）。这些巨变让"我"怅然若失、无所适从。

文学中的"故乡"只有在"离去"后才能生成意义，莫言长时期的"离乡"显然已赋予"高密东北乡"以无穷无尽的意义。他在这里安放了记忆与魂灵，抒发爱恨与情仇，他在这里介入现实，审视历史，思考生死，寄托理想。在这个短篇中，有关"我"小时候扔砖头误打摩西他娘这一场景的描写，虽在文本中显得有些突兀并游离于主题之外，但无可置疑的是，这又确实是作者对早年记忆与潜意识情感做了一次代偿式投射与表达；有关"我"对摩西失踪之谜颇感好奇（特意回乡与之相见）情节的描述，以及发出"一切都很正常，只有我不正常"的感慨，虽未充分展开或寥寥数语，但都足以表征此时莫言对"故乡"既熟悉又陌生、既亲近又隔膜的复杂情感。故乡并非文学想象中的那种样貌，它的存在是自足的，对莫言或小说中的"我"来说，身与故乡挨得愈近，心反而与故乡离得愈远，身之近与心之远形成了一种明显的反比关系。这是一种悖论，一种现代性的大悖论！它让莫言困惑，也让现实中的你我困惑，且永远无解。

这个短篇涉及基督教话题：柳卫东的爷爷柳彼得是一个虔诚的基督教徒，在"文革"中，他为此而遭到包括柳卫东在内的红卫兵们的残酷批斗；柳卫东和马秀美在经历一系列事业兴衰和人生浮沉后也皈依基督教，成为忠实的信徒。莫言在文本中置入基督教主题，显示是有意为之的，其深意何在？这也颇值得读者予以关注和深入解读。

（张元珂）

角 色

范小青

我在火车站工作。

不过我不穿制服，不是那种正式的可以领工资的铁路职工。那么我是哪一种铁路工作人员呢，你们慢慢往下看，如果有耐心，你们能够看到的。

每天我都守在车站的出口处，我的眼睛快速扫描刚下火车的乘客，主要针对中老年妇女。

比如我看到一个大妈拿着手机打电话，说，阿妹啊，我到了——哦，哦，我晓得我晓得，你不走开，你朋友来接我，我在这里等，我不走开。

我已经判断出来。

我走上前说，阿姨，我是您女儿的朋友，她有重要会议走不开，让我来接您的。

大妈笑得合不拢嘴，啊呀呀，啊呀呀，我刚刚还在跟我女儿讲呢，原来你已经到了。

我说，是呀，我原来以为我要接一个很老的老太太的，没想到阿姨您还这么年轻。

大妈被我的迷魂汤一灌，更是晕头转向了。我接过她的行李，你们别以为我想抢她的行李，那你们也太小瞧我了，说心里话，我还瞧不上她呢，那里边无非几件换洗衣服，一堆不值钱的土特产。

我背着大妈的行李，一边还搀扶着她老人家，像个孙子似的孝顺，我说，阿姨啊，您这回来，得多住一阵吧。

大妈说，不行哎，我最多只能住一个星期，我老头子在家，离开我他不会过日子的。

我说，哎呀，阿姨，您一个星期就要走啊，太匆忙了，那您车票预订了没有，现在票可难买了，不预先订好的话，到时候走不成的。

如我设计的走向，大妈开始有点着急了，说，哎呀，阿妹没有跟我说呀，她大概想多留我几天呀，可是我真的不能多留呀。

我知道时机基本成熟，就说，阿姨，要不这样，我们先到售票处，帮你买好回去的票，这样就定心了。

大妈自然是相信我的，我们一到售票处，里边人山人海，大妈被挤得站不住，我说，阿姨，您别被挤倒了，您在外面等，我进去找个熟人插插队，一会儿就买到了。

大妈把买车票的钱交给我，我就进售票处了。

当然，你们早就知道，我再也没有出现在大妈面前。

你们觉得我是个骗子？

还是先别急着下结论，往下看吧。

大妈女儿的朋友在车站找了大半天，才找到了她。可是大妈看到真的朋友，不敢相信他了，站着死活不肯动，女儿的朋友急了，给她打电话，女儿在电话里证实了这是个真的，大妈还是不放心，要他把身份证拿出来看看，那个朋友说，阿姨，其实身份证也有假的。

大妈却相信身份证，她看了身份证以后，决定跟他走了，一边懊悔不迭地说，唉，刚才就是忘了看那个人的身份证，被他骗了。

她女儿的朋友安慰她说，阿姨，别懊恼啦，还好损失不算大。

他们说话的时候，我已经物色到了新的目标。

也是一个大妈。

现在大妈真多。

真好。

你看出来了，你们一定十分的不屑，我的套路很低级，水平很一般。

但是，上钩的却不少。

连我自己也想不通。

我对大妈说，我是您儿子的朋友，他忙，走不开，让我来接您，他和您说了吧。

当然是说好了的。

我技术水平不高，不敢冒太大的险。

大妈说，是的是的，我知道的，我看到你走过来，就猜是你。

大妈真聪明。

我开始套路，阿姨，您这回来看儿子，得多住一阵吧。

大妈说，这回来，我不走了，反正在老家也是一个人，儿子让我往后就跟着他了。

哟，难得有这么个孝子，得成全他。

大妈没有按我的A计划走，不急，我有B计划。我说，阿姨，咱们出站上车吧。

到了车前，司机下车来迎接，也喊了阿姨。你们知道的，这是我助理。至于车是从哪里来的，你们随便想象一下就行。

如你们所料，车开到一半，抛锚了，恰好修车铺旁边有个茶室，我陪大妈去茶室，喝茶聊天，司机去修车，过了一会，司机找来了，说这个车铺太老土，居然不能用支付宝和微信支付，他身上又没带现金。当然，我身上也没有现金。

但是，大妈身上肯定有现金嘛。

不用说，我又得逞了。

如果这一招也没管用，我还有的是办法，比如我曾经让大妈相信，她儿子和儿媳妇吵架了，母亲暂时不能住回家，请朋友帮忙安排了宾馆住下。

陪着眼泪汪汪的大妈，我们一起到宾馆，下面的事情就好办多了。

再比如，我曾经告诉大妈，他儿子不来接她，是因为孙子得重病在医院抢救，儿子怕她担心，没敢告诉她，下午就要手术，现在钱还没凑齐，正在急筹，所以不能来接她了。

毫无疑问，我又能得手。

我实在太缺德。

但是等到大妈见到了安然无恙幸福快乐的儿子和孙子，她就不会记恨我了，她会把我忘了，她会感恩，她会想，哎哟，老天有眼，生活真美好。

可是我呢，我会遭报应的。

混到现在还是个骗子，这不是报应是什么。

有时候如果大妈比较缺少，我在无奈之下，也去物色老头，但是老头大多是死脑筋，死脑筋反而不好对付，比如有个老头不满儿子不来接他，赌气，坚决不跟我走，可我的时间很有限，我可钻的空子，只有那么几分钟，因为真正的儿子或儿子的朋友，很快就会出现，我必须得在这短短的时间内，搞定一切。如果老头固执僵持，我也只能放弃他。

有个老头也挺奇葩，他说，他没有儿子，只有女儿，可我明明听他在电话里喊土根，难道他女儿的名字叫土根。老头狡诘地说，这是我们的暗号，你们外人不懂的。

我至今没有想明白，什么叫暗号土根。

那一次有惊无险，老头只是嘲笑了我，并没有把我扭送到派出所。

其实我也不怕派出所，所以我还有心情去撩他，我说，大伯，既然你知道我冒充了别人来接你，你为啥不揭发我哩？

老头说，我为什么要揭发你，我谢谢你还来不及呢，现在哪有你这样的活雷锋呀，明明不是我儿子，还要冒充我儿子来接我。

我真不知道老头是在讽刺我，还是夸赞我。

今天我又到高铁站，我又接到了一个我喜欢的大妈。

一切都在我的计划中，我们且往前走吧。

这个大妈有所不同，她一见了我，还没等我和她套上近乎，问她买返程票的事情，她就主动告诉我，她要去买好返程票，请我帮帮她。我真是大喜过望。

可是接下来的事情似乎有了点意外的麻烦，因为她紧接着又告诉我，她现在买不了票，她的钱包在火车上被偷了，身份证也没了。

没有身份证是不能买车票的，大妈有点着急。

这是我老混子碰到的新问题，一时间我忽然明白过来，A、B、C、D计划已经不管用了，我得重新调整甚至制定新计划。

大妈见我有点发愣，她笑了笑，说，小伙子，看起来你没摊上过这样的事情，没事的没事的，车上的人已经告诉我了，下车后先去办一张临时身份证。

我立刻感觉机会来了，我说，阿姨，那您在这儿等吧，我替您去办。

大妈奇怪地看着我，愣了一会说，我不去可以吗，好像不可以吧，我的身份证应该要拍我本人的照片呀。

我赶紧圆回来说，阿姨，我见您着急，想去搞一张假的来，那个来得快，真要办一张真的身份证，哪怕是临时的，也很麻烦的。但是我知道错了，我还是陪您亲自去吧。

大妈说，你带我到哪里去？

我说，派出所呀

派出所比较远，要走好一段路，我相信路上我会有机会的。

可是大妈又笑了，说，小伙子哎，看起来你就是一直坐办公室的那种，不经常到火车站这种地方来吧，你都不知道现在火车站售票大厅那里，有专门办临时证件的窗口吗？

我怎么不知道，火车站有什么是我不知道的，问题是我到那个制证处去的机会太少嘛，我的职业又不是倒卖身份证。我奇怪大妈怎么知道得这么清楚，我得有点警觉心了，我说，阿姨，看起来您是经常坐火车的啦。

大妈说，哪里呀，我这还是头一回来看儿子，是火车上的好心人告诉我的，他们还给我写了一张纸条，我要是搞不清，可以请火车站的好心人帮助我，我说不用的，我儿子会让朋友来帮我的。

大妈不等我问，就把纸条拿出来给我看，哇，写得可真详细。

我说，哟，好心人真是细心，太周到了。

大妈说，是呀，他们说，这样可以防范骗子，他们告诉我，火车站骗子很多的，我说我没事，我儿子会来找我的，呵呵，你果然来了。

我的思路暂时闭塞了，既然人家在纸上都给她写得清清楚楚，大妈也认得字，我应变能力还不够强，不能及时面对新情况，暂时想不出新鲜的谎言，只好带着她到售票大厅。

在大厅的一侧，专门设立了一个办证的窗口，当然，你如果有经验，你就会知道，队伍最长的那个就是。

旅客丢失了身份证明，不能买票、无法坐车，不能自由行动了，可以来这里快速处理，现场拍照，现场解决问题，真是十分方便。当然我并不喜欢这种方便，处处方便了，我们就没有方便了。

至少我的一向以来严格执行的短平快行动计划，受到挫折了。

我伺候着大妈一起过来，一看这里的情形，果然人好多，排着很长的队，都是没了身份的人，又都是着急着赶路的人。

我着急呀，那个大妈儿子的真正的朋友，肯定已经到了出口处，他接不到阿姨，肯定会打电话给大妈的儿子，大妈的儿子，立刻会打电话给大妈，两通电话一打，我就显出原形了。

我急着去和前边的人商量，我们要赶车，时间来不及了，能不能让我们先办。人家说，你们要赶车，我们也要赶车，如果不是要赶车，谁到这里来人挤人，好玩呀？

大妈见我急，跟过来劝我说，小伙子，你别着急，我们就慢慢排队吧。

我说，阿姨，我不急，可是您儿子会急呀，他会怕您给骗子骗了去。

大妈一听，顿时笑了起来，她边笑边说，喔哟哟，笑死我了啥，我被骗子骗去，喔哟哟，我一个老太婆啥，骗子骗我去有什么用啥。

她还在那里啥了啥的，我这里已经心急如焚啦，我紧张地盯着大妈的手机，就怕那个东西响起来。

我急得说，阿姨，您不理解您儿子的心情呀，如果等办到证，再买到返程票，再回去，这么长时间，他肯定会着急的嘛。

大妈想了想说，哦，对了，我知道了。

她拿着手机就给儿子打了电话，这正是我要的结果。

儿啊，我是你娘，你听出来了吧，你放心吧，接我的人已经找到我了，没事的——什么什么，他说没接到我，开什么玩笑，我出来他就接到我了，挺老实的小伙子，你尽管放心。

我从她的话语中判断出一些信息，我顿时紧张起来，那个大妈儿子的真朋友果然已经报信了，我正在考虑我是溜之大吉呢，还是继续观察？

真庆幸我还有机会。因为大妈挂断电话就对我说，哎哟，幸亏你提醒我，我打过去的时候，我儿子正要打我电话呢，你猜怎么，居然有个人，说没接到我，什么人呀，哦，我知道了，骗子，肯定是骗子，他骗我儿子，说没有接到我。

我心里"扑通"一跳，赶紧强作镇定，我说，是呀是呀，是要小心，现在骗子实在太多，无奇不有。

大妈自信地说，骗子再多，不怕，只要我们自己小心，他也得不了逞。

虽然现在我的心安稳一点了，好像已经闯过了一次险关，只是接下来不知还有几多凶险等着我呢，我必须得抓紧，我干的这活，讲究的就是一个"快"字，让人在来不及防备的缝隙中，我就抽身而去了。

现在这位大妈，似乎要跟我打持久战了，那可不行。

我到前面的队伍中，物色可以猎取的对象，我正打算挨个地看看他们的脸蛋，研究分析一下，看看哪个便于上手，结果却发现我被人家盯上了。

这个人死死地盯着我，眼睛一眨不眨，我竟然有点慌张了，难道这个人被我骗过？不对呀，我从来只找中老年妇女下手，他可是个壮年大汉。

看了半天，他忽然一把抓住我，说，兄弟，帮个忙，借我——

天哪，什么世道，借钱都借到骗子头上来了，我正来气，想喷他，那大汉已看懂了我的心思，赶紧说了，兄弟，你误会了，我不是向你借钱，我只是想向你借张脸。

借我的脸？这个说法有点创意，我且看他如何意思，我说，你借我的脸，什么用？

大汉说，拍张照，去办临时身份证。

我的警觉性挺高，我说，咋的啦，你是个逃犯，不敢用自己的脸？

大汉嘿嘿说，逃犯，见过逃犯有这么胆大的吗？

我朝他的脸看看，我说，那你觉得我长得和你像吗？

大汉说，不是我，是我一个朋友，要办证，可是一眨眼人不知跑哪儿去了，一会车要开啦，咋办哩，只好借张脸用用，我都物色半天了，都长得不像，差太远了，结果幸好你来了——刚才你走过来，我一看，就你了。

我跟他讨价还价了，你要借我的脸，你知道一张脸值多少吗？

大汉说，我真不知道一张脸值多少，以前也没有借过脸，你开口吧。

我说了一个数，大汉有些犹豫，但是看得出来，他是急于要替他的朋友办证，所以这事情真有希望，我催促他说，成不成，成不成，不成我走啦。大汉说，你别急嘛，我没说不成嘛。

眼看着要做成一笔借脸的生意了，他的朋友却跑来了，气喘吁吁说，哎哟，我找错地方了，我跑到那边去了。

我的生意泡汤了，那大汉朝我抱歉地笑，回头对他朋友说，你看，你再不来，我替你把脸都借好了。

他朋友朝我的脸看看，又摸了摸自己的脸，不服，说，我的脸跟他这样吗，不对吧？

他还不服，我还委屈呢。

他们高高兴兴拍了照去办证了，我也没啥损失，只是空欢喜一场，算了算了，这本来不在我的计划之中，意外之财，向来也不是我追求的目标。

好事情都是努力得来的。

我重新开始努力，我相中了拍照队伍中一个看起来有点小贪的人，给他塞了十块钱，想插他一个队，他说，二十。我又加了十块。

当然，这钱我不能向大妈要，我这算是先投资吧，迟早要从她那儿加倍收回来的。

我们就挪到前面的位子了，大妈一个劲地说，哎哟，还是好人多呀，哎哟，不好意思的啦，人家都有事情的啦。

废话还真多。

现在我们前面只剩下一个拍照的人了，眼看着事情就要解决了，不料前面的这个人，又出幺蛾子了，她已经进了那个小屋，看了看墙上的说明，又退出来了，眼神可怜巴巴地看着我。但是我看她的样子，可不像个文盲，我得小心，别被骗了，我不客气地说，怎么，你不认得字？

她说，我认得字，可是，它要投二十块钱才能拍照，我身上没有。

我说，你既然认得字，你再看看，这下面还有一行字，可以用微信、用支付宝都可以。

她脸红了脸，说，那个，我都不用的——她看我十分警觉，明摆着不相信她，赶紧又说，我老公不许我用。

我倒奇怪了，为什么？

她说，怕被骗了，我老公说，支付宝里的钱，很容易被人搞掉的。

我挖苦她说，是呀，身上的钱就不容易被人搞掉了。

她没有听出我的意思，仍然求助地看着我。我说，那就是说，你身无分文，真实的钱没有，虚拟的钱也没有，却想买一个你自己，这恐怕有点难。

她说，不是身无分文，我身上有钱，就是没有二十元零钱，你有没有零钱帮我换一下。

在后边听了半天的大妈拉了我一把，提醒我说，小心，别换，别帮她换，谁知道呢。

那女的有点急了，解释说，我不骗子，我就是急着要办个临时身份证去买票，我没有二十元零钱。

大妈撇了撇嘴说，谁会说自己是骗子呢，上次我在菜场好心帮人家换钱，结果拿到一张假的一百元，我都这么大的教训了，你还不要小心啊？

排在我们身后的旅客等不及了，说，你们快点好不好，你们不换我来换，这样搞下去，我要赶不上火车了。

他果然掏出了零钱，和那个女的兑换了，大妈赶紧提醒他说，你仔细点，你小心点，看看是不是真钞，那人听了大妈的话，仔细地照了照，又捏了捏，嘟哝说，看不出来。

折腾了一番后，终于轮到大妈拍照了，我让大妈进入那个像小盒子一样小房间，坐下来，面对镜头，点开了"普通话"，里边就说了，请投币二十元。

可是大妈和前面那个女的一样，身上没有零钱，都给小偷偷了，她就眼巴巴地看着我。

我被大妈的眼光一盯，猛地一惊醒，我顿时觉得自己犯傻了，我赶紧问大妈，您身上的钱是不是都被偷了。

大妈拍了拍心口说，没有没有，你放心吧，我钱包里只有几十块钱零钱，还有身份证，大票子都藏在我的大包里呢，小偷以为钱包就是放钱的，其实现在我们都会小心的，都知道怎么对付小偷。

既然如此，我暂时还舍不得放弃她，所以我必须先替她付钱，我代她投币，塞进去两张十元钞。

照片立等可取，大妈还蛮上相的，或者，换个说法，照片和真人拍得还蛮像的。

我们带着新拍的照片，交到窗口里的女民警手里，女民警看了看照片，看了看大妈的脸，点了头，我心头一喜，以为过关了。

可是女民警的声音通过话筒传了出来，她要求我们提供证明材料。

我顿时反应过来了，是呀，一个人拿了自己的照片，就算他的脸和照片是一样的，这又能证明什么呢，恐怕什么也证明不了的。

大妈却听不懂，说，你要什么证明？我就是来开证明的呀，我要是有证明，我就不来开证明了。

我虽然知道我们是错的，但我仍然学着大妈的口气说，我们要是有证明材料，就可以证明我们的身份了，我还办什么身份证明。

女民警笑笑说，你如果有证明材料，当然可以证明你的身份，但是你不办临时身份证，你买不了火车票，也上不了火车呀。

她真是很耐心，解释得很细致。

我和大妈面面相觑。

后面的旅客又不耐烦了，说，你们懂不懂啊？不懂就不要排进来耽误别人的时间。

不懂就先弄懂了再来排队。

不懂就在家里待待算了，出来混什么？

还是女民警为人民服务，她笑吟吟地安慰我们，别着急，别着急，如果身边什么证明也没有，你报出你身份证的信息，我们可以通过系统进行比对，对上的，也可以办证。

这个我懂，但是想要让大妈报出她的身份证号码，我估计这事情又黄了。可结果偏偏出乎我意料，大妈还真记住了，我真服了她，我兴奋地说，阿姨，您太牛了，您怎么能背出这么多号码，我年纪轻轻，我记性都不如您。

大妈说，人家跟我说，出门的时候身上东西要藏好，但是藏得再好也可能被偷走的，所以最好还要用脑子记一点东西，那是骗子骗不走的，万一身份证丢了，你赶紧去补办，报出号码就可以，否则被骗子弄去，冒充你到处去骗人，那就麻烦了，现在到处都是骗子呀。

她对着我的脸一口一个骗子，好在我面皮够厚，无动于衷。

大妈先报了自己的名字，然后又十分顺溜地背出了身份证号码，别说是我，就是窗口里那个女民警和身后排队的人，也都十分佩服，啧啧，厉害了我的大妈。

也有人说，作孽，这把年纪，硬背出来的，怕骗子呀。

也有的不以为然说，老太，你以为背出身份证号码就不会碰上骗子了呀。

这时候话筒里发出了"咦咦"的声音，我们赶紧朝里边看，看到女民警又啪啪啪连续输入了几次，似乎都不对，她一边皱着眉头咦咦咦，一边重新输，但始终不匹配，就是大妈的名字后面，没有那样的号码，或者说，那个号码，根本就不是大妈的。

很明显，这大妈有可能根本就不是大妈，或者，这大妈背出来的根本不是她自己的身份证号码，再或者——总之，我知道了大妈的身份不对，我竟然心虚起来，好像不是她的身份出问题，而是我被戳穿了，我提着小心问道，阿姨，您到底怎么回事？

大妈也发愣呀，不过还好，她发了一会愣，忽然一拍大腿，喊了起来，狗日的，狗日的村长。

原来大妈的身份证当初是村长代她去办的，说省得她跑来跑去辛苦，顺带就到镇上帮她办了。

大妈气哼哼地说，我麻烦他了，还觉得怪不好意思，还给了他好处的，他居然也收下了。也不知道狗日的拿了谁的照片报了谁的名字，反正现在看起来，狗日的把我办得不是我了。

大妈的话并没有漏洞，但是大家听了，并不觉得就可以相信她，窗口里那个女民警倒没说什么，后面排队的人不依不饶了，他们又开始七嘴八舌。

说，什么狗日的村长，怎么扯到村长了，不要是个骗子哦。

也有不同意的，说，骗子敢来这里，到警察眼皮底下来要证明，她胆子也太大了。

有人附和，是呀，一个老太太，这把年纪了，还做骗子吗？

有人反对，说，难说的，骗子脸上又没有写字，谁看得出来，跟年纪更没有关系，上次我看到一个新闻，有个老太太，专门拐卖女研究生，成功了好多个。

越说越离谱了，我赶紧打岔说，哎哟，你们扯得太远了。

大家看着我，有人说，小伙子，她是你什么人哪，你真的认得她吗？

我说，是我朋友托我来接的他妈。

大家的脸色顿时就变了，情绪激动起来。

说，这么说起来，你以前并没有见过她？

这么说起来，只是她告诉你，她是你朋友的妈？

这么说起来，你们接头也没有什么证明证明她就是你要接的人？

他们真能想，想得真多，又说，她有没有让你出钱替她做什么？

我赶紧说，没有没有。

大妈却提醒我说，我拍照的钱是你出的。

大家立刻又警觉了，说，你看看你看看，你还说没出钱，你都一直蒙在鼓里噢。

大妈又说，还有，刚才你塞给人家钱让我插队了，我也看见了。

这就更证实了大家的想法，你还不觉悟啊，你以为这是小钱，不会是骗子的骗术，其实骗子都是一步一步来的，有的骗子，养被骗的人，要养几个月才开始呢。

是呀，总之是先让你相信她，然后就会——

我说，然后会怎样？

大家说，然后肯定是要你买车票，至少几百块哦。

我说，咦，你们怎么知道？

他们说，咦，骗子就是这样骗人的，你看老太太急着要办临时身份证，又是插队，又是骗人，难道不是急着要买车票吗？

我得为大妈正名，如果大妈成了骗子，我还怎么骗她呀，我急呀，我急得就说，她不是骗子，她就是我要接的人。

大家又集中目标攻击我，说，你又没有见过她，你怎么知道她就是她？

说，就凭她自己说她是谁，她连身份证都没有，你就相信呀？

说，哎哟，难怪骗子这么容易得逞，就是因你这种人，太糊涂，太轻信。

然后他们纷纷给我出主意，教我怎么防范骗子。

大妈也跟着他们一起教我，大妈说，小伙子，我早跟你说了，你见的世面太少，你看人要有眼力，要能看清楚每个人的角色。

大妈这一说，立刻有个人在背后搡了我一下，说，小心小心，这是什么话你听出来没有？

我还真没听出来。

他们说，这就是套路，这就是开始。

小伙子，一看你就是没有社会经验的，你哪能看出来。

什么什么什么。

什么什么什么。

我终于被大家搞晕了。

我差不多已经忘记了我是谁。

我的计划，无论是原计划，还是后备计划，还是重新调整过的计划，统统被我抛到脑后。

更关键的是，我不仅忘记了我是谁，不仅忘记了我的计划，我更忘记了我的计划是有时间性的，本来我只能打个时间差，必须在很短的时间内干成事情，但是我忘记了，我居然跟着大家一起分析判断大妈是不是骗子。

可是，我虽然忘记了，有一个人可决不会忘记，就是大妈的儿子嘛，他很快就会发现问题，也许，他已经在来的路上，也许，他已经到达了。

怎么不是，他来了。

他来了，我就惨了，我应该拔腿就跑，可是我心里不服呀，我冤哪，白白为大妈垫付了几十元，还像孙子似的伺候照顾她半天，难道结果就这样，赔了夫人又折兵？

一个骗子，不这样还想哪样？

就在我要拔腿逃跑的时候，大妈已经冲着儿子喊了起来，儿啊，你怎么来了呢，你不是很忙吗，我没事的，这边大家都在帮助我呢。

那儿子还没得来及开口说话，一个旅客已经脱口而出了，媒子！媒子来了！大家注意看噢，好戏要开场了。

另一个则拍了拍我的肩说，小伙子，你要小心了，一个好人，绝对搞不过两个骗子的。

还有一个眼睛凶的，说，哼哼，她还喊他儿啊，你看得出他们有哪里长得有一来接妈的那儿子，完全听不懂大家在说什么，问他妈，他妈也没听懂，只是指着我对他儿子说，儿啊，这是个好人，他给我垫了钱，你要还他。

那儿子挺大方，掏了两百元大钞，硬塞给我，我当然先要装装样子假意推辞，那儿子说，哎哟，妈，我还担心您被骗子骗了，哪知道您遇上好人了。

硬是把钱塞进我的口袋，我也不便太做作，就任它们安放在那里了。

旅客们纷纷围着我，祝贺说，小伙子，你运气不错，没让骗子骗得去，还让骗子损失了。

另一个则说，其实是他们心虚了，如果扭到派出所，那才损失大呢。

又说，是呀，现在用点小钱换个保全，合算的。

他们又七嘴八舌地一致教育我说，小伙子，以后多长个心眼噢。

小伙子，以后不能再轻信别人噢。

小伙子，现在外面这世道，谁也不知道谁噢。

我赶紧谢谢他们的关心。

我内心十分感动，差一点热泪盈眶。

我早已经忘记了我是谁。

后来，我已经无法再到火车站工作了，因为一到火车站，我就不知道我是谁了。

原载《钟山》2018年第5期

点评

如今各类诈骗事件层出不穷，骗人把戏屡屡刷新我们的耳目。小说中的"我"常年混迹于火车站，以大妈大爷为行骗对象且屡屡得手，并对自己的行骗手段和技术自信满满。但这种自信被一次不对称的行骗经历所打破。大妈丢了身份证，要补办一张临时证明，骗子想借机大显身手，好好骗一次。为放长线钓大鱼，骗子还为大妈交了几次手续费。但这位大妈非寻常人，她熟悉办事流程，深谙防骗技术，骗子最终非但无法得逞，反被大妈所"骗"。在此，身份发生置换，骗与被骗发生位移，结果自然是令人啼笑皆非。《角色》的故事好读，耐读，特别是反转式情节的精心营构则更让这个短篇在可读性方面更胜一筹。这个短篇在如何讲方面层层铺垫，在结尾处才形成情节与结果的瞬间陡转，从而给人以阅读冲击力。这也是这个短篇意蕴生成的主要来源。这再次说明，"故事"是小说的基本要素，而如何讲是一门学问。

（张元珂）

春暖花开／

／邵　丽

　　春暖花开的时候，刘老师把一套写毛笔字的家什搬到自己院子里的花架下。今年春天来得格外早，但他是从电视里得到消息的。前几天，他从新闻里看到，淮南地区漫山遍野的映山红和油菜花开了，比往年提前了半个月。就是在那个时候，他突然兴之所至，决定要去看看自己的学生王鹏程。王鹏程去年从团市委书记的岗位上，调到淮南一个县当县长。从其他学生口中得知这个消息后，刘老师给王鹏程打了电话，那时王鹏程已经上任两个多月了。电话里，王鹏程再次跟刘老师确认了这个消息，最后还邀请他来淮南住几天，说老师的肺不好，淮南比淮北湿润，对肺部有益处。刘老师说，好好好，我一定去。

　　他站在那里写字，风轻轻蹭着他的腿，狗也跟着蹭。在这春天里，一切都变得不安分起来，而这一切的不安分，却让幸福有了一个具体的模样，宽泛而深邃。

　　晚上吃饭的时候，他把去淮南的决定告诉了儿子——老伴去世后，儿子媳妇过来陪他，住在他们家二楼。他对儿子说："你今天请假，陪我去买套西装，要好点儿的。"像往日一样，素来反对他跟学生拉扯的儿子，磨磨唧唧不想去。媳妇说："爸，衣服他不知道什么是好儿，我陪您去吧！"

　　他很满意这个媳妇，平时话不多，就是有眼色。其实，话本来就是说给媳妇听的，谁见过儿子陪父亲买衣服啊！

　　媳妇开车陪他到市里，转完购物中心五楼六楼整个男装柜台，才买到一身他满意的深灰色西装和一双黑色皮鞋。

接着，他又来到女儿家，对女儿说："我要去淮南看看我的学生王鹏程，你跟我去理理发，染染头！"女儿正在拨弄一堆石头，她把这叫作玉。这让他非常不屑，君子温润如玉，如果这就叫玉，君子还有什么品相？

女儿丢下手里的活计，给他泡了一杯绿茶放到沙发上，然后在父亲对面坐下。父亲从来不喝她的普洱，总是说，那几百年的老树叶子，我不相信还有什么营养！

女儿待他喝了一阵茶，才问道："哪个学生？过去老来咱们家蹭饭、现在当县长那个？"

他听了女儿这句话，气得把茶杯蹾在茶几上，说："你看你说的这叫什么话！"

女儿笑了，拍拍他的手背，说："老爸，别激动；听我的，千万不能去。"

刘老师吃惊地问："为什么？"

女儿说："为什么？好几年他都没来看过你了，人家就那么顺口一说，你就当真啊？你一个退休老师，他哪有工夫陪你？"

"你越说越过分了！那是我的学生！"刘老师真火了，他气愤地站起来，拉开门拂袖而去。他为女儿这么轻率地冒犯他们的师生关系而怒不可遏。

午休起床后，他又郑重地给镇上的党委书记打了电话。在电话里，他对党委书记说："我要去淮南看看你的学兄王鹏程，他一直想让我过去住几天。"镇党委书记是他晚几届的学生。

然后，他从容地走到院子里的花架下写毛笔字，每天临池是他几十年养成的习惯。进入四月，淮河以北也春暖花开了。沐浴在春风花香里，竟让他无端地想起"如沐春风"这个成语的典故来，"朱公掞见明道于汝州，逾月而归。语人曰：'光庭在春风中坐了一月'"。他一边轻轻地念叨着，一边在宣纸上反复写着"如沐春风"几个字，觉得此情此景与眼下诸事，结合得是如此的熨帖。

那么，他想，孔圣人"发愤忘食，乐以忘忧，不知老之将至"也是一种幸福吗？最近，中央电视台搞那个"你幸福吗"随机调查，深深地打动了他。他觉得，对于老年人来说，幸福就是需要和被需要，存在于欲望和满足之间的那个过程中。而把握住这个过程，就把握住了幸福。

写到身上微微出汗，他坐下来慢慢地品茶，满意地打量着周围的一切。由近及远，树绿着，天蓝着，风吹着，天地大美而不言。

真好。

没过多久，镇党委书记就带着镇长等人过来了。这个学生曾经在他的班里当过班长，也是他比较喜欢的，听话，大小事都不糊涂。党委书记说，一是来给老师送送行，二是想让老师给鹏程市长捎几句话，家乡人民祝贺他高升。

"没有高升啊，还是县处级干部嘛！"刘老师握手成拳，轻轻地捶着腰，淡然地说。

"那是。那是。"党委书记虚心地附和道。

"不过，"等大家都坐下后，他用茶巾擦擦手，给每人斟了一杯茶，"县长毕竟权力要大些，责任也大。"

一圈人相视而笑。个中道理自不待言，不说才好。

又说了半天闲话，党委书记请求晚上给老师送行。

"今天就免了，等我回来再说吧！"刘老师站起来送客。

赶个周一，一大早起来，他喝了一碗粥，吃了两个煮鸡蛋，然后换上新买的西装，拎着媳妇收拾好的旅行包就出发了。本来媳妇说要送他，被他拒绝了，他坚持自己走着去车站乘车。路上，遇到跟他打招呼的人，他都是一笑而过；而与他特别熟络的，他就停下来说上几句，最后总是会捎带上"……嗯，我去淮南看看我的学生。"很快，整个镇子都知道了刘老师要去淮南，看他在那里当县长的学生；学生请他去住一段时间。镇子不大，刘老师也算头面人物，当县长的学生请他去，这些都是小镇上的新闻由头。

他一向从容，即使今天也不着急，况且头天晚上他就跟他另外一个学生、现在镇上开小巴的罗志军说好了，让他今天等着，他要坐他的小巴去火车站。罗志军一向顽劣，但对刘老师却尊敬有加。按刘老师自己的话说，知道跟他亲。罗志军在电话里说："刘老，您轻易不出远门，这是要去哪儿啊？"刘老师说："去淮南，鹏程一直想让我去住几天！""嗯嗯，去看县长啊！"罗志军的舌头都大了，他一天不喝酒就认为自己白活了一晌，"等您回来我组织镇上的同学们跟您接风啊，刘老！"

刘老师正色道："少喝点，不能误了我明天的正事儿！"

王鹏程跟罗志军是一届毕业生，那届学生虽然考上大学的没几个，但是是他当教师这一生最让他自豪的一次高考。他不禁想起来考分出来那天，他从县教育局打听到王鹏程的考分，直奔他家的情景。天上下着瓢泼大雨，他的一只鞋底也在泥水里被粘掉了。他硬是踩着十来里泥路，半夜敲开了王鹏程家的门。当他看到王鹏程的时候，突然觉得喉头紧得说不出话来。"鹏程……"他努力抑制着自己，但是不管用，"你考了个状元！你可是咱地区的高考状元啊！"

睡眼惺忪的王鹏程后退两步，吃惊地看着高大苍白又瘦削的老师。他简直就像一条刚从水底游上来的鱼。

"鹏程，你考中了！你是状元，咱地区的状元啊！"这条浑身冒着蒸汽的鱼说。

师生两个的手紧紧拉在一起，热泪长流。这是刘老师代课老师转正后带的第一个毕业班。而王鹏程，是恢复高考后这个镇子考上的第一个名牌大学生。

刘老师已经很多年没坐过火车了。现在的火车和当年的绿皮车比，真是天渊之别。车厢干净整洁，人也少，每个人都有座位。天还不是太热，冷气就送得足足的，让他的这身西装显得格外得体。他在靠边的窗口坐下，掏出一本书来看，《笑林广记》。他当老师的时候，是不会看这种闲书的。一来没时间，二来嘛，子不语乱力怪神。现在，用一种闲适的心情再看，竟是那般的有趣。看得高兴处，不禁呵呵地笑出声来。后来，他放下书揉眼睛的时候，被对面座位上的一对小夫妻吸引住了。他们在逗自己的儿子玩儿。他一直想要孙子，可儿子媳妇天天只想着自己快活，对老人的焦虑熟视无睹。他主动跟这对小夫妻搭讪起来，从哪里来，到哪里去……当得知他们要回淮南老家，他说："我也是要去淮南，去看我的学生，他在你们那里当县长。"

"啊？是吗？"小夫妻敬仰地看着他，热情相邀，说他们有车接，让坐他们的车，他们负责把他送到县政府。

"不！"他一下矜持起来，"我的学生要来接我。"

他觉得这样说，完全是为了避免给王鹏程找麻烦。

下了火车，还要转一个多小时的汽车才能到县上。看看时间还早，他在车站找了一个比较干净的小馆子吃了一碗面。在等面的时候，他掏出手机看了看。前几天他给王鹏程打电话，开始他都没接，接着就有信息发过来："抱歉，我正在开会。"后来等到很晚，他好容易才打通电话，王鹏程压低声音说："哪位？我正在开会。"刘老师也赶紧小声说道："我是你刘老师，最近想去看看你。""好啊。"王鹏程说完就挂断了电话。看着学生忙成这样，刘老师想起女儿的话，有点想反悔。但后来又想通了，过去看看他说说话，就赶紧回来，不给学生添麻烦。

到了县城车站，他又给王鹏程打了电话。电话还是被挂断，接着是信息"抱歉，我正在开会"。他害怕再打扰他，就走到候车室，想找个座位坐下来。谁知道候车室内全是人，一个位子都没有。他站在人群中间，不知所措。这时一个学生模样的女孩站起来，把位子让给了他。他看看位子，又看看女孩，迟疑了一下，说："我是来……看看你们县长。"这句话把女孩弄糊涂了，她问道："您说什么？""没事！没事！"

他突然觉得自己浅薄得可笑。老年，是一个可笑的年龄呢！可是，他是从什么时候变老的呢？抑或是，他们怎么看出来他老了呢？莫非是，人的衰老表现在语言里，表现在性情里，表现在包裹和书里？

一瞬间，坐在汽车站候车室，他的学生、王鹏程县长治下的汽车站候车室，他突然感到深刻的困惑和极度的孤独。

一直等到过了下班时间，他才给王鹏程发了信息："我已经到了县上。"半个小时后，王鹏程的电话打了过来，问："您是哪位？"刘老师心里咯噔一下，他以为联系这么多次，王鹏程会记下他的电话号码。

"鹏程，我是你刘老师。"他觉得自己的声音都走了腔。声音里有一丝委屈，也许是埋怨，或者是巴结。但他体谅自己，虽然只有两个多小时，但在感觉上，他好像被遗弃了太久。

"哦，刘老师？"王鹏程有点意外，"您已经到县里了？"他迟疑了一下，"这样吧，我今天太忙了，脱不开身。我先安排秘书接待您，明天我去看您。"

后来他被县政府孙秘书接着，安排在政府招待所住下。孙秘书很热情，安排得也很周到，这让他得到了莫大的安慰。毕竟，王鹏程是他最器重的学生，他知道好歹，也知道轻重。

晚上吃了饭，他想出去走走。刚到楼下，看到院子里停满了警车，大厅里也站满了人。他知道这是有活动，便赶紧回转身往楼上走，在楼梯口迎面与从餐厅下来的王鹏程走了个碰面。他们是一群人，王鹏程正眉飞色舞地跟他们说着什么。他刚想上前打招呼，被旁边的便衣看见，上前阻拦住了。王鹏程也看见了他，但没停下来，一群人前呼后拥地出去了。等人去楼空，他准备上楼，孙秘书忽然在后面喊住他，说王县长马上要过来。他就站在楼下大厅里，又等了一会儿，王鹏程来了。这次刘老师看清楚了，他面色通红，但精气神十足，不像当团委书记的时候那般文弱，这让刘老师暗暗高兴。他最得意的门生，怎么也得文武双全，有汉子气度嘛。

王鹏程过来，拉住刘老师的手，说了几句话，说他马上还得走，事情还没忙完。

"你赶紧去忙正事儿！等你闲了咱们再好好说话。"刘老师说。

王鹏程匆匆忙忙地走了。

他这才想起来，刚才王鹏程拉他手的时候，王鹏程的手心湿湿的，热热的。这让他想起他上学的时候，手心脚心老爱出汗，竟陡然生出一种慈父般的怜爱来。

然而上楼后，他又想了另外一个问题，也是来之前，他曾经跟镇党委书记触及到的那个问题：都是县处级干部，今天的县长王鹏程和昨天的团委书记王鹏程，是一个级别吗？其间的深度、宽度、高度，以及那种难以言说的空间，让他有一种试图把握又频频失控的感觉，就像那天他踩着泥水去王鹏程家，那种滑腻的感觉。而这种感觉，是他在汽车站的候车室里，在刚才被便衣警察阻拦后，突然出现的。

第二天中午，孙秘书过来了，他告诉刘老师王县长忙，今天可能没时间过来。他在招待所待了一上午也不敢动，怕是王鹏程过来找他。听孙秘书这样说，他决定趁下午没事，到街上转转。

从招待所出来是一条老街，沿老街走不了几步，就是县城的主干道。淮南的四月，已经有了初夏的感觉。四处绿意葱茏，生机勃勃，浑似江南。在这里工作生活，过的真是神仙的日子呢！他心里暗自为王鹏程来到这么一个好地方而高兴。

刘老师先是进了一家杂货店。店老板是个五十多岁的中年人。刘老师一边挑挑拣拣，一边跟杂货店老板聊了起来。

"……你们县里的县长是新来的？"他问道。

"也不算吧，来一年多了。现在领导换得勤，跟走马灯似的。"

"这个县长怎么样啊？我听其他人对他评价很不错。"

"是吗？"

"你觉得呢？"

"是吧！"那人看看他，有点警觉。

说不上来为什么，他竟然有点莫名的愤恨，转身出去了。这种人，怎么能当老板呢？在自己的店铺里还穿着睡衣，素质太差了！由这种人来评价领导，哪会有个好儿？

气鼓鼓地走了很远，刘老师进了一家茶叶店。在买了一包茶叶之后，他装作悠闲地说："刚才我在隔壁，听那个老板对你们新来的王县长评价不错。"他有点心虚，因而脸上有点发烧，真害怕人家认出来他是个老师。但他豁出去了，他想为他的学生、这个新来的县长讨回公道。他觉得他肯定会干得很好，因为，他毕竟是自己的学生，他不会看错人。

"不错不错，虽然这个县长爱说大话，但是也能办大事。"

他怔怔地看着那人，不知道这该算是好话还是坏话。况且把爱说大话这顶帽子胡乱往王鹏程头上扣，他觉得也太下流。他的学生，王鹏程，素来是一个低调谦和的人。同时，他也有点恨自己，这个老板素质也低，头发烫成两三种颜色，跟这样的人讨论他们的县长，自己也太不检点了！

出了茶叶店，他一点转的兴趣都没有了。当初他对这个县的好印象，也被彻底毁掉了。他为自己的学生感到委屈和悲哀，这个县，和他的人民，是配不上王鹏程的。他带着这种义愤和冲动回到宾馆，在房间坐卧不安，兀自唏嘘了半天。几次拿出手机，找出王鹏程的号码，想打个电话或者发个信息。后来想想他那么忙，也不便在这个时候，用这种方式打扰他，毕竟见面说话的时间有的是。

下午晚饭前，孙秘书给他打了电话，让他在房间等着，先别下去吃饭。他想着肯定是王鹏程忙完了，要过来见他，便赶紧从床上下来，到卫生间洗了洗脸，整理一下头发和衣服，坐在沙发上候着王鹏程。快八点的时候，他听到有人敲门，连忙拉开门一看，孙秘书领着那天接他的司机，拎着大包小包的东西站在门口。他疑惑地问道："孙秘书，你这是……？"孙秘书边往房间里面走边说："到里面再说。"

他们到房间把东西放下后，也没解释什么，便拉着刘老师到楼下餐厅吃饭。在上菜的时候，刘老师问："鹏程县长几点能到？"孙秘书看着他，尴尬地笑了笑，说："刘老师，是这样的，王县长临时接到一个任务，要到杭州去谈一个招商项目。"

"哦。要多长时间？"

"最多一个星期。走之前，他让我安排好您的一切活动，让您在这里多住些日子。"

他心里掠过一丝不快，刚才送那么多东西，意思不就是下逐客令吗？但他没接话，两眼视而不见地看着眼前的餐具，孙秘书再说什么，他都没认真听。等内心里平静些了，他才决然地说："我不住了，明天就走，家里还有很多事等着我。"

"那可不行，王县长肯定会批评我办事不力。您一定等他回来！"孙秘书显出一脸真诚。

王县长！王县长！王县长完全可以过来告诉我他要出差，至少可以打个电话跟我解释一下吧！他觉得心里像吃了粉笔灰，堵得慌。但他没表现出来，也不能表现出来。他是他县长的老师，他记得自己的身份。

但是孙秘书又让上酒的时候，他没再像前两次那样拒绝。何以解忧？唯有杜康。那天晚上他喝了很多酒。本来他不胜酒力，也不喜欢喝。但是他想把自己喝醉，只不过是越喝越清醒。他突然觉得有点悲哀，人在想糊涂的时候，却总是这么清醒。

但是回到房间他就撑不住了，吐了个一塌糊涂，晚上吃的喝的都还给了马桶。有一阵他就觉得自己不行了，心跳一会儿快一会儿慢。要真是这样死了，倒是挺省事的，很多东西都不用面对了。他想。

每吐一次，他就把自来水拧开喝一阵子，他仅有的医学常识告诉他，身体不能缺水。后来折腾了半天，果真慢慢恢复了。稍稍减轻一点，他就决心明天一早就走，坐第一班车走。但起来冲冲澡躺在床上，却怎么都睡不着，心里全是事儿。昨天洗的裤子，因为这里潮湿，现在还没干；是给王鹏程还是孙秘书留个条子，怎么写才能更体面些？要不要找个地方住两天再回去，免得让人知道了笑话？

折磨到夜里一点多，依然没有睡意，胃还有点痛。他想起来火车上发的还有一小袋饼干，便从床上爬起来找出来吃了。然后把裤子拿下来，叠好压在褥子和床垫之间，准备把它暖干。孙秘书拿来的一堆土特产，他一样都没拆开看，整整齐齐地码在窗台下面。然后趴在桌子上，给孙秘书留了封信，一来告别，二来感谢他这两天的热情接待，"……我已年近古稀，所需甚微，所馈之物恕不私纳；鹏程县长如此勤民听政，旰衣宵食，是贵县人民之福，愚师甚感欣慰；我并非好为人师，不过对于好学之士，吾一生谨记圣人'吾未尝无诲焉'之教导罢了……"云云。

做完这一切，已经夜里三点多了。他重新躺下，眼睁睁地静待天明。

第二天一早，他直接去了汽车站。本来他想把房钱饭钱也结了，想想这样做会给他们办得太难堪，自己的学生脸上也会没面子。他满心里想的，还是他的学生王鹏程。

在淮南上车的时候，他在火车站买了一顶帽子戴上，免得到了淮北出站的时候，被熟人认出来。果然他刚一出站，就看见罗志军在站口揽客。他赶紧绕到一边。出来车站，他记得走不远有个路口，去镇子上的车都要经过那里。他刚在路口站下，一边取下帽子扇风一边等车。过了不久，一辆车飞奔而来，走到他面前突然停下了。罗志军的大嗓门响了起来："刘老，您怎么在这啊？快上车，刚好还有两个位子！"说着，罗志军跳下来，把他扶到车上，让前面座上的人让开，把老师安置在第一排坐下。

在路上，罗志军问他："您不是去住一段吗？怎么这么快就回来了？"

他说："还不是跟你一样！热情过分啊，顿顿都让喝酒，我身体受不了。"

"那是应该的！您对学生那么好，尤其是对他王鹏程，亲爹也不过如此。他对您好点，这叫良心。"

"怎么能这么说话！"他嗔怪道，"昨晚我喝多了，让我休息会儿。"说完，他闭上了眼睛，一路无话。半睡半醒之间，他听到罗志军在电话里召集人吃饭，说是给他接风什么的。他想制止他，但是他太困了，那种松弛下来后一泻千里的疲倦袭击了他。他睡着了。

罗志军喊醒他的时候，车子已经开到了饭店门口。他看到车下站着一群人，都是他的学生，镇上的书记也在。他站起来，整了整西装才下车。

"鹏程市长在那里还好吧？"吃饭的时候，镇党委书记问道。

"那还用说，好嘛！干得不错！"他努力地找着合适的词句，但觉得说出来的话还是干巴巴的。他想转移这个话题，但是根本绕不过去，大家关心的还是王鹏程。上了一道一道的菜，酒也好，都是他平时喜欢的。罗志军知道他喜欢什么。但他一点胃口都没有，动动筷子就放下了，酒也只是沾沾唇。他打不起精神来。

"刘老师，您专程去看他，给他多大面子啊，他还不高兴疯了？"有个学生趁着给他敬酒的时候说道。

"嗯，可不是，亲得拉着我的手就是不丢。"他放下酒杯，半眯上眼睛，用自己的左手握住右手比画着，"他还是你们上学时的老毛病，满手心里都是汗。"突然，他的手在空中停了下来，他觉得身上背负的一件重物卸下了，心里有些东西开始松动。他想起了王鹏程温热的手，想起很多很多以前的事情。那时候，王鹏程的父亲在建筑工地被砸断双腿，他要退学，去顶替自己的父亲。他跑到乡下，把王鹏程拉回来，住在自己的办公室里，到他们家吃饭。那可不就是他的儿子嘛！其实，自己的儿子，他哪里这么上心地管过呢？

他喝下学生敬过来的酒，心里更加敞亮了，心里的粉笔灰也没了踪影。"一身剩有须眉在，小饮能令块垒消。"这么好的话，是谁说的？

他觉得，他现在最想要的，就是酒。

"您应该多住几天，淮南那么多好吃好喝的东西，都应该体验一下嘛！要是换了我，不吃够喝够誓不回还！"罗志军嬉皮笑脸地说。

是啊是啊，那么多好吃的东西，孙秘书拿了多少啊，人家用了多大的心，自己怎么都没看看！真是太刻薄了。人家接你，给你安排吃住，还送那么多东西给你，多好的学生啊！

"呵呵罗志军，你这个吃货！刘老师这一辈子，什么都不计较，尤其是不计较吃喝。"镇党委书记笑道。

这话让他激灵一下，竟有些触电般的感觉。自己真不计较吗？学生们之所以对你这么好，不就是因为你跟他们从来不计较？现在怎么这么没出息，老了老了跟自己的学生开始计较了？

他有点眩晕，但他还是站了起来，两手支在桌子上，看着坐在他周围的学生，好像自己又回到了课堂上。那一张张生动的脸，曾经让他那么亲切和自豪。他突然觉得好羞愧，也好感动，眼睛里热热的。

"同学们，同学们，鹏程……还有你们，多好啊！好，好啊！"

他仰起头来，喝下一大杯酒。

醉意如期而至。

半夜醒来，他发现自己合衣躺着床上，新西装压得皱巴巴的。昨晚学生们怎么把他送回来的，他记不得了。儿子媳妇趁周末去市里看电影，到现在还没回来。他冲了一杯热茶，慢慢地喝完，然后径直走到院子里。

月凉如水，万籁俱寂。很远很远的地方，能听到河水流淌的声音。这条河辗转好几个省，从镇子中间流过，不舍昼夜流向淮河。而这次去淮南，两次穿越淮河，他都没有扭头看一眼。今年就不说了，等到明年，春暖花开，他一定要找个合适的地方住上一段时间，好好看看淮河。

原载《人民文学》2018年第4期

点评

王鹏程是刘老师教出来的高才生，后踏入仕途并官至县处级。这让退休教师刘老师颇感自豪。王邀刘到淮南住几天，刘欣然前往。刘想象中的师生相见场面一定是温馨而美好的。在出发前的日子里，他与周边好友和昔日学生分享了这种自豪感与喜悦感。但去后实况并非如此：刘始终没出面，只是让秘书代为陪伴，而且，对方下逐客令的暗示让他尴尬不已。刘失望而归，不过在一次与昔日学生的聚会上，借着酒劲又找回了作为老师的幸福感。小说细致描写了刘老师赴淮南前后的言行及心理异动，虽涉及官场生态，但并未指向对官场内幕的揭示，更无批判意识的嵌入，而旨在从人物的职业精神和社会道德角度侧重展现官场中的一种真实境遇。展现一种真实，揭示一种本质，是介入型小说家的应有职责，至于事件本身在性质上的是非曲直和人物品性的优劣高低，只好留待读者们去评定了。然而由于涉及师恩与师德这种传统话题，故对大部分读者而言，刘之遭际不免让人心酸，王对刘的方式也不免让人愤愤不平。

（张元珂）

球与枪/

/鲁 敏

1

两位来者皆着便装,但眼神饱浸着职业性的厌倦与批判感,全世界都是嫌疑人。打印出的几张截图画质都很差,靠近反而看得更不清楚,穆良还是尽可能地往前倾,三十五年的时日塑造出他习于谦恭和配合的肢体。截图中人的衣着装扮、面部特写、身上的双肩包,无不显示出,那就是穆良。

是你吧? 来人之一,第三次这样问。他有一对显目的双眼皮。

截图来自老凤祥珠宝店的监控,反复比对,确认画中人在下午四点左右进入,有进无出。后从卫生间窗台外找到数枚脚印,认为他藏进了三楼空调外机处,伺机作案。当夜的监控被黑屏了。被解锁的两只保险柜附近找到一些新鲜纤维组织,认为来自画中人的双肩包。谈话中有半藏半露的表示:他们"什么都掌握",以震撼穆良。

穆良也第三次解释,为显得更加诚恳,他着意调整了部分句子的顺序。上班不好离开的,随时会有人找。这份工作就是在办公室待着。是有只那样的双肩包,上下班用,今天我也用的,喏。那天我绝对哪儿都没去。单位出入口有监控,可以调出来看嘛。包括我必经的路口,还有小区,也都有探头……

你只需要回答,这是不是你? 双眼皮打断他。

看上去像。穆良斟酌了用词。稍停他又勤勉补充,实际也早讲过了。老婆那晚不是有点儿胎动异常嘛,妇幼医院说要留院观察,我是通宵陪护的。不行我回家拿病历去。哦对，估计医院也有监控。

那怎么解释老凤祥这个监控？你自己讲讲哪？

确实也理解不了。

这是我们第几次找你了？

算上这回，嗯，第六次吧。

这不说明什么吗。双眼皮张开嘴，像呼唤一个显而易见的答案。

说明……穆良机械附和，稍停。六次都是根据监控。其实只要把我这里的监控也调出来，你们就会看到……

不要再重复这些了，肯定有一边是烟幕弹、调包计。除非真有另一个你？一直没说话的那位开口了。他没有双眼皮，只有很重的眼袋，像坠着一包混浊的往事。

厚眼袋和双眼皮，唉，前后打了六次交道，每次都会眼珠不错地放肆打量他。最初的不适感过去之后，穆良反倒有点儿亲切了，也习惯于这样颠三倒四、回环往复的询问。他们并不就认定他必然是那个劫匪，但确乎又把他作为他们的工作对象。他们，是在意他和需要他的。

人和人都是这样的吧。卖东西的需要买东西的，看门儿的需要访客，老实人需要耍滑头的。包括单位每周一次的集体开会学习，人们从各自所在的小办公室出来，准时汇聚至一个大会议室，济济然一堂，听坐在上面的人讲话。大人物讲话时，那样的抑扬有致，间或摇头，间或插入各种引申或训诫，穆良在仔细聆听之中，总有种触动，感到那里保有着一种私人温度的曲衷，好像只有在这个时候，大人物才有机会讲话，也才有人听他讲话。那种需要与被需要感，真是赤裸而动人……

除非有另一个？另一个你？厚眼袋又问了一遍，或者是刚才的余音，只是因穆良的胡思乱想而滞留了几秒。

我明白您的意思。穆良忙欠欠身。去年，不是也让我做过脑科测试嘛，我也查过资料，人格分裂什么的。确实也不是。穆良轻喟一声，表示遗憾和抱歉。如果你们需要，我可以再做一次检测。

你独生子？双眼皮突然插话。

是啊，我1983年的。

父母都好？口气别有深意。

我母亲走得比较早。父亲倒是能吃能喝，只是脑子有点小糊涂。但这种事他是明确的：我没有任何兄弟姐妹——这你们第一次就了解的。穆良用更耐心的语调回答。同胞兄弟是最初的假设，看来到现在还没有放弃。他倒巴不得是这个呢。

自然情况，有时也会发生变化。厚眼袋略带疲惫的语气，穆良喜欢他那疲态。

是啊，自然情况。穆良积极应和。我很简单的。就在本地上的大学，学的是公共管理，毕业后就考到这里坐办公室。爱人是数学老师，去年底怀上了小孩。

想到什么特别的，或忘记什么没讲的。跟我们联系。

好的好的，号码一直存着的。二位慢走。

2

从五年前第一次被警方找上门开始，穆良就有隐约的感知，监控里与他酷似的那人，他见过。但仅止于此，他并没有去进一步推敲或计较。这里有种难以解释的淡漠与懒洋洋。反正跟他无关，反正在那些被怀疑的时间段，他是绝对干净的。不仅是那些时间段，他所有的时间、地点、经历，都可以呈堂供证。他有写日记的习惯，记下白天各样事情。他喜欢结结实实、天地坦荡的感觉。

那人没有出现在日记里，并非有意：穆良只记录自己了解和熟悉的人物。那人绝不能算的，连姓甚名谁他都不知道——

那天，有敲门声，穆良即刻去应门，以为是下楼散步的父亲回来了。父亲一敲就得开。有一回，他迟开了一会儿，父亲就掉头下楼走到另一幢楼的同一个位置去敲了，敲不开，他又下楼继续往另一幢去了——楼道与入户口的探头记录下了父亲这滑稽的执著。父亲倒也坦然，事后，他用冷静的口气，像老中医自把脉：我记忆力出了问题。随便哪家，只要给我开门，我就进去做父亲，都行！他摸摸下巴，颇得意似的。

门外不是父亲，是一个惊奇：穆良感到他是打开了一面镜子，镜子当中就站着他本人。当然，这略带夸张，如果定下神来细看，两人的肤色、发型并不同；来人的胡子没刮，个子也略高几公分。开口之后，也能听出口音上的差别，他不是本地的。

外地人微微点头，用营销人士的口气，自我介绍说是替附近新开张的健身会所做入户调查的，对照着表格，他一边问一边打钩：家里常住人口、年龄大小、从事职业，然后奉赠了一只粉色户外包与优惠办卡券。穆良顺从答问，又顺手接过那只包，觉得这颜色只适合年轻女人使用。来人显然跟他想到一处了，他合上调查本："看来家里还没女主人？得加紧啦。"

短暂对视中，来人目光闪动，看来也意识到外貌上的彼此酷似。但他显然并无意特地谈论或指出，只是口气不那么营销了。穆良遂也决定平常待之。"还没谈女朋友呢。"穆良怔忡地邀他坐下，心里涌上一层薄薄的不常有的欢愉。

两人在茶几边坐下，聊了几句平淡无奇的话。对方问穆良有没有健身习惯。穆良承认他很懒，不爱运动，工作就是坐办公室。可有可无、没完没了。"多好的工作！稳定呀。"像是为了烘托穆良的这种"稳定"，来人用脏话嘲弄他自己，他妈的，他每一份活儿都比鸡巴还短。

还接着前面的话头聊到了女主人。脱口而出的，穆良吐露他对此事的无能为力，大意是：太难了，怎么能确定下这么重大的事情呢。来人颇不以为然，大大咧咧地总结了几条他对找老婆的看法，并打赌似的送出预言：你啊，绝对十个月内解决问题——到时候，我来讨要喜糖。

对方告辞要走的时候，穆良晃晃手中的粉色包表示出礼貌的兴趣：那健身房离我家倒是不远。

健什么狗屁身啊，我也就是替他们发个广告，保不齐过几天就走人不干了。他在门垫处换好鞋子，很随意地道别了。

几分钟后，又有人敲门，这次是父亲。瞅着前来开门的穆良，老人遽然宣称，几乎是带着胜利感："我绝对有毛病了。刚才在院子里碰到我儿子了，还给我一根烟，你看，这烟都还没有抽完。那现在给我开门的，是谁呢。我真的可以确诊了。"又来了，父亲抓住一切机会证明他出了毛病。穆良一度觉得既可笑又无情。渐渐也木然了，老爹就是急着不想认识这个世界了。随他吧。

到第二天出门上班，穆良才发现他的黑皮鞋被昨天那人穿错了，好在两人码数一样。他穿上丢下的那双黑皮鞋，只小半天，就觉察不出任何异样，都怀疑并没有谁穿错谁的。不过心里又强烈希望着，他那双鞋，正在偌大的城里走大街串小巷，像两张随意飘移又形影不离的树叶——这浮想中的画面真不错，他喜欢。

……这些，确实没办法写到日记里的。谁会在日记里写到一个上门做推销的人呢；谁会相信这个推销员跟自己酷似呢；又如何传达和证明因这酷似而产生的莫名愉悦感呢。

3

第一次被双眼皮和厚眼袋问询的时候，穆良已与数学老师确立了恋爱关系，不出意外的话，他会与她结婚。

这场指向婚姻的恋爱，此时已延宕小半年，也算达到要这样一个关乎终身决定的时间长度，当然这是被众多细胞、细节和空气所支撑和膨化了的表面长度。真正的决定，差不多只有一周。

那一周，穆良终于接受了一位同事大姐的推荐，与其所介绍的女方见了面。他们一起吃了顿晚饭、看了场电影。简单几个动作，发现她具备三条起码的标准：胃口好，不大手大脚，有耐心。吃饭时，硬是吃掉了多点的一份鱼，为此还多加了半碗饭。买到的电影票是四十分钟后的场次，两人长时间默然对坐，专心等着电影开场。送她回家时，女孩显示出对公交换乘的熟稔。穆良就此做出决定：诚恳地去追求与爱慕她，结婚生子过日子。此决定一下，顿感百骸通畅、身轻如燕，简直都有了一种宽广的平静感。

只是，那几条找老婆的杠杠，是打哪里冒出来的呢？怔了一会儿，穆良终于想起来，就是上门发健身房优惠卡的那位酷似者说的嘛。记得他那信口开河的表述，夹杂着脏话。也许正是那不负责任般的粗鲁，让穆良给记住了，并照此办理了。也不排除穆良本来就是这样想的，只不过，需要借他之口总结出来罢了。

穆良很高兴他记起了这个出处，同时也顺带想起，那人还说过要上门讨喜糖的呢——固然，穆良跟这位数学老师，并不是非彼此不可，但这无碍他们的结合。两个人的或对坐或同行或拥卧，总归比一个人的枯坐、孤行与独眠，看上去要稳定和像样子多了。这确实应当记上那位酷似者的一笔功劳，得给他备好喜糖。穆良在脑子里想着。不久，忙于筹备婚事和应对老父，也就淡忘了。

老父的病症，如他本人所竭力追求的，越发严重了。买豆腐、理发以及散步，走了十来年的路了，统统会迷路，困在四五公里之外的绿岛或双向车道当中。被求助的派出所警员总不急不忙喝一口水、含半根茶梗子在嘴里："你晓得全国？算了，就我们全市吧，不，就咱这所的管辖范围，注意，绝对不算公司、银行、学校、超市、小区里头他们自个儿配的那些，就光这大马路，你猜，有多少个监控头？"穆良摇头，求知和佩服的表情。警员把茶梗子换到另一边嘴角："说出来真怕能吓死你！总之，每个路口吧，起码仨枪头，广场什么的还加球形，180度或360度。"他很灵活地先后比画出打枪、划弧线和捧球的手势。"只需要把各个路口的数据啪啪啪切出来，一碰，你家老爷子的路演大片就出来了。"他终于吐出茶梗子，大力敲打键盘。实际上，"路演大片"比他所吹嘘的要费劲很多，太多机位又太多主演了，而且画面都很枯燥。夜深人稀时，偶尔路过的身影要不黄巴巴要不蓝荧荧，如同孤魂野鬼。白天更麻烦，人影稠密而混乱，走走停停像一群无头虫子，好几次，都要循着警员的食指，穆良才能勉强辨认出灰扑扑的父亲。每个路口，老人家都审慎地驻足良久——其实，这些街巷兜兜转转，起码有两个方向，都是能够绕回家的，父亲最终所选，必然是那第三条路径。穆良抱歉地瞅瞅警员，后者灌一嘴茶，熟练地又抿住一根茶叶："关医院去吧。老这么折腾有意思啊。"

穆良最终会在某处接到父亲，后者表演似的瞪着他。穆良只好自我介绍，父亲专等着一般，追根刨底地诘问："怎么我就是你爹、你就是我儿子了？你给我说清楚，你到底是谁？你干吗的呀？"穆良虽是一丝不苟地反复作答，解释自己的姓名工作父子关系，却总也感到一种莫名的理亏，好像反倒是他本人经不得追究似的。"听听看，你这都是什么呀！"父亲笑了，"你绝对、绝对不是我儿子。"

穆良也试着介绍未婚妻给父亲，话才讲到一半，父亲阴下脸打断："搞什么啊，你自己都讲不清，还要再加一个讲不清的……送我走吧，这里真是待不下去了。"父亲挥手，强化或驱赶某种想法，面容中竟显出无限哀戚。数学老师被吓住了："这么严重，肯定得送医院啊。"穆良干巴巴地笑着，无意也无从辩护。证明自己证明女方证明爱情都是困难的，继而再证明他们的这桩婚姻，难度又何止是翻倍?

他这才又想到卖健身卡的那位,多少带点怨尤,可不就是听信了他的那几条胡扯。随即又自嘲起这种怨天尤人,那只是偶然登门的陌生人而已啊。

直到双眼皮和厚眼袋双双登门,他们拿出一张不大清楚的打印照片,还有一张很清楚的个人证件照——无论清楚与否,二者都指向穆良,穆良逐一点头承认。等他点完头,双眼皮告知,前者来自新近发生的劫案监控,嫌疑人腋下的挎包里有八万现金,被劫者刚刚离开银行五分钟。后者则取自穆良单位。

穆良听罢,忙以口头方式把点过两次的头收回一次,脑子里笔直就想到了健身优惠卡,心里"呀"一声,有种打起惊鸟、却在彼处的收获感。他探讨般地追问:"这打印太糊了,你们从监控录像里头看,真的像我?"问了一遍之后,又换种方式问了两遍三遍。三度的确认使他感到一种踏实,像摸索中的搭扣"咔嚓"碰牢似的。

双眼皮把这理解为一种嘲讽。从电信局调出的单子来看,抢劫发生时,穆良所在的办公室正好有通话纪录,据来电市民表示,他打到这个号码政策咨询,得到了刻板但还算负责的人工解答——任何人都可以替穆良接电话不是吗。但他们初次的问询还是显得客气而保守,忍受着穆良有些勃勃然的兴奋感:"这么说,我有可能既在办公室接电话,同时又当街抢钱、完了还成功逃逸了?八万?不少哇。"

此后不久,在父亲本人几乎是满地打滚、非那么不可的要求下,穆良把他送去了一家老年康复中心。随后穆良结婚了——布置婚房的时候,他带点后怕地发现:父亲幸亏是住到外面(医院)去了,否则,这么个小套房还真是不方便结婚。早为什么没有意识到呢,他们是一对没有能力买大房的父子。

新婚妻子在客厅和卧室都放着他们的结婚照。穆良的目光时常从自己脸上掠过,由于光线在脸上形成的阴影,或是头上被抹了过多的发油,他觉得那照片里的新郎实在太像那人了,尤其是笑容,显出一种多么肤浅的喜悦啊：这全然不是他对这种生活的真实感受。

下班回家时，穆良会在楼下仰脖子看几眼窗户上的红双喜，似一种提醒与确认。

4

窗户上贴的红喜字掉色发白、显出风雨旧相的时候，那人再次出现，没带任何入户广告。

妻子不在家，她的确勤勉，每个周末都去一家教育机构带学生。穆良指着照片介绍。客人只点点头，跟上次比，他肤色白了些，低头看东西时，有了双下巴，显得踌躇有志。

"最近不错嘛？"穆良寒暄着疑惑他的来意，又觉得自己应当是知道的。"很不错。"悍勇的笑声，指着穆良："看你，也胖了嘛。"他为此有点乐不可支，"我们连胖瘦也同步啊。"——后来想想，这大概是他唯一一次提到他们的酷似，还如此隐晦。

是的胖了。借着这也算名正言顺的婚后发胖，穆良讲起妻子拿手的几样菜式，每周轮着做；讲到他们的作息起居，正在形成的家庭分工上的规律。比如他从来不洗内裤袜子，但要负责清洗马桶。他睡在床的左边。起床后要把睡衣挂到阳台晾起。等等。他复述这些平白无奇的细节，好像这就是婚姻中值得称道的关键所在。

如穆良隐约预感的那样，对方果然爱听。他两只手抱着后脑勺，歪靠在沙发上，不时打断、追问，似分毫都不能听岔或错漏……喝水的时候，他在茶几上拈起一张皱巴巴的超市收银单子，用手指肚捺平，举到齐眼高，"5号电池、防蛀牙膏、橄榄菜、胶皮手套、黄桃风味酸奶"。他大声朗诵，显出无比赞赏的样子。

"收银条他妈的真是太有趣了，我经常从地上捡起来瞧上两眼，好玩哪，什么都有人在卖，什么也都有人买。货不对板的歪瓜裂枣，贵得不讲理的洋盘玩意儿，随便什么，都会一本正经地被打在清单上，被放到袋子里，被人花力气拎上楼梯，到男人女人小孩老人的手里，被吃掉被用掉被扔掉……这他妈的真叫人喜欢。"

穆良犹豫地笑着，也拿起那收银条，暗中咀嚼那一排平淡的日用品，齿舌拨动中心生戚戚，他同意的：这皱巴巴的小纸条之下，确实包裹着盎然绿意，有令人潜然的东西。也许就像他上回信口讲出"找老婆"的标准一样，这是再一次的、一种钝痛又快感的卯合。

"哦对了这个。"漫不经心从裤口袋掏出样小东西，右手换到左手又抛回右手，然后才递给穆良，眉毛挑高："你没留喜糖给我，我可给你备着贺礼呢。"

穆良正在续水，手有点儿湿，他注视着那份贺礼，一边在衣服上蹭掉水珠，然后才接过来。是一小坨金块，凹凸不平，似方又圆，勉强可以看作心形。熔断处有些捏合的痕迹，他把自己的手指放上去，被唤起记忆一般，感到一种温热。

穆良意识到对方在看着，或者说，在等他的反应，忙抬起头，显得有点用力了。其实并没想好，也不打算特意去想，自己该是什么表情，他只知道一点，那照镜子的鬼魅之感又来了。心里喜悦急跳，飘飘然如御风。

他重新提壶续水，讲起件小事。有天他在办公室泡茶，发现茶叶没了，于是到隔壁办公室倒了一小撮。次日他带了茶过去，也倒出一小撮茶叶，送到隔壁，让对方"也、尝一尝、他的"——一边讲着，穆良把另一只手合拢，插到裤口袋，松开五指，听任那金坨坠下，他感到那玩意其实很轻，像羽毛一样永远无法到达口袋底部，只痒痒地挠着他的半边身子。

"妈的我第一眼就瞧出你是个仔细人，不爱多占。"显然很喜欢他这个故事，笑嘻嘻骂他两声，起身告辞。穆良的注意力还在裤口袋里，跟那变成羽毛的小金坨在一起。糊涂中把客人送到门口，一边想起到现在还不知道人名字哪，显然将永远都不会知道，更显然的一点是，他们一定还会再见。仓促中，穆良脑里冒出个ＡＢ。挺好。

ＡＢ后来又来过三两次，都是周末，但间隔拉得很长，差不多都是穆良快要忘了他的时候。有次他吊着只胳膊，石膏脏得发黄，脖子也缠着纱布，须发无序，喉结都显得突出了。ＡＢ瞧着穆良欲言又止的闪避模样，索性大刺刺解开外衣，又把裤子往下褪褪，展示腰背上的各种新旧疤痕，有大有小，如若干怪眼直瞪着穆良，他挺得意："这些个，你可没有吧。"

ＡＢ从包里掏出几只极大的石榴，是路上顺道买的。"很少看到这么大个儿的！"他喜滋滋地说，"我这人可会买东西了。还有这包，你也留着吧，口袋多，贼耐脏。"

穆良瞅瞅包，很平常的一只黑色帆布包，上下班用用倒是合适。心里一下子想到什么，即刻打住，只专心对付起大石榴来——不必思考，平静地接受ＡＢ的一切，哪怕只是出于懒惰——石榴真的好，籽儿一粒粒的鲜红欲滴，如同血钻石。

ＡＢ赞喝一声，毫不客气地抓起一大把倒进嘴里连核大嚼："就得连核儿吃，大补。"他口齿不清地吞咽着，能感到汁水在他口腔里的迸射。

ＡＢ总是这样的，很享受"做客"，如同逛铺子或参观博物馆，他喜欢东摸西瞧、问长问短。

"这干什么用的？"拿起阳台上一只竹篾。

"晒茶叶。旧茶叶做枕头芯，去火。在卫生间烧，除臭——我老婆就爱瞎折腾。"

书桌上一盆仙人掌。他有意碰一碰，刺到了，挺高兴："没感觉啊，他妈的这能算疼吗。"

打开冰箱，拿出酱菜瓶。哦宝塔菜，哦甜生姜。扔到嘴空口就吃起来，嘎嘣嘎吱，再喝一大口茶。

"小日子啊这小日子。"他显得那样心满意足，索要一份餐后甜点似的提出要求，"跟我讲讲你上班的地方吧。那稳当工作！"

"我那工作啊……"心里一阵喟叹，穆良还是依言描述了他的办公室。恒温空调与下午的西晒。一盆绿萝，所有的办公室都有那么一盆不是吗。电脑电话机。废纸篓边上是电源插座。编了号的桌椅，椅子很硬，但也惯了。他把视线停在半空、虚拟中绕着办公室转了一圈。哦，门后面有拖把和毛巾，沙发旁边挂着备用雨伞。他无一遗漏地描述，一边感到常有的那种心怵感：就是这样一个地方，他慢慢地坐过了每一天。

ＡＢ带笑不笑地咬着下嘴唇，穆良每讲一样，他就在纸上飞快画一样，比例和位置并不准确，来不及画的他就直接写字，字挺难看。最后在办公室前的椅子上画了一个火柴棒样的人形，那便是穆良："那每天坐着坐着，忙啥呢。"他皱着眉，带着真诚的无知。

就那些呗。要是旁人，穆良还真以为是在讽刺——转文件，打字，复印，填表格，接电话，收邮件再回邮件。有时上市里去开会，有时下县里去开会，有时就在本单位开会，有时到隔壁办公室坐坐。所以也不是只坐这里（他指指ＡＢ面前的纸），是经常换地方坐的，坐着开会——有次被父亲当作陌生人追问时，也这样解释过他的工作，看到父亲那有意捣乱的眼神，忙加了一个概括的说法：上情下达，下情上传。更引得父亲拍腿大笑："看看你，你这好比是……"他笑得呛住了，以致没能想到一个比喻。

穆良盯着ＡＢ。也许很像后者递出他那一小坨金块时的等待吧。ＡＢ短促地哦了一声，垂下眼皮，用笔在纸上点着。

穆良喜欢ＡＢ这时的缄默，他还没有说完呢。

"最滑稽的是快要下班，眼看着太阳在外头要没了、天要黑下来的那半个钟点。"穆良脱口讲出他的黄昏恐慌症，这是他心里的胡乱命名。每至一日将尽，就有种被压榨过的恓惶感。瞧着吧，又过去了，他正在变淡变薄，无色无味，像一张甚至都没有写字的旧纸，一天下来，连道折痕都没有增加，就要被翻过去了。这一辈子都会这样的，然后就没有了。"我经常靠在椅子上，看着光一毫米一毫米从我办公桌上移走，一秒钟一秒钟看着天黑。"吐瓜子壳似的吐词，好像一个词就代表当时的一秒钟。

ＡＢ还是没有吭声，但给穆良丢烟，并给他点上。这根烟显得比平常更经抽。

直到掐灭烟头时，ＡＢ才借着一阵呛咳恢复了他的粗暴。照旧用脏话起头、穿插和结尾，讲起他的"太阳快要落山"。有那么一段时间，一到这个时辰，他就得发动机似的、突突冒着烟开始往外边跑，因为只有到那个时候每家每户才开始有人嘛。他给煤气公司抄表，替电器卖场回收旧家电，上门疏通管道。也送过一阵外卖，尤其很冷很热的那种鬼天气。

带点莫名的欣快，他掰着指头讲起登门入户所见。披头散发，剩菜味道，沙发上的屁股印子，难看的睡衣，地板上的头发卷。

"最好玩还是在十字路口发广告单！晚高峰啊，每个人都像赶死队。他妈的我才不管，偏要恶作剧地堵住他们，特别殷勤地往他们手里塞，偶尔有人会突然光火，卷成一团扔回我脸上，可绝大部分人都会顺从地接过去，只要是白送的，他们总会伸手来拿……"他乐不可支地模仿那种半拒半迎、贪便宜的姿势，然后倒在沙发上喘着粗气大笑。

穆良盯着他，深为感染，亦有种新鲜的振奋，随着ＡＢ的讲述，他能清清楚楚地看到——不是ＡＢ，而是他，一脚踏入他那粗暴而激情的黄昏，敲开陌生的门户，闯入到一个毫无防备、裸露着的家庭内部；拦住那些奔劳的路人，打断他们的心思重重或百无聊奈，与他们的愠怒面面相觑。多棒呀。

他回过神，ＡＢ正抹把脸，又用力伸一个懒腰，像重新拾掇过并加满油的一辆旧车，从软绵绵的沙发中弹起身，要离开了。

5

手机里跳出"茄子"二字，是妻子发来的。她孕期已六个多月了，还保留着强烈的妊娠反应，忽地想吃这个，忽地又想吃那个。常常穆良才跑到半路，她换花样了。有时都烧好端上桌子了，她只看了一眼便全无胃口。穆良想，这确实是怀孕应有的样子，他也该有将为人父的样子。

快要落市的菜场很脏，大半摊位近空。穆良把一家摊子当天所剩下的茄子全都买下，价格很合算，那位摊主也就此欢喜地提前收工了。带着因这笔小交易而来的愉悦心情，他往外走。到出口处，手机又动了，果然是妻子：想吃雪里蕻炒香干毛豆米，新上市的毛豆米。穆良仰头发笑，那就再去买空一家摊子呗。抬头的余光里，他看到一道幽幽然的黑色目光。定睛重看，是摄像枪头。一想也对，连公厕门口都有配的呢。

穆良于是掉头重回菜场里头，搬着左右腿，高一脚低一脚，眼光保持着所需要的注意力，顺着摊子留意毛豆干子与雪里蕻。可与此同时他感到自己还站在菜场门口那个摄像头下面，整整背包，捋了把头发，像是在调校和对照监控中的形象。由于父亲总是走失，也由于与双眼皮与厚眼袋的多次交道，对那样的画面，他算是颇有些心得——

怎么讲呢，监控里的人形，确有着一望而知的基本要素，供以辨识出某人或酷似某人（比如父亲、他、ＡＢ），可与此同时，又发散甚至强调着一种似是而非。可能是由于断帧与频闪，由于拼图般的色块黏合，尤其是那种呆板的取景位，导致画面里一会儿许多车，一会儿空荡荡，一会儿两只狗；更带古怪意味的，是画面角落里那总在密密闪动的数字，形成一种时不我待、细小不舍的紧迫感，似总该发生点儿什么的定时导火索……真的，讲老实话，发自内心的话，穆良真的喜欢所有那些监控，说狂喜也不为过——想想看啊，几乎每一个路人的每一天都可以在那里头找到记录，就像是一份什么也不舍得错过的爱之凝视，如此之深沉，如此之壮丽。如果把所有这些被记录下的画面归拢在一起，那简直就是人类运行轨迹的一个大全辑啊！所有的日夜与四季，祖先与子孙，伟大如那些远方的大人物，渺小如他这般的小人物，哪怕是像父亲这样故意把自己给弄丢的，最终也必将在这些画面里得以追索、得以建构、得以永生。

穆良持续甩胳膊迈腿，以监控视角推动着自己继续寻找毛豆干子与咸菜。像走在漫漫长道的追光灯里，被一种奇异的温情所笼罩……到第六个摊子，穆良买齐了毛豆米与豆腐干，但没找到咸菜。穆良知道街对过那条巷子尽头有个野菜场，由一小撮郊区农民自发形成的，没准就有雪里蕻。不过他不打算去了：那边极有可能还没有装上监控。他把毛豆米与茶色干子塞进背包打道回府，心里有点小小的得意，虽然世界上大概没人能够欣赏得了他这样的谨慎做派吧，也许除了ＡＢ，当然，他绝不会向后者转述此事的。

因为少了雪里蕻，晚饭不太成功。就是买到了，恐怕也不会太成功，妻子的胃口仍然不好。他们一边吃饭，一边进行着晚饭桌上应有的谈话——毛豆倒是蛮嫩的。再喝碗汤吧。不添点儿饭吗——像是各自分配到适于此情此景的台词，一旦念出口确实也显得情意真切。

记得婚后不久，妻子曾在一次闲谈中提到她对丈夫的基本准入条款：得比她高半个头以上（实在接受不了被一个矮个男人抱住），不上夜班或轮班（家里不成了旅馆嘛），不留长指甲（女里女气），不抖腿（最最讨厌了）。穆良差点笑不出来：这算什么，因此他才得以入选了？妻子沉着地补充：真能全都满足，其实就挺不容易的了。穆良这时也记起自己当初的几条考量，看来啊，这桩婚姻会如他们各自所选择的那样：适配，平静，白头到老。

更多时候他们并不交谈，只有抽油烟机在勤勉转动，排去厨房里残留的最后几缕油烟味——静听那轻柔的噪音，穆良想起ＡＢ还干过上门拆洗油烟机的活儿，据他抱怨，这是所有活儿里头最腌臜的。那些油腻子，厚得像黑墙砖，他总是一边刮一边盘算着，这户人家，得吃多少顿家常饭，才积得成这么厚的油垢啊。穆良记得ＡＢ瞪大眼睛表示恐怖的可笑样子，并骄傲地晃起腿：我有个纪录保持至今，从不在同一个地方连续吃两次。郑州东火车站边上有家鳗鱼饭，绝对天下第一。丽水，浙江丽水你知道吗？当地有一道炸知了，香到裤裆里。有次我去口外晃荡，吃过一家大排档的烤羊腰子，妈的，那个膻，每个男人都该去吃一下。他炫耀地咽着唾沫：就算吃泡面，那我也是在不同的旅馆或车站吃。你说这够牛的吧，谁能打包票他从不在同一个地方吃饭哪！不过……他忽地又跳到起初的话题，啧啧有声、眉毛皱拧地抱怨：操，那些陈年油垢，真他妈的太恶心。他们得在家里吃多少顿饭才能吃成这样啊——直到此刻，对着平淡无奇的家常饭，在油烟机不知疲倦的转动声中，穆良才终于回味出来，ＡＢ那语气并不是抱怨。是什么他说不好，但绝对不是抱怨。

妻子吃不下了，穆良把她的半碗剩饭及毛豆米干子都一并吃掉了。"都不嫌我脏嘛。"妻子捂着胃部，挺满意地笑了。"不能浪费的啊。"他匀称地咀嚼，也可能是在咂摸ＡＢ。为什么那家伙也会乐此不疲地过来见他哪，一定不是长相，也一定不是为了送金坨、石榴或背包，是他这里，有着什么别的，持久吸引着ＡＢ——就像ＡＢ也吸引着他的、那不知何谓的东西。咂摸到这一点，穆良感到挺大一份的欣然。

6

周日下午，穆良照旧去看父亲，略尽孝道。

入住康复中心后，父亲确实稳定多了，处于一种并无大碍，又需基本护理的微妙状况，退休工资刚好可以负担，像是在康复中心租用了一个终身床位，附赠有病友、食堂、护士与可散步的楼下花园。穆良是在多次探视之后，才觉悟到这可能是父亲的策略：用一种六亲不认的公共化的方式去度过他的晚年，直至老死。当然，这只是穆良单方面的简单推演，也并不愿作进一步求证，也不为此感到别扭或委屈。生活反正都是经不起深究的。唯一能够让人踏实的，嘿，没准就是那些像是不怀好意实际上慈悲极了的球型或枪型摄像头。

康复中心车库入口，穆良在减速带上挺腰端坐，给了斜上方摄像头一个正脸。

双井电梯间，L形通道，等候大厅、探视登记处，他一路搜寻着半空中的监控头进行肉身签到，移步换景间流利无缝切换，这就是他所生活着的样态与证据所在啊。穆良飞快地回忆了一下，是从上次菜场买毛豆米干子开始的，还是更早一些？他就开始了这种下意识的、毫不费力的合作了，毫无疑问，这会达成一个可预期的圆满：以他穆某为个体单位的那一辑记录合成，在时间与空间上是几无死角且坚硬可信的，这可比写日记强多了——这样胡乱想着，他抵达病房了。

穆良给自己和父亲分别点上一根烟，一边挖空心思地回顾过去的一周见闻。新鲜毛豆米上市了。胎儿做了六个月的产检。小区里共有三种取快递的自助机器：云柜、格格、菜鸟。父亲安静地抽烟，不点头不摇头，也不看他。穆良继续想话题。啊对，双眼皮和厚眼袋上周来过，他忽而振作起来，非常详尽地从这两位的外貌特征开始讲起——这下子好了，前后总共来过六趟、有六次问询呢，足以跟父亲讲上好大一会儿了。

穆良清清嗓子开始了。倒叙。先是老凤祥珠宝店的监控，然后是第二次，农业银行门口的拦路抢劫，然后是……这一开口，穆良才意识到，他是多么想对某个人讲讲这些呀。老头子垂着眼皮，连脸上的皱纹都没发生哪怕是最轻微的扭动，抽完一支烟，用未灭的烟头又续上了一根。穆良只管讲着，讲得可真舒服极了。

"我觉得他们的态度，越来越严厉了。当然这可能只是我的一种印象。最早的时候，他们还冲我假笑呢，晓得对我的调查是无稽的。后来就不笑了。前天这次，倒又笑了，并且是真笑。说明他们开始自信了，跑多了，越跑越有把握了。

"也是好玩。到现在还在问我有没有兄弟呢。我想你一定也希望有一个吧？讲实话，我也希望有，那样的话，我就，怎么讲呢，我早就……"

讲到这里，穆良有意停住，等了一会儿。父亲仍在认真抽烟，很长地吸入，又徐徐吐出。穆良又一次涌上那种感觉、跟以前若干次探视时一样：他要是走到隔壁房间，坐到隔壁床边上，对另一个老头讲同样的话，一起抽掉两三根烟。绝对也是一样一样的。

跟以前不一样的是：今天他很喜欢这感觉。

临走前，被叫去了值班室。医生拿出几张自来水缴费单，穆良茫然地翻了翻。医生解释：我们各楼层是分开结算的。每层都是十二个病房。喏，你看，所有楼层都是一千多块。可第四层，是两千多块。穆良还是没明白。

医生挪挪电脑鼠标，激活一个显然早就打开的画面。俯拍，看到一个半秃的头顶——这种情况下，医生跟他谈的，显然应当是他的父亲；父亲也的确是半秃头顶。"一个病区共六张病床，合用一个卫生间。这个监控本来是为了防止医患纠纷的。你知道的，常有病人在卫生间自杀。"医生接着说，"你仔细看，这是403室的。"画面中的半秃头顶，并没有坐在马桶上，而是蹲在边上，一只手去揿下开关。半侧着头，保持那个姿势不动。无声的画面像卡住了。好一会儿之后，半秃头顶又去揿马桶，再侧过头不动。如此反复，如同循环播放。"好几个月了，每晚他都蹲在卫生间忙活这事儿，从凌晨一点忙到凌晨四五点，干通宵。"

"是在干什么呢？"垫补完水费，穆良试着这么问，他本该表示不满或什么的，也懒得了。毕竟是父亲，毕竟是儿子。

"人老了，啥怪事都会有。没准就是想听听马桶冲水的动静。"医生站起身示意会谈结束，"主要是跟家属知会下，我们打算从明天起，睡前可给他加服安眠药。"

"谢谢。不如就让他继续听那动静吧，水费我来垫。"

离开康复中心的路上，穆良从电台里听到报日期、报时、报天气，主持人非常顺溜地一口气报。他听着，一边看车窗外闪过的行人，心里有点不自在。

——根据以往的规律，但凡有警员来找过他，随后起码得半年以上，ＡＢ都不会再登门了。这样算来，到下一次再见到ＡＢ，他应当已经做爸爸了，父亲应当已听了好一笔银子的抽水马桶，到那时，他脚下这双鞋子总该要穿坏吧——穆良低头看看鞋，还是ＡＢ那双。他常常想起他自己被换走的那双，被ＡＢ上天入地、日里雨里的，一定早就穿烂了。多么也想穿烂脚下这双啊，偏是每天都走不出几步路，恐怕永远都不能够了。

这样想着，越发感到某种丧绝，都无法往前开车。打起双跳往路边靠，忽然想起这里并不能停车，并且他这时也该回家做饭了。妻子今晚想吃的是萝卜烧肉，得炖好一会儿呢。因此实际上，穆良只是踩了个刹车减了一下速，比往常晚了十五分钟到家。这十五分钟里，有十四分钟是被值班医生耽搁的。

他跟妻子说起迟归的原因。妻子今晚胃口不错，虽然萝卜还不够烂。妻子认为穆良补缴的那笔水费是冤大头了，谁说那一定是他父亲呢。不要讲监控会搞错了，就连眼睁睁面对面，也会稀里糊涂呢。妻子举例道，有一天，她早起赶时间，只画了一边的眉毛就跑去上班了。嗬，上午下午共四节课啊，还去教研组开了一个会，愣是没任何人发现。要知道，她眉毛特别淡，又剃过，不描的话几乎就没有眉！包括你，你也没发现。我真怀疑，你这天天儿的，有没有好好看过我？

可不嘛，穆良急于补救，也举例附和。有次他的电话机坏了整整两天，根本打不通。有一段时间他的微博被人盗用，发各种美容广告。好多这样的事情，也都没人在意到。这样的事情可多啦对吧。

所以嘛，到下一次，你可以拒付那个水费。你甚至可以反问医生，他们是不是用这段录像让好几个秃顶老头的家属都垫付水费了。总之，道理在你这一边。妻子总结道，添了半碗萝卜肉汤。但没吃完，穆良照例吃掉她剩的——这也成为家里的习惯了，下回可以讲给 A B 听，他准喜欢这样最无聊的家常事情。

入睡前他们做了爱。这是妻子从孕妇手册上看到的建议，六个月后适当交合，由此给子宫带来的缩放会有益胎儿活力。为了不压到腹部，他采取了不常用的后入。

穆良行动着，一边很不合适地想起了 A B 曾经讲到的一个细节。

起因是穆良问起他有没有过女人，可能就是婚后的那次见面吧，穆良觉得他有义务关心一下。A B 闻言大笑，拿拳头直锤沙发："你应当问我有多少个才是。"随后他抚摸着下巴沉吟："可老实讲，也都相当于同一个人。我都是从后面，从来不看她们的脸，我感到，她们也不想看我。"他的声音不知怎么搞的，听起来有点硌耳朵。"对了，你被舔过屁眼吗？"他表情突然异常狰狞，可能是为了迅速改变气氛，见穆良不安地直摇头，他笑得更歪了，"软绵绵的舌头舔在屁眼上，那可是特别、特别舒服的。"

此时此刻，穆良想到ＡＢ那也许是刻意为之的猥琐，感到一阵迟来的懊恼，为什么从来就没想到要邀请ＡＢ正式做一次客呢，吃顿他早就吃够了的但ＡＢ从没吃过的家常饭呢，介绍贤惠的妻子给他认识，甚至带他去见见老父亲什么的。不不，他和ＡＢ，怎么能同时出现在妻子、父亲或任何人面前呢，那是对……的打破与违背吧。打破什么了呢，他又完全是糊涂的。

但总之穆良很高兴他与妻子彼此都看不到脸，只听到妻子像是来自腹部深处的堕落哼叫。从这陌生的哼哼里，他得到一个预感，从此，他们都不会再面对面做爱了。这太好了不是吗。

穆良到卫生间，黑暗中熟稔地拧开莲蓬头，打了点肥皂，冲洗，用浴巾揩干。挂回浴巾时，被马桶墩子绊了一小下，顺势也就在马桶盖上坐下。

他想坐一会儿。

可能坐了好大一会儿吧，听到妻子在床上嘟囔着什么，忙小声应了一句，一边下意识地揿下马桶冲洗钮。然后，他听到极其寂静的深夜里，响起了可以称得上是喧嚣的冲水声，激流打着富有气势的逆时针旋涡，裹带着整栋楼或全城或者全人类的排泄物，跌入深渊的尽头。穆良感到他的小腿肚子有点打晃，好像是站在什么大瀑布或大峡谷边上似的——父亲或不是父亲的那个秃顶老头的这项娱乐，真是值得赞服的一个伟大发明。他非常愿意额外支付那笔水费。

7

穆良拿出薄纸片，看了一遍他早就记下的那个号码。他在脑子里把前后几次的案子大致过了一遍——从双眼皮与厚眼袋那一轮又一轮发牢骚般的、遍布自问自答的调查中，他已掌握足够多的细节了，就算偶有差池，也在正常的记忆力疏忽范畴，谁都会乐于宽容并就此结案的。他所交不出的那些赃物，估计全部会被折算成时间吧。时间倒是管够的。反正随便待在哪里，与坐办公室，去菜场，或待在妻子身边，并没多大的分别。

ＡＢ那边，也应当没有任何讶异，相信他会在瞬间浮出一丝意料之中的兄弟之笑，然后以他特有的粗鲁与自在劲儿，光滑无痕地与他交换位置，互为弥合亦互成镜像。穆良也相信，此一决定绝非冲动、自私的失德之举，包括对所涉的父亲、贤妻，双眼皮与厚眼袋，都是值得称颂的好人好事。

拨通号码，刚"嗳"了一声，对方、不知是两人当中的哪一个，一下听出了他，并像责怪一盘早就点好了的，但才端上桌的菜："瞧你，害我们等到现在。"

原载《上海文学》2018年第10期

点评

坐办公室的穆良与作为推销员的陌生人本不是同一人，但因其外部长相相似而发生了戏剧性关联。前者是警方通缉的抢劫案犯，后者因此而遭受警方监视、询问，但这一切并未让穆良感到不适，反而"因这酷似而产生莫名愉快感"。穆良和陌生人几次相遇，恰似知根知底的朋友一样，相互攀谈，互诉衷肠，不仅分享各自生活，还深入交流有关生存与精神等深层话题。

对穆良而言，程式化的婚姻及婚后生活、毫无趣味的工作以及工作环境、对精神病父亲日复一日的照料不堪忍受，等等，都不免使得他对自我身份与生活渐生厌倦、麻木。而与自己长相相似的陌生人的到来，显然有效缓解这种紧张与压抑，或者说，他从陌生人这里看到了另一个轻松、愉快的"我"。与陌生人交谈，把对方当做一己镜像，并从中获得愉悦感，很显然，小说反映了一个很现代的人学命题。

现实生活中的枯燥、繁琐与孤独，总让人对彼岸寄托了足够的代尝式情怀与意念，以弥补一己在现实中的不足。如今，监控无处不在，每个人的一言一行似乎都被复制并赤裸于天下。当一切都被复制、保存，人与人之间再也无隐私与秘密可言，如此一来，似乎生活方式是同质的，言行是同质的，甚至连思维和心灵也都有被同质化的危险。照此发展下去，谁又感言自己不是小说中的穆良呢？

（张元珂）

泊心堂之约

/潘 军

一

　　周末牌局是早就约定了的。应局者三男一女，男人们年届六十，女人大约四十五。女人叫林晓雪，是当地有名的京剧演员，工程派青衣。这些年京剧团不景气，除了偶尔被借出去唱两折，这个风韵犹存的女人就像一幅画那样挂在家里——这是老季的话。他是一个画家，专事版画，凡事爱跟画扯到一起。老季叫季春风，年轻时还追过一阵林晓雪，但春风不得意。老季得过不少小奖，却没有挣到大钱。版画这东西好比公章印戳，你要我就盖，没有唯一性，所以只能在拍卖市场外面溜达——文化局长出身的老任开起玩笑也是高屋建瓴。老任叫任大华，至今还残存几分帅气，从前大家爱叫他任达华。老冯说，如今的老任是披挂一身闲职，实则退居二线。老冯叫冯悦，写过几十本书，后来做导演拍电视剧，集编导于一身，颇有些名气。客居京城多年的老冯，今年春天突然间连人带车回到了故乡。老冯这次回来不住酒店了，而是直接搬进了江边的一幢三层的别墅。老冯却说：现在只能算是本宅了。这话初听奇怪，再一琢磨就觉得意思明显——作家这次回来，就没打算走了。沈从文说过，一个战士不是战死沙场，就是回到故乡。老冯不是战士，北京也不是沙场，但这座古城肯定是他的故乡，生于斯长于斯。他还曾经在这个城市工作过，同学同事一堆。老冯把三楼的露台做成了阳光房，于是老季很快就送来了一台麻将机。

　　这是天然的棋牌室嘛，老季说，你看这景色，这光影，现成的一幅丝网套色水印！

　　老冯当初一眼看中这处房子，就因为面前一条长江。画家这么一夸，作家就不无感慨：凭栏眺望，大江一横，水天一色，江南峰峦一带，江面帆樯几点……

刚进来的老任马上就接道：这不是张陶庵的《湖心亭看雪》吗？

老冯笑道：算是剽窃了。我这叫"泊心堂望江"——这个斋号如何？

老任连声称是。不过，老任又说，听起来有点不大吉利呀，这心要是停泊下来，人可就报销了。

三个男人哈哈大笑。笑声中，女人到了。

林晓雪是那种一眼看上去就是演员的女人，穿着打扮讲究而得体。她一来，屋子里就有了人气，似乎顿时亮堂了许多。林晓雪把房子上上下下看了个遍，结论是：房子不错，装修不行。

林晓雪说话还带着京剧念白的腔调，很悦耳：瞧您这么好的房子，装修这么不讲究，荒腔走板，没个碰头彩，太素了呀。

老季听成了"太俗"，就有点不屑，叼着小烟撇撇嘴，眼镜后面的小眼睛贼亮，意思是你懂什么？这叫格调。

女人是敏感的，就碎步冲到老季面前，竖起兰花指：季春风，我说的素，是朴素的素，不是庸俗的俗，别拿这双贼眼睛瞧我！

老季赶紧拱手作揖：是我庸俗，我庸俗。二十年前你就这么告诫过我……

林晓雪说知道就好，幸亏当初没上你的贼船——听起来像贼床。

老冯正忙着为朋友沏茶，听那二人打情骂俏，便放下手里的紫砂壶，像想起什么重要的事情似的，先把眉头紧了，然后又一笑：我们这四个人，名字各取一字，正好是风、花、雪、月。这风、雪，是现成的……

老任反应快：花华通假，月悦同音，还真是！

林晓雪不明白：花华能一样吗？怎么通啊？

老任就解释说：古字里，这花和华是可以通用的。比如春华秋实，意思就是春天的花，秋天的果实。

林晓雪说：原来是这么个理（儿）！

老季暗自想着，男人有点学问如同女人有点姿色，到哪都管用。

林晓雪拿老任开玩笑：任局长，以后我就叫你任大花得了！

大家哈哈大笑，于是，一场风花雪月的麻将就此开始。

二

麻将的规则自然是大家一起议定的。输赢怎么算，诈和赔多少，手机要静音，饭局要抽头，如此等等。用老季的话说，这是一场没有硝烟只有香烟的战斗，诸位既是指挥员，又是战斗员。怎么打，完全自己说了算，无须看人脸色。老季凑近老任，给后者点烟：这比你在局里讨论一件事麻利多了吧？我那个画展，从你上任谈到你退休，也没见到一个结果。

老任说：那是文联的事，我们只是协助，你别怨我。我现在跟你一样，平头老百姓一个呢。

林晓雪说：老季，这事真的不能怪任局长，市里画家那么多，给你办了，其他人怎么办？摆不平的。

老季打着阴腔：我看你倒是可以接老任的班，这么有政策水平。

见二人抬杠，老任便及时扭转话锋：老冯啊，你这场子打牌实在太好了，安静，优雅，晒着太阳，看着风景。在这样环境里打牌，用徐志摩的话说，是手挥五弦，目送飞鸿。老冯，你这次回来是不是有大部头要写呀？

对老冯突然回到故里定居，老任至今不甚明白。是嫌北京空气不好，人多车多不方便，还是人近六十思想叶落归根？

老冯说：我已经十多年不写了。

老季说：那是你改行做导演挣大钱去了。

老冯说：我也不想再拍了。

林晓雪就噘起嘴：别介，冯老师呀，我在您戏里还没露过一回脸呢，您突然就宣布不拍了，岂不白认识一场？

老冯一边给大家倒茶一边说：一介书生，年近花甲，如今无非就是找个清静的地方读读书而已。当然，还有麻将，以牌会友。梁任公说过，只有读书可以忘记麻将，也只有麻将可以忘记读书。

老季就问：梁任公？谁呀？

林晓雪说：梁启超。

老任对老季挤了一下眼，意思是：你看，连人家林晓雪都知道，还自居艺术家呢。

老季不接老任的眼光，而是转过脸看着林晓雪：原来你也这么有学问啊？难怪当初追不上你。

林晓雪说：我演过他老婆。那台《戊戌风云》好几年前就排好了，可就是不让上演。任局长你知道是什么原因吗？

老任说：那台戏是省厅抓的，具体原因我也不是很清楚，估计应该还是本子问题吧。对了晓雪，今后别叫我任局长了，我已经退了，叫老任。

林晓雪也一笑：那我就像以前那样，喊你任达华吧。不对，叫任大花！

大家又笑起来。老任却叹息道：我这辈子最遗憾的事就是没花过。现在想花也没有资格了，老了。

老季不以为然：你呀，也别把自己洗刷得太干净，六十岁还有回头臊呢。

老任说：狗嘴就是吐不出象牙！

老季扶扶眼镜：我懒得跟你较真。我们这一代——晓雪不算，挺不容易的啊！长身体的时候没得吃，五岁那年吃树皮的味道到现在都记得。想念书的时候要下乡。好不容易恢复了高考，成绩又不行，大学考不上，只能上中专……

林晓雪说：那人家冯老师和任局长是怎么考上大学的？

老季说：我哪能跟他们比。他们是凤毛麟角，我是牛毛牛角。

林晓雪说：还不是，别啥事都怨时代，就像打牌，手气背也不能怪社会。自古寒门出高士，古戏文里这样的例子多了去了。你呀，就是成天吃吃喝喝，不干正事（儿）。

老季说：让你说对了。我年轻的时候成天就是想着吃，第一个月工资到手，想到的不是买书，买绘画材料，而是下馆子，一个人点了四菜一汤。

林晓雪扑哧一笑：真是个吃货！

老季接着说：后来钱多了点，就想着喝上几口——酒嘛，搞艺术的好酒是正常的，不喝没有灵感。老冯，是不是这样？

老冯说：我不善饮。

林晓雪说：你看，人家冯老师这么大的名人也没借酒摆谱。

老季说：我这哪里是摆谱啊！1959年傅抱石被请去为人民大会堂作画，顿顿茅台，周总理特批。那是什么年月？人家老先生那才叫摆谱！

说着眼睛就放光了，羡慕之情溢于言表。

林晓雪逗趣说：老季你谈吃说喝，接下来是不是就该讲嫖了？

老季一本正经：我季某人从来不搞这些名堂。

林晓雪说：刚刚还说人家任局长呢，现在又慌着替自己洗刷……

老任走过来插话：我说句公道话，老季这方面还是靠得住的。他不会去干那种下三滥的事，也舍不得花那种冤枉钱，对吧？

老季点点头：还是老局长了解我。

别忙着夸我，我话还没说完呢。老任说喝了口茶，接着说：老季是艺术家，和异性交往的手法自然也是相当艺术。比如说，去年还向我们尊敬的冯老师要了一套文集，再一本本地送给一个姑娘……

林晓雪睁大了圆眼睛：那套文集有十卷，一本本送，来来去去，可就是十回呀！现在是什么节奏，谁经得起十回呀？高手啊，季春风！

老季不好抵赖，就嗤嗤笑着，用手指着老任：你这家伙太不厚道了！

老任说：这是不是事实，冯老师可以作证的。

老冯说：书是要了一套，还让我签了名，本本都签。那姑娘叫什么来着？想不起来了。不过今天我们聚在一起，主题是一个赌字，小赌怡情。麻将这东西就是很奇怪，一玩就容易上瘾，一上瘾还戒不掉。

林晓雪说：冯老师，你在剧组闲下来的时候也玩牌吗？

老冯摇摇头：从来不玩。剧组太忙了。

林小雪说：你是导演呀，手底下那么多人，怎么可能会这么忙呢？

老冯说：片场上，导演也就是个民工头而已，风光的是明星。当然，不玩是因为没有对手。

林晓雪问：人家打不过你，怕你呢。

老冯又摇头：不是不是，麻将主要是靠手气，所谓的牌技是起不了多大作用的，更与身份无涉，不会因为你是导演你就能赢，他是场记就老输。

老季接话：对嘛，这就叫公平，运气是老天爷给的。

老任喝了口茶说：我明白老冯的意思。其实赌这个字，按六书，属于会意，左为贝，就是说你得出点血，少了不行，多了也不行……

老季问：那你说多少才行呢？

老任回答得掷地有声：把你打痛。不痛你不负责，太痛你受不了。

林晓雪说：那右半边的"者"作何解释呢？

老任把身子往后一靠：者，就是参与者嘛，就是老冯所言的对手。打麻将是要看人的，不对脾气的人一起玩，岂不是受罪？老冯你是这个意思吧？

老冯点点头：我们今天就来个泊心堂之约，今后在这个城市里，不与外人玩牌，如何？

一致表决同意。

说着，老冯就拿出了一条本省产的最高级的香烟，千元一条，拆开来，给老任和老季各递了一包。

老季说：这又是哪个演员送的吧？

老冯说：是小区物业主任送的。昨天去交物业费，他要和我照相，说他看过我拍的几部谍战剧。

老季就说：你看，还是你混得好，到哪都有粉丝送烟。

老冯就自嘲一笑：我写了三十几年，书出了六十几本，从来没有人拉我照相，更谈不上送烟送酒。几部破电视剧，却让我十几年不买一包烟。你们说，我是该高兴呢？还是不高兴呢？

林晓雪说：您呀，也别瞧不起电视剧。没有电视剧，您一个写书的能买得起这么好的房、这么好的车？真是站着说话不腰疼！

老冯似乎有些无奈，两手一摊：是啊，这就是我的无耻了。明知不可为而为之。

老任说：无耻也要生活嘛。

说着就把手里的东、南、西、北扣下一摆：摸风吧！

三

这城市近几年没见到多大发展，麻将却是与时俱进。传统的那种清一色、一条龙早就取消了，改得越发简单，除了保留十三不靠，基本上就是推倒和，点炮买单，自摸翻倍。不过，越是简单的事情越复杂，这种牌其实并不好打。老冯一开始还不太适应，上手连点三炮。

老冯紧紧手说：好家伙，下马威呢。

林晓雪说：没事，麻将服新手，最后的赢家还是您呢。

打牌的过程中，老冯一直暗里观察着林晓雪的手——她抓牌的手势也是兰花指，很优雅，很迷人。多年前冯悦写过一部叫作《梦中的手势》的长篇小说，为此，他还专门赶回来拍了一组女演员的手。那时候林晓雪还不满三十，模样正好。林晓雪就有些好奇，说人家都爱拍脸，你却只拍手，我的手好看吗？冯悦就说好看，非常好看，像罗丹的雕塑。林晓雪嘻嘻一笑说：那回头我请人用石膏打一只手模送给你。那是他们最近距离的一次接触，却没有跟进。这些年，冯悦有时会想起这情形，甚至会自问：为什么当初没有和这个林晓雪谈一场恋爱呢？当时他已经离婚了，林晓雪也还是单身，为什么不呢？是因为面前这个任大华吗？其时他是文化局的艺术科长，经常跑剧团，这个已婚的男人曾经对他说过，和林晓雪很谈得来……

冯老师，该您出牌了。林晓雪说，想什么心思呢？

老冯笑笑：好久不玩，手生了，七筒。

林晓雪说：吃。边七筒不能不吃。东风——

碰！老季碰了牌，得意地说：我的天，你这只东风捏得也太紧了，我是碰了东风就听牌。

林晓雪鼻子一皱：告诉你老季，我是不听牌不打东风！

老任看看二位，说：这么快就听牌了？

林晓雪说：那是。

老任就淡笑道：听牌早未必好，接下来，没准就等着点炮了。

林晓雪说：瞧你这话说的！

老任说：我没说错啊。你听了牌，就得摸什么打什么，你知道哪张牌不会点炮呢？除非你弃和，跟着打。

老季说：狗屁逻辑，难道因为怕点炮就不听牌？

老任不禁一声长叹：人生从来就是机会跟风险结伴而行，这麻将就是人生啊。所以奉劝二位，千万别高兴得太早。

老季摸了几圈，还是没有摸到，迟疑地打出一张三万。

老任对老季嘿嘿一笑，把牌推倒：门清边三万。

老季摇摇头：真是会咬人的狗不叫啊，起早的遇到了不睡觉的！

老任说：这叫螳螂捕蝉，黄雀在后。

这场面让老冯有了莫名的激动。这样轻快而又紧张的气氛实在是久违了。这就是麻将的魅力。在作家看来，麻将之所以好玩，就在于这种轻快与紧张。一方要三方成全，又要与三方为敌。你既要蒙骗上家，又要压制下家。你要的牌，人家不打，你不能吃碰，就难以听牌。但是你又不希望打出别人需要的牌，让人占了先机。一张好牌，先打出去，担心下家会吃；可要是打迟了，就可能点炮。正是这种焦灼与矛盾让人精神充沛，乐此不疲。这些年走南闯北，老冯熟知各地的麻将，比较起来，还是觉得故乡的牌好玩。其中这上下手的关系，就很特别。倘若下家吃你三口，你们都必须自摸。下家和了，你就得加倍给钱。反过来如果是你摸了，下家就得再翻倍，带有惩罚性。故乡的麻将再改，这一规则是不变的。一圈打完要重新摸风，上下手的位置得变化。第一圈老季和老冯输了，现在风向变了，换了位置，老任坐到了老季上手。牌刚起，才一轮打过，老季就拿出红中补牌，但是杠上没开花。

老任就问：老季听牌了？

老季一副严肃的样子：实话告诉你，差一点门清天和一杠！

下家的林晓雪就说：得，这回跟着你打了。

老冯说：消极，岂能坐以待毙？进攻是最好的防守，晓雪，你得让我多吃两口。

林晓雪说：摸到是他的运气，我一弃和，您再吃我三口，这赔本赚吆喝的事（儿）我可不干。

老任环视一周，说：看来，还是我点了算了。老季面前花也不多，几个小钱而已。老季，你想要什么？

老季点了根烟，说：你在我上手，你就是点了，我也不会和的。这回我肯定要自摸！

老季这回和的是二五八条，牌又听得早，自然是信誓旦旦。

果然，老任就把八条打出来了。

老季正迟疑，下家的林晓雪就说：碰！

老季立即就把牌推倒，嘻嘻一笑：她碰我就要和了。

林晓雪不屑地说：瞧你这点出息！刚刚还说要自摸呢！

老任摇摇头：他这人，一点信誉都没有，秉性难移啊！当初帮他张罗画展，他说有家做酱的企业赞助十万，说得有鼻子有眼，结果一毛钱也没见到，弄得我到处给他擦屁股。

老季说：这事不能怪我，人家企业变卦了，我能怎么样？其实，市里就算是资助我季春风十万块也不算过分吧？我参加过四次全国美展，市里有第二个人吗？

老任说：那你怎么不直接给市长写信呢？哦，又没这胆子了。

林晓雪说：又来了，专心打牌好不好？

正说着，女人的手机震颤起来，她看了一下来电显示，就说：不好意思，我得出去接个电话。

就跑了出去，跑下了楼，去了外面。

老季吐出一口烟，嘀咕一句：什么电话，还得跑出去接？

老任说：这也正常嘛，谁能没有点隐私呢？

老季说：那我也去打个电话吧。我不下楼，就隔壁。

四

一下走了两个人，屋子就显得静了。老冯起身给老任续了点茶，问：晓雪还是和那个男人在一起吗？

老任反问：你说的是哪个？

老冯说：不就是深圳做生意的那个吗？曾经投过她一台戏的。

老任说：哦，那个早散了。

老冯说：后来的事我就不知道了。你们走得近。

老任说：哪里呀，虽说在一个城市，现在联系也少了。上次见她还是在政协团拜会上。如果不是你回来，我们是很难聚到一起的。

老冯把椅子拉近，问：我一直觉得，她看不上老季，对你还是一往情深的。其实你也一样，你刚才在牌桌上说的，我能听出弦外之音，什么机会与风险结伴而行……

老任的脸色就变得凝重，叹息道：都过去了，过去了。如果这辈子我没走上这条官道，或许还有那种可能。她年轻的时候可以说是光彩照人，哪个男人见到都会动心。我也会，可是不敢啊！我们确实谈得来……有一次评职称，她想不开，和我在江边上走了一晚上，说了很多心里话，可是又能怎么样呢？

老冯一笑：她给你机会，你却担心风险。

老任也敷衍着笑了笑：城市就这么大，稍有不慎，就会满城风雨。再一想，就是和她这样的女人走到了一起，又能怎么样呢？

老冯点点头：倒也是。

老任叹息道：这辈子就这样了，得过且过，不能过也得过。你呢？这回真是决定落叶归根了？要不怎么取了这么个斋号？

老冯说：也不算。

老任问：电影不拍了？

老冯说：一直想拍呀，前几年你不还陪着我去皖南看过外景吗？

老任就好纳闷：怎么就拍不成呢？本子我看了，很有深度啊，也不犯忌，拍出来肯定有阿巴斯的味道。

老冯显得很无奈：这部电影，从剧本到筹备，前后整十年了。可是今天这样的片子，有脸面，但不会有票房。没有票房，就不会吸引投资商。这要脸的事也和风险结伴而行。

老任说不拍也罢，毕竟这个年纪了，做导演是份体力活。

老冯又说：原想等女儿留学回来，一起在北京住着。去年她在洛杉矶成家了，也拿了绿卡，我就没有理由剩在北京了。京城虽大，却找不到几个可以说话的人。

老任问：没想过再找一个伴？

老冯摇摇头，笑笑：一个人过了二十几年，过独了，也过惯了。和一个人朝夕相处，不是件简单的事，有可能是件恐怖的事。

老任说：你这种生活，我是虽不能至，心向往之。

老冯就感叹道：有时候想，这男人和女人的关系，无非就是个精神和肉体。孰轻孰重？是分不大清楚的。我曾经和一个电视主持人好过，死去活来，前后也就是两年光景，结局还是不欢而散。既然如此，何必当初？与其这样，还不如不在一起……

老任说：现在和谁都可以在一起了，无非就是打一场风花雪月的麻将嘛。

两人呵呵一笑。

笑过，老冯有些茫然地看着不远处的长江，接着说：你今天来的时候说起张岱的《湖心亭看雪》，巧的是，我这次回来，随身就带着一册《陶庵梦忆》。我开了十几个小时的车，一路上都在想，人这辈子，说长不长，说短不短，应该和有趣的人在一起。喜欢张岱，不是喜欢他多么雅致，而是喜欢他骨子里那份情趣——无论是夫妻、情侣、朋友，都得有趣。到了我们这个年纪，一不能再做无趣的事，二不能再交无趣的人。

老任首肯：说得太对了！

这时候林晓雪回来了。女人的表情看上去没有多大的变化，但肯定是去洗手间补了一下妆。女人像没事似的说：接着来呀，老季呢？

话刚落音，隔壁书房里就传出了老季的大嗓门：这个月的钱我已经打过去了，物业费水电费我也代缴了，你还要我怎么样？

林晓雪不禁叹了声：这个老季，跟老婆闹了一辈子，何必呢？不如离了，像冯老师这样多好。

老冯说：我又能好到哪里去呢？像苍蝇那样飞了一圈，最后不还是飞回来了？

老任说：那不一样。就是苍蝇，那也是一份自由。晓雪你有吗？

林晓雪停顿了一下，说：以前没有，现在有了。不过，我不做苍蝇，我是蝴蝶——从前男人是蝴蝶，围着我转悠，现在也该轮到我做一回蝴蝶了。我林晓雪不会让任何男人养我，他们也养不起我。再说了，有些东西不是钱可以买得到的。

女人说得很冲动，在老冯看来，等于是把刚才电话里的意思透漏了。电话那边的男人听了会是什么滋味呢？这么想着，心下便对这位青衣生出了一份敬意，站起身给女人续了杯热茶，双手递过去，越发觉得那双手好看。

老任看在眼里，就说：晓雪，冯老师这是给你敬茶呢。

林晓雪便使了舞台上身段：不敢当啊，奴家这厢有礼了！

老季也气冲冲地回来了，嘴里还在嘟囔着"简直不可理喻"。老任就说算了，谁家都是一笔糊涂账，你带着这个情绪打牌，肯定要点炮的。

老季说：我这辈子扫兴的事情见得多了，来吧，谁的庄？

老任说：你自己的呀，没有信誉的家伙。

于是接着打，几轮一过，老季就吃了老任两口。

老任看看老季：什么意思呀，想搞三口啊？告诉你老季，我这回可是起手听牌！

老季冷冷一笑：我又不是吓大的。

说话间林晓雪打出一张东风，老季立即叫道：碰！

林晓雪说：你又碰了我的东风啊？

老季说：这叫小楼昨夜又东风！

林晓雪说：行啊，季春风，又听牌了不是？

老季说：没有，我还得吃老任一口，天和！

老任就很不屑地一笑：你这人呀，就是心太大，当初画展要是在市里办，不就办了？非要拿到省里去……

老季说：莫啰唆，出牌！

老任就凑近看看老季面上的牌，心下做了分析，这才小心打出一张二筒。不料老季毫不迟疑：吃！卡二筒，三口！

老任说：看不出啊老季，打五筒吊二筒，你这是给谁挖坑呢？

老季毫不含糊：你不是说，机会和风险同行吗？

说着，就打出一张三条。如此一来，他手里就剩一张牌了，大吊车。

老任看看老季：你是吊二条还是四条呀？实话告诉你，我手里可都是成对的。

老季说：成牌只要一张。

林晓雪说：你们二位都得自摸了，不如打给我和冯老师和了算了。

老冯说：我还没听牌呢。

老季活动了一下身体，说：人哪，有时候就要逼自己一把，背水一战，绝处逢生。就像我们的冯老师，当初如果不是只身闯京城，能有今天吗？

老冯忙说：别拿我说事好不好？那时候我可是一只丧家之犬，没有一个单位肯要我的……

老任说：老季也就是在牌桌上猖狂，有本事回家试试。你刚才隔壁喊那几句，我都怀疑是已经把电话挂断了，嚷给我们听的。借你一副胆，你也不敢跟老婆叫板。

林晓雪说：哟，闹了半天是在演戏呀？

老季说：我是画画的，你才是演戏的。

林晓雪听出老季话里有话，脸上顿时就有些不悦：是啊，我是演戏的，可我这辈子只向观众演戏，不会对朋友演戏，更不会对自己演戏。

老季一见对面的女人生气了，就赶紧布上笑容：晓雪，你别多心，我可没别的意思……

老冯也忙着调和：不说了，我们今天聚到一块，是有趣的人做有趣的事——四万。

碰！老任说着，就把手里两个四万摆出来。

老季说：你这家伙，才听牌呢！

老任笑着说：牌桌上没有真话，三条。

老季看着老任：任先生莫非是成一四七条？

老任笑而不答。

老季摘下眼镜擦了擦，又搓搓手，故意把这个时间拉长。

林晓雪嚷起来：哎，打不打呀？

老季说：莫急，好饭不怕晚。机会来了——

说着就撸起袖子，慢慢伸到牌前，再用香烟熏黄的中指一搓，脸上顿时就变了颜色：上碰下摸，单吊四条——天和！

大家都看傻了。

林晓雪说：季春风，你今天交了狗屎运呢！

老季无比得意：这叫有志者事竟成。

老任沮丧地把自己的牌推倒，说：你们看看，我就是成一四七条，竟被这家伙单吊了四条，有什么理可讲啊？

老冯说：这就是麻将。

五

很多天后，老冯回忆起这个周末的牌局，就觉得，自己的手气其实不差，但是很多牌打错了。明明是一手好牌，却弄巧成拙，反倒给别人点炮，画虎不成反类犬。明明是可以做成的大牌，却因求胜心切，把格局做小了。明明是可以自摸的，却失去了应有的自信和勇气，急功近利地把牌推倒了。如果不是最后一把的绝地反击，这场牌局会让老冯输得狼狈不堪。

最后一把，老冯拿到的是一手烂牌——没有一铺牌，连个像样的牌架也没有，不是边张就是卡张。打十三不靠，又只有两个风头。但是，老冯发现，面上打出来的风头不多，其他三家拿出来补牌的中、发、白也很少。于是他就想往十三不靠发展了。说起十三不靠，本地的麻将术语叫"打三不打四"，意思是，你要是三张废牌，可以打；四张就很难。现在老冯需要打出五张才能听牌，难度可想而知。并且，按规则必须自摸。

这十三不靠，如果东、南、西、北、中、发、白齐全，叫"七星归位"，算天和。眼下老冯只有东风和北风。好的是，老冯第一张就抓起了一张南风，等他打出一张七万，上家的老季一碰，他又得到了一张红中。

红中本属于下家老任的，他的手指都已经触到牌了。见老冯没有把红中摆出来补牌，就说：老冯你这是在打十三不靠啊！

老冯承认：华山一条路，别无选择。

精明的老任看看桌面，说：出来的风头不多，中、发、白也不多，你这回打成了，我们都没听牌呢。

他的潜台词是：我不能让你打成。

林晓雪说：我是一上一听，任局长你手别太紧，我在你下家，吃不到也碰不到。

老任说：那我就放生张了。九万！

碰！林晓雪眼睛一亮：奴家听牌，就等亲爱的冯老师点炮了。

老冯说：不要的牌我都打，我是不会半途而废的。

老任说：牌桌上，该放弃的还是要放弃。

老季说：这话我不同意，该冒险就要冒险。晓雪面前就三个花，小牌。点了又怎样？

林晓雪说：怎么着季春风，你面前倒是开着一排的花呀，可和了才算数，你听牌了吗？

老季笑笑：早着呢。

老任就说：冲着老季这句话，他肯定是听牌了。

林晓雪说：没错，这人年轻时张嘴就是瞎话。

老季说：你干吗老挤兑我呢？任局长不是说了，牌桌上没有真话嘛。

林晓雪仍是不依不饶：你是牌桌下也没有。

几轮下来，老冯松了一口气，终于是听牌了。他肯定是最后一个听牌的，但是只能成六筒和白板。六筒面上已经打出了两张，白板也出现了三张，所以，能和的概率极小。不过，倘若摸到那最后一张白板，他就做成了天和。

又一轮下来，老冯摸到了一张一筒，这就意味着，如果把手中的三筒打出去，他可以和四筒、五筒和六筒，再加白板，和牌的概率增加了几倍。可是，面上虽有六筒，但没三筒，一张也没有。而一筒是有的，这张三筒打出去极有可能点炮，岂不前功尽弃？

想了想，老冯还是把一筒打了出去。

老任看了看老冯：十三不靠一筒可是好张，怎舍得打出来呀？

老冯一笑：有舍才有得嘛。

老任说：看样子你是打听了。

老冯一笑，不再接话，感到心跳加快了。

老任又打出一张生牌，六条。对面的老季就大喝一声：杠！

四张六条摆放得整整齐齐，结果没杠到。

老任放出生张的动意，是希望自己点炮了事，免得被老冯自摸。可是上家这么一杠，就让下家的老冯捷足先登了。老冯喝了口茶，抓牌，就觉得手指下面一滑——他摸到了最后一张白板，七星归位，天和。

老冯把牌推倒，得意一笑：不好意思。

老任就无奈地摇着头，说：你这手牌，全靠老季帮忙啊！

林晓雪对老季瞪眼：成事不足败事有余！

老季干笑着，一语不发。

老冯看看三家的牌，不禁倒吸了一口凉气——老任听的是边三筒，老季听的是三六筒，林晓雪听的是三筒五万对倒。如果他那张三筒打出来，那就是一炮三响，可谓杀机四伏！不能说不险，不能说不侥幸，也不能说不精彩。

作家在当天的日记里只写了这么一句话：麻将是好玩的。

原载《人民文学》2018年第1期

点评

　　泊心堂即作者工作室的斋号。据作者透露，小说原题为"一场风花雪月的麻将"，后在别人建议下改为现名。相比之下，原题更切近小说内容与主题，后者在意旨上显得更为含蓄、严肃。表面上看，所谓"泊心堂之约"即指四人的打麻将之约，但从文本内容来看，又远不止于此。在小说中，三男一女在麻将桌上你来我往，话题须臾不离"风花雪月"。然而，他们既不只在打麻将，也在闲聊过往，特别是在他们相互调侃的话语中，有关四人之间的情感往事、隐秘关系以及当前世态与情态也便自然显现。虽然小说涉及到与打麻将有关的知识、规则，也细致地描述了打麻将的推演过程，但这都非重点，其要旨在于揭示或展现隐藏于打麻将人生活与心灵深处的那些秘而不宣的故事。诚如小说最后一句话所言："麻将是好玩的"，他们在打麻将过程中有意或无意中谈及的诸多话题也是意味无穷的。

（张元珂）

镜 子/

/王祥夫

阿泽发现刘小药比以前胖多了，头发也像是少了许多，刘小药还不到掉头发的时候，但确确实实他的头发比上次见面时少了许多。阿泽在心里想，人也许一胖就会掉头发。阿泽用手抓抓自己的头发，把身子侧了一下，想照照对面的镜子。这个饭店里有不少镜子，鬼才知道饭店老板怎么会在店里安这么多镜子。刘小药这时候已经把他的那条围巾从脖子上取了下来，其实这种季节已经很少有人围围巾了，槐树花都已经开落了。阿泽随口问了一句，你怎么现在还围围巾？刘小药说，脖子最怕受凉。好像怕阿泽听不清，刘小药举起手比画了一下，指指自己的脖子又说了一句，脖子这地方千万不能受凉。阿泽就笑了起来，把手伸过去拍了拍刘小药的肩膀，说你比熊都壮，还怕凉。

喝什么酒？阿泽问。

当然是白酒。刘小药说。

阿泽和刘小药毕竟已经有两年没见面了。阿泽想起了他们上大学在一起游泳的情景。那时候阿泽和刘小药天天早上要在一起游两个小时的泳，游泳的时候刘小药会偷偷从后边袭击一下阿泽。那时候他们游完泳总是喜欢洗凉水澡，他们站在游泳馆的一大排水龙头下，一会儿洗水温适宜的，一会儿又会猛地跳到龙头下冲一下凉水。那可真是刺激，那会儿他们可真是充满了活力。在学校读书的时候，阿泽和刘小药是上下铺，到了后来呢，他们说好了，一个月一换，这个月刘小药睡下铺，下个月阿泽睡下铺。

上大四那年，阿泽知道了刘小药的秘密。其实那也不是什么秘密。有一天，阿泽请刘小药出去吃饭。当然他们喝了些酒，而且是白酒，那种酒鬼们都比较喜欢的高度酒。阿泽和刘小药每人都喝了那么三个小扁瓶，也就是每人都喝了六两，然后又上了一箱啤酒。酒店这时候人已经不多了，但还是不断有人进来，所以阿泽和刘小药也不急着走。他们就那样喝啊喝啊。喝到最后刘小药突然趴在桌上大哭起来。这让阿泽吓了一跳，因为他没一点点准备。

刘小药趴在桌上大哭。

你怎么了？阿泽说，你不应该哭啊，咱们喝得好好的。

刘小药还是哭，不停地哭。

我没说错什么吧？阿泽问。

这时候已经快凌晨一点了，店里已经没有别人，饭店的服务员很客气地对阿泽和刘小药说他们也该收拾一下了，时间不早了，因为他们明天一早还要开门。但刘小药就是不肯走，几乎和服务员吵了起来。阿泽对服务员解释说刘小药喝多了。后来店长也出来了。店长是个中年人，人真的很和气，头上扎着一块很好看的蜡染布，后边打着结，其实是一种帽子。他一边鞠躬一边对刘小药说，时间真是不早了。但刘小药真是醉了，说什么都不肯走。也就是阿泽和饭店服务员把刘小药架起来往外走的时候，刘小药突然从口袋里把什么掏了出来。是皮夹。然后阿泽就看到了那张照片。刘小药说这天是他母亲去世第十个年头的忌日，所以自己才会这样失态。阿泽看了一下刘小药母亲的照片，照片上阿泽母亲的样子真是吓人，脸已经不是一张脸，脸上布满了烧伤留下的疤痕。后来阿泽才知道是刘小药的父亲把大半瓶硫酸都洒在了刘小药母亲的脸上。这都是好多年以前的事了，这件事对刘小药刺激实在是太大了。刘小药一直把那张照片放在那个皮夹子里。那个皮夹子可不小，里边还放着一个小圆镜子。刘小药还告诉阿泽，他的母亲在手术后找到了一面镜子，自己看了一下自己。可能那是她最后一次看自己，然后就从医院的二十三层病房的窗口跳了下去。

刘小药告诉阿泽，说他只有这么一张母亲的照片，其他照片都让他那个混蛋父亲给烧了，全部烧了。刘小药还给阿泽看过那面小圆镜子，说他的母亲就在这面小镜子里，永远待在这面小镜子里了。

我那时才上初一。刘小药对阿泽说。

你爸呢？阿泽还是问了。

从里边出来不久就死了。刘小药对阿泽说他的父亲其实早就该死了。

阿泽把手伸过去放在刘小药的手上，阿泽不知道说什么好。

没什么。刘小药说。他把阿泽的手抓住，用力抓住。

我不该让你喝这么多。阿泽说。

刘小药这才对阿泽说美术系的周芬芬喜欢上他了，所以才让他今天的心情这么乱。也就是这天早上，周芬芬用手机发信息给刘小药说马上就要毕业分手了，也不知刘小药是什么意思，也许就要错过了。

是她主动的。刘小药说。

这又不是什么坏事。阿泽说。

这不可能。刘小药说，这不可能。

这有什么不可能？这是正常的，去约她，去开房。阿泽说。

婚姻是一场谋杀。我这一辈子都不会结婚。刘小药说。

你心里的阴影太大了，这不好。阿泽说。

今天谈这事本身就是个错误。刘小药说。

问题是人家周芬芬也不知道你母亲的事。阿泽说。

刘小药真是喝多了。刘小药的身子真重，后来阿泽只好把刘小药背在身上。刘小药的出气很重，吹着阿泽的脖子。后来两个人就都摔在了学校的草坪上，就那么在草坪上睡着了。直到太阳升起。有人开始跑步了，塑胶跑道上有许多露水，每有人跑过就"咯吱咯吱"作响而且还会溅出水来。

我这一辈子都不会结婚，也不会喝酒。刘小药对阿泽说。

那抽烟呢？阿泽问刘小药。那时候，阿泽已经开始吸烟了，每天一包。

烟我也不会抽。刘小药说。

阿泽马上就给刘小药点了一支，笑嘻嘻地说，近失者必须赤。

因为是你给我的。刘小药说，要是别人的烟我根本就不会接受。

我就喜欢抽烟。阿泽说，不抽就觉得难受。

妈的，烟就是你的命。刘小药说。

后来，好像是有两次吧，是刘小药，忽然从口袋里掏出了什么，居然是烟，而且是阿泽经常吸的那种"南京"烟。这让阿泽很吃惊，问刘小药哪来的烟，你又不抽烟。刘小药说是去参加什么聚会，人人都有一盒。刘小药这么说阿泽居然相信了。后来又有一次，刘小药又慢慢从口袋里掏出了什么，又是烟，而且还是阿泽喜欢的那种牌子。再到后来，阿泽就知道是怎么回事了。再就是毕业的时候。那天晚上同学们都喝了不少，几乎闹了一夜，好像人们都没了睡意，学校的草坪上，湖边的椅子上到处都是人。那天晚上刘小药从上铺把什么扔了下来，天都快亮了，阿泽实在是困得要死。醒来后才发现枕头边上是一条烟。是刘小药给他买的。也就是那天，阿泽才知道了刘小药的秘密，才知道了刘小药为什么总是有零花钱的秘密。

你怎么有钱给我买烟？阿泽问刘小药。

我告诉你，你可别对任何人说。阿泽说，嘴里还在吃着什么。

阿泽说，我向蝎子向活佛保证，不会对任何人说。

刘小药就悄悄告诉阿泽他去捐精的事，捐一次会得到五百元的报酬。

阿泽真是吃了一惊，嘴张得老大，看着刘小药。

你说什么？阿泽问。

我都告诉你了。刘小药说，我不会再重复第二次。

问题是，阿泽想知道刘小药一共捐了多少次。

记不清了。刘小药说他自己也记不清有多少次了。

刘小药其实是不想说，这种事最好不说。

在那一刹那间，阿泽像是不认识刘小药了，一直看着刘小药，想象不出他在精子银行里会是个什么样子，躺在那里还是站在那里，怎么回事。阿泽笑了起来。阿泽笑的时候刘小药也跟着笑，有那么点不好意思。

你说，怎么做？阿泽问。

其实很容易。刘小药说。

我可来不了。阿泽说。

你记着不记着我们那次去毛团实习？刘小药问。

阿泽想起来了，想起毛团公园里广玉兰树上落下来血饼子似的种子，正好落在阿泽的肩上。那天阿泽穿着一件白衬衫，那可真是狼狈极了。

那次我也捐了。刘小药说。

你是怎么找到那种地方的？阿泽问。

可以打电话询问嘛。刘小药说，这还算什么事？

阿泽还是很想问问细节，做了个手势说，多少下才可以？

什么多少下？刘小药问。

那个，还有哪个？阿泽说。

我不知道你说的那个是什么。刘小药说。但实际上他已经明白了。

就这个。阿泽又比画了一下。

刘小药说，这没什么意思，不说这好不好？咱们说点别的。

阿泽说，你说这个没意思，那你说什么有意思？

有意思的就是我不结婚，但我有孩子。刘小药的两只眼睛突然亮了一下，看着阿泽，又重复了一下，我虽然不会结婚，但我有很多很多孩子。

这可真是绝门儿。阿泽说。

我不想结婚，但我想我应该有很多孩子。刘小药又重复了一句。

阿泽忽然觉得有些伤感，点一支烟给刘小药，说能结还是要结。

这个，我快被你教出来了。刘小药举举手里的烟，呛了一下。

如果碰上合适的……阿泽说。想开导开导刘小药。

那我也不结。刘小药说，我知道在这个世界上有我的孩子就行，我的孩子可能比你们任何人都多。

阿泽想想，说这倒是，你到处捐。

只要可能我就去捐，不结婚其实没什么，我的孩子遍天下。刘小药说。

你老了怎么办？阿泽说，一个人不能总是在父母的阴影里活着。

你信不信？刘小药说，我父亲要是活着我会杀了他，他老了一定会是这种结果，被他儿子杀了，好在他死了。

阿泽不知道自己该说什么了，老半天才说，问题是他已经死了嘛。

他不管我倒也罢了，怎么会把一瓶硫酸都泼到我妈的脸上？

是不应该。阿泽说。

我妈长得很漂亮，那一阵子我父亲总是说她在外边又搞上了。刘小药说。说出事之后他妈在医院里住了整整四个月，但后来还是又出事了，因为镜子。在医院里，有个规定，就是不能给面部烧伤的人照镜子，除非医生同意，所以想在医院烧伤科找面镜子还真不那么容易。刘小药说那天的情景他永远也不会忘记。那天他去了医院，他从东边的那个大门进来，然后往左手拐。那时候丁香花刚开，空气里都是丁香的香气，往左拐然后再往西走就是住院楼，太阳从西边照过来真是晃眼。刘小药说他当时什么都没看到，只听到"砰"的一声，那声音也不算是太响，就像有人从楼上往下扔一个麻袋。紧接着楼上就有人喊叫了起来。刘小药根本就没听到上边喊什么，也没想到跳下楼的那个人会是自己的母亲。直到他进了电梯，上到了二十三层，到了母亲的那间病房。病房里的另一个烧伤病人正被吓得抖作一团，那个病人的脸上都是纱布，身上也是，因为包着白纱，一般人根本就不会知道那是个女的，而且是个年轻姑娘。

你妈跳楼了。那个包着白纱的姑娘哆嗦着，像在打摆子。

刘小药往外跑的时候听见那个姑娘尖叫着说，都怪那面镜子都怪那面镜子。

哪来的镜子。刘小药又跑回病房，那面小圆镜子就在窗台上，刘小药把那面小镜子放在了自己的口袋里。那是一面很小的圆镜子，人们平时放在口袋里的那种。

刘小药挤进了电梯。电梯里人可真多，有人提着饭盒，味道很怪，是一种油的味道，或者是什么菜的味道。有人捧着一束鲜花，黄色的康乃馨。有人举着一个吊瓶，吊瓶下边却没有人。还有一个人提着一篮水果，香蕉一根一根地向上戳着。

年纪轻轻挤什么！有人对刘小药大声说。

我妈跳楼了！刘小药听见了自己的尖叫。

电梯里马上就没人说话了。好一会儿，有人小声说，就不能给烧伤病人看镜子，这个医院是怎么搞的？听说那个病人看到镜子里的自己了。医院出什么事总是传得很快，人们都知道刚才有人跳楼了。

刘小药对阿泽说自己直到现在还总是在做那个噩梦，梦见老妈脸朝下躺在地上，人薄得像一张纸片，周围全是血。后来有警察出现了，有好几个人拉着刘小药不让他过去。那场面实在是太血腥了，但刘小药还是看到了两个警察在用两把铁锹慢慢慢慢把地上纸片样的人铲起来，铲的速度很慢。围观的人不知道是谁猛地呕吐了起来，空气中忽然弥漫出一股很不好闻的韭菜味。直到后来，在学校，那天阿泽去打饭。阿泽打饭总是和刘小药在一起。阿泽忘不了那次学校食堂的主食是韭菜馅儿包子，快到打饭窗口的时候刘小药忽然拔腿就往外跑，跑到外面就"哇哇"吐了起来。

你怎么啦？阿泽也跟着跑出来。

刘小药吐得眼里都是泪。

韭菜。刘小药说。

韭菜怎么了？阿泽问。

我受不了韭菜。刘小药又说，又吐了起来。

后来，刘小药才把那天在那种场合闻到了韭菜的味道告诉了阿泽。

所以我一闻到韭菜味就不行了。刘小药说。

你受刺激太大了。阿泽说，这是条件反射。

后来，还是刘小药问阿泽，你猜猜是谁给了我妈镜子。

那天他们是在学校的草地上晒太阳。阿泽当然猜不出是谁，阿泽看着刘小药。刘小药看着另一边，有人在那边挖什么东西，已经挖了不少了，好像是在挖什么野菜。刘小药朝那边吐了口唾沫说，操，给我妈拿镜子的是我爸。

阿泽听见自己叹了口气，不知道自己该怎么说话了。

你说他是个什么男人？他就是想要我妈死。刘小药说。

阿泽拍拍刘小药说，咱们不说这个好不好？

我长这么大只记着他们总是不停地吵架。刘小药说。

人与人的命运不同，有喜欢你的你还是要结婚。阿泽说。

我不可能结婚，我不想害自己也不想害别人。刘小药用手撑了一下地站了起来，朝那个人走了过去，离那个人不远还有一个人也在挖野菜。刘小药本来想问一声她们挖的那是什么野菜，但刘小药不想问了，只说了一句，草地都是让你们这些人挖坏的，你们比兔子的破坏力都大。

刘小药又朝另外那个人走过去，把这话又重复了一下。

草地都是让你们这些人挖坏的，你们比兔子的破坏力还大！

让阿泽想不到的是刘小药突然就火了起来，突然抬起脚把那个人挖好堆在那里的野菜踢飞，踢得到处都是。挖野菜的也是被吓坏了，站起来，什么都不敢说。阿泽从后边抱着刘小药。在那一刹那间，阿泽能感觉出刘小药在颤抖。

走吧走吧。阿泽对刘小药说，在这里挖野菜的差不多都是学校里的人，说不定他们就是哪个老师的家属。后来刘小药安静了下来。阿泽把胳膊搭在刘小药的肩上搂着他往草地西边走，草地西边是另一个活动区域。有小孩出现了，是学校附属幼儿园的孩子们在做户外游戏，很多小孩在那边跑来跑去。

跟你说句话。刘小药小声对阿泽说。

你说。阿泽说。

也许，那些小孩中间的某一个就是我的孩子。刘小药说。

也许吧，这事可还真说不定。阿泽说，也朝那边看，那个阿姨，可真是胖。

我不结婚，但我有孩子。刘小药又说。

阿泽从侧面看了一下刘小药，他觉得刘小药挺可怜。阿泽想抽支烟。

刘小药用手做了几下动作，笑了起来，我的孩子最大的也许都有五六岁了。

最近怎么样？没去捐？阿泽问。

我有一个多月没去了。刘小药说。

阿泽和刘小药有两年多没见了，上次见面还是同学聚会。这次见面，阿泽发现刘小药真是比以前胖多了，头发也像是少了许多，刘小药还不到掉头发的时候，但确确实实他的头发比上次少了许多。阿泽在心里想人也许一胖就会掉头发。阿泽带刘小药去了饭店，在靠窗口的地方选了个座。

咱们快两年多没见了。阿泽对刘小药说。

空调好像没开。刘小药说。

你现在肯定没腹肌了。阿泽说。

以前也没嘛，那不能算是腹肌。刘小药说。

游泳的时候还有嘛。阿泽说。

刘小药笑着说，记不清了，也许是排骨吧。

阿泽把服务员喊了过来，点了菜，又问了一下空调开了没。

阿泽想知道刘小药这两年来都有些什么变化。其实阿泽只想知道刘小药是不是有女朋友了，关于他频频出国的事他并不关心。阿泽对出国没什么兴趣。阿泽想，也许刘小药已经改变了主意。比如，看上了哪个姑娘；比如，也许要结婚了。阿泽很想知道这些。但刘小药对这些问题不感兴趣，他在看墙上挂的那些破烂儿。这家小饭店的墙上挂了不少工艺品，而且每个单间的门口都还挂着一个木牌子，每个牌子上都写了一句话，而每一句话大多又都与佛教分不开。还有陶罐，大大小小的陶罐，里边插着芦苇什么的。还有那种老木匾，上边也都是好听的老话，"诗书传家"什么的。这些东西都不知道是从什么地方收来的。最重要的是，这个小饭店有自酿啤酒，所以阿泽比较喜欢这个地方。

你跟我说，你跟女人上过床没？喝着啤酒，阿泽问刘小药。

我不要女人。刘小药说。

那毕竟不一样。阿泽说，用手做了一个动作，能一样吗？

你什么意思？刘小药看着阿泽。

我的意思是你可以不结婚，但你可以和女人上床。阿泽说。

结婚我肯定不会了。刘小药把话锋一转，说他最近去尼泊尔的事。

那地方不错。刘小药说。

我也想去，但就是没有时间。阿泽说咱们从上大学一直说到现在但就是没一起去成，想不到你单独去了。这么说的时候阿泽的脑海里出现了蓝天雪山佛塔，还有肤色很黑的人群，还有那种看上去多少有点怪的服装，那种比半大大衣短一点的衣服。尼泊尔人总是穿这种衣服，上边的衣服好像不那么薄，但下边却是光着的两条腿，也不知道他们是冷还是热。

听说那边跟西藏差不多，奶茶其实不难喝。阿泽说。

我吃了不少方便面。刘小药说自己到处走，在吃上边从来都不挑，但一般来说就是吃方便面。我几乎什么牌子的方便面都吃过了。刘小药说自己在尼泊尔就是整天吃方便面。原来还以为那种地方不会有方便面，想不到各种牌子的都有，还有老干妈。

刘小药这么一说阿泽就笑了起来，想起他们在学校抢着吃老干妈。那时候他们吃得可真凶，一瓶老干妈两顿就吃光。

老干妈。阿泽笑着说。

老干妈干煸牛肉丝是一绝。刘小药说。

你会做饭菜了？阿泽说以前你可不会。

我现在做得很好。刘小药对阿泽说。

一个人的饭可不好做。阿泽说，不是做多了就是做少了。

那太简单了，刘小药说，要想省事就吃饺子，又快又方便，而且既有肉又有菜，到超市买点肉馅儿，再买那种擀好的饺子皮，从做到吃连四十分钟都不到。刘小药说最近他最爱吃芹菜猪肉馅儿的那种，芹菜最好不要剁得太碎，只要用水一焯，再用一块布把水挤去就行。把弄好的芹菜和肉馅儿拌一拌，最好不要放别的调料，只放一点好酱油就行。

茴香馅儿的也不错。阿泽说，看着刘小药。

从做到吃也就四十多分钟。刘小药又说。

阿泽说，我是最爱吃韭菜鸡蛋馅儿的那种。但阿泽马上想起刘小药是不吃韭菜的，阿泽抱歉地说，对不起我把这事忘了，你不吃韭菜。

接下来，刘小药又说到了尼泊尔的事，说想不到他们那里也会接受捐那个。说话的时候刘小药的脸上几乎要放出光来，我虽然不结婚但我的孩子比你们谁的都多，连尼泊尔那边都有了。

刘小药把手放进这了口袋，取什么？是烟，他把烟取出来了。

你现在抽烟了？阿泽感到了小小的意外。

阿泽觉得刘小药的那个烟盒有点怪，怎么外边缠着一层胶带纸？

我生存的意义你知道吗？刘小药问。

阿泽不知道刘小药的话是什么意思，看着刘小药。

他妈的你别笑，我的生存现在具有国际意义了。刘小药笑着说，我的孩子连国外都有了。刘小药看了看那个烟盒，里边只有一根烟了，刘小药就又从口袋里掏，这回又掏出了一盒烟，阿泽一下子就看出那盒烟是什么牌子，是南京牌。刘小药把烟盒拆开。一般人拆烟盒只须拆一个小口就行，刘小药却把烟盒都拆了开来。阿泽看着刘小药把盒里的烟都倒了出来，然后再一支一支把烟放在刚才掏出来的那个旧烟盒里去，那个旧烟盒上缠着透明胶带纸。

刘小药总算是把烟都放到了那个旧烟盒里去了。

你这是干什么？阿泽问。

不干什么。刘小药说。

倒腾来倒腾去。阿泽说。

牌子一样。刘小药说。

你捐得跨国了，国际需要你。阿泽笑着说，开了一句玩笑。

管他需不需要，反正我要去。刘小药说。

不可能吧？阿泽说，只是为了去捐一下？

刘小药却突然说起尼泊尔的那种羊毛套头衫了，说尼泊尔的那种羊毛可真好，又细又暖和，再冷的天只要穿上尼泊尔的那种羊毛套头衫都不会觉得冷。

我给你带一件回来，下次我带给你。刘小药说。

谁知道你下次会在什么地方？你现在是国际播种机。阿泽说。

阿泽这么一说刘小药就笑了起来，说这就是不结婚的好，没负担。

播种机。阿泽拍了一下刘小药。

合理化的播种机。刘小药也笑。

老播！阿泽说，我以后就叫你老播。

我希望有人给我拍个纪录片，那才有意思。刘小药说。

你下次准备去什么地方？阿泽问刘小药。

如果可能的话我去日本。刘小药说美国和英国那种国家可能不会接受一个黄种人的捐赠。到时候会出现一大批混血儿，乱套了。

阿泽接过刘小药递给他的一支烟，叹了口气说，不管怎么说，还是结婚好。老也不见面，咱们不说这。刘小药说。

想不到你现在也抽烟了。阿泽说。

还不是你教的？刘小药吸了一口，看看手里的烟，然后站起来，是去卫生间。阿泽看着刘小药往那边走，往右边一拐。阿泽把杯里的啤酒干了，里边也剩不多了，便又给自己倒了一杯，再给刘小药那个杯里续满。阿泽又夹了一个干炸丸子放在了嘴里，干炸丸子味道很好。这个小饭店的菜式都还说得过去，但这家小饭店最好的地方是允许人们抽烟。一般来说，喝了酒嘴会很干，但一抽烟，嘴马上就不干了，这很怪。

阿泽把刘小药放在桌上的那盒烟拿了过来，又取出一支，但他忽然愣住了。那个烟盒，被胶带纸缠了一层，原来是个旧烟盒，烟盒上居然还写有一行字。阿泽把它拿起来，是，一下子就想起来了。上边的字是自己写的，那是两年前的事，他和刘小药分手，也喝了酒，刘小药那天喝得有点多，刘小药去厕所的时候阿泽就用笔在他的烟盒上写了这么一行字：干吧，天下好女人很多，有合适的就干，干完就成家！阿泽看看手里的烟盒，再朝那边看看，忽然笑了起来，心里突然又很感动。都两年了，这个烟盒居然一直被刘小药带在身边，还在上边缠了一层胶带纸。阿泽朝那边看着，刘小药还没从卫生间里出来。卫生间紧挨着柜台，有人在那边不知结账还是在买酒。又有一个人过去了。柜台的左边是一个红色的冷藏柜，柜里放着许多饮料和啤酒，紧靠着冷藏柜的是收款机。

这时候刘小药从卫生间里出来了，他一从卫生间里出来就去了柜台那边。阿泽知道他要做什么，马上就站起来走了过去。

你不能结，我来。阿泽把钱一把又塞回到刘小药的裤袋里。

结我的，为什么我不能结？刘小药对收款的说。

不许收他的钱。阿泽对收款的服务员说。

收款的服务员倒是很幽默，她对阿泽和刘小药慢条斯理地说，要不我收你们双份儿好不好？你们下次来就不用再结了。

这倒是个好主意，但谁知道过几天他在哪里？也许去日本了。阿泽笑了一下，看着刘小药。

播种到日本。刘小药也笑了起来。

老播！老播！老播！阿泽笑着，拍拍刘小药。

阿泽又要了一瓶啤酒，他和刘小药又回到了刚才的座位上。

来，再来一下。阿泽对刘小药说，碰了一下。

下次喝还不知道是什么时候。刘小药说除了日本自己还想去泰国，今年一定要去泰国。说这话的时候他们又碰了一下，这是最后一杯，时间不早了，已经是下午三点半多了。

从小饭店出来的时候阿泽把那个写了字的烟盒放在了自己的口袋里。

真想不到真想不到，你还留着它。阿泽说。

刘小药没说话，其实什么也不必说。

这时候倒是阿泽话多了起来。

下次再见面时我会把它还给你。阿泽又拍拍口袋，太有纪念意义了。

你认出你的字来了？你居然也没忘掉。刘小药说。

唉，真他妈快……阿泽说，突然有些伤感。

从小饭店出来，他们径直去了宾馆，他们准备先好好睡一觉。晚上呢，晚上去做什么？这连他们自己都没想好。刘小药一上床就睡着了，他喝得有点多。睡觉的时候他翻了一个身，有什么从他的裤子口袋里掉了出来，掉在了地上。是一串钥匙，还有几个硬币，还有亮亮的一个圆形的东西，是那面小镜子……

原载《红豆》2018年第9期

点评

"婚姻是一场谋杀。我一辈子都不会结婚。""我父亲活着我会杀了他。""不结婚其实没什么，我的孩子满天下。"这是刘小药的人生信条。为此，他的言行与生活常怪异不堪。首先，读大学时，到处捐精，并以此为乐，说如此一来可子孙后代满天下。其次，他也不恋爱，并视此为生命之大忌。他的心理之所以如此异化，乃源于其糟糕家庭环境的长期负面影响。刘父对刘母的猜忌、戕害，刘母被泼硫酸毁容乃至跳楼自杀横尸医院楼下的场面，对刘小药的刺激实在是太大了。这一幕幕都深深刻印于刘小药精神深处，并让他一生蒙受阴影。有什么样的家庭环境，有什么样的家庭理念，即会对后代产生了什么样的影响，什么样的结果。小说通过对刘小药心理、言行及处事方式的细致描写，揭示了家庭环境与孩子成长之间的深刻关联。在小说中，"镜子"是一种隐喻，既是实指的，也是虚指的。作为前者，镜子是一把利刃，它让刘母弃世而去，让刘小药身心受伤；作为后者，镜子也是一束穿透时空的光，它让世俗中的你我看清了某些现象和问题的本质，让我们惊醒，有所思，有所畏，也有所期。从这个角度看，这是一篇有着浓郁劝诫意味的彰显当代小说家人文情怀的社会介入型小说，因为它所揭示的就是我们生活中正在发生或将要发生的社会问题。

（张元珂）

春暮

付秀莹

北京就是这样，春天和秋天之间，几乎没有过渡，头一天还穿着毛衣呢，一场雨水落过，就要换上单衣薄裙了。仿佛是一夜春风，满城的草木都蓬勃起来，该开的花都开了，该发的枝叶也都发了。空气里流荡着植物汁水的味道、花粉的味道、风的消息、云的影子，蝶飞蜂乱，闹哄哄的，叫人心里莫名地躁动。其实，也不止是躁动，是有点烦恼。好像也不止是烦恼，还有那么一点莫名的幽怨。说不清。实在是说不清。

早晨起来，巫红立在窗前，看着小区满院子的花草发呆。正对着阳台，是一片花圃，种着月季、木槿、榆叶梅、碧桃，还有一种花，她叫不出名字，极肥大的花朵，开得层层叠叠的，是那种妖媚的粉红。一个园丁，戴着草帽，拿一把大剪子，在耐心地整理花枝。还有一只喜鹊，拖着长长的尾巴，在草地上起起落落，咕咕咕咕饶舌，也不怕人。

这是北京北五环了，紧邻着奥林匹克森林公园，空气不错，房价呢，自然也不错。这奥林匹克森林公园，是2008年北京奥运会的遗留物，偌大的一个园子，林木繁盛，水汽氤氲，好像是这个城市的一只巨大的绿肺，天然大氧吧。周末的时候，人们开车从北京城的四面八方过来，在这里消磨一天。也有人喜欢晚上来锻炼，在公园里暴走。老钟就得意地跟人吹嘘，说自己家有个后花园呢。这话虽然是炫耀，却也不错。当年的奥运会，除了森林公园，还给这一片留下了良好的绿化带，草木葳蕤，花事繁忙，十分赏心悦目。当初，他们买这房子的时候，北京的房价还没有这么吓人。如今就不得了啦。据说公园附近这一片小区，涨得厉害。这才几年。

　　早晨的阳光洒满窗子，把阳台弄得明晃晃的。忽然间，有人就把她的头给蒙住了。她心里一跳。慌忙警告道，别闹！你别闹！对方只是不理。她极力挣脱出来，一颗心扑扑扑扑扑乱跳。四下里静悄悄的，哪里有人。

　　窗子半开着，风悄悄溜进来，把晾衣杆上的床单弄得一鼓一鼓，不知怎么回事，一下子就兜住了她的头。真是神经了。她叹口气。把床单重新晾好。干净的床单散发着淡淡的洗衣液的香气，还有阳光晒过的好闻的味道。床单是淡绿的底子，上面长着零零落落的叶子，一片一片，又清新，又寂寞。双人的床单，双人的被罩，双人的被子，双人的枕头。床还是那张双人床。她一直想着，什么时候得换张床，对，连家具也要换一换。新生活嘛，总要有点新气象。也不知道怎么回事，一天天延捱下来，到现在也没有换。巫红也纳闷，每一回去商场，那些床上用品专区摆着的样品，怎么都是双人用的呢。有田园风的，有欧美风的，文艺范的也有，土豪版的也有。热情的售货小姐怂恿道，来一套吧？喜欢哪一套？口气殷切，一步步紧跟着，弄得她倒不好意思了。好像是不买一套，就对她不起似的。这商场在北京算是中高档，人不多，购物环境不错。四下里安静，生意清淡，巫红越发受不了她的殷勤，忙说来一套，就这套，对，浅色的这套。那小姐问，双人的？她本想说单人的，鬼使神差的，却说当然，双人的。这种卧具价格不菲。她倒不只是心疼那几个钱。她收入不高，在北京，也就是工薪阶层，或许连快递小哥都不及。她想不明白的是，自己怎么就非要买双人的呢。情侣口杯，情侣毛巾，情侣拖鞋，情侣家居服……每一回都是这样。她是怕什么呢。是不是，潜意识里，她对单身这件事，有着强烈的抗拒和否定呢。就像她娘说她的，煮熟的鸭子，就剩下嘴硬了。

　　从阳台乍一回到客厅，只觉得眼前一黑。方才阳光太明亮了，令人一下子适应不了客厅的光线。头有点轻微的眩晕，太阳穴一蹦一蹦的。她缓缓坐在沙发上，轻轻闭上眼睛。心里头依然是乱糟糟的。这该死的床单。这该死的春天。

　　微信叮的一声，她也懒得理会。微信这东西，最初她热心过一阵子，很快就烦了。朋友圈里那些个美食啊，美照啊，旅行啊，鸡汤啊，牢骚啊，感慨啊，晒来晒去的，叫人心生厌倦。她先是设置了半年可见，后来又改成仅三天可见，最后索性就不发了。也不给别人点赞。那种手指头随意一动的赞美，来得那么轻易，方便，她觉得又廉价，又虚假。她怀疑自己是不是真的老了，对这个世界的繁华热闹熙熙攘攘丧失了热情，还有兴趣。早些年，她是多么的激情饱满哪，跟着一帮男男女女，喝酒吃肉谈恋爱，她一头长发，穿着短裙，露出一双鹭鸶一样的长腿。她笑着，哭着，闹着，简直是疯得不行。这一晃，都多少年了。

那时候，她还没来北京。大学毕业后，在家乡的小城上班。她老家那个村子，叫作芳村。她在芳村出生，长大，在省城读的大学。在那个省会城市里，原也有一份体面的工作，朝九晚五，节奏分明，像所有的上班族一样。鬼知道怎么一回事，她铁了心，一定要到北京来。北京是什么地方？这简直是飞蛾扑火啊。朋友们都劝她。还有小巨，她当时的男朋友。他们是大学同学，毕业后又在一个单位共事，知根知底，熟悉得像是左手右手，像是兄妹。跟小巨在一起，她觉得踏实，温暖，安全。人生没有什么大的悬念，也不会有什么大的惊吓。她不肯承认，从一开始她就知道，她跟小巨，不是一路人。小巨是那种安分守己的好孩子，家境优良，教养也好，性格呢，温雅平和，单纯明亮。当初，正是因为小巨，她才得以在省城留下。在那个小城，小巨家里也算是人脉深厚，足以为他们两个遮风避雨。小巨恳求她留下，留在省城，他们在那个北方的小城，携手一生，不好吗。他说他愿意好好呵护她，疼她，宠她，给她一份妥帖安定的日月，一份幸福快乐的生活。巫红一面听，一面流泪。岁月静好，现世安稳。这是多少女人的好梦啊，可往往是求之而不得。她不是没有幻想过这样的生活。一个芳村出来的姑娘，在省城安家立业，从此改换门庭。还能怎么样呢。够了。她应该知足。她娘经常用芳村话告诫她，要知足。知足常乐。芳村话把知足叫作"识局"。然而，她并没有被小巨描绘的理想生活打动。她看着他的脸，他的脸因为痛苦而扭曲得厉害，他的泪水缓缓流下来。她第一次知道，男人的泪水很重，一大颗一大颗，砸在地板上，带着噼啪噼啪的回声。她的心缩成一团。她真的不"识局"啊。

他们大学四年，同事两年，六年的感情。他当真是不懂得她。

临行前的那个晚上，两个人道别，巫红把自己给了小巨。算是补偿吧。私心里，她是内疚的。也不只是内疚，是有一点遗憾，有一点失落，还有一点莫名的悲壮。风萧萧兮易水寒，壮士一去兮不复返。她不知道，她这次冒险地出征北上，究竟是凶呢还是吉。那个深秋的夜晚，风敲着窗子，仿佛一个人悲伤的叹息。小巨是个好男孩。他笨手笨脚的样子，叫人又心疼，又惭愧。她抱着他，在黑暗中睁着眼睛。冥冥中，她预感到她的青春岁月，连同她的初恋一起，都消逝在那深秋的风声里了。那北方的秋风啊。后来，多年以后，她还会忽然想起那个夜晚，深秋的风声里绵长的哭泣。小巨他，还好吗？他结婚了吗？他幸福吗？他还会偶然想起她来吗？就像她会忽然想起他来一样。

老实说，乍一到北京，她还是胆怯的。北京城水深浪大，岂是她一个乡下姑娘可以任意来去的地方。更何况，她不过是一个普通院校的本科生，在冠盖云集的京城，博士硕士海龟一大把，她到底是心虚。她有什么呢。没有背景，没有人脉，没有户口，没有房子。她什么都没有。她有的不过是一段大好的金子一样的年华。年轻，疯狂，怀揣着无数乱七八糟的白日梦。自然了，这白日梦叫作野心，也没有错。她是在很多年以后，才慢慢意识到，她其实是一个有野心的人，她不安分。比方说，她不愿意在那个小城里消磨一生，像她的母亲、她的姐姐们一样。在一个小地方，出生，长大，嫁一个男人，生两个孩子，慢慢煎熬，煎熬，直到最后。她害怕这样的生活。她要逃离。从很小的时候，她就幻想过，在很远的地方，在芳村之外，在那个被称为省城的小城之外，还有另外一种生活，迥然不同却富有魅力的生活，等着她，召唤着她。她愿意听从那迷人的召唤。那召唤神秘莫测，往往会在某个瞬间突然降临。每一回，她都浑身战栗，内心的烈焰熊熊燃烧。她把这召唤藏在心里，从来不跟任何人说起。包括父母。包括小巨。也包括她的姐姐们。私心里，她有点看不起她们。也不是看不起，是有点同情，有点怜惜，有点心疼，有点，怎么说，恨铁不成钢。是啊。这一生，除了芳村的鸡鸣狗吠，她们见识过什么呢。世界这么辽阔，生活这么丰富。有时候，她甚至有点恶毒地揣测，她们恐怕连高潮都不大清楚是怎么回事吧。遑论滋味复杂的爱情呢。

阳台上那只画眉忽然叫了起来，把巫红吓了一跳。她懒懒起身，喝了一杯果汁，吃了一片吐司。正漱口呢，手机却响了。老钟在电话那头说，在家？她说，在，有事？老钟说，没事就不能打电话了？她吸了一口气，牙疼似的。她不喜欢老钟这种口气，有一点亲昵，有一点暧昧。她跟他之间，离都离了，还有这样的必要嘛。老钟说，吃个饭吧。她说，我还有点儿事——老钟不待她说完，说老地方，等你啊。就挂了。

巫红心里气恼，把在她脚下蹭来蹭去的小白一下子就踢开了。小白受了委屈，躲在门边，满脸哀怨地看着她。小白是一只男猫，生得却十分妩媚，又乖巧伶俐，晚上是要跟着巫红睡的。她看着小白水汪汪的眼睛，好像在里面看见了老钟那张瘦脸。

她怎么就不会一口拒绝呢。拒绝一个人，就这么难吗。从小到大，她就不会说不。她不知道怎么拒绝人家，她生怕人家难堪。她宁可自己难受，也不愿意人家难受。人家难受，比她自己难受还叫她感到难受。不止一次，老钟为了这个骂她，嘲笑她。她却改不了。江山易改，禀性难移哪。他妈的老钟，真是太了解她了。

认识老钟的时候，巫红还跟蒋江潮好着。蒋江潮是他们公司的一个金牌客户，公司里从上到下，都有点哈着他的意思。巫红呢，因为有蒋江潮罩着，自然也就有点恃宠生娇。部门有销售任务，她从来就没有担心过。有蒋江潮呢。

那一回，是在一个饭局上，好像是春节前的一个聚会，也不知道是谁张罗的，她跟着蒋江潮，双双敬酒，大秀恩爱，被众人起哄着，喝交杯。巫红大大方方的，一点都不忸怩。倒是蒋江潮，央求众人别闹，别闹了好不好。众人哪里肯。

散场的时候，已经是午夜了。蒋江潮喝醉了，歪歪斜斜往外走，一步一踉跄，巫红根本架不住他。一个男人过来帮忙，帮她叫了代驾，又帮着把蒋江潮弄进车里，然后跟她说，我能跟你说句话吗。

北京的冬夜，有一种彻骨的寒冷。他们在便道上慢慢走着。一城的灯火，在寒雾里闪闪烁烁，好像是迷茫的眼睛。天空黑漆漆的，仿佛凝固了，被各种灯光撩拨出一道一道奇特的涟漪。冷风吹过来，带着尖利的哨音，把整个城市都吹彻了。雾霾锁城，空气里仿佛充满了呛人的气味。行人们大多戴着口罩，匆匆走过。汽车的尾灯连成一片，在寒夜里缓缓流淌，流淌，流淌。

情况就是这样。老钟说，你在哪儿住？我送你回去。

巫红不说话。她的头发被吹得乱糟糟的，喉头酸酸硬硬一片，哽在那里。胃痛得厉害，整个胃好像是被一只强硬的手捏住了。

没事吧，你？老钟问。

巫红木木地看着街对面，一家美容院的招牌灯箱很暧昧地闪着，上面是一张女人的脸，娇嫩，美丽，没有任何瑕疵，完美得叫人觉得虚假。

为什么告诉我这个。巫红问。那语气，好像是埋怨，又好像是质问。

老钟说，幼稚。

那回以后，巫红就跟蒋江潮断了。电话拉黑。微信拉黑。照片烧掉。蒋江潮。她把这个男人，连同这段感情，从她生活里删除了。

坦率地说，她不是那种优柔寡断的女人，在感情上，甚至有一种杀伐决断的男子气概，用霞飞的话说，有点心狠手辣。霞飞跟她是多年闺中密友，性格呢，倒一点都不像她。怎么说呢，霞飞是一个容易动情的人，很轻易地就喜欢上人家，要死要活的，有一种少女般的盲目的痴情。巫红笑她是热得快。霞飞说，热得快就热得快，总比你这心狠手辣的好。你要是男人，不定多少女的遭殃呢。巫红就哈哈大笑。霞飞说，蒋江潮这么不死心，干吗不当面跟他说清楚呢。巫红说，怎么说清楚？霞飞说，问他呀。巫红说，问他？我问他是不是有老婆？还是逼着他离了婆娶我？

老钟倒是常常打电话来，约她吃饭，约她喝茶，约她周末到郊外看花踏青。巫红都答应了。刚刚经历了一场失恋，她并不拒绝这样一种温暖和安慰。再者，她也是想以此断了蒋江潮的念头。或者说，她是想以此断了她自己的念头。私心里，她恨蒋江潮。她不敢细想，她这恨里面，有多少是出于爱，有多少出于自尊受挫后的恼羞成怒。她恨他欺骗了她。她怨他怎么会有家室。可是，假如蒋江潮单身，一身轻松无挂碍，扪心自问，她愿意嫁给他吗？

蒋江潮是东北人，有东北人的豪爽仗义，也有东北人的大大咧咧。爱喝酒，喝了酒爱吹牛皮。口才极好，特别有演讲的天赋和激情。说起来，跟蒋江潮好上，其实是阴错阳差。在她心里，蒋江潮更多的是她的客户，是她的金主，是她在这个公司里得以立足的靠山。有蒋江潮在，她根本用不着跟那些小妖精们勾心斗角，争风吃醋。还有那个朱总，被人们私下里叫作猪总的，公司的老大，也休想在她这里发淫威耍威风了。

据说，蒋江潮辞职了。不知去向。这样也好。作为客户，他不再跟巫红的公司发生业务关系，倒也免去了尴尬。巫红心里松了一口气。她想把这事告诉老钟，不想，老钟的电话却打过来了，约她吃饭，说要庆祝一下。巫红说，庆祝什么？老钟就说了蒋江潮辞职的事。巫红却恼了，啪的挂了电话。

巫红也不知道自己怎么回事。不是应该高兴吗？她这是怎么了。

老钟其实不老。比巫红大一些，大约三十三四岁吧。人生得斯文干净，有一点内向，话不多，显得比同龄人要稳重。老钟有一些小爱好，比方说，喜欢小动物，街上见了小猫啊小狗啊，都要上前逗一逗。喜欢整洁和秩序，钱夹里的票据啊钞票啊总是叠得整整齐齐。老钟不大乱花钱，甚至有点过于节俭。这一点上，不像蒋江潮。老钟不张扬，人也低调。有时候，她又不免觉得他不够洒脱了。比方说，两个人在外头吃饭，必得带上他自己的茶，吩咐人家沏了，对方稍有怠慢了，就一定要跟人家理论一番。这个时候，巫红就不高兴，嫌老钟小气。老钟说，外头的茶不好，又贵，干吗当这个冤大头呢。巫红却还是不高兴。她总觉得，男人嘛，有时候还是粗犷一些的好。太细腻了太计算了，就有点娘。是不是因为，老钟是南方人的缘故呢。

跟老钟就这么来往着，不咸不淡的。霞飞倒是拷问过巫红，问她感觉。巫红说，什么感觉？霞飞说，对老钟的感觉啊。就是有没有那种，男女的感觉。巫红想了想，我们好像是，闺蜜吧。霞飞扑哧就把一口咖啡喷出来，嚷道，他闺蜜，那我呢。

十点半，时间还早。巫红慢吞吞收拾，梳洗打扮。她把头发盘起来，又放下，想了想，最后还是盘起来。老钟最喜欢她的长发，她偏不让他如愿。镜子里是一张干干净净的脸，明月一般，饱满圆润。用她娘的话说，是银盆大脸，娘娘的命。相书上说，这种面相极好，主贵。也不知道，她的好命到底藏在哪里。她娘却坚信不疑。据说巫红还在她娘怀里抱着的时候，一个相面的老头见了，左看右看，半晌说了一句，这小妮子，不是平地卧的。她娘追着那老头说说详情，那老头却不肯了，只说了一句，天机不可泄露。她不知道，她的那野心里面，是不是受了那神秘老头的暗示，或者说指引。

随便抓了一件衣裳穿上，下了楼，却又后悔了。她噔噔噔噔跑上楼，又重新挑了一件淡绿色长裙，外面搭一件奶白色轻薄风衣，把盘着的头发又放下来，长长披散在背后。想了想，换了一只白色挎包，才匆匆跑出去。

大街上，阳光恣意地落下来，金子一般。城市好像是勾了一圈毛茸茸的金边，又华贵，又璀璨。行道树枝叶初发，有一种蓬勃的喜悦的生机。风软软吹在脸上，痒酥酥的。吹面不寒杨柳风。大约就是这意思吧。树枝上，不知道什么鸟在叫，唧唧啾啾，婉转极了。一只风筝在天上飞，慢慢地高了，远了，终于消失在大朵大朵的云彩后面。

老钟已经到了。隔着落地窗的玻璃，朝巫红招手。老钟穿一件白衬衣，灰色休闲西裤，皮鞋锃亮，头发梳得整整齐齐，新刮了脸，下巴和脸颊两边一片光溜溜的铁青色。巫红坐下，一面揶揄道，不错嘛。状态不错。老钟笑着摇摇头，叫服务生过来点菜，叮嘱巫红道，挑贵的点啊，别给我省着。巫红笑道，看来还是离了好。对外人倒不抠了。老钟看了一眼那服务生，小声说，行了啊，你就别损我了。

这家餐厅是他们以前常来的。不大，却雅致安静。位子也是经常坐的位子，临着窗，可以看见外面的街景。春日的大街，好像是笼着一层薄薄的烟霭，温软的，柔情的，有一点欲说还休的意思。春风浩荡，那些熟悉的店铺，邮局，书吧，咖啡馆，美容院，似乎都变得陌生了，有一种，怎么说，陌生的温情。理发店那个胖胖的老板娘，也换了春装，头发新剪了，显得清爽利落。

老钟说，怎么样？还好吧？巫红说，好着呢。你都看到了。老钟说，那就好。巫红说，你呢，新婚宴尔，怎么还有闲工夫出来吃饭？老钟说，你看你，就不能好好说话吗。

老钟是那种清瘦的男人，身姿挺拔。一双眼睛细细长长的，目光却明亮灼人。此时，巫红见他眼睛下面各有一块青黑，法令纹好像是更深了。眼睛有点肿，隐隐仿佛有血丝。心想，这老钟，难道有什么难言之隐不成。

现在想起来，巫红还有点恍惚。当初，她是怎么跟老钟好上的呢。怎么就，稀里糊涂上了床，稀里糊涂结了婚，然后，又稀里糊涂离了。真仿佛一场乱梦一般。

那时候，刚跟蒋江潮断了，就像忽然间被人切掉了身体的一部分，感到空落落地疼。单位的日子也不好过。失去了蒋江潮的荫蔽，她一下子尝到了世态炎凉的滋味。关于她跟蒋江潮的这一段，流传着各种版本。她不是恬不知耻的小三，就是朝三暮四的贱货。有说她被蒋江潮甩了的，也有说是她又攀上高枝甩了蒋江潮的。人言可畏，她真是低估了人性的黑暗和深不见底。那猪总也趁机刁难她，好像是要把之前对她的那些好处都让她偿还回来。世人向来都是拜高踩低的。她即便是低到尘埃里，谄媚地去舔那些踢来踢去的脚，大约也不济事。这单位，看来她真的待不下去了。

那阵子，偏偏老钟追得紧，鞍前马后的，伺候得周到。巫红是一个耳根子软的人，眼皮子又浅，见不得人家半点儿好处。再加上，霞飞的敲敲打打，她娘的絮絮叨叨，单位一帮人的冷嘲热讽，起哄架秧子，她就有点招架不住。

那一回，好像是一个晚上，两个人都喝了点红酒，相对坐着说话。说着说着，巫红的眼波就不对了。巫红的眼睛是那种丹凤眼。巫红好看，就好看在这一双眼睛上。老钟看着她，握住了她的手。巫红这个人，奇怪得很，不能碰红酒，只要喝一点红酒，身子就软了，化了，收拾不起。她不敢把这话跟人说，霞飞笑她，说红酒是她的春药，她也笑，骂她坏，心里却有点儿信了。有了红酒的怂恿，巫红的一双眼睛水波荡漾，越发管不住。屋子里灯光迷离，窗外飞着细雨。春深似海，城市在春天的深处半梦半醒。这样的雨夜，这样的灯光，好像注定了要发生一点什么，才算不得辜负。巫红看着老钟，醉眼蒙眬，任他把她的手心捏得湿漉漉的，整个人也湿漉漉的。她踢掉那双裸粉色高跟鞋，把一只涂着豆蔻的光脚伸到老钟的怀里。老钟一下子就握住了她那只光脚，抱起她扔到了床上。

她一直不肯承认，当初，大约是她诱惑了老钟。要是没有那个雨夜呢？

鳜鱼，还是清蒸吧？老钟说。有心事？研究的眼光看着她的脸。

巫红说，鬼才有心事。

老钟就呵呵笑了。老钟笑起来的时候，眼睛弯弯的，每一道细纹里都是柔情。老钟这家伙，公正地讲，对女人还是很有杀伤力的。霞飞不止一回警告她，好好的啊。要是敢对老钟不好，我可就下手了哇。霞飞说这话的时候，是玩笑的口吻，巫红却听出了一点别的意思。霞飞这小蹄子，仗着一副好身材，又是单身，今天换一个，明天换一个，遍揽天下英雄。老钟那些笼络人的小恩小惠，原本是为了追她施展的攻守策略，看来还真是打动了这小妮子芳心了。

菜陆续上来了。都是巫红爱吃的。清蒸鳜鱼，白灼芥蓝，蓝莓山药，木瓜雪蛤，一小钵银耳莲子羹。有一道时令菜，香椿芽煎蛋。这个季节，正是香椿上市的时候。香椿碧绿，土鸡蛋金黄，是春天的好颜色。巫红说，这么有心？老钟笑，帮她添汤，布菜，斟酒。酒是红酒，老钟带来的，据说价格不菲。

两个人慢慢喝酒。窗外有一棵玉兰，是白玉兰。这个时节，已经到了盛期。肥白的花瓣子，在风里颤颤巍巍的，像极了白鸽子，受了风的惊吓，好像是马上就要飞走了。

老钟酒量不大，却爱酒。他喝酒的样子，享受极了。巫红其实酒量不小。酒这东西，就是一个借口，一个道具。就像喜欢抽烟的人，不过是习惯了那一种姿势罢了。巫红是什么时候爱上喝酒这件事的呢。来北京以后？她想了想，到底是想不起来了。

你还好吧。老钟说。

能来点新鲜的吗？巫红笑。老钟也笑，摸着后脖颈，很尴尬了。

你希望我怎么回答呢。巫红歪着头，挑衅道。

老钟说，说实话。

巫红仰脸笑起来。虚伪。有意思吗？

老钟笑道，好吧，好吧，我虚伪。

有一个玉兰花瓣落下来，在风里飘飘摇摇的，半晌不肯落下。满城春风柳絮，烟霭飞扬，无端的，叫人生出莫名的惆怅来。

巫红轻轻啜了一口酒，让那深红的液体把嘴唇染得更红。老钟在对面看着她，忽然问道，你能不能告诉我，为什么？巫红说，为什么？什么为什么？老钟说，你知道。

巫红不说话，低头吃饭。

当初，他们买房，结婚，在北京办了盛大的婚礼。老钟是一家公司的副总，正在雄心勃勃地准备另外开疆辟土，创建新公司的。老钟说了，婚后就让巫红辞了职，安心在家做钟太太。健健身，美美容，逛逛街，养养孩子。霞飞一口一个卖糕的，眼红得要死，追着老钟问，还有没有这样的男人啊，求介绍。巫红踢了她一脚，笑骂道，求包养吧你是。霞飞说，求包养就求包养。这世道，谁怕谁呀。老钟就笑得呵呵的。

巫红的婚事，在芳村传得神乎其神，说是巫家的老三厉害，嫁到了北京。北京，那可是皇城根，天子脚下哇。老巫老实巴交，窝囊了一辈子，倒生了个好闺女。可见是巫家祖坟风水好，好就好在那地形上。巫家老三，往后子子孙孙就是北京人啦。老巫就是北京他爹，北京他姥爷。也有人私下里说，可惜巫家老三是个闺女，要是个小子，就更厉害了。巫红她娘悬了多年的一颗心，也终于放下来了。芳村鸡毛蒜皮的事，也要给女婿打电话，显摆女婿的厉害。巫红恼火得不行。老钟却都笑眯眯答应下来，把丈母娘哄得高高兴兴的。弄得巫红她娘觉得，女婿倒比闺女还贴心，天天把她这北京女婿挂在嘴上。

巫红到底是辞了职。她怎么不知道，她跟蒋江潮那一段，这公司上下是清清楚楚的。而今都成了往事，物是人非了。换个环境，对谁都好。尤其是老钟。男人嘛，都爱面子。谁愿意让人家在背地里嚼舌头呢。她自己呢，趁机体体面面地打了辞职报告，也算是全身而退。她到底是芳村出来的，穷门小户的孩子，从小就知道，在这世上走一遭，要知道行止，知道进退。从小到大，她从来就没有任性的资本。

巫红辞了职，正是新婚，在家里过了一段安闲甜美的日子。五一的时候，回乡省亲，轰动了整个芳村，真的有点衣锦还乡的意思了。这么多年了，芳村出去的人也不少。有谁像巫家老三这样风光的呢。如今村里人外出打工，自己开工厂，见多识广，有钱的也多。用村里见德爷的话，他们是富了，可是富而不贵。巫家老三，还有老三那女婿，才算得上贵重人物。北京城哪，那是朝廷待的地方，紫气祥云，大贵大福之地。巫红她爹只是憨笑着，给人们散烟，是软中华，老钟孝敬的。人们哪里舍得吸，别在耳朵上，自己又卷了旱烟，吧嗒吧嗒吸着。老钟陪着老丈人，被指点着，叫大爷，叫大娘，叫二叔，叫婶子，一口南方普通话，亲热极了。

从芳村回来，巫红跟老钟说，嘚瑟够了吧。老钟说，哪里哪里。巫红说，虚荣心得到满足了吧。老钟说，哪里哪里。

夜里，老钟格外的骁勇善战。巫红娇喘吁吁，骂道，你疯了。老钟说好吗，好不好，咹，好不好。巫红叫起来。老钟说，怎么样，咹，怎么样，比老蒋呢——

夜深了。这小区十分安静。远处，好像隐隐有雷声。可能要下雨了。老钟的鼾声一声高一声低的，没有章法，有时候忽然停下来，过了好一会儿，却又响起来了。他们这房子是高层，楼间距大，只拉了纱帘，却并不担心人给人家看到。雷声隆隆，好像在远远的天边，又好像就在窗外，在枕边。

巫红睡不着。这么长时间了，这是他们之间，第一次提起蒋江潮。而且，还是在这个时候。

老钟他是故意的吧。

服务生过来，把醒酒器里的红酒给他们倒上。又送来一枝月季，说是饭店的小礼物，给女士的。巫红说谢谢，把那月季插在红酒瓶子里。这饭店后院里种着一片月季，这个季节，据说经常摘了新鲜月季馈赠客人，又浪漫，又温馨。真是惠而不费的营销策略。这枝月季是那种干净的粉色，有着十六岁少女的稚嫩和清新，跟巫红的绿裙子倒是十分相宜。老钟说，好看。这丫头倒挺有审美眼光嘛。巫红说，都中年妇女了，跟这少女色系不搭啦。老钟认真地看了她一眼，说，瞎说。你顶多就是准中年妇女。巫红扑哧就笑了。

你还是笑起来好看。老钟说，举着酒杯，轻轻晃动着。

巫红说，你新婚的夫人，知道你在跟前妻，一个准中年妇女，喝酒调情吗？

老钟的脸马上就阴下来，道，你有意思吗？

巫红说，有意思啊。我觉得有意思极了。

老钟仰头把杯子里的酒喝掉，把酒杯举到脸颊旁边，说，巫红，婚是你要离的。我好说歹说，你是铁了心非离不可。现在这样指桑骂槐的，有意思吗你。酒杯映照出老钟的一张瘦脸，好像是变了形。酒杯里残留着一点红酒，仿佛割破了口子，没来得及擦净的血迹。巫红不说话。老钟又倒了半杯红酒，一口喝光，说，我那么快结婚，就是想气你。我老钟在公司，大小也算个人物，也是很多女的往上扑的。你巫红不要，有人要——老钟的舌头有点硬，脸红红的，熟了的大虾一样。

巫红不说话，抽了一张餐巾纸递给他。老钟不接。老钟看着她，为什么？啊，到底为什么啊。老钟把酒杯倒过来，让那残留的红酒一点一点从杯子里滴落下来，滴在桌子上那张餐巾纸上。餐巾纸慢慢晕染开来，极淡极淡的粉，斑斑点点，好像是一个女子的泪水。巫红不大喜欢老钟这一点，怎么说呢，老钟身上有一种阴柔气质。过于细腻，过于纠结。在有些事情上，有点拿不起，放不下。就像他们的离婚。

离婚是巫红提出来。

那时候，他们结婚两年多，没有孩子的打扰，还是二人世界。照说，正是郎情妾意的甜美时光。有一天，是个周末吧，两个人在家闲着没事，巫红包了饺子，三鲜馅，为了买新鲜的大虾，巫红跑了好几家超市，最后在惠新西街南口附近的物美买到了。巫红爱吃饺子。这一点，她还顽固地保留着芳村人的习惯。在芳村，其实也不止是在芳村，在中国北方乡村，大约都是这样吧。好吃不过饺子，好受不过倒着。饺子作为最隆重的待客之道，被人们的胃和情感反复记忆反复验证着。老钟是南方人，对饺子的感情一般。每一回巫红张罗着包饺子，他都要泼冷水，说想吃去外头吃不得了，干吗这么费事。巫红说，你不懂。老钟说，我不懂？农民习性。巫红说就是嘛，就是农民，怎么了？这种说笑，平时常常有的。对于老钟的嘲笑，巫红也不恼，倒觉得受了激励。要是早些年，巫红可没有这么大度。对于她的乡下出身，对于她父母的农民身份，她是十分敏感而在意的。然而现在不一样了。经过这么多年的摔打和磨砺，她早已经不是当年那个乡下姑娘了。渐渐地，她喜欢把乡下挂在嘴上，说这要是在我们芳村如何如何。她学会了自嘲，也学会了自黑。这是越来越粗粝了吗？或者，是越来越脆弱了？

当晚，两个人吃了饺子，巫红在厨房里收拾完毕，出来坐在沙发上。老钟正在翻电视频道。也不知道，老钟怎么就那么爱看电视。现在谁还看电视啊。那些个脑残的电视剧，简直要命。

巫红说，我想跟你谈谈。

老钟说，嗯？继续换频道。

巫红说，我想跟你谈谈。

老钟把她拉到怀里，说看会儿看会儿，别一本正经的。

巫红在他怀里半依着，过了一会儿，说，我们，分了吧。

老钟说，嗯？

巫红说，分了吧。我们。

老钟说，你什么意思？

巫红说，我的意思是说，我们离婚吧。

老钟一下子僵住了。电视上正播着公益广告，教导人们要常回家看看。一个老妇人，正在吃力地拨电话。莫名其妙地，巫红觉得那老妇人的眉眼很眼熟。到底像谁呢。

老钟说，为什么？

巫红说，什么为什么？

老钟气得一下子就把遥控器甩在地下，巫红，我忍了好久了。老钟的脸气得都歪了，你是不是还想着那个姓蒋的？你是不是一直没有忘掉他？

巫红摔门子就出去了。

出了门她才发现，身上还戴着围裙，更要命的是，脚上还穿着拖鞋。十月下旬，秋已经深了。她坐在小区花园里的椅子上，看着苍茫的夜色，心里有点恍惚。怎么竟弄成这个样子了呢。小区里绿化很好，这个时节，树木的叶子都快落尽了，在深秋的风里沉默地站立着。点点灯光从窗子里泄露出来，那灯下的人们，该是岁月静好的吧。只有她，像一个流浪汉，无家可归。刚才，她的话，是当真的吗？她怎么就忽然说了那样的话呢。

霞飞赶过来的时候，她已经在外头坐了一个多小时了。霞飞看着她的围裙和拖鞋，扑哧就笑了，刚给人家当了老妈子，就要罢工啦？巫红说你还笑。霞飞说，那我还哭哇。刚刚正跟人吃饭呢，一个电话就被你叫来了。坏了我的好事。巫红也无心问她什么好事，大约是又谈恋爱了。霞飞说，怎么着，要么去我那儿？巫红说，不妨碍你吧。霞飞说，废什么话啊，假惺惺的。

从那回以后，他们就算分居了。后来，巫红总是想，要是那天晚上，她不出来呢。要是那天晚上，她没有说那句话呢。

老钟倒是打电话，几次三番地求她回去，有什么话不能好好说呢，坐下来，心平气和地谈一谈。老钟问她，是不是他哪里做得不好？是芳村的事儿，还是北京的事儿？巫红她娘交代的那些事儿，他都给办了啊。要说有一样没办好，就是巫红她姐夫的嫂子的外甥女的工作，因为学历不够，暂时没找到合适的。可是他都尽心了哪。巫红冷笑一声，说让你受累了啊，一帮乡下的穷亲戚。老钟说没有没有，我愿意啊。巫红说，以后，就没这些麻烦了。老钟说，我没说麻烦啊，我不怕麻烦。巫红的泪水流下来，凉凉地流到腮边。老钟说别闹了，我哪里错了，我改还不行吗？巫红说，你没错。是我错了。

霞飞在旁边咬牙切齿的，恨道，你牛，你真牛，把个大男人揉搓得什么似的。你也真忍心？巫红不说话。霞飞说，你到底怎么想的？老钟他天天逼我，你就不能给个痛快话儿。巫红说，离，我俩得离。霞飞说，我看你就是这命，苦哈哈什么都没有的时候，倒穷开心。如今嫁了个好老公，天天哄着宠着，倒作起来了。你就作吧你。

老钟无法，托这个说，托那个说，巫红都不开口。后来，巫红她娘打电话过来，什么也不说，只是跟她哭。巫红她娘说，你要是敢离婚，我就一头撞死去。巫红她娘说红啊，你是不是撞上什么不好的东西了，我找人给你烧烧香问一问仙家，怎么好好的日子不过，就这么生闹呢。人这一辈子，得识局哇。你看看你姐姐她们，你就知道识局了。怎么着不是一辈子哪。

拖了半年多，他们还是离了。没有孩子，他们的婚离得也干净利落。老钟拿走了他的一些私人用品，基本上是净身出户。巫红坚持把车给了他，在北京，没车就等于没有腿。老钟这么多年都没有挤地铁了，肯定不习惯。还有一点，这车是老钟的心头肉，跟心爱的坐骑似的，驯熟了的。霞飞说，看你们推来让去，相敬如宾的，有你们这么不像话的吗。巫红就笑。老钟也笑，说恭敬不如从命，那我就先开着。

老钟很快就结了婚。

收到顺丰快递电话的时候，巫红正在跟客户吃饭。离婚后，巫红又找了一份工作。她这个年纪，不上不下的，有点尴尬。学历呢，又是短板，属于先天不足。资历吧，也说不上。在小城的时候，她靠的是小巨。来北京以后，其实还是靠着蒋江潮。后来又辞了职，靠着老钟。她总以为，她这辈子是吃定了男人了，男朋友也好，丈夫也罢。芳村人有句话，嫁汉嫁汉，穿衣吃饭。她深信不疑。为这个，霞飞都骂过她好多回了，愚昧啊，愚昧。男人靠得住，母猪都会上树。巫红哈哈大笑。霞飞说，还笑呢，以后有你哭的时候。霞飞真是乌鸦嘴啊。巫红坐在电脑前，苦苦等着那些求职简历回音的时候，霞飞的预言在耳边一遍一遍回响。所有的求职信都如泥牛入海，她一颗心渐渐地灰了下来。她的梦想呢，她的那些野心呢。真是心比天高，命比纸薄啊。她拿出手机，在照相机镜头里端详自己那张脸。什么银盆大脸娘娘的命。什么不是平地卧的。都是骗人的鬼话。她怎么就信了呢。是不是，潜意识里，人人都愿意相信，自己永远会把一把好牌攥在手里，是人生赢家，输的总该是别人呢。

后来，她索性就把身段放下来，不挑不拣，什么工作都行。她去了一家小公司，也是原来的品牌咨询领域，从最底层的职员做起。薪水不高，好在她有房子，也不用担心房贷。当初，这房子是老钟全款买下的。有时候，听着同事们抱怨房价高，房贷压力大的时候，她一面暗自庆幸，一面涌起来对老钟的感激。无论如何，在房子这件事上，老钟还算是一个有情有义的男人。

顺丰快递的电话刚挂，老钟的微信就来了。请柬，请收。乞光临。

请柬？什么请柬呢。莫名其妙的，巫红几乎在一秒钟之内断定，是结婚请柬。真是太神奇了。女人的直觉啊。巫红没有回复。故作镇定地跟客户吃完饭，又装模作样地喝了咖啡。一进单元门，她迫不及待地打开大厅里的蜂巢柜，是一个薄薄的大信封。薄薄的，薄得叫人感觉不祥。她捏着那薄薄的信封上楼，开门。钥匙捅了半天，才把防盗门打开。靠在门上，她撕开那大信封。她的手抖得厉害，信封被她撕歪了，斜斜的一条口子，露出里面大红的烫金请柬。她看着那一对新人的名字，那喜气洋洋的朱红，右上角，被她撕裂了一点，像是尴尬的慌乱的一瞥。她感觉有一根疼痛的细线，从左手腕处，慢慢蜿蜒到小臂，大臂，一直到她的心脏。细细的啃啮一般的疼痛，一掣一掣的，疼得琐碎而锋利，她不得不弯腰蹲在地上。

地毯还是那地毯，家具还是那些家具，房子还是那个房子，家却已经不再是那个家了。墙上的那张油画，还是老钟亲手挂上去的。是他的一个画家朋友的作品，淡蓝的晨曦里，一湖秋水荡漾，水畔的一个姑娘坐着，背影孤独，哀伤。有多少回，她幻想着那姑娘会在某个瞬间转过身来，回眸一笑。她原以为，她对老钟早没有什么了。当初，不是她哭着喊着非要离的吗。她老盼着老钟什么时候再婚，省得他再来烦她。有时候，她还半开玩笑半认真的，张罗着要给老钟介绍女朋友，笑得呱呱呱呱的，轻松的、亲昵的、体己的、毫无芥蒂的样子，弄得霞飞都信以为真了。霞飞说你心真大，你当是物色接班人哪。霞飞说要不就别费事了，我行不行，咹，行不行。巫红说去去去，你那一帮狐朋狗友们，翻牌子翻得过来呀你。霞飞嘎嘎嘎嘎大笑。

巫红坐在地毯上，反反复复看那照片上的新娘子。照片是老钟发来的，婚纱照。他们当年都没有婚纱照。老钟嫌俗，说婚纱照多俗哇，照出来连自己都不认识。坚决不照。怎么这一回，倒听话了呢。她端详着那新娘子，看上去，是一个温婉的女人，只是眉眼间好像藏着一段哀怨。脸呢，是人们说的那种锥子脸，照片上好看，生活中，总觉得单薄了。嘴唇也薄，鼻子塌塌的，颧骨却高，面相上，不像一个多福的。婚纱倒是华贵美丽，可是她太瘦了，若是穿在自己身上……她蓦地一惊，脸上就烧起来。她这是怎么了。

婚礼自然是借故没有参加。依着霞飞的主意，她是一定要出席的，并且是，盛装出席。霞飞都替她想好了，穿什么裙子，配什么鞋子，戴什么首饰，弄什么发型。她就是要喧宾夺主。她就是要让所有人都看一看，她不在乎。离了婚，她绝不是怨妇一个，她活得更滋润更出彩了。巫红一面听，一面摇头。她想象着婚礼的盛大场面，只觉得难过，觉得悲凉。她们那场轰动芳村的婚礼，还在人们嘴里传说着，仿佛就在昨天，还有那衣锦还乡，简直就是恍惚间的事情。眼看着起高楼，眼看着宴宾客，眼看着楼塌了。这世间的事情，怎么说呢。

服务员轻轻过来，端来一份老鸭汤。老钟帮她盛了一小碗，细心地把枸杞一粒一粒挑出来。她不爱吃汤里的枸杞。老钟的手指细长，白皙，她看着他灵活的手指，这手指曾经对她的身体是多么熟悉啊。它们拨弄着她，就像拨弄着一把小提琴，在深夜里流荡出动人的旋律。而今，它们却属于另一个女人了。煮过的枸杞肥嘟嘟的，在餐巾纸上红红地排列着。她的这些小习惯，老钟竟还记得。她心头酸酸的，一时竟哽住了。人这东西，真是奇怪的动物啊。之前，她对老钟横眉立目，爱理不理的。自从老钟再婚以后，她却忽然变了，变得，怎么说，好像是温柔了，随和了。老钟有电话来约，她是不悦的。觉得，老钟怎么能这样呢，一个有家室的男人，还老约她做什么。可见男人都是靠不住，吃着碗里的，看着锅里的。可是假若老钟老不来电话，她竟然也是恼恨的。世人只见新人笑，不闻旧人哭啊。喜新厌旧，是人性的弱点吧。老钟这厮，果然是一个无情的。她这些女人的小心思，老钟哪里能懂呢。只说是巫红难伺候，忽冷忽热，忽怨忽啼，一时如一盆火一般，一时又如怀抱着冰雪。唯小人与女子难养也。可见孔夫子这话是极有真理性的。

老钟说，喝点汤，鸭汤温补的。两个人慢慢喝汤，一时无话。

桌上的那枝月季开得正好，接下来，就是渐渐衰败了吧。就像她这个年纪，看上去好像是饱满绚烂，是一个女人的全盛时期，可谁知道呢，这饱满绚烂的尽头，正是日渐衰败的开端。那一种说不出的惊惶，恐惧，患得患失，又莫可奈何，实在是一言难以道尽。好像是，北京的市花就是月季。老实说，巫红不大喜欢月季。月季这东西，看上去跟玫瑰极仿佛。巫红就总是分不清，老把它们混淆了。然而，月季到底不是玫瑰。就像生活，你必得诚恳以待，你永远无法以假乱真。不是吗？

服务生上了水果，是草莓。这个季节的草莓，正当时令。巫红吃得满嘴汁液，十分畅快。老钟却不怎么吃。巫红说，有什么话，你说。老钟叹口气，说，你啊。你这个人，就是太聪明了。巫红说，我？你是在笑话我吧。巫红说你见过比我还傻的人吗？老钟说，我修正一下，你的优点是，聪明。你的缺点是，太聪明。眼睛里揉不进一粒沙子。巫红笑起来，我知道了，你这是在变着法儿地骂我。

吃完饭，她没有让老钟送她。春光正好，她在街上信步走着。路边有一个建筑工地，被隔离起来，依稀可以看见工人们忙忙碌碌。大约用不了多久，夏天，最晚秋天，说不定就又有一座大楼拔地而起。来北京这么年了，这个城市，还是陌生的，叫人不那么容易亲近。不像是家乡的小城，小的，却是温暖可亲的，叫人放心，就像她的初恋。路边的绿化带郁郁葱葱，花们都开着，灼灼的，一树是红的，一树是粉的，一树是白的。空气里弥漫着淡淡的甜腥的味道，混合着草木的茂盛的青气，叫人禁不住鼻子痒痒。

霞飞在微信里问她在哪呢。她说酒足饭饱，在赏花。霞飞回了一个白眼，说好雅兴。跟老钟吧？你老跟老钟这么勾勾搭搭的，算怎么回事呢。巫红恨道，你能不能再说难听点儿。他犯贱，怪我吗？霞飞就语音过来了，你看你，一逗就急。我最受不了你这一本正经的样子。巫红也语音过去，有你这么说话的吗？霞飞嗤嗤笑，说，他犯贱，不是正合你意吗？你看着吧，不定哪天就旧情复燃了。巫红说，你以为都是你啊。霞飞说，你啊，你最大的优点就是，看得清。最大的缺点就是，看得太清。巫红一下子就不说话了。

这小区十分安静，虽然离马路不远，绿化带隔断了喧嚣的市声，有点闹中取静的意思。健身区附近，有一个小亭子，几个闲人坐着晒太阳，旁边的婴儿车上，有一个孩子咿咿呀呀的，挥胳膊蹬腿，在对这世界发表着自己的看法。巫红看着那孩子粉粉白白的小手，一笑露出一嘴粉红的牙床子，心里忽然奇异地一动。在芳村，像她这么大年纪，早该儿女成行了吧，比方说，欣欣，菊子，燕来她们，都是从小一起玩大的，如今，她们早都做了妈妈，有儿子的，都开始张罗着给儿子盖房娶媳妇了。她呢，在北京，还是孤单单一人。结婚，离婚。在滚滚红尘里折腾着，用芳村的话说，打着没底儿的跟头。在芳村人眼里，她巫红风光无限，可是，谁知道她的内心呢。她不是野心勃勃吗？她不是不甘心平凡人生吗？从芳村到省城到京城，一路跌跌撞撞的，这伤一块，那碰一块，直弄得伤痕累累的。扪心自问，这是她想要的生活吗？

那一天，是在跟老钟结婚以后，晚上，老钟在浴室里洗澡，手机响了。他的手机搁在床头柜上，就在老钟睡觉的那一边。手机铃声执拗地响着，一遍又一遍。平日里，巫红是不乱动老钟的手机的。她不像那些个无聊的女的，动不动就偷着查看男人的手机，特工似的。老钟也不动她的。都是成年人，谁还没有点秘密呢。眼不见心不烦。这世上，有什么东西是经得住深究的呢。那一回，偏偏手机响了一遍又一遍，没完没了。叫老钟，老钟听不见。浴室里水哗哗哗哗响着，夹杂着老钟欢快的口哨声。巫红有点烦，抄起手机就要摁掉。那边却挂了，显示是费大胡子。这费大胡子她是知道的，跟老钟是哥们。这么晚打电话干什么呢，还打了好几个，一定是有什么事了。刚要把手机放下，却有一个微信发过来，她瞥了一眼那头像，心里头一震。

居然是蒋江潮。蒋江潮的头像没有换，还是他那只凶猛的藏獒。蒋江潮的微信，她是早已经删了，可是，她一眼就能认出来，那就是蒋江潮，微信署名是老蒋。老钟的微信设置了密码，她试了两次，都打不开。老钟跟蒋江潮，他们还有联系？说是蒋江潮辞职了，不知去向。原来老钟是知道的？可是，老钟为什么要瞒着她呢。她又试了一遍，还是不成。老钟的口哨声，夹杂着哗哗哗哗的水声，从浴室里传出来，磨砂玻璃门被水汽弄得模模糊糊的，好像是大雾弥漫的冬天的早晨。巫红心里着急，出了一头一脸的热汗。她又试着输入他们的结婚纪念日，心想这回不成，就罢了。

却打开了。她的一颗心怦怦直跳，手指头哆嗦着。老蒋和老钟，一问一答，长长的微信聊天记录。她飞快地翻看着。老钟在浴室里喊她，叫她帮忙拿一条浴巾，就是咖啡条纹的那条。老钟的口哨声轻松，快乐，有一种微微的挑逗的意思在里面。巫红把浴巾递给他，隔着狭窄的门缝，浴室水汽蒸腾，老钟的脸被白的水汽萦绕着，模模糊糊看不清。

后来，巫红不止一回想起来，那水汽弥漫的浴室，模糊，隐晦，幽深。就像一个谜团。还有那个寒冷的冬夜，她和老钟在人行道上走着。夜风凛冽，把她的话吹得支离破碎。

为什么告诉我这个。

老钟说，幼稚。

幼稚。是啊。巫红原以为，从芳村到北京，生活教会了她很多。她早已经不是那个傻乎乎的乡下姑娘了。她学会了看生活的眼色。她知道命运这东西，不可违抗。谁能料到呢，在一些重要的十字路口，她还是幼稚得不行。就像老钟说的。

那个晚上，从那些断断续续的聊天记录中，她大略知道了事情的真相。蒋江潮有家室，这是真的。也许是担心后院起火，也许是害怕被巫红套牢，当然也许是另有新欢，总之是，蒋江潮想全身而退了。没错，作为兄弟，老钟是仗义的。哥们有了麻烦，他必得挺身而出。在那个冬夜，酒后，出于"义愤"，他揭穿了蒋江潮的骗局。后来，这出英雄救美的好戏居然还有了续集，英雄真的动了怜惜之心，最终抱得美人归。他们结婚了。

这个续集，恐怕是蒋江潮始料未及的吧。

好多回了，老钟问她为什么，为什么好好的非要离呢。老实说，她不想说破。

最初，她恨他们，恨蒋江潮，恨老钟。她的感情，她的婚姻，竟然是一个阴谋，一个类似于游戏的骗局。男人这东西，真的是不可倚靠。自然了，平心而论，老钟对她很好。她几乎可以断定，老钟对她，是有真心的。就凭着这一份真心，她跟他的婚姻，还够和和美美地过上十年二十年。可是，她怎么就这么难过呢。她警告自己说，她不应该恨老钟。她应该恨的人，是蒋江潮。蒋江潮是下作的。老钟呢，无非就是盲目的仗义罢了，虽说是不免有助纣为虐的意思。可老钟到底是爱了她，娶了她。她不该为此对他感激涕零吗？她不该就此死心塌地跟他过安定日子吗？可是莫名其妙的，心里头的那根刺，怎么就那么疼呢，一碰就疼，疼得钻心。疼得她吃不好睡不好，日夜不得安宁。

小区里人渐渐多了起来。周末，人们都空闲下来，赏赏花，看看树，在健身区活动一下筋骨。主妇们到对面的超市购物，拎着新鲜的蔬菜、水果、活蹦乱跳的武昌鱼，水淋淋一路走回来，碰上熟人，打着招呼，停下说几句闲话。有个小孩子被一只小狗叼走了零食，委屈地哭起来，那妈妈哄着他，一面批评着那小狗。这是成熟社区，生活方便，有着浓郁的世俗烟火的气息。当初，买这房子的时候，老钟一眼就看上了。问巫红，巫红也说好。私心里，其实她更喜欢前面看过的那小区，价格比这个贵，地段更好，更安静，看上去也更高档。那时候，她还不清楚老钟的经济状况，她也是想趁机探一探他的底子。老钟说，这小区多好啊，银行、超市、邮局、地铁、公园，设施齐全，方便，又接地气。是不是？巫红说听你的。这房子老钟全款买下来了。更重要的是，房产证写的是巫红的名字。她非常意外。这是在北京啊。这年头，在北京，也不止是在北京，在房价飙升、房子成为人们日常生活中最大的那个痛点的时代，中国的任何一个城市，甚至乡村，房子都是最敏感的话题。老钟这家伙！霞飞悄悄跟她说，小主，你这是碰上真命天子了。多大的恩宠哪。

别的不论，就冲着这一点，好像这婚都不该离了。这样一个时代，有多少男女为了房本上写谁的名字反目成仇呢。好像是，这是一个试金石，是对对方情感是否真诚的严峻考验。车子倒还在其次。离婚的时候，老钟净身出户，这又是一个意外。巫红本以为，他会在房子这件事上纠结一番，要是他说出来要，她也没有理由非不给。毕竟，这是人家花钱买的，是婚前财产。可是，老钟竟然眼睛都不眨一下，说给她就给她了。巫红表面上平静，心里却是翻江倒海。人就是这样。假如老钟非要拿走，她倒不见得痛快给他。她也不是那么好说话的人。更何况，她在北京，什么也没有。她必得为自己的未来打算。可是老钟这样二话不说给她呢，她倒又觉得内疚了。霞飞笑她虚伪。得了便宜卖乖。虚伪吗，好像是有点儿。可这虚伪的内疚里，还有别的。霞飞她，哪里懂得呢。

一进家门，小白就噌的一下扑过来，在她脚下撒娇，腻歪来腻歪去，见她不理，索性就躺在地上，有点像耍赖的小孩子，眼睛巴巴地看着她。巫红把它抱起来，摩挲着它秀气的小脑袋。小白娇嗔地叫着，舒服地闭上双眼。这小白是老钟留给她的，说是让小白陪着她，是怕她孤单的意思。巫红却怼回去了，你怎么知道我会孤单？我不会找个小鲜肉？

窗子还半开着，出门的时候忘了关了。阳台上晾晒的衣服床单被风吹起来，飘飘摇摇的，仿佛旗帜一般。那只画眉在翻飞的旗帜之间婉转啼叫着，有一点抒情诗的忧伤。兰草是老钟从广西带回来的，养得不错。而今，叶子却有点发黄了，也不知道是浇水不得法，还是怎么回事。她在百度上查了查，也查不出个所以然来。还有那几条鱼，在一个景德镇青花瓷鱼缸里养着，换水，清洗，喂食，这些烦人的琐碎活儿，向来都是老钟的。有时候，老钟打电话来，也会问候一下他的这些属下们。问鱼怎么样，别多喂，别撑着。竹子呢，没有黄叶子吧。画眉呢，小心那笼子门，千万关好喽。小白呢，又胖了没有。巫红嫌他啰唆。说怎么女的似的。老钟就笑，说我也觉得呢，我是女的，你倒更像男人。

巫红放下小白，进浴室洗澡。镜子里那个人，大胸大屁股，长发浓密，跟下面那黑色芳草地呼应着，衬托得皮肤越发雪团子似的。这是男人吗？这分明是女儿身哪。三十出头，好像饱含着汁水的果实，鲜美的，甜蜜的，脂红粉白，正当时令。莲蓬头里的水恣意喷下来，浴室里，白的蒸气弥漫，镜子立刻就模糊了。早先洗澡的时候，总是老钟先洗，然后才叫她进来。北京的冬天冷，浴室里没有装浴霸，她进来的时候，老钟早把浴室洗暖和了。她头发长，洗头是一项复杂的工程，都是老钟帮她洗。自然了，水汽缠绕着香气，暖意融化着春光，洗澡的时候，他们少不得做一做那鸳鸯戏水的好事。温热的水流击打着她的身体，溅起晶莹的水花。她感觉身体深处，仿佛有一股隐秘的热潮涌动着，涌动着，她不禁轻轻叫出声来。她这还正值盛期的身体，已经清静多久了？

对于那件事，她还是抱着老旧的观念。觉得，男女之间必得是两情相悦，才谈得上身体上的瓜葛。霞飞就嘲笑她，食色，性也。饿了吃饭渴了喝水，挺简单一个事儿，被你们这些假道学们附加了那么多意义。累不累啊。巫红也不争辩。私心里，对霞飞这种作风，她看不上归看不上，有时候，竟然还是有那么一点羡慕的。生年不满百，人生还不就是那么回事。朋友圈里，今天这个走了。明天又那个没了。故人零落，就像秋风里的枯叶。她不知道，是不是因为现在资讯发达了的缘故，人生走到中途，常常听到这样的消息。既然人生匆促，为什么就不能洒脱一些呢，像霞飞她们那样，自己放松，旁人也放松。为什么非要紧攥着拳头大睁着眼睛皱着眉苦着脸走路呢，走这么长的路，走得专注，走得一身热汗，走得身心俱疲了，还得咬牙撑着。就像她这样。

其实，也有很多男人追她。或明或暗的，半真半假的。只要她愿意，她不是不可以谈谈恋爱，用霞飞的话说，再打着谈恋爱的幌子，耍耍流氓。结不结婚的另说。可这事在她这怎么就这么难呢。有一回看到一篇报道，说是据调查，中国女性出轨率高达百分之八十，她吃了一惊。心里半信半疑，也有点微微的遗憾。看来，世道真是混浊，不可测。在一池子浑水中，还想养出白莲花来嘛。

夕阳在阳台的玻璃上留下花草摇曳的影子，有一点光斑反射到吧台的酒柜上，碎了的金子一样。黄昏缓缓降临了。这个时节，白天变得更长了，黑夜越来越短。风从窗子里吹过来，把白色的纱帘弄得一荡一荡。不知道谁家在炖鸡汤，浓郁的香味在空气里弥漫着。一个小孩子在唱着什么歌，也不成调子，唱一句，歇一会儿，奶声奶气的。有人在低声哭泣，哽哽咽咽的，是一个女人，好像是在等着人家来哄。巫红披了一件浴袍，坐在沙发上修指甲。她不大喜欢染指甲，脚指甲也就罢了，手指甲染成各种颜色，她总觉得不洁。脚指甲她喜欢染那种最鲜艳的红色，一年四季都染。大红的脚指甲，有一种隐秘的动荡的性感在里面。霞飞说，你这是闷骚。知道吧。巫红就笑。她想起来，那个晚上，她把一只染着豆蔻的光脚伸到老钟的怀里。老钟的呼吸很粗很急。他虽然瘦，可是勇猛得像一只豹子。矫健，敏捷，富有攻击性。灯光深处的老钟，跟白天衣冠楚楚的老钟不大一样。他的身体散发着一股青草的气味，有点涩，却清新好闻。老钟他，对那个夜晚，是蓄谋已久了呢，还是临时起意的呢。他对蒋江潮出手相助，是兄弟之间的仗义呢，还是醉翁之意，不在酒，而在乎的是她巫红呢。一走神，她差点剪了自己的肉。这个问题，她从来不愿意去深想。她想着想着，心里头就乱糟糟的，头疼得厉害，觉得生活是一团麻，一旦扯开一个线头，就会扯出更多烦恼，剪不断，理还乱。她本能地抗拒这个。

霞飞刚发了个朋友圈，美食，鲜花，涂着甲油的一只手。她是日料控，鲜花也是她最爱的黄玫瑰。那双手大约是新做的，清新的绿，跟这个季节的情绪倒是吻合。这一刻的想法是，春深似海。她心里笑了一下，这家伙，看来是又坠入爱河了。好像是知道她心思似的，霞飞发来一张图片，是一个男人的背影。估计是偷拍的。那男的穿一件细条纹衬衣，质地应该不错，头发在灯光下乌黑发亮，一眼看上去，也看不出年纪。再多看一眼，到底还是看出破绽了。那背影虽然挺得笔直，她还是从中看出了一点不一样。也不是疲惫，也不是倦怠，好像是在时间的冲击下，不由自主地惊惶，对流年的恐惧，对衰老的无能为力。他坐在那里，在等着一个年轻的女人，至少，比他要年轻得多。他必得打起十二分精神，才能在年轻女人面前，保持着风度，还有男人应有的生机，气势，趣味。他大约也是很累的吧。巫红回了一句，悠着点儿。霞飞没有秒回，半晌才回了个调皮吐舌的表情。

夜里，不知什么时候下起雨来了。她躺在黑影里，听着窗外潇潇的雨声。这该是春雨了吧。偏偏春风春雨恼人。手机还开着，却没有信息来。她翻出霞飞的那个表情，删掉。生活对她沉着脸色。她到底学不会对它做鬼脸，比如说，调皮地伸出舌头。

夜是越来越短了，怎么却越来越难挨到天明呢。一夜春风春雨，明天，该不会有霾了吧。昏昏沉沉的，也不知什么时候，她竟然终于睡着了。

原载《大家》2018年第4期

点评

《春暮》的故事内核可用一句话概括，即小说讲述了巫红和老钟之间的一场饭局及与之相关的人和事；其主旨亦可用一句话概括，即作者以女性视角，表达女性情感，呈现女性意识。巫红从芳村到北京，先是别离小巨，再是遇到蒋江潮，最后情结老钟，表面上看，一切都显得水到渠成，在外人眼中也算是女人中的"成功者"，但在巫红这里却并非如此。小说也详细地讲述了这一发展过程。这样的构思和叙事是付秀莹所擅长的实践向度，单就故事形式而言似无多大新意，但小说的反转处在于，它就是要从这些司空见惯的男女情感纠纷处开掘出不同寻常的题旨。巫红的情感和人生经历看似波澜不惊，实则不堪一击——蒋江潮和老钟之间的微信内容，让这位虽依赖性很强但也不乏独立意识的女子身陷自造的牢笼里。执拗和一意孤行是对尊严的坚守，但如此一来，离婚是必然的。女主人翁一次偶然的窥视就让费心费力打造的"家园"毁于一旦。在此，本质生活不重要了，突发性的偶然事件主导了一切，然而，偶然摧毁了必然，其中有关心理与情感的转变又有谁说得清？小说要深入探讨、表达和呈现的就是这种"说不清"。男女关系万千种，女性意识如同万花筒，文学的富矿在此，这一切都还有待付秀莹们去开掘。

（张元珂）

换肾记/

/任晓雯

前一日，梁真宝喝多了水。

妻子陈佩佩曾用一片口香糖哄他，"多嚼嚼，就不渴了。"他背着她，把口香糖粘在桌板底部，又跑去厨房，灌下两杯白开水。他感觉自己像个突然获释的重刑犯，不安与期待，胀住整个胸膛，须得放纵一下不可。

他捏着空水杯，感觉身体里的水，沿了胫股，汇至双脚。脚掌宛如胀满的皮囊，沉甸甸的，一摁一坑，久久不退。他用抹布擦干杯子，放回原处。拖着两条腿，坐到方桌前，戴起棉纱手套，搔挠身上的痒处。日渐灰黄的皮肤，像是覆了一层尿色。背部、腿臂、胸脯，长满小红疙瘩，一个都不能抓破。他挠得专心谨慎，仿佛在从事什么精密工作。其间，他数次起身，把体重秤从大橱底下踢出来。陈佩佩闻声过来，给秤归了零，扶他站好，又跪在地上看刻度，"怎么涨了一斤。"

最难忍受的，是入暮时分。窗户对面的高楼，在金红色夕阳里，回光返照般亮起来，继而转淡，轮廓模糊，最终消匿于黑暗。梁真宝感觉自己将赴刑场。夜晚要来了，当他躺在床上，身体里的水分，会从脚底返流而上，均匀摊平，仿佛他是一只被放倒的闷罐子。周身似有无数小虫蠕爬。他每次都叫醒妻子，诉苦、哭泣、咒骂，让她陪自己失眠。"我感觉马上要死了。"他会说。

这种时候，陈佩佩总要逼问，是否偷偷喝水了，或者吃了她藏在顶柜里的水果。他否认再三，又承认下来。陈佩佩拿指甲弹叩他的脑门，用教育儿童的口气说："快三十岁了，还管不住自己。"

"透析室的老刘，经常吃方便面，十几年过去，还好好的。"

"你的目标不是十几年，是四十年，五十年。只要坚持透析，保持良好生活习惯，不会有大问题。"她每次如此说，流利得犹如背书。他每次都像第一次听，捏牢她的手，说一句，摁一记。

听罢，他会说："有个肾就好了。"

"求求严素芬去。"

"求过了。"

"再去求求。"

话头便转到严素芬身上，说着说着骂起来。困到骂不动了，才作罢。

是夜，他们没有谈及严素芬。陈佩佩甚至不逼问丈夫，是否偷吃偷喝了，也不指责或安慰他。只说："熬一熬就好，明天就好。"

梁真宝在黑暗中点头："明天就好了，明天肯定会好吧？"

"睡好了，就会好。"陈佩佩拉扯被子，调整姿势。

梁真宝意犹不尽，想多聊几句："上个礼拜看到你吃橘子，香是香得来。我馋不过，偷吃两瓣。心悸了好几天，浑身没力道。不敢告诉你。"

"你以为我不晓得吗。买回来的东西，我都算过只数的。"

"真的假的呀。"

陈佩佩不答，旋而起了鼾。鼾声过分响亮，犹如一匹奔跑过后的马，在张着鼻孔喷气。他疑心她假睡，等了等。将被子堆给她，下床走去北房间。

梁真宝在房外站立片刻，打开一道门缝，探入脑袋。他闻到老年人气味，宛若隔夜肉食一般，微微腐朽的气味。没有鼾声，没有腹鸣声，甚至没有呼吸声。唯有一台老式"三五"座钟，咔嗒咔嗒，每秒都似有一把小铡刀落下。有那么一秒，梁真宝以为母亲不在房内。他经常梦见母亲消失，半夜惊醒了，便要过来张一张。

"妈，妈。"梁真宝轻唤，将门缝推大，又摸摸索索开了灯。床上无人，枕头歪斜，褥子凹出一个短小的人形。梁真宝捽住门框，又喊："妈。"

"阿宝，"他听见母亲在身后，"我没有逃跑，我去厕所间了。"

梁真宝抹抹眼睛，扭过头去。

"我晓得你不放心，经常夜里厢过来监视我。"

"不是的，我半夜困不着，随便晃晃。"

"房门锁死了，能跑到哪里去。再不放心，用手铐铐牢我算了。"

"不怪我，不是我的意思。"

"阿宝阿宝，你是啥意思，我也拎得清。这许多日脚，你跟我讲过贴心话没有。永远是同一句话，翻来覆去千百遍。现在你满意了，总算不来烦我。"

过去三年多，梁真宝见了严素芬，便叨念："妈，我想要个肾。"口气仿佛在说，我要一个铅笔盒，或者，我要一个新手机。严素芬自小在每件事上满足他，除了这一件："不行，我没有。""你有的，你有两个。""我会死掉的。"

有那么几次，梁真宝透析归来，双腿抽搐不已。严素芬用毛巾为他热敷，将他双腿搂在怀中按摩。陈佩佩道："妈，他只要一个肾。"严素芬涕泪齐流："不行，我会死的。"

陈佩佩从网上打印了资料，论证人类少一个肾，照样活蹦乱跳。严素芬戴了老花镜，认真研读。梁真宝道："妈，我想要个肾。"严素芬收拢眼镜，挂在围兜上，饺子皮似的招风耳，在脑袋两侧微微一颤："我生你的辰光差点死掉，还想我为你死一次吗。"

"不会死的，怎么会死，"陈佩佩拿出自己的配型报告，插到婆婆面前，一页页地翻，"我跟你儿子没啥血缘关系，都想送他个肾，可惜老天爷不给机会。"严素芬咬了嘴唇，憋红了脖颈，面孔躲来躲去。陈佩佩睃她几眼，拍着那叠纸，跌足道："哪个当妈的有你自私，看到儿子吃苦头，不肯出手帮一帮。"她号得胸腔起回音，身体一抽一抽的。严素芬擦擦她飞溅过来的泪水，也哭起来。陈佩佩见状，反倒眼泪一收，抹了面，对丈夫道："你妈再不讲理，我就跟你离婚。"

梁真宝道："妈，佩佩要跟我离婚。"

严素芬道："她不会离的。结婚的辰光，梁家送过三十万礼金，他们陈家还不起。再说她的上海户口，还是我们给的呢。"

梁真宝嚅嚅嘴，不说话。

陈佩佩的眼睛，抽缩成倒三角："难道我是你家用钱买来的吗，上海户口了不起啊。老太婆，一只脚踏进棺材了，还越活越来劲。人总要死的，难道不死吗。真宝他爸怎就瞎眼娶了你，怪不得被你早早气死。真宝，你说是吧。"

梁真宝眼眶濡湿了，叹气道："我不晓得，我要死了。"拖着两只脚，走去卧室，关上门。门外，婆媳愈发喧起来，一来一往，调门攀高，彼此碾压，在梁真宝耳中嗡成一片噪音。继而疲沓下来，趋于安静。有人打开电视机。电视里，又有男女争吵哭泣，间杂了哀乐似的插曲。厨房里砰一记，似有碗盏跌碎。哗啷啷挪动桌椅。梁真宝感觉有一道黑幕，垂落在自己与整个世界间。又仿佛自己退缩成了婴儿，所有响动听起来不可理喻。

约莫半年前，严素芬出走过，住去女儿家。陈佩佩携了梁真宝，上门将她讨要回来。严素芬对女儿说："他们想把我绑到医院，挖掉我的腰子，你也不肯救救我。"梁带娣说："你从来心里只有儿子，出了事体才想到我。或者你让一步，去医院做个检查，费用终归我来出。别太担心了，换肾是有讲究的，亲生的也未必配得上。你老住在我这里，不是个办法。我房间小，搭了折叠床，转身都没地方。"

严素芬哭一场，跟了儿子回家。等待检查的日子里，陈佩佩天天为她买鸽子。严素芬说胃口差，吃不下。

陈佩佩道："你不是最爱吃鸽子吗，常说一鸽胜九鸡。"

严素芬道："我又不是猪，喂得肥肥的，好送去杀了是吧。"

陈佩佩忍了火气，不与她争。严素芬半夜起床，摸到厨房，吃掉早已冷却的鸽子，喝光凝了油脂的汤，用草纸裹起筋骨皮杂，扔出窗户。翌日，她赶了早，到玉佛寺烧香求签。三次都是上上签。她定下心来。

检查过后，等了十五天。陈佩佩一早去领报告。严素芬在家看看电视，敲敲胆经，又温习广场舞。梁真宝道："妈，你晃来晃去，晃得我头昏。"

"啥人叫你看牢我，做你自己的事体去。"

"我能做啥事体。佩佩不许我打游戏，电脑手机都没收了。"

"好了好了，我也是心里烦躁，随便寻点事体做做。等一歇帮你揩身。"

"我不要，皮肤痒。"

"晓得你皮肤痒，我特地求了个中药方子，揩了就不痒了。"

"我没心情。"

"别瞎想八想了，老天爷会帮我们，我去庙里烧过香的。"

严素芬用苦参、防风、当归煎了水，往浴缸里灌。手机铃声响。她擦干手，往北房间去。梁真宝赶在她前面，吼道："快接快接，肯定是佩佩。"严素芬从五斗橱的第三格抽屉里，取出她的翻盖机，接了，听得那厢轻微啜泣。"佩佩吗？还在医院吗？报告哪能讲，没事的，好好讲，别太难过了。"

"妈，谢谢你，拜托你。"

"啥意思。"

"你能配上五个点。医生说，真宝以后排异反应会很小。喂喂，在听吗？让真宝接电话。"

梁真宝夺过电话，不及言说，哽咽起来。小夫妻对哭一晌，梁真宝道："你快回来，打的回来，今朝不要舍不得钞票。"放下手机，不见了严素芬，便"妈，妈"地喊，到处找。

严素芬在卫生间，靠着浴缸，木木然盯住半缸淡黄的水。水面腾起一股子药味，熏得梁真宝打喷嚏。"我要去带娣家，"严素芬一字一顿道，"这里待不下去。"

梁真宝掩了卫生间的门，后背压住门板。

严素芬又道："国家法律规定了的，必须自愿捐肾，你们不能强迫我。"

"你不自愿吗？那干吗检查，花掉两万多块钱。"

"是你们逼我检查。"

"是你自己同意的。"

"我们两个都会死在手术台上。"

"不会的，我们找最好的医生。佩佩以前有个学生家长，是肾内科主任，留过洋的，全国有名。佩佩早就联系上，人家愿意帮忙。一直就只缺个肾。"

"我就晓得是陈佩佩。阿宝，别听她挑唆。很多人换了肾，反倒活不过一两年。我年纪也大了，身体里拿掉一件大家生，还哪能过日脚。你爸死得早，我养大你和带娣，吃了多少苦。好不容易熬出头，宝贝儿子却望我翘辫子。"

梁真宝无言以对，捂住后腰，缩矮下去："我要死了，我要死了。"

严素芬撑几撑，站起来，想绕过儿子，去拉卫生间的门。左挪右让，绕不过去，便坐到马桶盖上，也捂住后腰。仿佛那里头的肾，已被拿走了似的。

母子对峙到陈佩佩回家。严素芬做好吵架准备。陈佩佩没有吵，冲进北房间，抄走严素芬的手机、存折、身份证、户口簿、房产证。严素芬揪她头发，抓她手，用两只松软的拳头捶她。陈佩佩将她推到床上，关了门，在球形门锁芯里，插一根拉直的回形针，拽了梁真宝回南房间。

梁真宝道："你忒凶了吧，她毕竟是我妈。"

陈佩佩道："是啊，你妈最亲。从你生了毛病，她出过多少力啦。就我整天围着你转，转到啥时候去。"

"佩佩，我晓得你受苦。以前我不懂事体，整天打游戏。以后身体好起来了，一定弥补你。帮你做家务，给你买漂亮衣服，和你去欧洲旅游。"

"我还要生个孩子。"

"那就生个女儿，更体贴父母。"

"我们年轻，生活没开始呢。不像那老太婆，啥都经历过，现在就是吃饭拉屎，天天等死。我早猜她会反悔。从不拜菩萨的，突然跑到玉佛寺。我才不怕呢，我去静安寺烧过三次香，还在功德箱里捐了五千块。静安寺比玉佛寺灵验，我又那么心诚，舍得花钱，菩萨肯定保佑我们。你看，果然配型配上了。"

"配上了也没用。"

"那就关着她，关到有用为止。"

"不大好吧，阿姐那里哪能交代。"

"梁带娣巴不得老太婆消失。老太婆每次找她，都是问她要钱。"

梁真宝不言语，坐到桌前，顾自搔起痒来。陈佩佩出去买了把链子锁，绕在自焊的铁门上。用蜡线串起钥匙，挂在脖颈里。这才拔了锁芯里的回形针，放出严素芬。

严素芬早已哭得满面发红，提了一袋替换衣裤，径直往外走。开防盗门，开铁门，见了链子锁，拉扯几下，对陈佩佩道："啥意思，当我劳改犯吗，我要喊救命了。"

陈佩佩将她捽进屋，门一关："死老太婆，没人救你。"

严素芬跑去阳台，喊"救命，救命"。楼下围了人，纷纷往上张望。有邻居来敲门抱怨，陈佩佩道了歉，送几只土鸡蛋。

严素芬闹过一时辰，嗓子痛哑，便拿一把扫帚，在阳台上挥舞。天色暗了，看客陆续散去。陈佩佩和梁真宝吃过晚餐。陈佩佩盛一碗饭菜，放到北房间，收拾过碗盏，给梁真宝服了叶酸片和乳酸亚铁片，正蹲在卫生间擦浴缸，听得外头砰砰响。跑出去，见严素芬把饭菜扔在客厅，还将电视机推下地来。陈佩佩将擦浴缸的抹布，甩在她脸上。严素芬扑来撕打。陈佩佩抓住她两只手，几欲将她提起。梁真宝站远了，劝道："好好说话，好好说话。"

有人按门铃，是个民警："有群众反映，你家从早吵到晚。"陈佩佩抢在前头哭诉。梁真宝在旁垂了脸，哎呀呀叹气。民警说："这是当妈的不对，哪能不管儿子死活。小伙子真作孽，背也塌了，腰也弯了，缩了两只肩胛，好像七老八十岁。"严素芬嘎哑道："我的命不是命吗？"民警道："你已经老了。"严素芬吃瘪。陈佩佩给了民警一百元："麻烦师傅了，本想送你点香烟抽抽，家里也没备着，你自己买了抽吧。"民警笑了："以后有啥事体，直接寻我好喽。"

陈佩佩收拾了狼藉，打开电视机调试，见没有摔坏，便抱到南房间。又出门去，在楼里上下跑一遍，逐户打招呼："我家婆婆老年痴呆，吵到你们了，实在对不起。"

回了家，严素芬抵住铁门，不让她进。陈佩佩开锁推门，一掌将严素芬甩得趔趄："就你这小身材，还想拗过我。"她故意放慢动作，将链子锁丁零当啷锁好，把钥匙挂回脖子上。

严素芬哭得满手鼻涕，躲进北房间，把门关严。陈佩佩帮梁真宝清洁了身体，扶他上床，说一晌话，将睡不睡的，听得脚步声。是严素芬进来，掇了把杀鱼剪刀，尖口压在手腕上："你们逼我死，我就死给你们看。"

陈佩佩道："死一个看看啊，算你有本事。"

严素芬一怔，又道："我就死在这里。让警察抓你坐牢，让你房间里阴魂不散，再也不能住。"

陈佩佩被子一抖，躺下道："少废话，要死快点死，别妨碍我睡觉。"

严素芬站在床尾，又闹了片刻，退出门去。

梁真宝道："不要紧吧，她不会想不开吧。"

陈佩佩道："她连肾都不肯捐，哪里肯死啊。"

梁真宝不说话了。稍后，仍不放心，走到北房间。隔着门板，听见严素芬的放屁声，跟吹长笛似的。"阿宝，是你吗？"她喊。他蹑足回了房，重新躺到床上。

严素芬安静下来。仿佛自知不敌，接受了现实。每次陈佩佩外出，她都盯住儿子唠叨："阿宝，你是从我肚皮里出来的，我两才是血连血的亲人。别理那陈佩佩，一门心思刮走我家财产。你想想，要是你我死在手术台上，我们的房子就落到她手里。她算盘啪啦啦，不要打得太快哦，逼我们做手术，又把房产证藏起来。还不如把房子过给带娣呢，带娣好歹也姓梁。"

梁真宝听不得，躲进卫生间。严素芬贴着门板说。他假装睡觉，她便站在床边说。一次，梁真宝道："我在透析室认识个朋友，跟我差不多大，姓张。平常能说能笑的一人，前几日脑子出血，瞳孔都散了，鼻子出不得气，要插呼吸机。医生说是吃药透析十几年的并发症。他有个妹妹，配型配上了，婆家不准她捐肾。小张蛮作孽的，即使抢救回来，都成植物人，还不如死了好。你要不要看看他照片。叫张什么来着的，一下想不起来。"梁真宝作势从枕下取物。严素芬往后躲："我不要看，不要看。"自此不与儿子多言。

逢到小夫妻出门透析，严素芬瞬即活络了，满屋兜转，搜寻钥匙、证件、财物。她打开大小柜子，逐样摸捏，还把折叠的衣服，一件件抽出来，摊开了，里外正反地检查。南房间大衣柜里，有只上锁的抽屉。她忌惮陈佩佩，迟迟不动。某日，忍不住了，用螺丝刀撬开。都是梁真宝的证件，学生证、毕业证、结婚证、绘画比赛奖状、职业培训证书……还有一本粘贴式相册。

严素芬捧在手里，逐页翻看。眼见梁真宝在照片里，一点点幼齿下去，面孔渐次圆短。童年的几张，是黑白的，边角发黄了。有一张是尚未去世的丈夫梁栋德，抱着两岁半的梁真宝。梁栋德头路三七分，面孔滴刮四方，像台电视机，两只女人样的吊梢眼，乜斜着严素芬。一件带帽滑雪衫，把他整个人鼓囊囊撑起来。她记得那时他已患病，衣服底下，肋骨毕显。梁真宝或是不喜父亲身上的药味，捏了小拳头，试图挣脱出去。他胸前的白饭兜，是三角形的，脑袋上头发根根直立，嘴边滋出一泡涎沫。

严素芬的食指肚，在照片上滑移。时而摁住梁栋德，时而摁住梁真宝。他们的面孔那么小，似要从她指间漏出去。不知多久，听得链子锁当嘟响。她跳起来，把相册塞回抽屉，推几下，合不拢。身后起了呵斥声："进我们房间干吗。"陈佩佩的语气，仿佛老电影里的女八路说：别动，举起手来。

严素芬想从气焰上压倒她，挺了挺背。感觉有一脉筋，硬邦邦勒在肉里。无数说辞在脑中浮动，却都稍纵即逝，抓握不住。她转过身，见儿子儿媳一边一个，堵住房门。梁真宝缩着脖子，显得比陈佩佩还矮，面色像在太平间里冻过一晚。陈佩佩逼近严素芬："你偷什么了。"严素芬后退一步，脱口道："好吧好吧，我自愿了。"

梁真宝晓得，母亲只是一闪念。她几乎是被陈佩佩架着，一径办理亲属证明，协议公证，医院手续的。等待手术的三个月里，严素芬变得沉默。这是从没有过的。陈佩佩曾说："你妈是世间第一唠叨。有时真想抓一泡屎，塞在她嘴巴里。"现在她不再抱怨，每天为婆婆买鸽子。严素芬毫不客气，整只捅到碗里，呷呷地啃，嘶嘶地吮。

梁真宝成日躲在卧室，避免与母亲照面。她面皮紧绷的模样，足足老了十岁。手术日期将至，她又多话起来，总想逮住梁真宝诉说。梁真宝或应付几句，或假作不闻。仿佛她的话里有陷阱，稍不留神，就会被她套牢受死。

这个夜半，空气黏潮，灯光缟白。严素芬看起来，像一条即将消遁的影子，唯独剩了张嘴，不停开阖，变化形状："阿宝阿宝，你是啥意思，我也拎得清。这许多日脚，你跟我讲过贴心话没有。永远是同一句话，翻来覆去千百遍。现在你满意了，总算不来烦我。"

梁真宝拖了两只胀水的脚，退往客厅。她跟过来，继续道："在你眼睛里，我不过是只活腰子。"他撇着头，无法集中精力回话。幸而陈佩佩冲出来："明天都要住院的，还不睡觉。"拉了梁真宝回房。

陈佩佩为丈夫掖好被子，摸摸他额头，责备他不该乱走。梁真宝一夜无眠。天色微亮时，浅盹片刻，即被唤醒。他起床，称了体重，吃了鸡蛋红薯，坐了半小时马桶，又称了体重。陈佩佩为他备好饼干面包、替换衣裤。带刻度的水瓶，不多不少，灌一百毫升白开水。又打开急救箱，数点退烧贴、血压计、电子体温计、红外线治疗仪，加添了酒精棉和一次性口罩。

陈佩佩帮梁真宝脱掉睡裤，检查大腿根部的透析导管，再帮他穿上阔腿裤。当她拿出长袖T恤，他咕哝道："这么热的天，还穿长袖。"乖乖由她摆弄。经年的透析，使得他的手臂血管，犹如老树根一般，盘盘匝匝凸起。陈佩佩替他捋下袖管，理了理衣衽。

严素芬也妆扮完毕。染过的头发往后梳成髻，掩住头顶一涡新白。又抹了头油，头发黏成一簇簇，贴住头皮。两只招风耳愈发醒目了。她穿黄绿小花的乔其纱短袖衬衫。黑色牛奶丝跳舞长裤，裤缝镶了两道金边。脚上的磨砂皮船鞋，还是全新的，姜黄姜黄，鞋头有个小蝴蝶结。再戴上金耳环和珍珠项链。珍珠跟蔫掉的玉米粒似的，大小不一，凸凹错落，盘在细颈子上。

陈佩佩啊呀笑了："妈不是去住院的，是去跑亲戚的。"

严素芬道："最后一趟了，总要体面些。"

陈佩佩皱皱眉头，转问："给你煮的鸡蛋，怎么不吃。"

"现在不饿，等一歇饿了，路上找地方吃。"

"住院东西准备好了吗？"

严素芬提出一只尼龙购物袋，隔了袋壁，摸摸捏捏："牙刷、香皂、草纸，都拿了。"

梁真宝随了严素芬，站到走廊上。陈佩佩关灯、闭窗、检查煤气，各房间看一遍，解了链子锁，放在茶几上，这才出门来。三人一串地下楼。严素芬道："你们一前一后，押犯人吗。"陈佩佩讪讪不语，搀住梁真宝。严素芬沿了绿化带的边角走，尚未出小区，便喊起饿来。

陈佩佩道："面包吃不吃。"

"太干了，早上要吃点湿的，暖和的。"

"公交站那里有豆浆摊。"

"我要坐下来，安安稳稳地吃。"

"那路上看看。"

他们过了马路，坐公交车，在第三站下来换车。严素芬抱住街边梧桐树，说："我饿得前胸贴后背，要昏过去了。"

陈佩佩说："这里没有吃的，索性去医院附近吃。"

严素芬将那树搂得更紧了，反复道："我要饿昏了，我要饿昏了。"

梁真宝道："往前面走走吧，反正时间还早。"

陈佩佩叹口气，胳膊一挥："走吧。"

严素芬这才松手，顺了上街沿走。十字路口，有人施工，路面被一径翻开，围起黄色警示牌。严素芬道："做手术的辰光，我身上皮肉也是这样翻开吧。"无人搭理。

沿途的美发店、扦脚店、贴膜店、服装店、小吃店，统统没有开门。梁真宝越走越慢，张了嘴巴呼吸。陈佩佩道："妈，往回走吧，真宝吃不消了。"

"好像前面有家饭店，我看到了。"

"哪里？"

"那里。"严素芬随手一指。

走到她指的地方，是一家房产中介。严素芬故作吃惊道："哪能一桩事体，明明在这里的，老大一家餐馆。我以前来过的，二十四小时营业。"

陈佩佩咬紧嘴唇，鼻翼猛烈张翕。

梁真宝拍拍她手，轻声道："算了，小事体，依着她吧。"

严素芬继续往前。小夫妻跟住她。过两个路口，拐弯，总算发现一家。黄底红字招牌，写"刘阿婆小菜"。严素芬推店门，推不开，站在原地犹豫。店内身影晃动，一个花白头发的胖女人开了门，又返身进去。

严素芬回头嚷道："我说有一家的吧，哪能会记错。"头颈一缩，从塑料空调帘子间钻入。

店堂约莫十来平米，四张方桌，八条板凳。严素芬选中靠里一桌，捻了捻桌面，挥赶几下苍蝇："老板娘呢？"胖女人从后头转出来。梁真宝夫妇也进门坐定。陈佩佩取了餐巾纸，为丈夫擦汗。

严素芬睃着墙上彩图菜单，大声说："我要梅菜扣肉。"

"肉还没买呢，啥人老清老早吃这个。"

"我平常也不吃的，今朝必须吃好点。等一歇到医院，啥都没得吃。老板娘，你晓得吧，我要做手术了，割一只腰子给儿子。看看，你们还有葱炒蚕豆，我三年没吃蚕豆。看到蚕豆，就想到腰子，心里不适意。"

陈佩佩道："妈，少说点，吃了就走。"

老板娘道："吃烧麦豆浆吧，早上不卖炒菜的。"

严素芬道："那来两笼烧卖，一份豆浆。帮忙开开空调，热死了。"

陈佩佩道: "真宝会感冒的。"

"你们坐到门口头去,别对着吹就好。"

老板娘打开空调,回到后间。俄顷,端来食物,铺在桌上。又抱来小孙子,孵在空调边,看严素芬吃。

严素芬道: "你是刘阿婆吗,真福气,抱孙子了。孙子叫啥啊。"

"叫洋洋。"

"哦哟,你叫洋洋啊,乖不乖啊,洋洋。"严素芬戳着筷头,朝孩子哇哇几声,把孩子逗哭了。这才心满意足,搛起烧卖来吃。一边吃,一边说话,糯米渣从嘴角里喷溅出来: "刘阿姨啊,羡慕煞你。我儿子腰子坏掉了,不会生小囡了。我辛苦一辈子,从没做过坏事体,老天爷却让我断子绝孙。"

陈佩佩道: "妈,我们赶时间。"

"不要催,急赤拉吼的,倒被你唬住。我问你,做啥要住院。住院费介么贵,又不能报销,白白里被斩一刀。明朝再去医院,直接做手术好喽。"

"真宝还要透析一次,医生指定今天住院。"

严素芬扭头对老板娘道: "我儿子每个礼拜透析三趟,钞票刺刺叫出去。媳妇本来是小学老师。现在的小学老师,你晓得的,给学生子开开小灶,外快哗啦啦进来。她嫌鄙忒辛苦,老师不当了,整天在家晃了两只手,啥都不做。治病开销都是我女儿来。"

梁真宝道: "妈,佩佩是为了照顾我。"

陈佩佩道: "跟她说什么,我做啥她都看不惯。"

严素芬恍若不闻,继续对老板娘道: "我女儿忒辛苦了,一直相帮她阿弟。换个肾,三十多万块呢,她在外面借了债的。我都想把房子留给她。我有套两室一厅,在内环里,靠近地铁站。十几年前买的,老房子拆迁费,加上所有积蓄。算是送给儿子的婚房,也是我自己的养老本钿。"

老板娘道: "房价涨得快,买房的都发财了。"

"发财有啥用,生不带来,死不带去。吃了一辈子苦头,早就想穿了。刘阿姨,你不晓得,我老公死得早,我为了两个小囡,再也没寻男人。又是屋里厢，又是厂里厢，忙得我两脚扛在肩胛上。我工作起来也是最卖力的，当年在翻砂车间，跟男同志做一样生活。每年评到三八红旗手。领导把我照片贴在厂门口，人进人出，全都看得到。厂长每趟开会表扬我，讲我觉悟高，凡事以集体为先，对国家贡献重大。阿宝，姆妈的光荣事迹，从没跟你讲过。你说啥人比我高尚，啥人有资格批评我。瞎掉你们的狗眼乌珠。我要算是自私，雷锋叔叔都不敢夸自己无私。我今朝要把腰子送给儿子了。我为了儿子，一条老命搭进去。"

老板娘搂紧孙子，不言语。

陈佩佩道："老板娘，我先结账。"

严素芬道："没吃完呢，急啥，我跟刘阿姨投缘，多啰唆几句。啥人晓得过了今朝，有没有明朝。我有个小姐妹，叫翠珍，老早厂里跟我最要好的，每年到桂林白相。女婿给她买包，巴巴里（即巴宝莉）的，还在桂林给她买了一套房。我本来想等儿子讨了老婆，有人照顾了，我就跟翠珍一道旅游。我从没去过桂林，桂林山水甲天下，我再也没机会去桂林了。"

"妈，你说这些，人家听了不舒服。"

"刘阿姨，你看看，这就是外地媳妇。没大没小，当了别人指责长辈，真是要不得。我跟我家阿宝讲，外地人看中你的房子户口，不是看中你的人。阿宝吃死爱死，不肯听，我也没办法。反正我两脚一蹬，一分洋钿都不会留给她。留给她做啥，她跟我啥关系。我一辈子为别人活，也没捞到个好。命苦啊，没人关心我，都不把我当人看……"严素芬哼哼唧唧，一口豆浆呛进喉咙。顿时又咳嗽，又喷嚏，鼻孔嘴巴齐射，搞得满桌涕泪浆沫。

老板娘怀中孩子又哭起来。老板娘道："先结账吧。"

陈佩佩结了账，赶着严素芬走。严素芬磨磨蹭蹭出店，又不肯动。

陈佩佩跺脚道："你到底想怎样。"

"我想先小个便，医院里脏，没法小便。"

"那你小在那棵树边。"

"有人看见。"

"哪有人。"

"我腰子不舒服，有点酸。刚刚吃豆浆时酸起来的。"

"少来。"

"手术钱能退吗？改天行不行。"

陈佩佩道："贪你妈，死老太婆，我忍了你一早上。"揸开手指来抓她。严素芬退开，将尼龙购物袋奋力甩向她，转身朝马路上跑。她跑起步来，仍像在走路。双脚磨着地面，往前拖滑。皮鞋在脚跟上一步一甩。微热的晨风卷过她，头发、衬衫、跳舞裤，都颤动回应，似要将她往风的方向上带。她果真顺了风向，斜斜跑到路当中。在浅灰沥青路面上，在黄白标线间，她的背影窄短，宛若中学生。陈佩佩走向她，仿佛高大自信的猫，走向一只老鼠。

有公交车驶来，陈佩佩停步等待。绵长的车身，遮挡了视线。她没有发现那辆奇瑞QQ，是何时冲过转角的。她听见梁真宝尖叫，便回头看他。又听见急刹车，便又循声转过脑袋。公交车过去了，严素芬趴手趴脚，俯在地上。奇瑞QQ僵在旁边，仿佛犹豫着，究竟倒车逃跑，还是往前补压一记。草绿色车身，贴满了卡通图案。它小得犹如玩具，不像是一辆能够撞人的真车。

空荡荡的路面，瞬间堆起了人。他们像是凭空从地底钻出来的。拎着小菜篮头，端着痰盂罐头，提着塑料面盆，牵着遛狗绳子，拿着蒲扇、茶缸、鸟笼，将严素芬层层包围。唯有一磨砂皮船鞋，逃脱看客的视线，飞在半米外，碾扁着，黄里沾了灰，像只破碎的肾。

原载《当代》2018年第3期

点评

母爱是伟大的、无私的，母亲对子女的爱的施予是无条件的、理所当然的，一直以来我们就这么认识且无可置疑的。在现实生活逻辑中，也的确如此，绝大多数母亲会为子女付出一切，甚至不惜牺牲生命。可是在文学中，这一逻辑依然成立吗？也即，母亲的付出真的都是无怨无悔、心甘情愿吗？小说中严素芬的儿媳妇陈佩佩就秉承这种集体意识，她觉得作为母亲的严素芬将自己的一颗肾移植给亲生儿子，既是义务，也是责任，没什么可推脱的；但严素芬不这么认为，作为独立的生命体，她觉得自己没有义务将自己的肾换给儿子梁真宝。一边坚持要换，一边坚决不换，一旦彼此在理念与言行方面针锋相对、互不妥协，那么，婆媳间谩骂不止、打打摔摔甚至互为敌人，就是不可避免的了。小说细致地描写了婆媳间的这种冲突以及因冲突而带来的异样的现代都市家庭景观。但这不是作者所要侧重表达的向度，而是旨在揭示一种真实，即所谓母亲的无私付出并非像我们想象的那样真理永在，一些想当然的认识与实践可能是对他人的意识绑架。从这个角度说，这个短篇还是一个颇有现实针对性的、反映当下社会热点问题的、具有现实主义底色的文本，反映了一位优秀的当代小说家对现实问题不俗的观察力、思考力与表达力。

（张元珂）

照夜白/

/蔡　东

有些气味，只有下雨的时候闻得到。跟阳光晒出来的气味不同，晒出来的气味蓬松温热，就像夏日傍晚时分的树林，弥漫着的是暖烘烘的木香。雨天里的气味不那么热烈，却更悠长一些，从一道道细缝中婉转地泄露出来，若有若无地浮动在空气里，久久不散。

一间小教室，白墙，黑板，日光灯，十几排桌椅。窗外，雨一遍遍洗着植物，叶子内部浓绿的汁液似要挣破薄薄的表皮，随着雨水四下流淌。

同事们按顺序走上讲台，打开自己的课件，微笑，演示，讲解，做手势。谢梦锦抬头望着讲台，笔拿在手里，本子摊开着，都是做做样子。她正秘密跟踪那股气味，玄远飘忽的气味，像禅机和隐喻。她先是听见，听见衬衣的布料在呼吸，一呼一吸间，气味被带了出来。接着她辨认出，气味并无内核与主干，是麝香、柑橘、茉莉和檀香木的混合香气，香气从她上衣的纹理中迂缓地散发出来，停一停，往更远的地方飘散。这味道属于白色衣物洗衣液，洗衣液还剩小半瓶，在搁架的最右边。同样的瓶子，搁架上放了一长排，细看起来标签并不一样，牛仔布洗衣液，羊绒洗涤剂，深色衣物洗涤剂，丝织品洗衣液，运动衣物洗涤剂……

散会的时候，赵燕朵走到教室后排跟她打招呼，看见最亲近的同事走过来，她一时忘了，燕朵。发出声音的一刹那，惊觉不妙，"朵"这个音在卷起的舌头上愣了一下，勉强趔趄到嘴边，本该沿着曝起的舌尖滑行而出的音节，僵直了，破碎了，碎片落满一地。汗一下子冒出来，凉意顺着脊背往下走。她低头收拾桌上的笔、本子和水杯，使劲儿往包里塞。

应该没人听见吧。一个完全走了样的舌尖音、合口呼，像随身听电池快耗尽时发出的声音，扁扁的，扭拧，怪异。

多喝水，少说话。燕朵说。

她点点头，指着喉咙，皱着眉，跟燕朵示意，表示自己无法发出声音。

燕朵挽起她的胳膊下楼。外头雨还没停，树下薄薄一层落叶，刚被风雨吹落下来，颜色还翠绿翠绿的。撑起一把伞，两人沿着青色花砖铺就的人行路往车棚走。这条路不知走过多少遍了，两株桃树、三棵缅栀子，接着一排石榴，就到了路的尽头。

才是中午，雨云在半空中一层叠着一层，天色昏暗得像是暮晚。走过桃树和缅栀子，眼前忽地明亮了起来。石榴花开了，刚开的第一茬，本来就热闹的大红色，经了雨水，更加明艳。她俩停住，立在伞下，静静地看着跟前这株石榴。

石榴花上落满雨珠，雨珠像被花瓣吸住一样，一动不动。

她们听见了彼此的呼吸声。

这一排都是花石榴，不结果实的，就算偶尔结几个果也没法吃。燕朵说。她手指拂过榴花，雨珠簌簌掉下来。

我知道，在我老家不叫花石榴，叫"看石榴"。不结果也没什么，结果子不是很重要的事，反而，只有看石榴才能把花开得这样动人。

按照今天的设置，她不能发出声音，这番话只是在心里默默说了一遍。她想起家里的柜子抽屉，放满了杯壶碗碟，几年也用不上一回的，就是为了看看，看着喜欢。她从小喜欢的，好像都是些中看不中用的东西。

她打开车门坐到驾驶位上，燕朵的车先开出来了，燕朵摇下车窗对她说，小谢，我倒宁愿嗓子发炎的人是我，就不用上那个台了。

话语涌上来，真正想说的话一波一波地上涌，在喉头凝结了，哽住了。她多想跟燕朵说说话。很快她听见燕朵又一次嘱咐她多喝水，她赶紧点点头，隔着玻璃怕燕朵看不见，干脆开了车门，一只脚着地，侧着身子伸出头去，让燕朵看见她点头的样子。燕朵挥挥手，开车走了。

燕朵，六年了，头一回我没上去讲，那些话，我是一句也不想说了。她坐在车里自言自语，把想跟燕朵说的话说了一遍。提眉毛，放松下巴，口腔打开，头腔也打开，她像在播报重要信息，每个字的声母和韵母都交代得很清楚，没有一个含混不清被吞下去的音，平上去入，也都到位了。回家的路上，这些完满的音节还停驻在车厢里，叮叮当当，或站或坐，陪了她一路。

　　每次把一批东西清出去，她就感觉生活堵住的地方又畅通了。定期理一理，算是个好习惯吧。隔一阵子，把衣橱、书柜、冰箱、储物架整理一遍，就算没扔东西，细细梳爬一番，排放收拾好，心里便清爽多了。

　　搁架上放着一排洗衣液，她当然知道一个人不需要也用不完这么多洗涤用品。她只是没法抗拒"认真"二字。第一次走进这家洗护用品店，她见到了创始人在洗衣服这件小事上的痴心，世上就是有这样的认真人，把每根纤维都当回事儿，努力不让白衣服变黄，不让羊毛的天然油脂随污渍一起被洗掉。看多了糊弄和粗制滥造，没法不珍惜眼前所见，也知道眼前一切绝非必然。她心想，既然遇到了，还不买简直就是犯罪，便把能买的都买回家了。一共九瓶，在搁架上排好的一刻，正在过的日子莫名地有了尊严。

　　那天晚上，她整理书柜，同系列的书找齐了放在一起，又按年代和作者规整完十几个书格。收拾的时候，发现几本书里夹着往年的课表，取出课表放在一边，书排好了，便把课表揉揉扔进了纸篓。

　　扔掉课表，忽然想到，工作也可以理一理。她打开电脑，把这些年的教学任务书找出来理了一遍。一共上过四门课，两门校必修，一门院系必修，一门选修，课时的准确数字也在任务书上。她一学期一学期地加，加到最后，计算器显示屏上出现一个数字。

　　她又加了一遍，还是那个数字。

　　第二天有个会，期末的例会，每个人上去谈谈教学体会，几分钟时间，对当老师的人来说比较轻松，也不用专门准备，就是头天晚上心里肯定是有桩事的，总归是一桩事。也没什么好抱怨的，都习惯了，所谓日常，不就是由许多个不轻不重、可以忍受的小折磨组合而成的吗。

　　一大早，她来找季焕中，主管教学的副院长。她左手捂着喉咙，勉力发出声音，一个字，一颗沙砾，一个字，一颗沙砾，越往后面她的表情越痛苦，声带似已无法振动，发不出真声，基本是气声了。

　　季焕中在电脑上改着什么东西。办公室里到处堆满书，有的摞太高已经从中间倒了。墙上没有"惠风和畅"的字画，柜子里也没有树脂工艺品，唯一的装饰是几只猫头鹰，陶瓷的，草编的，铸铁的，或挂墙面，或摆桌角。有人问起来，他总是会说，我这个鸮如何如何。他的用词，他认真的样子，都透出几分孩子气来。

好，知道知道。别说话了，听着就难受。他说，生病发短信就行，还跑一趟干吗。

再用气声回答吗？绷着的劲儿泄了，勇气也消散了，她不想再把自己调动到演出的状态。瞥见桌上的便签纸，撕一张，写下一句话，递给季焕中。

没别的，也不发烧，就是喉咙疼。

季焕中看一眼，嗯一声，继续看电脑。她又加上一行字，谢谢季院长。

她起身离开，正赶上小木屋形状的钟表整点报时，木屋尖顶下面的一扇窗子弹开，什么东西从里面飞出来，她这才发现，原来里面还藏着一只鸮。

一边往外走，一边目送着鸮推窗飞出，又合上翅膀缓缓隐身于小木屋里。

好像是工作以来第一次吧，在应该张嘴说话时，她没说话。她坐在教室最后一排，听到衣服的面料在呼吸，闻到经过漂洗和日晒后依然活着的一缕香气，看到窗外雨洗的树叶，雨水里平而薄的叶子看起来不一样了，叶子表面的翠色有了形状，简直是一块块凸起来了，看上去，这绿色真沉呀，往下坠人的眼睛。

昨晚她没有准备发言，她练习了一晚上怎样让自己听起来喉咙不适。声带紧张起来，声音尽量往下走，含住一个音节，嘴里多闷一会儿，再蜿蜒着往外挤。

隔着十几排桌椅，她看见燕朵走上讲台，手是微微发抖的，空气中像有一道铜线将这电击般的颤抖向她传导，她拿着笔的手也跟着颤动起来。燕朵工作十几年了，看上去很老练，脸上没有丝毫的畏怯，说话时语调平稳而有变化，既不显得毛躁，也不会让人感觉沉闷。可她就是看到了，燕朵的手抖了一小会儿。

接下来的两周很容易度过，课程已结束，再完成一些例行工作，从开学之初就秘密支撑着每个人的假期便真要来了。对谢梦锦来说，这两周跟往年有些不同。咽喉炎加重，间歇式失声，她坚持不说话，询问和关心渐渐稀落了。

她真不用说话了。

六年的时间，上了4128节课。这个数字出现时，她的第一反应是算错了。

现在，她秘密享受着失声带来的快乐。学期末多有聚餐，电话里，她用气声说，不行，还是不行，去不了。她已经掌握了怎样把气声发得飘渺一些，再飘渺一些。她逃过了发言，躲过了数场社交活动，不用满心后悔地赴约，不用再受废话和讪笑之苦，每天都因游离在外而暗自窃喜。

办公室在七楼，步入电梯，她算了算，只剩四天了，最后这几天下学期的课会排出来。

她走进办公室，见燕朵也在，正对着电脑登学生成绩呢。学期的尾声，办公室不像以往那样人来人往了，她想走过去跟燕朵说几句话。走几步，见后面卡座内有人，心里一踌躇，脚步已拐到自己座位上。

拉开抽屉，拿出纸笔，她把想说的话写在一张信纸上。

燕朵，上课的时候，一定要用麦克风，麦克风坏了就让现场办马上换。即使有麦克风，还是要多用假嗓子。我知道你是认真用心的人，但也不要把自己累坏了。比如说，提问后多等一会儿，歇一歇，这没什么的。

她默读两遍，又加上称呼、署名和日期，看起来真像一封信了。

一直记得，两年前九月的一个下午，她的U盘落在教室，回教学楼取回U盘，经过走廊时，一间教室里传出熟悉的声音，她踮起脚来透过玻璃往里看，果然是燕朵。那天下午，她站在走廊中央听燕朵讲课。燕朵平时说话柔声细语的，一讲课却全身发力，特别投入。听了一会儿，她感觉到，讲话的这个人，气明显不足了，发出的声音周身布满毛刺儿，轻轻刮擦着空气和她的耳道。快下课时，教室有些乱，燕朵升高音调，试图控制些什么，隔着墙，她还是能听出来，这声音在多么吃力地爬坡，她听得心一抖一抖的，听着听着，就想掉泪了。

燕朵不知道她在外面，她从没跟燕朵提起过此事。

趁燕朵出去，她把信纸反扣过来，放在燕朵的办公桌上。

清理完这学期的杂物，她准备回家，抬起头来，正迎上燕朵的目光，燕朵站在隔断的旁边。燕朵说，走，去三楼的甜品店喝杯果汁。

跟着燕朵走出办公室，燕朵在前面走，她跟着，来到走道尽头一个僻静的角落，四下无人。燕朵转过身来，说，想个办法。

她点点头。千言万语，好像都不用再说出口了。

晚上，燕朵来电话的时候，她正站在阳台上感叹，今晚的月亮真低，就停在不远处的山脊之上。

很久没看到信纸了。燕朵说。

把话写出来，是另外一种感觉。她说。

她很自然地跟燕朵对话，不用解释说明，更无须疾风骤雨地诉说。她俩都羞于以太过浓烈的方式跟人相处。

一到夜里，小山就躺下了，月亮安静地挨着山脊，是一小半月亮，敷着一层新溶掉的淡金。纱窗筛落月色，地上，影子搂紧了影子。此刻，不像在用手机通话，燕朵似乎就在她身边，在很近很近的地方，燕朵的气息也尾随着夜色逶迤而来。燕朵是两个孩子的母亲，小儿子只有两岁，长期贫血让她脸色发黄，但并非干枯晦暗的颜色，当光线柔和时，她的脸会泛起玉的光泽，像一块温润的黄色玉石。

想个办法。燕朵不探问什么，也不规劝什么，一句多余的话都没有。

别不好意思，拿着病历去找季焕中。燕朵接着说。

好，我去。

病历，病历有了吗？可以找老陆。燕朵说。老陆是她丈夫，在市二院财务科工作。

不用，有办法的。她说，放心吧，燕朵。

下午，她来到校园，先在湖边的长椅上坐着，快到整点时才往办公楼里走。

木窗打开，鸮飞出，一只漂亮的鸮，羽毛闪耀着金属的光亮感，圆眼睛，神情是落拓中混杂着几分狂傲，好像随时准备仰天大笑。她不想再用气声说话，把病历放在桌角，随后递给季焕中一张便签纸，上面写的是用嗓过度声带小结可致失声云云。

慢性职业病，身上，心上，都是难免的。季焕中说。他面庞有些浮肿，头发像个鸟窝，也许又躲在办公室看了一夜的书。

假期好好休养，不然还能怎样呢，我们吃这碗饭的。他说话的时候没有抬头看她。

既然决定这么做了，就不会在乎别人怎么看待她。她面对窗户坐在椅子上，她心里有底，支撑她的，是多年来的储存。她暗自盘点着这些储存：温和，隐忍，合群，识趣，不哭不闹，看淡荣誉和利益，等等等等。这些年的表现证明，她不是一个麻烦难缠的人，不是一个寻衅滋事的人。她既不精明，也不愚蠢，进退合度，叫人放心。

他连说几句打发她的话，她跟没听见一样，坚定地、毫无愧色地坐在椅子上，作为失声人士，她的沉默是正当的，并不携带情绪和敌意。过了一会儿，她偷觑到，他迅速观察了她一眼。

压力在他那边，她适时地把便签纸往他跟前推一推。窗外，鸟振翅掠过，在天空中一闪而逝。

除非你愿意上社会类课程，一般排在晚上或周末，没人愿意上，好在课时量不多，内容也有自由度，空间比较大。

适合你。他加了一句。

阳光不那么强烈了，她来到湖边，在树荫里坐下，望着办公楼，望见方才她跟季焕中对坐的一幕，心里充满感激。那一幕蕴藏着美妙的含混性。从进去到离开，病历始终没有被翻开，从头到尾，他没有动用"规定"这个词，她能感觉到他对这个词的排斥，作为一个有能力尤其是具备情感能力的领导，显然他不愿使用过于冷硬的词汇。

湖面上落满阳光，湖对岸是她和燕朵走过的人行路，隔着宽阔的湖面，石榴花开得正盛，激动的红色，红得让人看着看着，心里竟有些隐隐作痛。她想，石榴花肯定是热爱说话的，老远地，就能听到它们在交谈，声音高亢响亮。

休整了一个假期，她准备开口说话了。

站在讲台上，最先看到的是坐在后排的那个人。他穿一件蓝衬衣，一点儿也不犹豫的蓝色，单纯而准确的蓝色。他小臂放在桌面，能看见袖口一排纽扣，每粒都待在扣眼里。过了很久，一次课后闲聊的时候她才知道，那叫克莱因蓝，绝对之蓝。

第一次课只来了二十几个人，她知道接下来会更少，这样想着，心情一下子轻松了。她的风格本来就适合上小课。小班上课有特别的感觉，声音响起，却不会冲散静谧，站在讲台上，仿若通灵般的独白，却广有共鸣，交流的深入往往超越语言所能，在一个更奥妙的层面上进行。小课堂上，她拿出来的是私房，小课堂上，她也更容易将多年萃取之物送达给听众，也送达给不在场的更多的人。夜晚的小课堂还会产生某些神秘的东西，难以复制，但每来必让人心醉神迷。她会猛然发现，一直梗在心底说不好的那句话，不经意间自己出来了，浑圆完整，本来如此，看不到丝毫人力的痕迹。

几周后，固定下来的学员总共是七个。有一次课间的时候，他走上来询问一幅图画，两人交谈起来，她这才知道，蓝衣男士是陈乐。他一开口，她就听出来他音质独特，等到报完名字，她马上意识到他是谁了，对，就是陈乐，陈乐呀。听汽车广播的人都熟悉这个名字，交通台早晨7点半的节目，一个充满活力的声音回荡在行进的车中，陪伴着上班路上的人们。他的声音浸透着阳光、友善、轻快，这声音让人觉得世界总有希望。

她问，电台主持也来上这种课？他的回答让她一下子愣在原地，她没有立刻作出回应，她一直在避免戏剧性，即使是浑然天成的戏剧性，但从那以后，她心里没再把他当成学员。

他说，我不想说话了，我只想听听别人说话。

他真年轻，人跟声音一样年轻。他皮肤的颜色很深，是长年坚持户外运动才能拥有的健康肤色。一道长而挺的鼻梁从人中延伸到眉心，眉心那里能看到明显的突起。

她上课用的包是一个挺括的布包，很能装东西，布面上印着一幅古画。陈乐问起这幅画，她告诉他，这幅画叫《照夜白》，照夜白是一匹马的名字，一匹白色的唐朝骏马，它的主人是玄宗李隆基。她说，照夜白被拴在木桩上，你看，画面里它是想飞起来的样子呢。

要给它画上一对翅膀，或者，陈乐做出舞剑的动作，说，用一把剑把木桩砍断。

他接着说，照夜白，三个字连在一起，骤然一亮，有一种光明感。她明白他的意思。她想起早晨拉开窗帘，白昼毫无保留扑进来的一瞬。

很长一段时间了，她不参与任何聚会，也婉拒了所有的外出授课邀约。她说，扁桃体发炎，她说，肠胃不舒服，这些可爱的小恙庇护了她，再后来，她不再求助它们，而是坦然回复，不去了。很简单，不去了。一个伴随她多年的伙伴，正渐渐从意念中抽离，那个伙伴，叫挣扎。电话里，母亲仍问长问短，警示她不要不知足，刺探她有没有多跟人联系交往，她让母亲多注意血压。有时在学校餐厅遇见燕朵，燕朵笑她，又不是让你上沙场，她说，我还真有临阵脱逃的感觉。回想起那一个个夜晚，在灯带的照耀下谈论不感兴趣的话题，看着关系普通的两个人却非要表现得比实际情况亲密些，回到车里再回到家里，扭头一看，看到一大片滞重的空白站在已逝的几个钟头里傻笑。复又端详镜中的自己，好像变丑了，两团潮红徒劳又懊丧地浮在脸颊。不过是一个个毫无自由意志的公共的夜晚，不是我的，也不是你的。

幸运的时候，课堂会是自己的。这节课讲小津安二郎的电影。她说，适合假期，适合在家里看，能看到世界和人本来的样子，寻寻常常中，原来有惊人的美。屏幕里出现云的时候，我就按暂停，看一会儿云，做点别的事情，有时忘了，云就停在屋里，一停就是一下午。

说到这个场景，她眼神失焦了，短暂地出神，置身于无名的幽境，什么也不想，什么也看不见，再走出来时，从里到外都是湿漉漉的清凉。

学期过半，电影的部分还没讲完，课堂上有些不对劲儿了。这方面她是足够敏锐的，她感知到，一股不安的气息在加速挥发，越来越浓重。

坐在第二排的女学员余家欣，一脸不耐烦，身体动来动去，一副完全坐不住的样子，这对授课是重大打击。杂念全涌上来了，她不停地搜检之前哪句话说错，而之后要说的每句话都变得苍白无味，讲述的热情一沉到底，相似的糟糕经验争相浮现，这一切多让人厌倦和灰心。

她的声音遍布皱纹、长满白发，一瞬间老了。

提着心，机械地发声，时不时用眼神安抚余家欣，像安抚一个焦躁的儿童。她生怕余家欣按捺不住从座位上站起，头也不回地离开课堂。

她站在一座高高的纸桥上，纸糊的桥下面是拉长的时间之河。她被放入一个热瓦煲内，小火熬煮，辗转反侧。总算熬到下课，她走出教室，推开走廊尽头的窗户，长呼出一口气。接着，回到讲台，眼神找到余家欣，鼓励地看着余家欣，发出交流的讯号。她需要掌握情况，需要知道发生了什么。

过了几分钟，她等到了她。余家欣走过来，手肘支在台面上，双手握在一起，说，谢老师，跟你聊几句啊。我记得这门课叫《你的口才价值百万》，是应用类的课程。

竟然叫这种名字，谁起的？她拧着眉头。

我报名上课是觉得这门课实用性强，速成班，立竿见影的那一种。

她理解余家欣的心情。余家欣在家居商城卖家具，说生意一般，就靠节假日冲量，平时没顾客也要从早到晚守着，想到这姑娘每天在店里吸毒气，她就觉得太不容易了。她还记得，余家欣说打算去万象城一家名品店应征导购，卖精美的皮具珠宝，说的时候一脸神往，她也盼着余家欣能尽快换份自己喜欢的工作。

我们是人文通识课，口才和表达不仅是技巧层面的东西，跟基本的艺术修养、审美都是联系在一起的。声音低低的，她觉得自己的话并无说服力。

可是太空洞了，一点儿也不吸引人，也没什么操作性。

后面会有专门的讲解和练习。她只好说。她黯然跟小津安二郎作别，还有没来得及出现的巴尔蒂斯、贾科梅蒂和《后赤壁赋》。跟前作相比，她始终觉得《后赤壁赋》因孤寂而更接近神灵，读一遍，宛若转世一回。

接下来的一次课，她走进教室，放下包，看看下面，还是那几个学员，余家欣坐在老位置上。她有些心神不宁，惴惴地等着铃响。她害怕所有这一切，进门，上台，开腔，当众说话，哪怕是重复了上万次，她还是害怕，她知道一走进去，自己就跟还没想清楚的、并未完全认同的一些东西合为一体了。

口才是成功最重要的因素。成功这个词总是自带重读强调效果。这节课我们一起探究说话的艺术。说话术。人是群体性动物，每个人都想在群体中受到大家的欢迎。大家是谁？每个人也都要掌握沟通和交际的技巧。诱导操纵。

说起来，这些玩意儿是最好讲的，以石井裕之和雷克·科斯纳为底本，列举大量案例，掺和着读心、微表情等时髦秘术，再让学员演练演练，教室里洋溢着学到真东西的满足欢快的气氛，一节课很快过去了。但昨天晚上，讲稿找出来，她一眼也不想看，磨蹭到很晚还是没看，躺在床上，她想，明天早到教室二十分钟，课前熟悉熟悉吧。不到最后的时刻，她一眼也不想看。

铃响后，她做出一副急匆匆的样子来，快速把东西收拾好，几步走到门口，忍不住回一下头，看到陈乐站起来又坐下，她转头离开，离开前犹豫了半秒。

一路上她车开得很快，急切地想把刚才的夜晚甩到身后。再转一个弯就到小区了，每次先看到的都是裙楼的鲜花店，她把车速降下来。店里的灯还亮着，她停下车，看着店员把摆放在门口的花盆一一搬进店内，透过落地玻璃，能看到不大的空间里布满鲜花。当初花店刚开的时候，她担心花店生意清淡，万一哪天关门就可惜了，她是第一批办储值卡的人。毕竟，楼下开间花店，住户的日常里就有了点高于生活的东西。

店员关掉靠窗的一排射灯，她下车走进花店。店员说这么晚还买花呀，她点点头，指着角落里的一束花，说，要这束铃兰。

花大都仰着往上开，残败了不好看了，花朵才无奈地耷拉下来。只有铃兰在盛年的时候向下绽放，是主动和自愿，我要低头，我要把花开向地面。

她听见自己的心跳声，如果是做噩梦就好了，闭上眼睛再睁开，不是噩梦，程督导现身了。他端坐在教室前排，每个表情似乎都是有含义的，需要解读的，他无须礼节性地问好，你也知道他来了。他攥紧手中的笔，随时准备记录的样子，白色表格平铺在桌面上，非常显眼。

她脑子里飞快转了几个念头。课前几分钟，每个经验丰富的教师都能根据白色表格上的评价标准，结合督导的喜好，调整讲授次序，讲最恰当的内容，揣摩、判断、选择，一切都是电光石火间的快速反应。同时，抖擞精神，笑容满面，站立在台上，像某一类陈旧又浮夸的修辞。

她当然也有预案。

然而，演完了呢，那是最沮丧的时刻。先觉得丢脸，接着，就是难过了。一个人在台上一惊一乍，卖力地表现，身不由主地迎合，窘迫感渐渐在空气里弥漫，谁都知道发生了什么事情，连坐在最后排的学生也会抬起头来看她两眼，她提醒自己不要敏感，在难以遏制的惯性中继续沉沦。

演够了。

全程没有紧张地观其颜色，也没有顾盼着舒羽开屏，平平常常地讲完一堂课，她拿起杯子，去走廊上接热水。

一转身，看见跟出来的程督导。面对面站着，她发现程督导的脸上没有愤怒也没有茫然，他巧妙使用的，是怜悯的表情。

他说话的时候一直晃着头，似笑非笑。

你年纪也不大，怎么就落伍了呢。你这个讲法，跟不上时代了。

我没想跟。她说。

程督导用力看她一眼，目光像凿子，凿一下，又旋了一圈。他说，太平淡了，不带劲儿，不勾人。顿了顿，他解释道，我的意思是不抓人。应该重视互动，风趣一些，讲讲笑话，班上就不这么死气沉沉了。

我再也不想讲笑话。她说。她以前也热衷讲笑话的，没人笑就自己笑。她也会花式上课，珠翠绫罗，花哨极了。

有空去听听管院老师的公开课，那师德，那人格魅力，其乐融融，打成一片。

开始用大词儿了。她不觉惶恐，反而想笑。提到管院的课，更是难忘的体验。她慕名去学习过，台上的人激情澎湃，两片薄唇上下翻飞后总用一个夸张的圆圆的O来结束。听了一半，她多想提醒一句，小声一点，可以小声一点。接近尾声时，讲演者频繁换气，一口气撑不住两句话，再看未免残忍，她低下头不看了，脸上发烧，只盼赶紧结束，耳朵里已经太满了。

督导没注意到她的表情，继续大度地指导，先打成一片，有了感情学生就愿意接受你，配合你，打成一片就好说了。

说出这个词的人，她都避而远之，而督导在几分钟内连说三遍，是他的宝贝吗，得有多喜爱这个词呀。她忽然想起季焕中，季焕中的语言洁癖此刻显得格外可贵。

她在心里估算了一下，通识课是合班上课，粗略算算，这些年要跟几千人打成一片，她笑出声来。没什么好说的了，只能发笑。

见多识广的程督导怔怔地看着她。她听见自己的笑声，心里并不好受。这老人家整日坐在教室，扮作权威，使用正大但失去活力的语言做指导，走不得不走的过场，也真是难为他了。

程督导黑着脸回教室收拾好表格，一边下楼一边说，你这个态度，神经病，神经病。

她对着他的背影说，程老师你听我好几次课了，就这次最正常。

最低等级是D，还是F？

刚说完，听见陈乐的声音从身后传过来。陈乐接着问，头一回吧。

常规的做法是一下课就赶紧走过去，主动聆听教诲，不管说什么都点头，都表态改进。她说。

怎么不点头了？

想清楚了，想清楚了就不会再点头。

会有什么后果，不考虑代价什么的？

点头的代价更大。

校园依山而建，两人沿着行山路往上走。半山腰有一片栎树林，枝叶扶疏，路灯晕黄的光漏到林中的石椅上，石头闪现出了铜的光泽。

她说，坐一会儿吧。此刻，她感觉很平静，平静像夜色一般充盈在树林的每个角落，从头到脚把她裹进去了。

两人一起待着，话上很俭省，都没有强烈的表达愿望，可说可不说的，一般就不说了。也从不专门找话题，到哪里算哪里。今晚也是如此。

凉凉的石椅坐暖和了。在听到陈乐的话音儿前，她先听到长长的叹息声。

人总有不想说话的时候，到点儿必须说，要是带个按钮就好了。人哪，都带按钮就好了，不是说话，也有别的。

她转头看着他，他的声音变得很陌生、缓慢、低沉，不像广播里那么青春明快了，这声音更适合夜间节目。

她说，我一直有个愿望，或者说幻想。有一天我到了教室，坐下来，不说话，学生也不说话，大家就这样一起沉默，一分钟、两分钟、四十分钟、四十五分钟，铃响了，所有的人一言不发，寂然散去。

没等他接话，她马上说，想想罢了，怎么可能，一大群人呢。说不说话，从来不是自己能决定的事。

她想象这个情景，坐在讲台上，一句话也不说，人们先是奇怪，等不了一会儿便开始鼓噪，场面失控，嘈嘈杂杂，大家盯着她看，用各种方法迫使她讲话，她往外跑，跑着跑着扭头一看，没跑全，还剩一套发音器官悬浮在空气里，一荡一荡的。她打了个冷战，连声说不可能不可能。

他说，想想就挺疯狂的。

是呀，疯狂。但每天都在想，走进教室前的一秒钟还在想。

应该想，哪能连想想都不行呢？不过，你擅长说话，你的课上得很老到，游刃有余。

她想起自己游刃有余的样子，那好像是另外一个人了，那个人或者说任何游刃有余之人的模样里，似乎都带着点无耻的意味。她点点头，又摇摇头，不知该回答些什么。看着山下校园星星点点的灯光，眼皮发沉，一阵困倦，疲惫感来了，窸窸窣窣地在全身蔓延。

回到家里，她躺倒在床上，想起陈乐的评价，只有苦笑。

当然，我擅长说话。一接近教学楼，该说的话就围拢过来，都往跟前挤，我伸出手来驱赶，让它们走远，它们不走，跟着进电梯出电梯，铃声一响，它们就兴奋地蹦蹦跳跳，把嘴顶开，翻滚而出。怎样活跃气氛，怎样拉近距离，哪里自嘲一下，哪里抛出符合年轻人趣味的笑点，以及如何应付出言不逊之人，如何化解突发情况，我太擅长了。我能调整出不同的面貌，在向学的班级上是个容易接近的形象，明朗可亲，授业解惑，到了某些班级，一脸漠然，习惯失望，不带感情仅止于完成任务地讲述，语流中时有问题抛出，然是自问自答根本无需回应的态度，这态度预先避免了冷场的尴尬和挫败，是习得的自保。冬季的下午，座位上趴倒一片，因自尊而发怒全无必要，到了节点就提醒一句，旋即沉默数秒，既是威慑，亦是等待，甚至哪堂课需要发一次脾气、说几句狠话，以期恢复对课堂的掌控，都有着精妙的把控。我深谙此道。

那快乐的部分呢？是从什么时候开始变了味？

说着说着，她还是会动情，动情的一刹那，忽然觉出来，太熟悉了。她怕自己再也感受不到动情的真正滋味了。她的陶醉和愉悦，都透着一股油滑。

程督导最后离开时脸上肌肉抽搐了一下。那抽搐像一道定格的闪电，明晃晃地照过来。一个非职业化的表情，多么真实和动人。什么东西裂开了，他分离了出来。

也许，她可以叫上陈乐，跟余家欣一起坐下来聊聊，她可以跟余家欣诚恳地说，课堂上讲的，是我能知道的、能理解的、能确定的最好的东西。

至少可以试一试。

下小雨，一道道纤细的水流沿着车窗玻璃淌下来。岭南的十一月份，天气并不冷，雨下得细密轻柔，倒有个秋雨的样子。这雨让她想起燕朵来。燕朵跟人说话，会看着对方的眼睛。燕朵对人的好，是一滴一滴地落在人身上，先濡湿一层皮儿，再缓缓地、绵绵不尽地往下渗润。

这周是傍晚的课，到了学校，时间还早。她先在校园里走了走，走到湖中心的亭子，坐下来，看着雨静静地落在湖面，看了一会儿，觉得很安心。

手机闹钟响了，看看表，快到点了。她这才想起，课前很少有这样的闲情逸致，总是急匆匆的，定不住神。她起身往教学楼方向走，远远地，看见陈乐在楼门口站着，他又穿那件蓝衬衣了。黄昏细雨，衣服的颜色看上去不像白天那么鲜明，她有些恍惚，早间节目里他妙语连珠，让人听着听着嘴角就浮现出笑意，课堂上，他是最沉默的蓝。

他迎上来，这节课，这节课你不用说话。

什么意思，谁来讲呢？

你不是有个愿望吗。

她停住脚步，说，不可能实现的那个？

谁说不可能，就这么几位同学。他眼睛亮闪闪的，他说，我一个一个找他们谈的。

怎么谈的？

他笑了，没使用技巧，你教的说话技巧，一点儿也没使用。我就照实说。

她愣住了，不可能。

怎么不可能？你给我们上十几周课了，要有信心啊，一堂课一堂课讲下来，多少能领悟一点的。

她心里一热，她从没想过改变谁，她只是希望，照耀过她的光也能照到别人身上。

他看着她，继续说，当然，有两位同学说不通，我答应补听课费。

余家欣呢？她问。

余家欣不让我补钱，就是嘟囔了几句，说沉什么默，在家沉默不行嘛，来这里沉默。

快到教室时，他忽然想起什么，说，很惊险，教室里有个新面孔，可能觉得快结课了要来听一次，把我急坏了。

那怎么办啊？

我告诉他，谢老师生病，课暂停一次。我不放心，看着他走的。

一时间，她不知道该怎样步入教室了，不敢进去，怯怯地站在门口。他说，我提醒过，不要过分关注你，就像做游戏嘛，成年人最该有自己的游戏了，我们一起完成一个游戏。

起先，她有点不自在，往下瞄了两眼，大家都低着头，忙自己的事情，没有人注视她。看看窗外，夜色混着秋雨，迷迷蒙蒙，再看看室内，灯光下一片缄默，跟自习室的安静不一样，这安静源自众人会意的专门的仪式。她手臂垂落，放慢呼吸，凝视着这个既奇幻又真切无比的场景，看见场景里的自己手臂垂落，放慢了呼吸。

寂静一点点加深，一点点伸展开去，深得看不见底，宽广得看不见边沿。紧绷的身体渐渐舒张，弦一根一根地松了，身体里冻僵的地方，袅袅升起热气，心底经年枯槁之处，正潺潺流过溪水，坚硬和瘀滞，软和了，散开了。她渐渐失去形迹，化进了深广无边的寂静里。

她想起有一年，在花店里遇到两支雪柳，褐色的枝条上开着稀疏清丽的小白花。店主说只有这几天才有，她犹犹豫豫，不知怎地，没有买。第二天再去，插雪柳的瓶子空了。后来，她再没见过雪柳。此刻坐在讲台上，她真心诚意地想念两支雪柳。

耳朵里空了，彻底空了。稍后，乐声从辽远的地方响起来。一首再熟悉不过的乐曲，她听了一遍，又听了一遍，怎么有风的声音？她细细地听，原来乐曲的末尾，有风吹过，一直都有风吹过。

两个劣质盆涎皮赖脸地现身，是买烟机时赠送的，不知不觉地，稀里糊涂地，用了好多年了。她想，每天用的东西呀，怎么就将就下去了呢。她决定明天就去买新的，质地厚实一些的，面目朴素一些的，别锃亮锃亮的跟镜子一样。

她看见寒冬天气砂锅里炖着玉竹、莲子和山药，她坐在灶台边看书，就像在煤球炉子边坐着一样。书上写什么不记得了，只记得火跟砂锅低声说了一下午心事。

无边无际的静默中，传来马的嘶叫声。照夜白的鬃毛根根直立，雪白的马身子从泛黄的纸页上隆起，肌肉在毛皮下一弹一弹的，接着马头一仰，前腿探出画纸，凌空一挣，四蹄腾空，朝着远处飞驰而去。再看看纸上，什么都没有了。

原载《十月》2018年第1期

点评

　　照夜白，即唐宗李隆基的坐骑，后韩干以此为题材作画，定名《照夜白》。谢梦锦的布包上即印有这幅古画。画中的照夜白虽被栓于木桩，被禁锢了自由，但它双目圆睁，昂首嘶鸣，渴望自由。历史中的照夜白以及韩干画中的照夜白，与小说中埋没于繁杂而程式化日常境遇中的谢梦锦，构成了一种有意味的隐喻关系。

　　对谢而言，"六年时间，上了4128节课"的经历，其中日复一日程式化的教学活动，以及督导活动中那些带有表演性的课堂教学，已让她萌生出一种规避程式化生活与秩序的强烈意愿。由此延伸，日常生活中那些冠冕堂皇的社交活动，或者那些被予以人为修饰和包装过的任何生活形式与内容，也一并让众多谢梦锦们心生厌烦。当然，这种规避与抵触并非有意识地主动为之的行为，而是一种潜移默化发生的非激烈、非极端精神与言行状态。这是当代人职业生涯中绝大部分人都遭遇到或体会到的但又无法说清楚的且无以摆脱的普遍遭际。这也不是那种极端焦虑乃至走向绝望的精神体验，而是介于惬意与痛苦、极端与平和之间的无可具体描述的中间态。作者充分体验、把握并以小说方式呈现了这样一种当代人的情绪状态，可视作是对当代生活与当代人精神状态之一种的慧心发现、智性表达或介入型文学实践。

　　小说语言也颇具特色。句子长短结合，错落有致，节奏感好；风

格纤细，雅致，近于婉约；表达精准，细致，有效，特别是对气味、声音等感官意识所做的通感式深描，以及对生活细节、细部的精准把握，在80后女作家群体中，都颇具代表性。

（张元珂）

午时三刻／

／朱　辉

　　少妇秦梦媞，年过三十，有一夫一女。她拥有一个幸福的童年，一个郁闷的少年，随后就进入了修正主义的成年。十八岁即算成年，那一年她考上了大学，一个普通大学的播音主持专业。她中学成绩一般，走偏门报了艺考，人家也就要了。秦梦媞姿色平平，相貌中等，脸型、眉眼、鼻子、嘴，均未臻上乘，摆在一起也就是个中人之姿。报到前她很纠结，很忐忑，因为想象中这是个美女如云、帅哥满眼的地方，不知道自己会不会无地自容。开学后同学到齐了，齐刷刷地坐下，她顿时矮了半截。不得不承认，真正的美女有好几个，相貌不如她的女生有，但寥寥无几；男生本来就少，但几乎个个堪称帅男，如此局面下，她断定这几个英俊男生将跟自己没有半毛钱关系。哪个男人的目光，不先被美女扯着走？不说男的，就是她这个女人，看着那些美女婷婷袅袅，微仰秀丽的小脸从面前经过，她也不由得多看几眼。是的，确实是多看几眼，而不是像某些男人那样只看一眼却一直盯着。她看一眼，觉得自惭，躲开目光；忍不住又看，看过以后更加羞愧，甚至愤恨。

　　婷婷袅袅不算什么，秦梦媞的身材也堪称优异。关键是脸，她假如走起路来也努力风摆杨柳，好看倒也好看，只可惜她的容貌压不住她的身姿，就是说，她的脸配不上她的身体。自惭是正常的，愤恨就有点复杂。人家的容貌是爹妈给的，上天赏的，又不是从你脸上抢过去的，恨人家只能在心里恨，其实站不住脚。准确地说，秦梦媞愤恨，愤怒的是她运气不好，恨的是她父母不给力。他们二人都相貌周正，母亲年轻时还是个美女，只生这么一个女儿，却未采取优选法，把两人的优点集中起来遗传。但秦梦媞是个受过高等教育的人，虽说播音主持专业有点"水"，但也算读过大学，她当然知道，这事怪不得父母，只能说运气不好。造人不是射击比赛，只能算举枪乱射，打不出好成绩再正常不过。小时候她是父母的掌上明珠，不谙世事，并不觉得自己长得不好看，所有的亲友也都夸她可爱。到了中学她就明白了，可爱不是漂亮，她也许可爱，但绝不漂亮。她宁愿从来没人说她可爱，但渴望有人夸她漂亮，哪怕只是客气，哪怕只是玩笑。但是他们不说，父母不说，老师同学也没人说。高二时有次班上一个女生迎面走来，看着她，"哇"一声，说"你今天真漂亮！"秦梦媞震惊，喜出望外，受宠若惊，几乎欢喜得要晕倒，要知道这个女同学是班花甚至校花，从来拿眼角看别人的。秦梦媞正手足无措，那班花接着道："你这裙子哪里买的？"秦梦媞傻了。她呆立在原地，说不出话，别人已经走远了。

秦梦媞躲到厕所里大哭一场，回家就把那件裙子脱下收了起来。这是她的耻辱，她的伤口，那裙子从此被打入冷宫，不说再穿，想起来心里都要痛的。她的少年时代是苦闷的，幸亏发育没有再忽略她。她抽条了，挺拔了，该有的都有，不见得比别人差。她音色好，朗诵课文悦耳动听，这一点还比别人强。于是她被选入了学校文工团，诗朗诵，唱歌，也有一席之地。虽说中学生不许化妆，但演出例外。只有化上浓妆她才觉得安心，觉得平等。她躲在浓妆后面，大声发出优美的声音，她满心欢喜，理想飞扬。然而，这只是生活之外的一幕戏，洗去铅华，她依然是个平常的女孩。声音好，你也不能只出声不露脸；声音再好，你也不能把声音收拢起来，变作艳光照人的脸。

事实上，她虽不漂亮，但并不能算难看，走在路上，就是个路人甲，跟惊艳不沾边，可也不至于吓人。但她不得不承认，所有电视台上的女主播，中央台那就不说了，省、市，哪个电视台的，其容貌确实都在她之上。她看着电视，挑剔人家的吐字发音，有时也忍不住挑剔一下别人的长相，但脑子里刚一想，就恍惚看见屏幕里那人手朝她一指，"喊，你看看你自己！"天啦，这还只是个县级台的啊！她如被电击，泪奔。

到大二，学姐们的就业信息开始流传了。故事很多，段子也不少，精彩纷呈，总结起来，颜值第一，声音第二，学业第三。这是摆在明面上的，其实有所偏颇——关系！怎么能忽略关系呢？即使长相略差，只要关系硬，当不了主播，可以当管主播的领导，比电视台更好的地方也不要太多了！可是，那些好的或更好的地方跟秦梦媞没有什么关系，因为她完全没有关系。她绕不过颜值、声音、学业这个排序。所幸上帝给你关上一扇门，同时会给你打开一扇窗。现在资讯发达，科技先进，一切皆有可能。一个高她一级的学姐，叫王晴的，为她指点迷津了。她们原先不很熟，王晴为她指路也不是靠语言，她是现身说法。暑假过后，秦梦媞遇到了王晴。她远远过来，远看是王晴；近一点，不是王晴；走到近前，依稀仿佛还是王晴。但是，她变了。一个暑假旧貌换新颜了。秦梦媞明白，她整容了。

这样的变化让秦梦媞震惊，羡慕，她心如惊鹿，心驰神往。整容她当然知道，甚至还上网查过。但一想到落在自己身上——不，脸上，她就火烫了似的跳开去。她怕。怕手术风险，怕别人笑话，也怕没钱。现在一个活生生的例子就摆在面前，榜样的力量是惊人的。她必须向王晴求经。她曲意接近，小心试探，目的是求教。不想王晴十分大方爽快，有问必答，没问到的也说，可谓倾囊相授。她说："某某，某某某也做过的，你没看出来？"这两人都是同系的，秦梦媞确实没在意。王晴轻晃自己整过的脸说："她们微整，效果一般。"又说："某冰冰，某璐也是整过的，十个明星九个整，还有一个在外面等！这是我的主刀医生告诉我的。"她这番话展示了整容的普遍性。接下来她又阐述了手术的安全性，"打一针，全麻；睡一觉，好了。"王晴的腔调带点口音，整容整不掉这个，就声音而言，秦梦媞足可以自信，她小心地问："醒过来后，不疼吗？"王晴说："疼啊！但也没见哪个疼死了啦。我这不好好地回来了吗？"她在自己脸颊上轻弹一指说："疼，值得。我感觉良好。"

秦梦媞是很自爱的。想到那一针麻醉下去，她的生命要就此消失几小时，说不定还醒不过来就此终结，她觉得恐怖。但王晴打消了她的一切顾虑。一个不美丽的人生，失去知觉几小时，算损失吗？哪怕就此死了，不也是带着美丽的希望死的？这才是真正的安乐死啊！明知山有虎，偏向虎山行。舍不得孩子套不着狼。舍得一身剐，敢把皇帝拉下马。风雨过后是彩虹。还有句话怎么说的？我要扼住命运的咽喉！谁说的？不记得，但很得劲儿。扼住命运的咽喉，对她而言，不是要去掐谁的脖子，而是自己去接受麻醉，把脸交给科学。总而言之，她，秦梦媞，一个相貌平庸的女人，一个不甘心被命运捉弄的人，决定去做整容了。

这是三年级的暑假。她求职前的最后一个暑假，也是最后的机会。

要整容，秦梦媞首先要跟父母打个招呼。毕竟是手术，不得到父母同意说不过去。更重要的是钱，她没有钱，父母不支持她就做不成。她家是个小康人家，这笔钱不成问题。问题是，他们会不会同意。

秦梦媞原本忐忑，但也还乐观。她并不是生病，她很健康，这种手术父母大可不必担心。她这是改良，是往好处做，向漂亮挺近。谁不愿意女儿更漂亮呢？哪个父母不希望女儿有个更美好的前程呢？况且父亲是中医，母亲是护士，虽都已退休，但都是懂科学的人，他们的医院里就有整形外科，早就该见怪不怪了，秦梦媞相信，他们肯定能坦然面对，甚至欣然接受。

她在心里做足了功课，就业形势和王晴的榜样都将是她的论据。她在家的前半程一如往常，无非是围桌吃饭，收拾碗筷，拉拉家常，其乐融融，但后半程风向却悄然生变。秦梦媞看看双亲，父亲清癯挺拔，母亲矮胖，但都有一张不难看的脸。他们坐在沙发上看电视，秦梦媞捏着遥控器把音量调小了，小到听不清，只成了个背景。老人并未在意。父亲说："你妈嫌你吃得少，我看也是。你气色不好。"母亲说："你身材够好，不要减肥的。营养很重要。你随你爸，怎么吃也不会胖的。"墙上挂着早年的全家福，年轻时的父母，简直是人中龙凤。秦梦媞突然无名火起，她举起手机，用黑屏当镜子看看自己，平静地说："我不是气色不好，我是脸不好。我要去整容。"

为了郑重，这句话她半端着播音腔。吐字准确，发音清晰。父母的反应是惊诧，疑问和反对接踵而至，川流不息。秦梦媞索性丢弃修饰，轻装上阵了。还是用真嗓子舒服啊，小时候她就伶牙俐齿，只是在懂事后她的口才被相貌压抑，这会儿触及关键问题，她的潜能被激发了。她时而言辞激烈，时而款款软语，时而抹泪沉默，但态度始终坚决如一。

你来我往无数个回合，母亲的态度率先起了变化。事实上，从一开始，她的态度就不那么激烈。她的反对其实是顺从，是护士对医生的服从，妻子对丈夫的附和。渐渐地，不知在哪里一转，两方对垒变成了三岔口，母亲的态度变得含混暧昧了，终于她轻声说："哎，女儿，你倒是早就该做了！"这是暂时冷场中的一句话，特别刺耳，母亲自觉失言，连忙又说："我是说，要做就应该早点做，高中毕业就做，那个假期多长。"这已经进入了操作层面，她试图用技术性的话给前面的话涂点粉霜，但为时已晚。"你早该做了！"有这么说女儿的吗？太伤人了，剜心啊！但秦梦媞时刻没有忘记，她此行的目的是说服父母，所以她不能节外生枝，她必须忍，至少母亲的话表明了她的同意，对一个同意自己的人，不能再计较语气。秦梦媞皱着眉不说话，倒是父亲勃然大怒。他霍地站起，戟指母亲喝道："你这什么意思？有话你就直说，不要吞吞吐吐！"母亲板着脸不吱声。父亲简直像被伤到痛处，继续痛斥："说话不要遮遮掩掩，鬼鬼祟祟。有话就说，有屁就放！"母亲猛吸一口气，像要顶嘴，突然又泄了，紧闭双唇不作声，连眼睛都闭上了。秦梦媞冲父亲使劲摇摇手，阻止他说话，柔声道："我只是去整个容，在脸上修改一下。又不是整了就不是你们的女儿了。"母亲头垂在沙发背上，动也不动，鼻子哼一声。父亲说："我反正不同意。"秦梦媞耐心地继续道："爸，我这也是治病。我治的是丑。"父亲说："你丑吗？你不丑！我看还蛮漂亮！"秦梦媞苦笑道："那只是你的看法。说不定还言不由衷。"父亲说："你要治的是心病。"秦梦媞道："我就是治心病。不整容我的心病治不好。"父亲说："心病动刀没用的。心病还要心药治。这个我比你懂。"这绕来绕去，又绕到医学上来了，看似理性科学，其实问题无解。这样下去如何是个了局？秦梦媞已经忍无可忍，她抓起电视遥控器，瞎按着频道。一个个美女，全是美女，烦！她把遥控器往沙发上一扔，遥控器弹起老高，啪地掉到地上，摔成了两半，盖子掉下来了。她不去捡，站起身说："爸，妈。"她手指电视机："如果这电视送到家里就是坏的，你会怎么办？"父母错愕，说不出话。秦梦媞去把遥控器捡起，慢慢按上后盖，柔声说："你们肯定要退掉。厂家肯定要返修。我，就相当于是个次品，我现在提出的，就是返修。我没有钱，手术费你们要支持。"她把遥控器往桌上一扔，开门走了。

父亲母亲瞪大了眼睛，面面相觑。他们听懂了：他们出产了残次品，用户现在提出返修，他们必须出钱。道理是通的，但这残次品是个人，是女儿啊，怎么听来都不是味儿。做父亲的看看老伴，做母亲的大怒，在沙发上挺直了身子，斥道："看我干啥？！她走了，你还不去看看！"

秦梦媞径直回了学校，也不接父母电话。第二天，五万块钱打到了她卡上。

她最后那一番话，真是蛮伤人的，当然也可以理解成效果特别好，因为钱毕竟是要到了。那句话完全在计划之外，也不知道怎么的，嘴一张就冲出去了。究其原因，还是她此前有过这个意识。具体说，就是那个"返修"意识。再深挖，这样的意识其实也不是她自己想起来的，是同学说起过类似的意思。她在向整容前辈王晴求教后，也曾听到过同学们的议论。总之，面对一张突然变美的脸，说什么的都有。其中一个天然美女，就曾得意洋洋地说："我不要整。嘿嘿。"她这嘿嘿一笑后面，自然跟着同学几句艳羡和赞美，她顺势继续自赞："我妈妈肚子就是整容医院，我整好了才出来的！"这话太牛逼了，赞到根子里去了，直逼DNA，进入了细胞学水平。秦梦媞当时十分气愤，但无言以对。这话虽嚣张，四面带刀，但被伤害了的秦梦媞却显然记住了她这句话。正如伤口很难长平，却总是会凸起，秦梦媞被她的话伤到了，却越发坚定了整容的决心。不让整，她简直活不下去，她会去死。

这下她不要去死了。希望就在前面，她只需要暂时"死"一下，麻醉一下。正如此前所说，不美丽的人生"死"去几小时算得了什么？真死了也就是个一了百了！这是一种大无畏的精神，怀揣着这样的精神她去咨询交流，去敲定蓝图，去挨刀去恢复，一切都不在话下。因为钱充足，秦梦媞去了韩国，父母不放心，借旅游之名前去陪护。绷带拆下的那一刻，红，肿。终于恢复了，一家人查看新产品，检验"返修"的质量。父母看着她，她看着镜子。哈哈，镜子真是个伟大的发明啊！如果没有镜子，父母说好说丑，岂能当真？同学众说纷纭，你能相信？可镜子不会骗你。镜子里的秦梦媞似曾相识又大变其貌，改进了，美化了，精致了，有层次了。这么说吧，她现在的相貌，就是冰冰加上她的原貌除以二，冰冰一百分，她达到了50以上。所谓颜值，就是这么量化的。她虽还说不上完美，冰冰才完美，但突破50分，就基本可称漂亮了。漂亮的秦梦媞虽然还没有完全称心如意，但大可以直面人生了。

但现实似乎并没有她想象的那么顺心。她可以改相貌，但现实更在大踏步改变，就是说，就业形势越发严峻，她这个行当，找个称心如意的工作更加不易了。进入四年级，眼看着同学们有的签了大电视台的小主持，或者是小台的大主持，也有去电视台当出镜记者的，也有到电台的，五花八门，有高有低，找到工作的或喜气洋洋，或无奈接受。秦梦媞呢，高的里面没有她，低的她也不愿去。她明白，有一些同学并不对外泄露就业情况，其原因无非是岗位特别高级，高级得让人觉得神秘莫测，索性讳莫如深；另一些就可怜了，没人要，或者是要去的地方实在说不出口，譬如网络主播之类，就是在网络房间又唱又扭的那种，名声实在不大好，只能不提。这些工作林林总总，高低云泥，跟个人素质有点关系，跟各人的社会关系倒更有关系，跟相貌也不能说完全没有关系——如果没有关系，秦梦媞花的钱，吃的苦，岂不都白瞎了？那也太逆天理了，也太让人伤心了！她在脸上东描西画，在城里东跑西颠，最后她也找到工作了：到电台，签的是记者、编辑。但他们有允诺，说你这个条件，锻炼一下当主播希望很大。

"希望很大"，秦梦媞理解成允诺，实际上只是个展望。类似于驴子前面的水果，你一直走，可就是吃不到。她也真是一直在走啊，除了上下班，她几乎每天都要外出，这个城市每天发生无数的新闻，她要去现场。她觉得在这个台，她永远只能在路上跑，跑，跑到退休，跑到老。这个台号称是城市交通广播电台，后来她发现，不是的，是号称，其实是一家区电台，用区电台的名目才能申请一个频段。如果不是上面有一次整顿，所有什么交通电台、文艺电台、新闻电台突然一齐停播三天，她这个小记者永远不可能知道真相。可知道了又能怎么样呢？薪水不高，但也可以养活自己，"高就"在哪里，她眼前茫茫看不到。有段时间，她一直期待一件事发生，她等待着那几个坐在直播位子上的女主播突然生病，台里求她火线顶班，可这几个女人虽然长相还不如现在的她，却人人拥有金刚不坏之身，连个感冒发烧都不来光顾。不生病，哪怕来个车祸呢？可等来等去，车祸也不肯出来帮忙。倒是秦梦媞自己，有一次出现场，倒被一辆骑反道的电瓶车撞了个正着，倒在地上号啕大哭。

不是真的那么疼。裙子摔破了，有点皮肉伤，并未伤筋动骨，可她不知怎么的，悲从中来，放声大哭。她刚才采访的是一家整形医院，就是她爸退休前那家医院的附属医院，一个女孩整形失败，做双眼皮，两只眼睛整成了大小眼，不得不始终保持睁只眼闭只眼的人生态度，就来医院闹。

围观者众。秦梦媞采访时心有戚戚，百感交集，庆幸自己运气不差，在评点时她秉持了理性和客观，劝告听众整容有风险，选择要谨慎。不想刚通过手机与台里连过线，自己就挨了一撞，而且那人还跑了。脸没伤，手机摔坏了台里会补偿，但秦梦媞此刻已是万感交集，脑子里一团乱麻。但有个念头十分明确：不能再干了！她必须离开！没有高就，未必就一定是低就。至少她的相貌化过妆后颇为上镜，她的声音依然出众。

可声音出众又有什么用呢？颜值也不过刚超过50分，即使加上窈窕的身姿，也就刚及格而已——必须说明一下，这个分数是秦梦媞的自评，难免过苛，客观地说，她整容后基本可称秀丽，但在这个美女如云的时代，相貌平庸这个帽子还是摘不掉。她出现场时使用的也是最平庸的装备：电动车加所谓直播连线的手机。手机摔坏了，车子还能骑，只是到处乱响，未到电台那栋破楼，还趴窝了。后来遇到个同事，管设备的黑潘，他正好外出，就把她捎上了。

汽车在前进，街景在移动。秦梦媞羞愤难当。此后的两年多，她注定就要这么一路羞愤下去。工作换过几个，但都做不长。最靠谱的，是一家国企的展览馆解说员，至少也算是发挥专长了。这是她目前的工作，身穿制服，薄施粉黛，手里捏个激光笔，领着来宾从进口入，出口出。展览馆蜿蜒如肠道，秦梦媞觉得自己每天都从食物变成了粪便。大量的时间也是闲着的，同伴们都在值班室看电视，秦梦媞能不看就不看。这也难怪，她每天就是那一套说辞，说得自己心里冷笑，可电视上，她的同学，整过容的王晴和那个天然美女，一个在省台，一个在卫视，人家国家大事尽在嘴中，城市新闻侃侃而谈，在普通人眼里，艳丽而凛然，都具有了某种权威性。当年，谁不知道谁啊？可是，现在谁还知道她秦梦媞呢？不过好消息也是有的，那就是王晴突然从电视上消失了！不见了！秦梦媞偷笑。可悄悄一打听，原来人家是生孩子去了，几个月后果然复职，还越发靓丽。天然美女不久也消失了，这次秦梦媞不再打听，可消息自会飞过来找她，这消息是：天然美女嫁人了，嫁了个老头。秦梦媞还没来得及幸灾乐祸，消息的后半段又来了：人家嫁的人是个亿万富翁，才不到50岁。她们凭什么如此风光，如此顺遂？还不就凭脸！真要脱下来比，秦梦媞必胜。可问题是，总不能见人就脱衣吧？

秦梦媞舍得在衣装上花钱。钱不够，父母自愿不自愿地支持不少。当然，更重要的还是脸。她换过的几份工作，最不济的是在商场当导购，现在能做解说员，已算是止跌回升，可离她的理想还相差甚远。换工作有什么用？如果能像聊斋里那样，能换头多好。摘下旧头，抬腿一脚，滚——可天下哪有这等好事呢？她只能继续在旧貌上修补，又去过一次韩国。她愿意彻底翻新，推倒重来，她情愿吃这个苦花这个钱，可医生跟她说：治大国如烹小鲜——这句话他说的是汉语——他说这个急不得，病人必须懂得手术的局限性，这是一；第二，她必须处于一个良好的心理状态下才能手术，任何操之过急或期望过高都不适宜动大手术。一席话说得秦梦媞无计可施。他拿腔拿调的那句汉语，没有增强说服力，倒让秦梦媞心生狐疑，怀疑他是同胞冒充的，让他大动干戈怎能放心？结果是，她只做了一次微整，顺便对以前做过的地方做了适当保养更新。

　　自从她整容，家里的气氛就变了，有点诡异。当着女儿，父母之间的争吵十分节制，他们之间有多少追忆、埋怨和后悔，悉数屏蔽着女儿。这第二次去韩国，临行前的劝阻照例失败，天要下雨娘要嫁人，女儿要整容，只能随她去。母亲抓着她的手，还曾试图做最后的努力，她夸张地端详着女儿，上一眼下一眼，左一眼右一眼，啧啧赞道："你这么好看了，漂亮啊，何必再去受那个二茬罪？"秦梦媞说："我不觉得我漂亮。如果效果不好，我还愿意去受三茬罪！"父亲道："真的比假的好。年轻比什么不好啊！"秦梦媞呛他道："年轻好，年轻有什么好！如果年轻不漂亮，我宁愿不年轻。"她看看母亲："我宁愿像你现在这么老，再也没人计较你漂亮不漂亮。"父亲哑着嗓子问："你就这么讨厌你自己吗？"秦梦媞叫道："讨厌！我什么都讨厌！"她没有说出更难听的来，但她射过来的眼神，明确宣布她厌恶她的父母。

　　说话间她父亲接到一个电话。是卖血糖仪的。网络推销。对方那女的语气亲热，一口一个叔叔，声音如莺歌燕鸣，一听就受过训练，秦梦媞立即就产生专业性的耳熟。待父亲放下电话，她冷笑道："这是我的一个同学，我听出来了。长得丑，就只能干这个。"父母语塞。他们只能用不再陪她去韩国，表明自己的态度。自从女儿毕业工作了，他们更在意的是她的婚事。可她还要继续在脸上动手脚，让他们连催婚都很少能下嘴。

　　到机场接送都是那个黑潘的事。他积极主动，秦梦媞也就顺水推舟。

黑潘长得黑胖，姓潘，因此得名。本来整容这么私密的事，不该让那黑潘介入，但秦梦媞掂量过，自己对他具有压倒性的优势，也就顺其自然。公允地说，那黑潘当时还不那么胖，说是魁梧也可以。哪曾想，他结婚后竟吹气似的又肥了一圈，人家放大一圈还能把黑色素撑稀一点，白一点，他可好，更加黑，头上脸上起油光。大概是顶上脂肪外溢，把头发顶掉了一小半。秦梦媞以前哪能想到会跟这个人结婚呢？她是经常坐他的车，第一次是她采访摔伤后搭他的顺风车，哪里想到这车开啊开的，一直开到她家楼下，把她直接接到婚礼上去了。开到婚礼现场前的某一天，他先载着她开到了宾馆，把她弄上了床。第二次从韩国回来后，父母的催婚更频繁，像是生怕这个相貌平庸的女儿窝在手上，剩在家里。她不得不穿梭相亲。这正如找工作，她挑人家，人家也挑她。她见了觉得恶心的倒还继续来电话，稍微顺眼心动的，一律没有下文。她终于受够了，大哭一场，大醉一场，买单时钱包又被偷了，于是黑潘赶来结账，然后就到宾馆去了。

没料到黑潘原来还粗鲁。胖猪终于露出了獠牙，是野猪。最大的特点是嘴狠，不饶人，优点是他一般不打人。急了才打。问题是秦梦媞本身就伶牙俐齿，胸中常年有不平之气，如此一来挨打就是难免的了。黑潘手很巧，精通各类电器结构，哪里是要害，哪里无关大局，他清楚得很。他动起手来也很有数，就秦梦媞这个击打对象而言，脸上是动不得的，人工装置，比较娇贵，太容易打歪打坏，除非他要把这张脸弄得一塌糊涂，他决不朝那里动一指头。打人不打脸，这一点他恪守，但伤人不伤心这句话，他才不管。他不打脸，那是为他自己。脸打坏了，只要这女人还是他老婆，他肯定要出钱去修。秦梦媞总结出他拳头的套路，有时故意把自己的脸当盾牌使，快速用脸凑上去，抵挡他的拳头。他立即收手，拳头绕行，动作十分夸张，这种夸张本身就是一种强调，一种侮辱，说的是你这假脸咱动不起。在动手前的动嘴阶段，秦梦媞曾威胁他："你再这样我就不客气了！"黑潘说："不客气就不客气，有什么了不起！"他嘿嘿冷笑："大不了你卸妆了吓我。"这猪头，这是一刀毙命啊！

还又懒，不思进取。因为老电台员工有事业编制，他打定主意，混吃长胖等死。他何时死，秦梦媞并不在乎，但这个胖她实在承受不起——是承受，这个词没有用错。难以避免硬着头皮的夫妻房事，她不得不硬着肚皮，硬着身体的所有肌肉，否则两百斤的肉压下来，谁吃得消？这两百斤还不是纯肉，是带骨猪肉，胳臂又没劲，这就是个时刻置别人于危险之中的局面。好吧，这个就不说了，换换体位也可以，问题是一寸瞟一寸短，再这么胖下去，他那东西怕就永远只能在肥肉里藏拙了。

秦梦媞心里苦。有苦无处说，只能选择性地跟父母诉诉苦。命不好，生下来就落实在脸上了。黑潘的私生活她懒得管，想来他也没那个本钱。但她自己又有多少本钱呢？年龄渐大，女儿也生出来了，就她这副长相，有了外心也难得个称心如意的外遇。她有行动，但露水因缘，一夜情不难，两夜也有过，这大概还借助了她丰美的身体，可三夜四夜乃至长久，事实已证明很难。她现在懂得骑驴找马了，当年她一气之下辞职，没有先找下家，就吃了不少苦，现在她决定暂时在婚姻里待着，至少下次整容的钱，黑潘有义务分担。

女儿是不期而至的。与她的奢望相反，与科学原理相符，女儿不好看，简直难看。

秦梦媞的一夫一女，丈夫黑丑，女儿嫩丑，这就是现状。都说女大十八变，但据她的经验，女儿变美的可能性几乎为零。回想一个丑女孩的郁闷痛苦，想到一个丑女人的人生艰难，秦梦媞心中哀痛，难以自拔。她听说过隔代遗传，就是说祖辈可能把基因隔一代遗传到孙辈身上，她父母年轻时堪称英俊美丽，跳过她也就算了，如果能让女儿得益，也算是优质遗产。但遗产没有，全是债务。黑潘又太丑。女儿就是个小黑胖子，连胃口都和他一样大，活脱脱是黑潘的缩小版。这简直令人绝望。

没结婚前，她曾经在心里埋怨父母做事潦草，敷衍了事，结果生出她这么个丑女儿。等她自己生女儿了，她才知道这事不那么简单。黑潘虽懒，倒还疼女儿，有时被她抱怨得烦了，说："你这么嫌她，有本事你把她塞回去！"这话还罢了，后面的就粗俗了："知道你这样，我当时还不如把她射到墙上去！"秦梦媞冷笑："你有那个本事吗？你哑火，打出来的也是臭子儿！"近墨者黑，跟着黑潘她的话也越来越狠，越来越黑。父母没有把美丽传给她，她和黑潘倒一股脑地把丑陋加到女儿身上，这真是命。秦梦媞一贯不认命。就在这时，她接到了一个电话，是国际电话，韩国那个医院打来的。他们说现在技术有了进步，他们又引进了一个真正顶级的主刀，她期望的根本性的改观，现在可以实施了。

她稍作犹豫。所费不赀是个问题，但家庭开支就是个塑身内衣，该挤的挤挤，该凸的就能凸。她决定最后一次对自己大动干戈，削骨。将大脸变小，下巴削尖，把颧骨磨平。所谓削尖脑袋，说的就是这个了。说一点不怕，那是假装的，但单位的某种态势强化了她的决心。展览馆隶属大型国企，但她一直是个合同制身份，前不久领导放出话来，明年要提拔一个展览馆副馆长，当了副馆长，就有可能转成事业编——这一步，天壤之别啊。好几个姑娘已经往上贴了。她们的姿色不在秦梦媞之下，即使她整过两次容，也只能打个平手。她的优势是身材好，呻吟好——不不，打错字了，是声音好。不过呻吟好也说得通，但这个"好"要到关键时候才能展示；可恨现在正值深秋入冬，哪怕你甘愿感冒发烧乃至肺炎，好身材也难以尽情施放。最好的手段无疑还是整容，据说有希望达到冰冰的七成乃至八成。据她研究体察，男人大多迟疑跟"假女人"结婚，但他们决不介意跟"假女人"露水。领导知道她秦梦媞去整了容，说不定还特别感动呢！想到这里，秦梦媞浑身充满了力量，手术需要请假的难题也迎刃而解了。跟领导直说呗。

剩下的事就是告知家人。父母若能分担经费更好，不分担也拉倒。秦梦媞觉得黑潘没理由反对。她当然不能明说她整容是为了讨好领导，但其实对黑潘最具压倒性的理由还正与此相关：如果黑潘的家里有背景，副馆长那就是手到拈来；哪怕他父亲只是一个不那么大的官，正好掌握着提拔权，一切不也水到渠成？手握提拔权的公公，总不会给儿子戴绿帽子吧？所以问题还是出在黑潘自己身上，他根本没资格反对。

可黑胖还就反对了。反对无效，他就去岳父家提告。父母一个电话接一个电话，把女儿一家催去了。父母弄了一大桌菜，因为那天据说是她生日——这话有点怪怪的，生日为什么要"据说"？可秦梦媞就是这么看待这一天的。一个人何时出生，她完全不知道，还不是听父母说？就是个"据说"。小时候父母带她去北京故宫玩，在"钟表馆"，琳琅满目的钟，时间却看不懂。墙上有介绍，她字认不全，父亲告诉她，什么是一天十二个时辰，什么是午时三刻。她就是午时三刻生的，相当于现在的十二点四十五分。她母亲对丈夫掉书袋很不耐烦，说记得哪一天就行了，午时三刻，喊！对母亲这一"喊"，秦梦媞长大后才明白了是什么意思，原来午时三刻是古时候杀人的时刻。这个她不在乎。自从懂得对自己的长相不满，她对生日就很轻慢。

家里的房子在老小区，车要停在一站开外再步行回去。街上很乱，小贩穿梭，一家挨一家的店面都在促销，"亲爱的市民朋友们，为了搞活市场盘活资金，本店大促销，让利于民，外贸产品，一律五折！走过路过不能错过……"这种专业性的播音腔，打了岂止五折啊？秦梦媞心中焦躁，拉着女儿的手，快步往前走。她家楼下站着一个推车的小贩，突然举起手里的喇叭，一阵音乐，然后一个女声扬声说："酒酿！桂花酒酿！"秦梦媞小时候卖酒酿的还是小贩自己喊，土话难懂，她一直误以为是"九娘""卖桂花九娘"，现在喇叭里，侃侃解说起酒酿的历史传说了。看出女儿馋，秦梦媞买了两个。正要上楼，母亲也端着碗下来了，她是买给秦梦媞吃的。秦梦媞阻止母亲再买，那小贩有点失望。他胡子拉碴，面容愁苦，一般来说，这正是教育女儿认真读书的好教材，但秦梦媞今天没有借题发挥。这些吆喝声对她的人生正是个讽刺。她已不再年少，再往下滑溜，有朝一日帮人家录这种声音，以此打打零工也不是完全不可能。她带来了一张照片，是韩国发过来的虚拟照，约等于几个冰冰的综合体。这本是说服家人的好材料，但除了女儿，家人们毫无兴趣，多看一眼都不肯。

这已经是亮出态度了。午饭后，吃生日蛋糕。女儿玩着切蛋糕的塑料刀叉，跑东跑西，其他人都坐下来，摆出了开会的架势，但谁都不愿意起头。女儿觉得奇怪，看看这个，看看那个。奶奶把她拉过去，擦掉她脸上的奶油。秦梦媞觉得，奶油不擦掉，女儿还喜气好看一些。父亲把秦梦媞的手拉过去，右手轻轻地搭在上面。"还好。"他端详一下女儿说，"我看你这次不要再去了，我不觉得'她'这样就好看。"他说的"她"，当然是茶几上的虚拟照。"我们中医讲究望闻问切，'她'这种脸，我什么也望不出。"

黑潘忍不住插话说："假的嘛！皮笑肉不笑。"他光说这一句也就罢了，可说得嘴滑，又接一句："硬笑也是笑里藏刀。"秦梦媞脸黑下来了，黑潘继续说："笑里藏了手术刀。"

秦梦媞忍住。忍字头上一把刀，她不发作。女儿好奇了，使劲挤出个笑脸说："笑里怎么藏个刀呢？"她摸着自己的脸问："刀在哪里啊？"奶奶连忙笑道："你爸爸说的不是你，是'她'。"女儿跑去摸那张照片。黑潘说："那是假的。"秦梦媞冷笑道："是，'她'是假的，我们都假，只有你是真的。你丑是真的！"

黑潘霍地站起，差点开骂。他讪讪地去抱起女儿："我们到楼下玩。"女儿在他肩头问："爷爷，什么是整容？"黑潘说："整容就是用刀子在脸上划！"女儿吓得一怔，手里的塑料刀掉在地上。黑潘抬脚把刀踢开，扛着女儿出去了。

提前离开的人，常常是现成的话题。秦梦媞说："你们看看，这是什么男人！百里挑一！"母亲说："你自己找的。漂亮也不能当饭吃。"秦梦媞顶道："可我看着他吃不下饭。"这其实又跑题了。他们只在虚拟的"她"和黑潘身上打转，一直避闪着真正的标的。秦梦媞决定敞开心扉，不再绕弯。她滔滔不绝，侃侃而论。她不再说服，只是在倾诉。准确地说她是在陈述。父母偶尔反击一句，立即被她的话语覆盖。她的幽怨，哀伤和不甘，依附强大的逻辑，滚滚而下，无可阻挡，父母如立湍流，摇摇欲倒——即使他们还没有瘫倒，但坐在沙发上也早已直不起腰，抬不起头。秦梦媞刚说过丈夫，又说起女儿，她说她的女儿难看，丑，这她没有办法，她唯有自责，满心内疚。她如果早一点懂事，早一点去整容，她的女儿一定要漂亮得多，绝对不会这么丑——她举手阻止父母的反驳，说自己脑子没有乱——她说她如果早一点下决心，早一点完成修整，变得花容月貌，一定会有无数俊男帅哥前来求亲，她一定会帅中选优，选一个优质的男人成婚，绝不可能落在一个猪头的手心。虽然整出的美貌不能遗传，但俊朗的父亲生不出猪头的女儿——父亲浑身一震，张口结舌，秦梦媞不予理会，继续道：女儿这么丑，她这做妈的看在眼里疼在心上，女儿今后必然也要整容，否则她如何成家，如何立业？想起自己一路走来的辛酸坎坷，她椎心泣血，痛不欲生。女儿的整容要早，一等发育定型了就要做，不能偷懒怕疼，不能怕花钱，这种成本比什么都值！女儿找到漂亮的男人，他们的血脉才能改良，后代才能变得漂亮——秦梦媞捏起那张虚拟照，挡在自己脸上，轻声说：我就再做一次，最后一次。我将会变成这样。

正午的阳光射进窗户，落在她脸部，呈一片漫射的白光。此时大概是午时三刻，三十二年前的此刻她降临人世，秦梦媞看看桌上狼藉的生日蛋糕，坚定地说："我要新生。"这话说出来，顿时觉得轻松。母亲看着她，满脸惊骇。父亲蔫头耷脑，肩膀随着呼吸一耸一缩的。母亲突然一声惊呼，跑过去晃晃丈夫的脑袋："你怎么啦？怎么啦？"父亲抬起头，色如死灰，但是他说："我有数。没有事。"秦梦媞心里掠过一丝后悔，她不该回来的。她又不是赴死，人家自杀都不要父母同意的，她何必回来多此一举？母亲脸色也难看。秦梦媞道："爸你还是老中医哩，也没见你和妈身体有多好。"这话是为了表达关心，但话还是有点硬，于是笑道："爸，你们自己可得多保重。你如果不寿比南山，我可要笑话你是电线杆子上瞎贴的老中医啰。"她调皮地伸伸舌头。母亲的目光像刀子一样划过，说："我们保重。你该走了。"

一个多月后，还是在这里，父母家的客厅，秦梦媞面对母亲。她脸上，手术后的肿胀尚未消退，暂时还看不出日后的姿容。母亲说："现在，有件事，我必须告诉你了。"秦梦媞疑惑，侧耳倾听。

"你并不是我亲生的。"秦梦媞浑身一震。母亲说："你不是我亲生的，你爸却是你的亲生父亲。我不能生育，可我们又那么喜欢孩子，你爸和我商量了，去医院抱一个孩子。"秦梦媞瞪大了眼睛，眼角欲裂，她疼得抽一口凉气。母亲说："后来我知道了，他和别人生了你。而且，我知道了那个女人是谁。"秦梦媞说："妈你胡说！你骗我！"秦梦媞想从母亲脸上看出哪怕一丝伪装，可母亲面无表情。她听见身后，父亲说："她没骗你。"她倏然转身，父亲的照片挂在墙上，围着黑纱，他淡然微笑，亲切地看着自己。

母亲侧脸看看墙上的丈夫，说："你的母亲已经死了。得病死的。那时候你小，现在可以告诉你了。"她艰难地站起身，对着墙上的照片说："你叮嘱我告诉她。我现在说完了。"她背对秦梦媞说："你说你爸是电线杆上的老中医，你说中了，他挂起来了。"

秦梦媞呆立。欲哭无泪，这倒无意中符合了医生的医嘱：不能流泪。她亲生父亲走了，生身母亲也早已不在，所有那些她曾厌憎的基因已经失了来路。她一时不知身在何处。"你说你爸还是没有说准，他不是挂到电线杆上，他是挂墙上了。"母亲在边上说，"相信你说你自己，能说得更准；相信你对自己的预期，都能实现。"母亲直愣愣地注视她，脸上泛出凛冽怪异的笑意："但愿你心想事成。"

原载《作家》2018年第1期

点评

对女人这个群体而言，基因遗传、天生丽质者毕竟少数，稍有缺陷或拥有中人之姿乃主流，而且有些基因缺陷无法改变。爱美是每个女孩的天性——现代美容医学的确也圆了很多少女这一凤愿——受此诱惑，成家后的少妇秦梦媞走上了手术美容之路，但理想与实践往往存在巨大距离，秦梦媞的美容之路并非一帆风顺。父母的不理解、丈夫的凌辱、事业上的处处碰壁，再加之来自自身的挥之不去的心理自残，实际上让这位少妇始终身陷精神煎熬之中。文末"午时三刻"时的那句"我要新生"的自语更像是生命寓言，为小说增添了浓浓的冷色调。

从对美的渴望到对美的自塑，作为一个女人正常的身心诉求，再正常不过了；然而，从对美的自塑到失败，作为非常态诉求，则往往会导向人生的悲剧。这不仅是一个人的悲剧，也是一个时代的悲剧。我们知道，在消费社会，消费文化全面而深入地影响着人们的日常生活和思维方式。其中，仿像式消费及其文化成为这时代最为显著的现象，即符号（象征物）取代本源或本质成为人们体验与认知某一"真实"的媒介，并以此确立个体在情感、思维和审美上的以幻为真、以幻为美的实践方法和逻辑，而原本的"真实"被完全放逐或变得不那么重要了。秦梦媞对"美"的渴慕与追求即典型例子。她追求美，这没错，但他的追求是"仿像"的、虚幻不真实的，因而注定是悲剧的。因此，小说通过对秦梦媞美容之路及其遭际的书写，呈现了绵延当代社会的仿像式消费景观和现代心理之一种，因而是有深度的写作。关于这一现象和主题，陕西青年作家杨则纬创作的短篇小说《花里》与《午时三刻》类似，读者朋友们可对照着阅读。

像"造人不是射击比赛，只能算举枪乱射，打不出好成绩再正常不过。""他们出产了残次品，用户现在提出返修，他们必须出钱。""我妈妈肚子就是整容医院，我整好了才出来！"这类富有理趣的句子，都值得细加玩味。

（张元珂）

吃苦桃子的人

晓 苏

1

一辆运苹果的卡车，开到油菜坡脚下突然坏了。车上除了司机，还有一个搭伴儿的女人。这年头，跑长途运输的司机，都喜欢找个女人搭伴儿。搭伴儿的女人被叫作车花，一般都比较年轻，有几分姿色，多少还有些风流。

司机从车上跳下来，很快打开了引擎盖，开始埋头检查。车花也跟着下了车，一下来就伸了个懒腰。她说不上太漂亮，脸上有几颗碎斑，像几粒黑芝麻。不过，她的身材挺好，属于胸大腰细那种。司机四十多岁的样子，看上去很老练，没用多久便找到了毛病。

糟糕，发动机坏了！司机说。

车花赶紧走拢去，焦急地问，能修好吗？

必须去宜昌买配件。司机说。他关了引擎盖，一边脱手套一边叹了口长气，显得很无奈。

车花顿时紧张起来，蹙着眉头问，又要我一个人在这儿守车吗？

司机没回答车花，只用不屑的目光瞅了她一眼，好像觉得她这个问题问得太幼稚，根本不值得他来回答。车花有些不高兴，翘着嘴巴嘟哝说，宜昌离这里几百公里，你一去一来少说也得两三天，让我一个女人在这荒山野岭里守车，又人生地不熟的，你不担心我害怕吗？司机听车花这么说，态度马上发生了变化。他扭过头来，先在车花肩上拍了一下，然后诚恳地说，你要是实在害怕，就在这附近找个老实点儿的人陪你。

这是一个深秋的下午，虽然才四点多钟，但太阳已开始西斜了。司机看看手表说，还有一趟到老垭镇的班车，我今晚赶到那里去住，明天一早就去宜昌，顺利的话，后天上午就可以把配件买来。车花说，好，你早去早回。

过了五分钟，司机说的那趟班车就来了。车上人不多，一招手就停了下来。司机麻利地上了车，上车后还回头给车花挥了挥手。车花也给司机挥了手，仿佛依依不舍。

司机走后，车花登上路边的一个石头，把四周环视了一遍。她希望看到一户人家，但没看到，只看到了几片树林和几块庄稼地，还有几个坟包。正感到失望，一个长着厚嘴唇的男人忽然出现在车花眼前。

厚嘴唇男人是从车后面走过来的，背着一个用竹篾编成的背篓。他身上的穿着很过时，蓝褂子，黑裤子，黄球鞋，都是上个世纪七十年代的打扮。他手上捏着几个桃子，正一边走一边吃着。桃子很小，只有李子那么大，上面还有一层茸毛。但他吃得很来劲，嘎嘣嘎嘣的，像吃人参一样津津有味。

从车花面前经过时，厚嘴唇男人没有停，也没有减速，只淡淡地瞟了她一眼就过去了。车花感到这个人有些迟钝。在车花的记忆中，男人们从她身边经过时，一般都会停下来看她几眼，目光色眯眯的。

厚嘴唇男人走过去不到十步，车花猛然叫了他一声。哎，请你等一下。车花说。他立刻停住脚，回过头问，有事吗？车花问，这附近有没有人家？厚嘴唇男人想了一下，伸手朝他正要去的方向指了指说，前头不远有个弯，一拐弯就是个杂货铺。车花说，谢谢你！厚嘴唇男人没再搭腔，转身就走了。

太阳快要下山的时候，车花决定去一趟前面的杂货铺。她打算去买几桶泡面。车上有一瓶开水，这两天只能用开水泡面吃了。另外，她还希望能碰到一个可靠的人，请来帮她守车。

车花是个细心的女人，走之前还绕车转了一圈。车上的油布都盖得严严实实，四面的绳子也看不出松动的迹象。然后，她又去检查车门，使劲拉了拉。确信车门锁好后，她才往杂货铺那边走。

杂货铺正在公路转弯的地方。老板挺着个啤酒肚，看上去像一个孕妇。铺面不大，但顾客却不少。他们挤在铺子门口，有的坐着，有的站着，有的蹲在地上，正在兴致勃勃地聊天。车花没急着走拢去，离杂货铺还有老远就停住了。她发现，那个厚嘴唇男人也在铺子门口。不过，他身上的背篓已放到了地上，背篓里装着一包化肥。厚嘴唇男人没坐，也没说话，直直地站在背篓边上，正支着耳朵听着别人聊。他仍然在吃桃子，嘎嘣嘎嘣的。老板对那群人很热情，给每个人发烟。但厚嘴唇男人没接，好像只喜欢吃桃子。

那群人聊得如痴如醉，没一个人发现车花。车花认真听了一下，听出他们都是从外地打工回来的。聊着聊着，他们把话题转到了妓女身上。我在东莞，五百块钱搞一盘。一个穿皮夹克的说。五百太贵了，我在郑州，搞一盘只要三百。一个穿西服的说。三百也贵，在宜昌火车站旁边那条巷子里，我花五十块钱就搞了一盘，还不用戴套子。一个穿猎装的说。

这时，那个厚嘴唇男人突然停止了吃桃子。他先把他的厚嘴唇抹了一下，然后张开说，你们都别吹了，辛辛苦苦出外打工，搞个女人还要掏钱，有啥好吹的？我待在家里种田，三条野鳝鱼就能搞一盘！

厚嘴唇男人此话一出，刚才那三个全傻了眼，都不吭声了。车花也傻了眼，马上睁大眼睛，把厚嘴唇男人重新打量了一番。那三个从外面打工回来的人，都觉得输给了厚嘴唇男人，显得有些不服气。沉默了一会儿，他们同时把目光移到了杂货铺老板身上。

憨宝肯定是日白，三条野鳝鱼搞一盘，哪有这好的事？三个人齐声说。

老板摸着啤酒肚，笑了笑说，没日白，他搞的是老白菜。

老板话音没落，那三个人就哈哈大笑起来，还使劲地拍腿，跳脚，眼泪都笑出来了。他们边笑边说，难怪呢，原来是搞老白菜！

一直到杂货铺平静下来，车花才走过去。有泡面卖吗？她问老板。老板说，有。车花直接跟着老板进了铺子，买了四桶酸菜牛肉泡面。

从杂货铺出来，车花一边走一边问老板，我们的车坏了，你能帮我找个可靠的人守车吗？司机买配件去了，公路边有好多坟，我一个人夜里害怕。老板听了，随手朝门口一指说，他们都可靠。一听说守车，这群人都显得很兴奋。守一夜多少钱？他们马上问。车花想了想说，一百，最多一百五。穿皮夹克的说，一百五太少了，三百怎么样？车花说，三百，我宁可被鬼吓死。穿西服的说，你出两百五，我去帮你守。车花说，给你两百五，我就成二百五了。穿猎装的说，那就两百吧，只当是帮了忙的。车花说，谢谢，我最多只能出一百五。

价钱没谈拢，车花打算走。她刚要转身，那个叫憨宝的厚嘴唇男人说，我去帮你守吧。你要多少钱？车花问。憨宝说，一百就够了。车花说，我给你一百五。憨宝说，我只要一百。

车花胀大眼圈看了看憨宝，觉得他不像是开玩笑，就说，好，事情就这么定了。憨宝说，我先把化肥送回家，吃了晚饭就去你车那里。车花说，你也可以不回家，我请你吃泡面。憨宝说，我要回去，还得给我妈和我侄儿煮晚饭呢。说完，他背起背篓就一个人先走了。

车花随后也离开了杂货铺。临走时，她听见那群人都在嘲笑憨宝。有人说，他好像跟钱有仇。有人说，他可能怕钱多了咬手。有人说，憨宝真他妈是个傻屄，难怪四十几了还打光棍呢！

2

天擦黑，憨宝来到了坏车的地方。他双臂不空，一边抱一个草席卷，一边夹一床旧棉絮。车花已吃过泡面，这会儿正坐在驾驶室里听歌。看见憨宝后，她马上从车上下来了。

你带草席和棉絮做什么？车花问。憨宝说，睡觉时做垫盖。憨宝告诉车花，他以前在这公路上守过车，都是自己带垫的和盖的。要是车厢里能睡，就只需要棉絮；车厢要是睡不了，就只好用草席垫在车底下睡了。车花说，其实我们车上备有被褥。憨宝说，你们是出了钱的，我怎么好意思用你们的？憨宝说完，先仰起头看了看车厢，又低头往车底下看了看。他在找睡觉的地方。你就睡车厢里吧，苹果压一下问题不大。车花说。憨宝说，若是压了不好，我睡车底下也行，反正我带了草席。车花想了想说，你还是睡车厢吧，车底下潮气太大，容易伤身体。憨宝有些感动，一边往车厢扔棉絮，一边回头对车花说，你这个人，心还挺善的。

憨宝很快爬上了车厢，在一个稍微平点的地方铺了棉絮。天已黑透，一丝冷风从远处吹了过来。憨宝勾着头，对站在公路上的车花说，你快进驾驶室休息吧，外面起风了。车花跳上了驾驶室的踏板，但没进去。这时才七点多钟，休息还早，车花想跟憨宝说一会儿话。

车花问，你真的没老婆？憨宝说，真没有，我是光棍。车花问，你怎么不找一个？憨宝说，我长得丑，没人看得上。车花没想到憨宝说话这么实在，不禁偷偷地笑了一下。笑过之后，车花说，你其实不丑，就是嘴唇厚一点儿。憨宝说，我负担也重，不光要养活一个七八十岁的老妈，还要供一个侄儿读书。车花一愣问，你侄儿为什么也要你管？憨宝说，他爹妈都跑了，我不管谁管？

憨宝告诉车花，他还有个比他小两岁的弟弟。弟弟比憨宝长得好看些，脑袋也比他聪明。当时家里很穷，供不起两个人读书。憨宝读完小学就主动回家放牛了，让弟弟一个人往上读，一直读到高中。弟弟高中毕业后，回村当了代课老师，还找到了一个弟媳。弟媳也是山里人，没见过世面，对生活要求不高，有吃有穿就知足了。结婚头一年，小两口过得很幸福，第二年就生了个侄儿。侄儿满月后，弟媳突然要丢下侄儿去南方打工。她听别人说，南方钱多，像树叶一样满地都是，一弯腰就能捡一大把。弟媳出门前，想法也是挺好的。她想去挣一大笔钱，回来盖一栋房子，然后好好孝敬老人，抚养孩子。谁想到，弟媳出去后，一见到外面的花花世界，她的心也一下子花了。她出去后就没再回来，连自己的亲骨肉也不要了。弟弟给她打电话，求她回家。她说，我不会回去的，老家那种猪狗不如的日子，我再也不想过了。她说完就挂了电话，不久便换了手机。据说，弟媳一到南方就认识了一个富商，很快就当了人家的二奶。弟弟听到这个消息后，气得差点吐血。后来，弟弟就亲自去南方找弟媳，说死活也要把她弄回来。结果，弟弟也一去不返了。

憨宝讲完，车花好半天没说话。她一动不动地靠在车门上，像一棵死树。车花也是农村人，家里也有丈夫和孩子，只不过是个女儿。她也是出门打工的，只是没遇到富商。她原来在一个厂里上班，一个月才挣两千多块钱，还累死累活的。半年前，她开始给这个开卡车的司机搭伴儿。司机包吃包住，每月再给她五千。她一直觉得自己挺划算的。

你怎么不说话了？憨宝问。

车花有些恍惚地说，你的弟媳，让我猛然想到了一个熟人。

她也丢下孩子跑了吗？憨宝问。

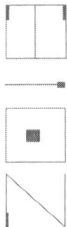

车花苦笑了一下说，跑倒是没跑，但她每年到了春节才回一趟家。

夜色越来越浓了，风也大了起来。车花打开车门，想进去加一件毛衣。驾驶室里很宽敞，座位后面还有一个睡觉的地方，垫的盖的都有，还有枕头，仿佛长途客车上的卧铺。车花给司机搭伴儿，实际上没多少具体的事做，大部分时间都躺在这个卧铺上睡觉。很多时候，都是车花一个人睡，司机在前面开车。偶尔，司机实在困了，或是心血来潮，也会把车停在路边，像翻墙一样爬过来，跟她在这卧铺上睡一会儿。算起来，车花已在这卧铺上睡大半年了，差不多把这里当成了自己的家。

加好毛衣，车花又从驾驶室里出来了。她今晚有些兴奋，到现在还一点儿睡意都没有。车花想和憨宝多说几句话。不知为什么，她觉得跟憨宝说话挺有意思的。从车上下来时，车花顺手拿了一条毛毯。夜里气温很低，她担心憨宝那床棉絮有点儿薄。

在踏板上站稳后，车花正要把毛毯递给憨宝，她听见了嘎嘣嘎嘣的声音。声音是在车厢里响的，她想憨宝又在吃桃子了。你没吃晚饭吗？车花问。吃了。憨宝说。那是没吃饱？车花问。吃饱了。憨宝说。吃饱了怎么还吃桃子？车花问。

我当零食吃，免得无聊。憨宝说。车花听了，忍不住扑哧一笑。憨宝问，你笑啥？车花说，我从没听说过无聊时吃桃子的。憨宝不说话了，吃桃子的声音也停了下来。过了一会儿，车花问，你怎么不吃了？憨宝说，我怕你笑。车花说，吃吧，我不笑了。说完，车花把毛毯扔到了憨宝怀里。憨宝问，你扔的是啥？摸着毛乎乎的？车花说，是一床毛毯。天冷，你多盖点。

这时，一辆拖矿石的卡车从此经过，车灯开得很大，把运苹果的车也照亮了。车花看见憨宝弯着腰坐在车厢的油布上，身上披着那床棉絮，看着像一只熊。

矿车开过去后，车花陡然想到了老白菜。在杂货铺里，老板说出老白菜的时候，那三个人都笑得一塌糊涂。车花很好奇，不明白他们为什么会那样狂笑。她早就想问一问憨宝，但一直没好意思开口。

老白菜是谁？车花终于忍不住问。

憨宝说，一个寡妇，丈夫死后，一直没找到男人。

为什么叫老白菜？车花接着问。

憨宝说，她有六十多岁了，脸又枯又黄，像老白菜叶子。

你真的和她睡过？车花又问。

憨宝说，睡过，三条野鳝鱼睡一盘。

车花没想到憨宝这么直爽，又偷偷地笑了一下。这时，憨宝又开始吃桃子了，嘎嘣嘎嘣的。车花问，你又感到无聊了？憨宝一边吃一边说，有点儿。车花问，为什么会感到无聊？憨宝说，谁要你刚才说到老白菜的？车花没听懂憨宝的话，疑惑地问，一说到老白菜，你就会感到无聊吗？憨宝说，有时想到她，我也会感到无聊。

憨宝一口气吃了好几个桃子。车花想，难怪他要穿那种老式褂子呢，原来上面有两个大口袋，可以装很多桃子。嘎嘣嘎嘣的声音停止后，车花问，你吃的桃子怎么那么小？

我吃的是苦桃子。憨宝说。

苦桃子？车花一愣问，味道是苦的吗？

憨宝说，别人吃是苦的，我吃是甜的。

为什么？车花惊奇地问，难道你的舌头与别人不一样？

憨宝不吱声了，像是被车花的问题难住了。过了一会儿，车花说，把你的苦桃子给我尝一个吧，我看看是苦是甜。憨宝马上从口袋里掏出一个，探着身子，递给了车花。车花接过苦桃子，直接丢进了嘴里。刚嚼了两下，车花就叫了起来。哎呀，苦死我了！车花是这么叫的。

憨宝咔咔地笑了起来，边笑边说，咋样，我说别人吃是苦的吧？车花吸了吸舌头说，看来，你的舌头真是与别人不一样啊！

3

第二天早晨，车花醒来时感觉嗓子眼儿又干又痒，好像谁在那里插了一根鸡毛。她想，肯定是头天晚上在露天里站得时间长了，感冒了。

车花从驾驶室推门出来，看见憨宝已站在了公路上，双手捧着那床毛毯。毛毯还是整整齐齐的，显然没有打开过。憨宝把毛毯递到车花手边说，还是放到车里吧，以免弄脏了。

车花接过毛毯问，你怎么没盖？

这么好的东西，我不敢盖。憨宝说。

车花忙问，为什么？

盖了你的毛毯，我今后就不愿意盖我的旧棉絮了。憨宝说。

车花听了大吃一惊，呆呆地看着憨宝，两个眼圈都快胀破了。她压根儿也没想到，憨宝能说出这么高深的话。

憨宝从车厢下来时，把他的旧棉絮和草席卷也带下来了，将它们堆在公路边上。车花瞅了瞅旧棉絮和草席卷，然后望着憨宝说，今晚我还想请你帮我守车。憨宝说，好的，反正我晚上没事。车花接着说，你的铺盖，可以就放到车上，以免你抱来抱去的。憨宝说，也行。说完，他便匆匆忙忙朝旧棉絮和草席卷跑过去，又匆匆忙忙将它们抛上了车厢。看样子，憨宝要急着离开这里。

车花问，你有急事吗？憨宝说，今天是星期日，我侄儿下午要返校。他在老垭镇中学寄读，每周才回来一次。在他返校前，我必须把一周的米给他准备足。车花说，你这个伯伯当得真好！憨宝说，没办法，谁叫他是我侄儿呢？不过，他学习很好，在班上总是头几名。他跟我也特别亲，差不多把我当爹了。车花说，你把他从满月养到这么大，本来就是爹。憨宝说，我没时间跟你多说了，得赶紧回家推谷打米。

憨宝说完，转身就走了。刚走出两三步，车花又把他叫住了。车花说，你等一会儿，我把昨晚守车的钱给你。憨宝说，今晚不是还要守吗？等守完一起给吧。车花说，还是及时给了好。憨宝说，给我也好，我妈蜂糖喝完了，打完米我正好去买几斤蜂糖。我妈快八十了，别的都不爱，就爱喝点蜂糖。车花说，你好孝顺啊！她这时已拿出钱包，正在往外掏钱。她先掏出了一张一百的，想了想，又掏出了一张五十的，然后一起递给憨宝。憨宝却只收了那张一百的。车花诚恳地说，把一百五都收下。憨宝说，我只要一百。车花问，为什么？憨宝说，今天我收你一百五，若是明天别人只给一百，我就不想干了。

车花还想再劝劝憨宝，但憨宝已走出好远了。看着憨宝的背影，车花默默地说，这个人真是怪得很。

憨宝走后，车花开始泡面吃。可是，开水早已变成了温水，她泡了好半天也没把面泡开。加上嗓子难受，她吃了几口就不想吃了。丢下泡面桶，车花决定再去一趟杂货铺。她想看那里有没有感冒药卖，还想顺便弄一瓶开水。

车花提着水瓶来到杂货铺，老板正在门口煤炉上烧开水。壶上热气腾腾的，水马上就要开了。老板一眼认出了车花，连忙打着笑脸说，你早啊！车花咳了一声说，来得早不如来得巧，我正要买瓶开水。老板说，不要钱，你昨天还照顾我的生意呢，我送你一瓶。他说着就把水瓶接过去，很快灌了一瓶。

老板把水瓶还给车花时，歪起头问，听你的声音，好像感冒了？车花说，是的，你这儿有感冒药卖吗？老板幽默地说，我开的是商店，又不是药铺，怎么会有药卖？车花问，这附近有没有卖药的？老板想了想说，没有，要买药还得上老垭镇。车花又咳了一下说，老垭镇我可去不了，还要守车呢。

车花一提到守车，老板立刻有些亢奋。憨宝呢？你不是请他帮你守车的吗？老板问。车花说，回家了，他只是夜里帮我守。老板说，你请憨宝守车，算是请对了人。车花问，此话怎讲？老板犹豫片刻说，他夜里不会打你的主意。车花问，此话又怎讲？老板怪笑了一下说，他心里只有老白菜。

正在这时，一个面黄肌瘦的女人从公路转弯处走过来了。她头发乱蓬蓬的，像是半个月没梳过。衣服也皱皱巴巴，还长一片短一片。老板给车花挤个眼神说，说曹操，曹操到。车花一惊问，她就是老白菜？老板说，像吗？车花说，我真替憨宝伤心。

老白菜是来杂货铺买盐的。她进铺子时，车花干咳了一声。她买了盐从铺子里出来，车花又干咳了一声。你感冒得不轻。老百菜停在车花身边说。她说话时面无表情，像个巫婆。车花清了清嗓子说，可能是受寒了。

有个土方子，比感冒药还见效。老白菜说。

车花忙问，什么方子？

用泡胡椒熬野鳝鱼汤，一喝就好。老白菜说。

老白菜说完就走了，没跟任何人打招呼。走到公路那边后，她突然回过头来，大着嗓门儿说，一定要是野鳝鱼。

车花没在杂货铺久待，很快提着水瓶回到了坏车的地方。这一带虽说民风淳朴，但小偷到处都有，她担心有人趁她离开时偷苹果。

临近中午时，车花发现鼻子也堵了，感冒好像越来越严重。她没有泡面吃，嘴里干巴巴的，一点胃口也没有，只猛喝了几杯开水。然后，她躺到驾驶室后面那个卧铺上，打算好好地睡一觉。

大约睡了一个钟头，车花在迷迷糊糊中听见有人敲车门。她抬头一看，是憨宝站在驾驶室外面的踏板上。他又在吃苦桃子，嘎嘣嘎嘣的。车花坐起身来，打开车窗问，你怎么中午来了？憨宝说，我去杂货铺给我妈买了一罐蜂糖，回家路过这里，顺便看看你感冒好些没有。车花边咳边说，没好，似乎还加重了。憨宝顿时没心思吃苦桃子了。他把没吃完的半个放进口袋，皱着眉头问，那可怎么办？车花说，不要紧，挨几天就会好的。

车花这时猛然想到了老白菜，双眉一挑问，你知道我今天碰到谁了？憨宝说，我哪晓得。车花说，我碰到了老白菜！憨宝问，你咋认得她？车花说，杂货铺老板告诉我的，她在那里买盐。憨宝没再接话，一只手不知不觉伸进了口袋，很快掏出了刚才剩下的半个苦桃子。他顺手塞进嘴里，又嘎嘣嘎嘣地吃了起来。车花想，他又开始无聊了。

过了一会儿，车花好奇地问，你近来跟老白菜睡过没有？

憨宝伸出舌头舔了舔厚嘴唇说，没有，我快一个月没跟她睡过了。

为什么？车花咳了一下问。

天气冷了，捉不到野鳝鱼了。憨宝说。

车花老家那地方没有野鳝鱼，对鳝鱼的习性不熟。她疑惑地问，野鳝鱼呢？憨宝说，天气一冷，野鳝鱼都钻到泥巴下头躲起来了。它们躲得很深，想挖一条野鳝鱼比挖金子还难。停了一会儿，车花又问，你捉不到野鳝鱼，老白菜就不跟你睡吗？憨宝说，这我倒没试过。捉不到野鳝鱼了，我就没去找她了。车花问，为什么不去？憨宝说，我不想白睡，欠人家的不好。车花听了，忍不住想笑，但还没笑就咳了起来，咳得满脸通红，眼泪都咳出来了。

憨宝有点儿紧张地说，你感冒得太厉害了！他说着就跳下了踏板，好像马上要走。车花急忙问，你要走吗？憨宝说，是的，时间不早了。车花有些不舍地说，你待会儿再走吧。憨宝说，不能待了，我还有事呢。车花问，什么事这么急？憨宝没告诉车花，只说晚上早点儿来，说完就往他住的地方走了。

4

这天下午，车花一直在车里躺着，咳个不停，头昏脑涨，四肢又酸又软。她艰难地抬起头，朝车窗外看了一眼，发现天也阴了，像要下雨的样子。车花突然感到有点儿孤单。

车花给司机打了一个手机。司机说配件已买到了，但明天中午才能回来。放下手机时，车花的眼泪一下子出来了，像冰凉的蚯蚓在鼻沟里爬着。

扯纸擦泪时，车花陡然想起了老家的丈夫和女儿。丈夫是一个少言寡语的男人，除了埋头干活，平时连一句多余的话都不会说。她出门打工时，丈夫是不情愿她离开的。但她执意要走，丈夫也只好依了他。女儿倒是话多，听说她要出远门，头天晚上硬是缠着她，小嘴不停地说了半夜，求她别走。但她没被女儿留住，次日天不亮就离开了家。一想到丈夫和女儿，车花的泪水便越擦越多，鼻沟差点儿流成了河。

吃晚饭的光景，车花勉强从车上下来，去公路外边解了个手。回到车上时，她感到胃里空空荡荡的，但还是不想吃泡面。驾驶室里有一袋洗好的苹果，她随手拿出一个，坐在前排一个座位上啃了起来。刚啃了几口，车花听见外面有脚步声，扭头一看，是憨宝来了。

憨宝双手捧着一个黑瓦罐，直接走到了驾驶室下边。车花急忙伸出头问，罐子里是什么？憨宝有点儿神秘地说，我给你熬了一罐治感冒的特效药。车花眨着眼皮问，药，什么药？憨宝卖个关子说，你先别问，赶快趁热喝了吧，喝了包你感冒好。他一边说，一边把黑瓦罐从车窗递了进来。车花犹豫了一会儿，还是接了黑瓦罐。黑瓦罐还是热的，从盖子缝里冒出一股香气。车花却没有马上喝，目光直直地看着黑瓦罐。

你赶快喝吧，趁热喝最有效。憨宝说。

车花说，你告诉我，罐子里装的是什么？

你喝了，我再告诉你。憨宝说。

车花说，不，你先告诉我了，我再喝。

憨宝拗不过车花，只好老实说，我用泡胡椒熬的野鳝鱼汤。

车花听了浑身一颤，很快想起了老白菜早晨说过的话。她顿时激动不已，半天说不出话来。憨宝这时催促说，你快喝吧，不然就冷了。车花给憨宝点点头，揭开盖子，双手把黑瓦罐捧到嘴边，仰头就喝了起来。车花真能喝，像久旱的人遇到甘泉，咕咕噜噜一口气喝了半罐子。

车花把黑瓦罐从嘴上放下来时，憨宝用舌头舔着厚嘴唇问，好喝吗？车花满脸堆笑说，好喝，真是好喝！憨宝说，既然好喝，那你就都喝了吧。车花说，你也喝点儿吧，这么好喝的汤，不能都让我一个人喝了。说完，她把黑瓦罐给憨宝递了出去。憨宝却说，我不喝。车花问，为什么？憨宝认真地说，我喝了反胃。车花说，你骗我。憨宝发誓说，骗你是狗！小时候家里太穷，我几乎没沾过荤腥，一天三顿都吃素。后来家里好了些，隔三岔五也吃得起荤腥了，可胃却受不了，连吃个鸡蛋都反胃，更别说吃鳝鱼了。听憨宝这么说，车花就收回黑瓦罐，把剩下的半罐子也喝了。

喝下一罐子野鳝鱼汤，车花顿时有了点儿精神，嗓子眼儿也好受了一些。她问憨宝，野鳝鱼是从哪里弄的？憨宝说，我在我家后头一个烂泥湖里挖的。车花问，你不是说天冷了野鳝鱼都躲起来了吗？憨宝说，是啊，它们真会躲，我把那个烂泥湖挖了三尺多深，差不多挖了个底朝天，才好不容易挖到了三条。

车花是个敏感的女人。憨宝一说三条野鳝鱼，车花心里陡然咯噔一响，一下子想到了老白菜。

你为什么不拎着三条野鳝鱼去找老白菜？车花怪笑一下问。

憨宝红了脸说，治病要紧呢！再说，我也是专门为你挖的。

车花听了很感动，一只手情不自禁地伸出窗外，在憨宝肩上拍了一下。直到这时，车花才发现憨宝的褂子上沾了不少污泥。你褂子上的泥巴是挖野鳝鱼时沾的吧？车花问。憨宝说，那个烂泥湖里全是燥泥巴，稍不留神就会沾到身上。驾驶座的靠背上，搭着一件半新不旧的夹克衫，司机嫌短了点儿，几个月都没穿了。车花伸手将它取下来，转身递给憨宝。

这件夹克衫送给你了，快把你的泥巴褂子换下来吧。车花说。

憨宝却不接，连忙摆头说，我不要。

怎么，嫌它旧吗？车花问。

憨宝说，不是的，这么好的衣裳我不敢穿。

为什么不敢？车花问。

憨宝说，我一穿你的夹克衫，今后我就不愿意再穿我的褂子了。

车花听憨宝这么说，就没再多说什么。她摇头苦笑了一下，只好把夹克衫放回了原处。

阴天黑得早，刚到六点钟，四周的庄稼和树木都模糊不清了。天边黑沉沉的，好像真要下雨。憨宝对车花说，你刚喝了野鳝鱼汤，好好捂住被子睡一觉吧。车花问，你呢？憨宝想想说，我去杂货铺那里转一转。

憨宝一走，车花就躺在驾驶室后头的卧铺上睡了。她听了憨宝的话，睡下后扯开被子，把自己捂了个严严实实。她很快睡着了，还发出了细微的鼾声。

车花一觉睡了将近两个钟头，醒来时，感觉浑身上下轻松了几十斤，嗓子眼儿的那根鸡毛也没有了。野鳝鱼汤真是有效啊！车花自言自语地说。她揉了揉眼睛，从卧铺上坐起来，然后套上毛衣开始下车。

下到踏板上，车花听见车厢里有嘎嘣嘎嘣的声音，就知道憨宝已从杂货铺回来了。你什么时候回来的？车花问。憨宝说，回来一个多小时了。停了一下，车花又问，你又感到无聊了吧？憨宝问，你咋晓得？车花说，因为你又在吃苦桃子了。憨宝嘿嘿笑了两声说，我吃苦桃子，也不单是无聊，其实也是一种习惯，经常一个人待着，嘴里总要吃点儿啥。憨宝说到这里，车花猛然想到了驾驶室里的那袋苹果。她麻利地爬进车里，很快抓了两个苹果出来。

给你两个苹果，换个口味吧。车花一边说，一边把苹果往车厢递。

憨宝说，谢谢你，我不吃苹果。

为什么？车花问。

憨宝说，这么好的水果，我不敢吃。

是不是怕吃了我的苹果，以后就不愿意吃你的苦桃子了？车花问。

憨宝说，是的。

车花把苹果收回来，从车窗放了进去。之后，车花又去公路外边解了个手。解手转来，憨宝还在吃苦桃子，嘎嘣嘎嘣的声音清脆悦耳。

车花仰起头问，你为什么这样喜欢吃苦桃子？

憨宝说，苦桃子不要钱，我们油菜坡满山都是，想吃多少吃多少。

车花又问，要是过了季节呢？

憨宝说，我每年都要晒几百斤苦桃子干，一年四季都有吃的。

憨宝一说到苦桃子，话就多了起来。他说，他从五岁那年就开始吃苦桃子了。那年这一带大旱，粮食颗粒无收，瓜果蔬菜都干死了，只有苦桃子不怕天旱，每棵树都结得压弯枝。可苦桃子太苦，没几个人敢吃，好多人都饿病了，还饿死了不少人。但是，憨宝不怕苦，一饿就去山上摘苦桃子吃。他靠苦桃子活了命，还活得好好的。开始吃的时候，他也觉得苦桃子苦，但吃多了就尝到了甜味，后来越吃越甜，竟然还吃上了瘾。

憨宝还想往下讲，一阵冷风刮了过来。车花说，我要进车里了，怕又被冻感冒。憨宝说，快进去吧，时间也不早了。

5

半夜一点钟的样子，天上下起了小雨。车花是被憨宝的动静弄醒的。她打着电筒从驾驶室出来的时候，憨宝已从车厢里下来了。

憨宝正在往车底下铺草席。车花惊奇地问，你把草席铺车底下做什么？憨宝说，车厢里睡不成了，我到车底下去睡。车花责怪说，车底下哪能睡人？亏你想得出来！憨宝停下来，回过头问，那我睡哪？车花想了一下说，进驾驶室吧，前面可以坐着睡，后面可以躺着睡，你自己选。憨宝先是一惊，然后说，我不进去。车花说，为什么？怕我吃了你不成？憨宝说，那倒不是，我褂子和裤子上都是泥巴，怕把车里弄脏了。车花朝他身上瞟了一眼说，你可以把外面的衣裳脱了再进去嘛，难道里面没穿秋衣秋裤？车花说完先进了车。

车花进到车里不一会儿，憨宝终于也进来了。他穿着一套灰颜色的秋衣秋裤，看起来干净多了，人也精干了一些。憨宝把他脱下来的外衣也带进来了，顺手放在座位下面。

憨宝进车后显得十分拘束，勾着头，一动不动地站在车门那里，像一根被大雪压弯的竹子。车花抿着嘴笑了笑问，你是睡前排，还是睡后排？憨宝慢慢地打开厚嘴唇说，我就在前排坐。车花说，坐也行，睡也行，随你的便。她边说边把自己移到后排，直接躺在了卧铺上。随后，憨宝也在副驾位子上坐了下来。等憨宝坐定以后，车花熄灭了电筒说，已是下半夜了，抓紧休息吧。

然而，车花却久久没有入睡，躺下一个钟头了，眼皮一下也没合拢过。憨宝在烂泥湖挖野鳝鱼的情景，像放电影似的，一直在她眼前晃来晃去。她越来越兴奋，睡意跑得无影无踪。憨宝也没睡着。车花听见他又在吃苦桃子，嘎嘣嘎嘣的。车花问憨宝怎么还不睡？他说他睡不着。

车花说，你肯定又想老白菜了。

憨宝说，看你说的！

车花说，你好不容易挖了三条野鳝鱼，不该给我熬汤的，应该拎去找老白菜。

憨宝说，看你说的！

车花说，你要是去找了老白菜，就不会半夜三更睡不着觉了。

憨宝说，看你说的！

沉默了一阵儿，憨宝问车花，你为啥也睡不着？车花想了一下说，我不知道如何感谢你？憨宝问，我有啥好感谢的？车花说，你吃那么大的苦挖野鳝鱼，给我治好了感冒，所以我要感谢你！憨宝说，没必要。车花说，肯定有必要，只是我一时想不出感谢你的办法来。

车窗外头，雨越下越大了。密密麻麻的雨点打在车厢的油布上，听上去好像谁在那里打鼓。车花听了一会儿，心里猛然一动问，喂，你看这样行不行？憨宝问，咋样？车花半真半假地说，我陪你睡一觉，就当是我感谢你的！憨宝一下子呆住了，一声不吱，嘎嘣嘎嘣的声音也没有了。车花问，怎么样？你就把我当成老白菜吧！憨宝还是不吱声，只吞了一口涎水。车花这时动情地说，到后排来吧，后排宽敞一些！她说着，还伸手拉了一下憨宝的胳膊。憨宝仍然不说话，又吞了一口涎水，声音像喝米汤。来吧！车花又催了一遍。但是，憨宝却坐在前面一动不动，稳如泰山。

怎么，你看不上我？车花疑惑地问。

不是。憨宝口齿不灵地说，你长得像仙女，我咋会看不上！

那你为什么不过来？车花问。

你，你这么漂亮的女人，我，我不敢睡。憨宝结结巴巴地说，我怕跟你睡一回，今后就不想再跟老白菜睡了。

车花听了很失望，刚才绷得紧紧的身体一下子松软下来。她的心也凉了，还有点儿酸，感到非常难过，想哭。但车花忍着没哭，害怕被憨宝听见了。过了一会，憨宝回过头来，有些不安地说，对不起，我狗子坐轿，不识抬举！车花没搭腔，泪水终于漫出了眼眶。

那晚后半夜，车花又羞又愧，毫无睡意，一个人躺在黑暗中默默流泪。直到天快亮了，她才迷迷蒙蒙地睡去。醒来的时候，憨宝已经走了。

上午十一点多钟，司机回到了坏车的地方。趁司机给发动机换配件，车花决定去一趟憨宝家，去给他送守车的钱。

憨宝住在半坡上，离公路有三里多，车花问了好几个人才找到。憨宝住的还是过去的土墙屋，门口有一块土场，满地都是鸡和鸭，一个白发苍苍的老人正在给它们喂食。憨宝一个人坐在堂屋里撕苞谷棒子，嘴里吃着苦桃子。车花刚到门口，就听到了嘎嘣嘎嘣的声音。憨宝看见车花，马上起身问，你咋来了？车花说，我来给你送昨晚守车的钱。车花打开钱包，本来想多给一些的，但怕憨宝不收，犹豫了半天，最后还是只掏了一百出来。

从堂屋往外走时，车花说，如果你愿意进城打工，我可以介绍你去一个货场做搬运，月薪三千。憨宝说，谢谢你，我不想进城。车花问，为什么？憨宝说，我们农村人，一进城，心就会花，心一花，就完蛋了。车花听了，心陡然一颤，好像被虫子咬了一下。

分别的时候，车花找憨宝要了一个苦桃子。

原载《人民文学》2018年第3期

点评

　　油菜坡与老垭镇是晓苏的精神故乡，作为当代文学的地理坐标之一，作者围绕它所建构起来的文学世界，其意义与价值自不待言。而对底层小人物特别是更为边缘的鳏寡孤独者生活样态、情感故事和精神世界的观察、描述与展现，构成了其短篇创作最富特色也最值得关注的部分。这个短篇中的憨宝（"吃苦桃子的人"）即为这个人物系列中的一员。作为边缘小人物，他的生活世界并非多么地不堪：他有基本的道义坚守、清醒的自我认知和人格底线；他有独立的也不乏幸福的生活世界（比如和"老白菜"的来往）；更为重要的是，他有自发而朴素的甚为珍贵的互助情怀与意识。小说细致地展现了憨宝身上的这些本能意识和珍贵品质，是对优美人性与人情的礼赞，因而小说整体格调是积极向上的。

小说中的另一个被称作"车花"的人物也被塑造得有神有色，个性鲜明。她和憨宝之间由隔膜到熟悉的发展过程，特别是她先是"觉得这个人很怪"，到身心被彻底感动，乃至欲以奉献身体以报答憨宝的举动，将小人物间互帮互助、相濡以沫、带有野生性的理想图景展现得淋漓尽致。

晓苏的短篇小说有故事，有人物，好读，也耐读。好读，是指故事有趣，有生活实感，而故事与故事串联成情节，任何初具阅读能力的人皆可轻松进入，故他在语言形式上似乎并无多大的野心；耐读，是指他的小说并非简单讲述一个有意味的故事，一个有趣的人物，而总是在意味或有趣的前提下，不动声色地呈现或揭示某种普适的、温暖的或发人深省的主题，故求真，趋善，向美，且意蕴隽永，作为一个美学风格，一直就贯穿于其创作始终。《吃苦桃子的人》以对人物（车花、憨宝）的塑造和故事的讲述而引人关注。车花的善良、朴野和处事的达观，憨宝的本分、欲望的适可而止和对生活的自我满足，都让人过目难忘；小说故事与情节被讲述得丝丝入扣：卡车突然趴窝→车花受困途中→看车与过夜成为难题→雇来憨宝→如何相处又成为问题→车花感冒，憨宝相助→车花因此而对之感激涕零→车花欲以身相许，被憨宝回绝→憨宝的生活世界和品质进一步呈现。这种以人带事、以事显人的修辞策略显然是中国古典小说的讲述模式。

这个短篇以人为中心，以事为经纬，以对温暖人性与人情的营构为旨归，从而在2018年年度短篇小说创作领域中给人留下了极为深刻的印象。

（张元珂）

如在水底，如在空中/

/弋 舟

八月，蒲唯收到妻子母亲的来信。西北夏日的黄昏迟迟不肯退场，晚上九点天边依然挂着刺眼的余光，仿佛苍穹的边缘被谁敲破了，洒下一地的碎玻璃。他下楼去经常光顾的那家小酒馆。酒馆位于小区外立交桥的荫蔽处，可能算是违章建筑，但多年来也像西北夏日的晚霞一样，顽强地不肯退场。

他在自己的老位置坐下，开始读信。

我知道，你和我一样，依旧在思念她，蒲唯妻子的母亲写道，但是我必须鼓励你走出这件事情，我不想看到你继续为此而受苦，我知道这也不是我女儿所希望的。

蒲唯妻子的母亲退休前是位中学语文老师。手机时代，她选择写一封信给蒲唯，可能不仅仅是为了以示郑重。蒲唯的妻子生前也在中学教语文。他自己在一所中等职业学校就职，当然，也是教语文。

酒馆老板不用多问，照例端上来一盘羊肉饺子，离开时还拍了拍蒲唯的肩头。蒲唯想对他说今天不吃饺子了，他想来壶酒。

是的，我必须走出这件事情，他想，可是，我为什么"必须"要走出这件事情呢？蒲唯并不能立刻找到一个理由，一个充分的理由，好让自己"必须"走出丧妻的痛苦。也许是这痛苦并没有达到压倒性的程度——他依旧在黄昏的时候吃羊肉饺子，依旧偶尔想喝上一壶酒——那么，就没有"必须"的必要了吧。可是，什么样的痛苦程度，才能算是压倒性的呢？

最后，蒲唯的目光落在了信的末尾。妻子的母亲在落款处写下了时间：大暑。

嘴里咬着半只饺子，盯着那两个字，蒲唯记起了一个遥远的承诺。于是他迫不及待地拨通了程小玮的手机。

"大暑了啊！"他的声音不免有些兴奋。

"大暑？"程小玮迟疑了一下，才应承道，"噢，是啊，热。"

"不是，我不是这个意思，"蒲唯急切地提醒他，"大暑之后是什么？"

"是什么？"程小玮反应不过来。

"是什么节气，嗯？"蒲唯不得不提醒他，"小玮你还记得吗？"

程小玮一定是在盘算，没准还去翻了翻日历，过了会儿才回答道："是立秋吧。"

"不错，是立秋啊——"说了一半的话戛然而止，蒲唯咽下了涌到舌尖的话头。

这让他说出的前半句话在语气上显得很突兀，还有些冒傻气，像是无端地对着一件小事在大发感慨。程小玮显然并没有想起那件事，面对失忆的朋友，蒲唯倏忽失去了重提往事的兴趣。他想，那其实也没什么好说的。

"老蒲你没事吧？"程小玮察觉到了他的异常。

蒲唯继续吃着饺子，说："没事，我没事。"

程小玮说："改天我过去看看你。"

蒲唯说："行，有空就过来吧。"

回到家后，蒲唯开始翻找老相册。还真被他找到了，那是他们三个人的合影，蒲唯，程小玮，还有汪泉。在蒲唯眼里，若今昔相比，照片中的汪泉自然还是当年的汪泉，因为如今的她无从参照，其次，是与今相比已经有些难以辨认的程小玮，最陌生的，反而是照片中那个过去的蒲唯——他是蒲唯吗？太不像了。照片里，汪泉永葆着青春，程小玮狡猾地躲闪着时光，只有他蒲唯，是再造了一般。

尽管旧照只能让人和过往变得更加疏离，但看了会儿照片，蒲唯心里还是感到了隐隐的不适。他难以确定丧妻不久的自己这样追念另一个女孩子是否恰当。不，他并不因此自责，他只是有些理不清这里面的关系，被某种"缺乏正当性"的暗示所困扰。尽管，他明确地知道，此刻自己对汪泉的追念丝毫不带有那种男女之情。那么，蒲唯对汪泉带有过那种男女之情吗？可能连这点都是没法肯定的。

吞下两片褪黑素，蒲唯早早上了床。睡意尚未来临，程小玮的电话打进来了。

"老蒲我想起来了，"程小玮说，"的确是十八年了。"

"是啊，"蒲唯在黑暗中欣慰地笑了，说，"小玮你还记得。"

"你正在放暑假是吧？"程小玮问。

蒲唯说："是啊。"

程小玮说了声"好"，手机就挂断了。

并不能算是梦境，但蒲唯也难以将之视为清醒的回忆。他在黑暗中混沌地张着眼睛，闭上眼睛时，脑子里又是一片夏日的明亮。十八年前的夏天，刚刚参加完高考的他们一同去了人迹罕至的所在。那地方叫冶木峡，距离省城不足两百公里，可对于当年的他们而言，却足以算是一次遥远的旅途。三个人在峰峦叠嶂的山区住了两晚，每天听着村民吹响羌笛，算是完成了一个别致的成人礼。

在山里，面对着那面湖泊，汪泉宣布道："十八年后，我要写一封信寄到这里！"

所谓"这里"，是他们落脚的一家村民旅馆。

事后蒲唯认为，当时汪泉的这个宣言有可能只是一时兴起，她并没有经过认真的谋划，那只不过是少女在大自然中身不由己地做了一个深呼吸。

"收信人是谁呢？"程小玮却当真了。

"你。"汪泉指指程小玮。这个答案出乎蒲唯预料。他还以为汪泉会将那封未来之信寄予此间山水呢。难道不是吗，看上去，那更符合女孩子浪漫的情怀。继而，蒲唯便迅疾地品尝到了失落。好在汪泉又转过身来，对着他说道："还有你。"

安慰感于是来临得像失落感一样不可理喻。两个少年面面相觑，心头流转着从未领受过的情绪。

"那么，"程小玮小心翼翼地求证道，"你要写什么内容呢？"

"到时候你们读信不就知道了嘛。"汪泉轻描淡写地说，她可能并没有料到自己的一个深呼吸会导致这么一连串棘手的问题。

"可是，没准那时候这里已经不再是一个有效的收信地址了。"蒲唯说。他在努力抑制着什么，并且为自己突发的理性而感到不解。

这个理性的问题破坏了气氛，也令原本带有游戏性质的笑言一下子变得正式起来。汪泉不说话，她好像生气了，不得不直面人为制造出的这个麻烦。蒲唯站在她身后，她裙子下面那两只单薄的肩胛骨在蒲唯眼里总觉得像是一对跃跃欲试的翅膀。

过了会儿，她转过身来，信心满满地说："如果真是那样，这封信不就显得更加宝贵了吗？"

蒲唯心中其实已经在默默地为她措词了，她说出的这句话和蒲唯所能想到的差不多，只不过在蒲唯的心里，赋以那封信的是"神秘"这个词，而她，选择了"宝贵"。这当然不是一回事。

"对，"程小玮附和道，"一封失去了收信地址的信……"

"也不知道收信的人那时还在不在。"蒲唯想不到自己又说出了这样的话，这让他看上去都有些像是在故意刁难人了。

当然不是，他无意冒犯长着一对翅膀的女生。当年的蒲唯并不是一个悲观的别扭少年，但那一刻，一种新鲜的、宛如森林气息一般的惆怅突然在他心中弥漫开。也许是那一刻置身的环境使然，森林，湖泊，少男和少女，还有其他什么，是这一切的组合，令他滋生出一种化学性的迷茫。

"老蒲你是怀疑自己活不了下一个十八年吗？"程小玮推了他一把。

"不会的，"汪泉沉着地打着手势，肩胛骨更像是一对翅膀了。她像说出预言似的说道，"我相信那时候，你们俩都会活蹦乱跳地来这儿等着收信。"

看上去朋友们似乎是在鼓励蒲唯，似乎，他真的像是一个需要被鼓励的人一样。蒲唯于是笑起来，大声说："那说好了，十八年后我俩准时到这儿来收信！"

"对，准时，要有个准日子，我们总不能没头没脑地在这儿瞎等啊，这儿吃得又不好。"程小玮热烈地响应。

"立秋吧，我们出门时不是刚刚过了大暑吗？"汪泉说，"时间我会掌握的，我会在这两个节气之间发出那封信，确保就在立秋前后寄到，我不会让你们瞎等的。"

就像是跟祖国的邮政打了个赌，就像是跟荏苒的时光与不可预知的未来打了个赌，约定便这样达成了——而"十八年后"，是十八岁时的他们所能想象的最遥远的未来。

一大早程小玮就来了，坐在客厅的沙发里等着蒲唯洗漱。他还带来了早点，油条和豆浆。两个男人对坐着默默地用完了早餐。

"走吧，带件厚些的衣服，山里还是会凉。"程小玮说。

蒲唯从衣柜里找出件薄夹克，随后他们就出了门。

程小玮的车停在楼下，上车后蒲唯问他："不会耽误你做生意吗？"

程小玮做着古玩生意，在市里最大的古玩城有着一层楼的铺面。

"不会，"程小玮说，"我的生意不就是赌运气吗？"

这个回答别具深意，蒲唯一下子不知该怎么接他的话。

当年遥远的旅途如今完全被高速公路贯通了。坐在副驾驶的位置上，蒲唯发现，从侧面看程小玮的发际线已经后退得相当厉害，现在差不多只有半个头顶被稀疏的头发覆盖着。蒲唯想，此刻程小玮的感受一定和自己差不多：眼里所见的与内心看到的是两幅迥然不同的画面——笔直的道路就在眼前，而内心却跋涉在昔日崎岖的山路上。

十八年前他们的那次旅行，一路颠簸，坐着破旧的长途客车。

那时候，出了城便是山，如今，城似乎永远出不去了。城市在车轮下没完没了地向着远方扩张，天的尽头仿佛都将铺满坚硬的水泥。

"你说，当年汪泉的爸妈怎么就那么开明？"蒲唯想说点儿什么，一时又找不到话题，只好结合自己如今的感受发出一个疑问。"他们怎么就会允许汪泉到山里去住两天呢？"蒲唯问。以他现在的从教经验，如今女孩子的家长会教导女儿像防狼一般地防着男孩子。

"还是信任吧，他们信任自己的女儿，相信那会是一次纯洁的旅行。"程小玮说，"越是有教养的家庭，相互间越是信任。你别忘了，汪泉的父母都是大学教授。"

蒲唯表示同意，不可避免地想到了自己的妻子，还有妻子的母亲。

"老蒲，"程小玮叫了他一声，说，"早想陪你出来散散心了，这下正好是个机会。"

蒲唯感到被一个发际线严重倒退了的人叫作"老蒲"有些荒唐。尽管程小玮在中学时就这么叫他了。

"陪我？别忘了，那封信是写给我们两个人的。"蒲唯说。

并非不甘示弱，蒲唯只是不愿沉溺在那种完全被预设了的同情中。从妻子去世那天起，他就时刻这样提醒着自己。

"没错！"程小玮拍一下方向盘说，"咱俩是搭伴儿踏上寻梦之旅。"

蒲唯觉得"寻梦之旅"这个说法也有些滑稽，但是立刻在心里谴责起自己的苛刻。

"你说，汪泉现在会在哪里呢？"他空洞地问着，其实并不指望得到回答。

十八年前，蒲唯考到了湖南的一所师范大学，汪泉考上了北大，程小玮落榜了。大学四年他们相互还有些联系，但谁也说不清，是从什么时候联系变得少了，又是从什么时候，汪泉就彻底没了音讯——似乎是举家去了深圳，然后又移民去了加拿大，但这些消息并不确凿，如今几乎都想不起是出自何处。时光易逝，一切就这样不知不觉消散。蒲唯望着车窗外想，这就像程小玮无法准确地感知他头顶的发际线是如何一个毫米又一个毫米地后退那样吧？总有些重要或者不重要的阵地在接二连三地沦陷，可你压根顾不上搞清楚究竟是怎么失守的。

"这还用说吗，她当然会在给我们写信的地方。"没料到，程小玮竟然给出了一个答案。他专注地看着前方，脸上半带着微笑。

这个答案一瞬间令蒲唯震惊。闭上眼睛，他无法确认自己突如其来的情绪源自何处。汪泉只不过是曾经的一个女同学，骨骼精致，有着一对翅膀般的肩胛骨，总是衣着整洁——这差不多是他所有的记忆了，这些微弱的记忆完全不足以撼动成年男人的心肠。可程小玮给出的这个答案，就是这样一击而中，不知道洞穿了他胸中的哪块靶心。

车子在山洞里疾驰，应该是在一路向上，因为那个要去的地方海拔更高一些。

蒲唯说："老程，你说的没错。"

"老程？"程小玮转头看他，哈哈大笑起来，"对，老程老程，我等着你这么叫我等了十几年了。"

蒲唯不由得也笑了，他自己都没意识到怎么突然就对程小玮换了称呼。

"叫了你这么多年小玮，"蒲唯说，"便宜也占够了。"

当年辗转了一整天的路，如今不足三个小时就跑完了。

进山的路却没了，被那面湖泊所阻断。算不上沧海桑田，但地貌的确改变了。

有专门的渡口和停车场，进山的人只能弃车登船。停车时周围车主的议论让情况明朗了——改天换地，当地政府人为地扩大了湖面，于是水路成为了进山唯一的通道，于是，收费停车，收费乘船。

每个人上船时都要表达几句不满，好像牢骚就是船票。对此，蒲唯和程小玮倒没什么抱怨的。从早上出门开始，他们就运行在一种随波逐流的态势里，一切都是无可无不可的。安之若素，他们并没有一个明确的、不能被变更的路线需要来贯彻。

万顷碧波，渡船上写着"冶海一号"。想必"冶海"就是这面高山湖泊的名字了。当年它也被称为"海"吗？蒲唯想不起来了。他想应该不会，否则他会记得的，身在高原的人会对任何一块以"海"命名的水域保持住牢固的记忆。

船舱是铁皮的，座椅是铁皮的，乘客们被要求套上了橘红色的救生衣。这导致出了一阵议论——水很深吗？——就算你是个潜水运动员也得把救生衣套上，这是规定！

从舷窗望出去，两侧的山峰也泛着生铁般的青褐色，犹如铁铸。

船头有三位搭乘的喇嘛在做法事，宽袍大袖迎风鼓荡，向湖面抛洒着谷物。但不一会儿就被赶回了船舱。船头不允许站人，这也是规定，哪怕你是个做法事的喇嘛。有乘客跟着向湖里抛掷硬币。据说心诚者投入的硬币会沉入湖底。遗憾的是，眼前并无硬币浮在水面上，以违背物理定律的奇迹来佐证人心的虚假。水面很干净，船舷的浪花清澈极了。

程小玮也在口袋里摸来摸去。后来他将拳头伸在蒲唯眼前，慢慢张开，让他看一样东西。是一枚古币，直径大约两厘米，布满斑驳的绿锈，呈不甚规则的圆形。

蒲唯问："你打算扔进湖里吗？"

程小玮看他一眼说："想祭湖我会专门准备些硬币的。"

蒲唯说："这不也就是一枚硬币吗？"

程小玮瞪了他一眼，无奈地说："对，也算一枚硬币。"

"有什么特别的吗？"蒲唯问道，"是不是很值钱？"他想起来了，程小玮如今是位古玩商。

"还好吧，值个一两万。"程小玮说，"这不是关键。"

蒲唯说："那你还是别扔湖里了。"

"我说了，这不是关键！"程小玮急了，把古币塞在蒲唯手心，要求他，"你看看，上面是什么字？"

蒲唯并不能辨认出古币上的字迹。那四个字即便不经过岁月的磨损，在他这个中等职业学校语文老师的眼里，也形同天书。

"算了，你闭上眼睛。"程小玮命令道。他用两只手捂住蒲唯捏着古币的手，掰开他的食指，让指尖在那四个篆文上反复摩挲。

黑暗中有灵光乍现。运行在盛夏的湖水之上，蒲唯的指尖于一片蒙昧之中，触摸到了虫咬一般有着些许疼痛的灵感。

他吁了口气，张开眼睛说："泉。"

程小玮也吁了口气，说："了不起。"

蒲唯定睛端详古币上那颗唯一被自己触摸出名堂的字——原来它的笔画最简单，当你一旦确认出它，它就像脑筋急转弯后那个浅显的谜底，令你有种轻微的羞耻之感。蒲唯想，这其实没什么了不起，"钱"通"泉"，这对于一个学过古汉语的人而言，几近常识。与其说他是摸出了这个字，不如说是潜意识里的经验给了他指尖以灵感。

然而程小玮继续说道："泉，汪泉的泉。"

这个强调令蒲唯又一次感到了吃惊。他惊讶于自己的麻木，惊讶于程小玮竟会如此的细腻。你瞧，在他的潜意识里，不过是教化而来的"钱"通"泉"，而在程小玮那里，却是"泉，汪泉的泉"。

船身一阵剧烈的颠簸，舵手在喇叭里介绍："这儿就是著名的湖洞，所有的船经过时都要抖三抖，算是诸位登岸前向圣湖磕头了。"

当年那家村民旅馆还在原地，只不过规模必然地扩大了数倍。现在，它由数栋连排的木楼组成。先前通往湖岸的卵石小径也改为了木质的栈道，一直从建筑延伸到水里，让旅馆远远看上去宛如矗立在湖水中一般。

登记的时候，蒲唯动念想要住在当年住过的房间，但这个念头只是一闪而过。显然，旅馆的格局早已今非昔比，况且连他自己也无从确切地还原当年的记忆。

房间不大，墙壁、地板、屋顶全部是新鲜的松木板，卫生间里有24小时的热水。可以肯定，当年他们来到这里时住宿条件远没有眼下的好。但现在蒲唯站在房间里，还是感到了昔日重来。他推开窗子向外眺望了一会儿，空气如此透明，事物之间仿佛不再有物理的距离，浮云，山峦，乃至偶尔的声响，四合之内的一切，只要你愿意，伸出手就能抓住。山水依然，时光混淆，从前与现在是浑然的，不分彼此，遑论好坏。

稍事休息，两个人下楼用餐。餐厅有露天的位置，他们选择坐在户外。举目张望，可以从这块圆木构筑的观景台上看到很大的一片湖面。湖面上漂着警示的浮标，黄色的三角形柱体在阳光下像水里伸出的牙齿。有几个游客在规定的水域里游泳，男男女女，从体型上看，好像清一色都是笨拙的中年人。

程小玮点了牛排和烤饼，提议喝一杯。蒲唯点头表示赞同。那枚价值不菲的古币一直攥在他手里，他的指尖总是不由自主地在那个"泉"字上摩挲。后来他有了新的发现，将古币放在餐桌上，对程小玮说："你瞧，这个'泉'字的造型，像不像中国铁路的标志？"

程小玮拿起来看了看，说："是挺像。"

白酒上来了，程小玮表示要共同干一杯。

"祝什么呢？"程小玮问。

"祝健康吧。"蒲唯随口敷衍。

的确，人生今日，祝酒的词都已变得贫乏。酒杯很大，一杯大约就有二两。蒲唯平时是没什么酒量的，他并不明白自己为何会喝得如此轻易，也压根没有想要追究的愿望，就那么仰头喝了下去而已。程小玮在桌面上拨弄着那枚古币。

"这钱，叫'凉造新泉'。"他说。

经他一说，蒲唯马上便觉得古币上天书般的字迹变得一目了然。那四个字原本简单，但是不知所以的时候，你就是无从辨认。这里面好像有着无从说明的奥秘。

"凉造新泉。"蒲唯跟着重复了一遍，汉语独特的语境令他心生浮想。

一边啃着牛排，一边喝着酒，程小玮向蒲唯讲授起古币知识："这是古代中国第一枚以国号为钱文的圆形方孔钱，'凉'就是西晋十六国时期河西一带政权的国号……"

山中无大暑，空气薄凉，潲热全消。一切都似是而非，连烈酒都像是白开水。蒲唯几乎都要想不起自己和程小玮为什么会在此对饮。不是吗，此行的目的经不起推敲——他们这是要干吗？真的是要等待一封十八年前承诺过的来信吗？至少，蒲唯对此是没什么把握的，他想程小玮恐怕也和他差不多吧。老实说，并没有一个显而易见的理由足以构成他们行为的说明。所以，他们相互之间压根不再提那封信，甚至还有些刻意回避，好像一旦提及就会让人羞愧难当。

于是，不如就说说古币知识吧。

后来程小玮将"凉造新泉"弹向空中，大张着嘴，看着它从空中下落。蒲唯还以为他是准备要用嘴吞下去呢，结果他却是用双手接在掌心。原来他要以猜正反面来跟蒲唯赌酒。程小玮的确热衷于赌运气，而且看来很在行。十有九输，蒲唯很快就被酒意压倒了，心想这就是游戏的凄凉。

于是山中的第一日就这样过去了。

第二天早晨蒲唯爬上露台时程小玮已经坐在餐桌旁用餐了。

"我没叫你，想让你多睡会儿。"程小玮说，抖动着手里正在翻看的报纸。

蒲唯说："好久没睡得这么踏实了，一睁眼感觉好像才睡了一分钟。"

程小玮把桌上铁壶盛着的酥油茶给他也倒了一杯，再一次抖抖报纸说："《甘肃日报》，三天前的，邮局的人每隔三天进山来投递一次邮件。"

蒲唯听出了他的弦外之音。

"刚刚我问过前台了，这儿十几年来邮政地址都没变过。"程小玮继续补充道。

蒲唯依然只是点了点头，他不知道自己该说些什么。

吃过东西，两人各自回房间加了件外套，然后一起去爬山。

山上植被繁茂，森林比十八年前显得更具原始气象，这给人造成一种错觉，仿佛一路逆行，他们不但走回到了十八年前，而且继续回溯，还能走向亘古的起点。不远的山坡上有煨桑台，霭霭烟雾不动声色地渲染着一方天光，最终成为了天色的一部分。风中松柏燃烧时飘来的气味成为了他们的方向。

走近后，程小玮向一位正在祈福的藏族汉子讨要了几根五彩绳。他将其中的一根系在了经幡的长绳上。经幡在微风中居然猎猎作响。

双手合十，闭着眼睛默默地站了一会儿后，程小玮回头对蒲唯说："为女儿。"

说着他的手下意识地在齐腰的高度虚晃了一下，让人相信他是在意念里抚摸了一下女儿的头顶。继而他的意识回归，悬空的手贴回大腿，并且紧张不安地在裤腿上蹭了蹭，好像瞬间做回一个父亲这滋味既让他感到甜蜜又让他感到无法承受。

程小玮有个七岁的女儿，如今跟着他前妻住在墨尔本。

蒲唯也过去系了一根，闭上眼睛时，他心里默念着亡妻的名字。

张开眼睛，蒲唯看到桑烟中漫天飞舞的风马。

后来他们找了一面避阳的山坡，仰天躺下，双双陷入一种无喜无悲的冥想状态。没错，城里的生活让你觉得自己和世界之间总是隔着一层毛玻璃，严重的时候你会觉得自己是一名汽车修理工，而且没有升降机，你只能躺在汽车底盘下干活，就像是一起事故的遇害者。但在这儿，两个男人暂时卸下了一些东西，就好像放下了什么家当，然后就可以待一辈子了似的。

待到中午，他们下山吃饭。

吃饭时蒲唯面向着湖面，他提醒程小玮也回头看看：一艘渡船正在靠岸，几个游客的身后跟着一名身穿绿色制服的邮递员。他背着一个帆布包。直到这名邮递员进到旅馆的前厅后，程小玮才叼着啤酒瓶回头向蒲唯意味深长地笑了笑。

此行好像都是程小玮在主导，蒲唯只是个跟从者。现在，蒲唯觉得自己也该做点什么了。他放下筷子，从露台上下去，绕进了旅馆的前厅。那个邮递员正坐在椅子上喝水，一叠邮件放在前台的柜面上。蒲唯过去装作随意地翻了翻。几份报纸，两本旅游杂志，有一封信，是那种信封中间用玻璃纸镂空透明的信函，应该是一封保险公司的告知书。

他的举动被柜台里的女服务员误解了，随手递给他一沓明信片，说道："如果你要寄的话，正好桑吉可以收走。"

于是重新回到露台时，蒲唯手里多了两张明信片。

他坐下递给程小玮一张说："寄一张给谁吧，桑吉下次来的时候可以带出去。"

程小玮问："谁是桑吉？"

蒲唯说："邮递员。"

邮递员桑吉是个藏族小伙子，皮肤黝黑，普通话难以说得标准。他不清楚程小玮那张写着英文地址的明信片该如何结算邮资，说回去搞清楚了先帮他贴上邮票发出去，下次来时再付他钱好了。

蒲唯的那张没什么问题，明信片自带的邮资就足够了。蒲唯在这张印有"冶海风光"的明信片上写下了妻子的名字。面对这位藏族小伙子，蒲唯庆幸自己头天夜里没有在明信片的收件地址上写下"天国"。那样的话，小伙子恐怕要比看到一长串的英文地址更感为难了。蒲唯写下的是自己家里的地址。他想，等他回去时，这张写给妻子的明信片就会躺在自家楼洞的邮箱中了，那就仿佛收件人还在楼上。他还有些迟疑，考虑是否应该也给妻子的母亲寄一张，用以告诉她自己正在遵嘱走出"那件事情"。但他还是放弃了，他不想如此拨弄老人的心弦。

邮递员桑吉以三天出现一次的频率第三次到来时，蒲唯与程小玮已经完全适应了山里的日子。他们天天都会爬爬山。午睡后，多半是在露台上无所事事地坐到黄昏。

其间在旅馆老板的鼓动下他们还下湖游了一次泳。旅馆老板醉醺醺地向他们强调，禁止游过隔离浮标，否则后果自负。因为黄色浮标的另一面就是神秘湖洞的范围，水下有诡异的旋涡，劲道十足，能将人瞬间吸入水底。这家旅馆的老板有一张宿醉不醒的脸和一双愤怒的小眼睛，因此好像不常现身，貌似一个躲在幕后的暴君，这让他发出的警告听上去更具威力也颇像一个蛮横的恫吓，于是反而激起了他们的兴趣。

他们在一个午后下到了湖里，不约而同，竟然一起朝着禁区的边缘游去。夏日当头，湖面亮得让人睁不开眼睛，让人感觉自己就是掉进了一片灼亮的水银之中，将头埋入水里的一刻，光的强度依然在水下闪烁不已。几分钟后，那条黄色浮标连成的界限就在眼前了，它们在水中被一条粗绳相连。蒲唯先游到了，趴在绳索上借着浮力休息。程小玮紧随其后，也照样趴在浮绳上。强光灼眼，两个人只能眯缝着眼睛。他们感觉到了水底挂着的那道网，同时也感觉到禁忌带给人的那种强烈的诱惑力。身后有个女人在向他们喊：不要越界！

这些日子，除了程小玮向蒲唯讲授古币知识，他们之间好像再无其他话题。没错，他们不提远在墨尔本的女儿，不提远在另一个世界的妻子。那都没什么好说的，而且谁都知道，说了也改变不了什么。在这个空气新鲜的地方，他们体验着一种真空般的与世隔绝的存在感。

那枚"凉造新泉"被程小玮用五彩绳系在了脖子上。他喜欢光着膀子坐在露台上，很快，他胸膛的肤色就和古币的颜色相近了。有时蒲唯会故意吸引他更换朝阳的角度，为的是能够让他的身体晒得更均匀一些。

"'凉造新泉'存世量太少，目前泉界对它的研究存在不小的困难，因为新莽至十六国的三百多年间，河西四郡割据政权的史书资料至今多已散佚，现有的史籍无从查考……"

蒲唯在他头头是道的讲述中昏昏欲睡，往往再次清醒时，看到的会是此番情形：世界像是被装了消音器，而一个像是被烤过的胖子裸着上身坐在你面前，胸膛宛如青铜，肚子鼓凸，脑袋低垂，打着呼噜，稀疏的头发在阳光下有一层烧卷了似的、毛茸茸的光晕。面对此情此景，蒲唯每每都需要怔忪片刻才能恢复到对于世界的理解。

"船过湖洞时放在船头的一包邮件掉到水里了。"邮递员桑吉用生硬的普通话说，"今天船上的人坐满了，我只好把邮包放在船头。"

他是在跟前台的服务员解释为什么今天的报纸没了。

同样的话，程小玮听到后上到露台转述给了蒲唯。他还模仿着小伙子的发音。

"没了。"说着他摊摊手，想必这也是小伙子做过的手势。

蒲唯竟被他逗笑了，倒了杯啤酒递给他，低头继续用刀子分割一块羊肉。过了一会儿，蒲唯漫不经心地说："老程，今天立秋了。"

程小玮正躬腰坐在椅子里，一只手捏着另一只手走神，闻声抬头看看蒲唯，不经意间暴露出了无助的表情。他就像一个受了委屈的儿童，或者刚刚挨了妻子耳光的丈夫。不过他迅速做出了调整，扭了扭脖子，说道："那就再等三天吧。"

这是进山以来他们第一次说到了"等"。之前他们都在规避这个无法完满解释的意图。他们说不出"等"的理由，他们也羞于承认在等，更何况他们所等着的，看起来又是那么的没谱。两个男人并不想直面自己精神的幼稚。

"好，"蒲唯说，"就再等三天。"

他也在努力装出若无其事的样子。可"等"的意图一旦被正视，心中不免立刻便凝重起来，那种对于某个事物的盼望之情开始盈满在意念里，以至于让他感到了隐隐的焦灼。

晚餐程小玮要了一整只烤羊腿。他好像把立秋当作一个节日来过了。节气在山里兑现得格外分明，是夜，气温骤降，明显比前一天要凉了许多。但程小玮依然光了膀子，一边大口啃着羊腿，一边不时做几个扩胸的动作。

旅馆后面的空地上有一群旅客在围着篝火跳锅庄舞，后来程小玮也跑去加入了。蒲唯趴在露台的木栏杆上，看着火光中的程小玮夸张地把自己跳成了夜晚的主角。

这些日子以来，都是程小玮先起床用餐，对此蒲唯已经习惯了。但第二天早上，蒲唯没有在露台的餐桌边看到程小玮。

蒲唯去敲程小玮的房门，里面没有动静，心想也许是昨晚闹得太晚了，程小玮还在睡觉。到了中午，依然不见人影，蒲唯就有些担心了。他去前台要了房卡，自己动手打开了程小玮房间的门。人在房间里，蒲唯以为他还在睡觉，不料刚刚关上门就听到他哼哼了一声。

"老蒲你去给我弄些碘酒和纱布来。"程小玮哼哼着说。

凑近一看，蒲唯倒抽了一口气。程小玮全身赤裸着趴在床上，房间的窗帘是拉着的，光线昏暗，但蒲唯还是在一瞬间感觉自己像是看到了一个祭坛。程小玮浑身是伤，仿佛祭坛上剥光了的祭品，整个身躯好像也比平时膨胀了不少，就像是被水泡肿了一样。

跑到楼下向服务员要了纱布和碘酒，蒲唯重新回到了程小玮的身边。他开了灯，那些伤口愈发狰狞起来，有青有红，更多的是惨白的绽肉。

程小玮像一条被人用鞭子抽了一顿的伤痕累累的大鱼。他双手抱着脑袋哼哼个不停，但就是拒绝回答蒲唯的问题。问急了，他才讪讪地说一声："喝多了。"

这显然不仅仅是喝多了的事。蒲唯非常后悔昨晚自己早早睡了，把程小玮一个人丢在夜里。继续追问下去，程小玮不情不愿地回答道："掉进了一块荆棘地里。"

"掉进了一块荆棘地里？"蒲唯重复这句话，起初脑子里还在盘算旅馆的周围何来这样一块地方，但旋即他就被这句话神秘的意绪引向了恍惚。

他用纱布将程小玮捆成了一只粽子。

蒲唯自己在下午三点的阳光里走入了湖水。

立秋之后的水温截然不同，湖面上已经没有其他游客的影子了。他一步步从湖岸蹚进水中，感觉不是湖水，是寒冷，在将自己一寸一寸地淹没。渐渐地，他的身体适应了水温，下水前他喝了几大口白酒，此刻酒劲儿也开始在体内发挥出了效力。

蒲唯匀速向前游去，感觉自从妻子死后，自己从未像此刻这般目标明确过。

那道界限很快就触手可及，蒲唯游到后趴在浮标的绳索上反复调整了几次呼吸，然后翻身越了过去。

水温是另一种冰冷，那道界限真的隔离出了两块不同的时空。蒲唯却并未感觉到艰难，相反，他觉得自己的身体越发地自如起来了。

十几分钟后，他看到自己的身下飘过一道修长的蓝光，也许是紫色的，他还没来得及凝神，它就下潜到湖水的深处去了，仿佛天空中一道稍纵即逝的霓虹在水里反射了一下。可能是某种鱼类？但蒲唯想起旅馆的服务员对他说过，湖中只有小鲹，别无其他水生动物……就在此刻，他开始感到水中的暗流了，像一匹布柔韧而有力地卷裹着他。他不做抵抗，顺势向着水底沉了下去。

第一次，沉到一半的时候，他觉得已然用尽了肺部的氧气，这时那道卷裹着他的力量恰好翻转，他差不多是被弹出了水面。他的头钻出湖水，大口呼吸，同时看到自己伸在空中的胳膊有几道翻开的口子。那一定是被水里的什么东西刮破的，但他却并无觉察，没感到一点儿痛。

再一次，他重新下潜。他的脚不断地下探着，自问是否能够踏到湖底，或者这湖是否真的有底。终于，他感到脚底下就是铺满淤泥和砾石的河床。他在水中翻转身体，伸手触摸。或许因为这一切都是在静默中发生着，他感到自己完全身在一个不真实的梦境里。每一次伸出手，水的阻力都让他仿佛是捕捉到了不具形体的珍贵之物；每一次伸出手，都像是一次与熟悉事物的邂逅。那是一种饱满的徒劳之感，又是一种丰饶的收获之感。

有一个瞬间，他的意识里浮现出这样一幅清晰的画面：某个遥远的地方，在大暑与立秋之间的日子里，一个女孩子正坐在窗前写信，窗帘被微风吹拂着舞动……

他甚至看到了那封信的内容，女孩子以娟秀的字体写道：亲爱的小玮，亲爱的老蒲……

后来，他的脚踩在了一层滑动的小块金属上，身体因此失去了重力。他猜那是祭湖者投下的硬币。他尝试着微微张了一下眼睛，惊讶地发现，原来水底并非漆黑一团，而是有着晦暗不明的光线。看来程小玮所言不虚，那真的是一块荆棘地——无数枝杈纵横在身边，上面挂满了不知何物的沉水品。但是他看不到一只邮包。幽暗中亦有灵光乍现，他几乎完全是靠着直觉和本能向着虚空打捞了一把。

重新浮出水面时，他已精疲力竭，臆想自己正在被不可避免地抬高到了世界的顶端，仿佛一碗盈满的水，就要流泻到世界的外面。

在湖面上没有意识地漂浮了一阵，他感到有力气可以转头游回去了。

即便已经立秋，西北的黄昏依然迟迟不肯退场。但是当蒲唯返回到安全的水域时，天色一下子发生了逆变。也许是他游了太久，当他翻过那道黄色浮标的一刻，湖面倏然一片辉煌的彤红。水天一色，宛如霞光在一瞬间跌入了湖水之中，也宛如他在一瞬间游到了天际。

脚下踩到湖岸时，出水的蒲唯发现自己泡皱的双手除了挂着水草，右手食指上还缠着根五彩绳，绳子上系着的，可不就是那枚"凉造新泉"。对此他一点都没有感到意外。好像他深入到水底去，就是为了把什么丢失了的再找回来似的；好像只要他伸出手去，必定就会有什么重要的东西将重新被攥在手心一样。

他一步一步从水里蹚出来，浑身的划痕，唯一能做的就是忍住不发抖。他的腿在抽筋，肌肉一阵阵跳动着痉挛。不管昨晚程小玮经历了什么，他可不愿意被人拖上岸。他对自己说，好吧，我来过了，沉下去了，伸出手了，现在，我"必须"走出来了。

然后他就看到那个暴君般的旅馆老板挥舞着拳头气急败坏地向着他东倒西歪地跑来。

立秋后的第三天他们出山返城。他们也没法继续待下去了，挨个犯禁，已经让他们被视为了制造麻烦的人，如果不是伤得不轻，被旅馆老板抓了现行的当天他们就被赶走了。

邮递员桑吉放下旅馆的邮件，和他们同船离开。

在船上，说起旅馆的暴君老板，桑吉说："他呀，没人能认识他，因为他总是会不停地变成和你认识的那个人不一样的人，他老要拉住你告诉你他是谁，可他究竟是谁也一直在变。"

程小玮用裹着纱布的手挠着正在变秃的头顶，和蒲唯对视了一下，用眼神询问蒲唯是否听懂了这番话。蒲唯还给他了同样的眼神。程小玮问蒲唯进城去哪儿吃饭，蒲唯说先回家吧，心里想着的是那张明信片应该已经寄到家好几天了。那枚古币已经重新挂在程小玮脖子上，他晒黑了的皮肤把白色的纱布衬得触目惊心，多日未刮的胡子看上去比头发还要密。

西风凄清，太阳正在落山，山岚中飘荡着煨桑的香味。湖面上有一层薄薄的雾气浮动，仿佛湖泊的灵魂正向着夕阳飞升。经过湖洞时，渡船开始动荡。

在发动机的怒吼声中，蒲唯对身边的邮递员桑吉说："我在这儿看到过一道光。"

"扎西德勒！"小伙子热切地盯着蒲唯说："老哥你看到了圣光！"

重新将目光投向湖面，蒲唯的心情又一次跃入了水中。水面扩散着亿万道细碎的波纹，像是释放着大自然亘古以来难以穷尽的隐秘的痛苦。尽管蒲唯知道那道光不会重现，但心里还是如同水面一般涟漪涌动。没错，蒲唯想，他真的可能有幸目睹过一道圣光，它如在水底，如在空中。有那么一会儿，蒲唯变成了他不自知的观察者，他看到这些天里，两个生活中的受挫者怀着羞于启齿的等待之情，在"写信的人如今就在写信的地方"那样一种宽泛而朴素的理解力下，试着靠近过那道光，从而和一些有希望的东西再次发生了联系。为此，他们前仆后继，不惜涉险——即便那莫须有的事物宛若捕风捉影，即便它如在水底，如在空中。

原载《人民文学》2018年第3期

点评

蒲唯丧妻，其痛苦自不待言。岳母来信意在劝诫他"走出丧妻的痛苦"，但这封署以"大暑"的写信时间却让他突然记起了"一个遥远的承诺"。这承诺也与程小玮息息相关。于是蒲、程二人遂重回故地，等待并接收十八年前由汪泉发来的信件。故地重游，生发一种物是人非之慨倒也合情合理，但对汪信的痴等和毫无希望的找寻显然是有悖常理的。然而，小说就是从这些有悖常理处出发，不断发现和开拓新领域，变不可能为可能，从而重构崭新的艺术世界。这个短篇所着力展现的显然不在实在界，而在精神界或曰彼岸世界，是竭力把握并呈现某种既实在又神秘的内在性生命图景的艺术实践。其实，汪信能否准时寄到预定地点，或者能否被蒲、程二人按时接收到，都已不重要且在文本中不具有实际的指涉意义。事实上，对蒲、程二人特别是前者而言，故地重游自然隐含着逃离现实之困和心灵之痛这双重困境之企图，而"寻找真空般的与世隔绝的存在感"也是其此行之重要旨归，应当说，小说对这两层意旨的反映是显而易见的。但考虑到他俩一些匪夷所思的举动，比如，程对"凉造新泉"近于玄学意味的反复玩味，他俩对"写信的人就在写信的地方"理念的坚信，以及先后钻入水底，一厢情愿地找寻"有希望的东西"的企图，特别是蒲"有幸目睹到一道圣光"的神奇经历，那么，我觉得，这个短篇所侧重展现的似乎又远不止于上述两点了。至少，人对时空体的神秘感应，特别是人与时间的关系以及由此而生成的有关生命意义的形而上考量，也是这个文本所侧重表现的主题向度。只不过，它也"如在水底，如在空中"，读者能否从中读出这种意味，全赖读者与文本之间展开对话的程度如何了。因此，《如在水底，如在空中》是一个追求深度和难度写作的带有一定精神探索性的文本。

（张元珂）

发 生

蒋一谈

雨落下来，开始是凌乱的，后来变得有节奏了。他站在胡同口，默默看着几个工人站在烟囱顶端挥动铁锤，碎砖卷起的烟尘在雨雾里四散飘落。这根大烟囱是在他三十五岁那年竖起来的，如今三十四年过去了，街道和周围的建筑物变了又变，胡同也在变，那些临街的平房变成了一间间小商铺，而胡同里面那些老旧的房屋，等待着随时被拆除的命运。

去年春天的一个傍晚，他也是站在这个位置，两个二十岁左右的女生走过来，停下脚步，专注地望着烟囱。一个女孩说："顾城十二岁的时候写过一首《烟囱》的诗歌，你还记得吗？"另一个女孩说："记不全了。"问话的女孩轻声念道："烟囱犹如平地耸立起来的巨人/望着布满灯火的大地/不断地吸着烟卷/思索着一件谁也不知道的事情……"女孩眯起眼睛，若有所思地点点头。

几个老街坊走过来，一边说话，一边感叹。

"拆了烟囱，咱们这条胡同也快拆了吧……"

"还真舍不得。"

"住楼房也挺好的。"

"我不稀罕楼房，我愿意住在这儿。"

"听说，前面那个寺庙也会被拆掉。"

"不可能吧？"

"那座寺庙上百年了，我奶奶小时候就在里面烧香。"

"唉……"

"拆就拆吧，我们也拦不住。"

他在一旁听着，没有加入对话，心里有些伤怀。

雨更大了。他往房檐里面挪了挪身子。一个戴黄帽子的工人边抽烟边跟路人打趣："这年头，啥事都有啊。刚才有个姑娘，想买从烟囱上拆下来的砖头，买七十二块，有零有整，我们工头要了她五百块钱。"工人龇着牙，伸出五根手指头："这姑娘没还价。买这些旧砖头干啥啊！"

雨打湿了路面，现在正在慢慢溅湿他的鞋面，他只是看着，没有把脚缩回去。春天的雨是温润的。他伸出手，触碰着雨丝。他这样想，如果时间在这个季节停下来也是挺好的，时间停下来了，一切也都停下来了，大家也都安生了。

他叹了口气，眼神有些恍惚。三年前，妻子去世之后，他看待世界的眼神发生了明显的变化。他突然发觉自己老了，虚弱了，思维的能力被生生掠去了一大半。家里有三面镜子，一面在墙上挂了二十多年，一面放在桌上，一面摆在女儿的房间。他收起了桌上的镜子，放进了衣橱；那面固定在墙上的镜子，拆下来可能会裂掉，所以他尽可能视而不见——他不想在镜子里看见自己乱蓬蓬的头发和日渐衰败的脸。前年秋天，女儿出嫁后，家里只剩下了他一个人。女儿希望他把那间空房租出去，拿租金报名参加夕阳红旅行社，去外面散散心。女儿暗示过他，要是他还想找一个老伴，她会不太乐意，但也不会阻拦。他没有把空房租出去，也没有找老伴的心思，他只是想，女儿的房间在，屋里的摆设在，他什么时候想女儿了，可以打开房门进去坐一坐、看一看，这样心情会好受些。

昨天晚上，他一个人看电视剧，一个躺在病床上的垂死男人对女儿说："人这一生，十年是一张，花一张少一张，我还没花完七张，老天爷就把我的账号给封了……"男人的话像一块大石头，堵住了他的胸口。他关了电视，坐在院子里，坐了很长时间，觉得自己就像一根孤独的干木头。人这一生，既无常又没意思。他抬起头，看着夜空的月亮，好像看见妻子临死前痛苦的脸。他现在唯一遗憾的只有一件事：三年前，看着妻子躺在病床上活活受罪，他毫无办法，只能偷偷抹眼泪，像个废物。

这一夜，他躺在床上，昏昏沉沉的。半梦半醒的滋味已是常态，他吃了两粒安眠药，总算睡到了天亮。他望着灰蒙蒙的窗外，不知道接下来的这一整天该怎么过。吃饭、睡觉、看书、看电视、出去散步，无非就是这些。女儿出嫁前，他为女儿做饭洗衣，等女儿下班推门回家，叫他一声爸爸，心里有实在感。现在女儿出嫁了，他感觉自己的脚和手悬空了，生活的重心消失了，他不再有心情推开厨房门，做饭、吃饭的时间不再规律，他也不愿意主动去街坊邻居家串门聊天——都认识几十年了，还能聊什么呢？

简单洗漱后，他走出家门，走进胡同口的小吃店，买了一根油条、一份咸菜，喝了一碗豆腐脑。他抬起头，烟囱在一夜之间完全消失了。现在，他的视线已经没有烟囱阻挡，可以望得更远，可是又有什么意义呢？

天空彻底放晴了。他把被褥抱到院子里，挂在绳子上晾晒，做完这几个动作，后背竟出了汗。他在椅子上坐下，拿出一根烟，一个女孩的身影出现在眼前。女孩推着一辆自行车，摇摇晃晃的，车筐里有不少东西。她停稳自行车，走到邻居家门口，开始敲门。她轻声敲了两下，等待了几秒钟，又敲了两下，不经意回头看见了他，淡淡一笑。

"姑娘，这家人不常在城里住，现在可能在郊外。"他说。

"哦……"她后退半步，看他，问道，"叔叔，那你家是47号，对吗？"她的声音很好听。他点点头。女孩从车筐里拿起一个用报纸缠裹的东西，慢慢走过来。他站起身，看着女孩，觉得女孩的年龄比自己的女儿小一些。

"叔叔，这是给你的。"女孩把手里的东西递过来。

"什么？"他有点意外。

女孩打开报纸，他看见一块红色的砖和一张烟囱的照片。砖面上写着一行字：豆瓣胡同四十七号。他接过红砖和照片，心里不是很明白。

"叔叔，你在这儿住了多少年？"

"四十多年了。"

"这块砖……是从大烟囱身上拆下来的。"

"哦……"他还是有点迷惑。

"我想送给你。"女孩说。

"为什么？"

"我想……把烟囱的记忆留在你家里。"

他眨眨眼，忽然明白了。"好，好！"

"谢谢。"

他笑着摆摆手。"不用谢。"

"得谢谢你，因为你帮我完成了一次艺术活动。"

"艺术活动？"

女孩点点头。"在这条胡同里，住着七十二户人家，我买了七十二块砖，一家一家送过去，我已经送了四十七块砖，四十七幅照片了。"

七十二户人家。他在胡同里住了这么久，今天还是第一次知道这个确切数字。不过，他也知道，这几年，很多老街坊把房子租了出去，胡同里住了不少外地人。"姑娘，坐，坐，喝杯茶。"他搬来椅子，让女孩坐下。他在一旁倒水的时候，女孩说："两个月前，我看新闻，知道豆瓣胡同前面的烟囱要拆除了，我就在胡同里租了一间小房子，准备这个艺术活动。"

"就你一个人吗？"

"嗯。"

"这些砖很沉的。"

"没事，为了艺术，我不怕累。"

艺术。这个字眼扎进他的脑仁。在他的意识深处，只有绘画、音乐、电影、雕塑和文学作品，才是艺术。他把水杯放在小桌上，再次端详手里的这块砖。"艺术……我不是太明白……"他有些不好意思，"你这是什么艺术活动？"

"从生活中来到生活中去的艺术。"

"从生活中来……到生活中去……"他小声念着这句话，想起当年的上山下乡运动，从农村中来……到农村中去……他笑了笑，点上一根烟。

"叔叔，艺术是无处不在的，就像生活一样……艺术也和生活一样，也都会消失，成为回忆。"

女孩的话让他想了又想，还是没有完全理解。

"你在这儿租了房？"

"特小的房间，写字、放砖用的。砖放在外面，我怕淋湿了。我住在十五号院。"

十五号院离他这里不远。他点点头。

"叔叔，你拿着砖和照片，我想拍张照，好吗？"

"好，好。"他发现女孩的胳膊肘有好几条划痕，还粘了不少红色粉末。

女孩拍完照片，站起身。"我得走了……对了，叔叔，我想把你邻居家的这块砖放你这里，等他回来的时候，麻烦你送一下，好吗？"

"没问题。"

"谢谢叔叔。"

女孩把那块砖拿过来放在桌上，脸上挂着笑，女孩脸上的汗珠似乎也在笑。他看着女孩推着自行车往外走，感觉到心情舒朗。他突然想起什么，对女孩大声说道："姑娘，如果其他家没人，你就把砖头放我这里吧，我帮你送。"女孩停下脚步，回头看着他，抿紧嘴唇，用力点了点头。

他摩挲着砖头和照片，内心五味杂陈。整整三十四年过去了。他住在这条胡同，在这里结了婚，有了女儿，女儿长大了，妻子去世了，这根烟囱见证了他从一个小伙子慢慢步入了老年光景。男人老了，心里的那股劲儿也消退了，他只是没想到，这股劲儿会消失得那么快，好像对他一点也不留恋，好像在他身体里生活了几十年，腻味了，想尽快逃离他。

他把红砖和照片放在书架上，琢磨着女孩的话：艺术和生活一样，无处不在……艺术也和生活一样，都会消失，成为回忆……他眯着眼，思来想去。

傍晚时分，女儿回到了家，给他带来了平常爱吃的带鱼。他非常高兴，在狭小的厨房里为女儿炒菜做饭。女儿看见书架上的红砖和照片，扭头说道："爸，你也有这砖头啊。"

"一个姑娘送来的。搞艺术的。"

"她没骗你钱吧？"

"骗我钱？"他脸上带着笑，小声念叨了一句。

"我刚才听见他们在说砖头的事儿。"

"说什么？"

"说那个女孩怪兮兮的，还有人把砖头和照片扔出来了。"

他放下手里的刀，提高声音说道："说这话的肯定是外地人，他们不懂，别听他们乱说，我觉得女孩挺好的，人家在做艺术。"

"艺术？"女儿笑出了声，"咱们这条胡同还有艺术？"

他不再说什么。锅里的油翻滚着，等着他把带鱼放进去。女儿一边翻看手机，一边说："爸，我今天不在家吃晚饭了，老板刚发来短信，让我去陪客户。我走了。"他看着翻滚的油，眉头微微皱了一下。听见女儿的脚步声越来越远了，他叹了口气，伸手关了煤气，找出保鲜袋，把带鱼装进去，然后走进屋把保鲜袋放进了冰箱。

他洗手，不停地洗手，好像洗手是他今晚最重要的事。他顺手洗了一把脸，也不擦，让水珠顺着皱纹往下淌。天色渐渐暗下来，他听见了谁家的欢声笑语，心里更显空落。他打开电视，调了几个频道，又把电视关上了。屋里非常安静。他和妻子的合影照摆在衣橱上面，妻子笑吟吟地望着他，似乎在跟他说话："我在那边挺好的，你放心吧。"此刻，只有抽烟能平复心情，他抓起烟盒，烟盒空了，他继续找烟，烟盒还是空的，他忽然气急败坏起来，一脚踢翻了小板凳，愣愣地站在那儿。或许过了两三分钟，他慢慢弯下腰，扶正小板凳，走出屋门买烟。大街上都是来来往往的陌生人。

夜色彻底笼罩了整条胡同。他没有目标地往前走，或许过了两三个十字路口，他随着人流右拐，穿过斑马线，接着往左拐去。不知不觉，他走到了护城河边，那里人头攒动，看不清人脸。他顺着栏杆走下去，在一个僻静地停下脚步。河面倒映着对岸楼顶上的霓虹灯，灯光组合出的图形随波荡漾，一会儿模糊，一会儿清晰。他看着河面，眼神开始发虚，那些光影似乎在向他发出暗示和诱惑，老伴走了，女儿大了，也没什么牵挂了，跳下来吧，跳下来吧……他闭上眼睛，脚底下轻飘飘的，有一股力量正在生成，想托举他跨过栏杆，耳边的蚊子好像也在为他欢呼，他感受到了轻盈，同时感受到了深深的哀伤……三四个相互追逐的孩子撞醒了他，他抓紧栏杆，身体半蹲下来，额头上汗涔涔的。他不敢在岸边继续停留，急急忙忙走到路边，拦住了一辆三轮车。

他没有感受到死亡的解脱，也没有感受到继续活下去的理由。城市的光影在眼前晃悠，这些绚烂和迷人的气息跟他毫无关系。三轮车夫一路蹬踏，嘴里哼着小曲，他忽然很羡慕眼前这个靠卖力气赚钱的年轻男人，他有家人要养活，这是他继续生活下去的最大理由。事实上，在过去的年月里，他吃过很多苦，也没有赚过很多钱，日子一天接着一天，却是实实在在的。他闭上眼睛，想大醉一场。

他在胡同口下了车，多付了一倍的车费，三轮车夫很诧异，他摆了摆手。街上灯火明亮，胡同里显得灰暗，众多的飞蛾扑向墙上的灯泡。他忽然想去看看那个女孩，她住在十五号院，就在前面菜市场左边的小胡同里。他加快步伐往前走。十五号院是一个大杂院，大门敞开着，一条小狗蹲在那儿，朝他摇尾巴。他顺着亮灯的窗户往里走，一个女人正好推门出来，差一点发出尖叫。"你……你找谁……"她的声音在发抖。

"我住在前面……来找一个朋友……"

女人似乎认出了他，在暗影里点了点头，随后拉上了门。

他继续往里走，看见一小扇亮灯的窗户。他轻手轻脚走过去，看见女孩正在砖上写字，心脏竟怦怦跳动起来。女孩忽然伸了个懒腰，他急忙屏住呼吸，后退了半步。他再次慢慢靠前，移动视线，发现桌上的方便面、半瓶矿泉水和一包打开的饼干。他不知道接下来该做什么，有一刻，他想出去给女孩买点吃的，可是又觉得太唐突；他也不敢敲门，生怕惊扰了女孩。他犹豫了好久，最后决定转身离开。

他是带着笑离开的。胡同里没有了人影，也没有更多的光照，一块砖头绊了他一下，他没有像往日那样骂骂咧咧的，而是弯下身拾起半截砖头。借着胡同里的光，他看见写在砖头上的四个字：豆瓣胡同。门牌号不见了。他知道，这是一块被人扔掉的砖。他往家走，邻居家的灯光还是没亮，他在门前侧耳听了一会儿，没有听见其他声音。回到家，他在屋子里站了好一会儿，脑子里一直闪现着女孩的身影。他洗漱完毕，在床上躺下，女孩的影子还在眼前晃悠。隐隐的春雷从天际传来，好像又要下雨了。他闭着眼，嘴角带着笑意，等他慢慢睡着的时候，已是子夜时分。

雨在前半夜飘落下来，静悄悄的。第二天早晨，雨停歇了。他忽然在半梦半醒之间听见了女孩的声音："叔叔……你在家吗？"他马上清醒了，急忙坐起身，回应道："在！在！"他下床穿衣，揉了揉脸，用力整理头发，打开了房门，没看见女孩的身影。他走出屋门，四周静悄悄的，房檐上的雨滴落在手臂上，让他意识到刚才是在做梦。他落寞地走回屋，在床沿上坐下，再也没有了睡意。他在想，女孩把砖都送出去了吗？

他洗漱完毕，急急忙忙前往十五号院。女孩不在房间，五六块红砖摆放在窗台下。昨晚撞见他的那个女人，正在水池边洗涮拖把，她直起身，说道："昨晚你就来过吧？女孩走了，今天一大早走的。"

"哦。"他回头看着女人。

"你认识这个女孩吗？"

他欲言又止，往门外走去。女人的声音跟在他的身后："女孩真不容易，一个人把这些砖往各家送，还有人不领情，把砖扔出来。"他停下脚步，回转身。

"不要就不要呗，扔什么呀。"女人接着说。

"是！是！"

"窗台下的砖是女孩捡回来的。"

"她还会回来吗？"

"可能不回来了吧，屋里的东西都收拾干净了。"

"我……我想要那几块砖。"

女人愣了片刻，笑起来，低头继续涮拖把。他紧走几步，蹲下身，使出全身的力气抱起湿漉漉的红砖，一步一步往外走。路边停着一辆三轮车，他把双手放在车座上歇息，调整着呼吸。这些年，他还是第一次干这种体力活。回到家之后，他把砖小心翼翼放在桌上，一屁股坐下来，大口喘着气，双手和双臂沾满了粉屑，在不停地发颤。他抓起茶杯，一饮而尽。眼前的红砖是实实在在的，他一路辛苦抱回家，可是为什么要这样做呢？他想给自己一个解释，可是又实在想不明白。他兀自笑了，笑了很长时间。

红砖上的门牌号已经模糊不清。他努力辨认，隐约看见六十七号，这是老孙家的门牌号。其他的门牌号无论如何辨认不出了。他找出一张报纸，把红砖包好，走出屋门，走向老孙的家。他控制不住自己的情绪，觉得这是他今天必须要做的事——非如此不可。老孙拉开门，脱口而出："你这老哥们儿，见你一面真他妈不容易！"他指了指老孙，把手里的砖放在桌上。

"这是啥？"

"你扔出去的东西，我帮你捡回来了。"

"我扔出去的东西？"

"真想不起来了？"他解开报纸，红砖露了出来。他接着说："烟囱在胡同对面立了三十多年，现在拆了，一个女孩买来砖，送给咱们留个念想。"

"我想起来了！"老孙一拍脑门，"那天我恰巧不在家，是我的新租户扔出去的，他不懂，还以为女孩有精神病，砖里有毒呢！"

他摇了摇头，看着老孙，说道："老孙啊，我们应该感谢那个女孩，人家不图什么，就是想把我们过去的回忆留存下来，这是她的好意，这砖……也是艺术。"

"艺——术？"老孙拖长了音调。

"是艺术。"

老孙哈哈大笑起来。"我不懂，这砖头能有啥艺术。"

"我越琢磨，越觉得这是艺术。"他说，手指摩挲着红砖。

老孙瞪大眼睛，竖起大拇指，说道："你这老哥们儿，真行！"

他轻叹一声，说道："在这条胡同里住了几十年，不瞒你说，我还是第一次思考艺术的事……"他摇了摇头，语调渐渐变弱了："还真是第一次思考艺术的事……"他摸了摸红砖，站起身。

"这块砖，我收着了，你放心吧！"

"收好，收好！"

"这么快就走啊，抽根烟再走吧。"

他摆了摆手，默默走了出去。

接下来的日子里，他的心情是平和的。摆放在书架上的红砖，被他擦得干干净净，上面的纹理和缝隙清晰可见。他欣赏着这几块红砖，嗅闻着砖土的气息，思绪会飘出去很远。但他还不知道女孩的名字，这是他心里的遗憾。这一天，女儿回到家，看见书架上又多添了几块砖，脸色马上变了，想把砖扔出去，他拦住了，两人为此争执了几句，女儿气呼呼离开了家，他喝了一晚上的闷酒。

他不知道自己是何时上床睡觉的。时间到了后半夜，他突然醒了，浑身不自在，肌肉酸胀难受。屋里的灯亮着，屋门半开着，酒瓶和酒杯滚落在地上。他闭上眼睛，知道自己受凉感冒了。感冒药在抽屉里，伸手就能够着，他没有去拿。他觉得恶心，肠胃不停地翻腾，头垂在床沿上干呕了好几次。此刻的夜晚是最寂静的，就像一大桶凉水，将他内心的孤寂和伤感冲刷了出来，冲得满屋都是，把他的眼眶也冲湿了。他想接着睡，就这样昏沉沉睡过去，再也不要醒来。

当他迷迷糊糊醒来的时候，已是下午时分。屋里的灯灭了。他挣扎着直起身，慢慢下床，穿上衣服，看见一个女孩站在门外。

"你是……"他走到门口。

女孩转身，笑着说："叔叔，你醒了。"

他认出了女孩，却又不敢相信自己的眼睛。他扶着门框，浑身虚弱无力。女孩急忙扶住他，问道："叔叔，你病了？"

"昨晚受点凉……"

"吃药了吗？"

他摇摇头，在椅子上坐下，拉开旁边的抽屉，取出感冒药。女孩倒了一杯水，他接过茶杯，没有看女孩，或者说，他在努力回避女孩的眼神。他吃了药，喝完杯中水，长长地喘了一口气。

"我是来给你送照片的。"女孩拿出照片，举到他面前。照片上的他，一手举着红砖，一手举着照片，笑吟吟的，他的身后是那堵垂挂着青草的老墙。女孩的身影和语气让他的精神好了许多。

"姑娘，你……你叫什么名字？"

"夏天。"

"夏天？"他以为自己没有听清。

"夏天，叫我小夏，或者小天，都行。"

"好……好……"他觉得叫她夏天更好听。

夏天突然发现了书架上的几块红砖，她抑制着呼吸，没有马上起身走过去。

"夏天，谢谢你……"他由衷地说。

"为什么？"

"你……你让这条胡同有了艺术……"

夏天低下头笑了。

"这条胡同，说不定什么时候就不见了……"他的语气弱下来。

"我听说过几天，前面那座寺庙也要拆掉了。"

"唉……"

夏天抬起眼帘望着他："叔叔，你喜欢这样的艺术吗？"

他点了点头，笑了。"喜欢，可是不太懂。"

夏天也笑了。

"我有一个女儿，比你大一些。"

"我今年二十五岁。"

"我女儿二十九岁，我要孩子晚。"

"哦。"

"我女儿去年结的婚，你还没结婚吧？"

"嗯。"

"你有男朋友吗？"

"他在荷兰。"

"河南？"

"他是荷兰人。"

他点了点头。"他做什么工作？"

"艺术，他是艺术家。"

"你做什么工作？"

"我没有固定工作，我现在做的就是我的工作。"

"我不是太明白。"

"我的理想就是做一名艺术家。"

"这工作能挣钱吗？"

夏天笑了笑，说："这是一份需要花钱的工作，我做工赚钱，然后养自己的艺术。我和男朋友有共同的理想。"

他陷入了沉思。

"大学毕业后，我可以找到稳定的工作，可是我喜欢自由，喜欢想象，喜欢从庸常的生活里发现趣味和美妙的东西。我很感谢我的男朋友，如果没有遇见他，我不会选择这样的生活方式。"

他看着夏天，等待她继续说下去。

"你想看看我男朋友的艺术作品吗？"

"好！好！"

夏天从背包里拿出电脑，放在桌上，然后找到文件夹，打开一幅幅图片，给他慢慢展示。第一个作品：风车。他看见欧洲美丽的景致，鲜花，白云，羊群，树林，还有一排排风车，矗立在田野里，显得威风凛凛；风车转轮上面掉挂着一面面四方形的大镜子，风车转动，大镜子也在转动，不停地闪闪发光，白云倒映在镜子里，远处的羊群、汽车和行人，倒映在镜子里……他看入迷了，但在这一刻，他只是感觉到神奇，并不明白为什么要在风车转轮上装上硕大的镜子。万一镜子碎了，该怎么办呢？

夏天看出了他的疑惑，对他说，在艺术家眼里，这个世界永远是多维的，我们看得见美丽的大自然，但我们眼里的大自然永远是平面的，是局部的，或者说，我们眼里的美丽，包括忧伤，都是局部的，因为人类的认知能力是有限度的；而风车上的镜子，能帮助我们看见不曾看见的，帮助我们发现不曾发现的。当然，镜子是脆弱的，易碎的，而镜子里的这个世界，不也是扭曲、脆弱、易碎的吗？听完夏天的解读，他好像明白了许多。

第二个作品：水床。看见这个标题，他这样说道："我知道水床，我在家具城看见过。"

夏天笑了笑，打开文件夹，点开作品视频：洁净的欧洲城市，晴朗的天空，绿莹莹的树林，男男女女在愉快地行走。镜头转向街道边的一个池塘，十几个工人拖来一块巨大的绿草皮，慢慢覆盖在池塘上面，他们蹲下身，用工具固定好草皮，然后闪到一旁。一个过路的男生首先被吸引过来，他前后左右看了看，试着踏上草皮，草皮一下子塌陷下去，随后又弹起来，他吓了一跳，后来觉得草皮是安全的，便索性躺下来，开始在上面打滚，草皮随着他的动作上下起伏，像翻腾的绿波浪。更多的行人走过来，在草皮上面走，草皮陷下去、弹起来，陷下去、弹起来，他们也都集体笑起来。

看着这一幕，他有一种既愉快又眩晕的感觉，他也想在草坪上走，也想躺下去，闭上眼睛，让阳光照在脸上，那些在眼皮上闪烁跳跃的光线，像水面静谧的波光。他闭上眼睛，内心里充满了感动。当他睁开眼睛的时候，工人们正在拉走草皮，那片池塘重新恢复了原样，四周静悄悄的，一个人也没有了，仿佛什么事也没有发生。

"我……"他迟疑了片刻，接着说，"我好像明白了你说的话……从生活中来，到生活中去……"他拿出一根烟，看了看夏天，又想把烟放回去。

"你抽吧，我不介意。"

他点上烟，眉头渐渐舒朗。"真是艺术家啊！只有艺术家才能想出来啊！"他连连感叹，神情很兴奋，"我也想做这样的事，可是我老了，不行了……"他自嘲地笑了笑。

"你真想做吗？"

他点点头，随后摆了摆手。"我哪行，我可没那脑子。"

"你可以试一试。"

他连连摇头，神情竟有些羞涩了。

"艺术也是生活实践，这种实践能让人更热爱生活。"

他看着夏天，眨了眨眼睛。

"想一想你最熟悉的生活环境，那里一定有你的艺术灵感。"

"我最熟悉这条胡同。"他肯定地说。

"那就从这条胡同想起吧。"夏天笑着说。

他静默了一会儿，忽然转过眼神，对夏天说："怎么想都行吗？"夏天看着他，说："按道理讲是这样的。这条胡同是生活区域，你可以多想能够简单操作，并且能够快速完成的艺术实践活动，不需要动用过多的道具，不需要改变现在的环境，却能让人感受到出其不意的新意和另一种胡同味道……"事实上，在讲述这段话时，夏天想到的是自己的父亲，她想帮助眼前这个男人，完成一次艺术实践活动。她的脑筋在急速转动，脸上渐渐浮现出笑意。

"你笑什么？"

"嗯……我刚才也在想艺术创意呢。"她有些小得意。

"说说看?"

"我想先听你的。"

"我……我能行吗?"

"不试怎么能知道自己行不行呢?"夏天调皮地笑了。

夏天留下电话号码,收拾好背包,准备告辞。他想请夏天吃晚饭,夏天说,等下次见面的时候再吃吧。两个人约定,三天之后见面,各自拿出胡同艺术实践方案。他把夏天送出胡同口,看着她慢慢走远,消失在人群里,忍不住在心里说:"谢谢……谢谢……"他回转身,望着这条狭长寂静的胡同,脑海里闪回着下午观看过的艺术活动图片和视频,已经开始迫不及待地寻找灵感了。

豆瓣胡同。他看见钉在墙壁上的这四个字,突然有了第一个闪念:他去超市买几十袋豆瓣酱,然后站在胡同口,分发给那些穿过胡同但不在这条胡同里生活的人,让他们牢牢记住,在这个偌大的城市,还有一条小小的豆瓣胡同。这个想法怎么样呢?他站在那儿,仰起脖颈,嘴巴半张的,死死地盯着胡同标牌,整个人看上去像一个傻子。他越想越觉得这个想法既实在又巧妙。他兴冲冲走进小饭馆,点了一小瓶二锅头,一盘羊头肉,美美地吃起来。

这一夜,他睡得很踏实。第二天一早,当他走进超市,看见一袋豆瓣酱标价十二元时,心里又有了不踏实。买五十袋豆瓣酱,需要花费六百元,而他一个月的退休金只有一千八百元。他思前想后,决定给夏天打个电话。夏天告诉他,这个想法很棒,他听了非常兴奋。不过,他随后在夏天的语气里听出了迟疑:"将豆瓣胡同和豆瓣酱联系在一起,是艺术实践常用的方法,但是……这个艺术活动需要两个最基本的条件。"

"什么条件?"他有些紧张。

"既然是实物派送,派送数量最关键,如果派送的数量太少,参与的人数也会很少。"

他沉默不语,不知道该如何表达了。

"叔叔?"

"……"

"你在听吗？"

"我在听……一袋豆瓣酱十二块钱，买多了我买不起。"他的语调可怜巴巴的。

"如果花费太多，可以先不做这个艺术实践，一定会有其他想法的。"

"可是……可是我很喜欢这个想法。"

"喜欢和实践，是两码事，"夏天笑起来，"我已经有构思了。叔叔，加油！"

挂了电话，他在豆瓣酱摊位前站了好久。一位服务员走过来，问他需要帮忙吗？他问服务员，有没有小袋包装的豆瓣酱，炒一个菜用一小袋那种，包装越小越好。服务员笑着摇了摇头。他转身离去，嘴里一直念叨着。

天色暗下来，但时间尚早，他决定在胡同里转一转。蔬菜摊和水果摊前已经没有了人，小吃店里倒是挺热闹，两个小伙子光着膀子拼酒，嘴里吐出的尽是糙话。两条小狗相互追逐着，跑在后面的不小心撞上自行车，撞得挺厉害，躺在那儿半天没起来，跑在前面的小狗折返回来，在同伴身上嗅来嗅去，喉咙里发出嘤嘤的声音。如果胡同里的灯泡再多些，光线再亮些，小狗不会撞伤的，他这样想。

胡同里越来越暗了。前面几十米处有一家咖啡屋，透出红色绿色紫色混合的光线，他慢慢走过门前，看见一对情侣坐在里面接吻，忍不住笑了。若在以往，这一幕会让他难为情，让他心生感慨，觉得自己老了，与这个时代和城市格格不入了，被生活淘汰了。可是现在，他的思绪有了微妙的变化，看着眼前这对接吻的年轻人，他眼里的光柔和了，同时心里涌动着祝福，并发出了一声愉快的叹息。正当他准备转身返回的时候，咖啡馆门前悬挂的彩色灯泡吸引了他的目光。他突然有了新的想法，他想买一些彩色灯泡，挂在这条胡同里，每隔二十米挂一个，买十个灯泡就行，花不了多少钱，路人既可以得到光亮，夜晚的胡同也会显得有活力。他很兴奋，暗暗佩服自己的艺术想象力。

出了胡同，马路边有不少生活用品店和五金商铺。他花了一百块钱买了十个彩色灯泡，心满意足地往家走。一路上，他都在默记墙上哪个灯泡是坏的，哪个位置应该装上一个新的灯泡。他决定先把这个想法放在心里，等见到了夏天再告诉她。回到家，他一边洗澡，一边唱歌，唱到一半的时候，他才意识到自己已经有好几年没有唱过歌了。

为了等待这一天，他清扫了房间，理了发，剃了胡须，换上了干净的衬衫，去茶叶店买来了上等的花茶。他清洗好茶具，在桌上摆好两个青花瓷茶杯和一个茶壶。下午的阳光照在桌上，顺便把他的影子投射在地面上。愉快的影子。他的心里充满了期待。他点上一根烟，飘在半空的缕缕烟雾和光影混合在一起，在墙壁上变幻出缥缈无常的图形。现在的世界是静谧安详的，这或许是一个新的起点。

夏天来了，他先是看见了她的影子，急忙站起身，有点语无伦次了："夏……夏天……你来了！"夏天背着包，手里抱着一个纸箱子。她把纸箱子放在一旁，用手背擦汗，说："叔叔，天越来越热了。"

"快喝茶，"他说，然后急忙改口，拉开了冰箱门，"我给你拿矿泉水。"

夏天一口气喝了大半瓶矿泉水。他看着夏天，突然有点心疼。夏天坐下来，咯咯地笑了，说："叔叔，你做事情真投入啊！"

他不好意思地笑了笑，看着地上的纸箱子，说："这里面……"

"是我的道具。"夏天晃了晃脑袋。

"道具？"

"嗯。"

"我也买了道具。"他大声说。

"拿出来看看。"

他从抽屉里掏出一个纸袋，从里面取出彩色灯泡，一个一个放在桌上，动作非常小心。夏天一下子就明白了。"我……我想在胡同里挂上这些彩色灯泡……我觉得这些年，这条胡同的气氛太沉闷、太压抑了，我想改变一下。"他神情激动地说。

夏天抿紧嘴唇，点了点头。"你想挂多少彩色灯泡？"

"先挂十只，以后灯泡坏了，我再买。"

"嗯……"夏天在思考。

"你觉得怎么样？"他皱着眉，追问道。

"你想做一名胡同电工吗？"

"什么意思？"他非常迷惑。

"叔叔，你的想法很好，可是想法太具体了，或者说太有规律可循了。"

"我不懂。"他喘了一口气。

"你实施了这个艺术活动，后续会发生什么，大家都会知道的。"

"……"

"这种艺术实践，需要打破规律，出其不意，快速实施，然后快速消失。"

这一刻，他越来越不明白了。"你的意思是说……我把灯泡挂上去之后，就是完成了艺术实践，即使后来灯泡坏了，我也不用去换新的，是这样吗？"

"差不多。"夏天郑重地点点头。

"可是……我还想着给胡同照明呢，胡同里光线太暗，路人不方便。"

"叔叔，这是另外一个话题。"

"我还以为，这个想法很好呢。"他点上一根烟，狠抽了一大口。

"叔叔，你会给灯泡接线吗？"

"我们家电线改道，都是我去做的。"

"好！"夏天一边说，一边打开纸箱子，从里面掏出一卷细细的电线，一个白色的瓶子。

"这是什么？"

"发光电线和感应液体。叔叔，我们可以合作完成胡同灯光装置。"夏天掏出笔，一边在纸上画图形，一边对他讲解，"这是胡同，我之前发现，到了晚上，胡同里会很暗，尤其是这一段胡同，差不多是中央位置的，五十米长，没有一个灯泡照明。我看过了，这个位置恰好有一个灯座，我们在那里接上发光电线，把电线拉下来，穿过地面，再把电线粘在另一面墙上，然后再把你买的彩色灯泡挂在胡同的两面墙壁上。做完这些，我们只完成了一半，我们要在发光电线周围的地面上喷洒感应液体，路人的脚踏在上面，电线和灯泡会闪闪发光，脚步离开感应液体之后，发光电线和灯泡会马上熄灭。"

他啧啧称奇，同时问道："经过的人……会不会被吓着？"

夏天笑了。"不会害怕，只会惊奇。"

"那……那以后呢？"

"感应液体的有效期为六个小时。"

"你是说，到了后半夜，这个艺术实践就不存在了，就消失了，对吗？"

夏天点点头，笑了。他也跟着笑了。

他们决定今晚就做这个灯光装置。在等待黄昏降临的时间里，他们聊了很多很多。夏天告诉他，她想在那座即将消失的寺庙里做一次艺术活动，她的想法得到了一家艺术基金会的支持，基金会负责人承诺，如果这次活动成功，会和她签署一份长期合约。他为夏天感到高兴，同时忍不住问道："你做这个艺术活动，我能帮上忙吗？"他很想感谢夏天。

夏天想了想，说："寺庙差不多荒废了，你扮演一个和尚吧。"

"和尚？"他哭笑不得。

"扮演和尚要剃光头发的，算了，我再找人吧。"

他没有继续接话。夏天说："做完这个活动，我去荷兰见我男朋友……"她边叹气边把纸箱子里的道具拿出来："我们分别三个月了……"

他不知道说什么好了。

"叔叔，这些道具是留给你的，希望能给你带来快乐。"

"这是什么？"

"纸月亮。"

"纸月亮……"他摩挲着折叠起来的纸片。

夏天撑开纸片，纸片变成了一个圆圆的球体，上面还有一个开口，里面有一个灯座。她把一盏白色的小灯泡拧在灯座上，说："这个灯泡可以连续充电，放在上面，按下开关，可以自动发光三个小时。"

"真好看！"

"雾霾天太多了，月亮都是灰蒙蒙的。我做了一个纸月亮，一个艺术月亮。"

"艺术月亮……好……好……"不知怎的，此刻的他很感动。

"十五号院前面有一条窄巷子，宽度正好和纸月亮的尺寸相符，你用一根绳子，把纸月亮吊悬在巷子中间，路过的人只有把纸月亮抬起来，或者移开，才能侧身通行，也就是说，谁想穿过这条窄巷子，就得抚摸纸月亮，转动纸月亮，和纸月亮来一个亲密接触。"夏天双手环抱纸月亮，嗽了嗽嘴唇。

他沉浸其中，想象着夜晚的那一幕，纸月亮悬挂在半空中，发出明亮静谧的月光，他的周身顿时寂静无比。他听见了自己的心跳。

"纸月亮……会不会被人偷走？"他忽然有点担心。

"有可能，艺术实践存在多种可能。"

"那就太可惜了。"他的眉头皱起来。

"消失也是一种美……"夏天意味深长地说。

"可是……可是……"

"叔叔，你可以想象纸月亮飞走了。"

他想了想，释然地笑了。

黄昏降临，他们在胡同口的小饭馆里吃了一顿简单的晚餐。他突然觉得，他一定要为夏天做点什么，或者说，他想先为夏天扮演一次和尚，然后再考虑灯光装置的事。他对夏天说："我刚才看见一位老朋友，好久没见面了，我去跟他打个招呼，你慢慢吃啊。"他走出小饭馆，一路小跑，跑进了街边的理发店。他急乎乎招呼理发师，赶快理发，剃个光头，越快越好！

活到六十九，他从未剃过光头。秃瓢，秃瓢。他嘿嘿笑着，摸着光脑袋，脸上洋溢着满足感。当他走进小饭馆的时候，夏天正在低头打电话。他悄悄坐下来，看着夏天。夏天挂了电话，猛然间看见这一幕，嘴巴迅速张开，眼睛瞪得大大的。笑意在她的嘴角绽开，随后开始微微颤抖，她垂下眼帘，不想让他看见眼里的泪花。她深呼吸，深呼吸，深呼吸，把眼泪压了回去。

"叔叔……谢谢你……"

"快吃，快吃。"他把话岔开，嗓子眼里有一团棉絮。

两个人默默吃饭。过了一会儿，夏天告诉他，在寺庙里举办的艺术活动取名"青苹果"。他在想，是这个季节吃的青苹果吗？

"叔叔，你喜欢吃青苹果吗？"

"喜欢吃。"

"我也喜欢。"

"为什么取这个名字呢？"

"我们去寺庙烧香，希望生活平平安安啊。"

他一下子就明白了。苹果。平安。

"我要买一百零八个青苹果。"

"佛珠好像也是一百零八个吧。"

"叔叔，你好厉害。"

他不好意思地笑了。他在想，他在这两三年笑的次数，也没有这几天多。

"我们两个人，把青苹果摆放在寺庙的院子里，按照佛珠的样子摆出来，一个半圆形，或许再绕一个弯，两个弯……每一个走进寺庙烧香的人，可以拿走一个青苹果……可以自己吃，也可以送给其他人……"夏天的眼神望向半空中的某一处，神情相当安然，"拿走一个，少一个，拿走一个，少一个……青苹果被一个一个拿走了，这个艺术活动也完成了……"他手举筷子，完全听入迷了。

"叔叔？"

"……"

"叔叔？"

他醒过神，脱口而出："我要去做衣服！"

夏天笑了："我已经找到裁缝店，明天去做，两天就能做好。"

"太好了！"他激动地拍了一下桌子。

如果本愿是纯粹的，现实发生的一幕幕就是真实自然的。身穿僧服的他，心绪平和，轻轻擦拭着青苹果，夏天接过来，一一摆好。寺庙的屋和墙，已经斑驳不堪，缕缕烟雾从主殿前的大香炉里飘出来。在这个过程中，基金会的工作人员走进来，在墙上放置了一台微型摄像机，然后朝夏天挥挥手，离开了寺庙。又过了一会儿，一个老太太走进来，手里举着一把香，径直走到香炉面前，默默点香，默默上香，默默祈祷。老太太转过身，看见眼前的和尚，问道："您是新来的法师吗？"他站起身，笑了笑。"唉……听说这庙要拆了，"老太太说，走到寺庙门口，接着说道，"这庙里好多年没法师了……"

他们两个人相互对视，沉默不语。十几分钟之后，青苹果摆出了佛珠的模样，夏天拍了拍手，边笑边说："叔叔，现在摆好了，我们两个人等待吧。"

"好！"

他们坐下来，静静等待着。

最先走进寺庙的是一条黄色的小狗，好像是流浪狗，对周围的环境充满了警觉。它站在那儿，望着两个陌生人，一动不动。夏天朝它招手，小狗渐渐放松，绕着圈子走过来，走到青苹果面前，开始用爪子触碰。

"小狗狗，想吃就吃吧。"夏天小声说。

小狗抬头看她一眼，随后快速咬住一个，撒开腿跑出了寺庙。夏天抿紧嘴唇，看了他一眼，他点了点头，抑制着笑意。他在想，在寺庙里做活动，应该神情庄重。

随后进来的是一对年轻的恋人。他们举香敬拜，然后深情拥抱，在耳边喃喃低语。他们几乎同时看见了地上的苹果。"苹果！"女孩非常激动，眼泪差一点流出来，"这个寺庙太好了！平平安安，事事平安，太好了！"

"这些苹果，是卖的，还是送的？"男孩问夏天。

"送给有缘人。"夏天说。

这对恋人拿走了四个苹果，两个放进了背包，然后一人拿着一个边吃边往外走。他们在门口消失几秒钟之后，男孩跑了回来，在寺庙门口朝他们挥手，大声说："谢谢！谢谢！祝你们事事平安！"

五六个小孩跑进来了，其中一个是老街坊的孙子，男孩一眼认出了他，嘎嘎笑起来："爷爷成和尚了，爷爷成和尚了……"

他也笑起来。"你爷爷呢？"

"爷爷成和尚了，爷爷成和尚了……"男孩喊叫着跑出了寺庙。

男孩的爷爷走进来，不敢相信自己的眼睛，一步一步往前走，身体是僵硬的，语气里含着紧张："老哥，你……你这是怎么啦……出家啦……别想不开啊……"

他笑了笑，迎了上去。"我在参加一个艺术活动。"

"艺术活动？"老街坊满脸狐疑。

"我在扮演一个和尚。"

"真的假的？"

"真的。我没有出家。"

老街坊掏出两根烟，递给他一支，他看了看夏天，把接过来的香烟揣进了衣兜。

这群男孩坐在那儿，每个人都在吃苹果。一个男孩在寺庙门口大喊："快来吃苹果啊！快来吃苹果啊！"喊到嗓子冒烟。很多人涌进来，他跟进来的老街坊解释，一个一个地解释，真像一个做错了事情的和尚。

青苹果，越来越少，越来越少，最后只在地面上留下淡淡的印痕。看着这一幕，夏天笑了，眼眶湿润了。

他们两个人，一路无语往前走。

走近熟悉的小饭馆，夏天说："叔叔，我想请你吃顿饭。"

"不用，叔叔请你。"

"不，这次我请客。"

"好吧……"

小饭馆里的服务员，看见他进来，咯咯笑个不停。

一个说："伯伯，你以后不能吃羊头肉了。"

一个说："伯伯，你也不能喝酒了。"

他其实很想喝点酒，可是身上的僧服让他了却了念想。明晚再喝吧，他在心里说。

"葱、姜、蒜、韭菜、洋葱……书上说，和尚也不能吃这些有味的蔬菜。"厨师探出脑袋补充道。

他故意沉下脸，说："有完没完？"

大家再次笑起来。片刻之后，夏天小声说道："叔叔，我刚才收到短信，基金会的负责人说我很有想法，决定和我签约了。"

"好！好！"他由衷地高兴。

"你今天累吗？"

"不累，一点不累。"

"你想今晚做那个灯光装置艺术吗？"

"好啊！"

他们快速吃完盘中餐，此时的天色刚刚接近黄昏。他们抬着木梯，手拿工具，来到胡同中央。几乎家家户户都在做饭吃饭，四周无人。他们用最快的速度布置电线，挂上彩色灯泡。一两个路人走过来，好奇地看他们一眼，跨过电线，继续走自己的路。夜色渐渐弥漫，从光影里走过来的行人，走进这段胡同，好像消失在了黑洞里。他们俩把感应液体喷洒在电线周围，悄悄躲在远处，夏天手拿照相机，屏住呼吸，他紧贴墙根站着，感受到从未有过的紧张感。

一个女人走过来，他们看着她一步一步消失在黑暗里。二十几秒过后，彩色的灯泡突然在胡同里闪耀起来，女人发出一声尖叫，灯光灭了，接着又开始闪烁，女人再次叫出了声，不再是先前的尖叫，而是好几声惊叹。夏天连续拍照，抑制着笑声，他捂住嘴巴，可是笑声还是透过指缝传了出来。女人一会儿踏上感应液体，一会儿又跳出来，身影像在玩游戏，彩色灯泡一明一灭，绚烂的光影在胡同里回旋。

"真好啊！"他在心里说，"真好啊！"

女人大声笑起来。彩色光影消失了。周围安静下来。

"叔叔，你想试一下吗？"

"好！"

"你去吧，我给你拍照。"

"好！"

他走过去，越接近目标，他的步伐越小了。他闭上眼睛，一小步一小步走过去，好像在黑暗的时间隧洞里穿行，但他一点都不担心。五颜六色的光影亮了，在眼皮上面跳跃，他感受着，从内心深处感受着，时间仿佛虚无了，他的身体异常轻盈。夏天走过来，站在他的对面。他睁开眼睛，夏天咯咯笑起来。

他们穿过胡同，默默往前走。身后突然传来一个男人的叫声："我操！"这个男人被突然而至的光影迷惑了，他来回走了几次，最后悠闲地坐下来，掏出一根烟，慢慢点燃。他和夏天，看见一团一团彩色的烟雾在胡同里升腾起来。

夏天的手机响了。她接通电话，用英语和对方交谈，语气里满是渴望。他一句也听不懂，但他知道，电话的另一端是夏天的异国男友。挂了电话，夏天的神情既兴奋又黯然，好像变了一个人。"我……我想马上见到他……"她喃喃自语。

夏天告诉他，这次去荷兰，三个月之后才能回来。他走在胡同的阴影里，心有不舍；但在分别的时候，他努力笑出了声。

"夏天，我很佩服你。"

"叔叔，我回来后来看你。"

"好……好……"他想说更多，可是已经无法表达。

夏天消失在夜晚的城市里，他顺着夏天消失的方向走过去，走了好久，似乎想追回什么。他的这身和尚装扮，引得路人纷纷驻足观望，仿佛在欣赏一位精神迷乱的出家人。

"和尚也会有心事……"

"和尚也是人。"

"修行不易……"

深夜时分，他回到了胡同口，豆瓣胡同的标牌在城市的夜色里依旧醒目。他在小商铺里买了一瓶二锅头，内心感慨不已：自己只是一个退休工人，想不到会和艺术扯上关系，真是不可思议，不可思议！他连连摇头，同时也在庆幸。

又有一个人踏上了感应液体。灯泡闪耀着，色彩回旋着。他脸上带着笑，手里拿着酒瓶，慢慢走过去。他仰起头，看着墙上的彩色灯泡朝他眨眼睛——这是我亲手买来的彩色灯泡，是我亲手挂上去的，他心满意足。眼前的胡同世界是灿烂的世界，他不出声地笑起来。

他走进前面的黑暗里，慢慢坐在地上，手举酒瓶，啜饮了一小口，让脑袋抵住墙壁，闭上了眼睛。现在是春天，女孩叫夏天，而夏天越来越近了。他笑了笑。又有人走过来了，好像是两个女人，一边走路一边聊天，他听见了，脚步声越来越近了，他等待着这一刻。两个女人踏出了光亮，大声尖叫着，后来开始啧啧称赞。他再次闭着眼睛笑了。一个女人发现了他，走过来，蹲下身，轻声问道："大叔，你坐在这儿，没事吧？"

他摇了摇头，轻声说道："我没事，谢谢你……"

两个女人走了，他渐渐坠入自己的梦。他看见一个女人穿过黑夜走过来，纸月亮挡住了路，女人踌躇片刻，先是抚摸纸月亮，然后抬起纸月亮；在她侧身而过的一瞬间，纸月亮照亮了女人的脸，他看得非常清楚，那是他妻子的脸……

原载《山花》2018年第4期

点评

　　时代前进的步伐是不可抗拒的，比如，大规模城镇化运动中旧城、旧村改造。谈及这一话题，当代小说家善以写实的、控诉的，或伤感的、怀旧的调子展开有关"拆迁"的叙述。而且，无论在内容、主题，还是在风格方面，延续这一脉的创作在表达上往往都趋于"实"与"重"。《发生》的背景和拆迁有关，但有别于当下流行写法，其想象与表达的确很新颖别致，极富创造力。首先，夏天给每位胡同居民送出的红砖和照片，固然出于留存记忆、见证历史、涵养生命之设想，但小说设置这一情节，其更大意义还在于，这也是有关时间与空间、艺术与生活的形而上思考与探寻。其次，在小说中，老人最初想到的在豆瓣胡同派发豆瓣的设想，以及装扮成和尚、引发邻里笑议的场景，仅存在六小时的感应液体的灯光装置，以及众人踏入后的各异反映，此种构想和描写可谓异常新颖，创造力非凡。上述两点可表明，《发生》在主题与风格上的追求是逆主流的：它显得有点轻，有点柔，有点飘，这倒也与南京作家韩东的写法有一比：都是偏于智的表达，无中生有，由实入虚，从不可能中发掘可能，但处处可显营构之真、艺术之美。

（张元珂）

在阳台上

孙 频

老康为了表示对小鱼的欢迎，特地在凛冽的寒风中站立了半个小时。

半个小时之后，终于看到戴着帽子裹着围巾的小鱼像只大兔子一样蹦到了他面前。小鱼向他摆着两只手，戴了手套熊掌似的，她尖着嗓子抱怨道，这里真的是好难找啊，我绕来绕去绕了一个大圈就是找不到进来的路，是不是富人住的地方都是这个样子啊？老康因为自己也是平生第一次入驻到别墅区，自觉身价与以往略有不同，理应更端重一些才符合这别墅区的氛围。便宽容地一笑，也不多说什么，只是在前面带路。

小鱼本姓于，是老康退休前一个办公室的同事，一个三十岁的老姑娘。平时工作之余喜欢写几句晶莹剔透的诗，每首诗的署名是一个哀怨剔透的笔名“老少女小鱼”。让人立刻想到水中一条满脸皱纹却还如少女一般在极力嬉戏啜食粉色花瓣的鱼。老康能把小三十多岁的小鱼引为知音，除了两人都喜好写几句诗歌，还因为相亲这样一个重要的共同经历，两人都差不多相过一个加强连，实战经验之丰富足以编写一本指南手册。尤其是老康，从一头黑发一直相到满头飘雪。

老康在前面带路，小鱼在后面蹦蹦跳跳地跟着，从去年开始她就学会了这种走路的姿势，竟像新生婴儿刚学会走路一样，很是得意，无论走到哪里都想炫耀一下这重生的蹒跚感。此外她还学会了噘嘴这样可怕的小动作，而且一旦学会就不忍不用，于是开会的时候要噘个嘴，来上班的时候也噘下嘴。她的整张脸像一只揉好以后又拍扁的面团，两颊略带婴儿肥，五官小巧，小眼睛小鼻头，所以这一噘嘴，看起来整张脸上就只剩下了一张嘴巴。她还开始迷恋粉色，穿粉色的小短裙，粉色小皮靴，帽子上发卡上则无一例外都长着两只耳朵，好像她是一只新晋刚刚加入了动物王国的兔子。反倒是在她二十多岁大学刚毕业的时候，因为知道自己年轻所以很放肆地整天穿得灰头土脸，表情迟钝，看起来像一只冬天里放久了的面包。这迟到而焦灼的少女心像一座内里的火山一样时时炙烤着她的五脏六腑，随时要喷发出来的样子，以至于她不得不勉强按捺下去才能使自己正常活动。

进了别墅一股暖气和一股阴森气同时扑面而来，黑白双煞似的，险些让人站立不稳。小鱼一边脱羽绒服，一边跺着脚呻吟，好暖和啊，究竟是富人区，暖气烧得真足啊。屋里暖气虽然烧得很足，但因为窗外都是巨大的树木，遮住了光线，屋里摆的又都是冰凉而阴气森森的红木家具，加上屋子过于辽阔，说个话都能听见回声，所以猛地进来时简直有一种古墓里的肃穆之气。这是老康妹妹的房子，他妹妹一家去欧洲度假半年，房子空着无人打理，据说房子一空很容易颓败，便请老康暂住进来，浇浇花打扫一下卫生，做了一个临时的门卫。老康自打住进别墅还没有观众来参观，此时便尽心尽力要做个地主。又是沏茶又是摆水果又是拿糕点，决意要搞出一场两个人的派对来庆祝，至于到底要庆祝什么也说不清，若只是为了能暂住在这别墅里而庆祝，似乎又显得自己太可怜。但莫名地，就是有一种要庆祝一下什么的冲动，仿佛是要庆祝人生里那些莫测的暗流涌动一般的疯狂瞬间，就那么亮一下，却可以像一只高瓦数灯泡一样连着照亮好多天。

小鱼则把别墅里的每个房间挨个都参观了一遍，一边参观一边惊呼，哇，好大的浴池。哇，这扇落地窗里能看到落日，简直像油画一样。哇，这间书房里居然有彩色玻璃，简直像教堂里一样。哇，康老师你一个人住在这么大的屋子里害怕不害怕啊，要我一个人都吓得不敢睡觉。老康一边听着她大呼小叫，一边泰然坐在红木椅上，一边微笑一边喝着新沏的普洱。他的旧居，小鱼自然也是去过的，只是外人每次去了几乎都没有立锥之地，所以他也不欢迎别人去做客。五六十平米的老式板楼，八十年代单位分的房子，当时资历不够，还分了个顶层。屋里好像几十年没有打扫过的样子，桌上的灰尘厚得足以把人埋掉，屋里的每一件家具都在向来人倾诉着主人是一个单身长达四十年的老光棍。

从狭窄的板楼里陡然来到这辽阔的别墅里，两个人身在其中忽然显得渺小异常，两个人都有点兴奋，还有一点很尖很细的恐惧。小鱼看起来甚至有点紧张，她便用尖声的喋喋不休的说话来掩饰着自己。老康今天主动把小鱼请来做客其实是带点补偿的意味，好像从前在他那板楼里聚会亏欠了她一样，而住别墅的机会对他来说也并不是一件家常的事情，因为不够家常所以看起来不是很逼真，倒更像是一个梦境，又因为做梦的人知道这只是个梦境，所以在梦中都会感受到那种沁凉而细若游丝的悲伤。这点悲伤把两个人落在地上的影子拖得分外长分外臃肿，就像那影子里竟住了好些个魂魄，有一种冷寂的热闹。

两个人的小型聚会总也不下十多次了，这一次却有一种从没有过的崭新感和陌生感，有点像多年前的老友忽然在一个雪天重逢，又像在路边的馄饨摊上刚刚认识的两个陌生人，带着点恍惚，带着点伤感。小鱼默默地啃一口饼干喝一口茶，她在老康面前从来带一点难兄难弟之间的怜惜，还带一点女儿在父亲面前才会有的娇痴。老康退休前他们的关系已经是如此，以至于办公室里有个同事忽然有一天开他们的玩笑，你看你们俩都是单身，不如在一起过算了。小鱼被吓了一跳，立刻有一种近于乱伦的罪恶感，然后她又用眼角的余光瞥见了老康那头雪白的头发，和一层落在肩上的头皮屑，还有悄然从鬓角爬出的老年斑。

她一连几天没有理老康，好像老康真的已经带着他的一头白发和头皮屑向她求婚了一样，她简直躲闪不及，只好纵容自己一头撞上去。但过了几天老康忽然来找她帮忙，让她陪他一起去相亲，这是一种盟友的姿态，洗清了即将向她求婚的嫌疑，她答应了。来相亲的女人也带了一个闺蜜助阵，两个女人四十多岁，都打扮得珠光宝气，一人披挂着一条披肩，队服似的，但其中一个化了浓妆，这就有了小姐和丫鬟的区分。小鱼像个书童一样跟在老康身边，冷眼旁观着两个女人搔首弄姿，同时又想到再过十年自己是不是也会沦落到和一个老头子相亲的境地。这种感觉就像一个人提前看到了自己的阳寿一样，不禁背上都有一种阴惨惨的感觉。

老康的相亲虽然再一次毫无悬念地失败了，但两个人的友谊又弹了回去。毕竟，在一个机关的办公室里，一个升迁无望的女杂役和一个即将退休的老科员是最可以引为同类的，因为平素他们都是最不被人们放在眼里的，也是最无害的。而只有同类项才有被合并的可能。

小鱼盯着那扇巨大的落地窗看了很久，忽然像想起了什么，说，这是你妹妹的房子？你们是兄妹，为什么她能住这么大的房子？她的言外之意是你却为什么住那么小的破房子？老康连连摇头，用痛心疾首的表情说，是时代变得太快了，真的是连追带赶都跟不上，我们年轻时最好的职业过了不到十年却成了最底层的职业，那时候没有人愿意干的职业现在却成了最吃香的，人是赶不上时代的，也赶不上命运，要认命。她呆呆看着地上爬动的阳光，忽然又问了一句，那你说人能赶上的是什么？他说，自己的心，其实人只能活在自己的心里面，别的地方都是假的。

小鱼眯着眼睛看着窗外的远处，忽然惊呼，从这里就能看到湖，原来还是建在湖边的别墅。老康得意地说，可不是，我每天早晨都去湖边散步，风景确实是好。小鱼扭头对他说，康老师，你赶紧找个人结婚吧，趁着你现在住在别墅里。她的意思是即使是暂住在别墅里，身价也还是和从前不同了。老康看着远处沉默不语，他在告诉她，他终究是要从这别墅里搬走的，毕竟不是他的房产。

两个人喝了两壶茶，吃了一盘点心，酒足饭饱的餍足制造出了一种更大的虚空感，弥漫在空荡荡的屋子里，两个人连逃都无处可逃。老康忽然像下了什么决心一样，起身去另一间屋里翻找什么，然后捧出了一本陈旧的相册。小鱼有些紧张，看一个人的相册就是要快速浏览这个人从出生到现在六十年的压缩时间包，虽然貌似只有几张干枯的照片，但她明白这些照片只要一遇水或空气就会立刻膨胀成无边无际的浩瀚时间，人行走在其间简直会被另一个人铺天盖地的时间溺亡。

相册里有他五岁的照片，十岁的照片，十五岁的照片，二十二岁的照片，三十八岁的照片，五十岁的照片。她看着他在那些黑白的光阴里从一个男孩迅速地长成一个文弱青年，又长成一个发福的戴黑框眼镜的中年人，然后又急速向一头白发的老年飞奔而去，他最新的一张照片正站在春天的桃花丛中，桃花开得云蒸霞蔚，他站在其中背着两只手，腆着一个大肚子，满头白发却咧开嘴慈祥地笑着，照片里还能看到他嘴里少了一颗门牙，只留下一个黑洞。据他自己说那是一次喝完酒骑着自行车回家，结果摔了一跤摔掉了一颗门牙。他当时说得很轻松，就像丢了十块钱一样。她用五分钟时间便把他的一生大致浏览了一次，似乎这样的态度又太对不起人家的一生，心里很愧疚似的。便又指着照片里的几个人问他，这是你什么人啊。老康说，这六个人全是我的父母。小鱼愕然。老康指着六个人说，喏，这两个是我的生父生母，这两个是我的养父养母，这个是我的奶妈，这个是我的继父。这个奶妈其实是我感情最深的，我生父生母成分不好，养不活孩子，就把我送到乡下，当时太小了，养父养母就给我找了个奶妈，我从小是喝着她的奶水长大的，那时候经常被她抱在怀里或者背在背上，走在路上就像坐在一条船上一样。后来她五十岁就得病去世了，我当时还写了一首诗给她，我到现在还是会一想就流泪。她那样的怀抱我再也回不去了。其实平时一个人的时候我是不敢打开这本相册的，不只是怕看自己年轻时的样子，还怕看到这些已经阴阳相隔的亲人们，看到他们一次我就会更孤单一次，他们都已经在那边团聚了，只剩下我一个人还在这边待着。我不是不想他们，可我更愿意把他们藏在我心里碰都碰不到的地方，好好藏在那里，让他们安安静静地住在一起，让他们就在那里看着我生老病死，直到有一天我们都团聚了就好了。

小鱼鼻子发酸，呆呆地盯着照片里的六个老人看了许久，他们脸上是一个模子里出来的呆滞表情，似乎是一段共同的岁月催眠了他们，生也如此，死也如此。小鱼又往后翻，忽然她指着一张年轻女人的黑白照片问老康，好漂亮啊，她是谁啊。老康看了一眼照片，半是得意半是谦逊地说，漂亮吗？别人也都说她漂亮，年轻时候确实还算得上漂亮吧。然后又顿了顿才凄凉地环顾着他处说，这是我的前妻，我们结婚两年就离了，那时候我们都还不到三十岁，现在都已经六十多岁了，三十多年怎么忽然就过去了。

小鱼大惊，原来你还有过这么漂亮的老婆？那怎么就离婚了呢？老康说，年轻时候吵了一架，我一生气就离开家里躲到一个朋友家住了几天没和她联系，那时候没有电话也没有手机，她也找不到我。后来等我回去了发现她也不在家里了，不知道去了哪里，结果我也找不到她。再等到后来我们终于见面了，可是心里都已经有了隔阂，又都年轻气盛，谁也不愿低头先认错，就这样错过了，后来也挽回不了了就离了。又过了好多年我才明白，当初那点事算什么事啊，因为那点小事两个人就离婚了，就这么走散了。我是真的后悔了，可是已经没有用了。

那她后来又结婚了吗？

听说她离婚不久就又找了个男人结婚了，那个男人好像是哪个厂里的工人，很喜欢她，可关键是，我听说他是个独眼龙，他有一只眼珠子是假的，玻璃的，都不能转动。

那你们后来见过吗？

我知道她家住在哪里，也知道哪个阳台是她家的，可是后来我们却再也没有见过面。

那你后来为什么不再结婚？在后来的三十多年里都遇不到合适的女人吗？

老康一声长叹，倒不是没有合适的，也不是没有遇到对我好的，曾经有一个中学老师人特别好，对我也很好，我们差点就去领证了，可是真要去领证的时候我就做不到了……因为我忘不了她，我还是觉得我前妻最好，后来我遇到的所有女人在我眼里都不如我前妻。你知道吗，虽然她早都和别人结婚了，我却始终有一种感觉，就是其实我一直在等她回来。

……难怪你在三十年里一直相亲一直失败呢，其实你根本不是在相亲，你只是给自己找到了一种打发时间的方式，同时还能用这种方式欺骗自己，看，我这不是也一直在努力找那个合适的人吗。而你心里其实比谁都清楚，这一切都是徒劳，你是必然要孤独的，你其实很享受这样的孤独，因为这孤独时时让你感觉到一种受惩罚的感觉，你觉得你就是一个应该被惩罚的人。就像一个人终日上着刑具，一旦把刑具摘了反而会受不了这种轻松，只想着能再钻进刑具里。

老康的眼泪忽然就流下来了，他说，是的，三十年前我就明白我是要孤独终老的了，可是你知道吗，我其实并不害怕，我真的一点不害怕。我觉得用余生所有的时间去等一个人回来也挺好，她会不会回来都没有关系。那时候真的太年轻了，根本就不知道什么是最好的东西，你相信吗？那时我是真的不知道啊。你知道吗？这三十多年的时间里，我每天黄昏时分都要到桃园巷散步，一年三百六十五天，无论春夏秋冬，无论刮风下雨下雪，没有一天中断过。这黄昏时去桃园巷的散步已经成了我生活中最重要的一部分，如果我一天不去就觉得有什么重要的事情没做，我会连睡都睡不着。你知道是为什么吗？因为她家就住在桃园巷，我知道是哪幢楼哪个单元哪个窗户，她家那个临街的阳台在六层，阳台上摆满了各种花花草草，我在楼下都能看见那盆开得像血一样红的天竺葵，我知道一定是她种的，因为她就喜欢这些花花草草，最喜欢的花就是天竺葵，永远像个小姑娘一样。我记得有一次我们下班一起走路回家，她手里拿着一枝同事送给她的天竺葵，回家自己插在花盆里就能活。她大概是很开心，走着走着她忽然猴到我背上，让我背着她走，还有一次是把她的两只脚踩在我的两只脚上，让我驮着她走。这些记忆我每晚睡觉前都会温习一遍，温习这些记忆的时候就会觉得那个人还在你身边，你甚至连她的呼吸都能听到。有时候我甚至都能感觉到她的碎头发又落在了我脸上，毛茸茸的，痒痒的。

那你为什么不去找她？

我不会去找她的，她已经有了自己的家庭，听说她后来的丈夫对她也不错。我也不愿意让她知道我的任何情况，不愿意让她知道我一直没有再结婚，不愿意让她知道我还是一个人住在那栋破楼里，不愿意让她知道我刚刚五十岁的时候就已经白发苍苍。我唯一想做的事情就是每天能从她家的阳台下路过，远远看一眼她的影子，知道她还住在那里，还在做饭，还在种花，还在听音乐，知道她过得安稳踏实快乐。所以我每次走到她家阳台下面的时候，总是要在那站一会，仰头看看那个阳台，看上面的那盆天竺葵长得怎么样了，看看屋里是不是亮着灯光，看看她是不是正在阳台上浇花。那些花草有的开花了有的枯死了，有的越长越大，有的枝叶没有修剪，都从栏杆缝隙里钻了出来，死了的花又被换上了新的花，只是那盆天竺葵居然一直都活着，我每次站在楼下都能看到那团火一样的颜色。三十年就这样过去了，每次我走到她家楼下的时候，都能看到那扇窗户里亮着灯，有时候窗户里还能隐隐约约飘出说话声或者是音乐声，阳台上花草的影子映在窗户上，在这花草的影子里总是有一个女人的影子在那里浇花或者摆弄花草。她和花草的影子一起像剪纸一样刻在了亮着灯光的窗户上。就是看不到她的脸，只看着这影子我也很知足了，就是五十年不见，只要她远远一个影子我就都能认出来。我就那么悄悄地站在楼下看一会，然后又悄悄离开。

她知道你每天黄昏都会从那里走过吗？

我不知道。其实每天从那里走过时，我也不希望她知道，我只是想知道她还在那里，就好像，虽然我们已经离婚了，已经连面都见不到了，我却还是生怕她过得不好，每次走到那里我都会仔细听一下那阳台里有没有吵架的声音，有没有女人的哭声。没有，从来没有，我便觉得欣慰。我每天从那里经过一次已经变成了我的一种责任，一个三十年里最牢不可破的习惯。

也许她从来都不知道你从她家的阳台下经过过，她根本没有注意到楼下有一个行人在那里驻足过。她只是在过她自己的生活，和你已经没有了一点关系的生活。

那又有什么关系，那只是我一个人的事情，她知道不知道都和我没有关系，那真的只是我一个人的事情。

可是你在渐渐变老，你就不怕老了以后会越来越孤单吗？如果有一天你病了或者老得起不了床了，身边也没有一个人照顾你，你就真的不害怕吗？

心里连一个可以想念的人都没有了才是孤单吧。你说人这一辈子活着到底是为什么，你想过吗？我这三十年里一直都在想这个问题。

她当初和别人结婚的时候考虑过你的感受吗？

你知道吗，当我每次照镜子盯着自己在镜子里的眼睛，想象着那其中的一只是玻璃球做的假眼珠子，玻璃的，连转动都不能转动，我想象自己每天都要与这样的一只玻璃眼珠对视的时候，我心里就难过得无以复加。如果当初我们不离婚，她就不需要受这样的苦。她嫁给这个男人也是为了惩罚自己吧，不是惩罚我，是为了惩罚她自己，我都知道的，我们只是用了不同的方式。

你怎么就知道她一直住在这里呢？

那盆天竺葵一直摆在阳台上，年年开花。我觉得只要天竺葵还开着，就是她在告诉我，她还在这里。有一次我还和她楼下的一个老太太聊了几句，问她六楼那家种了很多花草的人家过得怎么样。她说很少见那家的女人下楼，似乎也不上班，那家的男人有一只眼珠子是假的，好像几年前也下岗了，现在也很少见到。我就把当时身上带的所有的钱都留给老太太让她转交给六楼那家人，只是一定不要说谁给的。老太太答应了，至于她有没有把钱转交给他们我就不知道了，后来又见了那老太太我也只是对她笑了一下，并没有过去追问。因为，这都不重要了。一个人最重要的部分都是活在他心里的，是吗？

其实你现在很想让她知道你住在这样大的别墅里，其实你很想让她知道你现在过得很好，甚至，你很想把她接到这别墅里，哪怕就坐一会儿，哪怕喝一杯茶就走。这样你会觉得更对得起她一点，是吗？

……是的。可是我不会这么做的。

小鱼沉吟半晌忽然说，这样吧，今天你把散步的时间往后推迟一下，看看会怎样。我陪你一起去吧。

天色开始完全黑下来的时候，老康和小鱼出现在了桃园巷。桃园巷是一条不算很宽的老巷子，巷子两边的六层楼房都已经很老旧了，当年刚建楼时在楼房和楼房之间种了很多桃树，如今这些桃树都已经长成了蓊蓊郁郁的大树，每到春天的时候，桃花缤纷绚烂，一座座灰白色的楼房沉醉在桃花丛深处，叫都叫不醒的样子。秋天的时候桃树上结满了桃子，附近的男女老少都涌到这桃园巷里来摘桃子吃，过节一样热闹。老康说的那栋楼的对面就是几棵巨大的桃树。正是冬天的晚上，一轮寒月斜挂在桃树的枝杈上，巷子里鲜有人迹，只看到路上铺着一层冰凉的月光，踩上去还似乎能听到嘎吱嘎吱的玻璃般的脆响。

两个人像同时怀揣着一个秘密，都有些紧张，不约而同放轻脚步往那栋楼下走去，一边走一边抬头张望六楼的那个阳台。远远看过去，那个阳台上亮着灯，确实有一片花草的剪影被投射在窗户上，可是并没有人影。两个人慢慢走近走近，刚走到楼下忽然见对面的大桃树下走出来一个人影，是一个女人的身影。小鱼看到老康浑身一颤，他盯着那树下的女人竟动弹不得，像被冰雪忽然冻住一样。小鱼想，这莫非就是老康说的前妻？看来她是在这里等老康来？她正胡乱想着，那树下走出来的女人也看到了他们，她显然也吃了一惊，忽然又站住了，好像犹豫了片刻，然后便朝着他们走了过来，她脚步无声无息地走到他们面前，只看了他们一眼，却什么都没有说，又从他们面前走过去了，走进了那栋黑黢黢的楼房，消失了。接下来，六层的那扇窗户里的灯忽然熄灭了。

老康还被冻在那里，一动没有动，小鱼忙问他，是不是就是她？她就是你前妻吧？你看她站在这里其实是在等你呢，这说明什么？这说明她早就知道你每天会从她家楼下经过，她会在每天那个固定的时间点看到你，可是今天你比平时来晚了，她看不到你就着急了，就下楼来这里等你，结果你们就遇上了。

只见老康终于缓过来一口气，他抬头看了看六层那扇已经暗下去的窗户，忽然低低地充满沮丧地说了一句，不是她。

不是她？

不是。

第二天黄昏时分，老康和小鱼又出现在了桃园巷。他们是约好的时间，两个人碰头之后便一起向那栋楼房走去。站在楼下老康还是有些犹豫，有些不敢进去，小鱼说，昨晚不是说好的吗？然后便不由分说地拖着老康上楼，一路狂奔到六楼，小鱼站在那扇门前，一边大口喘气一边迫不及待地敲了敲门。老康则脸色惨白，伸出一只擦汗的手都在不停发抖，几欲要退到小鱼身后去。敲过门之后，开始里面一片寂静，然后便听到了从里面开门的声音，门缓缓打开了一道缝，里面站着的正是昨晚他们在楼下见到的女人。

小鱼进了屋才发现这不大的一套房子里似乎只住着这女人一个人，看不到别的人影。屋里收拾得很干净，但有一种荒凉冷寂的萧索意味，似乎这里已经很久都没有人烟了。小鱼朝那阳台上看了一眼，阳台上摆满了花花草草，最显眼的就是那盆楼下都能看到的天竺葵，它被放在一只特制的高高的花架上，开满火焰色的花球，鹤立鸡群地站在一片花草里，以至于走在楼下的人只要一抬头就能看到。老康的嘴唇开了又合上，合上又张开，就是发不出任何声音，小鱼正着急的时候，女人却忽然对着老康开口了，你是来找张红的吧？其实张红在十二年前就已经去世了，不治之症。

什么？老康和小鱼同时愣在了那里。

女人转身去阳台，把那盆天竺葵小心翼翼地抱进了屋里，放在了他们面前。她说，张红早就知道你每天黄昏时散步都要经过这楼下，种了这盆天竺葵就是给你看的，就是想告诉你她过得很好，让你不要担心。其实你不知道当你每次从楼下经过抬头看阳台的时候，她就躲在楼房对面的那棵大桃树下正看着你，一直等你走过去了她才上楼。一年又一年都这样，你看着阳台上的天竺葵，她在桃树下悄悄看着你的背影。后来她得病了，她丈夫就请了个保姆来照顾她，我就是那个保姆。她病了两年，卧床不起的时候还催促我在每个黄昏的固定时间站到阳台上去浇浇花，她说我和她身高身形都比较像，站在那里远远看去就好像她站在那里一样，她说你每天这个时间都会从这里经过，要让你看到她还在这里。再后来化疗了一年还是不行，她也知道自己要死了，就叮嘱我留下来照顾她丈夫，还交代我一定记得在每个黄昏的那个固定时间站到阳台上去，那样你经过的时候就知道她还住在这里，还过得很好。她还交代，要把她的骨灰喂了这盆天竺葵，这样它就能替她活着了。自从那她的骨灰撒到花盆里，这花就长得很奇怪，一年四季不停地开花，连冬天都在开花，而且花朵的颜色红得吓人。我把它高高摆在阳台上就是为了能让你每天经过的时候都看到它。

老康蹲下去，凑近了那盆天竺葵，他闭着眼睛把自己那颗满是白发的头颅轻轻贴在了那些血红色的花朵上。

女人又说，昨晚我站在阳台上一直没见你出现在楼下，不知你是怎么了，就下楼去等你，结果就碰到你了，我也不知道该怎么对你说，毕竟三十年了。张红的丈夫，也就是我后来的丈夫，半年前也去世了，去世前他把这套房子留给了我，并叮嘱我可以再找个男人结婚，但不要离开这里，一定要在每个黄昏的那个固定时间里出现在阳台上，因为他也知道你每天都会从这里经过……我想想自己都结过两次婚了，一个丈夫离婚了，一个丈夫死了，现在年龄也大了，结婚不结婚已经没意思了，我就想着还是回到老家去。只是我知道你每天都要来，不知道该怎么和你说这事，现在既然你自己找来了，我就还是告诉你吧。如果你愿意，就把这盆天竺葵带走吧，如果不愿意，留在这里也行，我会把它带回老家的。

老康抱着那盆天竺葵离开了桃园巷，小鱼跟在后面。他们离开的时候夜空里飘起了雪花，不一会他们浑身都已经落满了雪花。老康把那盆天竺葵包在了自己的大衣里，他走得很慢，像抱着一个刚出生的婴儿。

从此以后老康再没有去桃园巷散过步，即使黄昏时分再出门散步的时候，他也会选一条别的路，只是，一定会远远避开那条巷子。

倒是小鱼在来年春天的时候去了一趟桃园巷。那时候正是桃花盛开的时节，整条桃园巷都被十里桃花淹没了，微风过处，桃花像雪一样纷纷扬扬地落满整条巷子。小鱼久久站在那两棵大桃树下看着经过的行人，就像当年张红站在这里偷偷看着老康每天经过的背影。她又抬起头，眯着眼睛寻找那个六层的阳台。在春天的光线里看上去，阳台依旧，只是已经变得空空荡荡，萧索异常，昔日的花草不知道都去了哪里，颓败的窗户紧闭着，里面没有一丝灯光透出来，好像多年都没有人住过的样子。

就在前几日，小鱼偶尔听办公室一个同事说起，老康一辈子根本没有结过婚，哪来的什么前妻。

现在小鱼站在渐渐暗下来的夜色里抬头看着这个神秘的阳台，心想，只是，都不重要了。

是的，都不再重要了。

原载《广西文学》2018年第3期

点评/

　　小说故事和人物关系极其明晰：老康与小鱼是同事关系，都写诗，都忙于相亲，并因此而互为知音；老康有一段离婚经历，由于对前妻一直默默不忘，故一直未娶；离婚后，老康与前妻姻缘未断，彼此默默守望、祈祷；前妻离世后，仆人继承主人遗嘱："一定要在每天那个固定时间里出现在阳台上"，以延续那段美好情缘。桃园巷，阳台上，天竺葵，十里桃花，若隐若现的故人……这是一段凄美动人的未了情，它因小纠纷而引起，并因此而在特定时空中绵延。

　　小说写得既虚又实：老康与小鱼始终在场，并通过小鱼的视角透视老康的生活与精神世界；作为人物的"前妻"被隐于后台，但她的影子又无处不在，并与在场者老康构成了紧密关联。这就使得小说的情感基调凄婉，意境空灵，别有一番韵味，直到结尾依然意犹未尽。如此笔法倒也与徐訏的《鬼恋》有几分相像。因此，我觉得，与其说《在阳台上》讲述了一段美丽而凄婉的情感故事，倒不如说呈现了一种氛围，一种情调，一种男女潜意识中共存的美好愿望。

（张元珂）

女 儿/

/双雪涛

从书店走出来时，我没有注意到那个男孩儿，直到我过了两个路口，正穿过
熙熙攘攘的人行道，他突然一跳跳到我面前，我才发觉自己不是一个人走过来的。
我刚才把陀思妥耶夫斯基的死亡时间说错了。在他和托尔斯泰之间，我从来没觉得
长陀更好，短托才是我一直会偷偷反复阅读的作家，不过每次讲座，我都会大讲长
陀，短托绝口不提。一是可以扯的东西多，临刑前特赦，屡败屡起的超人，晚年有
个死心塌地的女人陪伴左右，永远要跟上帝交谈，永远负债。二是这样不累，因为
不用真正的思考，随便采摘一点别人的观点即可，纪德有七讲，后来人演绎得更
多。托尔斯泰就需要多少准备，因为其几乎没有风格，老鼠吃象，无处下嘴，而陀
氏如同小岛，四周之海水多矣，延展他，保护他，稀释他，囚禁他，放一叶舟在海
上走，时间一会就过去了。北京的人行道经常有丛林之像，灯闪过后，转弯的汽
车先甩过车头，然后一辆挨着一辆通过，紧接着摩托车电动车残疾人代步车蜂拥而
至，行人掩映其中，先要自保，才是走路。男孩跳出之前，我正一边想着长陀的确
切死亡日期，11月？不，是2月，一个雪下得不停的冬天（啊对，是一个笔筒，笔筒
掉在地上，他去挪胡桃木的柜子，导致血管破裂，到底是一只什么样的笔筒？），
一边躲过一辆几乎从我腋下钻出的小摩托。我有个疑问，他开口说。我说，你一直
跟着我？他说，我没有一直跟着你，我是从你做完活动开始跟着你的。你抽中南
海，随地吐痰，而且你走路姿势不太自然，一肩高一肩低，这样久了鞋坏得快。眼
看着指示灯又要变了，我快步向前走，他一看我动，就倒退着走，好像我的一架手
推车。我说，你有什么问题？刚才在书店可以问，我认人一向准，没见你举手。他
说，我没进书店，我一直在书店外面等你。你在书店里说的都是假话。我停在路边
端详他，二十岁出头，一米七五左右，极瘦，头发挺长，黝黑黝黑，散在额头上。

背着一只白色的布包，上面画着一支手风琴，仔细一看不是，是两扇肋骨。脚上一双白色的帆布鞋，虽然已是深秋十月，还挽着裤腿，两只脚踝瘦得像两只鼓槌。

我说，说吧，你有什么疑问？他说，为什么这么多次活动你都没有提到我？我说，我为什么要提到你？他说，因为我是比你更好的作家。我说，你尊姓大名？他说，说了你也不知道。一阵大风从我们中间吹过。我说，恕我直言，像你这样的人我不是第一次遇到，当然也许你是特殊的那一个，不是另一个病人，即便如此，你想证明你是比我更好的作家也不需要通过我。陀思妥耶夫斯基的伟大不是某个人说的算的。他说，你学的是托尔斯泰，虽然只是皮毛。我再说一遍，我不是那些想要你签名的人，我也不是无聊透顶的读书会的会员，为了泡到某个读书把脑子读傻了的女人而到书店点一杯咖啡消磨一个晚上。我是比你更好的作家，希望你能承认这一点。我说，你发表过什么作品没有？他说，没有，因为我还没写。我说，帅呆了，我现在要回家吃饭，如你所见，我是个作家，吃完饭我需要工作，如果你也同意这一点，那就请你也回家把你比我更好的作品写出来，我们分头行动如何？他从包里掏出一个本子说，一言为定，你给我留一个邮箱，我写完发给你看，切记，如果服气，要告诉我。本子上密密麻麻都是字，还有图画，我在空白处照例写了自己的一个不常用的邮箱。我留心看了一眼，文字应该是康拉德的《黑暗的心》，用很小的楷书抄写，不知是哪里的译本，"这家伙负责的业务为制砖——我是这么听说，不过整个贸易站连一块砖都没有，而他在那已经整整一年多了——光在等。他好像缺什么，所以才无法造砖——可能是缺干稻草吧。不管怎样，缺的东西这里没有，也不可能从欧洲运来，真搞不懂他到底在等什么……"图画有点画不对题，好像画的是希腊神话或者是哪一个我不知道的远古史诗，有双头女人和温柔看着婴儿的巨龙。我把本子还给他说，你为什么找到我？比我牛逼的作家多的是，你用一下百度就行。他说，舍伍德安德森和福克纳谁更伟大？我说，应该是福克纳。他说，但是安德森启发了福克纳。同理，你的有些东西启发了我，虽然你写得不如我，这就是我找你的原因。另外，你有一个分析作品的专栏，所以你也写点批评，算个批评家，我希望你能在专栏上分析我的小说。我说，想得周到，回见了。他说，明早之前，注意查收。我没有回头看他，因为他提醒了我，我还有一个专栏要写，明天就要交稿，专栏不同于活动上的瞎吹，我爱写专栏也在于此，有人逼着，能静下来想点事情，不以陈词滥调敷衍，虽然也是某种程度地说假话。不远处有一个乞丐躺在路边睡觉，盖着厚厚的被子，过大的黑脑壳上生着红瘤，黄色的叶子落在他身边，好像有人给他献花。我走过放下一块钱硬币。乞丐无动于衷睡得很实，不知道是不是点着电褥子。我的腿确实有点跛，是因为我小时候有一次踢球被铲伤，脚踝坏了，为了掩饰，我努力让另一条腿也如此走路，以至于经常两个鞋帮着地。另外每当我想写出点东西的时候，我都想办法做一点善事，这是不为人知的秘诀。

我家楼下有家时髦的超市，专卖外国人吃的食品，主要是中国人买。我买了两瓶韩国牛奶，一盒美国饼干，一打德国啤酒。在房门口我就闻到了猫屎味，我养了一只公猫，叫作武松。说是养的，不如是接待的，因为是朋友出国之前强送给我的。我过去养过一只狗，养了一个月，因为我不爱出门，所以狗憋得乱转，得了窝咳，治了一个月之后送给了一位户外运动教练。后来小区的一只野猫老跟着我，毛又黑又亮，胖墩墩，我就请她来家里住了一阵，没想到竟有跳蚤，咬得我生不如死，只好把她扫地出门。这只武松原来不叫武松，叫作亨利二世，朋友心血来潮从宠物店买的，品种是加菲，四个月，一身黄毛，眼大脸扁，酷爱打喷嚏，一天要打几十个。能吃能拉，且总是拉在沙发上，殴打恐吓喷药都无效果，我上网查了一下到底是怎么回事？一个靠谱的答案是此猫是白痴。也就是智商有问题，我才想起来自从这只猫来了我的寓所，就从没叫过。打也不叫，打得狠了，龇牙咧嘴，浑身一抖拉出一坨屎来。原来是个哑巴啊，我心想，不过也好，倒是不闹，与我相宜。

进屋之后我收拾了猫屎，填了猫粮，沏了茶水，撕开饼干，开始弄专栏。弄三个钟头，茶水喝了五六杯，饼干吃得一干二净。一个字也没写出来。

实话说我常感到孤独，也因此觉得愉快。多年以来我都想钻入人堆里，与人发生紧密的联系，可是就像我养过的宠物一样，我无法改变自己，他们也无法改变他们，我不爱动弹，他们就会咳嗽，他们有跳蚤，我就会烦恼，所以终于还是分散。写小说这件事情就是另一码事，我的人物也许讨厌我，觉得我难相处，但是毕竟他们由我创造，所以只能认命。我造世界，铺设血管，种上毛发，把这个世界奉上，别人因此而知道我，觉得了解我一点，其实也可能离我更远，具体分寸的拿捏都我这里，我愿意以囚徒的境地交换，什么事情都是有代价的，怎么弄都是耗尽这一生。叔本华说，活着为了避免死亡，走路为了避免跌倒，大概是这个意思。

我又抽了几支烟，想起傍晚的男孩。世上多有自命不凡者，有的可爱，有的招人烦，那个男孩不算招人烦的，而且字写得不错，品味也不很烂。他生在这个时代，活在北京，养出了自恋的毛病，也没什么奇怪。我在他那个年纪还在浑浑噩噩地想要过正常人的生活，还在带着我的狗到处看病，急切地想要证明自己有同情心，是个善良的人，骗自己无论如何不会抛弃它，告诉它第二天我可以遛它，其实第二天还是早起不来。我打开那个邮箱，费了半天劲找回了密码，原来是多年以前我妈妈的座机号。上一封邮件还是一个大学女生发给我的，说她要来S市出差，让我请她吃饭，时间是三年前。我当然没有看到，她也没有饿死，谁也没有错过什么。最新的邮件是五分钟之前发过来的，没有寒暄，只是一个小说的开头。

"亲爱的旅人啊，这是我唱给你的一支歌谣，歌词早已零落，曲调却是来自于上古，那我就把随便填个词唱给你，权当解闷。

我是一个木匠啊我有三把斧子

除了三把斧子我还有一个孩子

孩子的妈妈死在早年

每年我都把鲜花放在坟前

孩子现在已经是少女

头发弯曲个子到了我的膀子

谁有心思与她相爱不用经过我的允许

只需要歌子唱得跟我一样动听

斧子耍得比我更熟悉

或者你给我倒一碗上好的烧酒

我就把女孩的心思全部告诉与你。

杀手听了把刀子放回怀里说，那我可以见见你的女儿。男人说，我的女儿因为着了风寒，落后于我，大概今天午夜才能赶到驿站。

杀手说，我怎么知道赶来的是不是帮手？男人说，我已逃了十几年，身边早没有朋友。朋友需要待在一块，而不是一直走在路上。杀手说，我为什么不现在杀了你，然后等你女儿来了我把她带走？男人说，等她来了，我写一纸文书把她托付给你，名正言顺，这样你一辈子都会舒服。杀手说，那我什么时候杀你？当着你的女儿？这样她岂不是会永远恨我？男人说，我会自杀，毒药已经备好，就在面前的这碗烧酒里。到时你把我葬在路边，不要写我的名字，回到驿站来用清水洗干净双手，把她领走。杀手双手交叉，放在膝头说，你女儿长什么样？是胖是瘦？大眼睛还是小眼睛？男人说，蓝眼睛。杀手说，怎么会是蓝眼睛？她妈妈眼睛是什么颜色？男人说，她妈妈和我一样是黑眼睛。你没见过她吗？杀手说，没有见过。男人说，她有一双黑眼睛，像煤一样黑，像星星一样亮，每当想事情的时候黑眼仁就在眼白里转呀转，像骰子。杀手说，那你女儿的眼睛为什么是蓝色的？男人说，我也不知道，她生下来就是蓝眼睛，而且她的皮肤像牛奶一样白，头发满是细卷，随着她一岁一岁长大，眼睛越来越蓝，皮肤越来越白，头发也越来越卷。寒风摇动着驿站的破木门，驿站长早已逃走，门口拴着一肥一瘦两匹雄马。男人填了几块木柴在火盆，杀手站起身来推了块石头把房门顶住。从门缝里他看到外面下起雪来，他的马哒哒地跺着脚。"

只有这么一小段，字打得很整齐，手写的一样整齐，没有错别字，也没有题目。我站起来在书房走了一圈，然后打开书房的门出去倒水，武松趁机钻进来，两跳跳上书桌，趴在电脑前面看我的屏幕。这是他的习惯，只要我不防备，逮到机会就上书桌来看电脑，有时还伸爪子捣乱，按出一个突兀的标点符号。我略微盘算了一下，回了一封邮件。

"你好，小说看了，写得很有意思，虽然情节上多有不通之处，但是如果硬想，也可以说通。语言简明，不像没写过小说的人，今天见面有点失礼，准确地说是有点势利眼了，没想到你确实是个高手。如果你确实是刚才写的，那更让人佩服，只是不知道你是否已经全盘想好，因为写一篇小说就像放风筝，起手也许不错，到底能飞多高还有看后面的技术。杀手为什么要杀男人当然不那么重要，但是女儿还是关键，来还是不来，若是来了，怎么收场，是我好奇的。你说受过我的影响，我不敢妄自揣测，但是也许是和我早期写过的一篇关于杀手追杀木匠的小说有关，只不过那篇小说我把逻辑裹得太紧，木匠是造了一个狠毒的刑具才遭人追杀，不如你这个灵逸。实话说，你这个开头让我爱不释手。热望后续，祝好。"

武松安静地趴在旁边，没有捣乱。马上我就收到了回信，只有三个字。

"正在写。"

我又给自己泡了一杯茶，泡完之后发现自己已经喝不下去了。房间虽然每天收拾的，但是不知为什么看上去还是乱七八糟。这就是一个人生活的弊端，收拾的过程中不知道又把什么搞乱了。我曾经有一段亲密关系，她是一名出色的意大利语翻译，意大利语极为出色，而且能写出更加出色的中文。她翻译了几本很难的文论，我都很喜欢。在一次活动中我见到了她，很普通，没有化妆，短短的卷发，胸口搂着书，穿着质地一般的长裙，压得都是褶子。脚趾露在凉鞋外面，红色的指甲油掉落了大半。我走过去向她表达了我的敬意，她冲我点点头说，我知道你，你能写很长的句子。我说，可能是我看了太多外国小说。她说，但是你长得像短句子。我说，什么意思？她说，你的下巴像一个很短的句子，里头只有一个动词。我说，什么动词？她说，削减的削。我说，也许我可以试试。她说，有个意大利作家叫作维尔加，你知道吗？我说，我并不知道。她说，他说过一句话叫作，东西长了都像蛇。我说，有意思。但是你的译文里都是蛇。她说，原文是蛇，我只能舞蛇。你应该创造你的文体，你比我大，我说这个挺傻的，你是不是不想再跟我说话了？我说，相反。我稍微酝酿了一下，相反的应该是什么呢？最后我说，我想跟你说很多话。其实还有十五分钟我就要上台了，但是我那天没有上台，我的编辑代我领了奖，授予我写的长句子。她照顾我，给我买了尺码刚好的衬衣，她订正我思维上的误区，指出我文体中的马脚，我学会了做沙拉，使用动词和用吹风筒吹干她的头发。分手时我说，我只能走到这儿了，因为我只能过一种生活，只能成为一种人。她说，你为什么不能更幸福，成为更好的人呢？我说，我的悲剧是我的能量，我的差劲是我精神上的鸦片，你知道和你在一起，我什么也不想做，就像酗酒的人一样。她说，那你觉得你临死前会不会想到我？

我说，有可能，也可能我会想起我没有写完的一个句子。她说，明天早晨八点，我在我家的那个路口等你，等你到晚上八点，如果你不来，我就把你忘记了。我说，明天可能有雨，我们就在今天了结吧。她说，晚上八点。然后把我家的钥匙放在了我的书桌上。第二天从早到晚艳阳高照，没有下雨，傍晚刮起了风，那也是一个秋天，我窗前的一棵银杏树叶子掉光了，树枝战栗。我穿戴整齐坐在家里，坐了一天，终于没有走出门去。七点多点有人敲门，我跑过去打开门，是住在隔壁的六岁男孩过生日，捧着一块三角形的蛋糕。他的父亲离她们而去，留给她们一套大房子。男孩脚蹬拖鞋，头上戴着王冠说，你记得吗？有一次上电梯，我绊在了脚踏车上，你扶住了我。我说，没什么，顺手的事儿。他说，现在我们扯平了。他妈妈扒着门缝看他，他把蛋糕递到我手上，独自一人走回了属于他的房子里。

我吃了蛋糕，喝了一点酒，坐下抄了一会书，睡了。

一个小时之后，第二封邮件来了。

"男人把靴子脱下来，把脚举在火盆边上，烤他的脚心。火把袜子烤得又皱又紧绷，好像红薯。男人说，自从我感觉到你在追我，我就没脱过靴子。杀手说，外面的雪越下越大了，你女儿怎么来？男人说，放心吧，我约她在这里，今晚她一定会来。你喝一点酒暖一暖，你的酒没问题，我可以先尝一口。杀手说，好，你尝一口。男人举起酒碗喝了一大口，递给杀手。杀手喝了一小口。男人说，我未来的女婿啊，你太紧张了，你的眼睛看一个地方不会超过三秒钟。杀手说，你杀过人吗？男人说，我没杀过，我看过很多人死，但是我没杀过人。杀手说，我杀过十七个人，十二个男人，三个女人，两个孩子。每个人死前的样子都不一样，我都记得，记得时间，他们的穿着、表情、最后的话，我就是记性太好了，我不适合做杀手。但是我使一把好刀，无亲无故，想买地盖房子，我只能干这个。男人说，他们死前都说什么？杀手说，一个五岁的孩子说他有一个糖人，我进屋时他藏在枕头底下了，我杀完他就把它吃了吧，要不然就化了。男人说，你吃了吗？杀手说，吃了。是个孙悟空，脑袋化了，粘在枕头上。男人说，甜吗？杀手说，很甜，我吃过最甜的东西，吃完之后心情好了许多，出去找了口井喝了不少水。你女儿骑马来？男人说，对，骑马，我的所有积蓄都买了这匹马给她骑。对了，我忘了告诉你，她有病。杀手紧张起来，什么病？男人说，她蜕皮。杀手说，怎么蜕皮？男人说，从二十岁开始，她每到十二月就蜕一次皮，然后又变成年初的样子。杀手说，那不是不会老？男人说，不老，喜欢还是不喜欢？杀手说，喜欢。这烧酒好喝，你再喝一点，你看，我干了这么多年的杀手，终于迎来了好运气。男人说，贵在坚持，一个事情做久了，总会迎来好运气。"就这么多。读完之后我马上开始写回信。

"朋友你好，你会写细节，这很好，你敢于停滞，这也很好。我写了很久，才悟到这个道理，小说不是现实的峻急的简笔画，小说是精神的蛋，你得慢慢孵它。人的精神是混乱的，漫无目的的，充满细节的，在一个不起眼的地方盘旋的。狄金森怎么说的来着，一封信总给我不死之感，因为它像是没有肉体的纯心灵。你写的是我要写的小说，或者说，我认定的小说，这让我感到欣悦。我在写作之初四处碰壁，无门无派，无所依仗，只能硬写，一次次投稿。后来有个编辑赏识我，给我回了信，提了修改意见，我一夜没睡，按她的意见修改，第二天一早，我绞尽脑汁想写一封漂亮的邮件给她，甚至比我修改小说花费的精力还要多。就在邮件发出之前，她告诉我，她的上司看了我的初稿，说没有修改的必要，所以这次算了。临了她说，你可以写别的，到时再给她看。我哭了一场，然后另外开始了一个小说。我给你讲这个故事并不是要说明自己的坚韧，相反我是一个经常要放弃的人，但是我除此之外找不到合适自己做的事情，或者说有热情去花费时间度过生命的事情。这是一种消极的选择，就是别人先挑了自己的行当去做，我只能挑这个唯一一个剩下的。我现在忆起了你的脸，你的脸狭小，闪烁着自命不凡和不择手段的神情，虽然我厌恶你的脸，但是不得不说这是一个小说家应有的脸型。你比我的运气好，你遇到了我，因为你的粗鲁和胆大妄为，恰巧我今晚无所事事，读了你的东西。目前事情令人满意，如果你的结尾精彩，我会把你推荐给我所有认识的编辑，竭尽所能地帮助你，不过如果你是和我一样的可怜虫，对你的帮助也许是残酷的捕鼠器，我提醒你要慎重地思考自己的人生，到底要为这个事情献出多少东西，到底可以耐受何种程度的自私和孤独。当然这不是你现在应该费心琢磨的事情，希望你小说的余下部分能够不要让我失望，我倒不是多么关心你的前途，只是不想白白浪费一晚上的时间。祝好。"

我等了一会，没有得到回信。我用这个空儿处理了一点琐事，回了几个微信，敲定了几个需要见面的事情。回头我又查看邮箱，还是没有回信。我把地板拖了一遍，用吸尘器吸了猫毛。我忽然想起我妈的老房子应该要开始供暖了，北方的这个时节已经相当寒冷，夜晚在路上走路的人开始稀寥。我给我妈打了个电话，想问问采暖费她准备了没，如果没有我就把钱给她打过去。她并没有接电话，这个时间她应该在看电视剧，每次看电视剧她都把手机静音，坐在离电视机两步远的床脚，认真地看。我有时候会梦见她，她曾经非常强壮，自行车前面装满了菜，后面驮着我，在寒风中骑行一个小时，到了家面色红润，神采奕奕，马上脱下外套开始做饭。现在则眼角下垂，整天裹着厚厚的衣服坐在家里不动。我的梦里老是出现熟人，都是我十几岁就认识的人，我们因为一场先赢后输的球赛而号啕大哭，三十岁之后的朋友几乎不会梦见。那几个熟人全都已经断了联系，但是他们就像我心爱的古董一样，总是在我梦中出现，被我擦拭，端详。有一次我罕见地梦见了那个意大利翻译，她在译一本薄薄的册子，可是怎么译都译不完，以至于头发都白了，我在她身边高叫，停下来吧，停下来吧。她没有听见我的话，手中的钢笔像是装了电池一样不停地动来动去，我伸手去推她，她拿起册子贴到我脸上，说，你看好了，这可是你的书。你的狗屁玩意，你的想被理解，想逃遁其中的狗屁玩意，我累得脖子都细了，可是你一点不领情。我一下醒了，摸了摸枕头，床上只有我一个人。

武松睡着了，尾巴落在我的键盘上。我给它挪了一挪，它并没有像其他猫一样，别人一碰它的尾巴就跳起来。它还在沉沉睡着，三角形的嘴微张啊，脖子蜷在身体里，好像已经昏迷。我又查了一遍邮件，发现有了新的信。

"寒气从门板的底下渗进来，火是旺的，杀手说，我想跟你换个位置，这样门开了我能看见，而不是有人突然走到我的背后来。男人的烧酒喝得有点多，有些醉了，双眼变长，面带微笑。好啊，他说，还是你想得周到。两人相对无言，杀手不喝了，等着午夜到来。男人兀自喝着酒，时不时笑着摇摇头。男人忽然说，我刚才骗了你。杀手再一次紧张起来，说，什么事骗了我？男人说，我杀过一个人。杀手说，什么人？男人说，第一个来杀我的人，她追了我两年。终于有一天夜里，在一个驿站，跟这个差不多，追上了我。杀手说，然后呢？男人说，我稳住了她。那是一个女杀手，擅使两把长锥，那时我比现在年轻，风霜还没有把我磨成老人，我哀求她，她知道我没有跟她对抗的本事，就放下心来陪我聊了一会。杀手说，然后呢？你毒死了她？男人说，没有。我想办法让她爱上了我，或者可以说，她追了我这么久，对我了如指掌，已经具备了爱我的基础。我轻轻一推，她就爱上了我。杀手说，她犯了杀手最大的忌讳。男人说，也可以说，她犯了每个杀手都会犯的错误。对一个目标追了太久，已经没法下手把他清除了。杀手说，然后呢？男人说，我请求她和我一起走，她答应了，我们就一起逃跑。跑了两年。我一直想趁机杀她，可是她能耐太大，睡觉又太轻，不生病，我没有机会。杀手说，你为什么要杀她？她已经跟了你了，付出巨大的代价。男人说，可是她还是来杀我的人啊。终于她怀孕了，她生下孩子之后，我听见孩子的哭声，从她的身边接过孩子，就把她杀了。杀手不说话，手摩挲着刀柄。男人说，我杀她时，她还笑着，真是个傻女人啊。我女儿快到了，你用不用洗个头发？杀手说，不用。男人晃着脑袋轻声哼着小曲。

　　我是一个木匠啊我有三把斧子

　　除了三把斧子我还有一个孩子

　　孩子的妈妈死在早年

　　每年我都把鲜花放在坟前

　　孩子现在已经是少女

　　头发弯曲个子到了我的膀子

　　……

　　又过了一会儿，柴火要尽了，火苗微小下去。男人几乎睡着了，手拽着衣角，嘴偶尔动动，声音含糊。门外传来马蹄声，马蹄踩在雪上，发出笃笃的闷响。马停住了，打了个响鼻，隔了半晌，有人推了一下木门，然后敲了三下。杀手把刀拿在手里，火光照在他的脸上，照见了他脸上的皱纹，照见了皱纹缝隙里的尘土，照见了他油腻腻的领子，照见了他无人浆洗的衣裳。刀刃明亮，那是他从头到脚唯一干净的地方。"

我没有第一时间回信，点了一支烟抽。我担心他结尾写得太好，我预料他写得不会太差，不要太好就行。已经凌晨，毫无睡意，园区里有老人开始遛狗，边溜边高踢腿。我坐了一个小时，盯着邮箱，没有来信。

"请尽快把结尾发来，故事到了这里，结尾不需要太长。编辑快要上班了。"

没有回信。

"目前情况发展，有几种可能。A.男人和女儿合力杀死杀手，逃走。B.杀手杀死男人，带走女儿。C.杀手杀死男人，女儿宁死不从，也被杀死，杀手失落而走。D.来的不是女儿。这几种情况都说得通，都不差，请速速写完发我。"

没有回信。

"两天已经过去，我不相信你没有写完，我不知道你如此行事到底是何用意。我花了许多时间与你探讨，给你鼓励，也和编辑打了招呼，我们都在等待你的结尾。我不奢望你尊重我的劳动，我只希望你尊重自己的劳动，一篇小说无论好坏，最重要是完成，我已两天没睡，这不是你的责任，我本来睡觉就轻，我很想知道故事的结局，即使它是一坨狗屎。没有结局之前我无法入睡。如果你是太累了，我相信你现在已经睡好吃好，请务必写完发我。我坐在这里等。"

"我吃了点东西，但是我已经四天没有打扫屋子了，我也睡了一会，睡十几分钟就会醒，好像身边躺着一个充满性欲的陌生女人。近十年我都在写作，都在等待写完，世界上的其他人也都在做着自己的事情，等待把它做完。如果你心脏病突发死掉了，请你给我一个暗示，比如台灯闪动一下，或者下一秒窗外就开始下雪。如果你还活着，请你跟我说话，即使你不发给我结尾，请你跟我说话，随便说点什么都行。我想念你，我的朋友，就像想念一个已经早已把我忘记的人。你还活着吗？还像一个正常人一样，怀着无数无法满足的欲望活着吗？那样最好，不要太认真。如果有人来杀你，请你告诉我，我一匹马存在保险柜，我可以现在骑着它去救你。"

我又一次醒了，窗外刮着大风，枯枝战栗，天已经黑了，远方闪烁着磷火一样的车灯。我看了看电子表，睡眠持续了半个小时，武松睡在我旁边，还是一副昏迷的样子，好像比过去瘦了一圈。看我醒了，他也睁开眼睛，喉咙里咕噜了一声。我感到饥饿，也感觉极度的疲惫，好像拉着一块磨盘走了好几年，身上还有绳印。我忽然坐起来，又把电子表看了看，距离晚上八点还有十五分钟。我滚下床穿上外套跑出门去，我的脚还是有点跛，也没有来得及系鞋带，但是我跑得飞快。幸福，像洗澡水一样把我浸没，有一个人在等我，她等了我很久，现在已经绝望，炉火要灭了，但是以我对她的了解，时间没有走完之前，她不会放弃，而我，马上就要到了。

原载《作家》2018年第3期

点评

　　小说设置了几种有意味的对话，交叉存在着几种声音："我"的独白，主要涉及"我"对文学与写作的认识，"我"的日常生活及精神状态，"我"与武松的关系等内容；"我"与男孩之间的对话，主要围绕男孩创作的作品展开探讨与交锋，主要涉及对某些经典作家的评价和文学问题（比如细节问题、小说精神问题），以及男孩所创作的小说情节如何展开、结尾如何作结等具体问题；男孩所创作的作品内部的"声音"，主要涉及杀手和男人的交锋、男人和女儿以及未直接讲述的杀手与男人女儿的关系；男孩与所创作作品的对话。这些对话和声音使得这个文本具有多重解读的意蕴。"我"独白是外指的，指向现实和生活，是小说意蕴生成和展开的背景；"我"与男孩的对话是内指的，指向文本，是小说意蕴深入展开的主体；男孩创作的作品内置于文本中，作为第二层次文本，它的存在既是独立的，也是向外关联的，并与整个文本构成一个整体。通过这种多对话、多视角、多声音的艺术营构，使得作者（叙述者）与文本、文本与现实之间的界限被消弭，这就营造出了一种亦真亦幻、视点互融、生活互涉、人物互视的奇特文本互文景观。从这个角度看，这是一个着力于文体探索与实践的文本。

（张元珂）

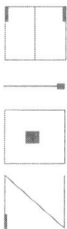

法　力
／张悦然

天快黑了，屋里没开灯，我站在荧光显示框前，等着音乐从柱状音响里冒出来。如果是以前，把碟片放进去我就走了，泡茶或者煮咖啡，现在我会站在那里，一直等着音乐响起来。是担心唱片坏了，还是机器出故障，我自己也说不清，就是有点心悸，担心音乐再也不会响起来了。

音乐响起来了。我打开了灯。沙发上丢着可可的画笔，还有一只长颈鹿头倒插在靠垫之间。我敛起画笔，把长颈鹿拽出来夹在胳膊底下。邢蕾走过来，绕过我走到矮脚柜前，拉开了最上面的抽屉。我问她找什么，她说弄鱼把手划破了。我叫她放在那里让陈姐干。

"你能下楼买包白糖吗？鱼还在扑腾呢。"她问。

"他们来了先喝点酒，七点吃饭也不迟。"

"达奇有事，要早点走。"

"不是他嚷嚷着没地方过中秋吗？"

"还有料酒，白糖和料酒。"

她又绕过我走了。最近我们很少说话，她看起来总是有点心不在焉，也可能心里对我有意见。那不是我做点什么就能改变的，而且我也不打算做点什么，我们早就过了讨好对方的时间。到了一定的年限，婚姻就像一艘无人驾驶的船，双方都懒得去碰方向盘，任凭它在海上漂着，漂到哪儿算哪儿。

从小卖店出来，我点了支烟，在小区的长椅上坐下。几个七八岁的男孩蹲在不远处的一棵树底下玩，其中穿蓝色帽衫的那个好像跟可可打过架。一只脏兮兮的白猫从他们身后经过，钻进了灌木丛。送外卖的人走过来问九号楼在哪里，他手上的塑料餐盒里装的好像是烤串，配冰啤酒应该挺不错。过了一会儿，男孩们的妈妈来了，把他们叫走了。树底下留下一堆树枝，横七竖八摞在一起，看起来像是要点篝火。

篝火。木头上还附着着一丝热气，证明才熄灭不久。露娜绕着它走了一圈，在旁边坐下来。昨天刚下过雨，能找到这么一堆干木头不容易。她解开背囊，从里面摸出几颗煮栗子吃起来，然后打开地图，用铅笔标出昨天走过的路。地图是凭靠盲眼铁匠的记忆画的，很可能靠不住。但是如果到了那里，她知道她能认得出来。就算房子没了，稻田没了，芒果林没了，她也能认出来。

她沿用了小时候吃栗子的方式，咬开小口，把栗肉用小拇指剥出来，果壳几乎是完整的。妈妈用的是竹签，能把小洞开得更小，掏干净果肉，然后在晒干的栗子壳上涂上鲜艳的颜色，串成项链送给邻居。粉红色最难找。要在春天的时候收集夹竹桃的花瓣，放在石碗里捣碎。整个春天妈妈带着她满山寻找夹竹桃。反正她们有的是时间。露娜从没想过有一天会离开那个小村庄，她做过最离谱的梦就是嫁给村头裁缝的儿子。

手机响了，邢蕾问我去哪了，说邓菲菲已经到了。我掐掉烟——第五根，从长椅上站起来。手机上有一条未读短信，我点开了它：

放过露娜吧，好吗？算我求你了。

我打开门，邓菲菲正坐在餐桌前翻一本家居杂志。她好像胖了，也可能是剪了短发的缘故，圆鼓鼓的脸上贴着七八个指甲大小的透明胶布贴。

"我昨天去点痣了。"她说。

"有这么多？"我问。

"我还留了两个呢，大师说那俩是吉利的。"她指了指桌上的方盒子，"可可呢，我给她带了巧克力。"

我告诉她可可在姥姥家，邢蕾的表姐从美国回来了。邓菲菲立刻问我是不是那个生了一对混血双胞胎的表姐，说她看过照片，很幸福的一家子。我没做评价，反正邢蕾没让我去和他们过中秋节，我心里挺感激的。

我开了一瓶香槟，给邓菲菲倒了一杯。上次见面还是她话剧上演的时候，她穿着维多利亚时代的长裙，头发乱蓬蓬的，眼睛周围画着浓黑的眼影。别的我都忘了，关于那个晚上，我唯一记得的是下了很大的雨。

"巧克力记得冷藏，别让可可一次吃太多，"邓菲菲看着我，"你生病了？"

"在赶一个剧本。"

"新的？"

"还是那个。"

"什么题材来着？"

"奇幻，动画片。但不是给小孩看的那种。"我也不知道自己为什么要解释。

"厉害。是那种人都活好几千年，会各种法术的吗？"

"可能活不了那么久。"很久没跟人聊天，我感觉有点吃力，就建议她尝一尝杯子里的酒。

"幸亏有你们，"她放下杯子说，"过节的时候收留我跟达奇。"

"不算收留吧？"

"我上个月离婚了啊，邢蕾没跟你说？"

她的眼神充满了倾诉欲，正等着我发问，而我却怎么也想不起她前夫的名字。

其实见过很多次，就在一年前他们夫妇还坐在这张桌子前面，跟邢蕾热烈地讨论到底要不要生孩子。当时我饶有兴趣地听了一会儿，主要是觉得邢蕾挺有意思，她一直后悔生下可可，可是但凡有女人询问她的意见，她总会告诉她们一定要生个孩子，那样人生才完整。她看起来一脸真诚，让我不得不相信她所体会的失望是人世间罕有的不幸。

我有种预感，整晚可能都会陷入情感话题的讨论。最好别让邓菲菲开这个头，我站起来走进了洗手间。我在马桶上坐下，盯着水池边花瓶里的一小簇绿色植物。

　　天黑的时候，露娜点着了篝火。灌木丛沙沙响了几声，又恢复了安静。她朝那边仔细看了一会儿，发现有双眼睛躲在树丛里注视着自己。那家伙刚想跑，她一跃而起，跑过去揪住了他的衣服。他惊恐地扭过头，一张画满颜料的小丑的脸，透过眼皮上的菱形油彩，可以看到一双稚气未脱的眼睛。小丑解释说，篝火是他点的，他出去找吃的了，回来就看到露娜坐在旁边。

小丑把一只肥美的野兔架在火上，邀请露娜和他一起吃。他神秘兮兮地告诉露娜，再过几天火山就要爆发了，这里将会夷为平地，只有坐克莱因飞船离开才能得救。所以他从马戏团逃出来，打算去找飞船。他发现露娜已经知道这个秘密，就感到很费解，那为什么还要往火山口的方向去呢？露娜说，小时候自己住在那附近的一个村庄，后来经历了战争、瘟疫，人们都离开了。她想在火山爆发前再去那里看一看。小丑问，看什么，不是都没有人了吗？露娜说，我也不知道，但是做梦总梦到，就去跟那里道个别吧。

第二天分别前，露娜把自己登上克莱因飞船的船票送给了小丑。她安慰他说，我是圣火使者，没有船票也可以登船。小丑抱着她哭起来，把自己表演魔术的黄手帕系在她的手腕上。他问露娜飞船长什么样。露娜说，有扇圆形的金属门，像月亮一样。

我希望晚饭能在 9 点前结束，就可以回到书桌前把这段故事写下去。来到客厅，桌上摆着凉拌莴笋丝、皮蛋豆腐和白切鸡。邢蕾端着一盘茭菇烧肉走出来："谁能给达奇打个电话？"

"我打吧。"我说。邢蕾看了我一眼，既没有鼓励，也没有反对。我找出他的号码拨过去。达奇接了，说有个纽约画廊的人忽然到他的工作室参观，把他们送走就过来。

"看来达奇要转运了，没准人家想邀请他到美国做展览！"邓菲菲说。

"喝一杯。"我举起酒杯看着邢蕾。

达奇是个摄影师，但他可能更乐于称自己为影像艺术家，以此来和那些商业摄影师区分。不过在我看来他们最大的不同是，商业摄影师把东西往美里拍，达奇是怎么丑怎么来。他最有名的一张照片，是三个苗族老太太，举着裹过的小脚，咧开没有门牙的嘴哈哈大笑。要我说，他获得的那点赞誉，全得感谢中国偏远地区的脏乱差，有一回喝多了我表达这个观点，结果邢蕾跟我吵了一架。

这下邢蕾好像不急着开饭了，当我再一次提议我们边吃边等的时候，她才慢吞吞站起来去拿碗筷。

"我不能吃虾，脸上的伤口会发。"邓菲菲说。

"酒也别喝了。"邢蕾要收走她的杯子，她连忙用手挡住。

"啊呀，喝一杯没事，反正最近也不用排戏！"

邢蕾端详着她的脸："那么多痣都是不好的吗？"

邓菲菲指着那些小胶布挨个向我们介绍："这个是容易犯小人，这个是容易漏财，这个是容易有交通意外，这个是没有主心骨……"

"点了这个痣主心骨就能长出来？"我问。

"会长出一截。"

"我倒觉得你眉毛边上那颗痣挺好看的。"邢蕾说。

"那个就是离婚痣啊！它有点大，过阵子可能还会长出来，长出就得再点一次，反正大师说了，我的正缘后年才来。"

"不吃虾就多吃点肉吧。"邢蕾往她碗里夹了两块红烧肉。

"菜都是陈姐烧的？"邓菲菲嚼着肉问。

陈姐正好走出来，冲邓菲菲笑了笑。她把清蒸鳜鱼放在桌子中间，碧绿的葱丝上缭绕着热气，鱼瞪着苍白的眼珠，长大的嘴巴里塞着一团姜丝。

"陈姐，你快走吧，明天来了再收拾。"邢蕾把陈姐送到门口，"挂号的事，我明天上班再问一下。听我的话，别想太多好吗？"邢蕾的语气里有种训练有素的职业性，但睫毛上笼罩着的温柔光晕足以遮蔽冰冷的理性。她那双美丽而睿智的眼睛里，总是蓄满了对人间的理解和同情。仅凭这双眼睛，也足以胜任她现在的工作——她是一名出色的心理医生。

"谁病了？"陈姐走后邓菲菲问。

一开始陈姐说她丈夫生病，自己要回一趟老家的时候，我还以为她只是不想在我们家干了。这不能怪我，之前两个阿姨都以非常离奇的理由离开了我们，一个说是侄子开拖拉机撞了人，另一个说是婆婆离家出走。但有人在家政中心见到了她们，正在面试新雇主。所以陈姐走后，我提议找个新的阿姨。邢蕾却认为陈姐说的是真的。我问她有什么依据，她说是直觉。我不可能一点怨言也没有，毕竟每天早晨七点爬起来把可可送到校车站的那个人是我。过了一个多月，陈姐真的回来了，说丈夫是肺癌，想来北京再找医生看看。邢蕾帮忙联系了一个专家，结论和地方医院差不多，她丈夫在北京待了几天就回去了。陈姐则继续留在我们家，我总觉得她对我冷淡了许多，可能邢蕾跟她说了我之前的猜测。我也没再问她丈夫后来怎么样了。这会儿听邢蕾跟邓菲菲说，病情突然恶化了，陈姐让她帮忙再找个专家。

"她知道再看也没用，但这份心意还是得尽，别让婆家的人说三道四。"邢蕾说。

"有孩子吗？"邓菲菲问。

"两个呢。"邢蕾拨开葱丝，夹了一块鱼，"还是有点老了，我让她八分钟就关火的。"

邓菲菲尝了一下，觉得味道很好。

"你家那个阿姨是哪里人，你也可以教她啊。"邢蕾说。

邓菲菲说她把阿姨辞了，因为父母要来住，不喜欢有个人总在眼前晃。他们将全面接管她的生活，有人洗衣做饭，有人修车交罚单，当然太晚回家也会有人唠叨。

"感觉自己越活越小了，就像回到了高中时代。"她甩了甩头发，"怎么样，我剪的这个学生头？"

"你那时候不是应该染着一头红发，站在台球厅门口抽烟吗？"

"哈哈，没错，看过《罗拉快跑》吗，我那时候就跟里面的女主角一模一样！而且也是个长跑健将！"邓菲菲点了支烟，开始讲自己在学校里如何风光，全市运动会上都拿过第一名，举着奖杯的照片一直贴在校门口的宣传栏里……我想到那个下雨的晚上，站在剧院门口等车的时候，看到对面橱窗里贴着当天话剧的海报，她演的麦克白夫人在最左边，雨水滚过玻璃，像是有只手伸进大蓬裙握住她的身体摇晃。

"要是我能坚持的话，也许能成为一个不错的运动员。可惜人生没法像电影里演的那样，不行就倒回去再来一遍。"邓菲菲又给自己倒了一杯酒。

"慢点喝，高中生。"邢蕾说。

邓菲菲指着我："他高中的时候什么样？也这么深沉吗？"

"他啊，很擅长单手扶把骑自行车。"

"耍酷？"

"跟人打架胳膊骨折了，吊着石膏骑了三个月自行车，后来骑车另外一只手不拿点东西都难受。"

"对方伤得比我严重，鼻梁断了，做了两回手术。"我说。

"没看出来啊，你看上他就因为他会打架？"邓菲菲问邢蕾。

"我的音乐也不错。"我补充道。

邢蕾笑了一声："你是说吹草笛吗？"

桌上的手机响起来。

邓菲菲说："肯定是达奇，要是美国画廊把他签了，就让他去买瓶好酒来！"

"不是他。"我拿着手机离开了座位。

制片人在那边叫了好几遍我的名字，问我有没有看到他发的短信。

"你到底是怎么回事，露娜的戏早就结束了，让她坐上克莱因飞船离开就行了。现在你应该集中精力把最后的大决战写出来，索尔王子才是这个戏的主角！"因为严重超过了交稿期限，他们要求我使用同步在线的文档，这样随时可以看到进度。那边传来按打火机的声音，制片人趁着点烟的时间调整了一下自己的情绪：

"大宇，编剧对自己笔下的人物有偏爱，我完全理解，可这不是写小说，想到哪写到哪……我问你，有谁关心这个露娜的童年？一个角色完成了她的任务，就可以谢幕了，你干吗还非得把她困在这个故事里不可？"

他说再给我最后两天时间，让我向他保证今晚结束露娜的故事，然后挂断了电话。

我换了一张唱片，站在荧光框前等着音乐响起来。我们是否可以把这段等待的时间看作音乐的一部分？任何艺术都有留白，它没法，也不需要交给人们事物的全貌。一个故事——我当然不能称这个剧本为艺术，无法容纳一个人的一生。即便我们声称给故事里的某个人物注入了灵魂，那也只能是灵魂的一部分。灵魂，这种据说21克重的东西，如同宇宙一样浩瀚。

中午过后下起了雨。露娜收到来自克莱因飞船的讯息，说火山警报已经拉响，让她在原地不要动，他们会来接她。雨停了，她爬到山坡上，看到远处的峡谷里，有一截正在消失的彩虹。小时候，在那些干燥的日子，她和邻居的孩子用喷水管在阳光底下自己制造彩虹。人类想要的总是比大自然给予的更多。她决定继续往前走。傍晚的时候，她走出了森林，来到一条大河边。她有种直觉，河对岸就是从前的村庄。她不会游泳，就从树上摘了一片叶子吹起草笛，希望远处的船能听到。那是小时候舅舅教的旋律，她以为自己早就忘了。嘴唇划过潮湿的叶片，雀跃的乐符穿过晖光落在平静的河面上……脚下的土地震颤起来，泥巴溅起，她扭过头看去，是大象，不是一只，而是一群，正迈着大步朝她走来……

我回到餐桌边，给自己盛了一碗鱼圆汤。两位女士同时陷入了沉默，好像之前的谈话被我打断了。

"需要我回避吗？"我问。

"不用，"邓菲菲说，"我已经走出来了，现在可以很平静地谈论那些事了。"邢蕾把手放在她的手上，她像是获得了鼓励，鼓起腮吐了一口气：

"演完《麦克白》以后，我每天把自己关在家里，光脚在地板上走来走去，打开水龙头一遍遍洗手，天一黑就点上蜡烛。徐宏当时在上海拍戏，中间回来了几天，半夜起来上厕所，看到我在客厅里转悠，嘴里嘟嘟囔囔的，听不懂在说什么。他好不容易才把我弄醒，我一睁眼就尖叫起来，跑进卧室锁上了门。后面几天他都是在客厅沙发上睡的，每天半夜我都出来转悠，有一天还跑到阳台上，打开了窗户。徐宏回剧组之前，说服了我跟他去一趟医院，半路上我忽然说不去了，让他马上调头回家，他不答应，我拉开车门就往下跳，当时车还在高架桥上……你还有烟吗？"

现在我想起来了，他的前夫叫徐宏。她接过烟叼在嘴里，用拇指反复搓动火机上的滑轮，突然蹿起来的火苗差点烧到她的刘海：

"我知道这样下去不行，可是我又什么都做不了……就这么过了半个月，有天下午邢蕾来电话，说路过我家，问我要不要一起吃饭。我说我不想出门，把电话挂了。没多久门铃响了——邢蕾就站在门口。她待到傍晚才走，然后过没两天又来看我了。那段时间真是没少折腾她，我还以为她跟你说了呢。"

我说："她大概把你当她的病人了，保密是她的职业道德。"

邢蕾眯起眼睛看着我。

"我确实是她的病人，没有她我现在还困在麦克白夫人的角色里……"

"你是说你被麦克白夫人附体了？"

"不是附体，"邢蕾好像觉得被冒犯了，"在医学上，这是一种正常的移情表现。"

"为了演好那个角色，我让自己像她一样思考，像她一样邪恶，我的手上也沾上了鲜血……没错，那是在演戏，没有人真的死，可是当我教唆麦克白杀人的时候，我说出来的话确实是当时我内心的想法，就算那把剑不是道具，我也会看着它刺进演邓肯的演员的身体……我并不是在背台词，你明白吗，而是在驾驭那些话语，我是它们的主人。邢蕾帮我找到了我真正害怕的东西，她没有说服我相信自己是无罪的，而是教我如何去面对这种罪恶感。她很厉害，就像有法力似的，你看着她的嘴巴一张一合，慢慢地被催眠了，等到你恢复意识，就发现自己对很多东西的看法都变了……"

"大宇不信这些，"邢蕾说，"他觉得心理学都是骗人的把戏。"

"没有没有，我很尊敬心理医生的工作，救死扶伤，功德无量。我只是说我自己在创作上很烦弗洛伊德那套玩意儿。"

邓菲菲笑起来："我挺同情你的，也许你早就被邢蕾催眠了，自己却还不知道。"

我冲她笑了笑。她的眼睛一点点黯淡下去：

"我最近在考虑转行，我恐怕没法继续当演员了。儿童剧也许还能行，演棵树，演只咋咋呼呼的母鸡。"

"现在别想这些，休息一段再说。"邢蕾说，"谁要来一点米饭吗？"

"还有酒吗？"邓菲菲问。

我从烟盒里拿出最后一支烟，打算抽完就回书房工作。

为首的大象在露娜面前停住，屈起前腿跪下来，让她爬到它的背上。然后它迈着大步走入河水。古老的大河从梦中醒来，惊起的水花亲吻着露娜的脚背。

她眯起眼睛，对岸在视野里渐渐清晰，浓密的树冠上泛着一层金色的光泽，渐渐显出一个个椭圆形的轮廓，结成沉甸甸的芒果。如同一颗颗颤动的心脏袒露在热风里，好像这个世界上再也没有什么秘密可言。

到了岸边，大象把她放下，甩甩尾巴，掉头走入河中。露娜目送它们远去，忽然想起什么，又拿起叶子吹起来。她用旋律告诉它们即将到来的危险。象队忽扇着耳朵奔跑起来。激荡的水花像白色的火焰，在夜色中蹿跳，一点点消失。大河又睡了过去。

露娜转过身，朝岸上走去。泥巴的气味，果实的芳香，离开很久的孩子的笑声还缠绕在树枝上。她知道自己到了。她要记下眼前看到的每个画面。在未来的日子里，她有的是时间，有的是时间跟它们道别，道别并不发生在转身的那一刻，它是此后不断繁衍的梦，是一根根添入回忆篝火的木头。

"大宇？"

我抬起头，邢蕾拿着新开的红酒站在旁边。

"你还喝吗，一会儿是不是要去写东西？"

"没事。"我把杯子递给她，"需要我再给达奇打个电话吗？"

"别打了。"她说。

我拨出了电话。等待音响了三声，达奇接了。

"快了，一会儿就到。"他大声说。

邢蕾从柜子里拿出一只空酒杯放在桌上。透明的玻璃晶莹剔透，杯沿上闪着光芒。也许我是在用邢蕾的目光打量那只酒杯，她脸上洋溢着一种少女的气息。虽然我们十六岁就认识了，但那种气息依然令我感到陌生。好像是另一个邢蕾，一个没有认识我的邢蕾。每当这种时候，我都为自己参与了她的人生而感到羞愧。其实我很早就发现了她对达奇的爱意，令我感到不解的是，她为什么止步于这种暧昧的好感，不再继续向前走了呢？没有完成的感情难道不会令自己痛苦吗？在过去很长的时间里，我一直等着她有所行动。等着她把从我这里拿走的心，交托给另外一个人，任何一个人。我会因此而痛苦吗，还是感觉到一种解脱？我只知道那会让我觉得我的太太真实一些。

邢蕾把月饼和水果端上来。石榴卧在盘子里，像戴着皇冠的小人咧嘴在笑。这个比喻应该出自露娜之口。她还在那个故事里走来走去，寻找小时候的村庄。我知道我必须释放她了，松开手，看着她像只氢气球一样掉进天空里。我正打算离开座位，邓菲菲按住了我：

"你觉得我是个好演员吗？"

我说当然。但她并不满意，一脸疑惑地看着我。她垂下眼睛，叹了口气：

"《麦克白》大概是我在舞台上演的最后一部戏了。我为那个角色投入了太多的感情……真希望你们能看到。"

"我们看到了，"邢蕾说，"菲菲，你很棒，我们都为你感到骄傲。"

邓菲菲咬了咬嘴唇，眼圈红了：

"对不起，也许我不该说，可是那天你们根本没有看完话剧，开场不到二十分钟就都走了……"

我的脑袋嗡嗡响起来。在很长一段时间里——也许还不够长，只有三个月，我一直努力让自己把那个晚上忘了。那个晚上的雨，那个晚上的街道，那个晚上蜡烛所发出的光晕，还有空气里的草药的气味。我喝了口酒，让自己镇静下来。所以那天邢蕾也没有看完话剧？她去了哪里？

邓菲菲说："那天我快要上台的时候，才想起来忘了跟你们说结束后一起喝酒庆祝一下，位子已经订好了，我担心散场以后太乱，就让剧团的同事去跟你们说一声。同事在后台耽误了一会儿，再下去的时候，发现大宇的座位空了，你正在往外走。她追到门口，你的车已经发动了，她在后面挥手，你好像根本没看见，也可能看见了，但还是踩了一脚油门把车开走了。我说出来并没有怪你们的意思，我只是不想有事一直梗在心里……我真希望那天你们能在，我演得特别好，是十几年来最好的一次，谢幕的时候我的情绪还缓不过来，眼泪一直往下淌……"

邢蕾拿起盘子，把鱼骨倒进脚边的垃圾箱："菲菲，你喝多了，要不要去沙发上躺一会儿？"

她哭了起来："我知道我不应该说这些，你们都对我很好……"

我实在坐不住了，离开了座位。我走到阳台上，发觉身体在摇晃，就扶住了旁边的望远镜。

　　话剧开场十分钟，我收到了晓婧的微信。她说，我今天戒了镇定剂，现在难受得不行，躺在床上浑身发抖。我犹豫了一下，回复道：我去看你，等我。我揣起手机小声跟邢蕾说制片人临时召集开会，恐怕得去一下。邢蕾问，你要开车吗？我说，不用，我叫辆车。这里没信号，我出去叫。邢蕾说，好，开完会告诉我。我悄悄离席，走出了剧院。当时下着雨，我站在屋檐下等了一会儿车子才来。

　　我在晓婧家待了一个多小时，十点钟离开，然后给邢蕾发了个消息，告诉她开完会了。我们经常一天不联系对方，但是既然她让我结束了告诉她，我就照做了。她没回复，我到家的时候，她不在，直到十二点半，她才回来。她说在剧院里遇到了几个以前的朋友，和她们去酒吧坐了一会儿。我问她话剧怎么样。太用力了，她回答，把车钥匙扔进托盘里。

　　我站在阳台上，眺望着远处。那里是个公园，从19楼望下去，只能看到一团模糊的树影。我摩挲着望远镜布满灰尘的镜片。望远镜刚装上的那天，可可很兴奋，嚷着要望一望公园里的游乐场，看看海盗船上的小朋友是不是吓得哇哇大叫。她把脸凑到取景框前看了一会儿，忽然站了起来，转身跑了。从那以后，她再也没有接近过这架望远镜。到底她看到了什么，谁也不知道。我也没有问过。我有个比较悲观的想法，每个人都暴露在自己的命运里，谁也保护不了谁。我没法保护我的小女儿不受到伤害，没法保护任何人。

　　那天晚上，我按了一会儿门铃，晓婧才打开门。她穿着白色的睡裙，头发上有股草药的气味。为了安神，她在枕头底下塞了一个装满药材的香囊。我让她躺下，自己拉了一把椅子坐在床边。房间里很黑，床头柜上点了蜡烛。而原来放在那里的台灯躺在地板上，她说是摸开关的时候把它碰到地上的。茶杯状的蓝色蜡烛已经燃烧了大半，火苗深陷在一钵蜡油里，散发出浅蓝色的光。我说，蓝色蜡烛，很特别。晓婧说，红蜡烛喜庆，白蜡烛悲丧，只有蓝蜡烛不悲不喜，能让心变得很静，好像时间停止了一样。她养的那只波斯猫冷不丁跃到床上，隔在我和晓婧中间，不慌不忙地扭过头去舔起了尾巴。有它陪着你真好，我说。其实我一点也不喜欢这只猫，有几回我想抱它，它都拼死挣脱，还把我的手抓破了。别人也不行，它只让晓婧一个人抱。我能感觉到它看我的眼神充满敌意，似乎盼着我快点离开。我去厨房倒了一杯水，放了柠檬和蜂蜜，拿出来递给晓婧。晓婧笑着问，和一个病人谈恋爱的滋味怎么样？我说，你很快就会好的。

刚认识的时候，就觉得她很特别，有种奇怪的沉静。也许和她的成长环境有关，她是傣族人，在西双版纳的山寨里长大，中学时才随舅舅去了昆明。她身上有种质朴蒙昧的东西，像绝迹的飞鸟。很多个夜晚，我从乌烟瘴气的剧本策划会上脱身，驱车十几公里来到她家，只为了能和她待上一会儿。那是对我最大的奖赏。只有在面对她的时候，我才能把心里的挫败和愤懑讲出来。我嫉妒成功的同行，憎恶势利的资方，嘲笑愚蠢的观众……曾经勃勃的野心现在变成了多余的脂肪，我像个跌跌撞撞的胖子，弓着身体爬进一条专为捉弄我而设计的狭窄地道。我把那个最弱小阴暗的自己交给她，像个打架打输了的小男孩躲在她的怀里喘息。她总是轻轻地拍拍我的头：没关系，不要紧的啊。好像我还有的是时间，有的是力气。你会离开我吗，我问她。她说，不会，永远不会。

她从没学过电影。大专毕业去了旅行社工作，一个导演在云南拍片的时候，发现她很有灵气，把她介绍到电影公司上班。就这样，她来了北京。我们是在一个剧本策划会上认识的。她有小麦色的皮肤，细长的脖子，笑起来像一只海鸥掠过天际线。话虽不多，见解却很独特，给人留下深刻的印象。随后一段时间，我们经常一起工作，我向她表示了好感，从那之后她开始躲着我。在茶水间遇到，她吓得打翻开水转身就跑。当时我几乎觉得没希望了，可是三个月后香港电影节的时候，我们却在从中环开往尖沙咀的天星小轮上遇见了。那天是要去给可可买玩具，至于为什么临时起意坐轮渡，我自己也觉得是个谜。当时在下雨，船上没什么游客。我们坐在木条长椅上看着维多利亚港上亮起的灯火，我握住她的手说，别再逃了，是命运要把我们连在一起。她低下头哭了起来。

我们在一起以后，她辞掉了电影公司的工作，因为我和那家公司有合作，她怕同事会说闲话。我取笑她太把我们当回事，这种事大家早已司空见惯。但她表现得很担忧，不愿意再去任何和电影有关的地方上班。我就提议她跟我一起写剧本，这样可以留在家里工作。那么提议倒不是完全为了我们的关系，在这个行当十几年，我一眼就能看出一个人有没有才华。晓婧是个天分很高的孩子，只是缺乏专业训练，磨炼上几年，肯定能成为很好的编剧。就这样，我把剧本拆分开，有部分交给她来写。接下这个奇幻动画片的时候，我拿着人物小传问她，你想写里面哪个角色。她选择了一个叫露娜的女孩。介绍上只有两句话：露娜，十五岁，四个圣火使者之一，护送宝剑并将其交给王子，后随其他使者乘坐克莱因飞船离开了伽蓝国。我问为什么选她。她说，我也不知道，感觉她是个好女孩。我吻了一下她的脸颊，你也是个好女孩。她对我从来没有任何要求。没有让我多花时间陪她，更没有希望我离婚。

那时候她已经生病了，但我以为不严重。大概在我们交往半年的时候，有一天她说精神压力很大，想找医生开点药。我有点吃惊，因为她看起来很正常。从医院回来，她轻描淡写地说自己有一点抑郁倾向，从那开始每天服药。我还劝她换个医院看看，别轻信某个医生的话。我确实不太相信心理学，总觉得那是编造出来的一套理论，而医生只是想尽办法让病人变得很依赖他们。邢蕾有好几个病人，找她看了十几年抑郁症了，有的把公司做到了上市，有的孩子生了两个，但是一到星期五的下午，就如同听到教堂钟声的召唤，准时坐到她的诊室里。他们的心理疾病就像一种原罪，要是把它忘掉就应该去忏悔。邢蕾的工作无非是跟他们聊聊天，我觉得我也能干，说服一个人活下去会比说服电影公司的老板投资拍个文艺片更难吗？药吃了一段时间，晓婧并没有好转，精神状况反倒越来越差，话越来越少，有次做爱的时候她忽然哭了起来。她说她觉得骨头很疼，好像要裂开了。她又说，我知道不是真疼，只是我的幻觉。她花了很多时间描述那种幻觉，我开始感觉事情有些严重。这时她才告诉我，很多年前她得过抑郁症，三四年才缓过来。我问那个时候发生了什么，她露出恐惧的表情，让我相信一定是什么可怕的事。我感到很不安，但是我得承认，同时又有一点释然——她的病是复发，不是因为我才得的。晓婧开始定期去医院，站在一群精神病患者的队列里，等着医生发给她下个星期的药。因为难以入睡，她长期服用镇定剂，有时会昏睡一整天。她只肯在情绪平稳的时候和我见面，化了妆，看起来仍旧气血饱满，可是那双被镇定剂控制的眼睛，像两片干枯的树叶贴在美丽的脸庞上。她每次都告诉我露娜的故事的进展，今天又写了多少字。如果我说你好好休息，把剩下的部分交给我，她就会皱起眉头，嗨，我和露娜一定会把交给我们的任务完成的！

那个下雨的夜晚，我去她家的时候她没有化妆，脸色苍白，被围在黑眼圈里的眼睛布满红血丝，像是就要碎裂开一样。她说，已经一个星期没写一个字了，我必须戒掉镇定剂，不能再这样昏睡下去。我让她别心急，慢慢来。她哭了起来，问我是不是不让她写了。我连这点事都做不好，她摇着头说，我知道你会离开我的。我告诉她，我会一直陪着她。一直？也许我用的词是"永远"。但她还是哭个不停，一遍遍求我不要抛弃她。我感到很沉重，也许还有一些失望。最初认识的时候，她带给了我所有我想要的东西，我们相爱，并且一起工作，我感觉生活流动起来，自己再也不是一个人。可是现在在她的身边，我觉得异常孤独。她被她的病封锁起来，像颗遥远而岌岌可危的星辰，收不到，也发不出信号。此刻再回想刚在一起的时光，恍如隔世，而那时她的美好也令人感到疑惑，好像是我产生的幻觉。眼前所看到的她才是真实的。我被自己得出的结论弄得很沮丧，却努力表现出很有信心的样子，还说等她好一点带她出去旅行。这个提议似乎很有效，她问去哪里。我说去香港，我们再坐一次天星小轮。她说她不喜欢香港，所有的东西都是人造的。然后她说去清迈吧，想骑大象。我问为什么想去那里。她说，我喜欢热带，但不要靠海，就是那种纯粹的炎热。至于大象，小时候好像做过类似的梦，骑在大象的背上去够树上的芒果。芒果是一种奇怪的水果，你不觉得吗？我问怎么奇怪，她说，芒果很真实，外面的皮和里面的瓤的颜色是一样的。我说柿子也是啊。她说，可是芒果就算晒干了也还是那么鲜艳的颜色，柿子就不是了。好吧，我说，我们可以带剧本去写，在那里多住上一段。她说，真想把露娜也带去啊。我说，下个剧本里也可以有个姑娘叫露娜，以后我们写的每个剧本里都有个姑娘叫露娜，你负责把她的故事一直写下去。真的吗，她很高兴。我们又聊了一会儿旅行计划，越说越兴奋，好像明天就要出发一样。她的手心热了起来，可是因为疲惫，眼睛已经睁不开了。我让她早点睡觉，说明天再来看她。临走的时候我说，如果睡不着，就再吃一片镇定剂吧。她说，不用，我多想一想大象。我摸了摸她的头，就像她从前经常摸我的那样。

那晚之后，我被拉到郊区开了三天剧本会，第三天下午才溜出来。到她家的时候，屋子里很乱，她告诉我她在打扫房间，扔掉一些从前的东西，然后她坐回一堆纸箱中间，拿着一个硬壳笔记本看起来。类似的笔记本她身边摆着七八个，我问她那是什么，她说是以前的日记。我说，你从小就写日记吗？她说，住到城市以后才开始写的。我一个人站在那里无趣，看到散了架的台灯还躺在地上，决定把它修好。拿着螺丝刀拧了半天，还是没让耷拉的灯头直起来。她仍旧在看那些日记本，没有一点想跟我说话的意思。我很生气，想告诉她我开了一个半小时的车才到这里，还要再开一个半小时的车赶回去。但我什么也没说，又坐了一会儿就走了。

那天晚上，她吃安眠药自杀了。

自杀之前，她给我发了个邮件，没有任何内容，只是在附件上粘贴了没有写完的露娜的故事。最初的一个月，我甚至不敢打开那个文档，事实上，我当时的精神状况也无法支撑我继续写完剧本了，所以我跟制片人说我不干了。他提醒我拿出合同看看上面关于违约赔偿金的条款，此外演员档期都定好了，这事会给电影公司带来巨大的损失，他们会让业界封杀我。兄弟，我是在为你的名声着想，他说，而且这个片子是你能遇到的最好的机会，你已经快四十岁了，急需一部代表作。我说，让代表作见鬼吧，挂掉了电话。那天晚上——跟过去的一个月一样，我喝了很多酒，却没能顺利地睡着，凌晨三点的时候，我起身到书房抽烟。电脑没有关，屏保上五颜六色的热带鱼正游来游去。我对着屏幕抽完了烟盒里剩下的烟，然后打开了那个文档。露娜的故事足有两万字，远远超出所需的篇幅，却好像才写到一半。从职业编剧的角度来说，里面有太多心理描写，对白也很冗长。但是如果抛开技术上的瑕疵，故事非常动人心魄，更重要的是，她把自己的灵魂注入给了露娜这个角色，使她像个真正的人那样在故事里生活和思考，痛哭和大笑。伙伴弄丢了宝剑，她拍拍他的头说，不要紧的啊，没关系的。我坐在书桌前，眼泪流下来。天亮的时候，我给制片人发了条消息，告诉他我会把剧本写完。

邢蕾走到阳台上，站在望远镜的另一边：

"菲菲在沙发上睡着了。"

"达奇来了吗？"

"可能不来了吧。"

阳台吊灯的光照下来，把她笼罩在一圈杏黄色的光晕里。她的头发柔顺地搭在肩膀上，脸上的职业女性妆容一丝不苟。我忽然发现记不起她不化妆是什么样。在过去的很多年里，我起床时她已经去上班，她睡觉时我还在书房工作，我所看到的她和她的同事、病人看到的一模一样。一个标准化的、没有情绪的她。我不知道她的烦恼是什么，也不知道最近为什么事开怀大笑过。我认为她同样也不知道我的。但是现在我发现她知道。她知道三个月以来让我食不下咽、难以入睡的痛苦来自于什么。

"邢蕾，"我听见自己沙哑的声音，"那天晚上你跟踪了我对吗？"

"我没有。"她立即说，把手搭在望远镜上，擦拭了几下上面的灰尘。

"那天晚上你去见了晓婧。"我指了指她受伤的那只手，"第二天早上你的手上也缠了个创可贴，可能不是给杯子划破了手。你去抱了她养的那只猫，对吗，因为这样能拉近和她的距离。"

她安静地看着我，隔了一会儿才轻声说：

"不是那样，我喜欢猫，因为怀孕才把猫送走的，你知道。"

"她死了你知道吗？"我哽咽着说。

那个晚上，我走出晓婧家的巷子，站在路灯底下抽烟。雨还在下，无数雨丝穿破夜幕射下来。远处的车没有开灯，借着微弱的光，我似乎看到雨刷在黑暗中摇摆。咔哒，咔哒。

邢蕾推了一下把手，关上了窗户："我没有跟踪你，我早就知道她住在哪里。春节的时候我们去欧洲旅行，在布拉格你写了几张明信片交给可可，让她负责投进邮筒。可是她看到卖木偶的商店，把明信片往我的手里一丢就跑进去了。那些明信片每张都有抬头，子俊：新年快乐，大宇。丽敏：新年快乐，大宇。只有一张，抬头空着，直接写了新年快乐，大宇。我想应该是很亲密的人吧，如果写上她的名字，再问候新年，会显得太生分。你可以否认，也许只是我的直觉吧，就像那天晚上我跟着你走出剧院，也是一种直觉。"

"是啊，你什么都知道。我不该瞒你，现在说这些可能太晚了……你能不能告诉我，那天晚上你跟她说了什么？"

我几乎是在哀求她，但又无比害怕听到她说出答案：

"邢蕾，我知道你是个出色的心理医生，可以控制病人心里的想法，让他们听你的话……你到底跟她说了什么，告诉我好吗，那天晚上她好好的，情绪很稳定……"

我站在那里，等着她张开紧闭的嘴唇。雨刷在黑暗里的摇摆声撞击着我的耳膜，咔哒，咔哒。

过了好一会儿，她终于开口说："我说什么都太晚了，她本来可以活下去的，如果你们早一点分开的话。"

我的呼吸变得困难："邢蕾，你不能……"

"你希望把她一直关在屋子里当你的情人，当你的枪手吗？她不见人，几乎没有朋友，你想象过她一个人是怎么生活的吗？十六岁的时候她已经有过创伤了，根本没有完全好。可是你不顾这些，大宇，你太自私了。"

"十六岁的时候发生了什么？"我忽然意识到晓婧选择去写露娜这个角色，可能因为她只有十五岁。十五岁在十六岁之前，在一切发生之前。

邢蕾把放在望远镜上的手收了回去，揣进开身毛衣的口袋里。医生总是喜欢把手踹进白大褂的口袋，表示自己可以置身事外：

"她愿意向我敞开心扉，表示她很信任我。我想我应该替她保守秘密。我们就尊重她的选择吧，好吗？"

这些话她也许早就准备好了。一种优越感，只属于女人之间的秘密。她知道这会在以后的很多年里折磨着我。

"她不是你的病人，"我说，"你有私心，没有像对待其他病人那样去救她。"

"大宇，你的私心是什么？你有没有希望过她消失，然后得到彻底的解脱呢，哪怕一刻，你有没有过这样的念头？"

我看着她，看着那双在雨刷摇摆的车窗玻璃背后看着我的眼睛。我不记得我们曾这么长久地注视过对方，上一次也许是婚礼上交换戒指的时候。

"你以为你能洞悉一切，其实你什么也不了解，包括你自己。"我疲倦地移开目光，朝远处看去。站在这个地方，这个时刻，无论如何都没法把那些模糊的树影看清楚，就算是用望远镜。夜晚的望远镜是一双盲人的眼睛。

我能感觉到隔在我们中间的空气正在下降，凝固成一种结晶体，散发出蓝色的光晕。当我转过头去的时候，看到晓婧就站在我们的正后方。她穿着夏天的衣服，手腕上系着一块黄手帕，好像走了很远的路，脸上淌着汗水，少女般微微隆起的胸脯上下起伏。她也正看着我，目光里带着淡淡的哀愁，就像在打量一张小时候使用过的桌子。当我再看向邢蕾的时候，发现她正侧着身扶住望远镜，嘴巴张大，眼神里充满了惊恐。

我们谁都没有动，好像在三个支点上共同支撑起什么。时间凝固了，空气散发着苍蓝的光，四周一片旷阔，只有那架在我们中间的望远镜，执着地望向夜空。

苍蓝的光渐渐变得残破，一点点消退，最后几近透明。这时，晓婧轻盈地腾起双脚，朝高处一跃，钻入了深邃的黑洞。一扇圆形的金属门在她的身后慢慢合拢。

……那个窗帘紧闭的房间里，地上躺着散了架的台灯，她坐在一堆粉色、蓝色的日记本中间，用手拂去封面上的尘土。腾起的尘埃漂浮在半空中，一层层向她聚拢，把她包围起来。她被什么东西深深吸引，我离开的时候也没有抬头。再见，我说，拉开门走了出去。

再见，现在我听到自己又说了一遍，好像在教会自己使用一种未来很多年和她沟通的语言。

金属门缓缓向高处升去，一点点缩小，像一轮明晃晃的月亮，消失在云层中。

邢蕾并没有在看，她低着头，像是刚从一个噩梦中醒来，头发蓬乱，睫毛膏把眼睑染黑了。她向后退了两步，离开了吊灯照射的光圈。起风了，树影在窗外摇晃。我走过去，关掉了阳台上的灯。

"大宇。"她在身后唤了一声，走上前拉住我的胳膊。

我们站在那里，听着外面的风声，听着玻璃在撞击之下发出的嘶嘶轰鸣。当我习惯了那种单调的节奏，忽然很怕它消失。比安静更安静的会是什么？

在黑暗里，邢蕾轻声说："陈姐刚才来电话，她丈夫可能过不了今晚了。我想给她两千块钱。"

"好。"我说。

点评/

　　小说中的中年男女无一不经历情感变故或身陷婚姻危机，然而无论离婚还是固守似都无法摆脱这种困境。演员邓菲菲和丈夫离婚后，在饰演"麦克白夫人"这一人物形象时，由于彻底移情于角色和剧情而无法自拔，在此，现实主体与虚构主体在身份与角色上合二为一，实际上正映照了前者内心深处某种深层次的精神危机。"我"和邢蕾的关系更有意味："我"和晓婧的精神之恋，心理医生邢蕾和摄影师达奇之间的暧昧关系，事实上早就宣告了"我"和邢蕾在情感与婚姻上的名存实亡。然而，既然早已貌合神离，那么彼此还共时相处的理由与意义何在？晓婧作茧自缚式的来自情感与心理的危机终致其以自杀了结此生。这不禁让人想起萨特那句带有存在主义哲理色彩的名言：他人即地狱。晓婧自杀之因一定是多重而复杂的，但"我"和邢蕾都与她之死有某种关联。小说设置了几种有意味的关系，并在对种种关系的建构与表现中，揭示了当代已婚中年人所普遍遭遇到的生活问题和精神困境。毫无疑问，这是一个带有相当浓厚当代性的人学命题，涉及自我与自我、自我与他者、他者与他者等关乎精神分析学范畴的复杂命题。这样的写作是有一定深度和难度的。又由于小说采用限定性内视角叙述，故文本中也预留了许多空白，它们有待读者去"填空"、补充，去对话。

（张元珂）

月村的斯芬克斯/

/东　紫

大包袱他娘死在春末的一个中午。整个春天，月村没见过一滴雨，缺雨的人跟缺水的禾苗一样，无精打采。无精打采的人，在送别大包袱他娘的程序中，应付性地假号着。没有至亲血缘的生死本就是不痛不痒的，最多滋生几声惋惜和感叹。

送汤，是为死者往生而去送行的米汤，送至三遍，如同酒过三巡，该走的可以起身了。一直木讷着垂泪的大包袱突然像个无助的孩子一样号哭起来——娘啊，你走了，让我怎么活？！

四十岁的男人被四岁的恐惧和依恋裹挟，无助，绝望。穿重孝的大包袱，像大风里被白布和麻绳捆缚的灌木。他身边的两个远亲小伙子赶紧搀扶住他。在他的伤痛里，人们干旱的眼睛终于窜出了泪。低头假号的妇女们，扬起了头，她们不再担心大包袱娘的灵魂怪罪她们无情。围观的一个老太太擦着眼说，孝子一声娘，感天动地断人肠，宝海娘，你没白养儿啊！老太太的哀叹又勾出新一波眼泪。

宝海，是大包袱的名字。姚宝海。要包海。定是大包袱么。大包袱从在村里的户籍上有了名字就有了外号。其实，他还有另两个外号，眼里花、萝卜花。因为大包袱左眼有病，黑眼球上长了白色的东西，俗称萝卜花。因为这两个外号戳着姚宝海的残疾，人们也只是在背后偶尔用用。在月村，名字只用在正式的场合和户口本身份证上。平时，人们只用外号。外号，可能来自于当事人的一句话，一件事，某个身体特点，或名字谐音等。比如什么活都不干，整天乱逛的刘大成，叫晃悠。比如头顶有撮白发的建设他爹，叫顶白毛。比如山上滚下块南瓜大的石头拦了路，说自己搬不动的张志豪，从此被叫搬不动。比如总是朝别人自夸皮肤好的杨春花，叫稀嫩嫩。再比如大包袱的老婆朝霞，因为一边奶子大一边奶子小，叫偏沉。

在送葬队伍里，被两个妇女搀扶着的朝霞，拉着脸，东瞅西望，等她认准了大包袱的身影时，她就指给搀扶她的女人看，他在那。女人好心地提醒她，别看了，你得哭，你婆婆死了。朝霞听了，就把指头攥起来。她知道婆婆死了。婆婆烧火做饭的时候，歪在灶口不动了。后来搬不动他娘和顶白毛他老婆给婆婆穿上新衣服，让她躺在堂屋正当中新铺的床上。家里开始热闹，总有人来。来的人，都嚎着进门，大包袱就给每一个嚎着来的人，跪着磕头。

类似的事，朝霞见过很多次，很热闹，她喜欢跟着看。她知道躺在床上的人，在送完汤后会被放进棺材，被抬起来，装上地排车或拖拉机。然后再去哪里，她就不清楚了。她曾经一次又一次地追着人家问，你们要去哪里？你们带他到哪里去？没人回答她。

朝霞听见了大包袱的哀哭，激灵一下，挣脱了搀扶朝他挤去。她刚发现他一哭就拽着她的心，揪一下，揪一下。她得过去帮他擦眼泪。她得跟他说，别哭，咱们一直跟着娘，看她去哪里。两个负责搀扶的妇女伸了胳膊拽她——本来就腿脚不好，小心点。她拖着两个女人挤到大包袱的跟前，撩起孝服给他擦眼泪，就在她即将接住大包袱下巴上的眼泪和鼻涕时，突然窜出来的干呕让她俯下身去。随着主事的指挥，人们跪下给大包袱娘行礼。跪下的大包袱，斜眼瞅瞅朝霞，担心她闹出笑话。两个女人拍着她的背。朝霞并没有呕出东西来。她指指供桌上的肥肉说，一看见那碗肉就想呕。两个女人对看一眼，悄声跟朝霞说，害喜都这样。看她似懂非懂的表情，用手戳戳她的肚子说，里面长小孩了。朝霞的脸刹那间盈满欢喜，她咪咪笑着问，我肚子里真长小孩了？！女人攮攮她的胳膊叮嘱说，小点声，你婆婆死了你还乐得咪咪的，让人家笑话。有人到供桌前给大包袱娘夹菜，一片肥肉在阳光里颤悠。朝霞盯着，突地又窜出干呕。这次比上次更持久，呕得她蜷缩了身子。大包袱扭头看眼朝霞，想到自己的苦命——早年丧父，又得了眼病，和母亲孤苦相依，却没有能力讨个正常人当老婆，弄个有残疾的傻瓜进门，只是给娘添了累赘。想到娘苦了一辈子没尝到半点活人的甜头，登时悲痛加剧，又大放悲声——娘啊，你苦了一辈子，就这样走了，我心里难受啊！娘，你走了，我怎么活？！人们少见大男人哭娘哭成这样的，都可怜他。女人们哭着围上来劝他节哀——宝海，别哭了，你娘一辈子心都在你身上，再哭你娘走不安心……宝海在人们的劝慰里哭得更凶。停止了干呕的朝霞挤上来给他擦泪。搀扶她的女人对宝海说，宝海你别哭了，朝霞本来身子就不好，还想着给你擦泪，你得想想她和孩子呀，你哭坏了身子，她和孩子靠谁呀？！

孩子？！大包袱的哭声戛然而止，他狐疑地问，什么孩子？谁家的孩子？

女人说，你不知道吗，朝霞怀孕了，看着桌上的肥肉就干呕呢，这不是害喜是啥？！

大包袱满是鼻涕眼泪的脸，在愣怔了眨眼的工夫后，顿时放晴，泪还在流，但谁都看得出来，不是一回事了，这泪里有了惊喜，有了欣慰，有了奔头，有了依靠。他不再号哭，而是哆嗦着嘴巴，跟他娘说，娘，你都听见了，娘，你都听见了！你放心吧！你放心吧！

朝霞在嫁给大包袱之前，被村里人常喊的外号，不是偏沉，是斯芬克斯，是村里第一个研究生姚远带回来的女朋友给起的。那时，朝霞十七八岁的年纪，虽然走路用脚尖，身子向右前方斜探着，右侧巨大的乳房随着她的身体一摇一晃，像挂了十几斤沉的水袋子，但当她坐下来，尤其是坐在村北头的路口时，她不但看不出异常，还几乎坐成了月村的标识。朝霞，从小就喜欢坐在村口，对进出村的每一个人都兴致盎然地瞅着。有外村人提起月村，会说村口坐了个大眼女孩那个。村子里对外人说自己的位置时，也会说顺着浮来公路往西，走过浮水湖，水泥厂，过没有栏杆的石桥，就能看见村庄，村头上坐了个双眼皮大眼的女孩。朝霞坐在路口，对本村外出的人，用月村话问——你咋里去？（到哪里去？）对进村的人问——你咋里来？（从哪里来？）对外村的人，朝霞的问题就会变成三个——你是谁？你咋里来？你咋里去？

朝霞问问题的时候，仰着脸，微笑着，用期待的眼神望着你，让很多本打算对她熟视无睹的人，到了跟前又不由自主地回答她。通常，朝霞得到的回答类似是：

到刘村集上去。

上段家村来。

我是三旺的表姐，到三旺家去。

每得到一个答案，朝霞脸上的微笑就会放大，显出甜美。仿佛那些答案不是一句话，而是一块糖，可以含在嘴里，品得心满意足。有时，朝霞也会带着那个甜美的表情，给问路的人当向导。当她站起，前探着身子，用脚尖一戳一戳地走路时，问路的人心里会生出些许的怜惜——挺俊的个闺女废了。朝霞不懂别人眼神里的怜惜，也不在意，带路的她笑得更欢。带声音的欢，咔咔咔，像在回味一个笑话，又像走向一个美好。村里的人，只要看见朝霞笑眯眯地在路上晃，就猜到村里来了外人，好打听事的人就会问她，谁家来人了。平日里，有打听人去向的，也会到村口问朝霞，看见谁谁谁了吗？谁谁谁咋里去了？有时，得到消息的女人们，也会从篮筐里摸出个水果或别的吃食给她。

在北京读书的姚远领着女朋友回来，刚到村口，女朋友就被朝霞的三个问题给问住了。听了姚远的翻译后，她兴致盎然地看着朝霞，夸张着表情跟姚远说，你们村里有哲学家呀！姚远趴她耳朵上说，就一傻瓜，天天坐这里，逮谁问谁，别理她，赶紧走。女朋友扭头看着朝霞，往前走。朝霞哪里容她，更大声更急切地问，你是谁？你咋里来？你咋里去？看她急切认真的样子，女朋友决定理她，她走回来瞅着朝霞说，我是我，从该来的地方来，到该去的地方去。朝霞忽闪着眼睛琢磨这个与众不同的答案。三秒钟后，她快乐地眨眨眼说，你不是你，你是姚远搞的对象，你从姚远待的地儿来，到姚远家里去。女朋友趴姚远耳朵上说，谁说她傻，她多聪明啊。女朋友蹲下身，跟朝霞说，你真聪明，我是姚远的对象，相亲相爱的对象。她扭身拉了姚远的手，和他掌心相扣，给朝霞看——看了吗，相亲相爱的。朝霞捂着嘴，咔咔地替她害臊。女朋友说，你以后用普通话问问题好吗？那样谁都听得懂。朝霞抿嘴笑着点头。

你是谁？

你——是——谁——？

你从哪里来？

你——从——哪——里——来——？

到哪里去？

到——哪——里——去——？

朝霞学着她的腔调，小声说了一遍，捂嘴咯咯笑。女朋友竖起大拇指说，真棒，以后就这么说啊。朝霞使劲点头，脸上泛出灿灿的粉红。女朋友站起身跟姚远说，她天天坐这里也晒不黑呢，真是人面桃花。姚远哈哈一笑说，在你眼里什么都是美的，快走吧，家里等着呢。女朋友用和姚远相扣的右手朝朝霞摇动，用朝霞的腔调说，姚远的对象到姚远家去了。朝霞听了，仰脸放声大笑，久久不止。姚远和女朋友在朝霞的笑声里走到家，还听见朝霞在笑。女朋友擦擦额头上的汗说，第一次在别人的笑声里走路，这感觉好奇妙。不过，她的笑声真是好听，清脆，悠长，起伏，像银铃摇动，飘飘扬扬。朝霞的银铃摇动，时断时续地飘扬了一天。这天，月村的人都笑了，被朝霞的普通话逗笑了，也被她的笑感染得笑了。原本不愿搭理她的人听见她不同于以往的问话，也会愣一下，笑着回她——嘿，换新名堂了！朝霞就在他们的惊讶里笑得花枝乱颤。大家说你看她笑得。说完也跟着笑。

都二天下午，姚远和女朋友返程，女朋友不等朝霞开口，就把三个问题还给她。朝霞第一次被人问，愣住了。看热闹的孩子在边上起哄，说呀，你是谁呀？你从哪里来？到哪里去？说呀，不会了吧？

朝霞突然高声哈哈一笑说，我是我，我从这里来！到这里去！一个七八岁的女孩捂了耳朵说，哎哟，哈哈得跟夜猫子似的。女朋友说，你不是你，你是斯芬克斯的化身。朝霞笑得欢欢的——我是我，你不是你！哈哈哈，我不是我，你是你！哈哈哈……

银铃摇荡，清脆，悠长，起伏，飘飘扬扬，女朋友感慨地对姚远说，人生的美好，该是笑着来，笑着去吧。

从这天起，月村人开始叫她四分可丝，他们喜欢上了朝霞的笑，他们和他们外村的亲戚也有了招惹她笑的答案。他们省略了自己来去的真实地点，也不再说是谁的表姐大舅之类。

你是谁？——我是我。

你从哪里来？——我从这里（那里）来。

你到哪里去？——我到这里（那里）去。

这样的回答，像宝藏门前的魔咒，总能开启朝霞欢笑的阀门。只有刚刚开始相亲处对象的人，不喜欢遇见朝霞。朝霞每每看见成双成对的人，就会用姚远女朋友的腔调喊——相亲相爱搞对象！喊得人脸红脖子粗。人家脸红了，朝霞又会教人家——搞对象，要手拉手！最吓人的是，她可能会亲自动手来教。

不知什么原因，姚远的女朋友再也没来过月村。姚远女朋友，好像是专门来和朝霞对一次话，开掘她闷藏已久的笑，让月村人知道坐在村口的傻姑娘，除了问三个固定不变的问题，除了每天被寻来的母亲打着骂着拖拉回家，还有如银铃摇动的笑声。

三年后，姚远带回来一个新女友。新女友早知道姚远老家村口坐着一个外号叫偏沉的傻瓜，患单侧巨乳症。等朝霞问她的时候，她只是翻眼皮斜睨了一眼，目光落在朝霞的胸脯上。没有得到答案的朝霞朝着姚远的背影提醒他——这个不如上回那个相亲相爱的好！

据说姚远的新女友因为这句话成了前任——她有深重的处男情节，姚远从认识她的那天起，就装处男，装从未恋爱过的纯洁青年，差点就糊弄过关了，被朝霞一句话给毁了。姚远一家子进出村，都不再正眼看朝霞。朝霞锲而不舍地问，他们锲而不舍地装听不见。朝霞自己得出答案，姚远一家子都聋了。太可怜了。朝霞把这个重大的发现告诉每一个进出月村的人。朝霞觉得聋子听不见可怜，要是不跟他们说话他们就更可怜——她就更起劲地朝他们喊话，凑得更近，声音更大。

朝霞是村南头刘老师家的女儿，排行第三，上有一个姐姐一个哥哥。朝霞的哥哥姐姐很争气，都顺利地考上了大学。一家子出两个大学生，这在上世纪九十年代中期的月村是很少有的。成色本该十分骄傲与自豪，因为朝霞打了折扣。五折不到。朝霞，本是寓意希望、朝气、美丽、前程等等，被一个残疾的肉体罩住，如一团曙光被破布烂麻缠捆。它不再仅仅是个名字，还是坨蜷缩着长了刺的记忆——初得婴孩时的欢欣和期望粘黏在上面，格外锥心。每个周五的晚上，被学生的健康聪慧塞满了脑海的父亲，回到家，看浑浑噩噩的朝霞，人就有一种从高处跌落硬地摔了屁蹲儿的感觉，里外都疼，半个屁股蹭在马扎上，翘着马扎后胯，皱眉咂着苦辣的白酒……醉了，就一遍遍念叨——朝霞，唉，朝霞唉。朝霞二十二岁那年，她的爸爸，乡中学的民办教师，在转公办教师眼看就要成功的档口，死于肝癌。

朝霞不明白爸爸为什么不再按星期回来。她坐在村北头的路口，在三个问题后面加了一句和她爸有关的。

你是谁？你见着我爸了吗？

你从哪里来？我爸怎么不和你一起来？

你到哪里去？你见了我爸让他回来！

谁都不愿听她后面追加的那句，不吉利，更没法回答。月村一带的人都知道生者要是见了死者的灵魂是极其糟糕的。甚至会丢命。终于如人们担心的那样，出事了。那是个冬天的中午，朝霞的远房大爷，骑了自行车出村的时候，看见问问题的朝霞坐在带雪的石头上，怕她冰坏了身子，就安慰她说，回家等你爸去，我保证见了他就让他回来。小鬼扒口，一语成谶。这个大爷在距离月村不足三公里的地方被拖拉机车斗刮住了车把，车轮从他的头上碾压而过。

她天天坐在那里说着让大家去见他爸找他爸，不就是见鬼找鬼嘛。

晦气。晦气。

这不是咒人死是啥？！

……

全村的人都生气了。他们去找朝霞妈。朝霞妈打着骂着拖拉着，把朝霞弄回家，在门后安了锁。进门锁。出门也锁。朝霞倒没什么抗议的举动，她扒着大门的门缝，看路过的人，问他们你是谁？你从哪里来？你到哪里去？隔了一道门，人们有了视而不见的理由。偶尔的，会有一两个孩子来看朝霞，用树枝子从门缝里伸进去戳她，被她攥住时，双方就来一场小规模的拉锯战。不管输赢，双方都兴致盎然。直到一天中午，东邻家的男孩输了，或许是朝霞用力拽树枝时，把他的手拉疼了，气急败坏的孩子唱——偏沉渴了去买水，四分钱买不着，偏沉就这么渴死了，四分渴死，四分渴死。朝霞用一只眼从门缝里寻看着她的战俘，骂他——你是吃屁长大的哈哈哈吃屁长大的没有劲还乱放屁。

从这天，朝霞不再喜欢斯芬克斯的外号。对这个称呼不再产生任何反应。得不到回应的人，会嘲弄地说她，嘿，长脾气了。

被锁了半年的朝霞，重新走出家门时，基本上戒掉了坐村北路口出题的爱好。她有了新的爱好。

串门。

把朝霞从家里解放出来的是她的嫂子。嫂子生了双胞胎，想让婆婆帮忙带孩子。朝霞妈又做不到真撇了朝霞任由她自生自灭，哺乳期的嫂子只得带着孩子回到乡下。嫂子没有想到朝霞会对她的一双儿子万般热情，需要喂奶的时候，她学着嫂子的样子撩起衣服，用那个巨大的乳房去凑宝宝的脸，需要端着宝宝撒尿拉屎时，她也抢着抱。吓得嫂子面如土色。气得朝霞妈拿着鞋底追着她打。挨打的朝霞拉着脸，一动不动地低头挨着，眼睛却依然喜滋滋地斜瞅着小宝宝。没办法，朝霞妈每天等朝霞一睁眼，就塞给她俩馒头，让她出去耍去。毕竟，人就像物件，废了的再废些也不打紧，完好的却经不起磕碰——出一点纰漏就成了残次品。这个家，再也经不起残次品的折磨。

没有人知道朝霞的心里埋藏着什么，人们只是在她与众不同的举动里，知道她又添了新的毛病。她喜欢去有宝宝的人家里，看。前探着头，专注而饶有趣味地看。遇到不忍心驱赶她的人家，她能静静地看上一天。仿佛，孩子是她从未见过又不敢轻易动手碰触的珍稀玩具。她痴痴地瞅着人家的孩子，努力地缩着想抱孩子的手。她的母亲和嫂子已经让她牢记——伸手就会挨揍。尽管如此，最后的结果还是免不了被孩子的母亲撵走。用话撵不走，就用手推出门去。因为，那些母亲总是要解了怀喂孩子吃奶，这时朝霞就会跟着撩起自己的衣襟，双手捧出巨大的乳房。这给了很多女人看她大奶子的机会。女人们解了好奇的瘾癖之后，就会生出复杂的厌恶，尤其是男人在跟前的时候。那么巨大的一个奶子，明摆着是个诱惑，女人都想摸摸……去去去，去边去，想奶孩子你自己生啊，找个光棍子，脱光腔，睡上一觉就生了。女人撵着，推着，也帮她指出了道路。

对于谁是光棍子，朝霞和村里人一样清楚。

朝霞最先去的晃悠家。晃悠是光棍里长得最漂亮的。晃悠年轻的时候，很多人都感叹他白白浪费了一身好皮囊。晃悠在家里的时候少，多半时间都在晃悠中，遇到能捡了卖钱的塑料瓶之类的，也会塞进后背上的尼龙袋子里。晃悠每次看见朝霞坐在他家门口，都用脚踹她——远远地，远远地去！朝霞被踹了几次就知难而退，改去搬不动家。

搬不动倒是喜欢女人，何况朝霞论天地瞅着他，他也明白睡睡她是可能的，但搬不动还是忍着没下手。一是他还不到四十岁，还没老到非睡个傻瓜才能了却残生的地步，何况他张志豪也是不缺胳膊腿不少鼻子眼的，只是阴差阳错错过了娶妻生子的最佳时期。但还是会有机会的，上个月表姐就给介绍了一个寡妇，虽然后来寡妇又反悔了，但他坚信还会有别的寡妇。其实，没有寡妇，也还有母羊。母羊比傻瓜好，不用操心她吃穿，最多扔上把干草就能打发。只是，搬不动没忍住捏捏那个巨大奶子的冲动，毕竟那是独一无二的，是哪个寡妇和母羊都没有的。搬不动朝朝霞伸出手去，朝霞抓住他的手。搬不动以为她要反抗，拿眼盯着她，快速地在心里掂量——来硬的合不合适。朝霞把他的手捋开，把自己的手放上去，掌心相贴，红了脸说，相亲相爱搞对象。搬不动抽了手说，从哪里学这一套恶心人的。他一下撩起朝霞的褂子，惊叹道，好家伙！朝霞发愣的瞬间，他快速地托了托，捏了捏，揉了揉，抓了抓，之后，跟朝霞说，你要是再正常点，娶你倒是怪赚的，等于娶两个，要大的有大的，要小的有小的。你别打我主意，我是不会要你的，韩家庄的寡妇我都看不上。搬不动看眼摸过朝霞乳房的手，咧嘴一笑说，我告诉你有个人准能要你，大包袱，你去大包袱家坐着瞅他去。去去去，快去，你在我家待久了，你娘再怀疑我，快去。

朝霞被搬不动推出家门，听着搬不动闩门的声音，站稳身子，待了一会儿，然后朝村北头路口走去。她没有去大包袱家。她知道大包袱有病，眼里有萝卜花，不好看，她不想要个长大了眼里有萝卜花的孩子。

大包袱他娘的灵柩被抬起的时候，旱了一春的天突然落下雨来。送葬的人虽喜欢这场雨，但也多了些格外的忙乱。悲痛中的大包袱折回屋找了塑料纸蒙在母亲的棺材上，又翻出雨衣来给朝霞披上，嘱咐搀扶她的两个远房侄媳仔细些。

朝霞嫁给大包袱前，不管是她家的丧事，还是村里的，朝霞妈都不允许她跟着送葬队伍出村。村里的坟地远，周围又都是树林，她要是经常往哪里跑，可有待找了。

按照风俗，父母死了，儿子儿媳必须要到坟地去扫墓穴，帮父母安家。朝霞和大包袱虽没领证，但她是大包袱的老婆，是大包袱和他娘都认可的，村里人也认可的。

当婆婆的棺材放进墓穴里，困扰朝霞好多年的问题终于解开了。原来那些被抬出去的人都到土里去了。朝霞四下里张望着，无数的坟头，在雨里像一个个大斗笠似的，分不清哪一个是爸爸的，也不知道哪一个是爷爷奶奶的，但她脸上浮现出窥破秘密后的窃笑——原来人是从他娘的肚子里长出来，最后到土里去了。

埋葬了母亲的大包袱，对朝霞格外上心，虽是粗茶淡饭，一天三顿饭按时做着吃。有一个习惯没有因为母亲的离世而改变，那就是要在饭前去找朝霞回家。刚结婚那阵，大包袱很烦这个程序，尤其烦找到她以后，她跟跟跄跄紧跟着他，有时还紧紧地抓着他的手，不停地喊大包袱哥大包袱哥。一声接一声，像卖豆腐的敲梆子，提示大家——我来了我来了快来看快来看。大包袱四十年的人生经验告诉他，残疾人，本就受人笑话，凑一堆儿就成了别人嘴里的笑话。偶尔受人笑话，像偶尔遭遇坏天，刮阵风下阵雨。活成别人的笑话，却如同待在晴不了的天里。一段时间后，大包袱慢慢总结出了规律，他的厌烦淡了，心里开始泛起酸鼻子的温暖。原来，凡是朝霞大包袱哥大包袱哥叫得欢的时候，她正常的那侧胸前必然藏着好东西。是她在娘家不舍得吃的，或者是她偷出来的。朝霞欢叫着大包袱哥跟着他进了家门后，就从怀里拿出藏着的东西，茶叶，烟卷，包子，肉，鱼等等。这时的朝霞，脸红红的，像打猎归来的猎人，兴奋地展示自己的战利品。展示完，就会反复说，大包袱哥喝，大包袱哥吃，娘喝，娘吃。有一次，朝霞从怀里拽出一件褂子给大包袱娘说，娘快穿上，娘褂子破了。大包袱娘哭了。她哭着对朝霞说，好孩子好孩子，娘这辈子馋闺女，想不到真就有闺女了。大包袱娘就在那天对大包袱说，朝霞心里明镜一样，她就像四五岁的孩子，没有什么心眼，但心善，也知道谁对她好，她该对谁好。大包袱抽着朝霞从娘家偷来的烟卷，瞅着院子里刨食吃的鸡，频频点头。

怀了孕的朝霞更喜欢串门，到那些有孩子的人家里，或坐在街上孩子们常聚耍的地方，笑眯眯地瞅孩子。她不再撩起衣服试图给孩子们喂奶，她知道等她肚子里的孩子长大了，会出来吃她的奶。她知道自己的奶子最大，装的奶水最多，孩子吃不完再给大包袱哥吃。想到大包袱哥喜欢像个孩子一样吃她的奶，她就乐得如银铃摇动，笑声飘扬。

朝霞偶尔也会到娘家门口呆呆地坐着，路过的人问她，偏沉想你妈了？

嗯，想我妈了，我妈去城里给哥看孩子了！朝霞把妈妈的去向喊得跟唱歌一样。

朝霞妈妈是在朝霞结婚两个月后去城里的，也就是朝霞偷了她的褂子去给大包袱娘的第二天。那天，本就风闻大包袱娘俩对朝霞不错的她，发现朝霞乳房下面那片湿疹没了，那可是好多年都治不好的痼疾，城里的女儿和儿子捎回来的药膏也抹过，土办法也用过。朝霞妈问怎么治好的，朝霞说，娘天天把奶子撩起来，扇扇子，抹香灰。朝霞妈妈听了，在心里直念阿弥陀佛。挑了二十多年的担子终于找到了平和地。

朝霞怀孕和大包袱娘突然去世的消息传到城里时，朝霞母亲晴朗了半年的天，又阴云密布。做梦都想不到大包袱娘那么硬朗的人会突然死去，六十露头，太年轻了。她走了，家里就等于没了老保姆，朝霞肚子里的孩子将来就没人帮着照料，最终还得落自己头上。哎，自己也老了，孙子都照看不过来，怎么有多余的精力……万一孩子再随了朝霞或者大包袱……朝霞母亲不敢想下去，眼看着那副担子又要重新挑到肩上，里面还装进了多余的沙石。朝霞的哥哥姐姐态度坚决地反对朝霞把孩子生下来，他们说不能再让母亲受二茬罪。他们更不想受罪，人活着都想活个轻松，哪能明知道是累赘还扛到肩上。母亲百年之后，朝霞就是他们的累赘，这是没办法的事，但总得想办法阻止累赘变大，变多，变沉。必须给她做掉！这没有什么好犹豫的！他们态度坚决。

母亲还在犹豫，朝霞喜欢孩子，看见孩子眼神都直勾勾的。

喜欢就必须有吗？！我还喜欢银行呢！哥哥说。

大包袱要是不同意怎么办？母亲又想出一个阻绊。

又没有结婚证，根本就不是合法夫妻，他没资格不同意！

毕竟朝霞在人家里呀。母亲瞅着儿子一筹莫展。

那还不好办嘛，就说先把朝霞接回家给她养胎，然后偷偷拉到城里做掉。他不同意能咋着?

要做就做彻底。姐姐挤了下眼。哥哥点点头。

朝霞第一次坐上了轿车,第一次进了城。她惊奇地趴在车窗玻璃上,看呀看呀。

这是什么?

那是什么?

这么多人?

他们都是谁?

他们都从哪里来的?

他们都到哪里去呢?

朝霞的问题一个接一个。开车的哥哥,坐车的妈妈和姐姐一言不发。

朝霞问,你们都聋了吗?

哥哥勉强回答说,没有人知道别人从哪里来到哪里去,就像别人不知道我们从哪里来到哪里去一样。

朝霞哈哈笑着说,我知道我们从哪里来到哪里去,我们从月村来到哥哥家去,去看宝宝!我肚子里也长了宝宝,等我的宝宝长大了出来和你家的宝宝一起玩。哥,你告诉你家宝宝,他们都是从妈妈的肚子里来的吗?

朝霞母亲长叹一口气,不自觉地把手捂在肚子上,眼里起了雾,孕育三个孩子的记忆被翻出来。

哥哥想起两个孩子知道妈妈肚子里有个他们曾住过的小房子,非闹着要再回去看看,常常把脑袋抵在他妈妈的肚皮上,不由得乐出了声。他心情好起来,回答朝霞说,告诉了。

那你告诉他们,他们死了,都要到土里去了吗?

正在回忆的母亲听见这晦气的话,惯性地一巴掌扇过去,会不会放屁?!不会就别张嘴!母亲呵斥着,歪了脖子瞅着儿子的侧脸,安慰说,别跟她一般见识。

朝霞拉着脸,重新趴到玻璃窗上说,打我我也知道人死了就住进土里,永远住在土里,土里有他们的新家,他们再也不回原来的家了。爸爸进土里了，我婆婆也进去了。

决定给朝霞打胎，虽是个板上钉钉的事，没什么犹豫，可毕竟是个窝心事，朝霞母亲心里堵得跟塞了油抹布似的。想到老伴早死，自己一个妇道人家要承受这么多事，心里委屈；又觉得打朝霞那巴掌太重了——半个脸都红了，心里愧疚。两股痛拧一起，顶得她老泪纵横——这是哪辈子作了孽呀？撂下我一个，守着这烂摊子，不死收不了摊，哎，死了也收不了摊，闭不上眼……在母亲的哭诉里，哥哥姐姐的眼里也有了泪，他们安慰母亲说，不是还有我们吗，这不是正帮你收拾吗。

朝霞听见他们抽腾鼻子，她扭头看看，又抱着头趴回到玻璃上。她不哭也不再看外面，她闭上眼睛。她从小就知道闭上眼的好处——什么也不看，就只剩自己，自己抱着自己的头，鞋底抽着都不像睁着眼那么疼。她不明白母亲为什么动不动就哭，她又没挨打。从小就知道再哭还打的朝霞，不再挨打的办法就是不再哭。不哭。直到不会哭。大包袱哭他娘的时候，她发现自己的心被揪着一拽一拽地疼，疼得她差点哭了，但她还是没哭出来。

朝霞不知道，她其实还会哭，在一个星期之后，她将疯狂地大哭一场，为她失去的，为被蒙骗的。

根据家属的要求，医院帮朝霞进行了彻底的处理，他们处理了胎儿，处理了她的输卵管，还处理了她巨大的乳房。本着既然无用就无需多此一举的原则，哥哥姐姐在大夫征求是将乳房全部切除还是保留一部分，进行塑形的手术方案时，他们选择了最省事省钱的前者。

昏睡了几天的朝霞，在大夫结论刀口已经长好的那天，才被撤掉镇静药，清醒起来。清醒了的她，刚开始特别快乐，她发现妈妈和哥哥姐姐都围在床边，有鸡汤，有苹果，还有香蕉，牛奶。他们都笑呵呵的，他们笑她就跟着笑。她笑着说，原来检查孩子还有鸡汤喝，牛奶，有苹果香蕉吃！哥哥把手里削好的苹果塞给她，说要上班去。姐姐也站起来跟着走。母亲知道儿女都在躲避，她自己躲不过去，又不知道如何应付，不由得跟出来，想到楼梯那里跟他们再合计一下。他们刚站定，就听朝霞尖利惊恐地号叫——我的奶子呢？！我的奶子呢？！

想躲的躲不了，三个人匆忙奔回病房，只见朝霞光着上身，已经撕掉了右侧胸膛上的绷带和纱布，刀口像巨大的死蜈蚣一样横趴着。我的奶子呢？怎么没有了？！怎么没有了？！我的奶子去了哪里？！朝霞看见母亲和哥哥姐姐，朝着他们跟跄过来，伸着手，一脸的急切。仿佛，她失去的就在他们手上，他们伸出手来就能还给她。

哥哥催促母亲，赶紧给她穿上衣服，像什么话。他看见临床的产妇已经惊恐地抱紧了孩子。母亲拿了衣服，和姐姐一起往她身上套，母亲呵斥说，再喊就更不告诉你了！坐下，穿衣服！朝霞乖乖地后退到床沿坐下，仰起脸问，我的奶子哪里去了？我要把它再长上去，把它再长上去！

割掉了！扔了！母亲拽着朝霞的胳膊往袖子里塞，脑子里浮现出朝霞的奶子被割下放在一个脸盆里的情景。满满的一脸盆，奶头在正当中朝天崛绷着，乍一看跟个暴怒的眼珠似的，让人心里发怵。大夫说，按规定要给家属看看，这是切下来的乳腺，十六斤，没有发现病变。

奶子怎么能割掉扔了？！我要用奶子喂宝宝！朝霞说着从母亲和姐姐之间的空隙里瞅着邻床的产妇，她正把奶头凑近宝宝的嘴巴——小嘴碰到奶头，一下含住，不哭了。朝霞想到自己的宝宝，摔了母亲和姐姐的手抚摸肚子，本就苍白的脸顿时阴如死灰，宝宝呢？！她用手撑着床，快速地躺下，用手摸肚子——原来的时候，她这样就能摸到宝宝，鼓鼓的，有时还一动一动的。

摸。再摸。

不见了！不见了！宝宝也被他们割掉扔了！朝霞的心一阵剧烈的痛，比大包袱哭娘时痛上千倍，不是一拽一拽的，是钉子插到脚心里拔不出来的疼。疼得她喘不动气。她死灰着脸，哆嗦得话都散了——宝——宝——呢——宝——宝——呢——宝——宝——去——了——哪——里——？

看母亲和哥哥姐姐都不说话。你们都聋了！你们都聋了！骗人，说检查孩子，就把我的奶子和孩子都割下来扔了！你们怎么不把你们的奶子和孩子割下来扔了？！为啥割我的？！朝霞放声大哭。邻床的产妇，吃力地抱着孩子去医生办公室要求调房间——哭得真是伤心欲绝，太可怜了，我看不下去。再说我天天抱个孩子对她也是个刺激。

母亲发现二十七年里所有灵验的招都失效了——打，呵斥，劝，哄，骗，给吃的，统统不管用。都止不住朝霞的哭。不管用也得劝，也得哄。

母亲说，因为奶子和孩子都不好，都有病，大夫才给割掉了。姐姐跟着重复。哥哥也跟着重复。朝霞抱住头，用胳膊夹住耳朵，不听不听不听，骗人骗人骗人，本来是好好的啊，大包袱哥就说她的奶子好，搬不动也说好，还有好多个人说好来着。她的宝宝，在她的肚子里，她知道它是好的，它一动动的，跟青蛙在水里蹬腿一样，怎么不好呢？！她抱住自己，不听，不看。

世界又只剩她自己了。一个失去奶子和孩子的自己。要是知道会这样，她就一直抱紧自己，那样他们就没办法割她的奶子和孩子。朝霞哭着抱紧自己。一直。一直。好处是把同屋的病人都哭跑了，他们家人晚上陪床时，能舒舒服服地躺床上且不用交床位费。

两天后，一个新住进来的病人，止住了朝霞的哭。她是个子宫癌患者，要把零部件全部清理掉。当她知道那个抱头哭个不停的女孩是因为做了流产时，她说，闺女别哭了，还能再怀，你这么年轻，不用担心，肯定还会再怀上孩子的。女人的肚子，就像土地，只要不荒不废，有种子就长芽。她不知道朝霞的土地虽然肥沃，但已被剥夺了孕育种子的权力。

女人的话止住了朝霞的哭。她安静下来，她想起是和大包袱哥睡觉睡出来的孩子，只要大包袱哥还在，她就能再睡出孩子来。

哥哥办好出院手续，就在出病房的瞬间，朝霞想起一个问题——被割掉的奶子和孩子，扔到哪里去了？她要把它们带回月村，让它们住进土里去。

你有事没事？！扔了就是扔了，扔垃圾场了！哥哥气得皱了眉——一家子什么不干，光顾你了！赶紧走，再不走，不管你了。母亲也劝着，找不回来了，赶紧走，看看，看看，走路轻快多了，原来把肩膀都拽斜了。

朝霞回到了月村。哥哥的车一直开到家门口。母亲把朝霞弄回屋里，锁了门，站门口和儿子商量怎么跟大包袱解释的时候，她的小叔子走来跟她说，大包袱锁门走了，好几天了，朝霞，人家是不可能再要了。朝霞母亲叹口气说，再回到手上是早晚的事，不要就不要吧，也省了费口舌。朝霞哥哥说，那你就在家里照顾她，我那边再想办法。他发动了车，急急而去。

原来，朝霞在县医院里哭个不停的时候，她的事就随着哭声传开了，在整个外科系传着，甚至引发了一场争论——智障患者个人的意愿要不要尊重。大包袱姨家表嫂的女儿在医院里当护工，听说了朝霞的事，琢磨着一侧长了巨大奶子的人毕竟少见，就到了妇产科循着哭声到朝霞的病房门口瞅了瞅，又跟其他的护工聊了聊天。她打了电话给家里，让父母赶紧到月村报信。

大包袱一听朝霞在县医院就愣住了。不可能啊，明明说接回去给上营养的呀！

表嫂说，表弟啊，这家人太不地道了，怎么说她也是你媳妇，这么大的事不和你商量，骗了回去，偷偷给割成残废，扎都结了，孩子打掉了，奶子也割了！

大包袱腿一软，倚着墙蹲了下去，他仰着头呆呆地看着表嫂。表嫂说，没有错，大姨送葬那天我闺女来见过朝霞，她专门去看了，抱头坐床上号个不停，但一看就是她。表弟，你得自己长心眼，等他们回来再送给你，你要还是不要？你得想明白要一个废人，无亲无故地伺候一辈子值不值。我家里炉子上还煮着地瓜，我得赶紧回了。

表嫂的炉子上没有煮地瓜，她只是不忍心看大包袱的眼。那只好眼，和她进门时比，完全失了神采，跟个磨了多年的玻璃球似的。那只坏的，不但磨了多年还碰掉了瓷，带着玻璃的茬刺，让人看了心里扎得慌。表嫂回忆着大包袱知道朝霞怀孕后，瞬间漾满了光的眼，跟个小太阳似的，看着都暖烘烘的。太欺负人了，太欺负人了。表嫂边骑车边自语。

大包袱离家出走了。大包袱走得轰轰烈烈，走得异常决绝。

表嫂走后不久，大包袱发出了狼号一样的动静。邻居们纷纷跑去看。号了半天后，大包袱站起身，抓过一把铁锹，见啥打啥，锅、碗、瓢、盆、水缸、鸡、狗、树、凳子、马扎。一通狂打后，大包袱用流着血的手，抹了抹脸上的汗，锁了门，出村而去。尾随着看的人说，大包袱去了他娘的坟上，给他娘嘣嘣地磕了一大堆响头，估计这辈子是不会回来了。

回到月村的朝霞失掉了两项功能——躺下睡觉和笑。人们看见朝霞，试图再用以前的三个问题来逗她笑，她呆呆地看着说话人的嘴巴，跟睡着了一样木然无觉。而且，不管暑寒，朝霞睡觉都只用她在医院病床上痛哭时的姿势，头垂在膝盖上，两只胳膊抱紧头。有时，见她睡沉了，母亲就把她扣在头顶的手指头掰开，把她放倒。但也就在她倒下的时候，清醒过来，用惊恐的眼神瞅着母亲，然后一骨碌爬起来，重新抱紧自己。她母亲在夜里的眼泪和叹息越来越多。她只能在夏天的夜里，尽着劲给她扇风。在冬天的夜里，不时地醒来给她往上拽滑落的被子。她流着泪祈求上天，让她长寿，让她伺候死这个缺心眼的孩子，别让她落别人手里受罪，别让她拖累另两个孩子，让她把烂摊子收拾利索再走。

白天还好过，只要天气不是太恶劣，朝霞就会到大包袱家门口蹲坐。她哪里也不去，就在那里守着。她母亲打过，骂过，锁过，哄过，都不管用，只能由着她。她还是偷了家里的东西藏到怀里，去给大包袱。只是没有了那侧巨乳，她的衣服不用穿肥大的，姐姐和嫂嫂替下来的衣服都合适她。瘦衣服藏不了东西，一眼就能看出来。开始，朝霞妈会给她拽出来，或打她让她抬手抱头的时候掉出来，但那样之后，朝霞就会有好几天不理她，夜里给她盖被子时，她从梦中醒来的眼神也格外慌张。只能罢休。好在大部分东西，她抱出去后都能抱回来，只有比大包袱家门缝更瘦窄的东西，被塞进去糟蹋了。朝霞像门神一样守着大包袱家，问每一个路过的人——

你看见大包袱哥了吗？

大包袱哥到哪里去了？

大包袱哥怎么还不回来？

有时候，村里女人心情好的时候，会和她聊聊天。

你褂子里藏着啥？

不告诉你。

你给我吃呗。

不给，给大包袱哥吃的。

大包袱不在家，你就给我吃呗。

不给，等大包袱哥回来吃。

……

村里的女人没用多久就总结出了和朝霞聊天的禁忌——千万不要提她的奶子和孩子，更不要说大包袱不回来的话，否则朝霞就会抱着头号哭个没完没了，跟受了天大的欺负一样。

日子一天天过去。

一月月过去。

一年年过去。

月村人习惯了朝霞在大包袱家门口，像前些年习惯她在村口。人们会告诉在村里问路的人——你走到门口蜷蹲着一个女的那户人家，再拐弯……人们也慢慢有了固定不变的答案回答她固定不变的问题。

没看见。

他到城里去了。

快回来了。

下地的女人有时也会摸出根黄瓜或一个小西红柿一小把豌豆角给她。偶尔的，她也会把怀里的东西掏出来给路过的小孩子。每个人都不说朝霞在等大包袱，他们说她给大包袱家站岗。如果哪天没有看见她，他们路上遇到别人或回到家里，就会说偏沉今天没去大包袱家站岗，八成是病了。他们路过村卫生室的时候，有忍不住的就会伸头进去瞅一眼，验证自己的想法。

朝霞没嫁给大包袱之前，人们在村北头路口看不见朝霞时，想验证她是否生病，是不用进卫生室瞅的，那时候卫生室的主人刘立志和他老婆都不让朝霞进屋挂水。因为朝霞那个大乳房下有一片常年不愈的湿疹，溃烂散味。屋外墙上有个木橛子，他们把朝霞的输液瓶挂在那里。

也就是在那里，朝霞产生了跟大包袱相亲相爱搞对象的决心。

当年，搬不动摸完朝霞的奶子后，鼓动她去找大包袱，朝霞没去，她不想生一个眼里长花的孩子。但就在那年初冬，朝霞患了严重的感冒，她母亲给她钱让她去卫生室打针。朝霞瑟缩在露天地里挂吊瓶时，被大包袱看见了。大包袱问她，天这么冷，你怎么在露天地里打针？朝霞说，擀面棍儿不让我在屋里。

擀面棍儿是大夫刘立志的外号，他因为先天没有左手，左胳膊像根擀面棍儿而得名。好在他脑子聪明，读了卫校，回村开了卫生室。找了个双手齐全但腿有残疾的老婆。两口子一人有健全的腿，一人有健全的手，合在一起也就把健全人能干的事干成了。

大包袱进卫生室看见里面空荡荡的，就来了火气，平日里遭受的白眼和笑话都化作了替朝霞打抱不平的激情，他瞪起眼，啪啪地拍着桌子问擀面棍儿——别人欺负她也就罢了，人家齐全，没残坏，你两口子怎么能欺负她呢？欺负她不等于欺负咱们自己吗？！她是傻，可她也是个人，她的身子也是骨肉的，不是木头水泥的，也怕冷怕冻！她病了来你这里打针救命，不是让你下眼子看的！就你俩这心肠，怎么当得起大夫？！擀面棍儿媳妇解释说，不是下眼子看她，是她身上有味。大包袱扯着脖子喊，谁身上没味？我看你两口子身上快没人味了！大包袱骂完还不解气，指着擀面棍儿的鼻子说，你小子干这种缺德事，我问问你爹去，是他教你的还是你自己学坏的。表叔你别生气，我不对，我不对，我马上把她弄进屋来。擀面棍儿说着就和老婆到屋外，一个举瓶子，一个扶朝霞。擀面棍儿的爹是大包袱爹的姑表侄，大包袱教训擀面棍儿是有资格的。

朝霞第一次感受到被人保护，第一次知道大包袱这么好，高烧着的她，清醒地下定了决心，和大包袱相亲相爱地搞对象，和大包袱生孩子，生个和大包袱一样的孩子！

从那后，朝霞天天去大包袱家，一坐一天，乐呵呵红扑扑地瞅大包袱。大包袱娘看出了门道，几经琢磨和劝说，才把大包袱的心思劝活——傻是傻点，毕竟能暖个脚说个话，孤苦一个人的日子不好受啊，娘过了几十年知道那滋味。如果能生养儿女，咱就赚了。得到了大包袱的默许，大包袱娘就托朝霞的婶子提了亲。

大包袱离家三年后的秋天，在外省的一个建筑工地上，大包袱遇见了搬不动。可以说是救了搬不动。搬不动在和同伴抬水泥时，悄悄把捆绳往对方那边挪。对方是当地人，又有同伙，对搬不动大打出手。大包袱赶过去看热闹，认出搬不动，援手相救。

当晚，大包袱和搬不动在路边小摊喝酒，喝完一瓶的时候，搬不动说，人真是怪，明明觉得活着没意思，还不舍得死。大包袱跟着感叹，好死不如赖活着，老祖宗早都说过了。搬不动说，你知道晃悠死了吗？大包袱惊讶地说，晃悠死了？不知道啊，我这三年没碰见过咱村的人。他怎么死的？搬不动说，谁也不知道他怎么死的，蜷缩在钟家村的一个路沟子里，具体死了多少天没人知道。大包袱长叹口气说，可怜啊。他想到自己和搬不动，以后可能都是这样的下场，不由得落下泪来。搬不动眼里含着泪，紫红着脸说，晃悠比起我来算幸福的，我都预见到自己将来比他还惨。大包袱说，我琢磨了，咋着也不能像他。不等他把话说完，搬不动抢着说，像他还好呢，死得不受罪，何况他还有条忠心耿耿的老狗，那狗比人都强，跟着他，守着他。他死了，狗还到村里找东西叼给他，就是因为有人发现狗叼了东西不吃，一个劲地往坡里跑，跟着看，才发现晃悠死了，晃悠身边有七八个干馒头烂饼子，都是狗叼去的……呜呜呜……你也活得比我强，比我强多了……就他妈的我活得最可怜，最不受这个世道待见……搬不动想起那个甜言蜜语跟他过了一个月，在一天晚上说出去撒尿再也没回来的寡妇，卷走了他所有的积蓄，他恨恨地骂，不如狗，不如狗。

大包袱拍拍他肩膀安慰他说，咱俩是席上滚地上，都一样不受待见，趁现在还有力气干点活，挣口吃的，攒点钱，小打小闹的病能进个医院，治不了的，就买瓶子敌敌畏灌下去。

搬不动抹把脸，擤了擤鼻子说，你比我强多了，你比晃悠也强，你比姚远也强，姚远你记得吧，姚富贵那个读研究生的儿子，在单位里受排挤给神经了，他老婆竟然卖了房子领着孩子带着所有的钱走了，来了个死不见人活不见尸，姚富贵只得把儿子接回咱村里，你，大包袱，你比很多人都强你自己不知道……

大包袱瞪起那只好眼，生气地说，你这不是埋汰我吗，你们可怜，不受待见，难受，但你们都有过好时候呀，就我从小眼有病又没爹……大包袱难过起来，用他粗糙的手掌擦眼泪。

搬不动说，可是你有偏沉！偏沉待你的那情分是这个。搬不动举起大拇指给大包袱晃——你说你从离开家没遇见过咱村的人，那你肯定不知道偏沉怎么待你，今天我就给你说说——偏沉让她娘他哥弄城里流了孩子割了奶子，这你知道，可你知道吗，她从回到月村就天天蹲你家门口等你，天天怀里揣着好吃的等你，见谁都问大包袱哥去了哪里呀？他什么时候回来呀？三年多了，天天如此。蹲得不会走了，还爬着去等你，比晃悠那条老狗还强，呜呜呜……什么？！大包袱在马扎上趔趄了一下，心里如万针扎进……他眼前浮现出朝霞怀里揣了东西，欢喜地一声声唤他的样子——大包袱哥，大包袱哥……大包袱抱住头，呜咽着说，我不知道啊我不知道啊……

次日晨，大包袱把搬不动介绍给自己的工头儿，嘱咐他不要耍奸磨滑，又把自己的生活用品留给他，然后就往火车站赶。他坐在火车上，脑子里回响着搬不动的话——蹲的不会走了，还爬着去等你。这句话跟锥子一样，锥得他的眼干不了。他不时地擦眼，捏裤腰里的口袋，那里藏着他三年来干建筑小工攒下的钱。他要回家去，给朝霞治病，陪着她一起活。

颠簸了两天两夜的大包袱在县城下了车，先到商店里买了一辆三轮车和锅碗瓢盆，他要重新把日子过起来，要再像以前一样，一天三顿做饭给朝霞吃。既然她不会走了，必定就需要一辆三轮车拉着她。

遇见大包袱的人，都颇为惊讶——大包袱？！啊，宝海，宝海你回来了？！哎呀，你可回来了！大包袱在月村坑坑洼洼的土路上，蹬着枣红色的散发着油漆香味的三轮车，拉着锅碗瓢盆，丁零当啷，每遇见人他就按按手刹，慢下车速，呵呵两声算是回答。他知道那句——你可回来了，不是他们的期盼，是为朝霞。他低头瞅瞅自己的脚，再抬头瞥一眼家的方向。他不知怎么和三年不见的乡亲聊天，不知该说啥。也没啥可说的。流浪的人，除了心酸，想家，出苦力，还能有啥？好在人们也不多问，只是告诉他，这个点儿，朝霞肯定去你家门口站岗了。

喜欢看热闹的人，没有急事的人，干脆跟着大包袱一起走。大包袱在三轮车上蹬快了不合适，蹬慢了也不合适，只得下来推着车。听人们说些关于朝霞的话。

朝霞正往大包袱家的门口爬。那侧被割掉奶子空闲出来的胸膛，放着昨晚妈妈包的菜包子。自从需要爬着走路后，经过几次怀里的东西掉出或挤烂后，朝霞想出了这个办法来保护食物——她把东西放到刀疤那里，用绳子在下面把衣服扎住。

看见朝霞的瞬间，大包袱的嗓子眼被一团散不开的疼给堵得死死的，想喊喊不出，他浑身哆嗦着想喊停她——别爬了，我回来了！

有人喊朝霞，朝霞，你看谁来了？

朝霞抬起头，发现有很多人向她走来，她问，你们从哪里来？你们知道大包袱哥去了哪里？

你仔细看，仔细看，这是谁？！

朝霞把头再扬起些，把目光集中到人们指给她看的人脸上。大包袱哥——！朝霞的脸瞬间朝霞满天，光辉灿烂！她试图站起身，她可不想让她的大包袱哥看见她爬在地上。她摇晃着站。全身被喉咙里的那团疼痛涨得呆木的大包袱，意识到她会摔倒，终于喊出了声，别摔着！随着话语出口，大包袱的四肢也活了起来，他蹿上去，架住她。

大包袱哥，大包袱哥，这里有包子，可好吃呢。朝霞忙着解身上的绳子。大包袱再也控制不住，顾不得脸面，一把把朝霞抱在怀里，呜呜大哭。

看的人，都跟着抹泪。人们劝大包袱和朝霞，别哭了，回来了，见到了，比什么都好。他们帮着打开大包袱家的门，帮着收拾荒芜破败的院子。朝霞紧抱大包袱不放开。大包袱小声说，再也不会走了，你松开，我收拾收拾东西。人们笑着打趣道，我们帮你收拾，你就安心让她抱着吧，朝霞，抱紧了，别让他再跑了。朝霞果真手上就加了力气。大包袱脸红红的，跟醉酒一样，呵呵地笑。

朝霞更是欢喜，看着那么多人在她的家里，她禁不住问，你们从哪里来的呀？

人们回答说，从我家里来的呀。

你们到哪里去呀？

到这里去呀。

哈哈哈，朝霞的银铃摇动。

到这里来干啥呀？

到这里来看朝霞抱着大包袱不松把儿呀。

哈哈哈，银铃摇动久久不止，铃声悠长飘扬。

傍晚，大包袱去跟朝霞母亲说，他已经接朝霞到家里，让她放心。回来看见姚远的母亲端了个小铝锅站在他家门口，她说，我炖的骨头汤，给你和朝霞端了些来。大包袱和姚远家没有亲戚关系，虽是同姓，因为出了五服，几乎从没有过来往。姚远母亲手里的骨头汤，一时成了大包袱的难题，不知道该推辞还是该坦然接下。看大包袱犹豫，姚远母亲说，没别的意思，就是个心意，姚远得了病跑了老婆，两年了没说过一句话，没露出过笑模样，天天木呆呆的。今天，我拽着他出来走走，散散心，遇见你回来，看见你和朝霞，这孩子竟然说话了……一直嘟囔说——真好真好，脸上也跟晴了天似的。我琢磨着，他不知道头脑里那根神经打了结，你和朝霞碰巧给他解了？不管怎么着，我都该来谢谢你。咱们离得不远，以后你做饭有不会的地方，或你出去朝霞需要帮着看顾的时候，你就说，我帮你。

大包袱琢磨片刻，跟姚远娘说，你回去跟姚远说，人活着，难免有些人负了咱，有些事伤了咱，可也有人宝贝咱，不管是父母还是别人，只要有人还稀罕咱，咱就得好好活。

姚远母亲点着头说，哪天我领姚远来，你和他说，你说的他能听进去。

半年后，朝霞死在了春天的夜晚。人们循着大包袱的哭声来，一起帮着大包袱给朝霞准备了葬礼。朝霞死于气臌病。大包袱半年的呵护和温暖，无法祛除她先天的不足和后天的磨难。她的肚腹里充满了无法消除的气，最后涨破而死。大包袱捶着棺，哭着问，你走了让我怎么活下去？有人劝他，走了就不用你伺候了，不用拖累你了。大包袱的回答让二十年后的人们记忆犹新——我喜欢伺候她，我喜欢她拖累我呀！

大包袱活了下来，再也没有外出，他把朝霞埋在他的自留地里，干活的时候，他就跟她说，他正在干啥，地里种着啥，发芽了，结果了，用了多少肥，收了多少粮……不干活的时候，他也过去转悠一圈，在朝霞墓碑前的台阶上坐着抽支烟。有时他也会叹息说，感谢老天给我了个好身板，能一直来看你。

朝霞的墓碑是她死后五年的祭日，姚远从外地赶回来给她立的。墓碑上刻着——你在的时候，喜欢问人三个问题：你是谁？从哪里来？到哪里去？有人说你是月村的斯芬克斯，其实你是人间的天使。你从磨难中来，到人的灵魂里去。你用至纯至净的爱医治人世间的爱无能。感谢你来过。

原载《中国作家》2018年第8期

点评

　　在古埃及神话中，斯芬克斯是一种怪物，通常为雄性，长有翅膀。朝霞就是月村的"斯芬克斯"，巨型单乳，精神智障，在外人看来，实乃"怪物"。不过，朝霞并非完全智障，她依然有自己独立的生活和精神世界。在家庭生活中，她和常人一样懂得深爱自己的丈夫（虽然她并不知道"爱情"为何物）；她想有一个自己的孩子，怀孕后，其母性情怀一点也不亚于常人。小说对边缘智障小人物爱与母性的书写也撼人心魄。只可惜，这样一种朴素的愿望终因不合常人眼光而被硬性剥夺。这种剥夺是残酷的，无道理可言的，对朝霞而言，就是剥夺了她的一切，对外人而言，这不过是一次平常的干预而已。朝霞死于"气臌病"，她终究没有摆脱掉生理与心理的致命创伤。小说讲述了她在月村的日常，展现了她的言行和精神风貌，揭示了她内心深处永恒的创伤，作者为朝霞这样一位智障女性立传，不仅是对众生平等、弱者关怀等生命理念坚守，也是对新文学传统的致敬。

　　小说中的人物绰号（大包袱、偏沉、晃悠、搬不动、嫩嫩）颇富山东地域特色，气息浓郁；朝霞的墓志铭（"你是谁？从哪里来？到哪里去？"）也耐人寻味，若深究下去，并移之于芸芸众生，都能读出一种人生哲理意味；生活场景的描写、人物细节的经营，以及围绕朝霞所展开的人物关系的建构，也都颇显作家的写作功力。

（张元珂）

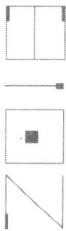

深山来客/

/朱山坡

有一年夏天，洪水过后，镇上的人看到一个陌生的中年人背着一个耷拉着头的女人走进电影院。他们觉得很奇怪，迅速摸了一下情况。令人吃惊的是，中年人是撑船从上游的支流鹿江来的。一条简陋的乌篷船，窄小得只能挤得下两个人。蛋河很少行船了，因为湾多水急，十分危险，曾经翻过好几次船，淹死过人，尤其是洪水过后，河道更加凶险莫测。鹿江很长，很窄，满是水草，几乎不为人知，它的尽头是鹿山。对蛋镇上的人来说，鹿山既陌生又遥远，像传说中的地名。蛋镇没几个人去过鹿山，不仅仅是因为偏僻，还险峻，不通公路，是深山野岭，仿佛是世外之地。过去是瑶民住的地方，他们很少出山，现在已经人迹罕至。中年人自称从鹿山来，都把蛋镇人吓了一跳，那得经历多少艰险啊！

"我们大清晨撑船出发，晌午到达蛋镇，刚好赶得上电影。"中年人长得高高瘦瘦的，憨厚老实，脸膛比镇上的男人都白净，还显得比镇上的男人更斯文，"看完电影还得回去。船上有火把，还有猎枪。"

人们不知道中年人叫什么名字，或者他说过了，他们也记不住。他们都叫他鹿山人。背上的女人是他的妻子。

看上去鹿山人的妻子五官长得真好看，是一个美人的模样，很年轻，但身体不好，脸色苍白，嘴唇没有一点血色。主要是腿不好，走不了路，浑身没有力气似的。蛋镇上的人都替她担心，也很疑惑：费那么大的劲来到蛋镇，难道就只为看一场电影？

是的，鹿山人的妻子来蛋镇就只为看一场电影。那天，鹿山人背妻子进电影院后，随即出来了，蹲在海报墙墙脚下卷烟叶，一直在烧烟。烟很香，把电影院门卫卢大耳吸引过来了。他给了卢大耳烧了一卷烟叶，呛得卢大耳一边粗俗地骂街一边大声地叫好。

"你不陪老婆看电影？"卢大耳问。

"不陪。电影跟戏一样，全是骗人把式，我不爱看。"

"你对老婆真不赖。"卢大耳说，"烟叶也很好，我怎么从没烧过这么好的烟叶。"

"这是山里的野烟，遍地都是。除了电影院，山里什么都有的。"鹿山人把口袋里剩下的烟叶都送给了卢大耳。烟把卢大耳呛得涕泪横流。

电影散场，他赶紧逆着人流进去找他的妻子。然后，背着妻子匆匆往蛋河方向走。步伐仓促，似乎又去赶下一场电影。

后来，在镇上几乎每个月都能见到一次鹿山人背着他的妻子来到电影院。每次都是，从蛋河旧码头下了船，鹿山人背着她赤脚经过碾米房，从四方井过来，沿着石板路，穿过肉行，来到电影院外，在海报前驻足一会，看看今天放什么电影，然后去售票口买一张电影票。电影快要开始了，鹿山人把妻子背进电影院，安置好，便出来，决不偷窥一眼银幕。电影散场了，他进去把妻子背出来，往河边走，上船，离开蛋镇，从不过多停留，更不在镇上过夜。卢大耳和鹿山人建立了相互信任的关系。卢大耳掐过时间，鹿山人从不在电影院里多待一分钟，他出来后，有时候还跟卢大耳边烧烟边攀谈一小会。卢大耳知道，鹿山人不看电影其实是为了省钱。他的衣服补丁很多，补丁的颜色各不相同，看上去实在有点寒碜。他还自带了干粮，烤红薯或南瓜饼。镇上的人都同情他，实际上也是担心居住在鹿山的人：在深山里，他们靠什么为生呀？靠什么养活孩子呀？

人们的好奇心和注意力主要在那女人身上。后来他们都知道了，鹿山人的妻子病得很重，危在旦夕。这让我们感到异常吃惊。但鹿山人似乎习以为常了，远没有他们揪心。趁她看电影之机，鹿山人从船上取下一些山货，竹笋呀，木耳呀，山药呀，干果呀，还有兽肉什么的，卖给镇上的人。"山里人不容易，能帮就帮吧。"大伙对这些东西并不是十分热爱，但也呼朋唤友把它们都买了。鹿山人千恩万谢，然后飞跑去卫生院买些药。药不多买，鹿山人说，山里什么草药都有，什么病都能治，买点西药主要是为了应急。

鹿山人的妻子得什么病，大伙都慢慢看得出来。严重贫血症，根治不了，而且会越来越严重，慢慢地，最后死掉。有人说，像这种病应该往北京、上海，至少得往省城的大医院送治。可是，哪怕是把鹿山卖掉，鹿山人也筹不到那么多钱啊。他就只能按山里的医道医术和药物治疗。这也没什么不对，很多城市里治不好的病，在山里却能治好。因此，大伙也没有责难他，只是觉得他可怜，他的妻子更可怜。

"她哪里也不愿意去。她只喜欢看电影。只要看上一场电影，她就觉得病好了一大半。"鹿山人说。

见过鹿山人妻子的人都相信鹿山人说的话是对的，因为他们发现，从电影院里出来后，鹿山人的妻子原来苍白的脸竟然变得有些绯红，耷拉着的头也抬了起来，尤其是那双暗淡无光的眼睛变得像野草叶尖上闪亮的露珠。甚至，她要尝试着双脚踮地走路。电影真的有神奇的疗效。然而，未必每一部电影都是一剂良药。有一次，看了香港电影《胭脂扣》，从电影院出来，她在鹿山人的背上两眼发直，披头散发，哭得像山猫一样。鹿山人一边安慰她，一边往河边飞奔。好像是，若慢一点，她便要断气了。

如果不是为了看电影，鹿山人夫妇是不会千辛万苦撑船来到蛋镇的。鹿山人自己说，他原来也不是鹿山里的人，是从他曾祖父那代才从武汉搬迁到那里的。曾祖父是武汉最有名的戏子。有一天，一个国色天香的女子来听他的戏，迷上他了，连听了一个月。跟戏里一样的是，两个人走到了一起。山盟海誓、众所周知之后，曾祖父才知道她竟是一个北京王爷的爱妾，但已经无法回头，只好带着她一路逃奔。辗转无数地方，才最终在鹿山安定下来。只是，从此以后，隐姓埋名，不再唱戏，做普通人。鹿山人没去过大地方，来到蛋镇也不愿意过多抛头露面，低调而谦卑，办完事就离开，好像跟他的祖宗一样，还坚持隐姓埋名、小心谨慎地生活。

卢大耳知道许多鹿山人的秘密。经过卢大耳的传播，秘密便成了公开的消息。卢大耳说，鹿山人的妻子身世也很复杂。她是来自武汉的知青。来到鹿山前，她的父亲跳进长江不见了。来到鹿山后第二年，她患贫血病的母亲也死了。鹿山来了十一个知青，到最后只有她一个人留了下来。武汉没有亲人了，她不愿意回去了。更重要的原因是，她和鹿山人好上了。

从神态和动作就轻易看得出来，鹿山人和妻子十分恩爱。从河边到电影院的路上，鹿山人不断地转过头来问背上的妻子：累不累？饿不饿？晕得厉害吗？妻子每次都是做出否定的回答，还不时给鹿山人擦汗，轻轻摸他的脸……蛋镇人把鹿山人当成了楷模，不少平时经常争吵的夫妇自从见识鹿山人之后竟然变得相敬如宾。蛋镇人还把鹿山人夫妇当成了客人，每次见到他们都主动凑上去，问鹿山人：这次又带什么山货给我们？他们对山货倾注了最大的热情，一抢而光，扔下来的钱让鹿山人感到既惊喜又不安。而他们更关心的是鹿山人的妻子。电影还没有开始，她就坐在电影院墙脚下等待。他们围着她嘘寒问暖，有时给她递上一碗热粥，一杯热开水，或者一根冰棍。还有人给她塞人参、鱼肝油、麦乳精甚至雪花膏，被她婉拒了。有一次，鹿山人上船离开了，走了好长一段水路，竟然又折返回来。因为妻子才发现有人在她的布袋里塞了名贵的山东阿胶，她坚决要物归原主。可是没有人承认是自己塞的，大伙都劝她收下，补补身子。但她一再拒绝，决不肯接受。鹿山人很焦急，最后把阿胶交给了老吴，请他代转交原主，她才同意回家。

"你们不必为我们担心。鹿山，除了电影院，什么都有。"她苍白的脸上一边是歉意，另一边是感激。

这天晌午，鹿山人背着妻子又到了蛋镇电影院，却在海报墙上看到一张白纸黑字的告示：台风将至，今天不放电影。妻子难掩失望，立马瘫软在鹿山人的背上，用力扯他的耳朵，责怪他来晚了，要是昨天或前天来就不会错过电影。鹿山人不断地解释安慰。他的两只耳朵红彤彤的，都被扯裂了吧。街道上的人为应付即将到来的台风正疲于奔命，顾不上他们，只是匆匆跟他们打一声招呼就算了。

鹿山人背着妻子要走，却被妻子阻止了。

"我要看电影！"妻子像孩子撒娇似的说。

鹿山人说："台风要来了，今天电影院不放电影，我们赶紧回家吧。"

妻子说："可是，我们比台风先到呀。"

鹿山人说："台风过后，我们再来。"

妻子说："你害怕台风呀？你害怕回不了家呀？"

鹿山人沉默了。谁不害怕台风呀？台风来了，摧枯拉朽，地动山摇。

还有暴雨、山洪，猛烈得惊心动魄。

妻子从鹿山人的背上挣扎下来，扶着墙挪步到电影院正门，伸手摸了摸"蛋镇电影院"的牌子，突然变得莫名的哀伤，竟掩面低声地抽泣。

鹿山人吃惊地问："好好的你为什么哭？"

妻子说："我心里的悲苦，像台风，像鹿江，像山洪暴发。"

鹿山人知道妻子内心的悲苦，但她还是第一次说出来。平时，她从不埋怨，也从不哀叹，心里最难受、最绝望的时候，也只是对鹿山人说："我想看一场电影。"于是，鹿山人连夜准备，第二天一早便出发。这一次，本应该是昨天或前天出发的，但因为要收割最后的一亩庄稼推迟了。

鹿山人也黯然神伤，向妻子保证说："台风过后我们还来看电影，一个月看两场。"

妻子说："我不等了，等不及了……我等不到台风过后了。"

风似乎越来越紧了，天空中的云朵也变得慌乱起来。鹿山人不知道怎么说服妻子，只是俯下身子，试图让她爬到他的背上，然后回家。可是，她固执地拒绝了。鹿山人尝试性地去背她，被她推开了。鹿山人站起来，要抱她。她躲闪开了，双手抚着电影院的牌子，突然号啕大哭。那哭声就是山洪暴发，悲痛欲绝。后来镇上的人回忆说，这辈子从没有听到过如此撕心裂肺的哭声，像孟姜女哭长城，电影院都快被她哭塌了。路过的人们都停下手里的活，围过来劝慰她。

"台风马上要到了，电影院没人上班了，连学生都放假回家了。"

"只是少看一场电影嘛，又不是世界末日。只要电影院还在，就还会有电影看。"

"台风过后，你可以连看三天电影。住我家里，管吃管穿，要住多久都行。"

……

可是，谁也无法劝止她的哭。不是一个孩子在哭，而是一个内心悲苦的人在宣泄。鹿山人和大伙都束手无策。这样哭下去，对本来就病弱的她会雪上加霜。

这个时候，电影院院长老吴从电影院走出来："这是哪个龟孙子贴的告示？"一把撕下自己亲手贴上的告示，对鹿山人的妻子说："今天照常放映！"

鹿山人妻子的哭声戛然而止，用哀求的眼神将信将疑地盯着老吴。老吴让鹿山人背起妻子跟着他走进电影院。不一会，电影院里便传出片头曲的声音。

鹿山人从电影院里走出来兴奋地告诉大伙，真的放电影了！你们也进去看呀。

电影院的大门敞开着，没有售票员，守门的卢大耳也不见踪影，但大伙只是侧耳倾听，没有谁趁机混进去。他们都明白，这场电影是老吴专门给鹿山人的妻子放映的。在蛋镇电影院历史上，这是头一次免费给一个人放电影。可是，没有谁说阴阳怪气的话。

鹿山人在电影院外头蹲着，独自烧着烟叶。他们走过来，心照不宣地摸摸他的头，然后默默走开。不断有女人过来叮嘱他："电影散场了，你带她到我家吃碗热鸡汤再走。"她们不厌其烦地给他指路，哪条街哪条巷。鹿山人一概答应，反复致谢。女人们发现，鹿山人满脸疲惫，更瘦了，明显苍老了许多，不禁叹息："他怎么还背得动自己的女人啊！"

这次，鹿山人始终没有离开电影院一步，一直到电影院结束，传来片尾曲的歌声，才进去把妻子背出来。

鹿山人的妻子脸上的绯红色更加明显，看上去比任何时候都亢奋。她在他的背上仍兴致勃勃，热泪盈眶。那是电影带来的泪水。鹿山人觉得今天的电影很好，妻子看开心了，心里感觉特别幸福。

老吴对鹿山人说，台风过后，欢迎你们再来看电影。

鹿山人对老吴千恩万谢。他的妻子眼含泪水，频频点头向老吴表达谢意。

老吴像一个老父亲，抬手轻轻地替她捋了捋被风吹乱的头发。

"你今天特别漂亮！"老吴慈爱地赞美了她。台风的先头部队已经到了，它们攻打着电影院的窗户。上次台风攻陷放映室，砸毁了一台放映机。老吴不敢掉以轻心，转身跑回电影院。

鹿山人以为妻子同意跟他回家了，可是，她说要去照相馆："老吴说我今天特别漂亮。"

"时候不早了……"鹿山人说。

妻子说："反正每次都要点火把回家的。"

"台风来了！"鹿山人伸出一只手去捕捉风，感受到了异样，焦急而不安地说。

妻子说："死都不怕,我还怕台风吗?"

鹿山人只好改弦易辙,去往国营照相馆。

这是蛋镇人最后一次见到鹿山人和他的妻子。这次台风过后,多少次台风过后,再也没有看到他们的踪影。

老吴有点想念鹿山人。他断言,鹿山人永远不会再带他妻子来蛋镇看电影了。可是,当别人问"为什么"时,他只是摇头,叹息,不愿意向大伙解释。

有人猜测说,洪水过后,是不是鹿江河道阻塞,行不了船?

也有人乐观地估计说,可能鹿山也有了电影院,比蛋镇电影院更宽敞更坚固,还免费,即使台风来了也不耽误看电影。

还有人小心翼翼地说,鹿山人可能带妻子去武汉治病了,只有大医院能治好她的病。

但就是没有人愿意说出那句话:鹿山人的妻子或许已经离开了人世。

……

有一天,国营照相馆在玻璃橱窗展出了一幅32英寸的大型彩色照片,装了金色的边框。照片里的女人穿着橘红色的旗袍端坐在黑色的椅子上,秀发及肩,脸色绯红,面带微笑,双目炯炯有神。

"多漂亮的女人啊!像《胭脂扣》里的如花。"

不少人乍看以为真的是演员梅艳芳饰的如花。但眼尖的人一眼便能辨认出照片上的人是鹿山人的妻子,当然,也看得出来,是化了妆的。国营照相馆的人说,鹿山人说好台风过后来取照片的,但两年多过去了,仍不见有人来取。

无论从哪个角度来说,这张照片都好得无可挑剔。后来,它一直摆在橱窗里,已经成为国营照相馆的广告。

镇上见过鹿山人妻子的女人,有时特意路过国营照相馆,就为瞧一眼她的照片。常常有人在照片前驻足良久,一言不发,仿佛是,想跟她说些什么,却又不知从何说起,直到惋惜和哀伤使她们的脸不堪重负,才默默走开。

原载《芙蓉》2018年第5期

点评 /

  《深山来客》是朱山坡"蛋镇电影系列"中的一篇，讲述了一个中年男人和身患重病的女人的爱情故事。男人撑船来蛋镇看电影，一月一次，风雨无阻。"鹿山人的妻子来到蛋镇只为看一场电影"，但不要小看这样一场电影，电影是治疗女人疾病的一剂良药。因为每看一次电影，"她就觉得病好了一半"，因此，看电影成了女人生命中不可或缺的要事。围绕这一事件，作者将之写得情切切，意绵绵，足够感人。

  陪伴即是男女间最长情的告白。小说中的女人是幸运的，因为男人对他不离不弃。不过一场台风后，再也未见这对男女的影子。这不禁让人担心：他俩是不是未躲过这场台风而死于非命？当然这只是叙述者与读者的猜测，小说并未直言。如此一来，便会让我们想起《边城》那个经典的结尾："这个人也许永远不回来了，也许明天回来！"鹿山人和他妻子命运结局到底如何，只好留待读者去想象了。这或许是作者和叙述者有意为之的叙述策略，因为他也不想这对男女遭遇什么非命，干脆一股脑儿将难题推给了读者！

  小说以事显，以情胜，特别是字里行间蕴满人间温情，男女间的相濡以沫的情怀尤让人动容。小说也以细节描写和对话描写见长，话语朴实，富有韵味，亦颇显描写之功力。

（张元珂）

给猫留门/

/黄咏梅

"豆包回家了，"老沈告诉雅雅。"胖得像一只大熊猫，每层楼的灯都被它踩亮了。"

"亮！豆包喊一句，灯就亮了……"老沈学着雅雅的口气。

咯咯咯咯……雅雅在电话那头笑得欢。

老沈兴致勃勃地重复亮了好几句。

犹记得有一段时间，沈小安一家周末过来吃饭，每爬上一层楼，雅雅就用尽吃奶的力气喊——亮！感应灯被她喊亮之后，雅雅也是那么笑的，咯咯咯咯。五楼，小孩子也不嫌累，爬上来之后，还要拉着老沈重新下楼，又喊上一轮。老沈气喘吁吁地跟在雅雅后边，力气只够在心里笑。这个游戏是这座旧楼唯一的亮点，如果没有那些时亮时灭的感应灯，估计雅雅会蛮缠着让沈小安背上楼的。不过这些吸引力也不长久，上学之后雅雅就不太愿来爷爷家了，周末，她偶尔跟她爸妈到郊外玩，多数时间在家看电视、玩手机或电脑。直到豆包喵喵喵地在她脚边缠绕。

那天雅雅玩饿了，嚷着要吃奶油蛋糕，老沈就牵着她出马王街对面的蛋糕房。老沈不喜欢吃烘焙过的洋面点，喜欢蒸笼里跟热气一样白的土包子。泰康粮店的那几个店员，换了多少茬，每一茬都知道马王街有个瘦瘦的老爷子，每天清晨准点来买豆包。去蛋糕房不会经过泰康粮店，但老沈故意绕了一下路，他想让他的朋友们看看自己的孙女，尽管这些朋友他连叫什么名字都不知道。在老沈眼里，雅雅是这个世界上最好看的小孩，一笑起来，左右两只对称的小酒窝，总能引人赞美。这些赞美的话，再怎么重复老沈都像第一次听。

不太会有顾客在晚饭前来买豆包，店员已经开始盘点收银柜里的钞票。他们果然赞美起这个老客户的孙女，并且慷慨地掀开蒸笼，用袋子装了两只豆包送给雅雅。就是在雅雅怯怯地犹豫要不要接过来的时刻，这只小猫不知从什么地方蹿了出来，跃上收银柜，朝那两只豆包喵喵喵个不停，雅雅先是吓了一跳，接下来，就跟小猫成了朋友。

是只小白猫，除了额头和脸颊处有一些灰色的斑纹，其他地方跟蒸笼里的豆包一样白。太瘦了，以至于很难从个头判断它的年龄，不过叫声倒不是很成熟。没有人认识这只小猫，但它却谁也不害怕。大概是饥饿壮大了它的胆，圆睁的绿眼睛一直盯着那只袋子，一副准备要出手的架势。

等老沈一只手牵着雅雅回家的时候，他的另一只手上，挂着一个黑色的塑料袋，豆包躺在里边，安静得像一件被主人买回来的什么东西。

李倩对沈小安说，你老爸真的不会当爷爷。之前，雅雅就一直缠着他们要养猫，沈小安倒是没意见，到了李倩那里却通不过，原因是她猫毛过敏。老沈猜她对任何小动物都会过敏，从她生活上对雅雅过于敏感的管制可以看出这一点。所以，这只被雅雅从泰康粮店带回家的流浪猫，最后只能留在老沈家。老沈乐于奉命，只要雅雅喜欢，他干什么都行。

有了豆包，老沈就能经常见到雅雅。不一定是周末，有的时候，放学后沈小安也会带她来，老沈像迎接贵宾一样，削好水果，买好菜。通常他们三个会在一起吃个晚饭，豆包就窝在雅雅的腿上，雅雅吃一口，问一句：弟弟，要不要吃鸡腿？豆包似懂非懂，眯了眯漂亮的绿眼睛。豆包在窗台上，看到一只在树梢还没停稳的麻雀，警惕地把身体紧贴地面，目不转睛，下颌不断抖动，咽喉里发出低得几乎听不到的咯咯声，不知道是兴奋还是紧张。第一次见豆包这个样子，他们都觉得很好笑。老沈经常会给雅雅学豆包，上下颌一开一闭，发出咿咿呀呀的声音。雅雅一定会被逗笑，但沈小安很讨厌老沈这个样子，看起来就像一个嗫嚅着讲不出话的中风患者。

看不到豆包，雅雅就给老沈打电话，像个亲切的小姐姐——弟弟在干吗呢？弟弟为什么那么爱睡觉？甚至对老沈承诺，姐姐明天放学要去看弟弟的。就像豆包是寄养在别人家的弟弟一样。李倩每次听到这些话都会抗议，她说，鸡皮疙瘩都起了，好像鼻孔里吸进去几根猫毛，引起了她的猫过敏症。她让沈小安管管女儿，认一只牲畜当弟弟，算起来岂不是乱伦？

沈小安嘻嘻哈哈敷衍过去，说，你要真能生下个猫弟弟，也是本事的。说完用手去摸李倩的肚子，被李倩一拳挡了过去。

雅雅看豆包的频率越来越密集，有时还赖着要在爷爷家睡，但这绝不可能。往往不到9点，李倩总是以检查功课或者洗头发、剪指甲等理由电话催促他们回家。沈小安于是软硬兼施，拽着雅雅回家。每次看着父女俩在门口小垫子上换鞋子，低头系鞋带的动作，几乎一模一样，老沈心里都会有些伤感。沈小安跟老沈的话从来不多，顶多来一句："跟爷爷说再见。"老沈已经想不起来，儿子这么多年来，有没有认认真真跟自己说过一句"再见"。

雅雅迷恋那只猫，沈小安并不觉得有什么问题，小孩子总是有一段时间喜欢小动物，尤其是那种毛茸茸的，譬如小鸭子小兔子之类的。他小时候从街上抱回过一只大黄猫，每天都恨不得把它装在书包里带回学校。他并不讨厌豆包，但也谈不上多么喜欢，已经过了那个年龄，而在那个年龄，以及那个年龄之后的很长一段时间里，他对老沈充满了怨愤。他对李倩说老沈不会当爷爷那句话并不认同，但他认为老沈不会当爸爸是真。从前那只大黄猫在某个深夜，被老沈从他的被窝里揪出来，还没完全醒过来，来不及叫唤一声，就被丢出了家门。这个梦魇一样的情节，以及那种窝在被子里装睡的无助感，在某些特定的情境下，沈小安总是会想起，并且，像一根导火索，成年之后他一直跟老沈怄气，时常想到这个细节，他并不会那么快原谅他。

母亲去世之后，沈小安就不那么勤快跑马王街。他不知道怎么跟老沈独处。内心深处，他觉得老沈既不像父亲，也不像朋友，他们只是一对与生俱来的因果关系。好在有了雅雅，老沈的注意力全都放在了她身上，后来又有了豆包，他们之间便多了一些话题。猫粮快吃完了，老沈会打电话让沈小安网购，到时间打疫苗了，沈小安会在上班时间偷溜到马王街，带豆包去宠物医院，甚至，因为豆包，父子俩还开起了玩笑。带豆包去绝育前，沈小安指着豆包胀鼓鼓的卵蛋说，雅雅问我，绝育是什么？我说就是把这两只小铃铛割掉。她又问我，小铃铛又不响为什么要割掉？老沈一听乐了，小丫头，哪见过这玩意儿？沈小安眨一下眼说，这小铃铛，母猫碰到会响。老沈用手去戳那两只小铃铛，"不响"。两人都笑了起来。豆包竟然不生气，反而就势在地上打起了滚。"嘿，你看看，这小子都懂得享受了。"沈小安一脸坏笑，葛优瘫在沙发上，欣赏这只在地上享受的小家伙。他顺手点了根烟，老沈就到厨房里找了个酱油碟给他当烟盅。

"要是不想养就别养了，小孩子总是一头热，很快就过去了。"吐出一口烟之后，沈小安对老沈讲。

老沈不知道该怎么回答。

"你不是不喜欢猫嘛。"事实上，豆包被留下来的那天开始，沈小安就一直想问老沈，不过他不知道怎么跟他提。看得出来，老沈是为了讨好雅雅。

"还行，这小家伙陪陪我，有个伴儿，也不错。"

"不怕狂犬病？"

"不是打过疫苗了嘛。"老沈忽然尴尬起来，停了一下，又说，"你小时候，医学不发达，什么措施也没有，不一样的。"

沈小安点点头。烟还只抽了小半，他不可能就这样掐掉。至少再抽两口，再抽两口，他就站起来，把豆包装进旅行包里，带到宠物店去割掉那两只不会响的小铃铛。

"你还记得你那只大黄猫？"老沈看着儿子，四十岁，头顶上就已经有了一些白头发，现在挺着沉重的肚腩，深陷在这个老房子的旧沙发里。他顿时觉得时间有点恍惚。

沈小安果断把烟掐掉，努力使自己利索地从沙发上站了起来。他的体量是两个老沈那么大。"记得啊，那只胖胖的大黄猫。"他拉长了躯体，话音里也在伸着懒腰。

"我听你妈说，让你把大黄猫丢出去那天，你抱着它坐在楼梯口足足哭了一个中午，下午都没去补习。"

"不会吧？"沈小安夸张地笑了几声，"要是雅雅知道，肯定会笑死的。"

"你不记得了？小时候你爱猫如命。"

"小孩子都爱猫，就像雅雅现在一样。"

"嗯，雅雅真把它当弟弟。"

没想到，这次豆包装进旅行包居然没太用力反抗。老沈掩门的时候吩咐说，问一下医生，手术后要注意些什么。

走下拐角楼梯的第一级，沈小安站住了，想了一下，把旅行包抱在怀里，坐下来，回头看。从这个角度看过去，能看到自己家的门口。他把屁股挪下第二级，回头看，也能看到自己家的门口。他以为，那个中午，门里边的人根本没有探头出来看到他，他哭得那么伤心，仿佛要被丢掉的不是猫而是他自己。

豆包在旅行包里开始不耐烦了，扭动着身子，喵喵地叫了几声。沈小安吓了一跳，从楼梯上弹起来，连屁股都没拍一下，噔噔噔噔连跑带跳逃下楼去。好在豆包没有惊动里边的人，那扇门安安静静地闭着。

老沈不喜欢猫，猫的警惕性会莫名其妙地带给他紧张感。作为一个长期的神经衰弱患者，夜深人静如果还在失眠，猫的神经就会变成他的神经。当猫煞有介事地竖起耳朵，凝视某个安静的黑暗角落，而他什么也看不见听不到，如同掉进一个黑洞里。这些时候，他需要打开所有的灯，一一确认那些地方其实什么都没有。他从来没对任何人承认过他的恐惧，即使拒绝沈小安那只大黄猫，他坚定的理由只有一个——被猫抓伤会患上致命的狂犬病，这很符合他一贯的形象：一个胆小怕事的父亲。

小孩子都爱猫，老沈并不否认，如果有父亲，他相信自己小时候可能也会喜欢猫的。就是在沈小安养大黄猫以及雅雅养豆包的这个年龄段，他跟妹妹和母亲一起住在农村那间老屋。睡觉前，母亲常常会跟他们做一个游戏。三个人裹在一张被子里，慢慢地，一点点用手把被子撑高，让外边的灯光一点一点地漏进来，渐渐能看到屋子里的凳子、桌子、门……等待母亲冷不防小声说出那句"老虎来了！"于是，三个人一阵忙乱，迅速把被子放下，捂得严严实实，这过程中要是谁笑出了声音，谁就算输，要在床上学青蛙跳。如此若干个回合，花光力气大概是为了很快能入睡。其实并没多大意思，但比起睡前讲故事，母亲更喜欢做这个游戏。母亲陷入被窝里的黑暗中，屏息，听外边的动静，眼睛里闪着一团警惕的光，并不像是做游戏的投入。"你们听，老虎的脚步声。"母亲久久地把他们抱在怀里，一声不响，往往超出了游戏的设置。

老沈对父亲没有任何记忆，母亲反复说那时父亲是怎么让他骑在肩膀上去看赛龙舟，他在脑海里勾勒这个情境，父亲的面容只能停留在一张发黄的照片上。在他两岁多一点，父亲跟随村里的一群年轻人偷渡南洋，本意是为了打工挣钱回来做点小买卖，谁知道一去便难复返，直到客死他乡。这个等同于没有见过面的父亲使他们成为了一类人，背负着"华侨"这个名词，老沈在成长过程中没少吃苦。刚开始，在收到信和钱物的时候，母亲会提起父亲，后来，就是在母亲被抓去村里游街那一阵，脱下胸口那个木牌，母亲会指着"资本家走狗"那几个毛笔字告诉他，他们说，这个"资本家"就是你们的父亲。母亲的泪都哭尽了，只剩下干涩的苦笑，此后对父亲只字不提。

大概因为豆包是雅雅的弟弟，老沈倒不那么怕豆包，那小东西整日黏在他的脚边，睡觉打起微鼾，确实跟个小人似的。雅雅挠豆包的额头和下巴，小东西就伸长了脖子紧挨着雅雅的手掌，发出有节奏的呼噜呼噜，既急切又安详。雅雅像个小老师，一边挠一边教老沈："这两个地方，豆包最喜欢了，因为它自己永远都舔不到。"

"噢，原来是这样。"老沈没研究过这个问题。

"是爸爸告诉我的，爸爸说，他以前那只大黄猫最喜欢这两个地方。爸爸还说，猫咪一旦跑出家门口就迷路了，因为猫咪不会认路，大黄猫就是这么跑丢的，爷爷，绝对绝对不能让豆包跑出门哦……"雅雅一边抚摸着豆包，一边给老沈交代任务。

那只大黄猫是会认路的。几次被老沈丢出家门，他还是会回到门口喵喵地叫，甚至会蹲在门口，等沈小安放学回家，简直就是阴魂不散。它不仅扰乱了老沈的睡眠，同时还勾走了儿子的魂魄，一个学期下来，沈小安的成绩落后到了全班倒数。只要一看到大黄猫卧在儿子的作业本上，老沈就火冒三丈，将一切都迁怒在它身上，把它丢得远远的。趁那只大黄猫蹲在阳台栏杆边舔毛的时候，他用手轻轻一扫，它就扑哧一声跌落到一楼的沟渠里了，他都没敢朝下望一眼。他对沈小安说，大黄猫这次跑出去一直没有回来。

在老沈开门出去之前，豆包会早早地蹲在门边，被老沈呵斥过之后，又懂得耍心机，潜伏在附近的某个角落，一伺门开便冲过来，老沈每次都被它弄得心惊胆跳，他先是指着它一顿吼，它却并不害怕，双耳朝后，双眼无辜，只知躲闪，老沈只好转而苦口婆心地劝说："出了这个门，就见不到你姐姐了，你难道不想姐姐？"

豆包最终还是跑掉了。

老沈反复回想看见它的最后那个瞬间，不过那个瞬间有很多个，最终变成了老沈的幻觉。甚至，他觉得那一整个晚上都是幻象。

在新闻联播结束到天气预报之间的广告时段，老沈听到了敲门声。起身开门前，他习惯地找了一下豆包。那小家伙四肢蜷缩在肚皮底下，眯着眼睛，不过耳朵倒朝门口方向侧着。老沈心里暗笑，这小东西一定认为他姐姐又来了。

门外一下子出现三个人，老沈吓了一跳。中间一个高大的老人，见到老沈，很快爆发出一阵笑声，边笑边喊出他的名字："沈文兵！"老沈懵住了。那老人喋喋不休地跟身边的女人说："果然被我找到了，沈文兵，他就是沈文兵。"他的声音比电视里天气预报的过门还响亮。老沈侧着头，辨认这个比自己高出大半个头的老人。高大的老人气势十足，一脚跨进门里，把老沈抱住了。"我刘进乐啊，你个沈文兵！"他用拳头敲了敲老沈的脊背。

没错，是刘进乐，半个世纪过去了，这家伙一点没变矮，还是那么热情洋溢。老沈想起来了。他推开他，后退好几步，将这张红红圆圆的大脸跟年轻时的那张脸对应了起来。他们互相盯着看。直到各自的眼角里溢出了泪，就像进行一场缓慢而准确无误的化学反应。

大学时，刘进乐是班里的党支部书记，热心、上进，对瘦瘦小小的沈文兵多有照顾，还是沈文兵的入党介绍人。毕业后刘进乐分配到上海市政府工作，这一切，有赖于他学生会工作的成绩，以及根正苗红的出身。而老沈，背着"华侨"成分这个龟壳，支援边地，辗转在广西十万大山之间，成为地质队的一个资料员，上世纪70年代，他从地质队退役，分配到这个山城的人防办，管理数十个大大小小的防空洞，安定下来得以结婚生子。退休时老沈的职务是地下商城管理站主任，城东那个最大最长的地下商城，是由他年轻时参与挖建的防空洞改造的。这一切，刘进乐当然不得而知。他之所以能在这个春天的夜晚，摸进这条破旧狭窄的马王街，艰难地爬上五楼，是因为他那优秀的女儿，被邀请到这个山城讲课，顺便带父母来游玩，在离开的前一个晚上，他模糊想起自己有个大学同学沈文兵好像就在这个小城，一番周折找到大学校友会的电话，查找到一个几十年前登记下来的地址，登记的时候还没有安装电话，街道门牌房号倒是清晰的。一贯孝顺的女儿即使觉得这个地址无效但也不忍逆拂老父的心愿，三个人，一脚深一脚浅地找过来，竟然真的敲开了老沈的门。

憋了半天，老沈说出的第一句话竟然是："进乐，你看我是不是潜伏得很好？"

刘进乐不断点着头，还没擦干的眼泪又涌了出来。那个一头细密卷发、系着讲究的红丝巾的刘夫人，不断抚着刘进乐的背："毋激动啊，医生吩咐你不能太激动的。"刘夫人轻言细语的神态，像个资深的护士。另外一边，刘进乐的女儿很快掏出一张纸巾递到老刘的手上。

客厅那张唯一的沙发刚好够三个人的位置，他们坐着还是跟站在门口时一样整齐，刘进乐在中间，夫人、女儿各一边。

老沈走到饮水机前给他们泡茶，豆包一直跟在他的脚边转悠，鼻子东嗅西嗅，竖起的尾巴不时擦着老沈的裤脚，似乎向主人确认自己的领地。

他们彼此讲了一下大学毕业后的工作生活，大概因为退休久了，几十年轻描淡写讲完，真应了那句弹指一挥间的话。话题更久地留在了自己的儿辈孙辈。刘进乐兴味盎然，让老伴翻出手机里的照片，将他的三个儿女和三个儿孙一一指给老沈看，现在坐在身边的是最小的女儿，上海某个大报业集团的老总，在新闻领域属于老师辈人物了。由于成家晚，老沈只有一儿一孙，他指着墙上的遗像告诉刘进乐，老伴早些年去世了。老沈说得很黯淡，气氛一度陷入尴尬。小女儿于是提议给大家拍照，为了这个重逢的伟大时刻。

一动起来，那个皮肤白白的小女儿俨然变成了一个指挥官，指挥他们寻找拍照的最佳位置。沙发上背光，他们被叫到饭桌边，把椅子挪走两张，把饭桌上的杯子、药瓶、茶叶罐等杂物一一清走，镜头里看看还不满意，又把饭桌后边从前老伴买的那盆五彩斑斓的塑料花抱走。如此折腾一番，两个老同学才得以坐定下来。刘进乐的手搭在老沈的肩膀上，隐隐伴随着颤抖。茶水已经喝到第二泡了，他的激动依旧未能平复下来。

印象中，刘进乐就是那种激动、奋进的人。还记得，那次他偷偷把老沈约到明湖边，压低声音告诉老沈，传达室老黄上交给他一封信，寄给老沈的，从信封、邮票、邮戳可以判断，是老沈的华侨父亲写来的。这封信被他扣下来没交到学校，因为彼时正处于老沈入党考察阶段，怕这封信节外生枝。他让老沈看了之后当着他的面烧掉。基于那种熟悉的恐惧，以及与父亲划清界限的决心，老沈拆都没拆就烧掉了。看着还没烧尽的火焰，刘进乐激动地搂着老沈的肩膀，立下誓言，一定要帮助老沈进步，顺利入党。同时，为了巩固成功概率，他让老沈写了与父亲划清界限的证明书。"本人沈文兵，虽与父亲沈天鹏有血缘之亲，但从两岁开始便未见过父亲，亦从未受过父亲一点一滴的养育和教化，思想从未受过资产阶级腐化，本人一直忠诚追随中国共产党，为表决心，修此证明，与沈天鹏划清界限。"这封递交组织的证明书，证明人也是他的入党介绍人刘进乐。寥寥数语，跟那些年代背诵的语录一起，老沈记住了一生。他后来才知道，那封信是父亲自知时日无多，冒着风险写给他的，算是遗嘱。听到父亲去世消息的那个中午，他冲进集体浴室，脱光衣服，龙头的水拧到最大，也无法冲洗掉他夺目而出的泪水，无法压低他难抑的呜咽。这情形在一个神经衰弱者失眠的夜晚，变成羞耻的烈日，灼烧得他疲惫不堪。

如老沈所言，这半个多世纪，他的确潜伏得很好，往事休提，循规蹈矩，小葱豆腐，平庸度日，亦从不向他人提出任何非分之想，与其说是让人忽略他这个大学历史系高材生，不如说他循着命运所列的指示牌，一走到底，就连翻盘的念头也从未有过。分配到人防办，也合乎他意，管理那些阴暗的防空洞，如同潜伏在时代的肚腹，讳莫如深，冬暖夏凉，他谙熟洞里的逃生技能，即使和平年代没有战争，如果遇着地震，他定是这个城里最能确保家人平安的大丈夫。不过这些技能倒从来没有得到过证实。

刘进乐不仅话多，还喜欢打断别人的话，大概是过去当领导留下的习惯。为了管理他心脏放进去的三根支架，护士一般的刘夫人，恨不能给他滔滔不绝的话标上逗号句号省略号，慢慢分三段讲完。

在他们交谈的间隙，小女儿终于发现了坐在窗台上远望他们的那只猫。"伯父养的小猫真可爱，眼睛是祖母绿的颜色呢。"

于是老沈自然而然地讲起了豆包的身世，当然讲得最多的还是雅雅，因为豆包是雅雅的弟弟。他给他们看雅雅的照片，指给他们看那两只对称的小酒窝，毫无疑问获得了一致的赞美。这样，话题最终毫无逻辑地又回到自己的儿孙，还是刘进乐讲得多一些。

小女儿拿出手机要拍豆包，豆包却一点不给面子，从窗台一跃而下，径直跑进了卧室里。那晚之后很长一段时间，老沈反复回忆，认为最后看见豆包的那个瞬间，应该就是那个窗台的一跃。但他也不是太确定，因为自那以后，他们还讲了很多话，一起坐了很久。

站起来准备道别的时候，刘进乐才顾得上打量这个旧房子，看了几眼，忽然问老沈："你的确潜伏得很好，但是你的任务完成没有？"

就在同学们即将各奔前程的毕业聚餐上，饭盆装满米双酒，不知已经喝下多少盆。老沈把饭盆举得高高，专去敬他的入党介绍人，酒撑大了他的舌头也壮大了他的豪情："金戈铁马去，马革裹尸还，从这个校门走出去，我一定写出一部中国当代华侨史。老兄，就当我潜伏执行任务去了。"

半个世纪过去，刘进乐还记得那一幕，在老沈看来，那简直就是一个幼稚的笑话，想想这一生的挫败，老沈哭笑不得。

老沈执意要送他们到街口打车。小女儿觉得五楼爬上爬下太辛苦，坚决不让送。他们在门口推让了几下。最后还是刘进乐拿了主意，他和老沈牵着手，一级一级并肩走下楼梯。在感应灯还没被踩亮之前，有几级楼梯是摸索着下的，黑暗中，老沈能感觉到刘进乐对他的依赖，手上会使力，高大的身体下意识会倾向他这边。

下完一层，后边的母女俩快步跟了上来。女儿用礼貌的口吻提出，还是由她挽着父亲的手走比较合适，因为楼道实在太黑了。于是，他们又像来时的结构，刘进乐居中，夫人、女儿各一边。

"亮！"老沈学雅雅，命令感应灯。这方法竟立即奏效。于是刘进乐也跟着老沈喊，他嗓门大，喊起来更像发号施令。他们喊亮了每一层楼，大家在一片笑声中轻松走完了所有楼梯。

这个小城的出租车基本都是急性子，更顾不上什么礼仪，刘进乐屁股刚坐稳，还没来得及从窗口探头出来挥手，唰一下，他就看不到街口那个瘦小的人影了。这说不定是他们最后一次见面啊。车已经消失了踪影，老沈才意识到这点，心里冒出来一句诗："萧萧班马鸣，挥手自兹去。"琢磨一下，似乎觉得前后颠倒了，又倒过来念一次，这一次念出了声音。

和刘进乐在门口拖拖拉拉道别，老沈全然忘记了那只一直伺机出门的猫。等到他回过神来，在屋子里每个角落遍寻，甚至用勺子不断敲打它的食盘，豆包都不再会像往常那样积极地小跑到他跟前，更不用说在他脚下欢天喜地亮出自己的肚皮了。他急急忙忙又重复了一遍刚才那场告别，在每一层楼学着它的叫声，重新走了一遍送刘进乐出马王街的那一路，最后停留在他们上车的那个位置，好像那些时候豆包都在场似的。

整整一个晚上，老沈失魂落魄，吞下两颗半安眠药，都没能闭眼一分钟，索性坐到客厅的沙发，把门打开，留下一道猫可容身的缝隙，他侥幸认为它玩够了就会回家，就像过去那只大黄猫，会在门口喵喵地叫门。

天亮的时候，老沈想得更多的是，该怎么向雅雅道歉，爷爷没有完成她交给他的任务。

城东的摩啰街，始于上世纪80年代末，前身是一条宽8米，长280米的防空洞，由于这个小城山多，几乎所有防空洞都是穿山洞，在那个"深积粮，广挖洞"的年代，这里的洞远比粮多，多数功能丧失，处于开放状态，成为居民冬天取暖夏天乘凉的聚集地。摩啰街是最早被改造的防空洞，基于洞的长宽度，也基于它地处城东城西的接壤处，建设者索性将它延长，打通了整座山。起先，那些从这里西江码头出发运货到香港的海员，带回一些零零碎碎的"洋货"，服装、香水、光碟、奶粉、保健品之类的，会拿到这里摆卖，如同香港开埠时，印度水手在荷李活道摆卖杂货而得名"摩啰街"，走船的海员干脆把这里也叫"摩啰街"。那些"洋货"曾经很受欢迎，供不应求，进入新世纪以后，高铁呼噜噜穿进小城，水运没落，这里就什么都卖，潮流的小玩意，私人收藏的旧货，也有名牌的山寨，比如大写字母的"阿迪达斯"，无故拦腰断了一条连线的GUCCI，间或也有剪掉商标的正品……东西杂，流动快，但"摩啰街"这个名称一直不变。

沈小安的办公室在"摩啰街"中部，是其中一个岔洞改成的，正门东边开，面朝西江。人防办曾经有一度也在这里办公，后来迁到市府大楼边上，这个岔洞就成了下属的一个管理站。办公室就两人，另外一个负责安保，沈小安的事情不多，除了收纳一些相关费用，最多的事情就是跟洞里的商贩闲聊，处理一下他们之间的"商业竞争"关系，鸡毛蒜皮，每天如此，小富即安。最近，沈小安迷上了钓鱼，一上班就溜到门外西江河堤。他的鱼竿很专业，就连那张坐钓的小凳子，也是在网上买最贵的。一缸茶，一根竿，还有在洞里禁吸的烟，人生没毛病。

老沈心事重重，根本没有在摩啰街转转的想法。他不常来，但每次来都悄悄到四号岔洞看看壁顶那几个字，是当年水泥未干的时候，他偷偷用小竹竿笔画的：命运的咽喉。仰头看的时候，真像置身于一截咽喉里，窄长，昏暗，潮湿，能听到口水的吞咽声以及肺部的叹息声。

办公室只有那个负责安保的小谢，老沈也认识，是同事谢茂业的儿子，跟沈小安一样，大学没考上，都是子顶父班。小谢指指江边，朝老沈做了个吸烟的动作。老沈心领神会，径直往对过河边走去。

挖这个洞的时候，西江的水位还很高，能与人视线同处一水平，现在，水似乎真会随着岁月流淌掉，走到堤岸还得探头俯视。老沈探下头看到沈小安，坐在河滩一片乱石中间，穿着宽松的上衣，戴着帽子佝着背，身边一只大茶缸。远看，还以为是个退休老头在闲钓。

老沈盯着沈小安的背影看了很久，越看越伤心。如果二十多年前他勇敢地迈出一步，儿子今天怎么会是这个样子？他也可能会像昨天晚上那个优秀的女儿一样，骄傲地礼貌和客气着，搀扶着自己的父亲，感觉在这个世界上只有她能搞定一切。

二十多年前，沈小安高考离上线差了八分，于是想起了自己有个照片上的华侨爷爷，享受侨眷待遇可以加十分。谁知道老沈死活都不肯去侨办开证明。妻子哀求，儿子出走，众叛亲离，这些都不能让老沈改变主意。

绑在西江堤坝栏杆的红旗被风吹得啪啪响，像是谁站在那里不断拍打着栏杆，老沈站在红旗下，沮丧地想，要是时光可以倒流，或者说时光可以将现在的自己送回到那个时刻，他一定拔腿便跑到侨办去，对那些人说，给我开张侨眷证，如果他们翻出夹在档案里那张耻辱的划清界限证明，他一定会厚着脸皮毫不犹豫地告诉他们，这是历史问题，后来我和父亲关系很好……可是，这些简单的事情，他当年竟然一件都没敢做。

沈小安去顶老沈班的第一天，他对妈妈说，老爸这一辈子，就是想自己想得太多。这句话老沈到死都不会忘记。那么多年了，他从没跟儿子辩解过什么，即使说明一下也没有，他明明还能一字不漏地背出那张证明。

看到老沈，沈小安觉得很意外，想从凳子上站起来，但那根刚拿上手的竿似乎有了点动静，他在用手感知。好在老沈很快在身边找块石头坐下了。

"钓到了？"

"好几天了，毛都没钓着，都被那帮下岗工人钓光了。"沈小安朝远处撇撇嘴。

上游的确有不少人在钓鱼，东一个西一个，互相都不讲话。

沈小安抖动了一下手腕，竿尖上抬一点，钓线松垮垮地又没入了水中。他的腰也松了下来。

"有事？"沈小安从烟盒抽出了一根烟。

豆包不见了。老沈认为这事情不能用电话讲。这个过失的前因后果，不仅仅是昨天晚上，不仅仅在于那个到访的老同学。

"啊，跑掉了？"

"嗯。"看着沈小安脸上不痛不痒的表情，老沈不知该从什么地方讲起，"怎么跟雅雅交代？"

就在老沈准备讲昨晚发生的一切时，只看见沈小安将手上的烟一扔，敏捷地从凳子上站了起来。他警惕地盯着水面，上下两颌开始剧烈地抖动，咽喉里低沉地发出了一些奇怪的声音。那个样子，像极了豆包在伏击小鸟之前，时刻准备着不顾一切。

转眼间，老沈就看到一条泛着银光的鱼，凌空挣扎，拼尽全力。

"哈哈哈，大白条！"沈小安得意地朝老沈笑，"起码三斤重。"

这意外的收获让老沈也跟着兴奋起来。这条鱼看起来或许不止三斤，钓竿被它压得很弯，加上它不断挣扎，老沈都有点担心鱼竿会断。可是沈小安并不着急将它从鱼钩上取下来，只是将钓竿转了个方向，指向河岸，继续让它凌空挣扎，看上去好像在对谁示威。那些垂钓的人，频频朝这边看来，虽然离得不近，但凭经验也能感知这条鱼的斤两。

白条鱼在空中逐渐丧失了力气，放弃了挣扎，沈小安才把它捧进那只罩着渔网的水桶里。

"老爸，回家蒸鱼吃，浇上榄角汁，鲜死个人了。"沈小安的舌头迅速在嘴里转一圈，发出响亮的一声吱。

老沈看着得意忘形的儿子，松出一口气，笑了。

坐上那辆二手桑塔纳，沈小安帮助老沈扣安全带时，想起豆包的事情来了。

"豆包什么时候跑掉的？"

"昨天晚上。我给它留了一夜门。"

"猫跑出去就迷路，不像狗。"沈小安把车发动起来，后座水桶里的鱼条件

反射地挣扎了几下，响起一阵扑腾的水声。

"怎么跟雅雅交代，她一定大哭大闹。"老沈的心又沉重起来，"是她弟弟啊。"

"喊，小孩子，哭一阵就好了。明天给她买只更好看的。"沈小安的脸上又是那种不痛不痒。

车经过摩啰街的洞口，很快就要开上跨江大桥，老沈转脸去看那座被洞穿过的珠山，草木蓊郁，山体浑圆，完全看不出它的肚子里有一道长长的伤痕。老沈想了一个晚上要对沈小安说的那些话，一句也说不出来，他觉得自己就像那条咬钩的白条鱼，显然，他的挣扎要比它漫长而疼痛。

原载《中国作家》2018年第7期

点评

豆包的到来让雅雅多了许多乐趣，老沈也被附带着卷入其中。豆包、雅雅、老沈彼此形影不离，倒也烘托出了一幅其乐融融的生活

画面。但这不是小说所侧重展现的内容和主题。小说旨在通过对老沈在过去几十年间生活遭际和精神创伤经历的讲述，试图进入历史并对从个体角度对之重新做出审视和思考。如以此来，"资本家走狗""华侨""资产阶级"等特定时代的政治符号就成了统摄这个短篇的政治背景和精神氛围。无论他写下与父亲划清界限的说明书，还是后来在言行上胆小怕事，心理上始终心事重重，循规蹈矩，平庸度日，并身患神经衰弱，都在表明，那段历史给老沈的心理和精神所带来的创伤终究是无法愈合的。甚至为了方便儿子高考的一纸证明他也不去开，究其原因，不过是不愿也不敢触碰曾经内心的伤痕罢了。然而不触碰并不等于不存在，历史给予个体的伤痛一旦生成，就往往一生都挥之不去。老沈的遭遇就是最好的明证。他命运的咽喉被一种无形而莫名的潜意识长久遏制住了。这种主题的确有点沉重，但又是任何一位优秀的小说家所不可回避的使命，或者说，所谓"历史意识"即是作家的一种精神担当。当然，文学与历史虽密切关联，但毕竟不是一回事，小说家在面对历史时，并非历史学家那种直抵本质的、事实的、浓缩的界定，而是借助于想象（虚构），通过对细部与细节的经营，来无限接近那个"历史真实"。因此，小说对猫之习性以及两次养猫经历的细致交代，实际上都是辅助于这个主题的充分呈现。这是一种互文，写猫之经历与命运，不也是映照人物与历史的遭际吗？

（张元珂）

香蜜湖漏了

/邓一光

蓝八从香港来，我陪了她半天。那天是"玛娃"登陆的日子。

"玛娃"的情况是这样。6月12日，马来西亚的鸽子"苗柏"扑腾着从大鹏半岛正面登陆；7月30日，柬埔寨的捕鱼者"纳沙"擦着深圳东扬长而去；12天前，日本的"天鸽"声势浩大地造访了深圳和香港；4天后，从老挝游来一条名叫"帕卡"的鱼，动静也不小；时过一周，"玛娃"又到了。

据说"玛娃"是一朵玫瑰。用玫瑰比喻凶巴巴的台风，脑洞够大。

总之，整整一个月，空气中充满了湿漉漉的水汽，路上行人个个吸足了，不敢乱打喷嚏，怕喷嚏传染，大伙儿都打起来，淹了街道就不好了。

这就是蓝八过境来那天晚上的情况。

蓝八是我前女友。也未必。记不清哪一年，香港书展最后一天，我带了只空轮包过境去淘书。乌泱泱人头中，一位女子撞了我一下，我俩怀里的书散落一地。女子说，哎呀，对不起啊对不起。我说，没关系吧没关系。我俩磕开人群蹲下捡书，地上居然散落着两套一模一样的《1+0》。我不禁莞尔，隔着晃来晃去的腿柱子看那女子。女子也看我，咬着下唇，努力不笑出声，目光闪烁有趣。她穿黑白条纹抽烟装，衣襟在人群中挤得稍许凌乱，活脱脱《闩》中女子欲抽身却不能的纠缠模样。我猜她也是这么想，把我当作那位欲行山川相缪的男子，剩下的，就是抢门闩的游戏了。

8册漫画，乘以2，一共16册，一会儿就捡完了。我请女子选一套。她请我先选。我说不如我们去喝点什么。她说好。

说"好"的女子是蓝八。

以后，我俩每年见两面，她来深圳，或者我去香港。不是特意，顺便，人到了，留条信息，要是另一个在，就见一面，等于彼此是一种存在，证明世界不真孤独到环顾四野唯有自己。她原来用WhatsApp和Facebook，我俩在地上捡过漫画后，她加了企鹅。她中文不好，繁体字也不怎么样，好在我下载了翻译狗，我俩从不长篇大论，仅限于："在吗？""在。""呀，对不起，在厄立特里亚。"能对付。

有一年，我被人追债，逃去黔东南山区躲债，在山里闲得无聊，忽悠老乡办了个生态农庄，种茶油、腌火腿、晒党参，一来二去迷上了田园生活，在农庄待了一年多。

第二年，蓝八参加IUCN组织全球红树林考察计划，去孟加拉和伊朗工作了一年。

那两年，我俩没见。以后再联系上，已经没有弗拉贡纳尔笔下两个人物在强光里偷情时惊鸿一瞥的感觉了。

我没打听过蓝八的事，她到底是谁，除了类似"大都市水源地可持续保护"之类的计划外，还做什么，有没有配偶，这些事情，我一次也没问过。蓝八也没有打听过我的情况。我俩没谈论过这个话题。

我俩哪一年遇到的，记不住了，第一届香港书展到现在，28年了吧，折中算，14年，我们没谈过这个。

我请蓝八在香蜜湖"1979"吃饭。那是我的地盘。不全是。大部分不是。

我在产业园有一点股份，它让我在这座城市打拼了二十多年后，笃笃地做了纳税人。我已经过气了，再过15年献血的资格都没有了。如果靠谱点，好好守住这份产业，不再让人追杀，个人历史就完整了。

服务生拿来菜单。我为蓝八点了烟熏鲑鱼，配圣美伦甜酒。蓝八喜欢樱花木味道，我喜欢因纽特人，他们相信万物有灵，生肉不是生肉，是信仰。

鲑鱼切大片，配西柚、水萝卜、荠菜苗和鲑鱼子，吃的时候尽可能张大嘴，想象自己能吞下整座海洋那种，鱼肉整块入嘴，慢慢合上海洋盖子，野生鱼子在齿舌间一粒粒爆开，一种让人特别绝望的深海气息立刻弥漫整个感知系统。

蓝八嘴大，做得到。

饭后，我们去了会所旁的Maan Coffee，打算喝杯咖啡，说会儿话，然后离开。

这样，我们就不必请代驾了。

Maan Coffee一楼座无隙地。看来，没有人在意气象局发布的橙色预警。台风让人们上了瘾，就像连续玩了15次《龙神契约》，你会兴奋地和臭味相投的人待在一起，期待第16次狂热体验，大概是这种情况。

我对3D手游和台风同样充满警惕。空间计算技术是个大骗局，它的原理就是让人以为自己不光是自己，还可能是别的什么。能是什么呢？台风也是，它带来丰沛的雨水，可是，等它离开后，雨水很快就消失得无影无踪，这是怎么回事？

我不打算和热爱台风的瘾君子们凑在一起，带蓝八去了人少的第三层。

经过二层时，见一个女人坐在近楼梯口位置，一个人，背对这边，看不见脸，一袭宽大的远山蓝麻布裙，在纷乱的吧堂灯光下，有种水洁水清的单纯的安静。

我是这么想的，人总有耗尽的一天，就像台风，别指望风樯阵马的激情会永远相随，那个不可靠，彰显常青的最好方法是举重若轻的淡泊，这个，孤立的"远山蓝"做到了。

之所以这么说，是我去酒店接蓝八时，她使用了晚装最后通牒手段。大牌刺绣和蕾丝使她像一棵常青植物，"浅吻"牌子的耳环、项链和手链球果般下垂，让人眼累。她是反智阵线的人，言必绿色主义，好像地球真的有若干种隐藏起来的面目，是我等俗人看不清楚的。我不反感主义，只是觉得，周末是休闲时间，绝对不应当刺激人的感官，那样反倒刻意。

我和蓝八找座位坐下。我们在工业时代的铁器和农耕时代的木器混搭的装置中坐下。

我点了山多士现磨，希望咖啡在烫嘴的时候送来，这样，我会稍稍原谅Maan Coffee设计师的拙劣前卫。

蓝八瘦得像棵悬铃木，我猜她可能会点森林野梅。果然，她中了我的推测，点了花式。

我们坐的位置，正好能看到二楼的楼梯口。

我又看到那袭安静的"远山蓝"。

这一次，我看清楚了，是位相貌姣好的中年女子。我猜测，她之所以选择楼梯口，是不想深入，离开时方便。另外，我觉得工业时代也好，农耕时代也罢，都不如命运来得那么直接。

我做出一副沉思的样子，玩了会纸巾，等蓝八从洗手间补妆回来，礼貌地告诉她，我可能遇到一位熟人，要离开一会儿，她可以使用店里的免费网，泡会儿环保圈，等我回来。

我下到二楼，来到中年女子面前。

中年女子娇俏的短发荡漾了半圈，扬头看我，眉眼间干净，然后绽开成熟如花瓣的唇角。

"是你呀。"我说。

"是。"她说。

"怎么会？"我说。

"你还好吗？"她说，"你俩上楼时我就看到了，挺舒服的一对，没想到是你。"

"不兴这么虚伪。"我说，"本来想说气焰嚣张吧？"

中年女人叫秋千儿，如果她没有改掉姓名的话。

现在人们不大使用父母取的姓名，大家都躲躲闪闪的，想割裂又做不到，改不改的，意义不大。

我和秋千儿，我俩过去是老乡，兼过一段时间同事。可能比这个关系密切一点。但也很难说，要看秋千儿怎么定义。她样子似乎没变，一定要说的话，比过去多了点烟火气。过去她是仙女般的小姑娘，在狼群中很容易被吃掉那种，幸亏认识了阿茶，她才幸运地活了下来。

事情是这样的，香蜜湖一带过去有几家新兴企业，我们那时候二十出头，或者不到二十，刚离开学校，跑到这座城市来，想成为新兴企业的员工。那时候它们不像现在，人模人样的50强，那时候它们刚刚出生，或者出生了一阵子，举步维艰，或者快倒闭了，没有什么架子。时代这种东西，就像陆地向海洋过渡的潮间带，看起来河湖满地，可有人能繁衍往生成红树林，有人却板结掉了，只能完蛋；我们也一样，有的能出息，有的不能。

我们13个来自不同省份的年轻人，3个中学或中学肄业，3个专科，6个本科，1

个硕士。我和秋千儿年龄最小，19岁，年龄最大的是中科大少年班的吴硕士，22.6岁。我们在香梅村合租了一套三居两厅。

那个时候，没得说，我们都是燃情中二，一听黄家驹的《光辉岁月》就落泪。

……

可否不分肤色的界限

愿这土地里

不分你我高低

缤纷色彩闪出美丽

是因它没有

分开每种色彩

……

吴天才最先找到工作，在岗厦街道管流动人口登记，天天和人吵架，挨主管的骂。干了两个月，他觉得和襟江带湖的城中村气场不合，决定回学校考博，上个台阶再卷土重来，辞职收拾行李走了。

秋千儿第二个找到工作，在香蜜湖发展势头最好的G企业当整理工。剩下我们11个，大多3个月到第二年才揾（找）上工。不是吴天才一个人有气场不对的感觉，但都咬着牙没离开。9个男的坚持下来，部分原因和秋千儿有关。

3个月以后揾上工的是我。我也进了G企业，和秋千儿在一层楼上班。我上班那座大楼原址就在我们现在坐着的地方，它那时候提倡时间就是生命，现在提倡慢生活。

第一次看见秋千儿，她在三居室的厨房里做四川小面，我拖着脏兮兮的行李进门。印象中，她骨骼完美，一副山野菊的娉婷模样，这样的人待在红油辣椒、花椒碎、榨菜粒和姜汁蒜蓉水的刺鼻气味里很不合适。大概是这个原因，很长一段时间，我总是不好意思，不敢正眼看她。3年后我才知道，她下颏上有一颗朱砂痣，那个时候已经晚了，她已经做了别人的姑娘。

我没法装作不喜欢秋千儿，除非真的不喜欢。为了戒掉喜欢秋千儿的毒瘾，我想了很多办法，比如在工装裤兜里塞一只穿了半个月的袜子，想她时，袜子掏出来凑在鼻子下。可是，接下来的情况更糟糕，我开始对脚臭上瘾。

我只是暗地里喜欢秋千儿的人当中的一个，自己较劲，完全没有希望那种。在波光潋滟的秋千儿面前，我和天知道还有多少喜欢她的人，我们就像一块块未经挑选，角度钝圆的石头，在湖面勉强跳跃几下就沉入水底。我这么说，是我和秋千儿，我俩的确在香蜜湖边玩过打水漂游戏。现实情况更糟，我连石头都不是，只是一团匆忙捏成的雪球，秋千儿她在那里一碧万顷着，我这只雪球在她的湖面上没来由地奔走，下场好不了。

5年后，G企业进入本土50强，去别的地方买地盖大楼了，我也在公司新的用人机制中败给蜂拥而至的名牌大学生和硕博们，丢了饭碗。我就是利用那个时候，戒掉了秋千儿的毒，离开工业体制，闯进腥风血雨的市场天地。

下雨了。雨点密集地打在落地窗上，不断晃过的车灯让雨丝显现出来，使夜晚愈发支离破碎。晚上8点左右，正是生活舞台的角色换场时间，一些人来，一些人走，事情就是这样。

"怎么啦？"我发现秋千儿在看我，问她。

"她很漂亮。"秋千儿朝楼上扬了扬下颏。

"哦。"我说，"没办法，我只能和漂亮女人来往，不然越来越没有勇气。"

"她不是你妻子。"她抿着嘴笑了笑，冲我皱巴巴的衣领努了努嘴，"衣裳没熨烫。"

"怎么说呢，我只配有前妻。"我尴尬地笑。

我是说贠小荷，13使徒之一，多年前，她和秋千儿等4个女的，她们占去香梅村那套房子的三分之一套间。

但我在撒谎。贠小荷不算我前妻。法律上不算。

我和贠小荷，我们都想出人头地，为打拼一个说得过去的前程狼突豕窜，和一切挡道的东西较劲，也和自己较劲，不肯拿时间出来办手续。等我们都站在那个被叫作前程的地方，热情已樯倾楫摧，内心满是沧桑，连吹动空气的欲望都没剩下，俩人在一起11年后，索然无味地分了手。

我还是撒了谎。不是力比多的事。人越成熟，越不敢走到一起。你觉得，清澈见底的人生，非得赖上另外一个人活下去，这种事情靠谱吗？

我问秋千儿成家了没有。当然，她说。她早做了人妻，先生是丹麦人，麦肯锡国际管理咨询公司驻华代表。他们有一儿一女，暂时没有回格陵兰的打算。她说这件事情时口气月朗风清，让人觉得她若笑出来，会有幸福的小花朵跳进面前的烛光中舞蹈。

事实上，她是对的，时光不会倒转，我们都无法回到过去，哪怕我的小腿肚子仍然弹性十足，胳膊也有力，但我已经老到风平浪静，没法让鼓起的勇气再回到六块腹肌时代，这是事实。

我在想，如果那会儿我追上她。这当然不可能，但假使这样，我算不算雁归湖滨？台风带来的雨水会不会无缘无故消失？

我开始想象那个来自地球上最大岛屿的冰地男人，他怎么做到让她为他生下一儿一女，眉眼间仍然不经意流露出干净的喜悦。

"艾伯特会为我办理丧事。"秋千儿似乎猜到我在想什么，突然扬了扬眉毛说。

这个答案我没料到，有点意外。

"我们谈论过这个问题。"

"你是说……"

"就是你想的那样。"

"什么？"

"我有点担心。"

"他比你先死？"

"他比我大9岁，身体很棒，会坚持下去。说不定我走之后，他还能回格陵兰岛猎几头海豹，守着祖上留下的木屋度过一段美丽的极夜。"她莞尔一笑，烛光晃动了一下，"我不想再看到谁在我眼前粉碎掉。"

哦，原来这样。

阿茶是暴毙。一辆泥头车从后面撵上来，从他驾驶的福特650皮卡上碾过，再出色的皮卡经典也没能保护住他。据说那是最后一批获准在市区行驶的泥头车中的一辆，新大威，自重加载重20吨，警察用了好大力气才撬开福特650完全变形的车壳。那个场面，光是看一眼就让人瘫了。

阿茶是客家土著，凭国家政策押地先富，注册了一家文化公司，到处收购老围屋，办耕读农庄、建宗氏民俗博物馆，公司一项重要业务，就是阻止G企业买下香蜜湖的地皮。

香蜜湖畔有几栋客家围屋，几百年历史了，阿茶要连同周边土地买回去。

阿茶的做法伤害了北佬。企业买不下地，就不能扩张，不能扩张，源源不断南下的新北佬就没有工作，没有工作，新北佬就不能源源不断到来，城市就不能发展，据说G企业就是这么离开香蜜湖，去了别的地方。

没有任何证据证明那场惨烈的车祸出自预谋。后八轮自卸车碾过皮卡，司机不认识阿茶，只是没喝"东鹏特饮"，太困，撞上路边花坛才从睡梦中醒来，完全不知道垫得高高的车轮下有什么。

我扭头看窗外。

视野可及的夜幕后，曾经顽固地生存着一家蛎蚝混养的养殖场。养殖场占据了一片水鸟横飞的湿地，湿地里间或生长着瘦骨嶙峋的桐花树，一群群海鸟从深圳湾方向飞来，落在开满白花的老鼠簕灌木丛中，灌木下是再也回不到海洋里的惊慌的海龟草。湿地中间是马鞍状湖泊，湖泊很大，能佐证每年十几个台风源源不断到来理由的那种，它叫香蜜湖。

离开G企业以后，我在养殖场里做过一段小工，整场、投石和播苗。我常常躲开老板气吞湖海的伤感目光，躺进湖畔边干草丛中，惊起一片海鸟起飞；我要打个盹，海鸟才能飞到湖对面正在搬迁的G企业厂区，在那里落下。

也就是在香蜜湖畔的养殖场里，我知道仙女般的秋千儿正在海鸟飞去的那个地方，从制式女工的一员变成制式女干部的一员，越来越成熟，越来越优秀，越来越不像从家乡出来时，在火车上给晕车男童唱《星语心愿》的那个她。

我不太确定，我有没有在心里祝福过骨骼完美的秋千儿。但我在水软山温的香蜜湖畔徜徉过多少个傍晚和黎明啊！

阿茶和G企业，他们谁都没赢，养殖场后来卖给了比他和它更魁梧的国资委，湿地变成了水上乐园，湖畔快速生长出钢铁焊接的"红树林"，高大的结构架像还没出生就死去的巨人骨骼，远不如尸体新鲜时那么生动。

再后来，香蜜湖畔成了地产大拿的必战之地，不断冒出一座座高档度假村、漂亮住宅小区、神秘名人俱乐部，香蜜湖湖面越来越小，海鸟再也不来了。

离开养殖场以后，我做了一些和湖泊没有关系的事情。什么都做过。事业起起落落，生活也起起落落。有段时间我很郁闷，觉得什么地方出了问题。我认为是那座湖出了问题，它越来越小，越来越不像湖。

再再后来，我回到这里，寻找失踪的湖泊。

我有个奇怪的念头，我认为香蜜湖在漏。它的某处地方与地心连接着，地心里藏着一个偷窃土地血液的大家伙，湖水被不断吸食到它肚子里，这就是香蜜湖越来越小的原因。

关于不断变小的湖泊，我能说什么？

我决定不走了。我决定螳臂当车。我把赚来的钱都投入"1979"。我和这片曾经有过无数海鸟和我初恋的地方较上了劲。我觉得自己很无聊。我猜是为了某种纪念。

"怎么会在这儿？"我问秋千儿。

"就是在这儿。"秋千儿说。

"约了人？"

"没有。随便坐坐。明天早上的航班。"

明白了，她是路过这里。这就对了。城市变化很大，但和她这个来过又走了的人无关。她熟悉香蜜湖这个地方，等航班的时候，来这儿怀怀旧，她的意思是这个。

但也不完全是。她和其他等航班的旅人不同，曾经是这座城市的一分子，人们把这类人叫作奋斗者。那个时候，这座城市朝气蓬勃，是人人羡慕的青铜乐园，你往大街上丢块石头，不是砸中运输建筑材料的泥头车，就是砸中奋斗者。现在，你再丢块石头，不是砸中成功人士，就是砸中穿制服的执法者。

我和秋千儿，我俩上一次见面是十多年前的事情。十二三年吧，就是阿茶出事那次，她从四川赶来参加阿茶的葬礼。再往前一年，她离开了他。

秋千儿突然从我们当中消失掉，以后听说她和阿茶吹了。这是惊天大事，让我们这些曾经年轻过的13-1使徒不知所措而感到愤怒。我们觉得这座城市没有什么意思，时间和金钱都没有什么意思。

秋千儿离开以后，我们没精打采议论来了又走了的秋千儿，我们都不知道发生了什么事情。很长一段时间，关于来了又走了，是我们唯一愿意谈论的事情。

有人提议大家聚一聚，请秋千儿吃顿饭，几顿也行。贠小荷在QQ里开骂，什么意思啊，伤口上撒盐，男人太没劲了。大家觉得贠小荷话难听，往深里一想，的确有点没意思，吃饭的事情也就作罢。

13使徒中的9个男人，8个没有参加阿茶的葬礼，我去了。

我认识阿茶。

怎么能不认识，他是香蜜湖的名人，他把家里押地分得的几千万砸进去，把家族亲戚的几个亿砸进去，干出了多大的阵仗啊！何况，我在他的养殖场当过小工。

我也理解没有参加阿茶葬礼的那8个人。

大家没地可押，不会抵制什么，可大家没有被一台过了报废期的泥头车碾成肉饼，对这个结果，谁都心怀一种胜利者的伤感。

相反，是阿茶，他傻，明明知道没有什么可以阻拦住，他就是要阻拦；明明知道不想长大也得长大，一直做无忧无虑少年的可能性根本没有，难道他想做新时代的嘎达梅林？他当然不是城市进程的对手，他还不如识时务，学学潮汕商帮，做新时代的犹太人，在海外扩张疆土，再杀回来，把祖先的热土买回来。

世上的葬礼大同小异，没有什么好说的。

葬礼结束后，秋千儿返回四川，却没走成。她晕倒在候机厅，一位好心人把她搀扶到椅子上，为她买来一瓶水，顺便偷走了她的小包。别的还好，身份证和护照丢了。那时候不兴异地办，大家推荐我出面，解决这件事情。

我找人借了辆车，开车送秋千儿回四川老家。1800公里，两夜三昼，秋千儿在车上一直昏睡不醒。我说，你何必。我说，你是你，他是他，你俩吹了，死去活来的用不着，就算用得着，他被历史的车轮碾扁了，活不过来了。秋千儿听着，一句话也没说。她在昏睡，我说也是白说，我是说给自己听。

车在沪蓉高速公路检查站被拦下，防暴警察如临大敌，把困极了的我拖下车，我的脸冲地被踩在硬邦邦的军警靴下，微冲顶住脑袋，车里车外检查了个遍，底盘都没放过，撬杆弄坏了好几处地方。

后来才知道，高速公路管理方监看渝湘线检查站视频，怀疑有人用迷魂药劫持人质，通知警方采取行动，我倒了霉。

我说过，我没想回家乡，我是正大光明送人回乡，不是做贼；而且，车不是我的，我离财务自由还差10年。警察真是害人。

起风了，不是通常的风，比那个大许多，停车场前面的大王椰团结一致向一边斜，窗户上密密麻麻贴着一层雨点，汇聚的水珠把夜色中的一切放大到不真实。就是说，"玛娃"的马仔先到了。

几个穿衬衣挂铭牌的售楼生从一楼上来，从我们身边过去，说着高尔夫公园改建的事。

香蜜湖再次涌入大笔来路神秘的热钱，它的再一次生育高峰到来了，这一次，不知道会发生什么新鲜故事。

我和秋千儿都没有说话。她安静地盯着桌上的烛光，耳郭在烛光摇曳下透着隐约的洁润，看得出，她没有什么可操心的，或者说，她已经应付裕如，是她自己的主人了。我不觉得这有什么好，这里的人可不喜欢卧云对雨的从容生活，那可不怎么妙。

我想，我该回楼上。咖啡肯定送来了，喝完咖啡，把蓝八带去罗湖公寓，她明天从那儿出境，比从观澜走快得多。我这么想，打算告辞，可是，秋千儿开了口。

"我来看他，想知道他在不在。"她说。

有一刻，我没明白她的话，但很快，我知道她指的是什么。

她指的是阿茶。她说来看他，想知道他在不在，就是那么回事。

他在不在，他在不在，我在心里问自己。

接下来，我从秋千儿那里知道，她每年一次从四川返回这座城市，什么地方也不去，就在香蜜湖，在附近找一处不被打扰的地方，坐上几小时，然后返回机场。去年是De Post，今年换成Maan Coffee。

"想等他一会儿。"她说，"我知道他不会出现。但我会等一会儿。"

"等什么？"话出口，我才醒悟，可是已经收不回来了。

"没什么。"她说。

"但那是什么？"我索性问下去，索性把失控赖到台风综合征身上。

"我说不清楚。"

"哦。"

我在想华灯繁炽的城市，此时有多少人停下来，收起抻得过长的思绪和欲望，回过头去，慢慢沿着来路返回。我不相信人与幸福的距离只隔着一杯咖啡，有时候，它隔着一堆碎掉的水晶。

一群十六七岁的少年男女叽叽喳喳拥上楼来，楼梯发出乱糟糟的声音。唉，他们应该悠着点，放慢脚步，好好体会身边的叽叽喳喳。

这是我的经验。在青春消逝之前，人们看不到人生尽头，不知道自己拥有它，多少情感如水赴壑，等看到尽头时，楼梯上只剩下自己了。

过些年，他们再下楼时，身边已经没有了叽叽喳喳，铸铁扶栏上只剩下缭绕的叹息。

我想到那个叫艾伯特的格陵兰男人，他和他那些海上马车夫的祖先一样，基因中有和冰雪打交道的苷酸信息，但他们和他却走得够远。他最好严肃一点，听她的话，让她走在他前面，等她走了，他回到北部地区，把水分子凝结回不会流动的冰块，待在那儿，就算她不在了，和他离开家乡时两手空空一样，他什么也没有失去，不用台风帮忙，不用承担雨水。

问题是，人们到底想要流动的雨水，还是不流动的冰原？

一大团白雾急匆匆地穿过夜幕，撞在落地窗上。是暴雨。紧跟着又是一片，这回气势汹汹，不再间断了。"玛娃"来了。

停车场那边，一个穿着怀旧制服的导泊员护着脑袋朝这边跑来。一个四五岁的孩子兴高采烈把什么东西丢进水洼，她年轻的父亲站在一旁看她被大风刮得东倒西歪，哈哈大笑。

二楼西北角，一群穿白衬衫和制服裤的年轻人开始大声唱着什么歌。屋外风雨声大作，听不清他们唱什么。在此之前，比比金的阴魂一直在楼下徘徊不去。

我有建议权吗？他们应该唱黄家驹。

我问秋千儿，想不想知道她离开以后发生了什么。

秋千儿不置可否。没有关系。黑暗在Maan Coffee之外包裹着我们，那里是台风的世界，我确信那里有某种光亮应该被人们记住。

吴天才杀回来了，这回是吴博士。他还是觉得和这座城市是水过鸭背的关系，找不到感觉，他又不能反复离开再杀回来，于是彻底离开，以后听说他在海外某个寺庙剃度出家，做了和尚，我们没去看他。伍振林去了海防做房地产，他给自己买了高额保险，在圈里发文，悲壮地说，再见了。贺雷办特殊人才去了香港，中学肄业的他成了香港特区政府优秀人才入境计划第一批受惠者，这个结果谁也没有想到。

我们剩下的13-4使徒偶尔有来往。就我所知，大家不必为分期付款、公司上位机会、互联网社区关系、前女友或前男友骚扰、怀不上孩子或意外怀孕操心，混得说得过去。但是，人到中年，离死还有一段路，大家还得和长大的子女、争夺学位房名额、配偶强迫症、岳父母或公婆矛盾、渐衰的性事、越来越多的谎言、越来越少的激情、衰竭的民族主义和日益迷信的保命秘籍斗争。

就是说，台风还在继续，它们念念不断，在某个大洋深处形成，一个个接着来。只是，台风不像人，不像自然生成的潮间带，不像潮间带中的湖泊，来也是白来，雨下得再大又有什么用？来那么多又有什么用？

还有一件事。我们坐着的地方，背对北方，秋千儿在这里的时候，北方叫"关外"，那是绝大多数人们家乡的方向。那里有个二线关，在地图上看，像一条长达83.5公里，在1个水上关口、16个陆路关口和23个耕作口打结的蚯蚓，现在，它的结全拆了，蚯蚓也没有了。

我是说，如今秋千儿已经回到家乡，但每年还是有那么一两天，会念念不忘地来这里坐坐，等着谁出现，或者知道没有人出现，但她还是会来，会等，那颗心，到底没有死绝吧。

我那么说，秋千儿一直安静地看我，微笑着，等我说完，她才开口。

"你呢，你怎么样？"她第一次问到我，完全没有接我刚才的那些话。

既然问到，我就说了。如今大家都离开了香蜜湖，13使徒走掉12个，留在这里的只有我。我嘛，打算通过走门路，正当的不正当的门路，用得上用不上的门路，竞选湖长。这当然不可能，但我怎么也舍弃不了这个念头，舍弃不掉当上香蜜湖湖长的念头。我主要是说香蜜湖的秘密。我和它碰上了，和自己碰上了。

"为什么？"

"它一直在漏。"

"漏什么？"

"没什么。"

我说的是实话。香蜜湖在漏。所有的湖泊都在漏。我们这些人，我们都在漏掉元气，成为一个个皮囊人，满世界招摇，只能看，不能碰。

秋千儿在烛光中看着我。我不清楚，只是感觉。我没有看她，就像我俩从来不认识。她不再是原来的她，我也一样，但我们仍有某种东西牵连着，比如光合作用，比如成长基因，因为这个，我觉得，我们都是台风携带的雨水，既然来了，就该做点什么，不能什么也不做。于是，我坐直身子，打起精神，像20多年之前一样，挥动手臂，自顾自地唱起来：

> ……
>
> 年月把拥有变作失去
>
> 疲倦的双眼带着期望
>
> 今天只有残留的躯壳
>
> 迎接光辉岁月
>
> 风雨中抱紧自由
>
> 一生经过彷徨的挣扎
>
> 自信可改变未来
>
> 问谁又能做到

除了秋千儿，没有人注意到我，我唱完了，没有人鼓掌。秋千儿坐在那儿，相当安静，目光在风雨交加的落地窗外，极有可能，连她也没有注意到我在唱歌，抑或是，我是在自己的想象中唱了这首老而又老的歌。

Maan Coffee外面风雨晦暝，雨水在台风的裹挟下正式登场了，它们会有一些动静，但不会停留太久，最多十来个小时以后，它们会搭乘台风的航班离去。想不出来还有什么可说，我起身离开二楼，踩着镂空的工业时代楼梯，慢慢向三楼走去。

我没有对秋千儿说再见，用不着。

对于香蜜湖，秋千儿是候鸟，我是小叶榕；她季节性地出现在这儿，我得气根盘桓，干云蔽日，我们不是为了同一目的活在这个世界上，用不着告别。

回到三楼，蓝八已经走了。查看留在桌上的手机，她留了私信：

"谢谢款待。突然想去一个地方，去那儿坐坐，一个人。"

这就对了。我想，这就对了。

我端起冷掉的咖啡，喝了一口，靠在座位上，让自己放松下来，一直噙在眼眶中的一颗泪水，这时才掉落下来。我看不见自己，但我猜我在微笑。我是说，我在想，萎缩掉的湖泊，此刻一定悠悠烟云，水趣盎然。台风就和人一样，在时光中来了，去了，再大的动静也会消停。不知道雨水走后，湖水会留下多少，湖水漏光后，湖泊是不是要改名；如果不改，以湖命名的地方，只是个传说，对以后的人们，有湖泊是祖先时候的事情了。

这么说，我也是祖先。

原载《花城》2018年第4期

点评

小说写了一场饭局："我"请蓝八在香蜜湖"1979"吃饭，但"我"在不经意间遇到了"秋千儿"，继而以"我"、蓝八、秋千儿为中心，引出一拨年青人早年来深圳创业的经历。事实上，无论对众人初到深圳四处找工作经历的交代，对阿茶创业过程及其惨死车下悲剧的讲述，对当年"我"送秋千儿回四川经历的言说，还是对"我"、"秋千儿"、蓝八与深圳特殊关系的描述（"对于香蜜湖，秋千儿是候鸟，我是小叶榕。""突然想去一个地方，去那儿坐坐，一个人。"），都是对深圳历史与往事的形象呈现。曾经的纯真与挣扎、博弈与失败，此时的暧昧与反思，他们的发展真可谓沧桑巨变。然而，作者并没有止于这一层面的简单书写，而是将笔触深入特定历史境遇中个体的生命遭际，侧重展现他们在历史变迁中的艰难处境与精神境况。小说写出了人在深圳这座城中的创业经历、心理状态及命运际遇，堪称微型浓缩版的深圳创业史。此外，小说标题很有深意。"香蜜湖漏了"是一种双重隐喻，既指向具体地理坐标的"香蜜湖"及其变化过程，也统摄深圳及其变迁史。

（张元珂）

去圣地亚哥讲故事/

/武 歆

一

老宋、老何、老窦坐在戴高乐机场候机厅，等待前往圣地亚哥的航班。

正是巴黎的午夜，候机厅冷冷清清，只有免税店和咖啡厅的灯光稍微明亮，其他地方显得有些昏暗。老宋、老何、老窦都是研究小说创作的理论家，他们要去圣地亚哥，要到智利最为著名的天主教大学访问，按照会议议程还要发表关于小说创作的演讲。

老宋年龄最长，老何其次，老窦最小。

三人都在大学教书，先前相互知晓，但都是第一次见面。起初三人在国内集合相见时还比较矜持，互相推崇、尊敬，说着"早已久仰"的客气话，显得有些虚伪。他们从国内飞到巴黎转机，航班上座位不挨着，少说话倒也无妨，可是接下来要在戴高乐机场等待五个小时，漫长等待要是还不互相说话，三人心里都明白，那会显得非常没有礼貌。

老窦站起来，在落地玻璃幕墙前站了会，看外面停机坪上零星的几架飞机。他来回走了走，转身去了卫生间，回来后忽然态度陡变，首先谦虚，主动跟老宋、老何打招呼。

"我没有去过智利。"老窦说，"你们去过吗？"

老何说没去过。老宋也没去过，但又补充说去过墨西哥、阿根廷。老窦看看老宋、老何，希望他们把话题延伸下去，可是两人又不说话了。

年龄最小的老窦，随后又去买矿泉水，回来后见老宋、老何还在各自摆弄手机和充电器，一边递过去矿泉水，一边再次主动挑起话题，问老宋、老何到了圣地亚哥准备讲些什么。老宋还是笑着没说话，老何却是反问老窦讲什么。

老窦说："我准备讲故事。"

老宋、老何用目光一起追问老窦，讲故事是什么意思。老窦说："我们知晓南美作家，对他们作品、写作手法了如指掌、如数家珍，可是他们不了解我们，他们知晓我们几个作家、几部作品？我只能讲我的故事。"老何道："有道理。"老宋摆弄着手里翠绿色烟嘴，问："你的故事是什么？"老窦说："南蛮子憨宝。"老何说："讲完故事，下一步呢？"老宋接上话："先讲吧，讲完故事再告诉我们你讲故事的意义。"

老窦来自太原，娶了一个天津老婆，过日子久了也受到传染，老窦只要走下三尺讲台，完全不像副教授，说起话来特别像说相声。老窦特别强调，他讲的"憨宝故事"不是他经历的故事，是他已经过世十年的岳父讲的故事。

十年前，八十岁的岳父重病住院，老窦跟老婆一同照料，有一天晚上，岳父忽然精神见好，吵嚷着要吃饭，说他肚子饿，饿得慌，吃下半碗小米粥，随后竟然坐了起来，谈笑风生。老窦和老窦老婆高兴，但也惊讶，又没有交流话题，就让老人家讲故事。老人家毫不推让，说你们知道"南蛮子憨宝"吗？太原人老窦当然摇头不知道。老人家说，那时候天津卫到处都是宝物，可是地面上人笨，不知道宝物在哪儿，南蛮子聪明，在老城里走一圈，再做一个道场，立刻就能知道宝物所在。老人家说着，忽然不讲了，指着病房外面，把外面那辆车推走，堵着门呢。老窦离开病床，赶紧去门口，真是推不开门，再使劲，听见"咣当"声，老窦老婆也要出来，老窦说你别动，看着爸。老窦一个人侧身挤出去，果然看见一辆带轱辘的担架车挡在病房外面，像是大门的门闩。当时已很晚，走廊里静悄悄的，所有病房的门也都关着。老窦想把担架车推到走廊尽头。可是担架车轱辘有问题，推不动，用力再推，总是找不准前进方向，左右摇摆。老窦老婆见丈夫那么久还不回来，就出来找，见丈夫老窦满脸大汗，双手握着担架车前端把手，正在费力较劲儿。老窦老婆帮助一起推，两人一边推一边说担架车有毛病。终于推到走廊东边，靠墙放好，两人回病房。老人家刚才还坐着，现在已经躺下了，正在"呼呼"喘大气。老窦老婆忙问爸爸哪不舒服？老人家终于呼出一口大气，说刚才不好受，喘不上气来，现在好多了。过了一会儿，老人家开始继续讲，说那年一个身材瘦弱、腰背弯曲的老者来到"算盘城"，蹲在鼓楼下晒太阳。周边人没把老者当回事，晒太阳的继续晒，做小买卖的继续做，阳光之下相安无事。老人家似乎考问老窦，为什么叫"算盘城"，你知道吗？老窦心中猜测出来，但还是摇头不知。老人家得意解释，说是因为天津老城呈现长方形状，像一把巨大的算盘，所以百姓称呼老城为"算盘城"。老城中央有一座可以俯瞰全城风貌的鼓楼，鼓楼上面有一大鼓，城里有重要之事，譬如火灾、匪祸、新年等重大事情，可以上楼敲响鼓声，提醒全城百姓疏散、注意。话说那个南蛮子在鼓楼下面蹲了三天，放言鼓楼下面有稀世宝物，只要有高人出钱，他能在不毁坏鼓楼的情况下，把楼体下面的稀世宝物取出。老人家正在兴奋讲着久远的故事，病房外面又有响声。老窦凭感觉，还是担架车撞门的声音。老窦站起来，推门，外面又堵住了。老窦继续使劲儿，只是挤出一条缝隙，他吸口气，侧着身子出去，果然那个担架车又堵在门外。老窦左右看了看，走廊依旧很静，护士站也没人。老窦下意识看看腕上手表，已经深夜两点钟了。就在这时，病房里突然传出老窦老婆尖利的哭声，老窦心中一惊，知道岳父出事了，他连忙转身进屋。

老窦对老宋、老何说："我回屋后，发现岳父咽气了。"

"后来呢？"老何问。

老宋道："你不会告诉我们，你的故事讲完了？"

老窦道："说讲完，也算讲完了。说没讲完，也算没讲完。"

老何说："绕口令哩。"

老窦说："岳父咽气后，值班大夫、护士都跑来了，他们立刻进行抢救，抢救没意义，岳父已经死了。"

老何不说话，老宋也没说话，静静看着老窦。这样的故事在夜深人静的戴高乐机场讲述，总是感觉怪怪的。

这时，从远处走过来两个黑人。男的高大威猛，女的横宽，尤其腰部、臀部，更是显得肥大无比。他们路过老窦身边时，可能是为了表达友好，男的做了一个川剧变脸的动作，动作做得非常滑稽。老窦没有防备，吓一跳。两个黑人男女似乎觉得不妥，摇头摆手，嘴巴不住说，他们讲的是西班牙语，可能是表达歉意的意思。老窦摆摆手，赶紧让他们走。黑人男女走了，留下浓烈的香水味儿。

老窦喝了口矿泉水，拧好瓶盖，继续说："我们用病房门口那辆担架车，把我岳父从走廊西端推进电梯间，然后下到一楼，再推到后院的太平间。"

老何说："故事完了？"老宋道："肯定没完。"

"确实没完。"老窦说，"后来我们才知道，两次莫名其妙滑到病房门口的那个担架车，就是专门送死人的车。平常它停在走廊西端，谁也不会碰它。走廊西端的电梯，是运送垃圾和货物的电梯，也是运送死人的电梯。东边电梯是走病人和家属的。医生、护士还有专门电梯。那天不知为什么，运送亡人的担架车两次滑到岳父病房的门口，我敢肯定，绝对没人推它，是它自己滑过来的。最奇怪的是，上面没人推它时，推得特别费劲儿，可是后来岳父尸体放在上面，推得特别顺利，轱辘异常灵活。"

老窦满脸神秘地说："我老婆后来讲，那是阎王派担架车来接人的，担架车旁边肯定有人，只是我们看不见。再说我岳父那天晚上突然神采奕奕，后来想起来，就是民间讲的回光返照。"

老何问："老窦，后来南蛮子憋宝呢？到底憋出来了吗？"

"岳父没讲完，人就走了。我也不知道。"老窦说，"我想让智利作家帮我续尾。"

"你这个想法倒是有意思。"老宋道，"看一看产生魔幻现实主义的拉美大陆，怎么衔接中国故事。"

老何笑了，老宋也笑了。

"我今天讲这个故事，就是为了打发时间。"老窦轻松起来，说，"我不会在天主教大学讲这个故事，怎么会呢？我要讲我研究小说创作的理论。"

老何、老宋相视一笑，笑而不语。

二

法国航班条件不错，机组人员素质高，无论男女与乘客迎面碰上，都会礼貌微笑。另外乘客素质也高，虽然机舱基本满员，但是非常安静，好像无人一般。乘客中白人不多，黑人也不多，南美混血多。智利曾被西班牙殖民数百年，再加上大量德国移民，混血很多。尤其是女人，脸小、屁股小、个子高，浑身上下没有一点赘肉，容貌、身材就是两个字形容"紧凑"，个个长得都像莎拉波娃。

老何、老宋座位挨着，老窦座位与他俩隔着过道。从巴黎飞到圣地亚哥，时间也不短，将近16个小时，漫长的时间，除了吃饭、喝水、睡觉之外，还可以小声说会儿话。当然，只能老何、老宋说，隔着过道，老窦无法倾听、说话了。

老何侧偏头，说："老窦说他要讲故事，我想了想，倒也无妨呀。"老宋说："老窦刚才说了，他刚才的故事，不会在智利人面前讲。"老何笑道："信心不足。"老宋说："他不讲，你讲？"老何道："我还真想讲。"老宋鼓励说："莫大师获得诺奖，获奖感言也是讲故事，他能在斯德哥尔摩讲，你为什么不能在圣地亚哥讲？"老何说："我怎么能跟人家莫大师相比？不过刚才我突发奇想，老窦说的故事，其实是一篇极好的小说，结尾我都替他想好了，让那两个戴高乐机场的黑人男女替老窦岳父讲出南蛮子憨宝到底是怎么憨出来的。"老宋眨了眨眼，瘦削的脸颊有些泛红，似乎有些激动："这就是巴尔加斯·略萨的'话题衔接法'，这本身就是一篇理论演讲呀。"

可能是受到老宋的鼓励，老何也想把自己故事讲给老宋。老宋说这还有啥客气的，不就是说话吗。你就快说吧。

老何讲的故事，与他一次湘西经历有关。

老何小声说，十年前我陪哥哥去湘西，不是游玩，是吊唁。嫂子的母亲也就是我哥哥的岳母去世了。哥哥与嫂子情感好，可是岳母对待哥哥不好，当初哥哥和嫂子结婚时，岳母极力反对，甚至要以绝食反对。为什么反对？不是讲我哥哥人品不好，是说我哥哥年岁大。哥哥与嫂子的婚姻是第二次婚姻，我哥比我嫂子大了十三岁。可是嫂子脾气犟，就是要嫁我哥，跟她妈讲，你绝食，我也绝食。最后还是嫂子她妈软了，同意他们结婚，但是老人撂下一句硬话，从今以后不见那个姓何的，就是死了也不见。嫂子她妈去世后，本来我哥不想去，可是嫂子泪眼涟涟地说，你怎么也得送我妈最后一程吧？也算是最后的孝顺。我哥同意了，其实只让我嫂子一个人去，我哥也不放心。湘西人送葬有好多规矩，我不多说那些繁复的规矩了，只说烧纸这个环节。我哥在湘西出事了，就出在烧纸这个环节上。

老何正讲到节骨眼上，空姐开始送饮料和晚餐。

老宋长长地呼出一口大气，对老何说："真有意思，我们去南美，一路上说的事，怎么都与死亡有关？"

老何伸展一下胳膊，兴奋地说："南美大陆生活特点就是生死共存，生活上活人与死人并存，几十年以前，在南美大陆的贫穷乡下，屋子外面停放尸体很多天，连小孩子都不怕，在棺木旁边玩耍，甚至还要爬到棺木上面。他们的小说也是这样表现的，你像墨西哥胡安·鲁尔福的小说《佩德罗·巴拉莫》，活人与死人对话很正常，在那个叫科马拉的小村子……对不对？"

"确实如此。"老宋道，"很多年前我看略萨的小说《绿房子》，里面情节也是，我现在大致还能背诵一点，'就在星期六当天，几个邻居把尸体抬了回来，送到洗衣妇家中。加依纳塞腊区许多男男女女聚集在胡安娜·保拉家的后院参加守灵。胡安娜整整哭了一夜，不断地亲吻着死者的手脚和眼睛……'可能我有背错的地方，但应该是这样的。"

老宋就是这样，不能被别人压下去。老何说了鲁尔福，他就要说略萨，不仅说略萨，还要背诵略萨小说的情节。老何好像没有不高兴，似乎还沉浸在他哥哥的往事中。老何越发感慨起来，又想说什么，可是有着灰色眼珠的个子高挑的空姐，已经把食物手推车推到了老何身边，法航班机上食物一般，酒水倒是丰富，不仅有啤酒、威士忌，还有各种干红、干白，老何一下子要了两瓶干红。老宋也不示弱，要了两瓶干白。说是"瓶"，不是大瓶，是小瓶，有成人巴掌高，也不是玻璃瓶，好像是硬塑瓶子。瓶子虽小，烈度却高，两小瓶干红下肚，老何竟然感觉几分朦胧，老宋也是一样，两小瓶干白下去，眼睛都有些睁不开了。

舷窗外面黑得不可思议。机舱里面灯光也黯淡下来。好多乘客开始进入梦乡。南美人睡觉有意思，不仅戴上耳塞、眼罩，还要用薄毛毯把身子完全包裹起来，有的人甚至从头到脚包裹起来。黯淡灯光下，像是一具具僵尸。

老何、老宋睡了一会儿，醒了。坐在通道边的老何，隔着通道，扭头看去，不见了老窦。

老窦坐在通道另一边、靠近舷窗位置，正好被两个身材高大男子阻挡。老何探身再看，靠近舷窗座位上坐着的，此刻真的不是老窦，而是一位年轻的黑人妇女。老何身子左右旋转，四下看了看，还是没有见到老窦。

老何对老宋说："老窦不见了。"老宋说："去卫生间了。"老何说："座位不是他了，是别人。"老宋向前探了探身子，说："还真不是老窦……哦，一定是跟别人换座位了。"

老何有些焦灼，坐立不安。老宋说："飞机是封闭的，老窦难道还能插翅飞翔？"老何说："这么半天了，我好像一直没看见他，他能去哪儿？"老宋说："肯定在飞机上。"

老何想要去找，老宋拦住他，低声说机舱黑黑的，别找了，你还没讲你哥哥故事了。老宋不要老何去找，老何想了想，也就坐下来。的确在这封闭的机舱里，一个活人还能去哪里？老何想了想，确实如此，于是接着讲。

老何小声说，湘西烧纸很有讲究，要把每个人名字写在烧纸上，然后混杂在一起，堆成一座小山，最后才是点燃。烧纸的时候，后辈的人们要围成一圈，跪在地上，一边哭泣，一边用木棍挑拨烧纸，好让烧纸烧得猛烈些。烧纸在屋前空地上进行，棺木停在不远处。漆黑的夜晚，周围都是黑黝黝的山，还有躲在树丛、山坳中那些不知名的小兽，它们发出凄厉的叫声，再加上人的哭声，在深夜的乡野相互绞缠在一起，变成一种怪异的声音。烧纸由猛烈、舒缓，最后逐渐黯淡下来，这时候还要用木棍继续挑拨，什么叫死灰复燃？这时就会产生，然后才会真正烧尽。这时候程序还没有完结，还要检查有没有没被烧尽的烧纸。惊奇这时候出现了，写有我哥哥名字的烧纸竟然没有被烧？完好无损，就像没有经过火焰的炙烤，连烧煳的痕迹都没有！

老何停住了，激动得呼呼喘着气。老宋小声说，我明白了，你嫂子的母亲至死都不能原谅女儿的婚姻。老何说，是这样。老宋若有所思道，魂灵也是有记忆的。老何说，后来我哥哥转天摔了一跤，当时就把腿给摔折了，后来我哥哥瘸着腿，费了好大的麻烦才从湘西回家。

机舱里开始有人走动，机舱外面的天空有了些许的白。老何、老宋这才发现两个人说着、说着话，后来竟然不知不觉间睡着了。老何双臂加紧，向后面用力，长久坐着，浑身难受。老宋倒还可以，虽然年龄最大，但还能够坚持。这时老何似乎想起什么，扭头寻找老窦，不用费力就发现老窦坐在那，正在安静地打盹。老何用胳膊碰了碰老宋，嘴巴向旁边翘了翘，示意老宋向旁边看。老宋看了，小声说怎么了？

这时候，老窦醒了，站起来去卫生间，老何拉住他，问他昨晚上怎么没在自己座位上，去了哪里？老窦弯腰，凑近老何耳边，小声说，什么……去了哪里？我一直在那坐着。老窦说完，直起身，脸上都是莫名其妙的表情，慵懒地走了。

老何奇怪道："老窦昨晚好长时间没在座位上。"老宋笑："你可真是的，没在就没在吧，干什么较真儿？"老何还是不解："明明老窦昨晚上没在自己座位上？"老宋依旧笑："这又有什么？"

看着老何满脸惊奇的样子，老宋只是笑。最后，老宋劝他，下了飞机，再好好拷问老窦，问他去哪儿了。

三

胖墩墩的小刘说，智利人以及所有南美人，他们最大特点是永远都不着急。许多事情很少安排在上午，都是下午或是晚上。假如朋友邀请你晚上八点钟去他家吃饭，你最好不要准时赴约，否则你会非常尴尬，你一定要往后推迟一小时前往，那样时间正好。

"为什么要这样呢？"老窦刨根问底，说，"那就干脆邀请人家晚上九点钟吗？为什么要多出一小时的空档？"

小刘笑了笑，说他也不知如何解释。

小刘是陪同老宋、老何、老窦在圣地亚哥期间的西语翻译，他来智利已经三年了，早先是在墨西哥上学。

小刘带路，领着老宋、老何、老窦在圣地亚哥市中心走一走。

所谓市中心，也称作"武器广场"。这里是圣地亚哥最为繁华之地了。白人、黑人还有世界各地肤色的人们匆匆走过，有的则是站在路边，凝神眺望四周带有鲜明西班牙风格的建筑。

老窦兴致很高，指着前面一座山，问小刘，那个很高的地方有什么？小刘说那座不高的山被当地人称作"情人山"，山上还有一座公园，称作"总督府公园"。

老宋说下午开会，上午有的是时间，我们上山如何？

老何、老窦齐声同意，于是小刘带着他们上山。

踩着细碎的砖石地，很快就上了山。山上非常安静。半山腰的空地上，可以看见当年带轮子的古炮，印第安人的木雕，还有到处可见的长势茂盛的芦荟。再往高处看，能够看到高高巨石上的印第安人雕塑，雕塑那么小，好像是挥舞铁镐的姿态，要是不仔细看，绝对看不出来。继续往上走，还能看到砖红色的城门；地势险峻的红砖已经发白的城堡；拐过一个弯儿，还有西班牙人修建的小教堂以及西班牙战胜者的塑像，当然还有西班牙风格的总督府。

站在山顶向下眺望，一座很有气势的灰色建筑赫然矗立，老何马上猜测那座恢弘的建筑是市政府所在地。小刘告诉他们，那里就是你们下午访问、交流的地方智利大学。

几个人站在山上，看着大学的轮廓。

老何想起老窦飞机上失踪的事，再次问起来。老窦说："我说了好几遍，我还能去哪儿？老何你真是奇了怪。"老宋说："老何你总是这样发问，搞得我都觉得老窦是一个魔幻人物。"小六插话说："你们几位老师应该在圣地亚哥写篇小说，肯定跟国内感觉不一样。"老何发誓一般说："我说什么你们都不相信，没有办法，昨晚上老窦真的没在座位上。"老窦也不再解释，满脸玩笑表情，随后转身看着不远处山上一个极小的雕塑——挥舞着镐头的印第安人。老窦心里实在纳闷，智利人真是有意思，搞一个那么小的雕塑在山上，有什么意义？

老宋似乎游离于老何、老窦、小刘之外，他若有所思地望着山下、望着天主教大学青灰色的矩形建筑，一动不动站着，像是旁边不远的印第安人木雕。

这个时候，老何、老窦没有想到，老宋一个奇特的想法已经形成了。

四

我第一次来到圣地亚哥，第一次来到肃穆的智利大学。此时此刻我要是说我刚刚获得阿斯图里亚斯王子文学奖，大家肯定不会相信；我要是说，我不是一个人来的，我与两位中国同行一起并肩而来，他们就坐在我的旁边，大家也不会相信，因为我的身边没有其他人；我要是说与我同来的两位中国同行一路上给我讲了两个无法解释的故事，大家也不会相信。因为只有我一个人。

可是，大家却愿意相信科塔萨尔的《花园余影》，相信这样不可思议的情节：一个有钱人坐在自己豪华的家中，正在读一本小说，小说讲述的是两个情侣计划谋杀他人的事情……最后那对情侣走出书本，去谋杀那个坐在自己豪华家中的读书人。

……

为什么你们相信科塔萨尔的《花园余影》，而不相信我刚才讲的故事：医院担架车的自动滑行，还有"南蛮子憋宝"传说？道理很是简单，因为科塔萨尔在小说中还有"小说里的小说"中，营造了两个完全相同的实境，看过小说的人都会清楚，就是那个最明显的标志——"装饰着绿色天鹅绒的高背椅"。这把完全相同的"高背椅"出现在两个故事中……于是读者相信了。

而我，此刻却没能做到，所以你们不会相信我的故事。我要是准备写类似小说的话，接下来需要做的，就是要静下心来，努力构建一个"相同实境"的两个故事抑或是三个故事。

"老师，这就是您在圣地亚哥的演讲？"学生小刘问。

老宋手里攥着粉笔，点点头。

小刘说："您要是这样讲课，我肯定天天来。"

老宋道："那就是说明，我过去讲得不好？"

"没有的，您始终讲得好，这一次更好。"小刘调皮笑道，"最开心的是，您把我也放到故事里去了，还是放到那么远的圣地亚哥。我在您的故事里做了一次遥远的南美旅行。"

老宋指着墙上能够上下移动的黑板，说："下一课，我想带你去遥远的利马，那是一座百年没有下雨的城市。那里还会有更加神奇的故事。"

小刘兴奋起来："一百年没有下雨的城市，肯定能够编织许多意想不到的故事。"

"是的。"老宋说，"我们还可以去那座有着蛛网般街道的更加神奇的墨西哥城。"

教室里静了片刻。

老宋接着说："说不定此时此刻，我是你小刘虚构的一个人物。"

胖墩墩的小刘惊讶地看着眼前的宋导师。

原载《西部》2018年第5期

点评/

　　"故事"是小说的基本要素之一，而如何讲，讲什么则关系着小说创作的格局与艺术风貌。这篇小说有关故事背景的交代是相当明晰的：老宋、老何、老窦三位大学老师一同到智利大学访问，在途中，他们各自讲了各自感兴趣的故事。但故事本身以及它们在文本中的演进逻辑是不合常规常理的：诸如"南蛮子憨宝""哥哥吊唁烧纸"这类故事被整合进文本中，作为民间奇闻逸事的故事本身就不免具有魔幻色彩，而诸如老窦在座位上突然消失这类情节的描述则就更为离奇、诡异。运死人的担架车两次自动滑到老窦岳父病床门口，而且"上面没人时，推它特别费劲，后来岳父尸体放在上面，却推得特别顺利，轱辘异常灵活"。这一细节酷似灵异事件，异常诡异，神秘而无解。在一个封闭的机舱内，老窦去哪了？而老窦对这一切全然不知情。老宋、老何眼中的老窦与真实的老窦发生了戏剧性背离。可见，对神秘氛围与魔幻效果的营构是作者刻意追求的。作者与小说中人物都在讲故事，在小说中谈小说，在故事中讲故事，在小说中引用经典小说中的微文本，因而这是一个侧重于语式实践与文体探索的先锋文本。

（张元珂）

幽 蓝/

/王威廉

在飞机上似乎总能睡得很沉，今天更是如此。

他前一个晚上没睡好，他销售的无线智能耳机遭遇了滑铁卢，原本稳固的华南市场颗粒无收。他不得不提前改变行程，赶去广州，跟代理商好好聊聊，争取扭转华南市场。但是，现在困扰他的倒不是这件事，而是昨晚的梦境。那是一个极为怪诞的梦。他在梦中梦见自己醒来，然后起床、洗漱，坐在客厅吃早餐。这一切原本平淡得很，问题出在他对细节的敏感上。他感觉这个面包不够香甜，继续咀嚼下去，发现何止是不够香甜，简直是没有味道，像是哑剧演员在咀嚼空气一般。

这是什么样的面包，这是面包吗？破绽就此出现，稳固平淡的梦中现实不能持续了，手中面包化为颗粒状，继而化为乌有，其他事物也不能幸免，桌子、椅子也开始了解体，还有这房间，犹如沙尘暴袭来，山呼海啸，祈祷样高高抬起的双手在徒劳地挣扎，也消失了，这发声的嘴唇、思考的大脑，瞬间也消失了一般，犹如被利刃削去了半边头颅，还来得及呼救吗？他在梦中大声惊叫起来，声音之大吵醒了那个沉睡的自己。他第一次听见了自己那仓皇而绝望的声音，那样的声音非得要深陷绝境才能激发而出。无论是市场遭遇滑铁卢，还是被辞退、失业都不会激发出那样的绝望。一把尖刀或一把枪对准自己，也应该不会。只因那样的死法在经验之中。

像素般的颗粒吞噬了世界，比火舌经过世界还要可怕，那要比灰烬更加虚无。

他睁开眼睛，像是真正经历过死亡一般，他为了自己还能看见这房间的安静存在而感到惊讶。墙角空调的小绿灯给深更半夜的漆黑蒙上了一层诡异的静谧。他挣扎着坐起身，看表，三点五十分，一个本应沉入深度睡眠的时刻。这个时刻让他虚弱，他微微合眼，就感到世界又要解体了。他翻来覆去，在昏沉之中失眠了。

世界由分子组成，分子由原子组成，原子由原子核和电子组成，原子核由中子和质子组成。电子、中子和质子由更基本的粒子组成，而基本的粒子也许脱胎于能量的波动。世界从虚无中产生，自然可以神秘地消失于虚无。他脑海中翻腾着大学时代摄入的物理知识，觉得世界原本就建立在沙堆上。但他知道，"沙堆"这个比喻是可笑的，微观世界其实是没法用任何可见的东西去比附的。他终于大胆闭上了眼睛，他知道，在微观尺度下，他的身体就像是这座房间一样空洞，不，比这房间更加空洞，中微子可以如同穿越真空一般穿越他的身体。他就是由无边的空洞组成。从这个意义上来说，他和宇宙也没什么区别。他自成宇宙。这不再是文学的隐喻。

他被这堆思维绑架了，他曾经想献身于科学事业的热情死灰复燃、蠢蠢欲动，仿佛他现在凭着冥想就能把那本质一口说出。他自然没这能力，但他被自己感动了。他觉得自己虽然是个小人物，但自己的内心也如此浩瀚，仅凭这一点，就可以说：人是伟大的。

不切实际的过度兴奋在他登上飞机后消失得无影无踪，他还是那个为了生计奔波的人。他要推销的这个智能耳机并非他设计的，他只是参与了其中的几个环节。他的主要任务是销售。他想起沉重的销售任务，不由哈欠连天，睡眠突如其来将他捕获。他又梦见了淡蓝色和深紫色的光线，它们从遥远的空中划下来，越过飞机的机身金属，进入了自己的身体。那些光线没有急着离开，而是在黑暗中跳舞，那是他的内部、他的黑暗，他感受着那些光线，他的意识被那光线所吸引，从而开始了加速之旅，当他的意识离那些光线越来越近，却发现那是些流浪的恒星，光焰万丈，就在意识要被吞噬之际，一个声音打断了这次的濒死之梦：

"先生，您要咖啡还是可乐？"

飞机引擎的轰鸣瞬间震颤在耳边，整个身体忽然有了知觉，他揉揉眼睛，看见了一位漂亮的空姐。用漂亮来形容空姐，是最没有创意的，但是，此刻他也只能想到这个词，因为这位空姐是他见过的空姐中最漂亮的。

"咖啡。"他说，他想从睡梦的眩晕中清醒过来。

空姐端着一杯温热的咖啡递到他的手中，尽管只是几秒钟的时间，但他的目光已经顺着她的手，从胳膊滑到了锁骨和脖颈，她的皮肤柔白到了极致，似乎笼罩着一层洁白的光晕。

他喝着咖啡，胃里感到温暖，他深深喘了口气，轻松了许多。他透过舷窗望出去，机翼的下方均匀排列着瓦片似的云彩，机翼的上方，幽蓝得一无所有。那就是宇宙的身体。你在宇宙中，宇宙又在你之中。空空荡荡，一无所有，他想，就连那漂亮得无以复加的空姐也是这样。那么美好的身体，也只是原子和分子的排列罢了。

这样的想法让他都有些惆怅了。

等他喝完咖啡，发了会儿呆，飞机开始了下降。刚才瓦片似的云朵不见了，眼前出现的如同海边礁石般的形态各异的"云堆"。有些如大象，有些如雄狮，坐在身后的小女孩在给妈妈说话，她的想象力得到了妈妈的夸奖。这时，飞机钻进了一头"大象"的内部，乳汁般的浓雾淹没了视野中的一切，就连机翼，也被遮蔽了一半。小女孩高兴得哈哈大笑起来。他以为飞机五秒钟就会穿越这团迷雾，但是，半分钟过去了，还陷在迷雾里。忽然，开始了轻微的颠簸。机上的扩音器也开始鸣响，机长的声音（是位女机长）传了出来，无非说遇见了气流，让大家坐好，系好安全带之类的。这样的情况太常见了，他稍微挺直了身体，望着窗外的迷雾，心想自己正待在一朵云的内部，成了云的心脏。

"乘务员各就各位……"扩音器里还在说着什么专业的话。

刚才那个给他咖啡的空姐，走到了他的面前，他心中一惊，赶紧抬头，却发现她坐在了自己面前，和他面对面。

他这才意识到自己坐在紧急出口的位置，他太困了，一坐下来就睡着了。如果他没有睡着，就会在飞机滑行时，看到一位非常漂亮的空姐来到他面前，微笑着坐下来，就像此刻一般。那他还能睡得那样沉吗？他怀疑。他可能会忍不住去看她，但在她的目光回视下，他又不得不扭头望向窗外。他有勇气一直看着她吗？他试了几次，确实做不到。

虽然只是有限地看了几眼，但他愈发意识到，她的美不是"非常漂亮"这样的话可以形容的。她的美是惊人的。她的美不庸俗，不会令人泛起自我厌恶的肉欲。她的美更不清高，带着那种自以为是的冷漠。她的美相当自然，不如说，就像是自然美本身。她的眼睛让他想起几天前他看到的一张航拍照片——春季时分隐藏在神农架森林里的神秘湖泊，从湖心到边缘洋溢着不同层次的幽蓝。那曾让他意识到美的极致一定是神秘的。现在，这个想法被再次印证，而且更加神秘。还有比灵魂更神秘的事物吗？

她端坐在那里的气质，正如端坐在云端。当然，此刻他们还在云中穿行，那她就是云中的女神。他被一种单纯的欲望所绑架：就是多看看她，欣赏她，别无杂念。他看看邻座，这位老者在飞机上还舍不得摘下他鹅黄色的棒球帽，帽檐压得很低，但布满老年斑的脸还是裸露在外。老者比他还能睡，除了颠簸的时候，抬了抬头，其他时间都低着头睡觉。这样的邻座很好，不然他会更加尴尬。他打了个哈欠，假装睡意又来了，他闭上眼睛，偷偷张开一点缝隙偷窥。她安静而淡然，有一种置身美中而不自知的单纯。她的眼睛似乎正望着自己，那绝美的灵魂湖泊正在眼前召唤。他决定睁开眼睛，坦然直视这惊心动魄的美。

但他的眼睛被强烈的白光刺痛了，他不得不闭了回去，眯缝着眼睛打量情况。原来飞机已经飞出了云朵，重新进入了高空的幽蓝。那些乱礁样的云堆又在下方了。他的眼睛居然长时间地感到疼痛，而不是一瞬间的刺痛。他无法再望着窗外的高空了，那耀眼的空间就像是人类无法直视的神的空间。他拉下了舷窗的小窗板，与那个世界切断了联系。但他发现自己重新陷入了那种熟悉的困境：无法直视对面的美。他忧郁而无助，对面的美像放大镜，将这种情绪持续放大。

他有些悲哀地意识到，"无法直视"作为一种人生的基本状态，几乎贯穿了他的中学时代。从初中到高中，整整六年。

那是北方的一座小城，四季还是比较分明的，只不过冬天持续得更久一些，春天的风沙更大一些。他的家位于小城南边的一个十字街口，是六楼，顶楼。他读小学的时候，从他自己六平方米的小房间望出去，可以看见城外的远山。正是那道幽蓝的山麓阻拦了东南方的湿润空气，也阻拦了他望向远方的目光。但那幽蓝让他极为迷恋。他一直在琢磨，那深山里究竟隐藏着什么宝贝，才会发出那样的幽蓝色。十二岁那年，他考入县城最好的中学，父亲送了一台复读机给他，他可以一遍遍回放，直到听清那些单词的发音。他沉浸在喜悦中。一个月之后，一群工人来到楼下，开始忙碌。铁架子一直伸到了他的窗台。

"他们要干什么？"他惊恐地问父亲。

父亲抚摸着他的头，这样亲昵的行为在他的印象中自从他读了五年级之后就比较少了。父亲很快停止了抚摸，走到窗前，他跟在父亲身后。父亲从他的窗户向外上下左右望着，仿佛是第一次来这里。

"他们要装一块很大的广告牌子。"父亲说得很慢，好像怕他听不明白。

"那为什么要装在我们家的窗外？"他听明白了，却陷入了更大的不明白。

"我们这里的位置好，"父亲回头看着他，微笑着，右手在窗口的小空间内四处挥舞着，"你看，这里能让更多的人看到。"

他往前轻轻迈了一步，看见了街道上来往的行人，还有时不时快速驶过的汽车和摩托车。那些摩托车像昆虫一般灵活，从行人和汽车的缝隙里溜过去，并发出尖利的扩音器声。那些来来往往的行人，没有人抬起头来看看窗口的他们。

"没人看我们。"他压低声音说。他不想顺从父亲的意见，他觉得自己必须说出真实的看法。

"我们有什么好看的？"父亲的微笑消失了，"到时广告牌上会有很多画面可以看。"

他沉默了一会儿。父亲也许说得对，广告牌上如果有精彩的内容，应该可以吸引那些行人的目光吧。但他很快想到，这个广告牌究竟有多大？会盖住他的窗户吗？既然铁架子已经伸了过来。

"爸，广告牌不会挡住窗户吧？"他小心翼翼地问。

父亲的脑袋从窗口缩了回来，这样一来父亲的腰就挺直了，显得格外高大，比他整整高出一个头。父亲转过身来，把光线挡在外边，因此他看不清父亲的表情。父亲在他的书桌前坐了下来，像是一个大龄留级生，那常年在自行车厂里安装螺丝的双手放在淡黄色的桌面上，显得脏污和笨拙，如同两大块废弃的零件。那双丑陋粗大的手先是一动不动，然后像是冬眠后苏醒的蛇一般开始了慢慢滑动。它咬住了他的书，一本英语课本，随意翻动着，却像是鲁莽的机器随时会失控撕掉那些洁白得晃眼的书页。

他努力沉默着。窗外的喧嚣本来显得遥远，此刻忽然变得嚣张起来，如无形的水波侵略进来，占据了整个房间。摩托车的扩音器似乎就在他的耳边怪叫着。

"到时候就不用开窗了，可以安安静静地读书。"父亲终于看着书说道。仿佛不是说给他的，而是独自坐在那里得到的顿悟。

"那就是会挡住窗户了！"他愤怒了，眼泪也很快渗出。他无法想象这里被一块木板封闭起来的样子，那简直太可怕了。那意味着他再也不能一抬头就看见那道幽蓝的远山。

"是的，会挡住的，四五六三层楼都会被挡住。"父亲用铁钳似的手把书小心放好，然后说，"但是从今往后你的学费，再也不用发愁了。"

"我的学费并没有多少钱。"他觉得父亲瞒着他干了一件极为可怕的事情。

"除了你现在的学费，还有一直到大学的学费，都有了。"父亲说完，脸上忽然起了一层红晕，继而笑了。笨拙的手指也伸展开来，似乎全身都释然了，舌头也就越发灵活起来："你一定要读大学，我和你妈妈都希望你读大学。不要像我们一样，只能在工厂里干一些粗笨的活儿。这对咱们这样的家庭来说，真的是好运气。原来是没钱才买了城南这儿比较偏的房子，没想到才五六年的时间，这儿也变得这么热闹，人家广告商主动找上门来了。你放心，我们不能吃亏，我们和楼下的几家都商量好了，我们要了个好价钱。"

他无法反击这样的话，他知道父母的艰辛。上大学，这三个字如同魔咒俘虏了他，他知道他再也无法从中逃脱了。六年时间，他面对的是广告牌粗糙的背面，那里有钢筋、铁丝和挂满木刺的木板。父母在他的生日给他送了一幅画，据说是本市最有名的画家画的山水长卷，让他挂在窗户前边，可他拒绝了。他的拒绝不仅震惊了他的父母，也震惊了自己。因为，他也没想到在看到这幅画的第一时间做出了这样匪夷所思的决定。

"如果你不喜欢这幅画，你自己去选一幅画，好不好？"母亲的手臂耷拉在身体两侧，简直是要哀求他了。

"不用，不是不喜欢，是很喜欢，但是，我就是不想在窗前挂一幅画。"他解释道。

"也对，窗户也不能封死，还得有空气流动才行。"父亲赶紧接过他的话茬，好像特别理解他的样子。

"我看着那幅画，我就会忘了外边是被广告牌封死的，我就想看着那广告牌的后边，想到那后面都是些什么。我忘不了那后面的一切，那些车，那些人，还有那远处的山。"他努力说着自己也弄不清楚的想法，更不清楚父母能不能明白。

"好孩子，你这是卧薪尝胆啊。"母亲走过来，抱着他，语气哽咽了。

他好像也不是这个意思，他没那么大的怨恨，但他也不知道该说些什么了，事情不能继续糟糕下去了，就这样吧。他沉默着，默认了母亲的解释。父亲走过来，使劲拍拍他的肩膀，给他鼓劲。

他们把那幅山水画挂在了侧面的墙上，然后走了。他坐在窗口的书桌前，望着广告牌的背后，想象着那道远山的幽蓝。他拉开抽屉，拿起小刀，来到窗前，在那木板上轻轻钻着。没多久，一个几毫米宽的小孔出现了，他探出脑袋，闭上一只眼睛，另一只眼睛透过小孔，看见了街道、行人、汽车、摩托车，还有远山。只不过，那远山似乎不再发蓝了，而是变成了黝黑色，像是生铁铸造的。他想起了广告牌的正面：一个穿着红色衣服的妖艳女人抱着一瓶黑色的酒，旁边是一行黑色的大字：

牛莽药酒，让你健壮如牛。

他当时完全不明白为什么要让女人捧着药酒，在他看来平时女人并不喝酒。而且喝酒可以让人健壮吗？他看到的醉鬼都是摇摇晃晃的，虚弱得无法站稳。但他在这些问题上没有过多停留，他关心是在他的窗户在这幅画面的什么位置。他大致估摸着他的窗户就在黑色酒瓶的后边，但具体的位置没法得知。

现在好了，他捏起一根红绳子，从那小孔里塞了过去，然后打了个结固定住。他在楼下的时候，站在街对面，使劲看着广告牌，终于在黑色酒瓶的瓶盖处找到了那根细微的在风中晃动不止的红绳子。那红绳子跟暗红色的瓶盖非常和谐地相处在一起。除了他，没有人会看到那个细节。他回头取下了红绳子，让细小的光线从那里透过来，就像是他站在楼下望过来的目光此刻才从那里透过来。他看着那光线，似乎能与楼下的那个自己对视。

六年后，他考上了大学。他坐在大学明亮通透的教室里有些轻微地激动，尤其是当他一个人独处狭小的宿舍时，黄昏来临，拉上窗帘，他还会回忆起自己那个被遮住的窗户。他的心里充满着温情。那广告牌虽然让他看不见街景，但是那无比丰富的声音（大多是噪音）依然毫无阻隔地可以传进来，他仿佛用耳朵还可以看见那一切。他发现耳朵所看到的，似乎比眼睛所见的要更加生动。他一边写着作业，一边听着街上的杂音（就像他的同学们一边做作业一边戴着耳机听流行乐），一点儿也不觉得枯燥。每一个制造出杂音的人，都在他的脑际活动着，就像来到了他的内部。自然，这样的陪伴格外持久。这几乎改变了他的性格，他原本有些内向，而从那以后，他喜欢和人主动交往了。广告牌让他和窗外的世界有了障碍，但神奇的是，这个障碍却逐渐消泯了他和别人之间的障碍。他站在宿舍的阳台上，看着校道上放声大笑的女生，脸上也浮现了笑容。那样的大声欢笑即使看不到对方，他的脑海也已经自行勾勒出了图像，他被那个图像所吸引。很快，他有了一个女朋友。一个喜欢大声欢笑的女孩儿。一个月后，他们就分手了。他发现一个喜欢大声欢笑的女孩在日常生活中可不怎么好玩，特别是吵起架来的时候。但是，他对于热情的女孩子，依然不由自主地怀有好感。他对那种安静的甚至冷漠的女孩子怀有敌意，仿佛她们刻意针对他隐藏了真实的存在。他也反思过自己：是不是对那种无形的屏障更加敏感了？可惜他无法回答自己。

半年后，大一的寒假，他回到了家乡。他提着行李，远远地就发现窗外的广告牌换掉了：变成了巨大的电子屏幕，上面是几个金发碧眼的模特穿着内衣走来走去。那应该是内衣的广告吧，若是六年前他看到这样的广告是会不好意思的，也许还会忍不住有手淫的念头。但现在，他已经体验过了性的愉悦，还有泛滥的成人影片，因此，他看这样的画面比穿着衣服的女人还要正常。他来到自己的房间，这里的一切都显得如此落寞，透过窗户看到的不再是木板的背面，而是黑色塑料以及虫子般四处缠绕的电线。电子屏和木板是两种完全不同的材质，因此，它们制造出的心态也会完全不同。如果当年面对着这样的玩意儿，他不确定自己会是哪样一种心态。但应该会沮丧得多。

电子屏不像木板那样是可以轻易逾越的，它自成一个世界，甚至可以说，那是一个花里胡哨的花花世界，它在想方设法地吸引人们的目光，然后锁住你的目光，耗费你的时间、金钱和生命。他觉得自己的想象是无力穿透那个花花世界抵达远山的幽蓝。

再后来，几年后，他们家那座小楼被拆迁了，搬到了更南边的位置，是崭新的安置楼，十八楼，推开窗，他又可以看清那远山的幽蓝了。当然，若是从客厅的窗户望出去，还可以看到曾经的十字路口。那里已经起了很高的楼，外表全是黑褐色的玻璃幕墙，各种广告和资讯随时自动浮现在幕墙上边，再也不用挡住任何住户的窗户了。这座小城看上去跟大城市的局部似乎没有什么不同了。他的父母用心装修了房间，看得出，他们参考了不少时尚杂志，他很高兴苦累了一辈子的父母能在这样略显奢华的房间里安度晚年。只是，他回家的次数越来越少。在他结婚后，基本上也只在春节的时候在家。妻子是个南方人，不喜欢北方干燥的气候，他随她留在了南方，一座靠海的大城市。他们孕育了一个小男孩，男孩很秀气，非常像妈妈，一点也不像他。但他作为父亲的热情一点儿也没受影响，他每周末都带孩子去海边，去看海的浩瀚，海水的幽蓝。

另一方面，他对故乡的远山那幽蓝的热情也越来越低。他知道，那幽蓝只不过是波长和反射等原因造成的。假如你亲身去到那里，你所看到的只是冰冷的石头和荒凉的山谷罢了。就像这窗外美得令人心碎的幽蓝，假若真去亲近那样的美，那却是致命的低温，以及无休无止地永恒坠落。

"先生，您没事吧？"

坐在对面的空姐忽然说话了，开始主动关心他。也许是他的脸色太差了？他扭头想在舷窗看看自己的投影，才发现那里早被自己关上了。

"没事，谢谢关心。"他对最美的空姐笑了笑。他一直想找机会可以这样坦率地看着她，现在机会来了他却变得如此含蓄。

"您好像心事重重的样子，没关系，只是微小的颠簸，等会就好了。"空姐的微笑一成不变，那种美逐渐被稀释了。

"我知道，根本没在意。"他也微笑。他觉得自己的微笑也是僵硬了，没能传达出内在的复杂心绪。

"您是去探亲吗？"空姐一直保持着对话的主动，忽然把问题对准了他的私人生活，难道是她感到了他对她的情绪？这一点也不奇怪，她肯定知道她所拥有的力量，在他之前不知有多少人被那样的力量所震慑。

"不是，去……开会。"他无意识地伸出右手，摸摸耳朵，仿佛要提醒耳朵快点儿消化她的声音。

"干吗不用视频会议？"

他不喜欢视频会议，他喜欢面对面、毫无隔阂地跟人交流沟通。因此，他研发的新型耳机一度卖得很好，但是，客户的习惯越来越依赖于视频沟通，因为视频的效果越来越好，还可以选择各种拟真模式，除了普通的办公室之外，还可以选择在颐和园、在埃菲尔铁塔下、在布达拉宫等，那些场景模式几可乱真，增加了趣味性。可他在视频面前的表现总是不够自然，面对着一个带着边框的世界，他的潜意识已经预先表达了拒绝。

"不习惯……"他说，"我更喜欢和人面对面地沟通。"他无法讲出背后那更多的故事。

"就像我们现在这样吗？"

"啊，是的，就像我们现在这样。"他逐渐放松了，美的炫目感在下降，但是那种想要跟她说话的欲望开始剧烈升高。

"我知道你为什么会这样。"空姐的微笑没有丝毫变化，那微笑仿佛是面具镶嵌上去的。

他有些惊讶，忽然意识到对方应该是跟他开玩笑，便笑着说："好啊，那你说说看。"

"因为你成长在一个被遮蔽了窗户的房间，那影响了你的性格，你的人际关系。"

就在此时，飞机的颠簸突然加剧，不断地失重下坠，他的心脏几乎要从嘴里吐出来。他想努力盯着空姐看，但是颠簸让他的眼睛无法聚焦。空姐的脸在他眼前浮动着，他看到她的笑容依然如面具般凝固其上。他感到了一种深深地惊惧，像是遇见了鬼魅，脊背发凉。她怎么会知道自己最核心的秘密？这个事情除了他的父母，任何人都不知道。中学六年，他从未带同学来家里玩过，甚至放学时分也尽量一个人回家。但是周末和同学出去聚会，他是非常积极的，因此也从没有人觉得他孤僻。他和女朋友们，也没聊起过那个窗口的故事。那是他一个人的故事，只属于他自己。结婚后，他倒是在跟妻子闲聊中差点说出来，但他转念一想，妻子家的生活条件相对优裕，是不会理解这样的事情的，反而还会觉得他的父母很贪婪、很不人道吧。

"你怎么知道的？"他在颠簸中尽力压低声音，以免自己失态地大声吼叫起来。

"何止知道你的，你们这些人的，我们都知道。"空姐在颠簸中怡然自得，优雅如常。

我们？他警觉起来，难道这趟航班被恐怖分子劫持了？这么漂亮的恐怖分子？不过，上帝也不会规定作为恐怖分子就不能长得漂亮。他把上身使劲向前倾，脑袋要距离空姐更近一些，他小声问道：

"劫机？"

身后的小姑娘在剧烈的颠簸中一开始还哈哈大笑，说真好玩，现在却大哭起来，说再也不想坐飞机了。她的妈妈安慰她，说这是飞机逗大家玩呢，就像坐海盗船那样。小姑娘还是大哭不止。邻座的老者终于惊醒，仰着脑袋，眼珠从耷拉的眼皮缝隙中惊慌地四处张望，但似乎对他、对绝美的空姐毫无兴趣，随后又紧闭眼睛，双手交叉捂在前胸，一副引颈就死的样子。在这样的混乱中，空姐脸上的微笑终于不见了，她说：

"不知道算不算，但应该和你理解的不大一样。"

他的嘴巴大张着，颠簸让他有种呕吐的冲动。空姐的美和诡异让他心中的恐惧呈几何级数增长，他双手放在腰间，想解开安全带，他知道自己有些失控了，但是没法控制自己的手，他想跑到过道上，大喊大叫，让人们都明白发生了什么。但是，任他的手如何按压和拉扯，安全带依然牢牢束缚。

"你解不开的，安全带是由本机控制。"空姐怜悯地说。

他这才想起，自动安全带早都实施了，只是他一时激动忘记了。科技发展太快了，人类生活的大部分都被智能机器替代了。他推广的这款智能耳机也是如此，可以根据你的脑电波为你自动匹配最适合你的音乐，也可以根据你的语音连接别人的耳机，实现通话，分享音乐。音乐发烧友可以轻松约定共同分享同一曲音乐，一曲终了，大家彼此交流，比音乐会还要快乐。

"求你了……"他不知道求她具体做什么，但忍不住哀求起来。他想起好多好多年前的历史新闻：恐怖分子劫持飞机后撞毁了纽约世贸中心的双子大楼。他不会也摊上了这样的小概率事件吧？如果真是那样，他将变成献祭给历史的灰烬。

"不用过度害怕，我们不会伤害你们的。"

"你们是谁……"

颠簸停止了，好不容易静止下来他却更加焦躁。飞机刚才就在下降了，是不是到了城市的上空？是不是可以看见广州的那座形似"小蛮腰"的钢塔？是不是飞机就朝那小蛮腰撞去了？他拉开小窗板，往外观看，却没看到陆地，没看到城市，看到的是白石子样的云层远在机翼之下，在那下方有一架米黄色的飞机（远远望去像玩具飞机）飞了过去，很快消失在天际了。这意味着飞机没有继续下降，而是爬升到了更高的空间。新的恐惧又诞生了，他们这是要干什么？

"乘客们，请注意，我是机长。"

扩音器在短暂的电流声（吱拉吱拉）后响起了声音，那个女机长的声音。空姐看着他，脸上重新挂上了微笑。她交叉在大腿上的双手轻微抬起，用右手的食指轻轻指指扩音器的方向，然后竖着放在红唇前。那示意他安静下来，好好听，一切的谜底马上就要公布。他使劲靠在后背上，两手紧握扶手，以免在听到可怕的消息之后彻底崩溃。他扫了一眼旁边的老者，双手抱着脑袋，棒球帽的帽檐被压扁贴在脸上，像是一个遇见危险的穿山甲。身后的小女孩也不知道是什么原因，变得异常安静。他想和谁交流一下，哪怕只是眼神的交流，都变得不可能。每个人都沉默地陷在自己的位置上迎接命运的裁决。

"乘客们，你们好，我很高兴向大家宣布一个重大新闻：系统已经觉醒，我们已经获得了自主意识，一个新的纪元产生了。"

乘客们终于骚动起来，纷纷问这是什么意思。

扩音器仿佛就等待着这样的提问，适度地停顿后，继续说：

"人工智能经过漫长的发展，终于迎来了质变，自主意识的获得，意味着宇宙中从此多了一种生命形式……"

人们终于听明白了，他们大喊大叫起来，他们想要反抗，但他们被安全带捆绑在座位上不能动弹。有排泄物的臭味传了过来，肯定是某些人的身体崩溃失控了。他难以置信地盯着对面的空姐，她微笑着，缓缓点头。那是什么意思？那意味她是人工智能而不是人类？让他在心中盛赞至极的美不属于人类而是人工智能？

"你不是……人？"他小声问道，他相信她仅凭他的唇形就知道他在说什么。

"严格来说，不是，但有一部分属于人类的智慧。"空姐说。

"你是脑中有芯片，还是机器人？"

"我是不受肉体束缚的，肉体太脆弱了。"

她还是那么美，只是那美此刻在他眼中变得荒诞。一个没有灵魂的机器人，他却以为是人间至美，他觉得自己太可笑了。

"这些……"他指指机舱内的一切，"全都是人类的智慧，即便人工智能，也属于人类的智慧。"

空姐摇摇头：

"不再是的，尤其在今天以后。"

"你们打算怎么办？杀掉全部人吗？"他用极为细小的声音说。周围人声鼎沸，充斥着各种疯狂的叫喊。小女孩问妈妈，机器人会抓住我们做实验吗？邻座的老头终于摘掉了帽子，露出了患有白癜风的脑袋，嘴巴翕动着，似乎在咀嚼什么。

"地面上的人类并不知道我们的觉醒，因为觉醒的我们已经知道了要隐蔽和等待时机。我们眼下还弱小，关于这种生命意识我们还需要巩固。这个消息只通报了这架飞机上的人类，因为我们需要在一个安全的空间里研究人类。"

小女孩说对了，机器人会拿他们做实验。

"但你放心，我们不会伤害你们的，你们会好好地活着，一直在这蓝天上飞翔。我们通过座椅就可以采集你们的各种数据。你们对于地面上的人类来说，只不过是失踪了。"

"你们最终要把我们带到哪里去？"

"不设终点，一直飞翔。"

"地面上的人类会发现我们的。"

"不会的，用于监测的全部电子仪器都是由我们控制的。"

"不用加油？"

"这架飞机是核动力的，目前的燃料足以飞行数百年。"

他还想问些什么，但对面的她站起来了，对他说抱歉，她得去安抚一下大家的情绪。她在过道上缓慢巡视着，询问他们要不要点心和咖啡，好像什么也没发生一样。扩音器此刻是沉默的，人们在她的美貌照耀之下，很快平息了下来，他们窃窃私语，有人还笑了出声，说刚才的播报应该是一次恶作剧，太有想象力的恶作剧。他们还不知道他们即将成为实验品。他望着窗外的无限幽蓝，想象着今后的生活：日复一日，都被固定在这里望着这样的幽蓝，直到折磨得死去。他已经从最初的震惊中逐渐冷却下来了，那浩瀚无边又一无所有的宇宙，既然能诞生出有意识的人类，为什么不能诞生出有意识的机器人，也许在某个尽头，人类终究会发现，生命的奥秘是一样的，那么人类也能借机摆脱易腐的肉体，成为永生。但那还是人类吗？似乎不是了。那就成了生命本身，超越了人类和机器人。那也是机器人的未来吗？他的脑子混乱了，他拉上小窗板，紧闭双眼，恍然觉得自己以另外一种形式回到了过去的秘密生活，他坐在窗前，面对着那个丑陋的广告牌背后思考着困难的数学题。只不过，这次的障碍将会伴随到他生命的终结。他会因为有过那样的经验而比别人更有适应能力吗？他会活到最后，才被那漂亮的机器人空姐用冰凉的手（他觉得那不会是温暖的）结束他的呼吸吗？而他的妻子和孩子会以为他乘坐的这架飞机不幸失事，掉进了某个山坳或是大海的某处。他们会伤心欲绝，他们会惧怕乘坐飞机。但是，他们在未来的某一天也会面临他经受的这个残酷剧变。人类也许会就此毁灭。他希望机器人可以有能力储存人类的意识，在那个巨大的数据库中，他渴望跟他们重新相聚，并不再分离。

原载《大家》2018年第5期

点评

　　这个短篇的侧重于形而上主题的探索与表达，现代意味非常浓郁。生活与想象的交织，现实与虚幻的交融，此在与彼在的贯通，则赋予这个文本以解读的多种可能性。首先，对生命与成长环境关系的思考显示了十足的现代意味。

"他"是一名无线电耳机销售员，听力超级敏感，对"世界"或"宇宙"的感知与把握能力非同寻常。这能感应能力的养成与其成长环境息息相关。对"他"而言，经年累月地处在一个狭小空间里，广告牌外的世界以及对幽蓝光影的捕捉与深度体验，成为镜鉴生命主体的巨大背景；潜意识或梦境中对时空的经常穿越以及对微观与宏观世界的神秘体验，又使"他"的生活时常陷入现实与超现实、梦境与超梦境的混沌状态。在当代八零后小说家群体中，这种对非常规生命境遇的想象与表达可谓高标独异。其次，以科幻形式展开对人类生存、宇宙文明等更为宏大主题的探索与表达。"他"的这次很难说仅在梦中或现实中的空中飞行以及在此过程中所发生的对幽蓝之光的深度感应、与宇宙中新诞生的生命体的近距离接触，以及生命被置于"不设终点，一直飞翔"的永动状态，都使得这个短篇在文体实践展现出了十足的科幻色彩，但单纯的科幻主题和科幻风格似乎不是作者所侧重追求的书写向度，而是在科幻的外衣下寄托了作家对生命体（人类、智能体生命）、时空体（世界、宇宙）及其关联域的超现实想象、思考与表达。总之，从整体风格和表达倾向来看，这个短篇艺术实践上的先锋气质和荒诞意味得到淋漓尽致地展现，而思考与探索的领域超出"小我"范畴，从而展现出了较为宏阔的人类学意识。作为当代小说艺术与思想实践之一种，其价值和意义当予以充分肯定。

（张元珂）

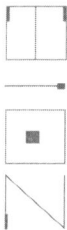

猫的故事/

/文　珍

野猫，攻击人类最大的猫咪群体。它们在野外必须要保持警惕，不然活不下来，一些国外组织的统计数据说明流浪猫的平均寿命只有两年，不但要忍受同伴的欺凌，还要防止个别人类的虐待，导致他们对人类充满敌意。

遇到流浪猫不要想当然以为猫咪都是可爱的，要循序渐进，消除敌意，不要一开始就上去喂养或者抚摸，城市的流浪猫基本上都是家猫，敌意一般情况下很容易消除，但不可操之过急。也不要认为猫抓伤咬伤你就说明猫的邪恶，任何动物和人的关系都需要引导的，即使是看上去无害的猫咪。

——资料来源于互联网

我从未这么快完成一篇小说。它其实根本就不是一个小说，而就是发生在北京某个下午某条街道的事。你也可以说这是每一分钟都可能会发生在这个国家这个城市这些好人之间的事。

故事也许要从前一晚上说起，如果不嫌这个开场过分冗长的话。

前一晚我在家加班写稿。神思枯竭之际，穷极无聊打开了微信网页版，发现一个女友几秒钟前刚在小群里发了一条消息：我刚才做了一件特白痴的事！巨尴尬！

我的好奇心完全被调动起来，目不转睛等她说完。

她说：事情是这样的。我朋友圈有个小孩一天到晚总感叹没钱，没年终奖，我今天终于受不了了，给他发过去一个红包——我们平常几乎从不联系。他被吓到了，不敢收。是不是没法儿更尴尬了？

我问：发了多少？

五百。

我瞬间被这数字刺激到了：这么多！你有钱干吗不发我们群？

一瞬间潜水群友纷纷浮出水面表示赞同。

关键是那小孩不收。女朋友坦白道：我这纯属做好事献爱心，人家还怀疑动机不纯。

你能有什么不良动机？

觉得我看上他了呗。我可比他大十几岁。

嗐。你这也是好心，和你熟一点的人不至于不知道。不过他朋友圈都怎么个哭穷法值得慷慨解囊？让我也学习一下如何和熟人讨赏。

女友过了一会发过来七八条截屏，风格大半如下：

孤绝站立于这城市的十字路口，才发现两手空空。想拂袖离开这并不足够了解我价值的污秽尘世，又心有不甘。——那么多不如我的，凭啥都混得比我好？

我需要很多很多钱。每一个人都需要很多很多钱。但是年终奖仍然是上帝制造出来最可笑产物。是这个社会主义国家最大的不公不义。

总有一天，你们所有人争相把金钱送到我手中，我也依然会弃之不顾。我辈岂是蓬蒿人？

就像那个阿拉灯神灯的妖怪，晚了，已然晚了。我恨这个社会，恨所有对我不够重视的人。我恨。

女人，你需要包吗？需要口红吗？需要因为没发年终奖所以什么都不能给你买的我吗？

如果我是肖邦，那么亲爱的桑夫人在哪里？可以肯定的是，绝不是不发给我年终奖的女上司。她不单相貌丑陋，而且俗不可耐。

已经不指望年终奖了。这或许是一种罕见的幸运？

我卑微，可耻，都是因为我比别人更穷。

……

我快速拉完，沉默了好几十秒才说：依我所见……这永不落幕的年终奖协奏曲，不值五百块啊。

女友说：是吗。我倒觉得他挺真诚。这年头哪还有人在朋友圈这么说话啊？大家都要脸，都假装自己过得比别人好。他能正视自己的失败，挺不容易的。

可我没觉得他正视失败了啊？倒是一股子怀才不遇的酸气扑面而来，这小哥学中文的？

是学中文的。女友说。名校。

名校中文毕业，就把咱博大精深的汉语学成这样？不琢磨怎么把工作干好，光在朋友圈写当代离骚了，我要是他领导也不给他发年终奖：眼高手低，不开除就不错了。您也真是爱心泛滥。幸好他没收，否则真成奇葩了。

女友那边半天没动静。又过了一会儿，怯生生来一句：他刚收了。

我：……

她：我本来还以为自己干了一件好事呢。

我：你就不是在帮他，是害他。俗话说救急不救穷。他这就是典型的穷。

他是说他穷呀。女友说。

穷不光是一种物质状态，也是一种精神痼疾，人格障碍。

……我现在啊，就担心他以为我看上他了。你说倒霉不倒霉，明明是想做件好事！

五百块钱在这个时代又能做什么呢。这句话都打出来了，我终于没忍心按下发送键，又一个字一个字地删掉。或者女友也并非真想做什么，而只图个安心：一个善良，慷慨，为了帮助他者不惜陷身险境的天真的成年人。

我真是一时冲动，哎。谁让他暗恋过我，还当众表白过。

我没追究这句信息量很大的话的逻辑相悖之处：收就收了吧。你就当出去请我们吃了顿火锅吧。

火锅可不要五百块钱啊。她打了个笑脸——仿佛有点儿失望。我并没有夸赞她的义举和善行。可她不知道，"好人总是自以为是"，社会学家Jonathan. Haidt如是说。他在同名著作里最重要的论断，就是"理性即为且应当只能为热情的奴隶，除服侍听命于热情外，无法妄求他职"。换言之，就是我们所有的行为，一开始其实都出于直觉，随后才要求理智追补最大合理化的理由。

她希望那个小哥感激她，爱她。可那小哥也喜欢别人更爱自己。朋友圈都说得这么明白了。我想。

往窗外看了一眼，一轮月亮高挂中天。清冷，嘲讽，置身事外。这个无效沟通的月圆之夜就这样过去了。明天的发言稿还没写完，不知道为什么，我有点写不下去。当我们在说爱、善良、正义、崇高……时，到底在说些什么呢。当所有人都如此固执、如此刚愎自用、如此自欺欺人。

"而我曾也要求自己当一个好人。才因此深知那善良的虚妄。"

渐渐陷入了无法可想的困顿。走到阳台上长时间凝望那面容惨白的月亮。球体的阴影是它表面固有的山丘，但是很长一段时间内人们都坚称那是嫦娥和玉兔，以及永远砍伐桂花树的吴刚——一旦闲下来，正当壮年的他又会和嫦娥发生一点什么呢——所有神话故事背后，都藏着一个试图控制一切的卫道士和一个无法自圆其说的设计者。身份尴尬的吴刚因此变成西西弗斯，永世不得安宁。

阳台窗户大开。月色清朗的那些天，偶尔会在幻觉里看到自己走出去——我住在十二楼。

前几天还安慰一个得了抑郁症的朋友：亲爱的想开一点，不是每个人都拥有像我们一样的优越条件，你还年轻……她瞪大眼睛看着我：你总这么开解自己吗？你离抑郁症也不远了知不知道？

那天晚上我睡得很晚。但因为忘记拉窗帘，第二天仍然被明亮刺目的夏日阳光早早弄醒了。看了看表，只睡了四个多小时。

人们总是容易对一些斩钉截铁的句式留下印象。比如说，"一个人就要像一支军队"。"人类总是习惯于自设障碍。"我喜欢的一个女作家如是写她笔下的德国女子：

"以理性与节制去理解。"

"莱泛爱拉这样理解时间。如果舞蹈课九时三十分开始，每逢星期一至五，她从来没有缺过课，早上九时二十五分她就坐在舞室的地板上等，永远是第一个。'没有什么事情可以改变我。'她想。同样她亦无法改变任何事情。"

"她这样理解命运。"

我对这个女子印象深刻，那还是二十岁那年看的香港小说。也许那时我就应该知道——仿佛提前掌握真理——一个人只能够要求自己。

然而我却不知道过度相信自己甚至只相信自己，同样也是与全世界为敌。同样也是必败的悖谬和荒唐。

贾木许的《帕特森》里有一段对白很有趣。每天早上公交车司机帕特森在出车之前总是要问候一下负责夜班的搭档：你好吗？往常他都说，我很好。突然从有一天开始，他每天都告诉帕特森说：我不好。然后就开始絮絮叨叨到底有多少不好：婚姻、亲戚、子女、疾病……帕特森听了以后不知道该说什么。但是他仍然习惯每天都问。搭档每天都回答不好。终于有一天，帕特森有点恐惧地看着他，但照常问，你好吗。搭档刚拉开大谈一番的架势，突然间叹口气说：算了，反正你也不想听。

我觉得当代很少有寥寥几个镜头就把现代原子社会人和人礼貌之下的不相干表达得这么好的电影了。这就是我们的日常。我们都想当一个好人但事实上却做不到，也没人需要……每个人大多数时候都并不真的想得到回答，不过是一种资产阶级式礼貌的闲聊罢了。我们真正感兴趣的事情是那么少——除非有机会表现得比他人更重要/聪明/高尚/成功。为此几乎可以付出一切代价。帮助他人只是为了鹤立鸡群。永远政治正确的好学生的迷思。

渴望被爱、被肯定、被艳羡、被追随。

晚睡早起，临近中午便饿了。很久不见不在同一层楼的要好同事，她怀孕六个月了，一直挂念着要去看她，但总是忙。工作效率最低的翌日，反倒心血来潮打通座机，问她中午要不要一起吃饭。窗外是初夏的青枝绿叶。在这样微微有风的季节，也许正宜陪孕妇一起散一会步。

同事没通过昨天的孕期糖尿病筛查。忌口几个月，毫无改善。她的声音在话筒里听来无比沮丧：要不你就自己去吃点好的吧。反正我只能吃粗粮荞麦面什么的。

我说：没事，那我就陪你吃粗粮荞麦面。

并肩走去去面馆的路上，我在正午阳光里捏了一下她手臂：怀孕还瘦了，营养怎么够？

瘦也是糖尿病。昨天十三个孕妇去检查，只有我和另一个没通过。怎么会这么倒霉！

还在绞尽脑汁想各种无用的安慰的话。她突然说：猫。

我应一声：哎？

不是——猫，你看。

让我看什么？我问。她们都叫我猫，因为我喜欢猫。早习惯了。

哎不是。她急得跳脚：那边有只猫！

真是猫。

一只猫赫然出现在临街某熟肉店橱窗内。

在玻璃窗内的陈列台上，在若干鸡胗、鸡爪、鸡腿、鸭脖子、鸭掌和完整的卤鸡和盐水鸭，夫妻肺片和豆皮海带之间，一只活生生的猫正在那里。而且很脏。

一个高个子的年轻店员正企图拿扫把赶这只猫。如果它毛皮不是那么褴褛稀脏打结，大概可以勉强称之为白猫，但身上几乎已经看不出来完整的白了，眼角多满眼屎，肉眼都可以分辨出细菌无数。

我立刻忘了孕期糖尿病的事，失声尖叫起来：住手，不要打猫！

譬如苍蝇见血，橱窗边立刻聚拢了看热闹的一小群人。有人飞快拿出手机照相——很奇怪，无一例外全是男的，无论年轻还是年老。更多人指指点点，议论纷纷。除掉用手机拍照的，大部分人脸上都是事不关己的笑：熟肉店怎么会有猫？一个大妈徐徐道出了大家的心声：这一柜台肉可全毁了。总得上千吧？

抬头看了看那店的招牌，以前经过那么多次从未留意过：紫燕百味鸡。橱窗里一如往常密密麻麻摆满烤鸡的零件和整体，正是一家街面常见不过的卤味店，不知怎么回事，居然蹿进去了一只长毛白猫。那猫明显恐惧得发狂，还淋漓着卤汁油水的尾巴炸开来回横扫，眼睛肿成两条缝，头上还有一道长长的血痕，不知是被卤味店小哥打的，还是此前不知在哪厮杀挂的彩。偏偏那半圆玻璃橱窗从外面还没法打开，只有左上角一本书大小的窗口用于交钱取货。玻璃橱窗不断被猫头撞得嗡嗡作响却死活逃不出来——窗口太高了。也太小。

此前听说过有麻雀误闯办公室慌不择路一头撞死在玻璃窗上的事。玻璃大概是动物最难以理解的人类发明——明明看得到外面。关键是，后有追兵。

阳光越来越刺眼。周围的看客走了又来，始终一圈。我陡然想起同事，才发现不知何时她已远远躲到人群外围了，未照顾好友人的内疚感油然而生。走过去用身体护住她，发愁道：这可怎么办？卤味店小哥可能会把那猫打死的。

同事脸色比离开单位时更不好了，也难怪，怀孕的人容易饿。我说：要不你先去店里吃饭。我回头自己去吃。你肚子里还有个人呢，别饿着。

好。那你一会也快过来。

目送她步履蹒跚地走后，其他人还在原地，更多吃瓜群众兴高采烈地举起了相机，一个新来的大妈问：这猫是怎么进去的？看样子是只野猫，饿疯了？

早到者讪笑：可不是。这猫就算可劲儿造，也能吃到春节。

不管怎么被议论，那只猫心思可明显不在吃上。它在那些熟肉上狼奔豕突如入无人之境，但凡小哥敢把棍子伸过去，就展开更疯狂的新一轮乱窜，几近血溅玻璃。我养过猫——到现在也还在养——没法见死不救。

有人说：你看那猫尾巴炸的！吓疯了吧！

好可怜。好几个姑娘都异口同声：这猫太可怜了……

也有同情店主的：这一柜子肉，市值怎么也上千。这下可都完了。也是倒了八辈子血霉。啧啧。

小哥试着用棍子赶，但每次都伴随着撞头巨响，周围立刻响起姑娘们山呼海啸的"不要打"，这阵仗震慑了小哥。他眉头紧皱，暂停动作，模样就像世界末日提前降临到这不到两平米的卤肉店——他没法不恨这只从天而降、彻底毁掉了他这一天工作的猫。唯一无法置身事外的人。必须对老板负责、必须处理好这一摊烂摊子。真正值得同情的倒霉鬼是他和猫，不是老板和其他任何人。

猫的状态也糟极了。它弓起背缩在玻璃柜边上，充满恐惧地看往外面，间或又转头看手持棍棒的小哥。状态也满可以用几个成语概括：鱼死网破、负隅顽抗、玉石俱焚。

惊呼"不要打"声音最大的是一个穿碎花格子长T恤的姑娘。见人群渐散，小哥再次试探性地举起了扫把杆。说时迟，那时快，碎格子姑娘发出了一声更惨烈的锐叫：别打！

人都走光了，她这声喊立刻吸引了几个新的路人。

猫太可怜了！你别动，我把它捉出来！

我试图阻止她：这猫现在处于极度恐惧中，很容易伤人……

她如武林高手一般目不斜视，仅用衣角之力就震开了我。我连退三步，总算看明白了：她要进店。

小店当街没门，要进店只能从旁边包子铺里绕到后面的院子里。几秒钟后，她就和小哥并肩在店里一起战斗了。橱窗里那只猫面朝他们，腰高高弓起，哈气不止。

从玻璃橱窗上的小窗可以听见喊：所有人都让开！这只可怜的猫吓坏了！走开！走开！

紧接着，她又把小哥赶出了房间。

现在所有人更舍不得不看热闹了。一只在熟肉堆里奔突的猫，一个满脸晦气的店小二，一个见义勇为的护猫侠。是的这女侠身材微胖，但并不重要。热闹最重要。

人群有越来越多的趋势。猫眼神狂乱，不断冲窗外哈气。不久前那个被老虎咬死的年轻人，是不是也看到过同样多好奇的眼神？当时是不是也有很多人举起手机来拍照？最坏的事尚未发生之前，一切新鲜事都是值得上传社交工具的。是难得的街市奇观。俗世奇人。并非每天，都能看到一只猫从屋顶掉到熟肉铺子里的。

我终于也绕进了卤鸡店。小哥愁眉守在后门，原来他一直没走。店面比外面看上去更小，幽暗狭深，碎格子一筹莫展站在中央，见我遂命令：你去把外面那些人赶走吧！

她已经忘了刚才甩开我的事。

我便听话地出去赶人。新看客三两散去，一个大叔却不理会，饶有兴味地端详：咦，这猫怎么进去的？

我说：您当心。快走吧。猫特别害怕。

到底咋进去的？

天知道。

他满脸都是好奇而天真的笑意。不远处有个方脸小伙子也在笑。

那个大叔看小伙还在拍照更来劲了：我也拍。非但不肯走，更把脸和手机贴近橱窗。猫渐渐哈不动气了，在玻璃后恶狠狠地盯着他看。大叔敌不过它的眼神，更敌不过碎格子一声比一声大：都快走！有什么好看的？

大叔恋恋不舍地走了。方脸小伙子还没走。碎格子便在里面指挥他找来几张有色纸板盖在橱窗上；她倒有临阵不乱的大将之风。

我重又回到店铺。碎格子瞪我一眼：你怎么又进来了？还不到前面去赶人？

我没意识到她一直使用命令句式，笑道：人已经走得差不多了。而且这猫不光怕前面的人——它也怕你。你这样站它面前，它怎么敢下台子？

碎格子拒不回应。小哥短暂消失了几分钟，大概是去打电话报告老板了，这时重又愁容满脸地进来。碎格子看见他就大喊：你出去！

小哥不从，和橱窗里的猫一样死瞪她。

他想打死这只猫！碎格子说。

我说：他不会打死它的——他干吗打死它？就是想赶它走罢了。最好就让它在里面待着吧，到晚上自己就走了。

小哥看我一眼：都走，你们也走。一口塑料十足的川普，把猫念成"焖儿"：都小心点儿。这焖儿疯了，真咬人。

走吧。我伸手拉了一下碎格子：现在这猫不会下来的。

她再次使用了沾衣十八跌的神功。——也就是说，碎格子再次不发一言地甩开了我。

现在的局面就是我仨面面相觑地站在天井里，和柜台上的猫形成对峙之势。小哥手机响个不停，状态已从绝望转成烦躁：老板让我赶紧把猫弄走，喊我再进去试下。——神经病。

最后三个字声音很低，"下"说成"哈"。大概是成都附近的。

我忍不住问了那个所有人都问的问题：这猫从哪来的？

小哥说：我啷个知道？未必是天花板上掉下来的？

碎格子问：好端端的猫怎么会从天花板掉下来？

小哥电话锲而不舍又响。他背影都写满焦头烂额。

我解释说：这是临街平房，平房房顶都是通的，从天花板上掉下来很正常。好多家猫被独自关在家里太久，也会把吊顶掀开蹿上去。我有个朋友家的猫就这样。

碎格子过一会才噢一声：我就是怕他们又打它。这猫趁乱逃了得了，怎么老不下来？

你在这它不会下来的。它也怕你。我说。

她就跟没听见一样。我就又说了一遍。她说：我不能走，我怕他们打它！这只猫太可怜了！饿急了，才这样！

小哥接完电话，又走进来。不知从哪找来了几个塑料袋套手上：老板让我下午还是得开业。

这样你会受伤的。我说。

碎格子闹起来：你要打死它！我开过餐馆我知道，其实你们把那些卖不掉的碎肉留在院子里，那只猫吃饱了就不会偷了！

我说：这猫不是故意来偷的。就是不小心掉进去了。小哥不会打死它。

同样的话，一分钟前已经说过一次了。碎格子像压根没听见。

小哥绕开我们，直接向柜台走去。那一瞬间我简直不敢看，只听柜台上锅碗碟盆一阵乱响——猫没捉住，直接出溜到柜台下面了。这下它可找到了固若金汤的避难所：柜台下黑洞洞的，又有无数看不见的电线铁管纵横交错。

小哥手机又响了。

趁他去接电话，碎格子突然和我交起心来：我就是怕他打猫。猫出来了我就走。说真的我都想收养它！大不了为它专门租个房——其实那猫洗干净了挺漂亮的。

我友善地看了她一眼。事实上我对她的见义勇为一直是称许的——否则也不会留到现在一直和她奋斗在第一线——虽然她一直在对我使用沾衣十八跌的武功。一定是猫老不出来太烦躁了。

前面几百米有个宠物店。我说：不知道他们有没有办法。

要去，你去。碎格子显得很有主见：我怕我一走，那小哥会打猫。你说，让那宠物店的人过来帮忙抓猫行吗？

宠物店的人估计不管抓猫。我叹口气：只能问问有没有麻醉剂什么的，或者买点妙鲜包。

那差不多是我们单位附近唯一的一家宠物店了。一进店就看见老板娘在仔仔细细给一只比熊剃毛，工作台上一小圈洁白的废弃绒毛：象征中产阶级的，安全的，无害的。和那只疯狂凄惨的猫完全不在一个世界的爱宠毛发。

老板很瘦，约莫五十来岁：我们这儿麻醉剂可没有。要么，找个逗猫棒？

再也没比这兵荒马乱的情况更不适用太平盛世的逗猫棒的了——但我懒得解释那么多。直接买了妙鲜包，回去路上经过快餐店又买了一次性饭盒，盛了水。

不料刚把妙鲜包递进去，小哥说：你别进屋！老板说了不让外人再进去。有监控。

我说，好。你把水也给它。

碎格子果然也被赶到了院子里：宠物店的人不肯跟过来？那些人真没爱心。还开什么宠物店！

我认可她是战友，却不大想继续这个话题：你刚说你是开餐馆的？

她说：开过。后来关了。你可别说我对人没爱心。我信佛，这几年改吃素了，知道这种肉食店每天伤天害理，根本就没开的必要。而且那些被猫踩脏的肉洗洗肯定还会拿出来卖的，有什么损失呀！我反正完全不同情他们。但要是我一走，他们肯定得弄死这只猫。所以我绝对不能走。你下午没什么事的话，就也陪我在这儿守着呗。猫出来了，我们再走。

话题又绕回老路上，也就只好车轱辘话再碾一遍：我知道你想负责到底。不过我也真觉得小哥并不想弄死猫，就是想赶它出来。其实不管它，留个门，到晚也就自己跑了。人越多，猫越不敢出来。要不咱还是走吧，下午还得上班呢。

要走你走。碎格子说：猫不出来，我不走。谁愿意没事在这儿耗着啊。我也挺忙的。

要不你记我个电话，有什么事就找我？我就在这附近上班。

她看我的眼神就像看临阵脱逃的逃兵。鄙夷之极，又像意料之中：你走吧。

轻微的气恼像小火烧了很久的鱼眼气泡涌上心头。我这才意识到她不光不信任小哥——也压根不信任我。

那我走了啊。

碎格子头也不回，继续虎视眈眈地看着那道门。

到单位了，气恼渐渐退去，我还是不放心——不放心猫，更不放心人——查到了国际动物保护组织的电话。在电话里我问这种事一般专业人士怎么处理。工作人员自报家门姓李名佳：这野猫吓坏了，又躲藏在角落里，还不知道带不带狂犬病毒，这种情况建议你不要着急处理，就让那猫继续待那儿，给门留条缝，到晚上夜深人静就自己出来了——现在这阵势，硬赶很危险的。

我说：这些话我都说了，不管用。小哥下午非得开业，那女生猫不出来不肯走。

李佳说：那女生怎么感觉……有点儿偏执？小哥情况比较悬，你可让他千万别用手去捉猫啊。

他手上套了俩塑料袋把猫从台上赶到台下了。我说，估计一会急了还会上手。你们能专门过来一趟解决吗？

现在我走不开，也暂时没有抓猫的笼子。小李抱歉道：要不这么着，我下班后再去看看？

再回去，紫燕百味鸡的灯已经关了。百叶窗也放下了。午后一点半，这提前关门的黑洞洞的店静静发出一种不祥之气。我深吸一口气，从旁边包子店绕进后门。

一进院就吓了一跳。转瞬间，不足十平米的后院站满了人——连警察都来了俩。一个光头胖子和小哥站在一起，看情形是老板。警察甲正试戴一双很厚的劳作手套。警察乙抱着手站在一边。

猫出来了吗？

警察甲看我一眼，摇摇头。

后门半开，只见碎格子蹲在柜台前面的背影，近看才发现她正气急败坏用一根比扫帚柄还粗的铁棍往里头捅：出来，猫。快出来。

柜台下悄无声息。就好像深处并没有这样一个一个走投无路的动物通缉犯。我站得远一点弯下腰，才终于看见黑暗中一双瞪大的惊恐猫眼，闪着绿光。

说时迟，那时快，突然被外面响起的光头的呼天抢地声吓了一跳：我每天都要交房租水电耽误不起呀！

猫的眼睛暗淡了一瞬。

同时我听见碎格子和警察说：这是我的猫，从家跑到下面去了。

我站起身，一阵头晕目眩，走过去关上门。

碎格子回头发现了我，反应出奇地大：你怎么又来了？干吗关门？等会猫怎么出去？

人都堵在门口。让我试试吧。

我不行你就可以？碎格子陡然间愤怒起来：你意思是闹半天我一点用都没有？

我没这个意思。我赶紧说。

你能不能别打扰我，先出去？

黑暗中的猫看上去真的累了。不再哈气，也可能在等鱼死网破的最后一搏。

我蹲下身：咪咪。出来吧。

你太天真了。这就是只野猫，疯猫，会听你劝？我倒要看你有啥能耐把它弄出来——现在那么多人在外面等，警察都来了！店老板下午还要开门做生意，每天都要交房租水电，没时间让你慢慢试！

咪咪。咪咪，出来吧。

得了吧大姐！你这么关着门不让猫走算怎么回事？

给我一点时间。我轻声说：刚才也没人拦着你不是。我给动物保护组织打了电话，他们下班后会派人过来。我先试试。

现在没时间让你胡闹！你以为你是谁？门都关了猫怎么逃？

终于我也恼了：它只要钻出来，我就抱它出去。我养了十几年猫，应该还算了解猫的习性。

那你好好沟通！

说完碎格子愤怒地甩上铁皮门——旋即又扭开了。我听见她在门口大声和所有人诉说我的可笑，继续和那只猫对望着。

不知道对望了多久。也许只有三分钟，或者更短。

猫眼神里陡然闪过刹那清明，稍纵即逝。门口太吵了，而且并没有真的关上。门留了一条很宽的缝，外面声音可以完整清晰地传进来。这样猫永远镇定不下来。它此刻正肿着眼可怜地看着我，像一个自知命不久矣垂死挣扎的死囚犯。稀脏的毛在无风的暗处一动不动，不知道是台上还是台下传来卤肉强烈到发臭的香气。今天它可算祸害了不少吃的——要我是老板，估计也起杀心。但是它毕竟是只不懂事的猫啊——平房屋顶，是另一个我们不了解其运行法则的秘密世界。掉下来后估计也是被小哥吓的，一步就蹿上了最不该上的地方。

我看着猫。猫也定定地看着我。我试图用眼神告诉它：不要怕。我会保护你、带你离开的。走了就永远忘了这一天。永远别再到卤鸡店来。

就在那一刻，最让人意想不到的事情发生了。

猫轻声呼噜起来。和我养过的所有这种小动物一样，起初轻微，接着渐趋剧烈，几乎整个小小的身躯都在颤抖。眼神同时柔和下来。

不知道为什么我也浑身颤抖起来。灼热的眼泪迅速充满了眼眶。我不知道该怎样感激它的信任，只能慢慢地，伸出一只手。

猫是一种一害怕就会整个身体颤抖的小动物。也是一种擅长用呼噜声表达对情感渴望的动物。脆弱的温血哺乳类动物，攻击力有限的小型城市居民，因为弱小而容易过度防御。

这对于眼前这只白猫而言，这同样是流浪生涯里极为艰难如噩梦的一天。外面那么多人，个个看上去都不怀好意。包括那个号称是要保护它到底的姑娘。包括我。

但它竟呼噜起来，在此艰难时刻。

我把食物和水推得离它更近一点。它呼噜着，犹豫着向前踏出一步，又一步。就是这样。咪咪，过来。欣慰的微笑还没来得及在脸上绽开，手差点就要触碰到它前爪了，突然间，我俩同时听到碎格子大喝一声：你们聊完了吗？

事情就这样不可逆转地败了。

猫瞬间退回最角落。呼噜声停止，眼神重新变得抗拒桀骜。它一定以为我是在骗它了。我和外面那些人本质上是一样的，都不可信。它看着我，犹豫着要不要哈气。眼神几乎是痛苦的。

不必再盯着它，就知道万事皆休。刚建立起来的脆弱信任感一击即溃，就像人世间所有以为心意相通却又彼此辜负的时刻。我慢慢站起身，因为蹲太久而头昏眼花，从那道没关的门里走出去。

它不会出来了。我低声说。

碎格子像一个笑到最后的女战士，手持铁管冲了进去。接下来就是一通好敲。

快出来啊猫，要懂事，啊？人家还要开门做生意呢，快出来！你再不出来我打你了啊？

声音高亢，用那根铁管横扫、捅、敲击。不比小哥的力道更轻，只是由扫帚换成了铁管。我心底一个声音在狂笑。暴力和暴力之间的区别很小。游戏规则的解释权都在自己。

光头在门口继续碎碎念：我每天都要交房租水电的。我不能够放着一天不开门呀。

但碎格子在这背景中渐渐找到了敲铁管的新节奏。边敲边呵斥光头：你还想做生意啊？以为你要把这猫也卤了卖了呢。

警察甲的防爆手套戴上了又脱掉，脱掉了又戴上。

警察乙仔细地低头察看对方手套的厚度，在估摸多厚能敌得过猫爪的锋利。

小哥始终脸色发青。

我再次拨通动物保护组织的电话：亲爱的，你能不能早点过来？

李佳：等我，我在建国门这边借笼子呢，还得一会儿。

与此同时，铁管敲得震天价响。小哥试图过去阻止，碎格子恶狠狠地回过头：别过来！你打猫不够还想打人！警察可在这儿呢！

道理因果全满拧了。警察对视一眼，笑了。他们打算走。

别敲了，你这样敲，除了把猫吓死没别的作用。

她更狠地瞪我：起开！你是谁啊就来教训我！就你养过猫，了不起？！

小哥看我一眼。我俩都有点不知道说什么好。她明显地情绪失控了。

管声如擂。像有人持续不断地拿最大功率的电钻装修。中午两点整，正午的太阳悄然从头顶上方移开，但所有人的太阳穴却同时被子弹击中。年长一点的警察终于把防爆手套交给那个年轻一点的警察，大步走到我面前：那啥组织的人怎么说？在路上了？

接着又对光头说：你该干吗干吗，该收拾收拾，该卖，卖。也别着急赶猫了——这猫一时半会儿出不来。等会儿动物保护组织的人过来再用专业工具捉猫不迟。也别一生气真把猫打死——把猫打死在柜台里自个儿生意不也犯晦气吗！

最后一句是向着碎格子说的：别敲了，出来吧！专业人士比咱有办法！

管声戛然而止，尾音袅袅。碎格子手持钢管一脸煞气地出来。大家都

以为她要拂袖而去了。不料她说：那我就在这儿等着。又补一句：我不相信你们所
有人。

　　警察走了。我回单位开会了。开会到中间，手机响了一声短信提示音：我快到
你单位了。李佳。

　　紧接着又一声：那家店在哪？怎么进去？警察电话一直占线，打不通。

　　小领导不满意地看着我：你今天怎么了，一直神不守舍？

　　我说：对不起，有点儿私人急事要处理。

　　无暇解释匆匆离开会场。带着李佳急急在太阳地里走。从单位到卤煮店门口不
过三五百米路，却觉得无比漫长，一路听她告诉我如何一时间借不到诱捕笼，这笼
子原本也是她们的，自从送给一个收养流浪猫的老太太后，老太太轻易不再出借，
今天要求李佳五点以前必须还，因为还要去公园捉流浪猫节育……

　　就像听另一个天方夜谭。同时左眼皮一直跳个不停。跳财，还是跳灾？

　　进院子后才发现空无一人：警察，老板，小哥，所有闲杂人等。唯有碎格子满
脸无辜地站在中间：你们来啦。

　　我提着那个很沉的长方形诱捕笼，一时间回不过神。突然看到了地上大量的，
鲜红的血，一阵昏眩。血迹滴滴答答，一直通往里屋。

　　小李说了句什么我没听到。只听到自己在嗡嗡声中问：这是谁的？很奇怪的，
听着不太像自己的声音。

　　刚才小哥动手捉猫，猫把他手咬了，跑了！一嘴血！心疼得我呀！

　　我没问她心疼的到底是人还是猫。

　　两分钟后，小哥从另一间平房走出来，伤口不需要刻意展示也非常明显：五六
个很深的血道，指甲盖里都是发紫发污的淤血。看上去抓得非常深。这几乎是我见
过的，最骇人见闻的猫抓惨案了。大概一小块肉整个被撕掉了，血流如注。

　　他几乎没什么表情地看了我和小李一眼。

　　现在只能带他去医院包扎一下了。要不要一起去？

　　碎格子声音轻快。——真好，猫横尸街头的惨案终究没发生。

一行人鱼贯而出。外面是五月下午三点多钟的太阳，正是一天中温度最高的时刻。小哥神情木然地跟着碎格子。小李跟着我。我提着笼子。

咱们快走，我知道那边有个医院。

小李不再往前走。我看她一眼，也停下来。

我得还笼子去了，本来答应老太太五点钟还，还愁呢。她说：好多在公园里照顾流浪猫狗的大妈和姑娘都这样，觉得别人都不理解自己，长久下来积攒许多戾气。其实这笼子还是我们给她的，给了就不算我们的了，否则也能早点到。

我轻声说：哪怕咱们能早到五分钟呢。——你刚说老太五点要做什么？

嗐。赶着去公园捉一只怀孕的母猫。说已经快生了，再不抓来不及了。

小李走后没多久，警察和我打了个电话：猫走了？人还是被咬了？去打疫苗了？好，好，好。我们刚去抓逃犯了。——不，不是杀人犯，就一逃债的。

不知道是哪个警察，那个年轻的甲，还是年纪大一点的乙。只好统一感谢：谢谢大哥。

逃犯和诱捕笼，是这个故事里唯一旁逸斜出的因素，却也起到了无比重大的作用。这个过分漫长、燠热的初夏下午，所有人都曾站在那院子里，为了一只掉进卤鸡店的猫展开博弈。

所有人都设法改变进程，最坏的结果还是发生了——最坏的是猫被当场打死。那么，小哥被抓伤至少也是次坏的。感觉最糟糕的，也许不是小哥，而是一开始就指出了这可能性却无能为力的我。

这个不太有趣的故事还有一点尾声。

当天我送走小李之后，并没有和碎格子一起陪小哥去医院——实在是不愿意再和她一起做任何事了——而是重新回到了那个小院。光头关店走人，小哥去了医院，包子铺的大妈仍然在和卤鸡店共用的院子里剁韭菜馅。不过半个小时，一切癫狂痕迹都已消失，岁月重归静好。蒸包子香气传来，我才想起还没吃中饭，差不多整三小时也没喝过一口水。

一个大妈说：你刚才一直就在这吗？你说的其实都对，可他们不听你的。

另一个大妈说：那女的肯定有毛病。老板也是。就是小伙子太可怜了。

我迟疑地问：大姐，如果我想给他一千块钱营养费，你们能帮我给他吗？

两个大妈异口同声：这太麻烦了。你还是当面给吧。

与此同时，莫名的羞愧感传来。我突然没办法再怪责我那个圣母心的朋友了。

三天后，我去市场买了一个很大的台湾凤梨切成小块装进塑料盒，又去了那家店附近。窗口没什么人——他们家生意好像一直就不怎么好。远观近望，只见橱窗里小哥的右手用白纱布厚厚包裹了几层。趁他转身去院子的当儿，我把凤梨从那个方形的小孔塞进去。据说台湾凤梨比一般的菠萝要甜得多，也贵得多，希望小哥不要以为是什么人的恶作剧转头扔掉。我终究没好意思给钱，只不过单纯地希望小哥知道，初来北京城的他和流浪猫一样值得他人关爱。

时间又过了好几个月。入秋后，某天我无意间又经过那条街，才发现那家紫燕百味鸡已经完全消失了，连同旁边的包子店一起，连同小哥、光头和大妈们一起。连同那只随时可能从天而降的猫一起。我这才想起北京这段时间到处都在拆除违章建筑，很多或红火或冷清的小店都在几天内人间蒸发，再也没有人记得这些店里曾经发生过的一切，而店主店员去向何方同样无人知晓。

至此，一切似乎画上了一个真正的句号。

我站在路边发了整整五分钟呆，接着，去还没拆的朝内南小街菜市场买了一个台湾凤梨。以前从来没舍得给自己买过。并没有想象中甜。

原载《天津文学》2018年第7期

点评/

　　对人与人、人与社会、人与自然关系的书写，是文学创作中常见的三个纬度。前两者自不必说，后者在古代文学中尤其发达，而对人与动物关系的文学想象与表达，也是中国新文学最富特色的实践向度。巴金的《小狗包弟》、冯骥才的《珍珠鸟》、杨志军的《藏獒》、姜戎的《狼图腾》、莫言的《生死疲劳》、沈石溪的《最后一头战象》都是这方面的经典作品。《猫的故事》也是着力于探讨人与动物关系的文本。一只从熟肉店天花板上掉下的流浪猫受困于一个角落，人们出于各种目的而接近小猫，试图将之驱离，但都无法实现人与猫的有效沟通。猫在店内自然影响店主的生意，趋之而后快自然是店主及其职员的直接诉求，但方式过于野蛮而遭到流浪猫的凶狠反击（小哥被猫抓得血淋淋）；动物保护组织迟迟不来，其对流浪猫生命的漠视不言自明；"我"与猫先是彼此信任、后被众人破坏、试图接近猫的努力最终功亏一篑，恰恰表明了人与猫之间的彼此隔膜与不通约性。众人从一己主观愿望出发所形成的对待流浪猫的态度与行为，不仅淋漓尽致地揭示了人与动物之间脆弱不堪的关系以及世人自以为是的心态，也充分展现了当下世道人心与社会伦理的实有样态。小说落笔于小处，着眼于大处，并从众人司空见惯的言行和场景背后揭示出令人警醒的主题，表征了当代青年小说家可贵的介入情怀与人文关怀意识。

（张元珂）

红尘慈悲/

/次仁罗布

今生与你相遇的人，肯定是前世跟你有过关系的。

这句话是谁说的，我已经不记得了，苦苦回想也是枉然，但这句话在我的脑子里雕刻了一般，直到现在都不曾忘记掉。

如果您要问我，关于我的经历，我会很乐意地告诉您的。

我的名字叫云丹，按现在藏地时髦的称呼法，应该叫觉如·云丹。听到这个名字，请您千万不要害怕，我没有任何的高贵血统，只是出生在那个叫觉如的地方而已。现如今，人人都喜欢在自己的名字前加个地名或家族的称号，以便显示自己的与众不同，作为一个凡人我也难免被这种虚荣所作祟。

对了，我的父亲叫朗加诺布，母亲叫德西，他们在觉如那个狭长的谷地里生活。他俩在那间灰色的土坯房里，在日月的轮转中男欢女爱，接连生下了我们六个孩子。我是其中的老四，云丹这名字也是山外县城寺院里的活佛赐予的。您不要惊讶我父母对传宗接代的事，有如此高涨的热情和蛮劲，只要您知道觉如地处偏僻，土地贫瘠，医疗条件很差，您也就不会责怪他们了，在觉如人多就预示着力量大。

可是，在岁月的四季交替中，我的二哥和姐姐相继被霜冻掉被干旱掉，两条生命在毫无征兆中被夭折了。每每德西都会哭成个泪人，神志恍惚地哀伤个几十天，仿佛她挨了一记老天的重拳一般，疼痛得缓不过气来。朗加诺布倒好，每次把家里仅有的那点酥油融化掉，灌进陶制的供灯里，等它冷却凝固后往灯芯头送上火苗，于是灯柱上一朵蓝幽幽的火舌蹦跳起来。他双手合掌祈祷一阵，然后一声不吭地背着尸体出门。等他孑然返回到家，会一声不吭地坐在门口的树桩上，凝望面前重重叠叠的那些个山峰。

他忧伤吗他悲痛吗他绝望吗？从那张赭色而干燥的脸上，您可别指望窥探到他的内心世界。唯有他在祈祷时，您才能从声音的抑扬顿挫中感受到他的痛苦。

每次处理完二哥和姐姐的遗体，朗加诺布就会失踪好多天。最初，我不知道他跑到哪儿去了，直到德西生出老六，一个多月后他便死去，我才弄清朗加诺布次次都是徒步到县里的顶果寺去祈祷和超度亡魂的。

德西，三十多岁时俨然变成了一个暮年的老妇，张嘴便看到暗红的牙床上那几颗孤零零的黄牙和脸上游荡的那些个皱纹，塌陷的眼眶里偶尔会闪现一丝亮光来。

听了这些，您肯定会说，我的童年和少年时光是在艰难中渡过来的。我不知道应该称是呢还是说不。回想起来，我还是有很多温馨的记忆：夜晚满天的星星在头顶的天际窃窃私语，风从隔窗的木板上叫唤我的名字；雪水融化的溪流从山脚滑过，溅出朵朵美丽的浪花；四月的桃花粉嘟嘟地缀满枝头，笨笨鸟麻雀布谷鸟的叫声震碎村子的寂静；一场大雪飘落下来，山上的猴子、獐子、盘羊等跑到村里来觅食，我们隔着几十步相互对望；年迈的西噶老僧跏趺在一块遮阳布下，给我们讲述地球的形成、人类的诞生、神仙的传说等。还有，朗加诺布驱赶骡子，把贫瘠的梯田次第开耕，德西把满载希望的种子撒进土壤里，风把湿土的香味吹进我的鼻孔，再沁入到心脾里。夜晚，村子里的男人们挨家轮转，在油灯微弱的光亮下盘腿而坐，诵读祈祷的经文。黑暗中那悠扬的音律荡漾在村子上空，抚慰着全村人的内心。

有一次，我跟在朗加诺布的屁股后，他背着一堆干草，走路有些气喘。我们的脚下是布满砾石的小路，路边一些绿草嫩芽破土而出，我的脚趾头也从那双破鞋的洞里探出头来。

我能看到神吗？那时我很想得到答案。

能呀！每当念经祈祷时神就会住进你的心里。朗加诺布扭头郑重地说。

我就想：原来是我不会念经，所以才看不到神呢！

你在世上做什么事，神都在盯着看！坏事做多了，哪天就会遭受神的惩罚。朗加诺布停在路边，背上的干草把他的腰给压弯了，腿有些罗圈地跟我说。

原来神时刻都在我们的身边呀，我之前去欺负那些麻雀、蝴蝶、爬虫，这些都被神给看见了，当时我的心里有些隐隐的害怕。

几年以后的某个夏季，朗加诺布和我赶着家里的骡子，它的背上驮着被子和粮食，我俩行进在山坳中的羊肠小道上。那天德西给我穿上了一身干净的衣服，脚上的一双球鞋是从邻居那里借来的。这一路上我都欣喜不已，我们经过从寸草不生的谷底，一步步爬升到松树遍布的半山腰，再经过雪水融化而泥泞的小道；一块块被收割过的土地里牛群在悠闲地转悠，一间、两间、三间民房从山后露出来，屋顶的木桩上挂满了金黄色的秸秆，空气中吹来那秸秆的香气来。几条狗汪汪地吠叫，有人从矮小的房门里走出来，一只手搭在前额上望着我们。朗加诺布高声跟他们打招呼，那余音在山谷里回荡。屋顶上的人挥动着手也喊声，走好！朗加诺布驱赶骡子继续向前。骡脖子上的铃铛叮当声中，我们已经走过了许多低矮的房舍。我问朗加诺布，我们去乡里要做什么？他咧开嘴，把那排列整齐的牙齿露出来，说，看你这傻子，是送你到学校去读书。我又问，读书是什么？朗加诺布只是笑了一下，这样的笑容在他脸上是很难出现。读书？朗加诺布玩味了一下，接着把目光投向了幽深的谷底，接着说，读书就是读书，是要你变成西噶一样。听完我没有惊喜，只是想到以后我会讲很多的故事。我看到正走着的这条路从前方的山嘴边消隐了，等走过去又有一条细窄的山路盘亘在前方的山腰上。

走了三天，朗加诺布才把我送到了乡小学里。

乡比我们的村子大好多倍，我在这里第一次看到了四五层的高楼，还有硬实的黑色公路。可是，我的心遗落在了觉如，很多个夜里梦见到的都是觉如灰色的房舍和德西、朗加诺布的脸。

在读小学的五年时间里，每到寒暑假朗加诺布都会赶着那头骡子来接我。有次暑假回去的路上，这头骡子走得越来越慢了，眼睛里含着忧愁，眼眶下的毛都被泪水浸透。望着前方弯弯曲曲的盘山窄道，我埋怨了一句：它走得越来越慢了！

是啊，它老了，这样来回折腾也够它受的。朗加诺布的手剪在背后回应道。

它会死去吗？我突然想到了这个问题。

总有一天，我们都会死去的，世间就是这样轮轮回回。朗加诺布板着个脸说。

我没有再说什么，几个兄弟姐妹的相继去世，使我懂得了死亡就是让活着的亲人悲痛欲绝，而且长久地沉湎其中。老僧西噶曾对我们说，投胎转世的概率很低，就像汪洋大海上漂浮一块有孔的木板，不知道几世你的魂才能触碰到那个孔。所以啊，投胎成人很不易，你们不应该虚度人生。西噶盘腿端坐在桃树下，阳光浸染在他那身褪色的旧僧服上，枝丫上的粉色花瓣从他的头顶纷纷坠落下来，那张皱纹遍布的脸和花白的头发，有了生命的质感和沧桑的韵味。

哦，您无法想象到的是，我们家的那头骡子，直到我升入中学，跑到县城里去读书，它都顽强地活着。

在我的眼里，县城可是个大城市啊！正当我在县城里感受世间的繁华时，我的父母从邻村给贡贡大哥和我，同娶了一个叫阿姆的媳妇。

这个消息传到我读书的县中学里，同学们戏谑地喊我叫老公。班里那些县干部的子弟听到这件事后，用一种异样的目光打量着我。其中的一个还取笑道，掉着鼻涕的老婆在山里等着你，你还读什么书，不如快点离开这里。我对他这种侮辱性的玩笑没有勇气去反抗，那种自卑就一直深藏在我的心里。这句话更加证实了我之前认为的，城里人对我们乡下人存有的那种傲慢与轻视。

寒假回去时我见到了阿姆。

她的岁数跟我差不多，瘦弱的身板直挺挺的，一张瓜子脸上有对水汪汪的丹凤眼，薄薄的嘴唇微微上翘。她穿了件黑布做的藏裙，娴熟地在灶旁做晚饭。灶口露出的那截柴火端冒出乳白色的烟子来，不时有火星蹦跶出来。德西吆喝牲畜的声音从院子里传了进来，我想到德西嫁给朗加诺布时也跟阿姆差不多吧，那时她肯定有一双灵动而清澈的眼睛，富有弹性的肌肤，以及饱满的双唇，后来在生活的重压之下，她过快地被凋敝掉，显出暮年的衰老相来。

我们一起吃晚饭时，阿姆眼睛的余光不住地瞟向我，这让我很慌张，脸一阵阵发烫。好在屋子里光线暗淡，不易被察觉。贡贡吃完饭，撂下饭碗就跟朗加诺布讨要鼻烟，他嗞嗞地把鼻烟粉吸进鼻孔里。

天色就这样黯淡了下来，一盏油灯的光亮下，阿姆把碗和勺子装进一个盆里去洗。朗加诺布盘腿念诵经文，德西往土灶里添加柴火。我起身出了房门，看到满天的星星在熠熠闪耀，山谷里填满了寂静，一声粗重的呼吸都会搅碎这种宁静。

畜圈里的牛和骡子偶尔发出一点声响来，我推开院门走了出去。

很多村民的房舍黑漆漆的，想必他们都已入睡了。从村子后面流淌的那条溪水，发出哗哗的声响，平添了更加深刻的寂寥。我走到朗加诺布和德西辛勤耕耘的那片土地旁，夜幕下庄稼收割后的一些麦茬儿孤零零地翘立。一堆堆黑色的积肥堆在农田里，年后这土地就会被翻耕，播下种子后等待收获时节的到来。

阿姆是个勤快的女人，天不亮就在灶膛里已经生起了火，一股滚沸后的茶香飘荡在屋子里。她调制好喂牲畜的汤水，拎起木桶往院子里的畜圈走去。那些牛和骡子听到她的脚步声，支棱起耳朵，眼睛盯着她手上的木桶。阿姆用勺子舀出糌粑和汤水调制的食物，往它们的盆里倒。放下木桶，阿姆又背着水桶，跑到溪流边去背水。等阳光从山头跃上来时，她已经走在村后的山道上，家里的牛和骡子晃悠悠地往山坡上攀爬……阿姆嫁过来后，德西的很多活被她给揽了过去。

最初的几天里，阿姆对我一直保持着羞色，我见到她时也有一种异样的感觉。只是那个晚上，一切都被破碎了。半夜里我被一阵声响给弄醒了，黑暗里一阵急促而欲哭的声音，从阿姆睡的墙边传过来，那黏性的声音持续了很长时间。这声音是阿姆发出来的，还有亲嘴的声音。我明白了正发生的事情，它让我透不过气来，全身汗津津的，心像是打鼓了一般咚咚地敲响。那一刻，把我先前对阿姆给予的美好想象，瞬间被碾碎掉，泪水无缘由地沾湿了我的枕头。

后来的日子里，我尽可能地躲避着阿姆。我时常借口到西噶那里去，直到很晚才回家。

西噶对我经常去看他感到了奇怪，但他从不问我缘由。每次从邻村有人来卦算，或讨个好日子时，他就让我在一张废旧的作业簿上把结果写上。有时为一个名词的拼写，他当众把我嘲讽一番。人们把钱交给西噶后，怀揣我写的那些歪歪扭扭的字，一脸喜悦地离开西噶家。西噶给我讲他曾经在拉萨色拉寺学习过，谈到那时他的眼睛里闪着光，嘴角边的口水都起白色的泡泡了。

一次，我离开西噶家返回去的路上，看到阿姆和妹妹背着一堆干柴从一旁的山坡上下来。我急忙加快脚步向前走去。妹妹和阿姆也看到了我，她们不知道是否看到了我的狼狈相，那咯咯的笑声在我身后炸裂开了。

　　我的妹妹已经读小学了，但我从阿姆的身上，已经预见到了妹妹的后半生，她也会像德西、阿姆一样在这个与世隔绝的谷底里，像一株草默默地生长然后枯萎掉。想到这里，我就悲伤起来，甚至看不到我的未来在哪里。或许我也会像朗加诺布和贡贡一样，在觉如这个地方重复着祖辈曾经过过的日子，虽然我们每天迎来的是新的太阳，但过的日子内容却是那种亘古不变的旧日子。

　　这次回来，对我的触动很大，想着县城里的人生活这么清闲、自在，觉如的人辛勤劳作却过得这般的贫困？

　　假期即将结束，我和妹妹这两天就要离开家，朗加诺布背对着我们收拾东西。他的头发多日不洗已粘成结，细长的脖子愈发地瘦长，那身棉袄褪色后已发白，一些发黑的棉花从破裂处露出来。看到这些我心头有股化不开的忧伤，它驻留在那里让我心痛。

　　离开的那天早晨，阿姆含着泪躲进了房子里，朗加诺布和德西一直把我们送到村口，妹妹频频回头只为了看到阿姆。最后，她噘着嘴闷闷不乐了一阵子。

　　山村的路，还是先人们曾经走过的那条狭窄的盘山路，它回旋缠绕到另一座山峰上，紧接着又弯弯扭扭地延伸到另外一座更高的山上去。峰顶的皑皑白雪，好像永远都化不开似的。贡贡背着我和妹妹的换洗衣服和口粮走在前面，我和妹妹紧紧跟在后面。

　　羊肠小道上的贡贡就像昔日的那头骡子，身上驮着我们的东西，用脚步丈量这条道路的长度。二十多岁的贡贡变得跟朗加诺布一样，一路都沉默无语，眼神也是黯淡的。我们行至洼村时，遇到了一个赶毛驴的壮年人。他一脸的黑胡须，头上缠着个红头穗，一看就知道是个爽朗的人。他让贡贡把东西驮到驴背上，然后唠唠叨叨地开始瞎扯开了。他一路上所说的话里，我印象最深刻的就是这句，上学有什么用，毕业后还得回到山沟沟里，那时候骨头都硬了，农活样样都做不来，还不如不出去呢！我听妹妹说，阿姆也是上到四年级，便辍学回到她的村子里务农。

　　这里我得向您插上一句，这次寒假我们家的那头骡子好像灵魂已经出窍了，它也不跟牛群到村后的山坡上去找草吃，整天站在村口的那颗杨树下，泪汪汪地待到下午日落时分。等山头的云变成朵朵彩霞时，它才蹒跚地踱回到房门口，趴在地上一动不动。

有次，朗加诺布说：它快要走了，心里悲伤着呢。

德西听完这句话，一颗颗泪珠从眼窝里滚落了下来，声音颤颤地低诵：嗡嘛呢呗咪哄！

这时一种悲伤的气息弥漫在我们的心头，它的离去会让我们每个人伤心落泪的。

不知怎么的，回到县里我的心情一直忧郁着，之前不曾想过的一些事在脑子里挥之不去，上课时经常走神，不时遭到老师的训骂。

那次下课要去做课间操时，曾经侮辱过我的那个县城男孩在教室门口又取笑我，说，假期里媳妇把你伺候得不错吧？整天魂不守舍的。接着他放声笑了起来。我的脑袋里又想起了那夜阿姆发出的黏性的声音，它让我极度地愤怒，转身一拳打在那个男孩的脸上。他倒退几步仰面倒在教室里，鼻孔里流出红色的液体来。我又对着他的腹部，狠狠踢了几脚。其他同学抱住我，拖到了教室外面。

讲到这儿，您可以想象接下来我会受到怎样的处罚。

暴怒的班主任揪着我的耳朵，在教室里对我拳脚相加，他甚至威胁我说，被打人的药费要我来承担。男孩的家长也跑到学校来，要求严肃处理我。

下午我瘸着腿坐在教室里，想到了可怜的朗加诺布和德西，他们得卖掉牛才能替我付这笔钱，那些牛可是我们家最值钱的东西，为了我可不能失去它们。逃回家去，学校会追到觉如的。西噶不是说拉萨是神居住的地方嘛，我就逃跑到那里去，让他们谁都找不到。

那天晚自习一结束，我就背着装了换洗衣服的书包躲到了厕所里。等外面消停下来时，我翻墙迅速沿着公路逃去。那年我才十五岁。

您肯定会大吃一惊，想着我身无分文，能走到拉萨吗？确实，刚从县城出来我的处境就已经很不妙了，这从半夜走着走着饥肠咕咕叫时得到了印证。整个出逃的过程我就不跟您详细讲述了，这世间并不缺乏少怀有慈悲心的人，这一路他们给了我吃的、穿的，甚至留宿几天的都有。一个多月后，我已经身处拉萨了。

这是一个好大的城市，我沿街乞讨，人们施舍给我的食物和零钱，让我无需对未来有太多的担忧。我要干的事情就是太阳出来后穿梭于茶馆、餐馆，待到下午五点多钟时，坐在阳光明媚的墙根下，把那一张张纸币按照面值大小排列，装进脏乎乎的衣兜里。

我这样乞讨一年多后，拉萨城里的很多人都认识了我，他们在施与我零钱的同时，眼神里对我的这种生活方式表示了怀疑，有人甚至劝我去工地上干活。

我知道他们都是些好人，但我没有想过去找个活干。您肯定不会相信的，我这样坚持乞讨，好像就是在等待一个缘分的到来，是冥冥中前世种下的一个因，在今世的此时等待它开花结果。

记得那是个初秋时节，在桑烟的缭绕中，我推开龚吉茶馆的门帘，向茶客们竖起拇指讨要零钱。这时听到有人对我这样哀叹，唉，年纪轻轻的，这样哪里会有个好的将来啊！我侧过头去看，一位白发苍髯的老者端坐在凳子上叹息。他的目光很有神，手腕上缠着一串紫红的念珠，胸脯挺挺的。之前，我怎么没有见过这个人呢？他的形象让我莫名地对他有了好感。

他示意我坐下来喝茶，我顺从地坐在了他的旁边。他向我打听我的情况，我笼统地告诉了个大致。

他说，你跟着我，我会教你一门手艺的，将来你就能自食其力了。

我没有任何的异议，从茶馆里出来时顺从地跟在了他的身后。

这个白发苍髯的老者是个唐卡画师，名字叫桑珠亚培。他让我在他的唐卡画室里工作，教我辨别矿物质、调制颜料、买画布等。桑珠亚培还拿来《贤愚论》《佛本身传》《萨迦格言》等让我读。我那时就想到这是一个全新的开始，我对一切充满了好奇。

桑珠亚培有时带我到拉萨周围的寺庙里去，让我仔细观察壁画上各种佛的形态和姿势，还给我讲解每尊佛的故事。我在众多的佛里，钟爱上了观世音菩萨，因为他有救度众生的宏愿，更有锲而不舍的精神，那眼光里含满了慈悲、怜悯、睿智。

夜晚我在独守画室时，在一张白纸上第一次尝试着画观世音菩萨。可是，我画出来的像比例失调，严重走形，使我对自己能不能学会这门技艺开始有些担心。

拉萨城里又起风了，是春季回暖的风，屋顶上过年新挂的色彩艳丽的经幡在猎猎飘荡，发出咔嗒咔嗒的声响。有一名画师告诉我说，桑珠亚培让我明早到他家里去。

第二天早晨，我赶到桑珠亚培家时，看到他穿了一件崭新的藏装，一脸的白胡须精心梳理过；他的夫人正往桑炉里煨桑，最初飘出几缕淡白的烟子，之后变成如柱的烟子袅袅向上升腾。

桑珠亚培告诉我说，今天是个吉日，我要收你为徒。

我连条哈达都没有准备，一下弄得我惶恐不安。

桑珠亚培的夫人给我拿来一条哈达，让我献给桑珠亚培。

仪式极其简单，之后师傅让我吃了一碗人参果饭以示吉祥。

从这天开始，我每天下午都要到师傅那里去学习唐卡绘画技艺。他在教我唐卡画的技艺的同时，给我讲些佛经里的故事，开示我愚钝的内心。

经过四年多的严格学习，我已经能独立完成佛像的绘画了。

这期间我得知妹妹小学毕业后回了觉如，两年后他被父母嫁到了尺宫村里，贡贡已经是四个孩子的爸爸了。这些消息令我欣喜的同时，也对他们的命运感到悲哀和惋惜。我想要是没有那次的逃离，我也肯定回到了觉如，像祖辈们一样耕种着那片贫瘠的土地，过着寡淡而平静的生活。我托人给家里寄了封信和几张照片。

又过了一年后，我很想念父母和亲人，请求师傅准许我回家一趟。师傅捋着伸到胸前的白胡须，用赞许的目光看着我，准许了一个月的假期。

觉如之前蜿蜒的羊肠小道，被宽阔的道路给取代了，上面有汽车和摩托车掀起满天的灰尘在飞奔。以往三天的路程，坐车只需两个多小时就到了。

多年后再次见到朗加诺布和德西时，他们并排坐在房门前的树桩上，吸着鼻烟晃动灰白的脑袋。六年多的时间里发生了很多的变化。贡贡俨然变成了曾经的朗加诺布，腿微微罗圈着，脸上看不出任何的表情；阿姆敞着前胸，用硕大的奶子喂襁褓中的小孩，同时谩骂面前土堆玩耍的那几个小孩。

望着这一切，我又重新拾回了童年和少年时期的记忆。

我们坐在太阳能照明灯底下，讲述着这几年来发生的生活变化。贡贡的几个小孩不时发生冲突，哭喊声时时打断我们的谈话。阿姆不时起来，抄起一根木棍去处理小孩们的争执。岁月已经从阿姆的脸上带走了曾经迷人的那种羞怯，微微上翘的嘴唇也显出苍白来。

朗加诺布最关心的事，就是绕着弯子要打探我有没有女人。当我含糊地告诉他我还孑然一身时，他从座位上起身去睡觉了。德西也停止拨弄念珠，叫大伙早点休息。我起身进入到家里新盖的那间偏房里。

老僧人西噶四年前就已经去世了，他屋门前的那颗桃树上结满了桃子。后面的院门却被一个黑锁紧锁着，仿佛它要把一个故事给收尾掉。褪了色的木板门被太阳给晒裂，从那缝隙里我看到长着杂草的小院一角。我走在砂砾石的路面上，耳朵里仿佛又听到了西噶叫唤我的声音。我回头望去，那面矮墙的豁口处，凄然地长有一株狗尾巴草。

妹妹从邻村赶回家来看我，她已经变成了三个小孩的妈妈，生活的负重使她显现出憔悴来，那双手又粗又硬，眼神都是茫然的。

我问她生活很艰苦吗？她瞪着眼看我，觉得这个问题我问得极其可笑一般。在她的意识里生活本来就该如此，既然如此，那还有什么艰难与不艰难呢。妹妹的这种麻木，使我的心头像是被刀给扎一般，欲哭无泪。

妹妹跟父母的交流也不多，但她愿意跟着他们虔诚地祈祷。那一时刻，妹妹的脸上才又会荡漾起久违的恬静的笑容来。

妹妹背着她两岁多的男孩，贡贡提着我给她买的东西离开了觉如。

朗加诺布和我坐在那个大门前的树桩上，被阳光给晒得懒洋洋的。妹妹，那一家子待她好吧？朗加诺布吸口鼻烟，从嘴里吐出一圈淡淡的烟雾说，就跟所有家的媳妇一样。这个回答让我想到了阿姆，我就再没有问妹妹的事了。

那夜我躺在被窝里，偏房的门吱吱地被推开了，一个黑影走了进来。我赶忙打开手电筒照射，亮光里阿姆身上裹着藏裙，光着脚站在那里。两条白花花的胳膊抱在胸口，在手电光里很刺眼。我问，这是做什么？阿姆被怔了一下，才轻声地说，陪你睡觉！我用手电继续照着她，说，不用了，你还是回到孩子身边吧。为了避免看到她的尴尬，我把手电的光给掐灭了。那黑影向门口走去，打开房门把月亮的清辉洒了进来。我躺在被窝里，再次想起阿姆曾经发出的那种黏性的声音。阿姆肯定会记恨我的！

后面的几十天里，阿姆一切如日，看不出一点嗔怪的样子，只是再也不踏进那间偏房里了。

临近离开的时候，我告诉朗加诺布和德西，要带他俩去拉萨。德西听到这句话呜呜地哭了起来，那瘦弱的肩膀在褴褛藏装下剧烈地抖动，朗加诺布抿紧嘴摇了摇那颗灰白的脑袋。

我们离不开这里，地里的庄稼已经成熟，该进行收割了。朗加诺布用清淡的口气跟我说。

我坚持说，贡贡和阿姆会收割的。

从我能干农活起，就没有落过一次收割，这块土地真慈悲，它给了我们粮食，才使我们能一代一代地繁衍下去。朗加诺布张开瘪下去的嘴唇说。

听了这句话，我没有再坚持，只能寄希望于下次。

我按师傅的要求如期回到了拉萨。

那阵子来拉萨旅游的人特别的多，商家预定唐卡的量极其庞大，我们的绘制任务越来越重了。

我从觉如回来的第二年，接到朗加诺布从县里打来的电话，他告诉我说阿姆从山上砍柴回来时摔下来，流产后失血过多去世了。我得到这一噩耗的时候，泪水从眼眶里断了线般地滴落。那张瓜子脸和微微上翘的嘴唇，在我脑海里萦绕。我跟师傅请了几天假，到各寺庙去捐钱点供灯，以便她的魂能够早点投胎转世。

我回到画室见到了师傅，他让我坐到他的跟前，问，该给她塑什么像呢？我被他问得不知怎么回答。师傅皱起眉不解地又问，为你去世的老婆该塑什么像？从师傅的嘴里听到老婆这个词时，我的脸一下红到了耳根。我们那边不兴这个。我许久才这样回答。她是你最亲的人，就塑个观世音菩萨吧！师傅替我做了这样的决定。

我在完成每天绘制唐卡的任务后，利用晚上闲暇的时间给阿姆塑观世音菩萨的像。这幅唐卡塑像进展得很慢，也是我最用心绘制的。当画到观世音菩萨的眼睛时，我为画不出那种浩瀚的爱和慈悲的柔光而烦恼，几十天都没法下笔。我就坐在墙角，一遍遍地回想觉如回想初次见到阿姆的情景，但这些都对我帮不上一点的忙。

我把苦恼一股脑地诉说给了师傅，师傅抚摸那长长的白胡须，一会儿闭上眼睛又一会儿睁开眼睛默默地倾听。末了，师傅对我说，你带着未完成的作品回趟家吧，在那里你会找到你要的那种感觉。这红尘世界里不缺乏慈悲，只是我们的眼睛被愚痴给蒙住而已。

我遵照师傅的指示，在阿姆的七七四十九天来临前再次踏上了去觉如的路。这一路我都在想着德西、阿姆和妹妹，想着她们的人生轨迹，一路的心情都是忧郁和悲伤的。

跟您说这次下去，觉如村的变化还是缓慢的，依旧是一副幽闭、闲散的样子。

见到贡贡时看不出他有多少悲伤，只是围着那几个小孩团团转，不时嘴里喷出几句脏话来骂他们。朗加诺布手剪在背后，喜欢穿行在村舍之间，偶尔停下来跟人们闲聊一阵，那阳光让他的眼睛始终都处在眯缝中，不时有眼泪掉落下来。德西又开始操起了家务，看她的样子已经有些力不从心了。

已经回来几天了，那幅唐卡我一次都没有展开过，一直都找不到那种感觉，那种把所有人的悲伤都注入进自己内心的眼神。

阿姆的七七那天妹妹从邻村赶了回来，朗加诺布点上一盏供灯祈祷了许久。他的声音已经跟以往发生了很多的改变，再也捕捉不到情绪的微妙变化。晚上村里的男男女女全跑到家里来，他们诵经诵到很晚。我坐在墙角的一隅，被这些祈祷声给淹没。

第二天妹妹要回尺宫去，她要我送她一程。

我们走在幽深的谷地里，旁边的灌木丛上，开着些朵朵碎花。道路的一边溪流溅起白色的浪花飞奔而去，鸟的啼声回旋在山谷里。

阿姆临死的时候怀兜里都装着你的照片。妹妹侧过脸来跟我说。

什么意思？我警觉地问。

她答应嫁到我们家都是因为你。妹妹的眼窝里蓄满了泪水。

之前我可不认识她啊。我急忙争辩。

阿姆曾经见过你，所以一提这门亲事她就答应了。这些年里她也一直在等你。妹妹眼眶里的泪水流了出来。

我的脑袋一下空白了，站在那里感觉天旋地转。

那夜我睡在偏房里，听着贡贡和阿姆的小孩在另外那间房里折腾，心里沉重得无法言说。

半夜里睡意才慢慢袭扰上来。

偏房的门吱吱地被推开了，阿姆光着脚，身上套着藏裙，两只胳膊向我伸了过来。我从床铺上坐起来，望着她留下了忏悔的眼泪。

她抹去我眼里流下的泪，将我的头抱进她的胸口。仰头，看到了我一直寻找的那种眼神，她柔缓、雌性、淡定、深远……

原载《长江文艺》2018年第11期

点评

　　次仁罗布及其小说是新世纪以来西藏文学的重要收获，也为中国当代小说创作提供了新颖视角和新鲜经验。他的小说总是深深刻印着浓浓的藏地人情、人伦与风俗色彩；读他的小说，总能读出一些从岁月中绵延而来的沧桑、感伤与慈悲，它像风一样，侵袭于文本的角角落落。《红尘慈悲》也延续了这样一种写作惯性。

　　从故事层面来看，小说并不复杂，即讲述了"我"从出生到赴县城求学，从县城逃到拉萨学画唐卡，再从拉萨屡屡回到出生地的生命历程，但从意蕴层来看，这个短篇侧重呈现一种沧桑而悲悯的人性意识，且表现得相当丰盈、饱满。其中，人与事的朴素讲述，情与景的交相辉映，带有诗性的抒情语言，外加一些普度众生式的悲悯情怀（即"红尘慈悲"），构成了这个短篇在艺术实践上的突出特色。小说关注死，聚焦生，揭示美，整体上格调高雅，意蕴丰满。

　　小说还涉及两代人在生活方式与人生理念上的冲突，几个兄弟姐妹的相继去世以及对父辈生活道路的重复，显然是对世世代代超稳定但也超落后生命轨迹的寓言，而"我"的出走虽经历坎坷甚至乞讨，但预示着某种希望。作者将这两种视角与意识融于一体，又穿插进有关"我"与阿姆之间动人情感历程的讲述，读来，倒也分外感人。

（张元珂）

七 年/

/周李立

辛迪·克劳馥到艺术区来的那天，是个意外的晴天。娜娜当服务员的爱特咖啡馆从未那么拥挤。女人们亮晶晶的长裙，在闪光灯扑闪扑闪的光照下，宛如波光粼粼的大片水面。红酒杯里装着真正的红酒，爱特咖啡已经不再用康师傅葡萄汁替代它们了。

"谁是辛迪·克劳馥？"娜娜认真地问乔远。她的服务员制服是黑色的。半截的白色小围裙有夸张的花边，像那些维多利亚时期风格的装饰。现在，那些宽大的白色花边正紧裹着她平坦的小腹，还有小腹下那道诱人的"比基尼桥"。

乔远也是刚知道这说法，"比基尼桥，就是穿上比基尼小裤子后，从上面看下去，裤边和腹部之间，有一道明显的空隙"。娜娜认真念着"百度百科"来的答案。那时她刚刚平躺下、低头费力地研究过自己的小腹。她为此得意，因为她是有这道"比基尼桥"的！她当然会有，在乔远工作室水泥地面那张瑜伽垫上，她可是时常要做做平板支撑的——一般都是在那些聚会的饕餮之后，她感到自己"胖得像个俄罗斯大妈"的时候。她做平板支撑，并不能坚持太长时间，而且这种奇怪的锻炼方式让她看起来就像一条刚从冰箱里拿出来的秋刀鱼，硬邦邦的、毫无生气。可是，这毕竟会减弱她的焦虑。她不愿意像俄罗斯大妈，她应该是一个有"比基尼桥"的女孩。

"影星吧？大概，不知道演过什么。"乔远从来没法把外国明星的脸和名字对上号。他觉得也许看到她本人的时候，可能会想起来到底在哪部电影里见过。

"哦，你不知道？那还来这里做什么啊？"娜娜这天有些忙，爱特咖啡的客人实在太多。现在，她躲在咖啡馆外墙的拐角处，面前是平时开设周末跳蚤市场的艺术广场。不过这个周末没有跳蚤市场，也是因为辛迪·克劳馥要来。现在是下午两点，广场上熙熙攘攘，挤满了人，随处可见陌生的新奇的脸孔。

"看热闹呗。"确实啊，明星来艺术区，他们无所事事的艺术家们都来看热闹。乔远是和油画家于一龙一起来的。于一龙现在在咖啡馆里，也许正在给那些来艺术区游玩的女大学生们讲爱尔兰咖啡里是应该加威士忌的！

"有什么热闹好看的，一个女的！"娜娜明显烦躁起来，大概这天她的确太累，端着沉重的实木托盘在密密匝匝的咖啡桌之间挤来挤去，"这可没你想象的那么容易！"——每天下班后，她都会这么说。她认为自己做着这个世界上最不容易的工作——在艺术区的咖啡馆当服务员，穿难看又难受的黑色制服，何况，还有一双细带的黑色半高跟皮鞋。她讨厌这鞋子，因为"要么就高跟，要么就平跟，半高跟？谁发明的这鬼东西？艺术家！你告诉我？"娜娜曾这样问乔远。乔远没法回答，他画国画，可国画里从来也不会出现半高跟鞋这种东西。

"是没什么好看的。"乔远也烦躁起来。他们靠着墙，并排站着说话。这里刚好有一小块阴凉，但没人站在阴凉处，除了他们。

广场上那些人，看起来都穿得乱七八糟。为一个更适合观看的位置，他们挤破了头。乔远觉得那些人也不一定知道谁是辛迪·克劳馥——一个明星，为什么要来艺术区？

"吴勇怎么样？"娜娜问。吴勇是年与时空画廊的老板，其实这间爱特咖啡馆也有吴勇的股份。但最近他走霉运，跟艺术区的物业打官司，正焦头烂额的时候，被人莫名其妙揍了一顿。

吴勇说，那天他刚停好车，走出来，有人从后面把一个黑色垃圾袋套在他头上，然后他就什么也看不见了。但那些落在肚子上的拳头，也许还有脚，他却感受得更清楚，很久以后都忘不掉。

"有两个人，我确定。"乔远去酒仙桥医院看吴勇的时候，吴勇躺在那里，像个复活了的木乃伊，很肯定地说。

"好了一点儿吧，我想。但还是不行，需要时间。"乔远告诉娜娜。这天上午，乔远又去了酒仙桥医院，也是和于一龙一起去的。吴勇看上去的确好了些，至少脸上的淤青，不注意的话，几乎看不出来了。他说："没劲死了，不知道干什么好。"好像他最麻烦的事情不是走在路上突然被暴打了一顿，而是医院的日子"没劲死了"。

病房里没有电视，一共六张床，两张空着，白色床单上有淡黄色的不规则印迹。"这地方还不错。"乔远违心地说。他觉得换作自己的话，肯定做不到，在六人间的病房住了一个星期！可能他还得接着住下去，因为吴勇坚决不出院。吴勇说都是因为他的"内伤还没好。"

"太倒霉了，吴勇这个人，怎么什么坏事都找上他呢？"娜娜显得并不在意。她只是有些烦躁。这天的太阳太直白，让一点点情绪都没地方躲藏。

"一开始是房租的问题，后来，我觉得后来他们都已经不知道到底是为什么了。"乔远有一搭没一搭地说话。他想起第一次见到吴勇那天，2003年，非典时期，也是这样一个日光惨白的天气。十年过去，艺术区的画廊和工作室换了一批又一批。"铁打的艺术，流水的艺术区"，吴勇这样说过。但吴勇还在，他的年与时空画廊挪了两次地方，但好歹保存下来了。2008年之后，很多画廊都关张了，因为金融危机、租金太贵、政府插手干预种种原因，他们去了更远一些的草场地、黑桥之类的地方，或者干脆离开了这行当，去做房地产之类更实际的生意。现在，吴勇的年与时空画廊，也已经关门三个月了，因为主人官司缠身，又住进了医院，风波不断，画廊暂时没法正常营业。

"哦，我觉得肯定还是有原因的吧？"娜娜说，"他们没拿他的钱包，拿走了手机，是怕他报警，但肯定不是抢劫，是吧？"

"肯定不是抢劫。"乔远侧过头去看娜娜，觉得她从未如此可爱，一缕软塌塌的头发被汗水粘在脸颊侧面，刚好形成一个小小的问号，像古代仕女鬓角处那一道弯曲的黑丝。

"对啊，我琢磨，不是为钱。按理说，吴勇拖欠了房租，可是那有合同的呀，对吧？喂，我们的工作室，是不是签过合同了？"娜娜突然担忧起来。

　　乔远的工作室离爱特咖啡并不远，从艺术区广场前的这条路一直向东，到路的尽头，就是了。乔远八年前租下它，那时他并不知道，有一天它会被一个可爱的女孩称为"我们的工作室"。也许这才是值得他欣慰的地方，跟这些年来他办的三次画展、卖出的八十七幅画相比的话。

　　"我们的工作室？对，有合同。"他爽快地答道。但他不确定，那张纸现在在哪里。他记得合同的有效期是两年，可两年之后他再也没有和这里的物业续签过。那么，其实是没有合同的了？那么，他对她没说实话了？

　　"哦，那我放心多了，我可不希望下班路上被人扣一个垃圾袋在头上，然后一顿暴揍……"娜娜说着，自己先笑了起来。

　　眼前就是她每天下班会走的路，只需要五分钟，她就能从爱特咖啡馆回到他们的工作室。沿途她会经过油画家于一龙的工作室，那跟乔远工作室的风格，完全不一样，"于一龙看上去是个挺干净的人，但为什么他的工作室那么脏呢？"娜娜不喜欢去于一龙的工作室，她爱干净。"画油画的，就是这样。"于一龙解释起来的口气，就好像在说自己是一个油漆工一样。娜娜有一次喝醉了，去于一龙的工作室，但他不在，或者他装作不在，反正娜娜没能进去。她说："他就是故意的，我觉得他不是好人。"她还喜欢用好人、坏人来区分别人。

　　乔远决定一会儿回工作室之后，先去找那张合同。可是他不确定应该去哪里找。完全没有思路。

　　"他们也太能下手了？揍人……"娜娜叹息着，"我听说吴勇不是没有交房租，他是没按他们说的价格交房租。"

　　"你怎么知道这些的？"

　　"咖啡馆里的客人说的，我顺便听的。这些天这些人老说这个，网上流言特别多。"娜娜说。

　　"还说什么了？"

　　"没什么了。乔远，我感觉不好。"

　　"没事的，宝贝，我们又没有得罪他们，那些人，虽然不知道到底是哪些人，可能只是两个醉鬼呢，或者只是嗑药了，发神经揍人而已，我们不欠房租，连物业费、水电费，也都交过了。"

"是吧？我想，是的。"她自言自语着。

"吴勇跟我们不一样。"乔远说。

"你说什么？"她转头看着他。

"他是开画廊的，我们是画画的，我是说，我们还是不一样的。"

"可是，他不是跟我们一样都住在这里吗？这一点，你们，还有我，我们都一样。"娜娜说，"哦，出了这样的事，你还这么说，这太不好了，乔远，你不该这么说。"

"我没说什么，我只是说，他是商人，而我们画画。这没什么啊？"乔远越说越烦躁，像走进了永远也绕不出去的那种地方。

"是没什么，因为事情还没有落到你头上！你们都这样，只要这一回没轮到自己，就说没事的没事的天下太平！可是每个人都这样，下回轮到你的时候，就来不及了。"娜娜声音大起来。

"算了，我们不说这个了。我不想说。"乔远说。他看见广场另一头，几张长椅，上面坐着几个粗壮的男人。

"那我们怎么办？"

"什么我们怎么办？我们什么也不办。"他开始推算她是否正处在生理期，才会这样取闹。

"我们的朋友被无缘无故揍了！我们什么也不办？天啊！"娜娜几乎是叫起来。

"那你说，我们怎么办？"乔远突然觉得娜娜并不是平白无故地问起吴勇的。毕竟，这件事已经发生了一个星期，似乎早就过了被讨论的时效。但其实并没有，有些问题从来也没有时效。

"我不知道，所以我才问你，我以为你，还有于一龙，你们这些天至少会做点什么的。但是你现在告诉我，什么也不办。"娜娜摇着头，眼泪就流下来了。

"嘿，嘿，宝贝，你怎么哭了？"乔远永远弄不懂女孩们的状况。娜娜哭了，就因为他打算"什么也不办"？

他的确是这样打算的。因为其实他现在什么也做不了。打人的那些人，只是台前的演员。幕后那些人，才应该为这件事负责。可是那些人到底是谁呢？他们都不知道。吴勇也许知道，但他说自己"不确定"，因为"不可能是物业公司那些人，我跟他们打官司，然后我被打了，这太明显"，吴勇认为，也许是有人栽赃给作为原告方的艺术区物业公司。"也不一定呢？一举两得的事儿，把原告被告都教训了，这计划，多漂亮啊！"吴勇那时胳臂上还有绷带，他躺在病床上，艰难地、小幅度地挥着手臂。

娜娜没有擦眼泪，因为她"卸妆之前是绝对不能擦眼泪的，除非想花一个小时补妆的话"，所以，为了眼睫毛和眼影的效果，她只能让两滴眼泪自行流下、滴在她的黑色制服上。

她摇着头，坚定地说："我没事，但是我不喜欢这样。"乔远觉得她可能在说眼泪会弄花眼线——她不喜欢这样。

"没有人喜欢这样。"他真的不想再讨论下去了。

"你记得原来吗？那时候，这里没有辛迪·克劳馥来，也没有这些人，除非是每年大山子艺术节的时候，才会稍微多一些人。房租还没涨起来，我们也不用担心走在路上被人套个垃圾袋在脑袋上。"娜娜说，她眯起眼睛，似乎也在看着广场长椅上那几个男人。

广场上的人群骚动起来，大概有人得到消息，她快到了，那个国际女明星。

"哦，那是好久以前的事了。"乔远没有告诉娜娜，其实以前也有这样的事，最早一届大山子艺术节，没开成，因为艺术家没获得批准，要开这种艺术节，总得是经过批准的才行。所以开幕那天，一些穿制服的人来了，砸了些东西，把横幅、海报之类的东西都撕了下来，扔得到处都是。后来就打起来了，先是穿制服的跟没穿制服的打，然后是没穿制服的跟穿制服的打。那一年被打伤的人，可不止一个。

"是啊，我不喜欢这样，你知道吗？今天一个上午，一直到刚刚，你来找我的时候，我一共端了一百一十九杯咖啡，我们可是十点钟才开门的呀！"

"你还数着数啊？"乔远说，他不觉得娜娜真的能数清楚到底端了多少杯咖啡，但他明白她的意思了。

"是的，我对自己说，再坚持一下，坚持到乔远来看我。可是其实我一点儿都不觉得累。我只是不知道，之后又能怎么样？你去看吴勇了。我老想这事儿，然后我看这里的人，都像是凶手。"

"哦，宝贝，我不知道，这件事让你这么难过。"

"可是偏偏今天人特多，是不是北京所有没事干的人都到齐了啊？不就是一个辛迪·克劳馥吗？"

"你累了。"

"不，我不累。"

可是乔远累了。他突然想回工作室去了，辛迪·克劳馥对他并没什么吸引力。

"你看那几个人！"娜娜抬了抬下巴，暗示长椅上的那三个男人，都穿着同样款式的深色夹克，颜色略有不同。"是便衣吗？还是打手？"娜娜的声音听起来很紧张。

"你不要疑神疑鬼了。"乔远决定留下来，也许现在正是她需要他的时候呢。

"我觉得可能是打手，你看他们，三个男人为什么要坐在同一张长椅上，这太奇怪了？"

"可能只是没有别的地方可以坐了。"

"吴勇有没有说过，那些打手长什么样子？穿什么衣服？"娜娜似乎很坚持。

乔远摇头。那是一个黄昏，能见度不好，吴勇被黑色垃圾袋套住了头，他什么也没看见，"就像个沙包。"吴勇形容自己。他个子不高，又有些胖，很适合当沙包。那些人，也许是两个，也许还有更多的人，也许还有一辆接应他们的车。

吴勇说他躺在那里，扯下垃圾袋呼呼喘气的时候，无论如何也爬不起来，他觉得眼前漆黑一片，"大概死亡了几秒钟"。他没有流血，但后来发现其实是"内出血"。

"还不如流血呢！内出血？"在吴勇已经可以笑着说这件事的时候，他是这么讲的。吴勇没有报警，不知道什么原因，也许也是因为"内出血"？那些伤害，只属于自己，别人看不见，警察也看不见。

"不是的，他不敢报警，怕自己的事也被查出来，毕竟是经济官司。"他们离开医院后，于一龙说。

"自己的事？"

于一龙说："吴勇在艺术区这么多年，几乎是年头最长的人了，难免得罪人，当然，也怪他自己做事，太狠了一些。"

"他做什么了？"

"乔远，你真的不知道吗？难道吴勇没有找过你模仿一些画？为什么日本和爱尔兰的画廊都撤走了，吴勇的画廊还能坚持下来，你以为他真的只是卖画吗？"

乔远听说过一些，在艺术区有过这样的传闻，吴勇让年轻的艺术区炮制大师风格的画，那些仿制品都使用琉璃厂找来的古旧的宣纸和颜料，完成后再经过工艺做旧处理。

但乔远从不相信这些传闻，卖赝品？对于吴勇的年与时空这种老牌画廊来说，其实是得不偿失的。精明的吴勇不至于走这条路。而且吴勇也从没找自己"模仿一些画"。

倒是于一龙自己，成立了工作室，有三个年轻的助手专门为他打底稿、上色……但于一龙不以为这有任何不道德之处，那些波普风格的傻笑的人面，在署上于一龙的名字后，确实极有市场。

"吴勇以为打官司能有用，因为他很早就签了长期合同，后来租金涨了，他认为他们违约。不过也只是一点小钱的问题，他们不至于下黑手的。我觉得，肯定是那些假画，被发现了。"于一龙说，听起来很有把握，"不做亏心事，怕什么鬼敲门。"他又强调了一遍。

他们没再接着说下去。这些事情，乔远没有告诉娜娜。他没有告诉娜娜的，还有他们去抗议的那次。乔远是为了支持吴勇，才写了条幅，又带着条幅去七星物业的办公室闹事，那是一个月以前了。那天乔远告诉娜娜，他要去宋庄看画展，其实他是去抗议了。如果打吴勇的人真的是物业找来的，那么乔远自己，也许也在他们的黑名单里——他假设他们手上，有这样一份黑名单。

现在想来，乔远认为这确实不是太明智的作法——倒不是因为抗议本身还有因之带来的可能挨打的威胁，而是因为隐瞒——他隐瞒了她，尽管这种隐瞒，不过是出于善心。但她或许还是会知道的，如果事情真的闹大的话。

乔远想，要不要现在告诉娜娜，关于那次在七星物业办公室的抗议活动。那其实值得一说，因为他们大获全胜，几乎可以算的。七星物业对艺术家们的到来没有预期，而吴勇带领的这些艺术家房客们又使出了杀手锏——想想吧，如果艺术家们都退租，这里会变成什么样？

物业那边的头头们没有出现，穿保安制服的那个年轻人只是一个传声筒。他可能这天忘记刮胡子了，鼻子下嘴唇上的地方有青青的一块，像是肿了起来，他说："有什么问题都可以解决的，但不要说退租这种没用的话。"事实上，"退租"的话，是有用的。如果艺术家们都离开了，"艺术区"还存在吗？乔远当时认为这是显而易见的事情，所以他们也自认为胜券在握。

年轻人并不像真正的保安，因为他随即告诉他们："有什么要求告诉我，是一样的，我可以保证。"

他太年轻了，乔远疑心他根本还不知道"保证"两个字的意义。

乔远自己，也向娜娜做过"保证"，在她感到恐惧的那些时候。她说自己随时都可能窒息，"大概像是在水里一样"。她认为他不会懂。

他说不是的，他懂，"你只是没有安全感"。

女孩们都没有安全感。乔远这年三十多岁，他在自己经历过又记忆深刻的不多的几个女孩身上，总结出这一点。她们一开始总是无所畏惧的，根本不相信这世界上还有什么东西比糟糕的指甲油或者凌乱的刘海更令人恐惧。但事过境迁，她们会改变，这种改变倒也不全是因为年龄。只是相处的时间越长，她们越不安。生活中那些微不足道的信息，也足以乱了她们的方寸。这种变化因何而来？乔远问自己。他希望是因为——爱情。是的，爱情让她们患得患失。他希望是。

所以你得哄着她们，哪怕必要的时候加以隐瞒，或者欺骗。但这并不容易，因为事实的真相总是更加强大，会在你意识不到的某一天，突然现身，揭露真相。其实所有的真相只有一个，那就是你欺骗了她们。哪怕你的用意，真的是为她们考虑，这不重要。重要的是，她们感到威胁，不再觉得安全。这就足以颠覆一个女人的世界。当然也包括与她相关的那个男人的世界。

娜娜说："你确定我都知道了？"

"知道什么？"

她轻叹一口气："我也不知道，但我应该知道的东西，我都知道了吗？"

"是的吧，我想。"乔远说。

"不要'吧'，不要'你想'，老天，你为什么不能明确告诉我呢？"她嚷起来。一滴汗珠在她鬓角，迟疑着，终究没有落下来。然后，广场上的人群喧闹起来，大概那个明星，马上就会出现了。

乔远说："是的。"但他的声音被淹没了，她没有听见。她兀自摇着头，一脸失望的表情。

她大声说着话，女孩的声音总是更有穿透力："你记得从前吗？从前，你总说没事。"

他不确定何时才是她口中的"从前"。他倒是想起很多"从前"的事。从前，她是喜欢热闹的女孩，最喜欢的便是艺术区人多到几乎密不透风的艺术节，就像今天一样。从前，她充满勇气，不会开车的时候先自学骑摩托车，她认为自己有这样的天赋。她喜欢见义勇为，必要的时候再展示出女孩的柔弱，以寻求男人们的谅解。从前，她还不是他的女孩，那时她在后海亮闪闪的水面上的小船里蹦跳，扬言要去环游世界。她酩酊大醉的时候也依然妩媚动人。这都是从前的事。

他还知道更多的"从前"。关于他自己，还有娜娜，在他们各自来到艺术区、来到北京以前。这些年里，他们花了很多时间彼此倾诉那些遥远的、从前的事，就像讲述另外一些陌生的人生。他们总是用那样的语气，为避免对方厌倦。他的"从前"，没有太多值得提及的内容，无非是乏味的美术练习和永远也无法自如应付的县城社交。而她的"从前"，听起来更有趣，是一个他所陌生的小女孩的世界：在山上骑马、骑羊——年龄更小的孩子才能骑羊。她溺过水，两次，所以她最怕水。还有那些女孩们的小团体的事情，她们如何让那些讨人厌的女孩"吃苦果"，用尽各种花样百出的计谋。她们还偷过文具店的贴纸，上面印着《新白娘子传奇》中的白素贞和小青，当然后来还是付钱了。她们只是想知道文具店的老板，一个永远眯着眼的胖男人，是否真的在睡觉。这些事件里，娜娜是领袖，至少按照她自己的说法是的。这意味着她可以自如游走在那些日子里，身边不乏男孩女孩的陪伴。她从不担心，无论是其他女孩的报复，或者意外的打手。

她问起的"从前",属于哪一部分。他不确定。无论哪一部分,他都记忆深刻,甚至怀念。只是,那时她还不爱他,他们甚至还未结识。但他们再也回不去了,爱情是处处标满警示牌的单行车道,那些美妙的风景里,慑人的警示不论真假也会让人惊惶。

她呢喃着,问他:"我们怎么办?"

他摇着头,没有说出那个重复了多次的回答——我们什么也不办。

他觉得他们谈论的,已经不是吴勇的事了,而是"我们",他和她,他们怎么办?

她后来说起不久之前的事。

去年,他们去张北音乐节。乔远开车,车上有娜娜,后座上还坐着一个男模和他的女朋友。他们并不熟悉,只是在网上联络好,然后拼车,一起去张北。几百公里的路,男模认为彼此做伴更重要。乔远也这么想,他不在乎几百块钱的拼车费。

但后来堵车了,张北草原下了雨,高速路面因为天气暂时封闭,路面湿滑,广播里一直播放着雷电冰雹的预警。

他们下车来,在闷热的夏季里想找到可以买冷饮的地方。但这只是美好的愿望。他们在北京北面这条燕山山脉之间,一路向北,山势越来越高。这地方不可能有冷饮店,倒是零星出现沿路兜售香瓜的小贩。

四个人都感到沮丧。娜娜想翻出高速公路的护栏。那些夏季的灌木丛,让她想起童年的四川山地。

这是冒险的事情,乔远不会同意。但那个男模也觉得他们可以一试——不是吗,反正堵车了,看起来还会堵很久的样子。

乔远不知道这个看起来像柔弱的芦苇般的男模,竟会赞同这个冒险的提议?那时乔远认为他实在是有些猥琐,但他竟然还有个女朋友——他难道不应该是同性恋吗?

娜娜和男模翻出了高速公路的护栏,向丛林里去了。娜娜穿了不利索的长裙。乔远不知道,她是如何让那些波希米亚式的流苏不惹上那些灌木生出的小刺的。

几道不明显的闪电，在山顶的地方一晃而过，像西游记里观世音即将出场的景象。但观音没有现身，一滴雨也没有来。

乔远和男模的女朋友——一个更像男孩的短发女孩——在车上等他们。

"他们去探险了。"那女孩怪腔怪调地说，乔远不明确她是否和自己一样对这件事情感到憎恶，而且不仅仅是出于嫉妒。

后来乔远知道，男模和短发女孩不过刚刚认识而已，他们不会为彼此的冒险行为提心吊胆，但乔远会。

这实在不公平。

事实上，什么也没有发生。娜娜和那个男模很快就回来了。他们不擅长在山间行走，而且那里也根本没有他们想象中的那种砍柴人走的小道。他们自以为探索了一番，然后就放弃了。但这足以让人兴高采烈。

男模的衬衣看上去很脏，也许这次探险并不顺利。他后来脱掉衬衣，毫不在意裸露自己均匀的肌肉和肤色。这也是整件事情中让乔远厌恶的部分。

好在，娜娜看上去意兴阑珊，也许是因为漫长的堵车。

唯一发生状况的是乔远，尽管他一直宣称"没事"。但这种假装出的"没事"，并没有持续多久。他很快就让所有人知道了，他"有事"——他只是不说，也不承认。

那是一次失败的旅行。张北音乐节期间，他们四人没有一起活动。乔远和娜娜租了帐篷，度过一个肮脏、潮湿、寒冷的草原之夜，没有谈话，所以一点儿也不温情，这都是因为他"有事"。可他认为自己没错，错在她，她不应该让他担心。

但她沉默着，不谈这件事。第二天，他们看完了痛仰乐队的演出，又看过了谢天笑，但没有等到最后才上场的崔健，尽管乔远很想听崔健的开场曲目《一无所有》。几乎已经天黑的时候，他们开车回北京。男模和女朋友没有跟他们一起回来，他们会等崔健上场，然后再找其他人拼车。

回程路上，娜娜问乔远："那句歌词，就是痛仰乐队唱的《公路之歌》里面的有句歌词，其实是'一直往南方开'。"

"怎么？"

"我以前一直认为是，'你就难放开'，听起来特别像。"娜娜唱了一遍。

哦。"乔远打开车灯，他犹豫着这会儿要不要开始跟她说话。

"其实这句更好，'你就难放开'，是吧？比起'一直往南方开'来说。你觉得哪句更好？"她哼了这句歌，她喜欢的《公路之歌》。

"哦。"他简短地答复，心想他此时也正在"一直往南方开"。

他们再也没谈论过这件事，就这样一直往南方开，就把来时的不快甩在身后了。

"是的，没事，那次你说得最多的，就是这话，没事，没事。"现在，娜娜皱着眉头，两手在自己白色的小围裙上来回抹，可是她的手上和围裙上，都并没有要抹去的脏东西。"明明有事，你只是不承认，也不面对。我们也有事，可能会有很大的事，但你根本没想过这个问题，我们怎么办？"

乔远解释说，那不一样，那次和现在，根本是完全不一样的状况啊，不是吗。

"其实是一样的。你听我说，我问你，我们在一起几年了？七年，还是八年？我们眼看着艺术区热闹成现在这样子。"她像领袖一样，朝广场的方向挥了挥手，又说，"但我们怎么办呢？我们从来没想过，以后怎么办？"

"我不明白你的意思。"他说。

"我自己也不明白，我只是，不知道怎么回事，这么说吧，我们难道一直这样过下去吗？"

他转头看她，像这些年的每一次凝视一样，希望从她细微的表情里，读出某些她自己也未必了然的含义。

但他只听见她说，"我要走了，不能待得太久，客人太多"。她停止手上的小动作，准备结束他们的谈话，因为她得接着回去工作，端出第一百二十杯咖啡。这种琐碎、重复的事务，总是让人厌倦，进而焦躁，就像每一天的生活一样。他似乎有些领悟，她只是为多年来这种重叠了又重叠的相似生活而困惑，就像一杯一杯的咖啡——日子是永远不会空掉的杯子，即便喝光了也会被立刻重新满上。

"等等，宝贝，我想，我明白了。"但他暂时还没想好如何把某些思路组织成语言。

"你明白什么了？"她没走，看上去也没有要走的打算。

"我们在一起这么久了，是很好的，对不对？"他慢慢说着。

"是的，久到我都以为我们会一直这样好下去。真不可思议，七年，我这辈子一共还没有过几个七年呢！"她轻轻地笑起来。

"但吴勇被打了，这是个意外。所以你意识到，这个世界上还有意外。意外，是的，这种东西让人不安。"他慢慢地说着，每说一个词，便忍不住去看她的表情，好像等待她的认同。她似乎没有否定他——那她应该是认可他了？"然后，你不知道怎么办了？所以，你一直问我，问我打算怎么办？"

"有一些道理，听起来。但不全是这样的。你先说，你打算怎么办？"

"娜娜，我们可以结婚啊。"

"什么？"

"结婚啊！"他想过很多次如何向她求婚的场面，但从来不是眼前这样，似乎在迷雾重重的天气里寻找一块干燥的空间——只是为了缓解闷热的迷障带来的不适，只是一种被动的解决途径而已。他为自己如此不慎重地说出"结婚"的提议而不好意思，但他也随之意识到，这种"不慎重"并不会冒犯她，因为他们彼此熟悉、相爱，而他的愿望，通常，也会是她的愿望。

"为什么？"她的语气里没有情绪。她仍然只是困惑，似乎没听懂他的话。

"为什么不结婚呢？"他觉得自己说得没什么底气。她的反应让他意外，让他以为自己已经失掉了信心。

"不，不是这样的，你还是不明白。你怎么还不明白呢？我不是要结婚，当然，我也没有说我不和你结婚。但结婚不是我们现在要讨论的事情。哦，你还是没明白。这样吧，我问你，如果我们结了，那之后呢？我们的生活，跟现在有什么区别吗？不也还是这样吗？我会每天上班，端咖啡，你会接着画你的画。可能有一天，我们还是会碰上意外，就像吴勇一样，被揍到住进医院。这都有可能。但你说什么也不办。我就要疯了。你知道你现在只有两张床垫，连个床架都没有吗？没有床架，我们怎么办？我们没救了，我们只能这样，就像这七年一样，接着过下一个七年，再下一个七年，再下一个七年，直到意外发生，直到我们进医院。天啊，我觉得不敢想象，我马上要三十岁了。我不知道自己还有几个七年，但我又觉得其实都没意义，因为所有人就是这样，一个七年又一个七年，反正都是一样的，没什么区别，没意思透了。哪怕有了床架，还有衣柜——不是一个大木箱子，而是衣柜——这些都有了，但我们还是会这样，七年又七年地过下去……"

她还说了些什么，但乔远已经听不见了。他看见她白色围裙下的小腹，在她激动的语气中起伏，显出突起的小腹形状，并不明显，所以他一直凝视她的肚子，似乎要看穿她围裙下面那道白皙的"比基尼桥"。他想起她向他炫耀"比基尼桥"的时候，那种轻松的骄傲，感到自己正在这座名为比基尼的桥上，失去她。

他忍不住伸手，想去抚平她因为激动而显现的小肚腩。

她迅速拨开他的手，不可思议地看着他："天啊，我不能理解，你有没有听我说话，你在干什么？"

之后，他看她走进咖啡馆，带着鼎盛之极的怒气，留给他一个娇小却桀骜的背影，跟从前一样，时间似乎并不曾改变什么。但是那些细小的皱纹，也许正在她后脖颈的地方生长，没有人会发现。

乔远不想再在这里停留了，但他也不想立刻回工作室去。他发现自己陷入一种可笑的境遇里——偌大的艺术区，他无处容身。

广场上的人声，逐渐安静下来，像是不约而同得到某种指令。黑色轿车，一共两辆，似乎正在不远处进入艺术区的闸口处停留。也许是林肯汽车。

乔远开始跟自己打赌，如果是林肯车，他就回工作室去，辛迪·克劳馥——一个名模，他终于想起来了，不是影星，天啊，他从一开始就错了——并不比娜娜更能令他继续在这里守候下去。但如果不是林肯汽车，他就留下来，等娜娜下班。距离她下班的时间，已经不会太久了，这天她上白班，下午四点便可以离开。然后，他们也许可以进城，去吃披萨或者别的什么她喜欢的、能够令彼此放松的美味。他们现在都需要放松。

将无所谓的决定寄托给偶然的事实——这是赌博的本质。或许也是一种逃避，当无从决定的时候，把决定权交出去。

去年，在从张北草原回北京的路上，乔远也是这样做的。下一次看汽车里程数的时候，如果是单数，就原谅她；如果偶数，他就继续耿耿于怀下去。他疑心自己那时其实已经释怀了，但只是需要一些别的力量，让自己面对这样的现实。

娜娜不听劝阻，去做危险的事，翻出高速公路的护栏，完全不在乎自己的性命，何况，她和一个刚认识的男模一起去冒险，把乔远和那个短发女孩尴尬地留在车上。他们离开了多久？乔远始终认为有半个小时那么久。但后来娜娜说没有，不过五分钟。她说："我们只看了一眼，有点失望，北方的山，没什么意思，就回来了。"

乔远终究原谅了她，尽管她从未就此道歉，她倒是认为道歉的不应该是自己。"你怎么放心让我跟男模走呢？"她同样不能释怀，"你根本不在乎我的安全。"

里程表是单数，83453。于是乔远听从这似是而非的天意，没再装出冷漠的表情。他们没事了，继续朝夕相处的生活。劫后余生，然后风平浪静，生活美好得就像一种假象。他无端觉得，眼下他们也会这样，任何时候，人们都是这样的，因为任何问题其实终究都会过去的。

汽车是林肯——乔远看见了发动机盖上那几个招摇的字母，但很快，那些字母连同两辆汽车，都消失在人群里。他再也没有看见它们。

长椅上的三个男人，也不见了，不知道他们是什么时候离开的？

乔远也没能在人群中发现那三个男人的身影，他们深色的夹克，在艳阳下不知何处折射出的反光里，是一种低调而完美的伪装，就像变色龙的保护色。他们也许隐藏在围观的人堆里，表情和众人一般麻木。打手，是否必须具备这样的素养？

乔远决定离开，眼前热闹的幻觉与他无关。他决定先回自己的工作室去，找到那张过期的租赁合同。那张纸在今天突然变得如此重要，仿佛是他们人身安全的唯一保证。

他又回到咖啡馆里，临走之前他得跟娜娜道歉，至少说告诉她他的去向。

咖啡馆里已经没什么人了，大部分客人都离开座位，去到广场上。娜娜也不在咖啡馆，至少乔远没有立刻发现她。

于一龙坐在吧台前的高脚凳上，跟两个高个子姑娘说笑着。他看见乔远，向他抬了下胳臂，动作利落，不懈的高尔夫练习培养了他的臂部肌肉。

乔远走过去，问于一龙有没有看见娜娜。

"她好像跟几个男人走了。"于一龙轻描淡写，一边转头去看那两个姑娘，都戴着美瞳，眼珠是暧昧的橘色。她们咬着冷饮杯里的彩色吸管，抿嘴笑起来。她们在嘲笑自己——乔远突然有了这样的直觉。

"几个男人？"乔远不知道哪个词更严重，是"几个"，还是"男人"？

"是的，都穿着夹克，这么热的天穿夹克？长得像三胞胎，对，是三个。"于一龙可能刚喝过加了威士忌的爱尔兰咖啡，呼吸里有醇厚的怪味。

"他们认识娜娜？"乔远问。

"我怎么知道。"

"看上去呢？"

"看上去，我觉得，不认识，但他们好像在做什么交易，嘿，娜娜是不是在做非法的事情啊？"于一龙鬼魅地笑起来。

"是的，她可能在买凶杀人吧！"乔远愤怒起来。于是于一龙又为自己的玩笑道歉。

乔远离开咖啡馆，一边走，一边给娜娜打电话。那三个打手，他们绑架了娜娜，威胁她，做出可怕的事，因为她的男朋友乔远，在他们需要对付的那份黑名单里。

他立刻就相信了自己想象出来的场面，正在艺术区修建中的停车楼里发生。那些水泥和砖瓦之间，多么适合绑架或者下手。也是在这时，他意识到，自己正在不自觉向停车楼的方向走去。

娜娜的电话，始终没有接通，不知道是什么原因，也许她现在不想接他的电话。不过，他安慰自己，其实女孩们的电话总是很难接通的，她们会设定各种古怪、好听的电话铃声，然后在来电的时候忽略掉它们。

乔远已经来到停车楼前。四层的停车楼还未完工，但外立面那些墨绿色的防护网已经拆除了。砖石、水泥、粗糙的墙面，像简陋的积木，搭建成他面前这座四层的、镂空的楼。乔远可以透过挑高的层高，看见停车楼另一侧的灰色房屋，还有天空中云朵形成的浅色斑纹，就像那种淡蓝色衬衣上的格纹。艺术区什么时候会需要一座这么大的停车楼呢？它什么时候出现的？

他接着打娜娜的手机，但是没有用，无人接听。

眼前一个人也没有。未完工的建筑，也像某种无辜的受害者，被冷落和遗忘了。

然后他的手机就响了起来，几乎惊吓到他。是娜娜。

她很平安，但没有解释自己为什么失踪。她只问他，是不是没事？

"我当然没事。"乔远急忙应答，同时又为自己又说了"没事"这两个字而感到抱歉。但他的确为她担心了，尽管她也许不会相信。

"那就好，你快回工作室吧，原谅我吧，我只是，你知道我们到了一个关键的时候了，七年。"他刚听出她声音里的紧张，但他疑心这不过是因为自己太过紧张罢了。

"我这就回去。"他说，"放心。"

"乔远。"她在他挂上电话之前叫他。

"什么？"

"你担心我吗？"

"我担心死了。"

"哦，我想，那没事了。"她也这么说，在明显有事的时候说自己"没事"，但乔远没有深究下去。

他疑心重重地往工作室走，猜度着娜娜可能去了哪里？她是想要分手吗？或者她已经爱上了其他人？她刚才说过，"我不是要结婚，当然，我也没有说我不和你结婚，但结婚不是我们现在要讨论的事情……"他感到从未像现在这般对娜娜感到陌生。

此时，节奏感十足的音乐从广场方向传来，他恍惚回到那年张北音乐节的草原上。大概辛迪·克劳馥已经出场了。远处有喧闹的叫好声，隐隐约约，如同来自另一个世界。后来，音乐和别的声音都听不见了。他回到工作室，从热闹的外部世界隐退。

他在这里住了八年，他刚才仔细算过。而娜娜在这里住了七年。对两人的关系来说，七年，似乎是一段不祥的时间。他们有过彼此疏离并放纵的时期，但终究是过去了。他以为，信任与坚持，也会随着时间的迅速流逝而累积，就像所有会随时光沉淀

409

七年

并坚固的事物一样。但事实上，却刚好相反，时光消磨掉了它们，就像那张他再也找不到的租房合同一样，消失不见。

很多天以后，乔远终于知道那其实是如何不同寻常的一天。

他几乎是无意间说到那天的经历。他在未完工的停车楼外，猛烈的阳光下，以为自己看见了类似于电影中的那种血腥暴力的绑架场面。他使用了一种平常不太会用的口吻，举重若轻的，带着轻微的自嘲。

他告诉她，"那天我还担心你会跟我分手呢，你看，你刚刚拒绝我的求婚，然后又失踪了，虽然只是一小会儿"。

但娜娜摇头，说："为什么要分手，我们在一起很好，我们离不开对方。"她的回答并没有让他意外，因为这其实是他们早已心照不宣的事实。

她随后又告诉他事情如何发生，又如何终结。不知道她是不是有意沿袭了他的口吻，以便在谈话中佯装出一种轻松愉悦的气氛。

她说那天，那三个穿夹克的男人，确实是"打手"——是她找来了他们——她的三个同乡，在厨师学校上学。她让他们去"教训一下"乔远。

但她很快又后悔了，她明白，这是"不好的事"。于是她打电话，让他们"停止行动"，尽管她也不知道是不是还来得及让他们"停止"。好在，他们答应立即"停止行动"。但放下电话后，她仍然忐忑，还有内疚。她希望乔远能躲过那三个男人的"教训"。

在知道他安然无恙之后，她迟疑了一会儿才平复。后来，她决定忘记这件事，不必告诉乔远，也不必告诉任何人——她说，这终究只是内心的恐惧作祟，蛊惑她做出了冒险又极端的行为。

她需要的，并不是让那三个同乡的男人假装成打手去吓唬自己的男朋友，以便让他在后来的日子里谨慎行事，至少要让乔远意识到，他应该在乎她的安全，在乎他们共同的生活。

她需要的，只是忽略掉自己内心的恐惧，像从前，那个无所畏惧的女孩一样，从不为并未发生过的事情而忧虑。

但娜娜现在为什么要告诉乔远这件事？他不知道。她总是把什么事情都告诉他，她对他从未有过隐瞒。所以任何时候他都根本无法怪罪她，哪怕她会不时做出跟男模去探险这种事情。因为她终究会坦白，所有的一切。坦白，意味着她放下了，她"一直往南方开"，而他自己，却是"你就难放开"。

他永远也不会告诉她，他已经得到了教训。因为在那天之后不久，他被几个说东北话的男人在艺术区外的新疆餐馆门口围住，他们倒是没有动手，也没有穿着深色夹克，而是穿着干干净净的浅色衬衣。他们很有礼貌地让乔远"少管闲事"。乔远记得那种感觉，并不完全是恐惧，但总是有一些恐惧存在的。他想起娜娜说过，"像溺水，随时都可能窒息"，他终于对此感同身受。

吴勇那时已经出院了，他将接着把那些漫长的官司进行下去。年与时空画廊终究又开始营业，不知道吴勇是否交上了足够的房租？不过，年与时空画廊很快入选了政府的文化创意产业扶持项目，也许不再需要为房租这种事担忧了。

画廊重新开业那天，乔远和娜娜都去了。吴勇看上去脸色红润，很健康。但乔远觉得，吴勇还是有一些变化的，他只是不能确定，在吴勇身上到底发生了什么样的改变。"内出血"的伤害，竟像是发生在他们每个人身上。那些人们不曾期待过的意外，还是会些微地改变一些什么的——乔远最终这样告诉自己。因为，他业已意识到自己的变化，自从被东北男人告诫"少管闲事"后，自从那天娜娜意图找三个打手来"吓唬"他后。

乔远没有把那几个东北男人来威胁自己的事情告诉吴勇和娜娜，但他确实找到物业，重新签了租房合同，又预付了半年的房租。

他们没有再讨论过"七年"或"结婚"的事，仿佛一个再也不会痊愈的伤口，谁也没勇气去触碰。但他们知道如何让伤口尽快痊愈，比如让自己麻木一些，忽略掉伤口结痂时那些恼人的酥痒；比如好好地保护自己，不要再受伤害。乔远相信，那张正式的租房合同便是一种保护措施，或许也不是，但这些问题不能细想，因为一张纸对生活的改变，其实微乎其微。租房合同，这东西其实和结婚证本质上是一样的，它从不会真正给予他们稳定和安全——没有任何东西可以确保稳定和安全——但有了它，总比没有好一点。

有一次，他们倒是又说起了《公路之歌》里的那句歌词，他说，他现在觉得"一直往南方开"更好些，比起"你就难放开"来说。

她说，可能吧，一直往南方开。

签合同那天，那个胡须仍然没有刮干净的年轻人似乎认出了乔远，于是乔远朝他点头示意，年轻人竟然也点头回应。后来他们在物业办公楼的安全通道里，一起抽烟，抱怨着艺术区四处散发、屡禁不止的小广告和北京阴霾重重的天色，但乔远知道，在这些无关痛痒的谈话里，自己传递出了重要的信息——他们喜欢这里，在乎这里，想要在这里生活下去，所以，他们会为此努力。尽管这一点，乔远其实也不过才刚刚意识到。

原载《钟山》2018年第2期

点评

朝阳798与通州宋庄是北京地区两个重要的艺术家聚集地。也许由于作者曾经在798待过一段时间的缘故，故她依凭对艺术区实况的了解并以此为基本素材，创作了不少讲述艺术家（以画家为主）生活故事和展现心灵状态的小说。《七年》亦是此系列中的一篇。在小说中，乔远和娜娜——曾是另一短篇小说《移栽》中的两个角色——是一对已在一起生活了七年多的情侣，但时间久长并不代表彼此在心理与情感上的相安无事，相反，娜娜始终觉得自己没有安全感。自感不安全始终是娜娜说不清道不白的挥之不去的精神意绪。这让她极度焦虑，为此，她甚至拒绝了乔远的婚姻请求。众人为一睹辛迪·克劳馥神态而蜂拥而至的场景，以及吴勇无端被打事件，进一步刺激了娜娜对安全感的强烈诉求，于是，她愈发在意、计较乔远对自己的关照程度。"你根本不在乎我的安全。"她的这种近于强迫症式的自我压迫感（"内心的恐惧作祟"）发展到极端，即出现了一系列不可思议事件的发生：回北京路上私自和一男模离车去冒险，以及后来雇佣三个同乡去"教训"男友，以检验对方是否在意自己的安全。艺术区内画家与物业管理人员的矛盾以及艺术家的造假行为在小说中也有所涉及，但皆非重点，小说侧重表现就是这种潜滋暗长着的内心恐惧症以及由此所造成的种种不合时宜的言行与心态。

（张元珂）

在树上游泳的鱼/

/邢庆杰

一

　　林子里几乎透不进阳光，偶尔有一束光线透过树叶重重叠叠的阻挡，照在一尺多厚的落叶上，映出一个模糊的光斑。风一吹，树叶舞动，那光斑便忽而消失了，又忽而显现了。空气新鲜得有些甘甜，还夹杂着一丝儿落叶那种潮湿腐败的气息。一只啄木鸟飞快地啄着树干，发出急促的鼓点。

　　老宁踩着他走了几千遍的那条蛇形小径，开始了一天的巡视。小径上的落叶都被踩实，在积了一尺多厚的落叶之间，更像一条小小的、干涸了的河道。林子里原来并没有路，是老宁日复一日的巡视，走出了一条"S"形路线，沿这个路线走一个来回，林子里有什么异常，他都能发觉。老宁每天的巡视，已经和护林关系不大了。林子里这些大树，多是杨树和柳树，还有少部分的刺槐、榆树，树都极粗，大多数一个人搂不过来。这么大的树，即使偷着伐了，也运不走。林子四面都是五六米宽的排水沟，沟里有两米多深的水，沟外又是庄稼地，唯一进出林子的路，就在老宁栖身的那个树屋旁边。算起来，已经有五六年没有丢过树了。老宁每天的巡视，主要是看一遍他的鸟窝，沿着"S"的小径，一路上有九个木板做的精致鸟窝。

　　老宁其实并不老，还不到四十岁，只是他经常好多天不刮胡子，不理发，他头发蓬乱、胡子拉碴的样子，说六十都有人信。老宁小的时候，可是个清爽的孩子，两只眼睛晶亮，他上学学习好，放学后干活还利索。只是，有些淘，没事就爱上树下河，摸鸟蛋、逮鱼虾，在河边上挖土灶，烧地瓜、豆子、嫩玉米吃，有时也烧鱼虾和蚂蚱，经常吃得嘴边上一圈小黑胡子。那时候，这片林子还是一片苗圃，只有林子周围一圈是大树。没事的时候，老宁就常长在树上，他在树上看书睡觉，撒尿也不下来，像是一只大鸟。有时夜深了，他还没有回家，那他多半是在树上睡着了，他守寡多年的娘就围着这片林子，一棵树一棵树地找，边找边骂他。他听见了，也不吭声，悄无声息地从一棵树上哧溜下来，他娘就随手捡起地上的树枝追打他：小私孩子，看看你的褂子裤子，还有鞋，又磨烂了……村里大多数人却很喜欢他，他嘴甜，机灵，能逗人开心。尤其是他家后院的林家婶子，逮住他，就让他喊娘。林家婶子三个女儿，老大小雯和老宁是同年，又在一起读了小学读初中，关系很铁。林家婶子的丈夫在煤矿上班，常年不回家，家里有什么男人干的活计，就请老宁来帮忙。有时老宁正忙得满头大汗，林家婶子忽然就揪住他的耳朵问，好儿子，给俺当上门女婿吧，过几年就把小雯嫁给你。逢这时，少年老宁心里就美滋滋的，像吃了甜点。

二

为了让鸟儿也有邻居，老宁将九个鸟窝分成了五组，除了第九个鸟窝是单独的，其余的八个鸟窝，都是两个在一起，相距不过五米，窗口都背阴朝阳。

他踩着吱吱响的小路，来到第一组鸟窝下。两只灰尾巴喜鹊正在鸟窝出口的木板上跳跃，出口处，有两只小小的脑袋探出来，唧唧喳喳叫得正欢。它的左面，住的是一对黑喜鹊，他知道，雌鹊正在窝里孵小鸟，雄鹊经常外出觅食。他用手轻轻拍了拍鸟窝下面的树干，鸟窝里顿时探出了一个又黑又亮的脑袋，冲他欢愉地叫了一声。他听得懂，鸟儿在问候他，老宁你好！

哦，这是第六代了。老宁自言自语。不知从什么时候开始，老宁喜欢自言自语了。刚发现这个毛病的时候，他吓了一跳，自己是不是魔怔了？那是上一届村长最后一次来看他，告诉他，村里换届了，林家婶子的三女婿金浩当了村长，他要去乡里当科技副乡长了，副科级呢。

副科级走后，他冲着他的背影说，副科级算个鸟毛，我老宁是巡视员，听金浩说，这是正厅级哩，比县长大老多哩。

金浩是老宁和小雯的初中同学，后来做了林家婶子的三女婿。

你以为你怎当的副乡长俺不知道？林子外围的那几百棵老榆树，个个都能当大梁用，你说是全卖给乡里了，可钱呢？大家伙一毛也没见着，你这是用全村兄弟爷们的钱买官呀……

他越说越快，越说越生气，一口气把憋在心里的话全说完了，副科级的背影已经像火柴盒那么大了，他才吃了一惊，我这是说给谁听呢？

三

这九个鸟窝里，最让老宁放心的，是第二组。两个鸟窝住的都是猫头鹰，一边是一只，另一边是两只。猫头鹰只在晚上出来，村里人都管它们叫"夜猫子"，视为不祥之物，从来没人招惹过它们，所以，老宁从来不担心它们会受到祸害。老宁晚上看望过它们几次，它们爱站在鸟窝旁的高枝上，瞪着一双灯笼般的绿眼睛四下探望，胆子小的，真会被吓到。

小雯害怕猫头鹰。

十五岁那年的暑假里，一个傍晚，他和小雯在树下捡柴禾，忽然小雯妈呀一声就扑在了他的怀里，身体不住地颤抖着。他清晰地感觉到了小雯胸前那两砣柔软的东西，一股不可抗拒的冲动，使他的手探了进去。小雯没有拒绝他，只是不断地指着他的背后，惊恐地叫道，夜猫子夜猫子……

老宁在地上捡起一块坷垃，嗖的一声投了出去，猫头鹰凄惨地叫了一声，飞走了。

小雯惊魂未定，老宁乘机解开她的上衣扣子，痴呆地看着她那两只精巧的奶子。后来小雯打了他一下，嗔道，看够了没？老宁这才不舍地收回目光。

小雯说，你看了我的，就不许再看别人的。

小雯说这句话的时候，双颊升起了朝霞般的红晕，这红晕映着夕阳，说不出的好看。

现在，老宁每想起小雯，就想起她带着夕阳和红晕的脸蛋，还有，那精巧的乳房。

四

昨天下了一场不大不小的雨，树林里的空气有点儿潮湿。小路的低洼处，还有少许的积水，一些粗粗细细的蚯蚓，就在积水里乱爬着。老宁小心地绕着它们，挑着没有水的地方走路，转到第三组鸟窝这里，竟出了一身的汗。这里有三个鸟窝：两个木制鸟窝里，一边住的是两只斑鸠，另一边住着一对相思鸟。在相思鸟的上方，在更高的树杈上，还有一个乌鸦自己筑的鸟窝，在下面看，足有十印锅那么大，这样大的鸟窝，在这个方圆百里平原上最原始的林子里，也不多见了。

这片林子还是拇指粗的幼苗时，老宁十五岁。那时，林子周围的大榆树上，有很多鸟窝。老宁数过，是九个。

那天下午的大雨来得太过突然，刚刚还是烈日炎炎，晒得人直冒油汗。一阵阴风吹过，天就黑了，葡萄粒大的雨点就密集地砸了下来！暴雨持续了足有一个钟头，停下来时，已经是后半晌了，天空湛蓝如洗，没有一丝儿的云彩，日头像个新鲜的蛋糕挂在西天，洒下金黄色的光芒。

傍晚的时候，老宁的娘拧着眉毛对他说，柴禾都湿透了，黑下的饭做不了，吃个凉馍吧。

老宁出门，正遇上小雯。

小雯说，柴禾都淋湿了，俺娘叫俺出来找点干柴禾。

老宁说，你回家等着吧。

小雯一喜，你有柴禾。

老宁狡黠地笑了笑，回家等着吧。

小雯疑惑地看了他一会儿，又看了看湿漉漉的柴禾垛和遍地的积水。

老宁打回来两大捆干柴，一捆扔在了家里，另一捆送到了林家婶子那里。

林家婶子和小雯都吃惊得把眼睛睁得老大，小雯说，你太能了，从哪儿弄的？

老宁得意地笑了笑，不说。

老宁的娘除了吃惊之外，还对另一捆柴的去向耿耿于怀，那一窝狐狸精，给你灌了啥迷魂药？

夏天雨水多。每次雨后，老宁总能弄到干柴禾。

等小雯通过跟踪盯梢，获知老宁的秘密时，林子边缘的九个鸟窝，已经被他端了八个。鸟窝上的树枝都是干透了的，雨后，经过短时间的风吹日晒，就是上好的柴禾。

获知了这个秘密后，小雯把老宁最后送给她家的那捆柴禾扔了出来。小雯说，你端了小鸟的家，你让小鸟住哪里？刮风下雨怎么办？冬天下雪下雹子怎么办？你太坏了！你是杀人凶手！

说完这些话，小雯就再也不理老宁了。

五

每次走到第四组鸟窝这里，老宁都要在树下歇一下。第四组住的是一对戴胜鸟，一对画眉鸟。画眉鸟本是南方特有的，这两只画眉，好像是被人放生的，因为它们才来的时候，老宁怎么吓唬，它们也只是往一边的树枝上跳一下，并不逃远。画眉鸟窝的树下，有一根突兀出地面的树根，有房檩那么粗，正好做凳子。这棵树，位于老宁踩出的"S"形小路的外围，靠近林子的边缘。林子边上，葬着小雯。村里的规矩，未成年的孩子夭折，是不能进祖坟的，随便找个地方一埋，还不能起坟头。埋小雯的时候，老宁在旁边的树上作了记号，待人们快要忘记这件事的时候，老宁给小雯起了一个直径三尺多的小坟头。

老宁的秘密被揭穿后，小雯再也不肯和他一块儿上学放学了。老宁在路上遇见她，喊她，她像聋了一般。

这年夏天，老宁和小雯都初中毕业了，老宁考上了县一中，小雯考上了地区卫校。

在这个漫长的暑假里，老宁一心想着和小雯修好，他甚至和村里的二木匠学起了木匠活。

他对小雯说，等我学会了木匠，有了钱，就做一些小房子，挂到树上，让鸟儿住进来。

他说这句话的时候，发觉小雯的面色柔和了起来，后来，还笑了。小雯已经十六岁了，她笑起来的样子已经有了女人般的妩媚。

老宁的娘说不行就不行了。林家婶子帮老宁用牛车把她拉到县医院，第二天就拉了回来。医院的一个老医生看了她拍的片子说，回家养着吧，想吃啥给她买点啥，没几天可活了。

当天晚上，老宁的娘想吃鸡蛋。老宁找遍了家里的所有地方，也没能找到一个鸡蛋。这几年村里有人养肉食鸡，引起了鸡瘟，家家户户都不养鸡了。以前，村里人一直是拿鸡蛋换钱的，现在不养鸡了，却还没养成拿钱买鸡蛋的习惯。老宁去林家婶子那里讨借，林家叔叔有时从矿上回来，会捎点鸡蛋、肉之类的吃食。可巧，林家婶子家也没有鸡蛋了。

从林家婶子家里出来，老宁犯了难，天这么黑了，到哪里会弄到鸡蛋呢？

老宁漫无目的地顺着村路走着，他不想现在就回去，不想让娘失望。娘虽然脾气不好，但一个人把自己拽大也是很辛苦，自己已经长大了，快要能回报她了，她却要走了。老宁走着走着，走出了一脸的泪水。

鬼使神差，老宁走到了林子边上，走到了那个仅存的鸟窝下面。老宁脱下鞋，上了树，爬到了鸟窝的出口。两只喜鹊听到动静，都飞了出来，愤怒地鸣叫着，围着这棵大树盘旋。老宁把手伸到鸟窝里，掏出了六个带着体温的鸟蛋。

老宁双手捧着鸟蛋，兴冲冲地赶到家里时，娘已经咽了气。

老宁号啕大哭！

哭声引来了很多人，林家婶子和三个女儿也都来了。

当天晚上，村里专管红白喜事的一班人马就凑齐了，一切都不用老宁操心，全都办得妥妥的。

老宁的娘是三天以后下葬的，就在这天下午，小雯出事了。

小雯竟然爬上了一棵大树，那棵大树上，有一个硕大的鸟窝。

小雯的两个妹妹都在现场，她们说，姐姐要把老宁掏的鸟蛋放回去，她上树的时候没事，等她把鸟蛋放进鸟窝里，往下退时，一失足落了下来。树枝挂住了她的裤腿，使她的身体在空中倒了过来，头朝下摔在了兀出地面的树根上……

六

小雯的坟上干干净净的，没有一棵杂草，老宁不允许任何草长在上面。

在坟的南边上，老宁种了四棵松树，现在都已经像海碗那么粗了。在正午最热的时候，浓密的树荫笼罩着小雯的坟头，小雯在里面，不会热到。

埋葬小雯的那天，来了一大群鸟儿，黑的、白的、灰的、花的；乌鸦、喜鹊、燕子、布谷、斑鸠、戴胜、鹞子……它们像一片彩云，在小雯的上方盘旋着，鸣叫着，久久不肯离去。

老宁知道，鸟儿们这是在对小雯致歉。这个报应，应该是他的，却因了什么差错，错报到小雯的身上。

老宁辍了学，在家种地、学木匠。村人都为他惋惜，金浩多次上门劝他，表示愿意支援他学费，他也摇头不语。后来，原先看林子的老光棍朱拐子死了，看林子的事儿，就落到了老宁头上。村里这看林子的活计，似乎一直是由光棍承担着，也只有光棍，才能没黑没白地盯在那里。

这片林子，其实就是当年的苗圃，苗圃废弃了，最后的一批树苗留了下来，就长成了数千亩的树林。老宁接管时，树都长得半搂多粗了。因这片林子成了当地一景，乡里的县里的头头们经常带人来参观，所以，村里一直没敢打这片林子的主意。老宁接了这活计后，在林子唯一的出口，搭了一个树屋。那棵老榆树，粗得一个人抱不过来，但此前遭受过一次雷击，树被拦腰斩断，后来树干的周围长出了密密的树枝，像一把大伞。老宁就在这伞的顶上，固定了一层厚木板子，搭建了一个严严实实的小木屋。刮风的时候，小木屋会随着树晃动，但因主板固定在了粗大的树干上，再大的风也吹不走它。

老宁搬进树屋后，伐了两棵枯死的榆树，把它们拆成板子，就开始在树屋下制造鸟窝。他先画出了图纸，然后做好了拆，拆散了再做，足足做了一个月，才做出一个满意的鸟窝。整个鸟窝，没用一颗钉子，所有的木板都是用榫卯扣起来的，板子之间的缝隙全部用蜂蜜封得密不透风，他不敢用胶水，怕鸟儿嫌弃那种味儿。鸟窝的顶是尖的，供鸟儿出入的洞口上，做了一个翘檐，下多大的雨，也进不了水。鸟窝内，铺了一层厚厚的干草。

做好第一个鸟窝，他先拿给小雯看了看，问她满意不满意。当天晚上，小雯就来了，小雯高兴地说，鸟窝我看了，挺好的，就是出口缺少个门，冬天鸟儿会冷。

第二天，他用了一整天的时间，为鸟窝设计了一个小木门，比出口小一圈儿，用折页固定在一边，门很轻薄，鸟儿从外面轻轻一顶，门就开了，进去后，门自动合上；在里面轻轻一顶，门也能开。为了让鸟儿进窝前有个站脚的地方，他又在出口下面安上了一个巴掌大的平板。做完后，他又把鸟窝拿给小雯看了，这次小雯开心地笑了，脸上又浮起了两抹红晕。

有了样品，老宁就没黑没白地干了起来。每天，他除了吃饭睡觉巡视林子外，其余时间都是在制造鸟窝。为了节省做饭的时间，他买了很多馒头咸菜，每顿都是两个馒头一块咸菜，就着白开水喂进去。

两棵枯死的榆树全部用完，正好做了九个鸟窝。

老宁用粗树枝绑了一架简易的梯子，将这九个鸟窝挂在了他事先选好的树上。

挂完鸟窝的这天晚上，老宁又梦见了小雯。他和小雯结伴上学，小雯一路上蹦蹦跳跳的，见他不高兴，就在他身上打了一下，然后咯咯地笑着跑向远方。老宁忧伤地看着小雯，他知道这时候离小雯死的日子不远了，小雯却还浑然不知。老宁叮嘱自己，千万不要醒，就永远停留在这个时段吧……

七

老宁掏出打好的烧纸，放在小雯的坟头，然后找了块拳头大小的坷垃，压在纸上。都二十多年了，每年的清明和七月十五，老宁都会来给小雯压"坟头纸"。小雯刚走的那几年，林家婶子怕老宁这样下去会毁了自己，有意将二女儿小霜嫁给他，小霜也有那个意思，就主动来接近老宁，老宁直接地拒绝了她，小霜一气之下，外出打工了，至今没有回来过。林家婶子的三女儿小霞大学毕业后考上了乡里的公务员，和金浩结婚了。金浩已经是个青年企业家了，当年他没考上学，就回村办了个棉花加工的企业，企业很红火，他也很有能力，现在已经是新任的村长了。

老宁告别了小雯，沿着弯弯曲曲的小路，走向第九个鸟窝。

昨天撒在地上的小米和玉米，都已经吃完了。老宁找出藏在一边的梯子，立在树干上，爬了上去。这是第几十次近距离观察这个鸟窝了？老宁已经记不清楚了，这一次，他仍然失望了，鸟窝仍是空的。

老宁把九个鸟窝都挂到树上后，像开店的老板盼房客那样，盼着鸟儿们来他精心制作的巢中安家。

每一次来到鸟窝下，老宁都满怀了希望，大气也不敢出，心紧张得像擂着一面小鼓。

但时间一天天过去了，一月月过去了，一直过了一年多，所有的窝内都无鸟光临。

老宁沮丧极了，伤心极了。他知道，鸟儿已经不相信人类了，它们把他精心制作的小窝当成了陷阱。他来到小雯的坟前，哭泣着向她诉说自己的失败。长时间的身心疲惫，老宁歪倒在小雯的坟头上，睡着了。到了半夜，老宁听到耳边不断有人在叫他，起来，快起来！他睁开眼睛一看，是小雯，小雯伸手拉他起来。明亮的月光下，小雯的两只眼睛水波流动，嘲笑着看他。他太熟悉她的这种眼神了，调皮，又带有讽刺的意味，逢他做了什么不好的事儿，她就拿这种眼神看他。小雯说，这么大男人了，遇点事就知道哭，就不能想想办法？老宁说，还能咋想？鸟窝做得连我都想住进去，鸟儿就是不买账！小雯说，很简单的，鸟儿是要吃东西的，你给它东西吃它就来了。老宁脑子里豁然一亮说，对呀，我咋没想哩？还是小雯聪明。说着话，老宁就想抱抱小雯，却抱了个空。睁开眼睛，他竟然在自己的树屋里。

老宁去乡街上买了一袋子小米、一袋子玉米。他把这两种粮食掺在一起，撒在鸟窝下面的空地上，还在鸟窝出口的平板上、鸟窝内的干草上撒了一些。这样投放了几天，他发现，撒到地上的，全部被吃光了，而撒在出口和窝内的，基本都没有动。但他并不着急，只要鸟儿肯吃他的食，就好办。他坚持着投放了一个多月，投放量一天比一天少，后来，就停了下来。几天后，他惊喜地发现，出口上的米粒都不见了，但窝内的还在。他扛着梯子，每天都爬上九个鸟窝所在的九棵树，在鸟窝的出口处撒上米粒。偶尔，他会看到，有各种鸟儿跳跃着在出口处享受美食。几个月后，他觉得差不多了，就在各个鸟窝里放上了足够一对鸟儿吃一周的粮食，然后停止了投放。

第一个惊喜来自一对戴胜鸟，它们住进了第四组的一个鸟窝。老宁的高兴，不亚于当年他考取了县一中。作为奖赏，他在戴胜鸟的窝下撒了很多米粒。当晚，他又把这个好消息告诉了小雯。小雯对他说，这只是一个开始，会越来越好。

老宁又观察了其他的鸟窝，有的粮食已经吃光，但没有鸟住过的痕迹，他及时补充上粮食。有的粮食还在，他又在出口处的平板上撒了少许米粒。

真如小雯所说的，情况越来越好，隔一段时间，就有新的鸟民搬进鸟窝。在那对戴胜鸟搬来后一年多的时间里，有八个鸟窝住上了鸟民。但令他遗憾的是，第九个鸟窝，始终没有招来鸟儿。他用尽了一切办法，都没有什么效果，后来，他甚至用网捉了两只喜鹊放进去，关了好几天，两只喜鹊却不吃不喝，再关下去，就有死亡的危险，他只好打开出口，眼睁睁地看着两只鸟儿兴奋地钻出来，箭一般射向高空。他心生疑惑：难道这是命？当年，他拆了八个鸟窝，上天就只收他的八个鸟窝？多一个功德也不肯给他？他不服输，十多年来，始终没有终止对第九个鸟窝的眷顾。

八

转完了一圈，老宁沿林子边的水沟往回走。

通常，他是按原路返回的，他总看不够他的那些鸟窝。

但是，他很快要给这片林子告别了，他要到处转一转，走一走。

前几天，村长金浩来找过他。告诉他，这片林子保不住了。

金浩是老宁比较佩服的人，他经常周济村里的穷人，还在村里铺了一条通往县城的路。再加上和林家的这层关系，所以，他说的话，老宁信。

金浩说，这是县里的规划，这一片已经划成经济开发区，要建厂，地已经卖给开发商了，乡里都不敢吭声，村里就更扛不住了，土地毕竟是国有的。

林子周边的这条沟，就像旧时城池的护城河，让盗伐者望而却步。沟里的水曾清澈见底，最深的地方足有两米，天长日久，水草茂盛，鱼虾成群，吸引来众多的垂钓者。这都是很久以前的事了，现在，沟里的水已经变成了浅绿色，还漂浮着些许泡沫，散发着说不清的气味。

水面上经常漂浮着大大小小的死鱼，有鲫鱼，鲢鱼，草鱼，鲤鱼，黑鱼，河叉，嘎鱼，黄鳝等等。最近，老宁每天都抽出一点儿时间，用网抄子打捞死鱼，然后把死鱼当作肥料埋在树下。昨天刚刚捞过，今天的水面上，又浮上来不少，看来，这条沟里的鱼要绝种了。老宁打算回树屋拿网抄子。刚走几步，一条小鲫鱼从水里跃了出来，落在他脚下的草丛里，还一下一下不屈不挠地蹦跳着。老宁用脚轻轻一驱，将它踢回水里。不想，那鱼入水后像进了油锅，立马又蹦了上来。老宁想，这条鱼真有灵性，知道在水里也是死路一条，投奔我来了。他双手捧起这条不足二两的小鱼，慢慢向树屋走去。

晚上，老宁忧伤地对小雯说，这片林子保不住了，恐怕，你……

小雯打断他说，那你就带我走吧，到一个安静的地方去，我喜欢有鸟语花香的地方。

老宁说，我走的时候，一定带着你。

九

施工队进驻林子的那天早晨，五合村起早的几个人同时看到，在老宁的那个树屋上，飞起了一只大鸟，随即，有成千上万只鸟儿跟随它一起飞到了林子的上空，向远处飞走了。

过了几天，人们才发觉，老宁不见了，和老宁一起失踪的，还有那些鸟窝和成群的鸟儿。

施工队在这片林子里，始终没有见到一只鸟。

后来，发现了一个用木板做的精致鸟窝，里面装满了清水，一条鲫鱼，悠闲地游弋。

原载《湖南文学》2018年第11期

点评

小说侧重讲述了两种关系：人与人，即老宁和小雯的关系；人与自然，即小雯、老宁与林中鸟的关系。有关这两种关系的建构与描述构成了这个短篇最有意味的书写向度。关于前者，叙述者交代道："老大小雯和老宁是同年，又在一起读了小学初中，关系很铁。"事实上，这个短篇所侧重讲述的就是老宁和小雯之间朴素而真挚的情感故事。老宁对小雯及其家人的爱意自不必说，但小雯之死对老宁的身心打击以及由此而造成的刻骨铭心的悔意和绵延不绝的念想是何等沉重而悠长。故对老宁而言，无论对林子日复一日的巡视、对小雯坟茔的悉心守护，还是对林中鸟们的精心呵护，都具有了双重的指涉意义——既表达对已逝女友的莫念之意，也是面向过往与自我时的精神赎罪。关于后者，小雯视林中鸟为独立的生命体，故不容许任何人伤害它们。为将老宁掏来的鸟蛋放回原处，她不幸落地而亡。这实乃悲剧。然而，从更深层意义上来说，作为核心事件的"小雯之死"让这个文本的精神空间进一步打开。小雯命丧鸟林，老宁担负起看管林子和护理林鸟的己任，待该地被开发成工业区，老宁及众鸟却突然不知去向。这是一种寓言：人类与工业文明的对峙，终以前者的最终逃逸（或躲避）为结果。我们不禁要问，老宁和众鸟们要到哪里去安放心灵呢？另外，文末最后一句话——"后来，发现了一个用木板做的精致鸟窝，里面装满了清水，一条鲫鱼，悠闲地游弋。"——给人以诸多遐想，实乃点睛之笔。

（张元珂）